W0032837

Hobbit Presse
Klett-Cotta

JENN LYONS

Aus dem Amerikanischen von
Urban Hofstetter und Michael Pfingstl

KLETT-COTTA

Hobbit Presse
www.hobbitpresse.de
Die Originalausgabe erschien unter dem Titel »The Ruin of Kings. A Chorus of Dragons 1« im Verlag Tor Books, New York

Printed in Germany
Cover: Birgit Gitschier, Augsburg
unter Verwendung der Daten des Originalverlags,
Illustration: © Lars Grant-West
Gesetzt von C.H.Beck.Media.Solutions, Nördlingen
Gedruckt und gebunden von GGP Media GmbH, Pößneck
ISBN 978-3-608-96341-0

Für David, von dem der erste Same stammte, und für Mike,
der mir half, daraus eine ganze Welt wachsen zu lassen.
Außerdem für Kihrins drei Väter: Steve, Katt und Patrick.
Ohne euch wäre er nicht derselbe.

INHALT

TEIL I

Ein Zwiegespräch zwischen einer Kerker-meisterin und ihrem Gefangenen

DIE BEKANNTE WELT
GROßES KAISERREICH
Kirpis
Kazivar
Raenena
Die Drachenspitzen
Eamithon
Die Hauptstadt
Khorvesch
Devor
Galla-Meer
Zherias
Die Wellenwüste
Der Schlund
Kishna-Farriga

QUUR
Yor
Shadrag Gor
Drakon-Weite
Große Steppe
Wintermeer
Jorat
Die Graslande
Atrini
Demon Fälle)
Zaibur Fluss
Kumizha Bucht
Marakor
Kulma-Sumpf
eintor
Kortheanische Öde
MANOL
DOLTAR
Die Freien Staaten

Euer Majestät,

im Folgenden findet Ihr eine vollständige Schilderung der Ereignisse, die dazu führten, dass die Hauptstadt niederbrannte. Vieles im ersten Teil basiert auf einer nachträglich niedergeschriebenen Unterhaltung zwischen zwei Personen, die an den Vorgängen maßgeblich beteiligt waren. Spätere Passagen beruhen auf meiner eigenen Rekonstruktion. Wo immer möglich habe ich Augenzeugenberichte einfließen lassen, und wenn ich mich zu Abschweifungen genötigt sah, habe ich mich stets bemüht, die Ereignisse in ihrem Kern streng wahrheitsgetreu darzustellen. Ergänzend ist der Bericht mit meinen Anmerkungen und Schlussfolgerungen versehen, die Euch hoffentlich hilfreich sind.

Ich bitte um Nachsicht, sollte ich Euch über Dinge belehren, in denen Ihr Euch weitaus besser auskennt als ich. Nach reiflicher Überlegung erschien mir das jedoch ratsamer, als davon auszugehen, all dies sei bekannt.

Ich hoffe, ein möglichst umfassendes Bild aller Begebenheiten wird Euch dazu bewegen, dem Erblord gegenüber Milde walten zu lassen. Diejenigen Ratsmitglieder, die für eine Anklage wegen Hochverrats und die Todesstrafe plädieren, kennen gewiss nicht die ganze Geschichte.

Euer Diener
Thurvishar D'Lorus

TEIL 1

Ein Zwiegespräch zwischen einer Kerker-
meisterin und ihrem Gefangenen

»Erzähl mir eine Geschichte.« Das Ungeheuer machte es sich vor den eisernen Gitterstäben von Kihrins Kerkerzelle bequem. Sie legte einen unscheinbaren kleinen Stein vor sich auf den Boden und stieß ihn in seine Richtung.

Klaue sah nicht wie ein Ungeheuer aus, sondern wie eine hübsche junge Frau um die zwanzig. Ihre Haut hatte den goldenen Ton von Weizen, und ihre glatten Haare waren braun. Die meisten Männer hätten sonst was dafür gegeben, einen Abend in der Gesellschaft einer solchen Schönheit verbringen zu dürfen. Allerdings wussten die meisten Männer auch nicht, dass sie ihren Körper in die schlimmsten Schreckensgestalten verwandeln konnte. Sie verhöhnte ihre Opfer, indem sie das Aussehen ihrer getöteten Liebsten annahm, bevor auch sie ihr zum Opfer fielen. Dass sie Kihrin in diesem Kerker bewachte, war in etwa so, als hätte man einem Hai die Aufsicht über ein Aquarium gegeben.

»Du machst wohl Witze.« Kihrin hob den Kopf und sah sie durchdringend an.

Klaue kratzte mit einem gefährlich aussehenden schwarzen Fingernagel am Mörtel der Wand hinter ihr herum. »Ich langweile mich.«

»Dann strick doch.« Der junge Mann erhob sich und ging zu den Gitterstäben. »Oder du machst dich nützlich und verhilfst mir zur Flucht.«

Klaue beugte sich vor. »Ach, mein Lieber, du weißt doch, dass ich das nicht kann. Jetzt komm, wir haben uns schon ewig nicht mehr unterhalten. Es gibt so viel zu erzählen, und es wird noch eine ganze Weile dauern, bis sie so weit sind. Erzähl mir alles, was du erlebt hast. Das wäre ein guter Zeitvertreib … bis dein Bruder zurückkommt und dich umbringt.«

»Nein.« Er sah sich nach etwas um, an dem sich sein Blick festhalten konnte, aber die fensterlosen Wände waren vollkommen kahl und boten keinerlei Ablenkung. Das einzige Licht im Raum stammte von einer magischen Lampe außerhalb der Zelle. Kihrin konnte kein Feuer mit ihr entfachen, dabei hätte er so gerne seine Strohmatratze angezündet – wenn er nur eine gehabt hätte.

»Langweilst du dich nicht auch?«, fragte Klaue.

Kihrin unterbrach die Suche nach einem geheimen Fluchttunnel. »Wenn sie zurückkommen, werden sie mich einem Dämon opfern. Nein, ich kann nicht gerade behaupten, dass ich mich langweile.« Er sah sich erneut im Raum um.

Mit Magie könnte er entkommen. Indem er das Tenyé der Stäbe veränderte und das Eisen aufweichte oder die Mauersteine so spröde machte wie vertrocknetes Laub – wenn Klaue nicht jede seiner Bewegungen beobachten würde. Noch schlimmer war allerdings, dass sie jeden Fluchtgedanken lesen konnte, sobald er ihm in den Sinn kam.

Und sie schlief nie.

»Aber ich *esse*«, kommentierte sie seine Überlegungen mit funkelndem Blick, »vor allem, wenn ich mich langweile.«

Er verdrehte die Augen. »Du wirst mich nicht töten. Diese Ehre gebührt jemand anderem.«

»Ich hielte es nicht für Mord, sondern für deine Rettung. Deine Persönlichkeit würde für alle Zeiten in mir fortbestehen, zusammen mit …«

»Hör auf.«

Klaue verzog das Gesicht und inspizierte betont beiläufig ihre spitzen Fingernägel.

»Und da du meine Gedanken sowieso lesen kannst, muss ich dir gar nicht erzählen, was passiert ist. Bediene dich einfach bei meinen Erinnerungen – so wie du mir auch alles andere genommen hast.«

Sie erhob sich. »Langweilig. Außerdem habe ich dir nicht alles genommen. Ich habe mir nicht alle deine Freunde geholt. Und auch nicht deine Eltern.« Klaue schwieg einen Moment. »Na ja, zumindest nicht deine richtigen.«

Kihrin starrte sie an.

Sie lachte und lehnte sich zurück. »Soll ich wirklich gehen? Wenn du mir keine Geschichte erzählst, besuche ich deine Eltern. Mit *denen* hätte ich bestimmt meinen Spaß. Allerdings würde ihnen unsere Begegnung wohl weniger Freude bereiten.«

»Das wagst du nicht.«

»Wer sollte mich davon abhalten? Deine Eltern sind ihnen egal. Denen geht es nur um ihren kleinen Plan, und für den brauchen sie weder deine Mutter noch deinen Vater.«

»Das bringst du nicht …«

»O doch!«, fauchte Klaue mit unmenschlich schriller Stimme. »Spiel nach meinen Regeln, Blauauge. Sonst trage ich bei meiner Rückkehr ein Kleid aus der Haut deiner Mutter, mit den Gedärmen deines Vaters als Gürtel. Und dann spiele ich dir wieder und wieder vor, wie sie gestorben sind, bis dein Bruder zurückkommt.«

Kihrin kehrte ihr schaudernd den Rücken zu und lief in seiner Zelle auf und ab. Er musterte den leeren Eimer und die dünne Zudecke, die in einer Ecke lag. Er suchte die Wände, die Zellendecke und den Boden ab. Er inspizierte die eisernen Gitterstäbe und das Schloss. Sogar sich selbst klopfte er ab, für den Fall, dass seinen Häschern etwas entgangen war, als sie ihm seine Waffen, die Dietriche, den Intaglio-Ring und seine Talismane abgenommen hatten. Einzig die Halskette hatten sie ihm gelassen. Die interessierte sie nicht, obwohl sie ein Vermögen wert war.

»Also gut, wenn du es so siehst …«, sagte Kihrin schließlich. »Wie könnte ich mich da weigern?«

Klaue hob die Hände vors Gesicht und klatschte begeistert. »Wunderbar.« Sie nahm den Stein und warf ihn Kihrin zu.

Er fing ihn auf. »Was ist das?«

»Ein Stein.«

»Klaue …«

»Ein *magischer* Stein«, sagte sie. »Erzähl mir nicht, dass ein Mann in deiner Lage nicht an magische Steine glaubt.«

Kihrin sah sich den Stein genauer an und runzelte die Stirn. »Jemand hat sein Tenyé verändert.«

»Ein magischer Stein eben.«

»Und was kann er noch mal?«

»Er *hört zu*. Da du die Geschichte erzählst, hältst du ihn fest. So sind die Regeln.« Sie grinste. »Erzähl von Anfang an.«

1

DIE SKLAVENAUKTION

(Kihrins Geschichte)

Als sie mich auf das Versteigerungspodest führten und ich den Blick über die Menge schweifen ließ, dachte ich: *Hätte ich ein Messer, würde ich euch alle töten.*

Und wenn ich nicht nackt wäre, fügte ich hinzu.

Außerdem war ich in Ketten. Ich hatte mich noch nie so hilflos gefühlt, und …

*Wie, du glaubst mir nicht, dass das der Anfang ist, Klaue?**

Was meinst du überhaupt mit »Anfang«? Wessen Anfang? Meiner? So gut erinnere ich mich nicht daran. Deiner? Du bist Tausende von Jahren alt und hast dir die Erinnerungen ebenso vieler Opfer einverleibt. Du bist doch diejenige, die diese Geschichte hören will. Und das wirst du auch, aber zu meinen Bedingungen und nicht deinen.

Also noch mal von vorn.

* Offensichtlich hatte Klaue recht, was die Fähigkeiten des »magischen Steins« anbelangt: Er zeichnet nur die Worte desjenigen auf, der ihn hält. Ich hätte mir die andere Seite der Unterhaltung zwar zusammenreimen können, aber da sie sich meiner Meinung nach aus dem Kontext erschließt, habe ich nichts verändert.

Die Stimme des Auktionators dröhnte durch das Amphitheater: »Los Nummer sechs an diesem Morgen ist ein schönes Exemplar. Was für ein Gebot höre ich für diesen menschlichen Doltarimann?* Er ist ein ausgebildeter Musiker mit einer ausgezeichneten Singstimme und erst sechzehn Jahre alt. Seht euch seine goldenen Haare an, diese blauen Augen und das hübsche Gesicht. Möglicherweise fließt sogar Vané-Blut in seinen Adern! Er ist eine willkommene Bereicherung für jeden Haushalt, aber wohlgemerkt nicht kastriert, meine Damen und Herren, also macht ihn besser nicht zum Aufseher über euren Harem!« Der Auktionator drohte anzüglich grinsend mit dem Finger, wofür er ein paar halbherzige Lacher erntete. »Das Eröffnungsgebot liegt bei zehntausend Ords.«

Mehrere seiner Zuhörer schnaubten amüsiert über den Preis.

Er war zu hoch.

An dem Tag sah ich völlig wertlos aus. Die Sklavenmeister von Kishna-Farriga hatten mich zwar gebadet, aber die Waschbürste hatte die offenen Peitschenstriemen auf meinem Rücken hellrot anlaufen lassen. Und nachdem ich monatelang in Ketten gelegen hatte, konnten meine kupfernen Armbänder die Abschürfungen an den Handgelenken kaum verbergen. Die dicken Blasen an meinem linken Fußknöchel waren entzündet und eitrig. Ich war von den typischen Quetschungen und Beulen übersät, die einen aufsässigen Sklaven kennzeichnen, und ich zitterte vor Hunger, aber auch wegen des steigenden Fiebers. Zehntausend Ords war ich auf keinen Fall wert. Nicht mal hundert.

Um ehrlich zu sein, ich hätte mich selbst nicht gekauft.

»Ach, seid doch nicht so, meine lieben Leute! Ich weiß, wie er

* Da ich Doltarisklaven kenne, denke ich, dass der Auktionator blind gewesen sein muss. Andererseits sind die braven Bewohner von Kishna-Farriga wahrscheinlich daran gewöhnt, die Lügen, die ein Auktionator über Sklaven erzählt, ohne Widerspruch hinzunehmen.

aussieht, aber ich verspreche euch, er ist ein Rohdiamant, den man nur noch schleifen muss, damit er erstrahlt. Außerdem wird er euch keine Schwierigkeiten bereiten, denn seht her, ich halte sein Gaesch in der Hand! Will niemand hier zehntausend Ords für das Gaesch dieses hübschen jungen Sklaven ausgeben?« Mit diesen Worten streckte der Auktionator den Arm aus und präsentierte eine angelaufene Silberkette. Etwas Glänzendes baumelte von ihr herab, das im Sonnenlicht funkelte.

Die Menge konnte keine Einzelheiten erkennen, aber ich wusste, was er da hochhielt: einen von der salzhaltigen Luft schwarz verfärbten Silberfalken. Ein Teil meiner Seele war in dem Metall gefangen – das war mein Gaesch.

Er hatte recht, ich würde niemandem mehr Probleme machen. Nie wieder. Einen Sklaven mit einem Gaesch zu kontrollieren, ist ebenso wirkungsvoll wie grausam. Eine Hexe hatte einen Dämon beschworen, der mir ein Stück meiner Seele entrissen und auf dieses billige Souvenir übertragen hatte, das der Auktionator nun vor sich hielt. Jeder, der diesen verdammten Gaesch-Anhänger trug, konnte mich zu allem zwingen, wonach ihm der Sinn stand. Ganz gleich, was es war. Sollte ich einen Befehl verweigern, blühte mir ein qualvoller Tod. Also würde ich ausnahmslos alles tun, was der Besitzer meines Gaesch von mir verlangte, egal, wie sehr es mir widerstrebte oder wie abstoßend ich es fand.

Ich stand vor der Wahl, entweder zu gehorchen oder zu sterben.

Mein Körper mochte nicht viel wert sein, aber der gängige Preis für die Seele eines Menschen beträgt in Kishna-Farriga zehntausend Ords.

Die Menge wurde unruhig und betrachtete mich mit anderen Augen. Ein widerspenstiger Halbwüchsiger war das eine. Ein Halbwüchsiger, den man heilen, parfümieren und dazu bringen konnte, sich jeder Laune seines Eigentümers zu unterwerfen, dagegen etwas ganz anderes. Ich zitterte, aber nicht wegen der warmen Brise, die über meine nackten Arme strich.

Wenn man etwas für Sklavenversteigerungen übrighatte, war heute ein herrlicher Tag dafür. Die Sonne schien, es war heiß, und vom Hafen wehte der Gestank der ausgenommenen Fische herüber. Die möglichen Käufer hatten es sich auf gepolsterten Stühlen bequem gemacht, geschützt von Papierschirmen und Sonnensegeln.

Kishna-Farriga gehört zu den Freien Staaten*, die keinem ihrer Nachbarn Gefolgschaft schulden und ihre Unabhängigkeit den ständig wechselnden politischen Spannungen jenseits ihrer Grenzen verdanken. Länder, die keine direkten Handelsbeziehungen miteinander unterhalten wollen, nutzen Kishna-Farriga als Umschlagplatz für ihre Waren – darunter auch für Sklaven wie mich.

Ich selbst kannte nur die Sklavenmärkte des quurischen Oktagon, mit seiner unübersichtlichen Vielzahl von Privatgemächern und Auktionssälen. Die Sklavengruben in Kishna-Farriga hingegen sind längst nicht so raffiniert konstruiert und in einem einzigen Freiluft-Amphitheater untergebracht, das direkt neben dem berühmten Hafen aufragt. Auf den ansteigenden Steinstufen finden höchstens dreitausend Besucher Platz. Es passiert nicht selten, dass ein Sklave, der auf einem Schiff ankommt, nach kurzem Aufenthalt in den Zellen unter dem Amphitheater noch am selben Tag den Besitzer wechselt und wieder von dort aufbricht – während er die ganze Zeit den Geruch von totem Fisch in der Nase hat.

Ein bezaubernder Ort.

* Immer wieder höre ich die Behauptung, die Freien Staaten wären Vasallen einer anderen Nation. So glaubt Doltar, die Freien Staaten stecken mit Manol unter einer Decke, während man in Manol davon überzeugt ist, dass sie mit Zherias klüngeln. Und natürlich ist Quur der Ansicht, die Freien Staaten gehörten den Doltari und müssten daher vor den Manolern beschützt werden. Sollte jemals ein großer Krieg ausbrechen, werden die armen Bewohner der Freien Staaten wahrscheinlich zwischen den Fronten zerrieben.

»Höre ich zehntausend?«, meldete sich der Auktionator wieder zu Wort.

Da sie nun sicher sein konnte, dass ich zahm war, hob eine in Samt gekleidete und offensichtlich »professionelle« Dame die Hand. Ich verzog das Gesicht. Auf keinen Fall wollte ich in ein Bordell zurück, aber ich befürchtete, dass es genau darauf hinauslief. Schließlich war ich alles andere als hässlich, und die meisten, die sich einen gegaeschten Sklaven leisten konnten, wollten die Anschaffungskosten auch wieder hereinholen.

»Zehntausend. Sehr gut. Höre ich fünfzehntausend?«

Ein fetter Kaufmann in der zweiten Reihe sah mich lüstern an und hob ein kleines rotes Fähnchen, um sein Interesse zu bekunden. Ich betrachtete die Farbe als Warnsignal. Als Meister wäre er nicht besser für mich als die Puffmutter, und vielleicht sogar noch schlimmer – egal, wie viel ich wert war.

»Fünfzehntausend! Höre ich zwanzigtausend?«

Ein Mann in der ersten Reihe hob die Hand.

»Zwanzigtausend. Sehr gut, Lord Var.«*

Lord Var? Wo hatte ich diesen Namen schon mal gehört?

Mein Blick blieb an ihm hängen. Er war ein ganz gewöhnlicher, mittelgroßer Mann, weder zu dünn noch zu dick und auf sympathische Weise unscheinbar. Seine Kleidung wirkte modisch, aber nicht extravagant. Er hatte schwarze Haare und olivbraune Haut wie die Quurer westlich der Drachenspitzen, doch seine Stiefel waren hoch und besaßen feste Schäfte, wie sie in den Ostlanden üblich sind. Vielleicht war er ein Jorat oder ein Yor. Sein

* Es existieren keine Aufzeichnungen, die Relos Var als Adligen oder Träger eines Verdienstordens führen, andererseits gibt es generell nur wenige Dokumente über ihn. Zum ersten Mal wurde sein Name an einer einzigen Stelle in Cilmar Shallrins Buch *Die Geschichte der Eroberung von Raevana* erwähnt. Das Werk wurde vor über fünfhundert Jahren veröffentlicht. Daher finde ich die Vorstellung irritierend, es könnte sich um ein und dieselbe Person handeln.

Hemd allerdings erinnerte eher an die typische marakorische Kleidung als an eine Mischa oder den Usigi-Umhang der Eamithonen.

Kein Schwert und auch keine anderen sichtbaren Waffen.

Das einzig Bemerkenswerte an ihm waren seine selbstbewusste Haltung und die Tatsache, dass der Auktionator ihn kannte. Lord Var widmete dem Mann seine gesamte Aufmerksamkeit, während er mich kaum eines Blickes würdigte. Genauso gut hätte er auf ein paar Blechteller bieten können.

Ich betrachtete ihn genauer. Er trug keinen Schutz, weder offen noch verborgen, nicht einmal einen Dolch hatte er in einem seiner staubigen Stiefel stecken. Dennoch saß er ganz vorn, und keiner der zahlreichen Taschendiebe, die ich in der Menge entdeckt hatte, traute sich an ihn heran.

Ich war zwar noch nie in Kishna-Farriga gewesen, man musste jedoch kein Einheimischer sein, um zu wissen, dass nur ein Narr ohne Leibwächter zu einer solchen Auktion ging.

Ich schüttelte den Kopf und konnte mich kaum noch konzentrieren. Die Welt schien bloß aus Lärm, Licht und Kältewellen zu bestehen, die vermutlich von meinem Fieber herrührten. Eine meiner Wunden hatte sich entzündet. Wenn sich nicht bald ein Heiler darum kümmerte, würde irgendein bemitleidenswerter Trottel mit mir den teuersten Briefbeschwerer aller Zeiten erwerben.

Reiß dich zusammen. Ich blendete alles aus, die Menge, die Signale der Bieter und die Lage, in der ich mich befand, und ließ den Ersten Schleier von meinen Augen gleiten. Dann sah ich mir Var noch einmal an.

Ich hatte schon immer die Gabe besessen, hinter den Ersten Schleier blicken zu können. Eine Zeit lang hatte ich sogar gedacht, dass sie mich eines Tages aus den Elendsvierteln der Hauptstadt retten würde. Damals war ich noch so naiv zu glauben, es gäbe kein schlimmeres Schicksal als ein Leben in Armut.

Es existieren drei Welten, die einander überlappen, und jede davon wird von einer der *Schwestern* regiert: die Welt der Lebenden, die Welt der Magie und die Welt der Toten.* Wie alle Sterblichen leben wir in Tajas Reich, doch schon als Kind erkannte ich, dass die Gabe, hinter den Ersten Schleier in Tyas magischen Herrschaftsbereich blicken zu können, einen immensen Vorteil bedeutet. Hinter den Zweiten Schleier können allein die Götter sehen, aber ich gehe davon aus, dass uns allen dieser Blick vergönnt sein wird, sobald wir die letzte Reise in das antreten, was dahinter liegt, in Thaenas Totenreich.

Jeder Zauberer trägt Talismane. Sie prägen diesem an sich wertlosen Nippes ihre eigenen Auren auf, um sich gegen die magischen Angriffe anderer Zauberer zu schützen. Talismane können sehr unterschiedlich aussehen, und ein kluger Magier verbirgt sie, indem er sie als Schmuckstücke tarnt oder in den Saum seiner Kleidung einnäht. Zauberer sind nicht leicht zu erkennen … es sei denn, man kann hinter den Ersten Schleier blicken und die mit Talismanen verstärkte Aura wahrnehmen, die einen echten Magier verrät.

So wie ich bei Relos Var. Zwar konnte ich keinen Talisman an ihm entdecken, aber seine Aura war furchterregend. Eine derart intensive und deutlich zu bemerkende Prägung hatte ich noch nie zuvor gesehen.**

* Das ist … vollkommen falsch. Allein schon die ungerade Zahl zeigt es überdeutlich, aber so ist es nun einmal, wenn man seine Bildung vernachlässigt. Es gibt lediglich zwei Welten, und Magie ist kein »Reich«, sondern ein metaphysischer Fluss, der die beiden parallel verlaufenden Ufer voneinander trennt.

** Obwohl ich Relos Var mehrere Male, unter anderem auch in öffentlichen Bädern, begegnet bin, muss ich gestehen, dass auch ich nie herausfinden konnte, wo er seine Talismane aufbewahrt – oder ob er überhaupt welche trägt. Doch wenngleich er nicht danach aussieht, hat Relos Var die Macht und die Aura eines Mannes, der viele Talismane besitzt.

Weder beim Toten Mann, noch bei Tyentso …

Und nein, meine bezaubernde Klaue, nicht einmal bei dir.

Mir wollte zwar nicht einfallen, woher ich seinen Namen kannte, aber ich konnte den Mann mit einem Wort beschreiben: gefährlich. Doch wenn ich Glück hatte …

Aber wem sollte ich jetzt noch etwas vormachen? Meine Glückssträhne war längst gerissen. Ich hatte meine Göttin, die sowohl die guten als auch die üblen Geschicke lenkt, erzürnt und ihre Gunst verloren. Ich wagte nicht einmal zu hoffen, dass Lord Var mich besser behandeln würde als die anderen. Es war egal, wer mich kaufte, ich würde so oder so bis ans Ende meiner Tage versklavt sein. Einem normalen Sklaven bleibt wenigstens noch die leise Hoffnung auf Flucht oder darauf, dass er sich eines Tages freikaufen kann. Gegaeschte Sklaven dagegen können nicht weglaufen, und es würde sie auch niemand befreien. Dafür sind sie einfach zu teuer.

»Zwanzigtausend sind geboten. Höre ich fünfundzwanzigtausend?«, rief der Auktionator, doch er war nicht mehr richtig bei der Sache, da er die Versteigerung schon für beendet hielt. Er konnte mit sich zufrieden sein. Zwanzigtausend Ords waren mehr, als er erwartet hatte.

»Zwanzigtausend zum Ersten, zum Zweiten. Und …«

»Fünfzigtausend«, ertönte eine klare Stimme von einer der oberen Sitzreihen.

Ein Raunen ging durch die Menge. Ich reckte den Hals, um zu sehen, wer das Gebot abgegeben hatte. In dem großen Rund blieb meine Suche zunächst erfolglos, doch dann sah ich, wie sich immer mehr Köpfe in Richtung dreier Gestalten mit schwarzen Kapuzenumhängen drehten.

Der Auktionator verpasste vor Verblüffung fast seinen Einsatz. »Die Schwarze Bruderschaft bietet fünfzigtausend. Höre ich fünfundfünfzigtausend?«

Der Mann, den er Lord Var genannt hatte, nickte dem Auktionator verärgert zu.

»Fünfundfünfzigtausend. Höre ich sechzigtausend?« Jetzt, da ein Bieterwettstreit entbrannt war, wirkte der Auktionator plötzlich wieder hellwach.

Eine der drei schwarz gekleideten Gestalten hob ein rotes Fähnchen.

»Sechzigtausend.« Der Auktionator nickte in ihre Richtung.

Ein Großteil der Leute blickte von Lord Var zu seinen verhüllten Kontrahenten. Die Auktion hatte sich zu einem heiß umkämpften Wettbewerb entwickelt.

»Höre ich fünfundsiebzigtausend?«

Var nickte erneut.

»Ich habe fünfundsiebzig. Höre ich hundert?« Der Auktionator sah das rote Fähnchen der schwarzen Gestalten aufsteigen. »Ich habe einhundert von der Bruderschaft. Höre ich hundertfünfzig?«

Var nickte.

»Hundertfünfzig. Höre ich zweihundert?« Das rote Fähnchen hob sich. »Ich habe zweihundert. Höre ich zweihundertfünfzig?« Var runzelte die Stirn, dann hob er kaum merklich die Finger. »Ich habe zweihundertfünfzig von Lord Var. Bietet die Schwarze Bruderschaft fünfhundert?«

Sie tat es.

Plötzlich musste ich einen starken Würgereiz unterdrücken, der nichts mit meiner Infektion zu tun hatte. War je ein Sklave so teuer verkauft worden? Es gab keinen Verwendungszweck, der einen derart hohen Preis rechtfertigte. Weder als Musiker noch als Lustknabe. Außer …

Ich kniff die Augen zusammen.

Ob sie wider alle Wahrscheinlichkeit wussten, wer ich war? Und was ich trug? Fast hätte ich an meine Halskette gegriffen. Der Schellenstein daran war diesen Preis wert und noch viel mehr, aber ich hatte ihn verborgen – mit dem einzigen Zauberspruch, den ich kannte.

Ich mochte gegaescht sein, man konnte mir jedoch nicht befehlen, etwas herauszugeben, von dem niemand wusste, dass ich es besaß.

»Die Schwarze Bruderschaft bietet eine halbe Million. Höre ich siebenhundertfünfzigtausend?« Die Stimme des Auktionators zitterte. Sogar er wirkte überrascht von der Zahl, die er gerade ausgesprochen hatte.

Lord Var zögerte.

»Lord Var?«, fragte der Auktionator.

Var verzog das Gesicht und warf den drei Gestalten einen bösen Blick zu. »Ja«, sagte er schließlich.

»Ich habe siebenhundertfünfzigtausend von Lord Var. Höre ich eine Million?«

Die schwarzen Gestalten zögerten keine Sekunde.

Lord Var stieß einen lauten Fluch aus.

»Eine Million Ords zum Ersten, zum Zweiten und …«, der Auktionator zögerte angemessen lange, »… zum Dritten. Verkauft an die Schwarze Bruderschaft für eine Million Ords. Meine Damen und Herren, damit haben wir einen neuen Rekord!« Das Ende seines Stabes krachte auf den Boden.

Ich musste mich sehr beherrschen, nicht dasselbe zu tun.

2

DAS HAUS KAZIVAR

(Klaues Geschichte)

… ihn mir zurück.

Natürlich habe ich dir den Stein weggenommen. Nun werde nämlich ich deine Geschichte weitererzählen.

Was heißt hier wieso? Ich bin jetzt dran. Und warum auch nicht? Es macht mir Spaß, und du kannst nicht das Geringste dagegen tun. Du willst ja nicht von Anfang an erzählen, also werde ich das übernehmen. Es hat keinen Sinn, Teile deiner Geschichte vor mir zu verheimlichen. Damit beschützt du niemandes Erinnerungen, nicht einmal deine eigenen. Ich werde dir jetzt deine Geschichte erzählen, damit du weißt, wie sie abgelaufen ist, und zwar aus der Sicht eines anderen. Genau genommen aus der Sicht vieler anderer. Denn das ist es, was ich bin: viele Augen. Daran kann keiner etwas ändern. Nicht einmal du, mein Lieber.

Hör auf, dich zu wehren. Diese Gitterstäbe sind dicker als dein Schädel.

Die Geschichte handelt von einem Jungen namens Krähe.

Ah. Dachte ich mir doch, dass dich das interessiert.

Eigentlich hieß er Kihrin*, aber er nannte sich gerne Krähe, weil

* Ich halte es für äußerst unwahrscheinlich, dass er wirklich Kihrin hieß, doch dazu müsste man seine leibliche Mutter befragen. Vielleicht geht der Name auf einen Schreibfehler zurück.

der Name ihn anspornte und außerdem zu seinem Beruf passte: Krähe war ein Dieb, und zwar ein ganz besonderer – ein sogenannter *Schlüssel*. Er saß gerne auf den höchsten Simsen, wo er allein mit den Vögeln seinen Gedanken nachhing und Gaunereien plante. Er träumte vom Fliegen, von Freiheit und einer Welt, in der niemand ihn in Ketten legen konnte.

Was ziemlich ironisch ist, wenn man darüber nachdenkt.

Aber leider bekommen wir so gut wie nie, was wir uns erträumen, richtig?

Er war fünfzehn. In Quur galt er damit noch nicht als volljährig, doch er war zu alt, als dass man ihn noch als Kind hätte bezeichnen können. Wie alle, die zwischen zwei Welten gefangen sind, hasste er beide und sehnte sich gleichzeitig nach ihnen. Er selbst betrachtete sich seit seinem dreizehnten Lebensjahr nicht mehr als Kind. Damals war seine Lehrerin gestorben, und er hatte sich zum ersten Mal als Schlüssel der Schattentänzer verdingt.*

Vielleicht hatte Krähe ja recht, denn in den Elendsvierteln des Unteren Zirkels bleibt niemand lange ein Kind. Und die armen obdachlosen Gören, die sich Banden wie den Schattentänzern anschlossen, wurden noch schneller erwachsen.

Als Dieb hatte Krähe nur eine einzige Schwäche, die ihm schließlich zum Verhängnis werden sollte.

Er war neugierig.

Krähe hatte den Einbruch in das Haus eines wohlhabenden

* *»Habe heute in der Stadt eine Hexe entdeckt, die gerade dabei war, vermittels ihrer Zauberkräfte ein Herrenhaus auszurauben. Beim Verhör gestand sie, ein sogenannter ›Schlüssel‹ zu sein. Muss herausfinden, ob es einen Geheimbund gibt, der unter den Augen des Hochadels verbotene Zauberei betreibt.«* Auszug aus dem Tagebuch des Wachmanns Kolban Simus, das nach der Entdeckung seiner Leiche unter seinem Kopfkissen gefunden wurde. Sein Tod wurde als Selbstmord deklariert.

Händlers* im Kupferviertel fast eine ganze Woche lang geplant. Der Mann war zur Hochzeit seiner Tochter gereist und würde erst in zwei Wochen zurückkehren. Damit blieb Krähe mehr als genug Zeit, das leere Haus auszukundschaften.

Als er jedoch dort ankam, merkte er, dass bereits jemand da war, allerdings aus ganz anderen Beweggründen als er.

Wenn du mich heute fragen würdest, ob es einen Zeitpunkt gab, der alles verändert hat, würde ich dir diesen einen Tag nennen – als du in das Haus Kazivar eingebrochen und aus reiner Neugier geblieben bist, obwohl es klüger gewesen wäre abzuhauen.

Aber du bist nicht weggelaufen, und deshalb ist das für mich der Anfang.

Der junge Mann geriet auf dem Fenstersims kurz ins Taumeln und stieß einen leisen Fluch aus. Als er sein Gleichgewicht wiedergefunden hatte, spähte er in das schwach beleuchtete Zimmer. Abgesehen von den Schreien, die aus dem Inneren des Hauses drangen, herrschte absolute Stille. Erst jetzt merkte er, dass er den Atmen angehalten hatte. Das eigenartige Kribbeln in seinen Fingerspitzen tat er als Angst ab und ließ sich vom Sims ins Innere der Villa gleiten.

Drinnen schob er den Schlüsselring mit den Plättchen zurück unter seinen Gürtel. Die meisten Plättchen waren aus Holz – Bambus, Mahagoni, Zypresse und auch aus ein paar exotischen Sorten wie Kiefer und Eiche. Daneben hingen welche aus Glas, außerdem Keramikplättchen, die aus einheimischem Lehm gefertigt waren. Mit diesen Hilfsmitteln konnte er herausfinden, ob ein Haus ver-

* Aidin Novirin, ein mäßig reicher Kaufmann, der mit den Torwächtern in Verbindung stand. Nachdem er von einer persönlichen Angelegenheit zurückgekehrt war, meldete er den Wachmännern einen Einbruch. Allerdings konnte er nicht angeben, was oder ob überhaupt etwas gestohlen worden war.

zaubert war oder ob jemand zum Beispiel Wachmänner angeheuert hatte, die Fenster und Türen mit Magie gegen Eindringlinge versiegelten. Schlüssel wie er beherrschen zwar selbst keine Magie, können jedoch hinter den Ersten Schleier blicken und feststellen, ob eine Tür, ein Schloss oder eine Kiste mehr sind, als sie zu sein scheinen. Für einen Dieb wie ihn bedeutete diese Fähigkeit den Unterschied zwischen Erfolg und einem jähen, blutigen Ende seiner kriminellen Laufbahn.

Der Fensterrahmen bestand aus geschnitztem Teakholz, die Scheiben waren aus trübem Glas. So weit war alles ganz normal. Keine Fallen und keine Zauberei.

Aber die Schreie. Diese Schreie aus dem Inneren des Hauses waren nicht normal. Da drin litt jemand schlimmere Schmerzen, als selbst ein Straßenkind wie Krähe es in seinen fünfzehn Lebensjahren je erlebt hatte.

Der junge Dieb schloss das Fenster hinter sich und ließ seinen Augen Zeit, sich an das schwache Licht zu gewöhnen. Er fragte sich, wer hier misshandelt wurde. War es der Eigentümer des Hauses (wie hieß dieser Händler noch mal?), der gerade geschlagen wurde? Oder war er derjenige, der eine schreckliche Bestrafung vornahm? Vielleicht war die Reise in den Norden ja nur vorgetäuscht und in Wirklichkeit befriedigte er gerade seine perverse Vorliebe für Folterungen oder Schlimmeres.

Das Schlafzimmer, in dem sich Krähe befand, war einschüchternd groß und vollgestopft mit den protzigen Filigranarbeiten und Fliesen, für die man die kaiserlichen Handwerker überall rühmte. Das riesige Bett war mit Baumwollsatin bezogen, an den Wänden und über den Diwans hing Tapisserieware, und auf allen Abstellflächen standen elegante Statuetten aus schwerer Bronze oder Jade.

Vor der nördlichen Wand erstreckte sich ein geräumiger Balkon, der den überdachten Innenhof der Villa überblickte. Die Schreie kamen aus dem Hofgarten im Erdgeschoss.

Erleichtert stellte Krähe fest, dass er vom Hof aus nicht bemerkt werden konnte. Das war wichtig, weil an diesem Abend jeder außer seinem blinden Vater perfekte Sicht hatte: Alle drei Monde waren aufgegangen und strahlten mit der violett-rot-grünen Aurora von Tyas Schleier um die Wette. Es war eine Nacht für Zauberer, in der man Magie wirken oder sie umgehen konnte. Denn wenn Tyas Schleier am Himmel erscheint, ist es leichter, hinter den Ersten Schleier und in ihr Reich zu »sehen«.*

Das Schlafgemach war noch vor Kurzem benutzt worden. In der Luft hing Parfümgeruch, genau wie in den Laken, die zurückgeschlagen und zerknüllt auf der Matratze lagen. Die verstreuten Kleidungsstücke deuteten auf ein Rendezvous hin, das etwas aus dem Ruder gelaufen war.

Aber das ging ihn nichts an.

Mit geübtem Blick fand er rasch das Geld und den Schmuck, die auf einen Beistelltisch geworfen worden waren. Während er lauschte, verstaute er alles in seiner Gürteltasche.

Worte drangen zu ihm herauf.

»Es ist doch ganz simpel«, erklärte eine samtige Männerstimme. »Sag uns einfach, wo der Schellenstein ist, und wir bereiten deinen Schmerzen ein Ende.«

Die Antwort wurde immer wieder von Schluchzern unterbrochen. »Ich ... O Göttin! ... Ich habe es euch doch gesagt ... Ich *weiß* nicht, wo er ist!«

Krähe fragte sich, ob die Stimme einer Frau gehörte. Er verengte die Augen zu Schlitzen. Wenn sie eine Frau schlugen ... Er riss sich zusammen. Was kümmerte es ihn, wen sie schlugen? Er sagte sich, dass er jetzt kein Idiot sein durfte.

»Der Stein wurde zuletzt bei Königin Khaeriel gesehen, als sie

* Oh, wie sehr ich den Mangel an Bildung in der Welt beklage. Dies alles ist purer Aberglaube.

starb«, sagte eine andere, kältere Stimme. »Er wurde nie wiedergefunden. Ihre Dienstmagd ist mit ihm durchgebrannt, aber sie hat ihn nicht mehr. Hat sie den Stein zum neuen König geschmuggelt?«

König?, dachte Krähe. *Königin?* In Quur gab es jede Menge Prinzen und Prinzessinnen, aber weder König noch Königin. Quur war das prächtigste, größte und einflussreichste Kaiserreich, das es je gegeben hatte – und je geben würde. Quur wurde von einem Kaiser regiert, der so unsterblich und mächtig war wie ein Gott. Er duldete keine »Könige«.

»Ich weiß es nicht! Seit Jahren hat niemand mehr Miyathreall gesehen. Woher soll ich wissen, wo sie ist, falls sie überhaupt noch lebt?«

Krähe war sich nun sicher, dass das Opfer ein Mann war, der aber mit sehr hoher Stimme sprach. Am liebsten hätte er einen kurzen Blick riskiert, doch er hielt sich zurück. Sich einzumischen wäre Wahnsinn. Er hatte keine Ahnung, wer diese Männer waren, sie klangen jedoch, als ob man ihnen besser nicht in die Quere kam.

»Hältst du uns für Idioten?«, knurrte die erste Stimme. Sie wirkte nun sehr wütend. »Wir wissen, für wen du arbeitest. Wir hätten dir mehr Macht und Geld gegeben, als du dir in deinen wildesten Träumen vorstellen kannst, aber du hast unser großzügiges Angebot ausgeschlagen. Du wirst uns dennoch alles sagen, und wenn es die ganze Nacht dauert …«

Krähe hörte ein eigenartiges Gurgeln, dann fingen die Schreie wieder an. Ein Schauder lief ihm über den Rücken, doch er schüttelte den Kopf und machte sich erneut an die Arbeit. Nichts von alldem ging ihn etwas an. Er war nicht als Wohltäter hier.

Er blickte ein weiteres Mal hinter den Ersten Schleier. Seine Sicht vermischte sich mit Regenbogenfarben und hell funkelnden Lichtern. Es war, als hätte er Tyas Aurora vom Himmel herabgezogen. Zwar konnte er nicht wie ein Zauberer hinter diesen Schleier greifen und eine Veränderung erzwingen, aber oft genügte es, einfach nur zu schauen.

Hinter dem Ersten Schleier konnte er die verschiedensten Stoffe präzise voneinander unterscheiden, und das sogar im Dunkeln. Gold hatte eine bestimmte Aura, Silber eine andere und Diamanten wiederum eine noch andere. Edelsteine leuchteten sogar nachts, als reflektierten sie Licht. Ein Schlüssel wie er konnte ein Zimmer betreten und zielsicher die eine Goldmünze finden, die irgendwo unter einem Kissen versteckt war. Das war der andere Grund, warum gewöhnliche Diebe die Schlüssel so sehr beneideten. Doch auch sie können über einen Teppich stolpern und sich den Hals brechen. Dagegen hilft nur Aufpassen.

In einer dunklen Ecke entdeckte Krähe den Regenbogenglanz wertvoller Steine. Dort waren ein paar Schätze abgelegt und offenbar vergessen worden: ein Dolch aus Drussian, ein Beutel mit Kräutern und ein gravierter Rubinring.

Außerdem entdeckte Krähe einen großen, ungeschliffenen grünen Stein an einer Silberkette. Um das Rohjuwel war so etwas wie Silberdraht gewickelt, doch sein Blick verriet ihm, dass es sich nicht um Silber handelte, und der Stein war eindeutig kein Smaragd. Der Dieb betrachtete den Stein mit gerunzelter Stirn und blickte dann über die Schulter in die Richtung, wo sich die drei Männer »unterhielten«. Die Kräuter ließ er liegen, schnappte sich aber die Halskette und den Ring, bevor er den Dolch unter den Gürtel schob.

Und da war sie wieder: Krähes Neugier. Er hatte schon oft Schmuck gestohlen, in all den Jahren war ihm jedoch noch nie eine solche Halskette untergekommen. Bis auf einmal …

Er zog ihr Gegenstück unter dem Hemd hervor. Der Stein, den er um den Hals trug, war indigoblau und sah aus wie ein Saphir, war aber keiner. Um ihn war ein gelber Draht gewickelt, augenscheinlich Gold, aber auch das war eine Täuschung. Sowohl der falsche Saphir als auch der falsche Smaragd waren ungeschliffen, mit scharfen Kristallkanten und glatten Facetten. Die beiden Halsketten besaßen zwar verschiedene Farben, doch in ihrer Art und Gestaltung waren sie identisch.

Er konnte seine Neugier nicht länger im Zaum halten.

Krähe legte sich auf den Bauch und robbte Zentimeter für Zentimeter an die Balkonbalustrade heran, bis er schließlich in den Innenhof sehen konnte. Er ließ den Ersten Schleier wieder an seinen Platz zurückgleiten und wartete ab, bis sich seine Augen an die Veränderung gewöhnt hatten.

Zwei Männer standen dort unten, der dritte war an einen Stuhl gefesselt. Im ersten Moment glaubte Krähe, er hätte sich getäuscht und das Opfer wäre gar kein Mann. Auf jeden Fall war es kein Mensch. Die dichten Ringellocken der sitzenden Gestalt waren unnatürlich pastellblau und sahen aus wie flauschige Zuckerwatte oder Wolkenränder bei Sonnenuntergang. Das Gesicht war breit und fein geschnitten, im Moment zwar schmerzverzerrt und blutverschmiert, aber dennoch herzzerreißend schön.

Krähe hätte beinahe laut aufgeschrien, als er erkannte, dass der Gefangene ein Vané war. Er hatte noch nie einen gesehen.

Seine Folterer hingegen waren eindeutig Menschen. Im Vergleich zu dem Vané sahen sie schmutzig und hässlich aus. Einer der beiden bewegte sich mit der Grazie eines Tänzers und schien unter seinen wässrig blauen Seidengewändern ausschließlich aus Muskeln zu bestehen. Der andere trug einen dicken schwarzen Umhang, der scharf von seiner eigenartig hellen Haut abstach. Sie war nicht braun wie die eines gewöhnlichen Quurers, sondern blass und unansehnlich wie abgeschabtes Pergament. Die beiden gaben ein merkwürdiges Paar ab. Von den Stickereien auf seinem Hemd über die Kniehose bis hin zu dem juwelenbesetzten Degen an seiner Hüfte war der Erste durch und durch ein Anhänger weltlicher Genüsse, der andere wirkte wie das Musterbild eines Asketen.*

Krähe stellten sich die Nackenhaare auf, als er den bleichen Mann musterte. Irgendetwas an ihm war falsch, verdorben, ungesund. Es lag nicht an seinen kohlrabenschwarzen Augen und Haaren, die nicht weiter ungewöhnlich wirkten, sondern an etwas schwer Greifbarem. Irgendwie hatte Krähe das Gefühl, einen Toten zu betrachten, der unter den Lebenden wandelte. Wie das Spiegelbild eines Leichnams, das zwar lebendig wirkte, es aber nicht war.

Krähe gab ihnen die Namen Schönling und Toter Mann** und hoffte, keinem der beiden je von Angesicht zu Angesicht begegnen zu müssen.

Er fürchtete sich davor, was ihm sein Blick offenbaren würde, doch nach kurzem Zögern sah er erneut hinter den Ersten Schleier – und zuckte zusammen. Es war noch schlimmer, als er geargwöhnt hatte. Der Schönling trug jede Menge Schmuckstücke – von denen jedes ein Talisman sein konnte.

Beide Männer waren Zauberer. Sie hatten die scharfen Auren, die laut Maus das Kennzeichen der Magi waren, denen man um jeden Preis aus dem Weg gehen musste.

Die Aura des Toten Mannes entsprach seiner restlichen Erscheinung: Sie war ein Loch im Licht um ihn herum.

Krähe bekam eine Gänsehaut und wäre am liebsten davongerannt.

Der Schönling nahm ein Stilett und rammte es dem Vané in den

* Eine schmeichelhafte Beschreibung, aber wie Ihr und ich wissen, hatte seine fehlende Eitelkeit nichts mit mönchischer Bescheidenheit zu tun. Ich danke den Göttern für die Hausdiener, ohne die ich wahrscheinlich verhungert wäre, bevor der Kerl sich daran erinnert hätte, dass Kinder regelmäßig Mahlzeiten brauchen und außerdem gebadet werden müssen.

** Meiner Meinung nach viel bessere Namen als ihre echten.

Bauch. Der Gefangene bäumte sich auf, riss an seinen Fesseln und stieß einen so schmerzerfüllten Schrei aus, dass Krähe vor Mitgefühl laut aufkeuchte.

»Warte«, sagte der Tote Mann. Er schob den Schönling zur Seite und zog das Stilett aus dem Bauch des Vané, der mit verzweifeltem Gurgeln in sich zusammensackte.

Der Tote Mann neigte den Kopf zur Seite und lauschte.

Krähe begann in Gedanken, ein Mantra aufzusagen, das ihm schon mehr als einmal das Leben gerettet hatte: *Ich bin nicht hier. Ohne Leib, unsichtbar, unhörbar, nicht anwesend. Ich bin nicht hier …*

»Ich höre nichts«, sagte der Schönling.

»Ich schon«, entgegnete der Tote Mann. »Bist du sicher, dass niemand im Haus ist?«

Der junge Dieb versuchte, mit den Schatten zu verschmelzen und seine Atmung zu beruhigen, sie ganz einzustellen, sodass er weder zu sehen noch zu vernehmen war. Wie hatte der Tote Mann ihn trotz des Schreis hören können? *Ich bin nicht hier. Ohne Leib, unsichtbar, unhörbar, nicht anwesend …*

»Ja, ich bin mir sicher. Der Eigentümer verheiratet gerade seine Tochter an irgendeinen närrischen Ritter in Kazivar. Er wird erst in zwei Wochen wiederkommen.«

Diese Antwort schien den Toten Mann zufriedenzustellen, der seine Aufmerksamkeit wieder dem Vané zuwandte. »Ich glaube, er hat uns alles erzählt, was er weiß. Es wird Zeit für unseren Notfallplan.«

Der Schönling seufzte. »Ist das wirklich nötig?«

»Ja.«

»Ich hatte gehofft, wir könnten uns unseren neuen Freund für einen anderen Tag aufheben und ich müsste nicht schon wieder das Blutritual durchführen. Klaue kann nicht überall sein – und nicht alle gleichzeitig imitieren. Die Leute werden anfangen, Fragen zu stellen, wenn zu viele meiner Familienmitglieder unter ungeklärten Umständen verschwinden.«

»Dann kannst du von Glück reden, dass deine Familie so groß ist.« Der Tote Mann drehte sich um und blickte in die Schatten in einer Ecke des Innenhofs. »Hast du genügend Informationen, um ihn zu finden?«

Albtraumhaftes Gelächter hallte durch Krähes Verstand.

~ O JA. ICH HABE IHN IN SEINEM GEIST* GESEHEN. ~

Krähe unterdrückte einen überraschten Ausruf und biss sich auf die Lippe. Die Stimme war nicht zu hören gewesen, sie hatte sich ungebeten in seine Gedanken gedrängt.

Diese Stimme …

Der Tote Mann streckte eine Hand nach dem Vané aus. Seine Miene blieb vollkommen ungerührt, doch auf gewisse Weise wirkte diese Geste bedrohlicher als die Folter des Schönlings. Ein dünner Energiestrom floss aus den Augen des Vané, seiner Stirn und der Brust und sammelte sich in der Hand des Toten Mannes zu einer Kugel aus blassviolettem Feuer.

Während ihm der letzte Rest seiner Seele aus dem Körper gesaugt wurde, weiteten sich die Pupillen des Vané, dann wurde sein Blick leer.

Der Tote Mann stopfte etwas Festes, amethystblau Funkelndes in die Tasche seines Umhangs.

»Was ist mit der Leiche?«, fragte der Schönling.

Der Tote Mann seufzte und vollführte eine letzte Geste. Ein Knistern und Krachen ertönte, als erneut Energie floss, diesmal jedoch aus den Fingern des Toten Mannes und auf sein Opfer zu.

Krähe drehte sich der Magen um, als er sah, wie das Fleisch des Vané wie Schnee von seinem Körper schmolz, bis nur noch seine

* Ich frage mich, in wessen Geist. Höchstwahrscheinlich wusste der Dämon schon die ganze Zeit, dass Krähe sich in dem Haus aufhielt. Daher halte ich es durchaus für möglich, dass er sich die Information nicht von dem Vané, sondern von Kihrin selbst geholt hat.

blutige Kleidung und ein merkwürdig sauberes Gerippe übrig waren.

Ein paar endlos scheinende Sekunden lang wirbelte die blutige Masse einem roten Gifthauch gleich um die Knochen herum. Dann schwebte sie auf die Schatten zu, wo sich in diesem Moment ein Dämon aus der Dunkelheit schälte, sein gigantisches Maul aufriss und alles verschluckte.

»Scheiße!«, presste Krähe zwischen den Zähnen hervor und wusste sofort, dass er einen Fehler gemacht hatte – wahrscheinlich einen tödlichen.

Der Tote Mann schaute zum Balkon hinauf. »Da oben ist jemand.«

»Er wird ihn sich schnappen«, sagte der Schönling. »Du. *Fass.*«

Krähe gab allen Anschein von Tarnung auf und rannte zum Fenster.

3

DIE SCHWARZE BRUDERSCHAFT

(Kihrins Geschichte)

*Ich bin wieder dran? Wie großzügig von dir, Klaue. Woher willst du eigentlich wissen, was ich in dieser Nacht gedacht habe? Nein … vergiss es.**

Wo war ich? Ach ja.

Aufgrund meines Fiebers und der Verletzungen trafen meine neuen Besitzer nach der Auktion noch vor mir im Verkaufsraum ein. Wie die Totenrichter im Land des Friedens warteten sie dort auf mich, drei stumme Schatten mit so tief ins Gesicht gezogenen Kapuzen, dass sie eigentlich so gut wie blind sein mussten.

Die rechte Gestalt war eine Frau und ziemlich groß, falls sie aus dem Westen von Quur stammte, aber nicht größer als die meisten Doltari oder Quurer aus dem Osten. Die linke war geradezu riesig. Er oder sie überragte den Zweitgrößten im Raum (in dem Fall mich) um einen halben Fuß. Die mittlere Gestalt wirkte alt und gebeugt. Sie humpelte auf meinen Begleiter zu, einen kastrierten

* Die Leute, die Klaue in diesen Dialogen verkörpert, lassen sich in zwei Kategorien einteilen: diejenigen, die sie verspeist hat, und die anderen, mit denen sie viel Zeit verbrachte, so wie mit Kihrin. Auf jeden Fall konnte sie mithilfe ihrer telepathischen Fähigkeiten viele Geheimnisse in Erfahrung bringen.

Sklavenmeister aus Kishna-Farriga namens Dethic. Dabei streckte sie die Hand aus, die in einem schwarzen Seidenhandschuh steckte.

Einen Moment lang sagte niemand ein Wort.

»Das Gaesch«, verlangte die kleine Gestalt schließlich.

Ich erschrak vor ihrer Stimme, die so verzerrt war, dass sie unwirklich erschien. Sie klang wie Gletschereis, das eine Bergflanke sprengt, oder Brandungswellen, die an scharfkantige Felsen schlagen. Angesichts meiner Lage erschien mir diese Stimme wie ein schlechtes Omen.

Dethic schluckte. »Ja, natürlich. Aber … es gibt Vorschriften. Ihr versteht sicher, dass vor Aushändigung der Ware zunächst der vollständige Kaufpreis …«

»Das würde ich auch gerne sehen«, sagte Relos Var, der soeben eingetreten war. »Ich kann mir kaum vorstellen, dass sie so viel dabeihaben.«

Die linke Gestalt (die große) griff in ihren Umhang und zog einen schwarzen Samtbeutel hervor. Darin befand sich eine goldene Halskette, die sie nun herauszog und für alle sichtbar vor sich hielt. Der Wert der Goldkette verblasste allerdings im Vergleich zu den zwölf Diamanten, die daran befestigt waren, jeder von ihnen so groß wie ein Fingernagel, birnenförmig und mitternachtsblau, mit einem funkelnden weißen Stern im Inneren.

Mir wurde noch schwindeliger. Eine Halskette mit Sternentränen. Zwölf Stück. Alle in Größe und Farbe identisch. Wie viele dieser Juwelen gab es überhaupt?

Dethic war verblüfft. »Sternentränen! Bei den Göttern. Die sind unbezahlbar.«*

* Abgesehen von den Dana-Juwelen gab es nur einen einzigen verbürgten Fall, in dem eine Sternenträne verkauft wurde. Damals veräußerte ein pensionierter quurischer Armeeoffizier eine Träne, an die er unter ungeklärten Umständen gekommen war, an das Haus D'Kard, das als Gegen-

»Genau wie der Junge«, gab die rauhe Stimme zurück.

»Ihr habt den Versteigerungsrekord gebrochen.« Dethic, der vermutlich an seine Provision dachte, schien ganz aus dem Häuschen.

»Wenn das mal keine Fälschung ist«, sagte Lord Var. »Lasst mal sehen.«

Die Gestalt mit der Kette fuhr zu ihm herum, hob die Hände und streifte die Kapuze zurück. Ich hätte es bereits an der Körpergröße erkennen müssen: Er war ein Vané.

Vor ihm hatte ich nur sehr wenige gesehen – ausnahmslos farbenfrohe kirpische Vané. Dieser hier wirkte anders, eher wie jemand, der zu oft im Feuer gespielt hatte. Seine Haut schimmerte wie Kohle, seine langen Haare fielen ihm mattschwarz über die Schultern, und die Augen sahen aus wie dunkle Smaragde. Er war zwar so hübsch wie alle Vané, aber mit scharfen Gesichtszügen und kantigem Körperbau. Seine Schönheit erinnerte an eine Klinge, nicht an Blumen.

Ich hatte keine Ahnung, wie alt er sein mochte. Nach allem, was ich wusste, hatte er vielleicht sogar die Gründung des Kaiserreichs Quur miterlebt. Er sah zwar nur ein paar Jahre älter aus als ich, aber das hatte nichts zu bedeuten. Die Vané sind ein ewig junges Volk.

Allein das war für meine Vorfahren wahrscheinlich Grund genug gewesen, sie zu hassen und die kirpischen Vané aus dem Land zu vertreiben, das sie als ihr Eigentum betrachteten. Kaiser Kandors Invasionsarmee rückte an, und die Vané unterlagen. Sie flohen aus ihren Waldbehausungen und sahen entsetzt zu, wie Quur sich Kirpis einverleibte.

leistung den Sileemka-Palast in Khorvesch für ihn errichtete. Zieht man diesen Tauschhandel als Vergleich heran, müsste man für eine einzelne Sternenträne wohl rund eine Million Ords bezahlen. Womit die Kette viel wertvoller war als der Zuschlagpreis für Kihrin.

Aber dieser hier war kein kirpischer Vané.

Im Süden von Quur liegt das *andere* Königreich der Vané: Manol. Die manolischen Vané nehmen sich im Vergleich zu den kirpischen Blumen wie dunkle Edelsteine aus und lassen sich nicht so einfach überrennen. Dort fand die unaufhaltsame Ausweitung des quurischen Reichs ein jähes und unerwartetes Ende, als Kaiser Kandor fiel, erschlagen von einem manolischen Vané. Sein sagenumwobenes Schwert Urthaenriel – besser bekannt als »Göttertöter« – ging irgendwo im Dschungel verloren, zusammen mit einer ganzen Generation quurischer Männer. Kandors Nachfolger sollten zwar noch zwei weitere neue Herrschaftsgebiete erobern, aber nach seinem Tod hatte die quurische Expansion beträchtlich an Schwung verloren. Von diesem Zeitpunkt an sahen die manolischen Vané keine Bedrohung mehr in Quur und ignorierten uns einfach.

Der Vané hob eine Augenbraue. »Die Sternentränen sind echt, Relos Var. Aber glaubt Ihr wirklich, ich wäre so dumm, sie Euch in die Hand zu geben?«

Der Zauberer verzog die Lippen zu einem angedeuteten Lächeln. »Die Hoffnung stirbt zuletzt.«

»Du. Untersuche du sie.« Der Vané reichte mir die Halskette mitsamt dem Beutel.

Dethic sah verwirrt aus. »Aber, Herr …«

»Schon gut«, flüsterte ich, ohne den dunkelhäutigen Vané aus den Augen zu lassen. »Ich bin geübt darin, den Wert von Edelsteinen zu beurteilen.«

Ich hatte vor zu lügen. Schließlich war ich ein Quurer und er ein manolischer Vané. Ich wusste zwar nicht, was er mit mir vorhatte, aber es war bestimmt nichts Gutes. Dass er für mich eine Goldkette mit Sternentränen eintauschen wollte, war nicht nur maßlos übertrieben, sondern vor allem auch unheimlich. Mein ganzes Leben lang hatte ich von dieser Halskette gehört. In meinen Augen war ihre Geschichte genauso anrüchig wie die des Schwerts Urthaenriel oder der Krone und des Zepters von Quur.

Und mit einem Mal wusste ich, auf wessen Seite ich mich schlagen musste: Dieser Relos Var schien mir ganz klar das geringere Übel. Mit zitternden Fingern hielt ich die Diamantenkette in die Höhe und bewegte die Steine so, dass sich das Licht in ihnen fing.

»Du kennst dich mit Edelsteinen aus? Hervorragend.« Dethics Miene wurde nachdenklich. »Aber lüg mich nicht an. Sag die Wahrheit. Sind das Sternentränen?«

Ich unterdrückte einen Seufzer. An dieser Stelle hätte alles enden können. Wenn ich gelogen und ihm weisgemacht hätte, die Steine wären gefälscht, hätte ich mein Glück mit Relos Var versuchen können. Doch Dethic hatte mein Gaesch und hielt mit diesem Metallamulett einen Teil meiner Seele in der Hand. Daher *musste* ich seinen direkten Befehlen gehorchen. Wie für praktisch alle gegaeschten Sklaven galt für mich noch ein ganzer Haufen weiterer Regeln, an die ich permanent gebunden war: Es war mir verboten zu fliehen, meinen Meister zu töten oder seine Befehle zu ignorieren (obwohl mir diese letzte Regel unnötig redundant erschien). Andererseits war ich nicht dazu verpflichtet, die Bedürfnisse meines Meisters vorauszuahnen oder stets in seinem besten Interesse zu handeln. Diese Schlupflöcher konnte ich nutzen.

Die ganze elende Geschichte hätte also genau in diesem Moment enden können, wenn er mir nicht *befohlen* hätte, die Wahrheit zu sagen.

Ich nahm die Diamanten erneut in Augenschein. Sie waren makellos. Begnadete Hände hatten sie vor Urzeiten so geschliffen, dass man glaubte, in den Edelsteinen wären echte Sterne eingeschlossen.

Ich öffnete den Samtbeutel, und alle konnten hören, wie die Halskette klirrend hineinglitt. Allerdings bemerkte niemand, dass ich meine Kupferarmbänder nicht mehr trug.

Ich bin *sehr* gut darin, Dinge zu verstecken.

»Sie sind echt.« Ich gab Dethic den Beutel und kratzte mich, soweit es meine Fesseln zuließen, im Nacken. Dabei hakte ich die gestohlene Halskette bei meiner eigenen ein und verbarg beide unter meinen langen Haaren.

Das war's. Sofern Dethic meinen Betrug nicht bemerkte, war ich soeben für den Preis zweier Kupferarmbänder an die Schwarze Bruderschaft verkauft worden.

Es ist nicht so, dass ich fand, meine Seele wäre nicht mehr wert, aber ich wollte verdammt sein, wenn ich bei meinem Verkauf nicht auch ein wenig mitverdiente.

Lord Var wandte sich an meine neuen Meister. »Mitglieder der Bruderschaft, wir standen immer auf gutem Fuß miteinander. Wollt Ihr unsere Freundschaft wirklich wegen eines einzelnen Sklaven riskieren?«

»Ihr habt nichts, was uns interessieren würde«, entgegnete der Vané ungerührt, ehe er sich zu Dethic umwandte. »Du bist bezahlt worden. Jetzt gib mir das Gaesch.«

»Gib es ihm nicht«, befahl Relos Var.

Dethic zögerte.

»Ihr habt in dieser Angelegenheit nichts mehr mitzureden«, sagte der Vané.

»Ich will diesen jungen Mann«, knurrte Relos Var.

Der Vané grinste höhnisch. »Vielleicht solltet Ihr ihm erst ein paar Geschenke schicken, bevor Ihr anfangt, ihn zu umwerben.«

Die Luft im Raum war mittlerweile zum Schneiden dick, und ich fragte mich, ob die Schwarze Bruderschaft mich vielleicht nur gekauft hatte, damit Relos Var mich nicht bekam. Im Grunde hielt ich das sogar für die wahrscheinlichste Erklärung. Außer sie wussten, wer ich wirklich war und dass ich den Schellenstein um den Hals trug.

Außer ... Dieses »außer« erschien mir leider allzu plausibel. Mein Magen krampfte sich zusammen. Auf keinen Fall wollte ich zum Spielball in einem politischen Machtkampf werden. Bei den Göttern, noch mehr Intrigen! Wie sehr ich diese politischen Winkelzüge verabscheute. Hätte ich doch bloß verschwinden können. Aber ich wagte es ja nicht einmal, auch nur an das Wort »Flucht« zu denken, da mich das Gaesch sofort auseinanderreißen würde, wenn ich es tat.

»Ist Euch eigentlich klar, mit wem Ihr Euch anlegt?«, fragte Var.

Der Vané lächelte. »Ich habe Euch mit Eurem Namen angesprochen, schon vergessen?«

»Dann gibt es keine Entschuldigung für Eure Unverschämtheit.«

Der Vané zuckte mit den Schultern. »Ihr bekommt ihn nicht, weder jetzt noch in Zukunft. Warum haltet Ihr Euch nicht weiter an yorische Jünglinge? Irgendwo in den Bergen muss es doch noch einen flinken Achtjährigen geben, der der Aufmerksamkeit Eurer Lakaien bislang entgangen ist.«

Aus dem Kapuzenumhang der kleinsten Gestalt drang ein Geräusch, das wie zwei aneinanderschabende Granitblöcke klang: Er, sie oder es *lachte*.

Zögernd streckte Dethic die Hand mit dem Silberfalken aus. Die beiden Männer starrten den Anhänger an, als würden sie ihn jeden Moment an sich reißen, ganz gleich, ob sie den Zuschlag erhalten hatten oder nicht.

»Ihr macht einen großen Fehler, junger Vané«, sagte Relos Var. »Ich werde Euch in Erinnerung behalten.«

Der Vané grinste wie ein Raubtier. »Bitte nennt mich nicht ›junger Vané‹. Todfeinde sollten einander immer beim Namen nennen.«

»Dafür haltet Ihr Euch? Für meinen Todfeind? Hat das Saugen an Thaenas Zitzen Euch gierig nach einem schnellen, grausamen Tod gemacht?« Relos Var schien diesen Gedanken amüsant zu finden. »Wie lautet also Euer Name?«

»Teraeth.« Die Augen des Vané leuchteten*, und ein höhnischer

* Was vermutlich nicht wörtlich zu verstehen ist.

Ausdruck trat auf sein Gesicht. Ich wusste zwar nicht, woher sein starker Hass auf den Mann kam, aber er war ihm deutlich anzumerken. Instinktiv wich ich mehrere Schritte zurück – nicht weil ich fliehen wollte, sondern um nicht mit Blut bespritzt zu werden.

»Teraeth?«, wiederholte Relos Var. »Du hast nicht die Farbe dieses Stammbaums, außer …« Er schaute den Vané triumphierend an. »Du bist nicht nur arrogant, sondern auch ein Narr. Dein Vater Terindel ist nicht hier, um dich zu retten, kleiner Vané, und jemandem wie mir hast du nichts entgegenzusetzen.«

»Ganz recht, Terindel ist nicht hier«, sagte die Gestalt mit der schrecklichen Stimme. »Aber ich bin es. Und ich werde meinen Sohn beschützen, Zauberer.«

Der Magier fuhr mit wütend gerunzelter Stirn herum, doch dann schien ihm plötzlich klar zu werden, wer sich unter der Kapuze verbarg. »Khaemezra. Schlau. Sehr schlau.«

»Es ist schon eine Weile her, Relos.« Die Worte hätten eine freundliche Begrüßungsfloskel sein können, wäre da nicht diese eisige Kälte in der Stimme gewesen.

»Wir könnten uns gegenseitig helfen, Hohepriesterin. Unsere Ziele sind gar nicht so verschieden.«

»Glaubst du das wirklich, mein armes Kind? Dumm. Aber du hast den Tod ja schon immer mit Vernichtung verwechselt.«

Var verengte die Augen und sah aus, als würde er jeden Moment anfangen zu knurren. »Von allen Lebewesen solltet Ihr die Unausweichlichkeit am besten verstehen.«

»Das wahre Problem könnte sein, dass ich sie besser begreife als du.«

Relos Var konnte unmöglich Blickkontakt mit der alten Frau herstellen, die immer noch ihre Kapuze trug, aber ich bildete mir ein, dass sie einander anstarrten. Der Zauberer schien unbedingt seinen Willen mit ihrem messen zu wollen und behielt sie fest im Blick.

Doch dann erschauderte er und drehte sich weg.

Unter der Kapuze der Priesterin drang ein abfälliges Geräusch hervor, gefolgt von einem trockenen Kichern.

Var wandte sich wieder Teraeth zu. »Wir sind noch nicht fertig miteinander.«

»Das hoffe ich doch sehr«, erwiderte der Vané. In seinem wölfischen Grinsen lag kein Hauch von Furcht.

Relos Var sah mich an.

Sein Gesicht verriet keine der Regungen, die ich erwartet hätte: keine Verärgerung, kein Mitleid, nicht einmal Lust oder Resignation. Stattdessen tobte Hass in seinen dunklen Augen, eine abgrundtiefe Bosheit, sengend wie Feuer. Dieser Blick versprach weder Rettung noch Erlösung. Ich wusste zwar nicht, wieso er mich hatte kaufen wollen, aber ganz offensichtlich waren seine Absichten im Kern verdorben.

Dieser Mann war nicht mein Freund.

»Jetzt habe ich dich gefunden und die Farbe deiner Seele gesehen«, flüsterte er mir zu.

Ein Dutzend scharfzüngiger Erwiderungen lag mir auf der Zunge, doch unter dem unheilvollen Blick des Zauberers waren meine Lippen wie zugenäht.

Schließlich machte Var auf dem Absatz kehrt und verließ den Raum.

Sogar die Mitglieder der Schwarzen Bruderschaft entspannten sich sichtlich, als er verschwunden war. Es war, als käme hinter dunklen Wolken plötzlich die Sonne zum Vorschein.

Ein paar Sekunden lang sagte niemand ein Wort.

Teraeth fing sich als Erster wieder und riss Dethic den Silberfalken aus den zitternden Fingern. »Nimm ihm diese Dinger ab.«

»Ich … wie bitte? Welche Dinger?« Dethic schaute noch immer blinzelnd in Richtung Tür. Auf seinem Gesicht lag ein Ausdruck des Grauens – eine schreckliche Faszination, mit der ein Schaulustiger die Schneise der Verwüstung betrachten würde, die ein Amok laufender Dämon hinterlassen hatte.

Teraeth zwickte den Eunuchen in die Schulter. »Die Fesseln, Dethic. Ein gegaeschter Sklave muss nicht in Eisen geschlagen werden.«

Dethic schreckte aus seinen Gedanken auf. »Was? Ach ja, entschuldigt bitte. Wird sofort erledigt.« Er fummelte die Schlüssel aus seiner Gürteltasche und befreite mich von den Ketten.

Ich zuckte zusammen, als sie zu Boden fielen. Ich hatte sie schon so lange getragen, dass ihr plötzliches Verschwinden mir nun eine andere Art von Schmerz verursachte.

»Auf dich ist Relos Var nicht wütend, Dethic«, fuhr Teraeth fort. »Geh ihm eine Weile aus dem Weg, dann wird er dich schon bald wieder vergessen haben. Vielleicht geben dir deine Meister ja ein paar Tage frei.«

»Gut, gut.« Dethic wirkte immer noch benommen. »Ich hole Eure Kutsche.« Damit rannte er stolpernd nach draußen.

Die drei Mitglieder der Bruderschaft wandten sich zu mir um.

»Wer seid ihr?«, fragte ich.

Teraeth lachte leise. »Hast du nicht aufgepasst?«

»Ich habe Namen gehört und ›Schwarze Bruderschaft‹. Aber das sagt mir nichts.«

Nun ergriff die dritte Gestalt das Wort, ihre Stimme klang weich und weiblich. »In Quur ist es nicht weiter schwierig, irgendwen anzuheuern, der etwas für dich stiehlt oder Leute zusammenschlägt. Aber wenn du möchtest, dass jemand ohne großes Aufsehen stirbt und auch tot bleibt …« Sie ließ das Ende des Satzes unausgesprochen.

Ich war durcheinander und am Ende meiner Kräfte, aber das konnte ich nicht so stehen lassen. »Die Priester von Thaena entscheiden, wer tot bleibt und wer nicht.«

Die alte Frau griff unter ihre Kapuze und zog ein Amulett hervor. Es war ein von roten Rosen und Elfenbein umrahmter rechteckiger schwarzer Stein – das Erkennungszeichen von Thaenas Jüngern.

Mir wurde kalt. Manche halten den Zweiten Schleier nicht für eine transparente Hülle, sondern für einen unergründlichen Zugang zu Thaenas Reich. Das letzte Portal, durch das keiner hereinkommt und alle nur hinausgehen, um zumeist als greinender Säugling in die Welt zurückzukehren und noch einmal ganz von vorne anzufangen. Die Kirche von Thaena hat zwar von allen die wenigsten Anhänger, aber jeder respektiert sie und versucht entweder, ihrer Aufmerksamkeit zu entgehen, oder fleht ihre Göttin um einen Gefallen an. *Bring mir mein Kind zurück. Gib mir meine Familie wieder. Lass meine Liebsten wiederauferstehen.*

Derlei Gebete verhallen ungehört, denn Thaena ist eine kaltherzige Göttin.

Und Relos Var hatte Khaemezra als ihre »Hohepriesterin« bezeichnet.

»Thaenas Priester – und Priesterinnen – haben *Einfluss* darauf, wer tot bleibt«, erklärte Teraeth, »aber aus irgendeinem Grund lässt die Bleiche Herrin nur selten jemanden zurückkehren, den wir geholt haben.«

»Aber Thaenas Priester tragen Weiß, nicht Schwarz …«

Ich gebe es ja zu: Ich hatte schon mal bessere Argumente vorgebracht.

Statt zu antworten, stieß Teraeth nur ein rauhes Lachen aus.

Khaemezra drehte sich wortlos weg von mir und hob die Arme. Lichtstrahlen schossen aus ihren seitlich weggestreckten Fingerspitzen und flossen zu einem großen runden Portal zusammen, das aus verworrenen Strängen glühender Magie bestand. Die Lichtstrahlen flackerten und schrumpften zusammen. Durch die Öffnung sah ich ein unwirtliches Land, aus Löchern in der gelben Erde stiegen Dampffontänen auf, darüber hing galliger Nebel.

Ich wartete, doch Khaemezra trat nicht hindurch. Teraeth ging auf das Portal zu, blieb jedoch stehen, als die alte Frau eine Hand hob. Sie zählte an den Fingern mehrere Sekunden ab, dann griff sie in die Luft, als wollte sie einen Vorhang schließen, und das Portal fiel wieder in sich zusammen.

Teraeth schaute sie fragend an. »Warum haben wir das Tor nicht benutzt?«

»Weil Relos Var nur darauf wartet.« Khaemezra wandte sich an das dritte Mitglied der Bruderschaft. »Kalindra, sobald wir fort sind, nimmst du die Kutsche und lockst ihn auf eine falsche Fährte. Nur für den Fall, dass er noch einmal Einwände gegen den Ausgang der Versteigerung erheben möchte. Später stößt du wieder zu uns.«

»Wie du wünschst, Mutter.« Die Frau verbeugte sich, drehte sich um und ging.

Der manolische Vané, Teraeth, der immer noch mein Gaesch hielt, musterte mich von Kopf bis Fuß. Was er sah, schien ihm nicht zu gefallen. »Unauffällig bist du ja nicht gerade.«

»Ach ja? Und wann hast du zum letzten Mal in den Spiegel geschaut?«

Er warf mir einen finsteren Blick zu und streifte seinen Umhang ab. Darunter trug er eine schwarze Hose und eine über Kreuz geschnürte Tunika aus dünner Seide, die fast – aber nicht ganz – wie eine quurische Mischa aussah.

Teraeth reichte mir seinen Umhang. »Kannst du mit deinem verletzten Knöchel gehen?«

»Wenn ich muss.« Doch noch während ich das sagte, geriet ich plötzlich ins Wanken.

Der Vané warf seiner Mutter einen gereizten Blick zu, worauf die kleine Gestalt prompt zu mir herüberhumpelte und eine Hand auf mein verletztes Bein legte. Schmerz und Fieber ließen augenblicklich nach.

Im Handumdrehen heilte nicht nur die Wunde an meinem Bein, sondern auch die Peitschenstriemen auf meinem Rücken. Genauso wie die vielen kleinen Schürfwunden und Prellungen, die ich mir während der dreimonatigen Überfahrt von Quur nach

Kishna-Farriga zugezogen hatte. Meine Gedanken wurden klarer, und ich konnte wieder normal sehen.

»Ich … Danke.«

»Spar dir deine Dankbarkeit. Hinkend können wir dich nicht gebrauchen.«

Ich sah sie finster an. »Woher hattet ihr diese Halskette? Ist sie etwa das Gegenstück zu …?«

Teraeth packte mich am Arm. »Ich erkläre dir das nur einmal: Dieser Relos Var möchte dich weder als Spielzeug für seinen Seraglio, noch kümmert es ihn, wem du gehörst. Er möchte dich tot sehen, sonst nichts. Um das zu erreichen, wird er alles tun, was nötig ist, und jeden umbringen, der ihm dabei im Weg steht. In deiner Nähe sind wir alle in Gefahr.«

»Wieso? Ich habe diesen Mann noch nie zuvor gesehen. Ich verstehe das nicht!«

»Und ich habe keine Zeit, es dir zu erklären. Es ist wichtig, dass du ohne weitere Fragen meine Befehle befolgst.«

»Du hast mein Gaesch. Ich habe gar keine andere Wahl.«

Einen Moment lang starrte er mich verständnislos an, als hätte er vergessen, wozu der Silberfalke in seiner Hand gut war. Schließlich zog er eine Grimasse. »Umso besser. Gehen wir.«

4

BUTTERBAUCH

(Klaues Geschichte)

Das Licht des heraufziehenden Morgens färbte den Himmel amethystblau und ließ die Streifen in Tyas Regenbogenschleier wie Phantome erscheinen. Abends schlossen die meisten Geschäfte, aber der Besitzer des Pfandhauses und hiesige Hehler, den alle nur Butterbauch* nannten, achtete nicht auf die Zeit. Zwei Laternen beleuchteten seinen vollgestopften Laden. Neben Butterbauchs rechter Hand stand sein wertvollster Besitz, eine Lampe, die er im heiligen Tempel des Lichts** mit Öl befüllt hatte. Seine Ölfarben waren auf dem schartigen alten Esstisch aus Teakholz ausgebreitet, den er als Schreibpult benutzte. Auf der Staffelei daneben bewahrte er Leinwand und Pinsel auf.

* In allen Aufzeichnungen über die Abgaben und Gebühren, die dieser Pfandleiher an das Haus D'Erinwa entrichtet hat, wird er ausschließlich unter dem Namen Butterbauch geführt. Ein anderer Name ist nicht bekannt.

** Der Tempel des Lichts ist den Vishai-Mysterien geweiht, einem heterodoxen Glaubensbekenntnis zu einer Sonnengottheit namens Selanol, die analog zum Lauf der Jahreszeiten stirbt und wiederaufersteht. In Eamithon ist diese Religion weit verbreitet, andernorts stößt sie eher auf Misstrauen.

Wenn Butterbauch malte, verlor er sich in einer Welt aus Schönheit und Licht, weit weg von der hässlichen Realität im Unteren Zirkel. Er malte aus dem Gedächtnis und die ganze Nacht lang.

Seine Kunden kamen ohnehin nachts zu ihm.

Er hatte gerade die Farben beiseitegelegt, als draußen die Glocke läutete. Krähe kam hereingeplatzt. Er sah aus, als wäre ihm ein Trupp Wachmänner dicht auf den Fersen.

Butterbauch hatte ihn noch nie so verängstigt erlebt.

Krähe zog zitternd die Tür hinter sich zu und blieb nur kurz stehen, um einer Bronzestatue über den Kopf zu reiben, die fast wie Butterbauchs Zwilling aussah und Tavris darstellte, den fetten Gott der Händler und des Profits. Es war eine gewohnheitsmäßige Geste, die Glück bringen sollte.

»Ist die Wache hinter dir her, Junge?«, rief Butterbauch ihm zu.

Krähe starrte den Pfandleiher erschrocken an, dann lachte er nervös. »*Nein*. Nein, nichts in der Art.«

»Wirklich? Du bist so blass und benimmst dich, als hinge dir ein Höllenhund am Arsch.« Butterbauch runzelte die Stirn. »Du bringst mir doch keine Schwierigkeiten in den Laden, oder, Junge?«

Krähe sah sich in dem Pfandhaus um, das mit kuriosen Kostbarkeiten gefüllt war – den verschiedensten Fundstücken, Schmuckkästchen, Waffen, Kleidern und Möbeln. Als er sich davon überzeugt hatte, dass keine Kunden da waren, kam er zu Butterbauchs Schreibtisch herüber. Nach den ersten Schritten änderte sich seine Stimmung. Zwischen einer geschnitzten Meerjungfrau, die von einem zheriasischen Piratenschiff stammte, und der Vitrine voll gebrauchtem Tafelsilber aus Khorvesch verwandelte sich Krähes Angst zusehends in Zorn. Als er beim Schreibtisch ankam, schäumte er regelrecht vor Wut.

»Butterbauch, ich schwöre dir, wenn du mich reingelegt hast, wirst du gleich an deinen Därmen von den Deckenbalken baumeln …«

»Hej, mal langsam, Junge! Was ist denn los? Ich würde dich nie übers Ohr hauen!« Butterbauch hob eine Hand zu einer beschwichtigenden Geste, die andere legte er auf die Armbrust, die er für schwierige »Verhandlungen« unter seinem Schreibpult aufbewahrte.

Krähe griff an die Ärmel seines Hemds und hielt plötzlich zwei Shivs in den Händen. »Du hast doch noch irgendwem anderen von der Villa Kazivar erzählt. Jemand war vor mir dort.«

Butterbauch fixierte die Dolche. »Steck die weg, Krähe. Wir haben immer gute Geschäfte miteinander gemacht, oder nicht? Den Kazivar-Tipp hast nur du bekommen. Und die Information stammte aus einer sicheren Quelle …«

»Was für eine Quelle? Wer hat dir von diesem Haus erzählt?«

»Das kann ich dir nicht sagen! Es ist eine gute, vertrauenswürdige Quelle, die mich noch nie enttäuscht hat. Und warum sollte ich dich überhaupt an irgendwen verraten? Damit beschneide ich doch bloß meine Profite. Außerdem weiß ich genau, was die Schattentänzer mit mir anstellen würden, wenn sie auch nur den leisesten Verdacht hätten, dass ich bescheiße.«

Krähe sah ihn weiterhin böse an, ließ aber die Dolche sinken. »Es war schon wer da, als ich ankam.«

»Schattentänzer?«

»Ich …« Krähe biss sich auf die Lippe und band das Bund mit den Schlüsselplättchen von seinem Gürtel los. Klackend schlugen sie gegeneinander, als er Zypresse, Teak, Tungholz und Bambus mit dem Finger berührte. »Nein, keiner von uns.«

»Wer dann?«

»Ich weiß es nicht. Sie haben jemanden umgebracht, aber ich konnte keinen von ihnen richtig sehen.«

»Bist du sicher? Als du gerade hereinkamst, warst du so weiß wie die Stadtmauern.« *Und viel zu aufgeregt für jemanden, der gar nichts gesehen hat,* dachte Butterbauch.

Krähe zuckte mit den Schultern. »Die Schreie waren entsetzlich. Ich wollte gar nicht sehen, was da vor sich ging.«

Der fette Mann neigte den Kopf zur Seite und sah den Jungen forschend an. »Wenn du nichts gesehen hast und nichts für mich dabei hast, was tust du dann hier? Ich betreibe keine Wohlfahrtseinrichtung für Waisenjungen. Und selbst wenn, du hast bereits einen Ziehvater.«

Krähe grinste und steckte den Schlüsselring wieder weg. »Ich habe nicht behauptet, ich hätte nichts gefunden. Es ist ja nicht so, als hätte Maus mir nichts beigebracht.« Er zog eine kleine Tasche unter seinem Gürtel hervor und ließ den Inhalt klimpern.

»Braver Junge«, sagte der Hehler. »Dann bring die Beute mal her und lass mich ihr Gewicht spüren.«

Krähe ging um den Tisch herum und stieß einen leisen Pfiff aus, als er das Gemälde auf der Staffelei sah. Er legte die Tasche auf den Tisch.

Butterbauch lächelte über die Reaktion des Jungen. »Gefällt sie dir?«

Zu seiner Überraschung röteten sich Krähes Wangen. »Ja. Sie ist … ähm … sie ist toll.«

»Das Bild wird im ZERRISSENEN SCHLEIER hängen. Aber es ist noch nicht fertig. Ich möchte, dass das neue Mädchen mir mindestens noch einmal Modell sitzt. Wie heißt sie noch mal? Miria …?«

»Morea«, korrigierte Krähe und glotzte weiter das Gemälde an.

»Genau. Ein süßes Mädchen.«

»Ja.« Krähe konnte seinen Blick immer noch nicht abwenden. Als hätte er noch nie zuvor nackte Brüste gesehen, was angesichts seiner Lebensumstände sehr unwahrscheinlich war.

Butterbauch lachte und zog eine Juwelierlupe aus seinem fleckigen Umhang. So etwas Gutes hatte Krähe noch nie angeschleppt. Allein schon der Intaglio-Ring würde mehrere tausend Throne einbringen, wenn Butterbauch dafür den richtigen Käufer fand.

»Nicht schlecht«, sagte er. »Ich gebe dir für alles zusammen vierhundert Kelche.«

Krähe musterte ihn skeptisch. »Nur vierhundert? Mehr nicht?«

»Das ist ein guter Preis.« Es war ein lausiger Preis, und Butterbauch wusste es, aber immer noch besser und sicherer als alles, was Krähe anderswo bekäme. »Bin ich nicht immer ehrlich zu dir?«

Krähe hob eine Augenbraue. »Das ist ein *Rubin*, Butterbauch.«

Verdammt, er vergaß immer wieder, dass der Junge nicht einer von den Trotteln war, die einen Rubin nicht von pinkem Quarz unterscheiden konnten. Krähe war ein Schlüssel. Und wie Maus, Krähes verstorbene Lehrerin, ihm einmal erklärt hatte, lassen sich alle Stoffe auf der Welt anhand ihrer Auren voneinander unterscheiden. Dank seines besonderen Wahrnehmungsvermögens kann ein Schlüssel erkennen, ob eine Münze aus bemaltem Blei oder echtem Gold besteht. Wenn es Gold ist, kann er dessen Reinheitsgrad bestimmen. Und falls der jugendliche Tunichtgut vor ihm gewieft genug gewesen war, sich eine Sammlung von Musterexemplaren anzulegen, wusste er ganz genau, welch kostbaren Edelstein er gerade gestohlen hatte.* Die verdammte Klugheit des Jungen war wirklich schlecht für Butterbauchs Geschäft. »Kein Rubin, sondern ein Spinell«, stellte er richtig. »Und er fühlt sich ganz warm an.«

Krähe fluchte und wandte sich halb ab. »Taja! Das heißt nur, dass er rein ist! Rabe hat einen Rubinohrring, einen echten, also versuch nicht, mich reinzulegen.«

Butterbauch rieb sich die Mundwinkel und sah Krähe an. Er war der größte Mensch, den Butterbauch kannte. Dabei war er noch nicht einmal voll ausgewachsen. Außerdem war er der hübscheste Junge, den man in dieser Gegend außerhalb eines Samthauses antreffen konnte. Sein Äußeres schrie geradezu: »Ich bin nicht von

* Dies dürfte so zu verstehen sein, dass die Schattentänzer selbst nicht in der Lage sind, ihren talentierten Neuzugängen beizubringen, wie man sich die verschiedenen Tenyé-Signaturen merkt. Sie wissen gerade so viel, wie sie unbedingt brauchen.

hier!« Krähe färbte sich zwar die Haare schwarz – entweder, weil er fand, dass das zu seinem Spitznamen passte, oder weil er irrigerweise glaubte, so weniger aufzufallen –, doch Butterbauch war der Meinung, dass es einfach nur albern aussah. Trotz seines auffälligen Äußeren fiel es Krähe dennoch merkwürdig leicht zu verschwinden, wenn man einen Moment lang nicht achtgab. Butterbauch konnte sich nicht erklären, wie ein Junge, der derart herausstach, so mühelos untertauchen konnte.

Vielleicht sind manche Leute schlicht geborene Diebe.

»Verzeih meine Neugier«, wechselte Butterbauch das Thema, »aber wie lange ist es mittlerweile her, dass Maus gestorben ist und du angefangen hast, mit mir zusammenzuarbeiten? Drei Jahre?«

Krähe zuckte mit den Schultern. »Und?«

»Die meisten jungen Diebe fliegen auf, weil sie ihr Geld zu schnell verprassen. Sogar die Wachen sind klug genug, um Verdacht zu schöpfen, wenn ein Gassenjunge, der noch nicht das Wehrdienstalter erreicht hat, in Samtstadt die Puppen tanzen lässt. Aber du machst diesen Fehler nicht. Du bleibst immer schön sparsam, um die Wachen und die Hexenjäger nicht auf deine Fährte zu locken. Wenn ich richtig gezählt habe, musst du irgendwo einen ganz schönen Batzen liegen haben. Wofür braucht jemand in deinem Alter bloß so viel Geld? Hast du vor abzuhauen?«

Krähe verschränkte die Arme vor der Brust und antwortete nicht.

Butterbauch winkte ab. »Egal, es geht mich eh nichts an.«

»Es ist nicht für mich.«

Butterbauch sah Krähe einen Moment lang an. Er hatte sich bereits gedacht, dass er das Geld nicht für sich selbst brauchte. Schattentänzer wie sie sollen einander zwar nicht beim richtigen Namen kennen, aber selbst in einer Stadt, die während der Trockenzeit eine Million Einwohner beherbergt, läuft man sich zwangsläufig immer wieder über den Weg, wenn man im gleichen Viertel lebt.

Da Butterbauch die Modelle für seine Gemälde in den Samthäusern der Umgebung rekrutierte, gab es nur wenige Etablissements, die er noch nicht besucht hatte. Deshalb wusste er, dass Krähe in Wirklichkeit Kihrin hieß und von einem blinden Musiker namens Surdyeh adoptiert worden war, der sein mageres Auskommen mit Auftritten im ZERRISSENEN SCHLEIER verdiente. Und er wusste auch, dass Krähe das Geld brauchte, damit Surdyeh seine arthritischen Finger nicht mehr lange quälen musste und sich zur Ruhe setzen konnte. Wenn Butterbauch zu lange darüber nachdachte, wurde ihm ganz rührselig zumute.

Manchmal war er versucht, dem Jungen das Leben leichter zu machen, schaffte es aber immer wieder, den Impuls zu unterdrücken.

Er nickte knapp. »Also gut. Ich weiß, dass du ein guter Junge bist, Krähe. Und lass dir von niemandem was anderes einreden, nur weil deine Mutter nicht von hier war. Möchtest du, dass ich dir das Geld auf dem üblichen Weg zukommen lasse?«

»Moment. Wir haben uns noch gar nicht auf einen Preis geeinigt. Ich habe noch etwas anderes, das ich dir zeigen will …«

Die Glocke draußen bimmelte, und jemand trat ein. Butterbauch sah, wer es war, und stöhnte.

Ein Halbwüchsiger stolzierte in den vorderen Bereich des Ladens und rief: »Hej, hej, wenn das mal nicht mein allerliebster Samtjunge ist. Lässt du dich für deine Liebesdienste bezahlen, Krähe? Ich hab da einen Speer, der mal poliert werden müsste.« Damit Krähe seine Anspielung auch ganz sicher verstand, griff er sich in den Schritt.

Krähe würdigte den Neuankömmling keines Blickes. Doch er umklammerte die Tischkante so fest, dass Butterbauch seine Fingerknöchel weiß hervortreten sah.

»Soll ich dir aus Prinzessins nächstem Wurf ein paar Kätzchen mitbringen, Butterbauch?«, fragte Krähe. »Anscheinend gibt es in deinem Laden ein Rattenproblem.«

Wieder läutete die Glocke, und ein paar weitere Jugendliche betraten die Pfandleihe.

»Vergesst nicht, wo ihr seid, Jungs«, ermahnte Butterbauch sie alle. »Hier wird nicht gekämpft.«

»Ach was, ich mach doch nur Spaß. Oder, Krähe?« Der Anführer der Gruppe, ein hartgesottener und großmäuliger Schläger, war ein paar Jahre alter als Krähe. Butterbauch hatte in seinen Jahren als Hehler hundert oder mehr von seiner Art erlebt: Fieslinge und Sadisten, die glaubten, weil sie zu den Schattentänzern gehörten, kämen sie mit jedem Verbrechen davon. Früher oder später wurden die meisten von ihnen jedoch eines Besseren belehrt und endeten oft in Ketten. Andere lernten es nie.

Der Schläger streckte die linke Hand nach Krähes Rücken aus.

Die rechte fehlte ihm.

»Wenn du mich anfasst, Fäulnis, verlierst du die zweite Hand auch noch«, knurrte Krähe, der die Messer wieder aus den Ärmeln gezogen hatte.

»Wie oft muss ich dir denn noch sagen, dass ich Faris heiße?«, fragte der andere, zog jedoch seine Hand zurück.

Krähe lächelte nicht. »Mag sein, aber für mich wirst du immer Abfall bleiben.«

»Hier wird nicht gekämpft!«, bellte Butterbauch, als die beiden Jugendlichen ihre Waffen hoben. »Vergesst nicht, wo ihr seid.«

Faris und Krähe kannten einander schon lange. Das Schlimmste war, dass sie früher mal Freunde gewesen waren. Doch irgendetwas hatte ihre freundschaftlichen Gefühle in brennenden Hass umschlagen lassen. Butterbauch kannte keine Einzelheiten. Vielleicht war es nur Eifersucht gewesen: Krähe war zu einem attraktiven jungen Mann herangewachsen und noch dazu zum Schlüssel ausgebildet worden. Faris war diese Ehre nicht zuteil geworden. Doch es zirkulierten auch schlimmere Gerüchte darüber, was zwischen den beiden vorgefallen war. Sie hatten mit Maus und ihrem Tod zu tun. Butterbauch war nicht sicher, ob er diese Gerüchte glauben wollte.

Faris lachte und hob seine verbliebene Hand sowie den Stumpf am anderen Arm in die Höhe. »Klar, kein Kampf. Wir sind zum Geschäftemachen hier. Einer meiner Jungs hat drüben im STEHENDEN FASS ein paar Kaufleute betäubt, und wir haben ihnen einen Haufen Klunkern abgenommen.«

»Schön für dich«, sagte Krähe. »Warum macht ihr nicht einfach euer Geschäft und verschwindet wieder?«

Faris grinste. »Damen haben natürlich den Vortritt.«

»Ich bin fertig.« Krähe sah zu Butterbauch herüber. »Von mir aus wie immer.« Mit diesen Worten drehte er sich um und ging in Richtung Tür. Nach kaum zwei Schritten fasste er sich mit einer Hand an den Gürtel und blieb wütend stehen.

Butterbauch schaute zu Faris hinüber und sah, dass Krähes Gürteltasche von seinen Fingern baumelte. Ein verschlagenes Grinsen zerteilte sein lederhäutiges Gesicht.

»Seht doch mal, was der Samtjunge fallen gelassen hat!«

»Gib sie mir zurück, du Ratte!«

»Nicht kämpfen.«

Einer der anderen Jungs stellte sich zwischen Krähe und Faris, der lachend den kleinen Beutel öffnete. Krähes Schlüsselring fiel heraus, außerdem ein ungeschliffener, mit Silberdraht umwickelter grüner Edelstein.

»Oh … Was haben wir denn da?«, spottete Faris. »Eine hübsche Halskette. Wirst du die für deinen nächsten Freund tragen?« Er hielt den grünen Stein so in die Höhe, dass alle ihn sehen konnten.

Krähe trat Faris' Kumpan zwischen die Beine und stieß ihn zur Seite. Ein anderer Junge holte einen übel aussehenden Knüppel unter seinem Sallí-Mantel hervor und nahm den Platz des ersten ein.

Butterbauch entschied, dass es nun reichte.

»Aaah!«, schrie der Junge mit dem Knüppel, als sich ein Armbrustbolzen in seinen Arm bohrte.

Alle erstarrten.

»Bei Bertoks Eiern!«, schrie Faris Butterbauch an. »Du hast auf ihn *geschossen!*«

»*Ich habe gesagt, nicht kämpfen!*«, brüllte Butterbauch zurück und schwenkte die Armbrust wie eine Fahne über dem Kopf hin und her.

Faris schaute zu Krähe hinüber. »Er hat angefangen.«

»Ich habe alles mit eigenen Augen mit angesehen, du hirnverbrannter Strauchdieb! Einen Schattentänzer zu beklauen! Hast du etwa den Verstand verloren?«

»Es war doch nur ein Scherz …«

»Mein Arm, mein Arm!«, jammerte der angeschossene Junge und wand sich auf dem Boden.

»Ach, hör schon auf zu winseln!«, schimpfte Butterbauch. »Ich habe nichts Lebenswichtiges getroffen. Und jetzt geh und lass dich in einem Blauen Haus behandeln, bevor du irgendwem erklären musst, wie du zu dieser Verletzung gekommen bist.«

Faris knurrte und pikte Krähe mit dem Zeigefinger in die Brust, als stieße er mit einer tödlichen Waffe zu. »Sieh dich vor, Krähe. Ich habe inzwischen Freunde. Wichtige Freunde. Glaub bloß nicht, ich hätte vergessen, was du getan hast.«

»Dasselbe gilt für dich, du Schwein!«, zischte Krähe und winkte Faris mit zwei Fingern zu sich her. »Klinge ist nicht so nett wie die Stadtwache. Er wird dir nicht nur die Hand dafür abhacken, dass du die Schatten bestohlen hast. Diese Sachen gehören mir.«

Mit einem Knurren warf Faris den Stein und den Schlüsselring auf den Tisch. Die Gürteltasche schleuderte er auf den Boden und trampelte beim Hinausgehen darauf.

Butterbauch sagte kein Wort. Er spannte einen neuen Bolzen in seine Armbrust und legte sie zurück unter den Tisch. Dann fiel sein Blick auf die Halskette. Mit zitternden Fingern berührte er den Stein daran. Er konnte sein Glück kaum fassen.

»Bei Laaka im Meer, Krähe, wo hast du das her?« Er hielt den grünen Stein so, dass er im Licht funkelte.

Krähe hob seine Gürteltasche auf und nahm den Schlüsselring wieder an sich. »Du weißt es.«

»Wirklich?«

»Ja, das war die andere Sache, über die ich mit dir reden wollte. Ich wünschte nur, diese Ratte hätte die Kette nicht gesehen. Sie sieht wertvoll aus.«

Butterbauch nickte. »Sehr wertvoll.«

Krähe biss sich auf die Unterlippe. »Kannst du sie verkaufen?«

Butterbauch grinste. »Ob ich die verkaufen kann? Und wie! Dies hier, mein Junge, ist ein Tsali-Stein, ein magischer Edelstein der Vané. Nur eine Sternenträne ist noch wertvoller. Aber niemand hat genug Münzen im Tresor, um sie zu kaufen, wenn du mir eine bringst.«

»Ja? Rabe hatte mal eine ganze Halskette aus Sternentränen.«

Butterbauch schnaubte. »Du glaubst doch nicht etwa wirklich an Rabes Gottkönigmärchen? Sie erzählt dir auch, dass sie die lang verschollene Königin von Kirpis ist, wenn du sie lässt.« Er winkte ab. »Wie dem auch sei. Das hier ist auf jeden Fall besser als eine Sternenträne. Weil ich es verkaufen kann.«

»Der Draht ist nicht aus Silber«, sagte Krähe. »Das habe ich überprüft. Ich weiß nicht, was für ein Metall das ist.«

»Platin, vermute ich«, sagte Butterbauch. »Das sieht man hier unten nicht so oft. Man braucht einen Roten Mann, um ein Feuer zu machen, das heiß genug ist, um dieses Metall zu schmelzen. Genau wie Drussian. Teures Zeug, und das ist nur die Einfassung: der Stein dagegen …«

»Es ist kein Smaragd. Es ist das Gleiche wie bei dem Metall. So einen habe ich noch nie gesehen.«

»Ach, mein Junge. Wenn du gekommen wärst und mir erzählt

hättest, du wüsstest, was das für ein Stein ist, hätte ich ganz sicher gewusst, dass es sich um eine Fälschung handelt. Ich habe immer vermutet, dass man Tsali-Steine nur bei den Vané finden kann, aber ich bin ja auch kein Schlüssel wie du. Die meisten Leute halten sie für Diamanten.* Schließlich sind sie genauso hart.«**

»Ein Diamant? Von dieser Größe?« Krähe sah beeindruckt aus.

»Ja, ja, ja. Und im Oberen Zirkel gibt es Sammler, die für diesen Stein jeden Preis zahlen werden und dabei nicht einmal nachfragen, woher er stammt.« Plötzlich ging Butterbauch auf, dass er sich wie ein Idiot benahm, und sein Grinsen geriet ins Wanken. Er hatte den Jungen nicht nur seine Aufregung spüren lassen, sondern ihm gegenüber auch noch zugegeben, dass dies nicht nur irgendein billiger Modeschmuck für Dirnen war. »Aber sie lassen sich zurückverfolgen. Jeder Stein ist einzigartig und hat seine eigene Geschichte. Ich muss vorsichtig sein.«

»Wie soll man den denn zurückverfolgen?« Krähes amüsiertes Lächeln und seine erhobene Augenbraue verrieten Butterbauch, dass er keine Chance mehr hatte, den Stein für einen Apfel und ein Ei zu kaufen.

»Na ja … Es heißt, jeder dieser Steine sei magisch. Jeder habe seine eigene Aura und Kennzeichnung. Es überrascht mich, dass du darauf noch nicht selbst gekommen bist.«

Krähe blinzelte und schien zurückzuweichen, obwohl er sich nicht vom Fleck rührte. »Das muss mir entgangen sein.«

»Wie auch immer. Die Vané haben etwas dagegen, dass wir Sterblichen ihre Steine besitzen. Und ich werde sie sicher nicht fragen, woher sie es wissen.« Der fette Mann fasste einen Entschluss. »Ich gebe dir zweitausend für alles. Den Tsali-Stein und den Rest.«

* Es sind keine Diamanten.

** Härter.

Krähe schien seine eigenen Berechnungen anzustellen. »Ich möchte fünftausend … Throne.«

»Was? Bist du bescheuert?«

»Du hast doch bereits jetzt einen Käufer im Kopf, dem du dafür das Zehnfache abknöpfen wirst.«

Butterbauch stöhnte. »Zweitausendfünfhundert, aber nur, weil du das Geld nicht für Wein und Huren ausgeben wirst.«

»Dreitausend, dann erzähle ich auch Klinge nichts von diesem Verkauf.«

Butterbauch kicherte. »Du lernst wirklich schnell. Also gut. Dann sind wir im Geschäft. Ich lasse dir das Geld auf dem üblichen Weg zukommen, oder« – der Hehler beugte sich zu dem Jungen hinüber – »ich gebe dir sechstausend für alles, wenn du den anderen auch noch dazulegst.«

Krähe starrte Butterbauch an. »Was?«

»Ach, komm schon, Junge. Ich kenne dich bereits, seit du ein kleines Kerlchen mit blonden Flaumhaaren warst und Rabe dich herumgezeigt hat wie eine Packung Fischfutter für die Haie. Glaubst du, es fällt mir nicht auf, wenn ein Säugling wie du damals einen Tsali-Stein der Vané um den Hals trägt? Ich habe Rabe ein Angebot dafür gemacht, aber sie hat mir gesagt, dass es nicht ihrer sei und sie ihn nicht verkaufen könne. Kannst du dir das vorstellen? Dass Rabe Geld sausen ließ? Wie auch immer. Jetzt bist du alt genug, um deine eigenen Entscheidungen zu treffen, oder?«

Krähe presste die Lippen zusammen. »Ich habe nicht … Er ist nicht zu verkaufen.«

»Ich sehe doch, was du für deinen alten Herrn zu tun versuchst. Ich gebe dir fünftausend für den grünen Diamanten und noch mal fünf für den in Gold eingefassten blauen, den du trägst. Das ist genug, um deinen Vater von hier wegzuschaffen. Außerdem wäret ihr reich.«

Krähe fasste sich an den Hals und berührte etwas unter seinem Hemd. »Wieso so viel?«

»Die Vané-Steine sind selten, und wenn ich es richtig sehe, ist deiner alt. Fünfzehntausend. Ein besseres Angebot wirst du nirgends bekommen. Mal ganz ehrlich. Irgendein Schmuckstück von einer Mama, die dich verlassen hat, kann doch nicht wichtiger sein, als aus diesem Höllenloch herauszukommen, oder?«

Der Junge starrte ihn an, und Butterbauch fühlte sich unbehaglich. Etwas an diesem Blick war nicht natürlich, nicht gesund. Der Hehler fühlte sich klein und erbärmlich, solange er auf ihn gerichtet war.

Er fragte sich, ob die Gerüchte vielleicht stimmten.

»Meine Halskette steht nicht zum Verkauf«, wiederholte Krähe. »Fünftausend Throne für den Rest. Die Bezahlung wickeln wir wie immer ab.« Und dann ging er ohne ein weiteres Wort davon.

Butterbauch fluchte und sah Krähe hinterher. Es ärgerte ihn, dass er sich von dem Jungen derart überrumpeln hatte lassen. Schließlich deckte er seufzend sein Gemälde ab und schloss den Laden. Bald sang er leise vor sich hin.

Er besaß einen Tsali-Stein der Vané, und er hatte einen Käufer. Und was für einen. Er kannte einen Mann, der überall in der Hauptstadt nach jeder Art von Vané-Schmuck suchte. Geld spielte dabei keine Rolle. Was Butterbauch anzubieten hatte, würde ihn interessieren.

Sehr sogar.

5

AUFBRUCH VON KISHNA-FARRIGA

(Kihrins Geschichte)

Vor dem Auktionshaus stand mitten auf der Straße eine Kutsche, die wie ein verrotteter Kürbis aussah. Wie zu erwarten, war sie schwarz lackiert, und alle Metallteile waren ebenfalls schwarz. Da das Fahrgestell mit einem langen schwarzen Tuch verhängt war, sah es aus, als trüge die Kutsche einen Rock. Eine schwarz gekleidete Gestalt (möglicherweise Kalindra) saß auf dem Kutschbock und hielt vier beeindruckend große Pferde an den Zügeln.

Auch sie waren schwarz.

»Habt ihr von dieser Farbe denn nie die Nase voll?«, fragte ich.

»Steig ein«, befahl Teraeth.

Widerspruch war zwecklos, also zog ich mich in die Kutsche hoch. Hinter mir half Teraeth zunächst seiner Mutter hinauf, dann stieg er selbst ein.

»Ich dachte, die andere Frau sollte …«

»Niemand kümmert es, was du denkst«, sagte Teraeth.

Das Blut schoss mir ins Gesicht.

Bis vor sechs Monaten hätte ich auf so einen Satz mit einer

schneidenden Bemerkung reagiert oder sogar ein echtes Messer herausgeholt. Aber vor sechs Monaten – und dann vor zwei Wochen … verdammt. Ich sah den Silberfalken und die Kette, die er sich um das Handgelenk gewickelt hatte. Solange er mein Gaesch hielt, konnte er mir sagen und befehlen, was er wollte.

Zu meiner Überraschung hob er den Boden in der Mitte der Kutsche an und entrollte eine Strickleiter.

»Klettere hinunter«, wies er mich an.

Ich widersprach ihm nicht. Die Falltür führte nicht auf die Straße, wie ich vermutet hatte. Stattdessen parkte die Kutsche über einem offenen Gully, durch den es in ein Abwassersystem hinabging, das zwar uralt war, aber immer noch in Betrieb. Die in den schmalen Schacht eingelassene Leiter führte geradewegs in die Tiefe. Durch den offenen Kanaldeckel hatten wir freien Zutritt zu einem Fluchtweg.

Die Geräusche von Händen und Füßen auf den Sprossen über mir waren der einzige Hinweis, dass Teraeth mir folgte. Jemand schloss den Deckel über uns, und gleich darauf ertönte stakkatohaftes Hufgeklapper, als die Kutsche sich in Bewegung setzte.

Ich wusste nicht, wie lange ich kletterte oder in welche Richtung wir gingen, als wir unten angekommen waren. Allmählich gewöhnten sich meine Augen zwar an die tintenschwarze Finsternis in den Abwasserkanälen, aber eine Weile konnte ich mich nur auf meinen Geruchssinn verlassen. Der Gestank drehte mir den Magen um. Dass ich hinter den Ersten Schleier blicken konnte, half mir hier unten leider nicht: Die verschwommenen Auren, die ich mit meinem zweiten Gesicht wahrnahm, würden nicht verhindern können, dass ich über einen Ast stolperte und mit dem Gesicht voran in die faulige Brühe fiel.

Teraeth tippte mir auf die Schulter, wenn ich abbiegen sollte.

Das Abflussrohr wurde immer größer, bis ich schließlich aufrecht darin stehen konnte. Hier warfen phosphoreszierende Flechten einen sanften Schimmer auf die ansonsten widerlichen Wände.

In diesem Licht hätte ich zwar nicht lesen können, aber es war hell genug, um zu sehen, wohin wir gingen.

Für eine lausige qualmende Fackel hätte ich in diesem Moment mein letztes Hemd gegeben.

Nach einer weiteren Biegung sah ich schließlich Sonnenlicht. Vor uns befand sich eine Kanalisationsöffnung. Neben den Ausdünstungen des Abwassers stieg mir nun auch der Geruch von Salzwasser und verdorbenem Fisch in die Nase – das liebliche Parfüm des Hafens.

Teraeth drängte sich an mir vorbei und packte das große Verschlussgitter. Er riss es heraus und hielt es fest, damit es nicht laut auf den Boden des Metallrohrs knallte. Erst jetzt fiel mir auf, dass auch seine Mutter Khaemezra bei uns war. Teraeth gab uns ein Zeichen, dass wir ihm folgen sollten.

Wir kamen in einer Gasse am Hafen heraus, wo niemand von uns Notiz nahm. Und diejenigen, die zufällig in unsere Richtung blickten, schienen unsere merkwürdige kleine Gruppe nicht weiter ungewöhnlich zu finden.

Khaemezra hatte ihren Umhang mittlerweile ebenfalls abgelegt. Wie Teraeth aussah, wusste ich inzwischen, aber nun konnte ich zum ersten Mal einen Blick auf die gebrechliche »Mutter« der Schwarzen Bruderschaft werfen.

Was ich sah, überraschte mich. Bislang hatte ich geglaubt, die Vané blieben ewig jung.

Doch Khaemezra war vom Alter so gebeugt und eingesunken, dass sie nicht größer war als eine quurische Frau. Hatte der Teint ihres Sohnes die Farbe von Tinte, so sah ihrer wie das Pergament aus, auf dem sie ausgelaufen war. Ihre bleiche, durchsichtige Gesichtshaut war straff über die darunterliegenden Knochen gespannt. Die dünnen grauen Haare waren so schütter, dass sie kaum die Altersflecken auf ihrer Kopfhaut verbargen. Ihre quecksilbrigen Augen, in denen weder eine Iris noch etwas Weißes zu erkennen war, sahen aus, als gehörten sie einem Dämon. So verrunzelt, wie sie war, hätte ich nicht einmal sagen können, ob sie in ihrer Jugend hässlich oder schön gewesen sein mochte.

Ich verkniff mir die Frage, ob sie allein in einer Hütte im dunklen Wald wohnte und von den gebratenen Kindern lieber die Rippen oder die Schenkelchen aß. Wenn sie mir erzählt hätte, sie sei Chertogs hässliches altes Weib, Suless, die Göttin des Verrats und des Winters, hätte ich es ihr sofort abgenommen.

Khaemezra merkte, dass ich sie anstarrte, und erwiderte meinen Blick mit einem geradezu lächerlich zahnlosen Grinsen. Sie zwinkerte mir zu und war mit einem Mal keine Vané mehr, sondern ein altes, verhärmtes Fischweib. Auch Teraeth hatte sich verwandelt. Er war nun ein dunkelhäutiger Quurer mit vernarbtem Gesicht und einem geschundenen Körper voller Peitschenstriemen.

Ich fragte mich, wie ich selbst wohl ausschaute, denn ich war mir sicher, dass die Illusion auch mich mit einbezog.

Teraeth und die alte Frau sahen sich an. Sie schienen wortlos miteinander zu kommunizieren. Schließlich fasste mich Teraeth seufzend am Arm. »Komm mit.« Da das Trugbild, in das er gehüllt war, kleiner war als er selbst, kam seine Stimme von irgendwo oberhalb des Kopfes, und ich konnte nur hoffen, dass niemand diesen Fehler in der Illusion bemerkte.

»Wohin gehen wir?«, fragte ich.

Teraeth warf mir einen finsteren Blick zu. »Wir sind noch nicht außer Gefahr«, erwiderte er und bahnte sich einen Weg ins Gedränge. Nach ein paar Schritten fiel mir auf, dass Khaemezra uns nicht folgte. Ich konnte sie nirgends sehen und hätte gern gewusst, ob sie mit uns kommen würde, aber das hätte mir nur Teraeth sagen können, und der hatte sich bislang als wenig auskunftsfreudig erwiesen. Mit schwindelerregendem Tempo zog er mich durch die Menge. Zuerst konnte ich mich nicht orientieren, aber schließlich merkte ich, dass wir auf eines der Schiffe zuhielten. Teraeth trieb mich die Planke hinauf, an Seeleuten und einer Reihe angeketteter Sklaven vorbei. Am liebsten hätte ich den Sklavenmeister getötet, der sie an Bord führte, aber das wäre wohl keine gute Idee gewesen, und ich hatte ohnehin keine Waffe.

Dann hörte ich eine vertraute Stimme. »Was kann ich für euch tun?«

Überrascht und wütend drehte ich mich um.

Es war Kapitän Juval. Ich war also wieder auf der *Kummer*, jenem Sklavenschiff, das mich von Quur nach Kishna-Farriga gebracht hatte. Der Befehl, meine Seele zu fesseln, war von Kapitän Juval gekommen. Quurer werden zwar mitunter versklavt, um ihre Schulden zu begleichen oder als Strafe für ein Verbrechen, aber normalerweise werden diese Sklaven nicht außerhalb der quurischen Grenzen verkauft – geschweige denn in den Süden geschafft und in Kishna-Farriga zum Verkauf angeboten. Quurer gehen grundsätzlich nicht in den Süden.*

Während meines Verkaufs an Juval und der darauffolgenden Abreise aus Quur war ich bewusstlos gewesen. Ich wusste nicht, weshalb Juval das quurische Gesetz gebrochen hatte, um mich zu kaufen, oder wie viel ich ihm wert gewesen war. Aber ich vermutete, dass er mich nicht nur umsonst bekommen hatte, sondern auch noch dafür bezahlt worden war, dass er mich an die Ruderbank kettete und fast zu Tode schindete. Eine Aufgabe, die ihm meiner Beobachtung nach große Freude bereitet hatte.

Kurz gesagt: Kapitän Juval stand nicht auf der Liste meiner besten Freunde.

Doch sein Blick glitt über mich hinweg, ohne dass er mich erkannte.

Teraeth verbeugte sich. »Vielen Dank, Kapitän. Man sagte mir, du könntest uns rasch nach Zherias bringen.«

* »In den Süden gehen« ist in Quur eine Umschreibung für den Tod. Ich vermute, die Redewendung geht auf Kaiser Kandors fehlgeschlagenen Versuch zurück, das Reich in Richtung Manol auszudehnen.

Juval war gerade mit seiner neuen Ladung beschäftigt und sah den verkleideten Vané nur kurz von der Seite an. »Wie viele?«

»Drei«, erwiderte Teraeth. »Meine Familie. Meine Mutter ist alt und gebrechlich. Ich habe gehört, die Quellen von Saolo'oa in Kolaque könnten sie vielleicht …«

»Für eine Kajüte berechne ich zweihundert Ords.« Juval konzentrierte sich immer noch mehr auf die frische Fracht als auf die Unterhaltung. »Zu wievielt ihr die Kajüte bezieht, ist mir egal. Für Essen und Trinken während der Überfahrt sind noch mal zwanzig Ords pro Kopf fällig.«

»*Zweihundert* Ords? Das ist ja der reinste Diebstahl …«

Während die beiden den Preis aushandelten, entfernte ich mich und suchte mir ein ruhiges Plätzchen an Deck, an dem ich den Seeleuten nicht im Weg war. Keiner erkannte mich oder würdigte mich auch nur eines Blickes, und darüber war ich froh.

Ich konnte gar nicht glauben, dass ich wieder an Bord der *Kummer* war. Was für ein Zufall …

Nein, es war kein Zufall.

Ich war sicher, dass es Absicht war, eine Fügung des Schicksals, bei der Taja die Finger im Spiel hatte.

Meine Göttin. Taja. Ich hätte auch Tya oder Thaena verehren können oder irgendwen anders von den gut tausend Göttern und Göttinnen, für die das Reich Quur berühmt war. Aber ich musste ja unbedingt die Göttin des grausamen, launischen Zufalls anbeten. Ich hatte immer geglaubt, sie würde das Schicksal zu meinen Gunsten beeinflussen. Inzwischen kam mir das wie der Gipfel der Naivität vor.

Die Vorahnungen, die mich erfüllten, waren so entsetzlich, dass ich die Augen schließen und tief die stinkende Hafenluft einsaugen musste, um mich wieder zu sammeln. Wenn irgendwer mich erkennen sollte oder falls Teraeth oder seine Mutter mir Fragen über die *Kummer* und ihre Besatzung stellten, war ich so gut wie tot. Juval hatte mich gegaescht, damit ich niemandem erzählen konnte, wie ich zum Sklaven geworden war. Die geisterhaften Ketten um meine Seele, jenes Gaesch, das meinem Meister gestattete, mich Tag und Nacht zu kontrollieren, schwebte über mir und wartete nur darauf zuzuschlagen.

Ich umklammerte den Tsali-Stein an meinem Hals, den ich nur deswegen immer noch besaß, weil die Sklavenhändler von ihm nichts gewusst hatten. Ich beherrschte gerade so viel Magie, wie ich brauchte, um meinen wertvollsten Besitz (na gut, meinen zweitwertvollsten) vor ihren Blicken zu verbergen. Vielleicht hatte Relos Var die Illusion, die (wie ich annahm) nicht sehr ausgereift war,* ja durchschaut. Womöglich war er deshalb so versessen darauf gewesen, mich zu kaufen. Ich wusste, dass dieses Ding wertvoll war – wertvoller noch als die Sternentränen, die ich gerade gestohlen hatte. Und ich wusste nur zu gut, wie weit viele bereits gegangen waren, um den Schellenstein an sich zu bringen. Übrigens fand ich diese Bezeichnung inzwischen, da meine eigene Seele in Schellen gelegt war, immer weniger amüsant.

Wie ich erwartet hatte, war ich bei meinem Aufbruch mit der Bruderschaft nicht durchsucht worden. Immerhin war ich nackt gewesen.

Seufzend tastete ich unter meinen Haaren nach der Diamantenkette und löste sie von der Kette mit dem Tsali-Stein, an der ich sie befestigt hatte. Sternentränen besaßen keine Magie. Das konnte ich mittlerweile bestätigen. Sie waren nur selten und so wertvoll wie Kronjuwelen.

Und wenn ich mit meinem Verdacht, woher diese Kette stammte, richtig lag, waren sie das auch: Kronjuwelen aus der Schatzkammer des mächtigsten Reichs auf der ganzen Welt, die einem Drachen gestohlen, einer Göttin geschenkt und schließlich

* Das ist ein weitverbreiteter Irrtum. Tatsächlich kann der erste Zauberspruch, den jemand lernt, sogar sehr komplex sein. Aber manchmal ist es durchaus von Vorteil, die eigenen Grenzen nicht zu kennen.

einer Hure gegeben worden waren, als Bezahlung für die sicherlich teuerste Liebesnacht, die sich je irgendwer geleistet hatte.

Diese Hure war später zur Puffmutter geworden und hatte mich großgezogen.

Vielleicht würde ich ihr die Kette ja ein zweites Mal überreichen, wenn ich in die Hauptstadt zurückkehrte. Ola wäre begeistert. Mit einem Vermögen in Sternentränen könnte sie alle Sklaven im ZERRISSENEN SCHLEIER freikaufen und … Ich hatte keine Ahnung, wie es danach weitergehen sollte. Vielleicht würde Ola sie ja bezahlen, wenn sie ihr Leben weiter auf diese Weise bestreiten wollten.

Ich weigerte mich, über die Tatsache nachzudenken, dass Ola wahrscheinlich nicht mehr lebte – genau wie viele andere, die mir lieb und teuer waren. Sogar die Vorstellung, dass Thurvishar D'Lorus vermutlich tot war, erfüllte mich mit Trauer, obwohl er für meine derzeitige Misere verantwortlich war.*

Ich versuchte, nicht darüber nachzudenken, schaffte es aber nicht.

Ich wog die Halskette in der Hand und dachte an andere Ketten, vor allem an die, die sich Teraeth ums Handgelenk gewickelt hatte. Ich fand es kurios, dass er sich mein Gaesch nicht um den Hals hängte. Mein Großvater Therin hatte Miyas Gaesch ebenfalls am Handgelenk getragen. Es kam mir so vor, als wollten sich beide Männer von ihren abscheulichen Taten distanzieren, indem sie das magische Kontrollinstrument demonstrativ wie etwas behandelten, das sich nur vorübergehend in ihrem Besitz befand.

Ich fragte mich, wann Dethic wohl einen Blick in den Samtbeutel werfen und feststellen würde, dass er mich für ein paar klimpernde Kupferarmbänder verscherbelt hatte – die ihm überdies

* Ganz offensichtlich bin ich nicht tot. Außerdem bestreite ich, für seine hier beschriebene Lage verantwortlich zu sein. Ich bin bei alldem bestenfalls eine Randfigur.

bereits gehört hatten. Vermutlich wusste er inzwischen längst Bescheid, aber nach all den Anstrengungen, die Teraeth unternommen hatte, um unsere Spuren zu verwischen, hatten die Betreiber des Auktionshauses so gut wie keine Chance, uns aufzuspüren.

Vielleicht würde Dethic für seinen Fehler mit dem Leben bezahlen. Diese Vorstellung brachte mich zum Lächeln. Das machte mich zwar zum Heuchler, schließlich hatte ich in Quur durchaus Umgang mit Sklavenhändlern gehabt, aber denen hatte ich nicht *gehört*. Dethic schon. Meinetwegen sollte er verrotten.

Teraeths schwarzer Umhang war alles, was ich anhatte. Ich konnte nur hoffen, dass der hohe Kragen und Khaemezras Illusionszauber die Kette mit den Sternentränen vor fremden Blicken verbergen würden. Unterwegs würde ich mich dann so lange mit den Steinen beschäftigen, bis sie zu den Materialien gehörten, die ich mit meiner eigenen Magie verstecken konnte – und mich gleichzeitig selbst so unsichtbar wie möglich machen.

Als ich zurückkehrte, waren Teraeth und Juval gerade dabei, sich handelseinig zu werden. Inzwischen hatte sich auch Khaemezra zu ihnen gesellt. Geld wechselte den Besitzer, dann führte uns einer der Seemänner zu einer kleinen Kabine mit vier Kojen, in denen wir (theoretisch*) während der Reise schlafen konnten.

Bereits eine halbe Stunde nach unserer Ankunft lichtete die *Kummer* den Anker und stach in See.

* Die Kojen an Bord eines zheriasischen Sklavenschiffs bieten normalerweise bis zu 1,60 m großen Personen ausreichend Platz. Dazu muss man wissen, dass Quurer im Schnitt 1,70 m sind, Zheriasos 1,75 m und Vané 1,89 m. Die Antwort auf die Frage, wer in einer solchen Koje bequem schlafen kann, lautet somit ganz klar: Niemand. Dies zeigt, wie sehr zheriasische Sklavenhändler darauf aus sind, den Raum auf ihren Schiffen bis zum letzten Fingerbreit zu nutzen, sogar auf Kosten der zahlenden Passagiere.

6

DER VATER DER KRÄHE

(Klaues Geschichte)

Fünfunddreißig Schritte vom Brunnen in der Mitte des begrünten Innenhofs bis zur Hintertreppe. Nach zwei Stufen kam ein Flur. Die Tür zur Linken war Olas, die rechte führte zu einer zweiten Treppe. Weitere zehn Stufen hinauf, einmal abbiegen und noch mal zehn Stufen. Dann kam eine Tür.

Surdyeh kannte den Weg auswendig, und das war gut so, da er ihn noch nie gesehen hatte.

Der blinde Musiker öffnete die Tür. Dann runzelte er die Stirn und stieß einen Seufzer aus. Sein Sohn schnarchte …

Stört dich das, Kihrin?

Was für ein Jammer. Dir muss doch klar gewesen sein, dass Surdyeh zu meiner Gedächtnissammlung gehört. Genau wie du, bis zu einem gewissen Grad.

Das wusstest du nicht? Oh.

Na, dann weißt du es eben jetzt, mein Entlein. Surdyeh ist ein reger Teil von mir. Er möchte dich von ganzem Herzen beschützen. Die Liebe eines Vaters ist wirklich unglaublich.

Du bist hinreißend, wenn du wütend wirst.

Wo war ich stehen geblieben …?

Sein Adoptivsohn lag immer noch auf einer der Pritschen in der winzigen Vorratskammer, die ihnen als Wohnraum diente, und schnarchte. Als Kihrin ein kleiner Junge gewesen war, hatten sie hier drinnen etwas mehr Platz gehabt, aber mit den Jahren war er immer größer geworden, und inzwischen passten sie zu zweit kaum noch hinein.

Es könnte schlimmer sein, dachte Surdyeh. *Immer noch besser, als auf die Straße gesetzt zu werden.*

Wenn er das nur seinem undankbaren Sohn begreiflich machen könnte.

Das eigentliche Problem war allerdings, dass der ihre Situation sehr gut durchschaute. Surdyeh tat zwar so, als müssten sie fein achtgeben, es sich nicht mit der Puffmutter zu verscherzen, aber das war eine leere Drohung. Madam Ola würde sie niemals vor die Tür setzen. Trotzdem wäre es ihm lieber gewesen, wenn Ola seine Erziehung nicht bei jeder Gelegenheit sabotiert hätte. Manchmal musste er dem Jungen einfach ein bisschen Respekt eintrichtern.

Surdyeh unterbrach seine Grübeleien und schlug Kihrin mit dem Ende seines Stocks aufs Hinterteil.

»Wach auf, Junge! Du hast verschlafen.«

Sein Sohn wälzte sich stöhnend herum. »Es ist noch zu früh!«

Diesmal drosch Surdyeh den Stock gegen Kihrins Bambuspritsche. »Auf, auf. Hast du es etwa vergessen? Wir haben heute Abend einen Auftritt bei Landril Attuleema. Und Madam Ola möchte, dass wir ihre neue Tänzerin einarbeiten. Wir haben viel Arbeit vor uns, und du hast dir wieder die ganze Nacht um die Ohren geschlagen, richtig? Du verdammter Nichtsnutz, was habe ich dir übers Stehlen gesagt?«

Sein Sohn setzte sich im Bett auf. *»Papa.«*

»Wenn ich nicht blind wäre, würde ich dich verhauen, bis du nicht mehr sitzen kannst. Mein Vater hat solche Dummheiten nie geduldet. Du bist ein Musiker und kein Straßendieb.«

Die Liege knarzte, als Kihrin aufsprang. »Der Musiker bist du. Ich kann nur singen.«

In letzter Zeit wirkte Kihrin immer öfter verbittert, dabei war er früher so ein lieber Junge gewesen. Was hatte Surdyeh nur falsch gemacht?

»Wenn du mehr üben würdest …«

»Ich übe ja. Ich bin einfach nicht gut.«

Surdyeh zog die Stirn kraus. »Das nennst du *üben*? Du verbringst mehr Zeit mit Olas Samtmädchen oder auf den Dächern als mit dem Akkordelernen. Du könntest gut, ja sogar einer der Besten sein, wenn du nur wolltest. Als ich fünfzehn war, habe ich die ganze Nacht im Dunkeln meine Fingergriffe geübt. Jeden Tag.«

»Mit fünfzehn warst du schon blind«, flüsterte Kihrin kaum hörbar.

»Was hast du gesagt?« Surdyeh packte seinen Stock noch fester. »Verdammt, Junge, eines Tages wirst du mit den Wachen in Konflikt geraten, und dann ist alles vorbei, oder etwa nicht? Wenn du Glück hast, hacken sie dir nur eine Hand ab, wenn nicht, verkaufen sie dich in die Sklaverei. Ich werde dich nicht immer beschützen können.«

»Mich beschützen?« Kihrin schnaubte. »Papa, du weißt, dass ich dich lieb habe, aber du beschützt mich nicht. Das kannst du gar nicht.« Stoff raschelte: Kihrin zog sich ein Lendentuch, das Agolé, den Sallí-Mantel und die Sandalen an.

Surdyeh schüttelte den Kopf. »Ich beschütze dich mehr, als du ahnst, mein Junge. Du kannst dir gar nicht vorstellen, wie sehr.«

Sein Sohn ging zur Tür. »Sind wir nicht verabredet?«

Surdyeh wollte ihm so vieles auf den Weg geben, aber alles, was er zu sagen hatte, war entweder bereits gesagt oder durfte nie ausgesprochen werden. Außerdem wusste er, dass sein Sohn ihm nicht zuhören würde. Ola war die Einzige, auf die er noch hörte. Und das auch nur, weil sie ihm nach dem Mund redete. Surdyeh hatte es satt, dass immer nur er dem Jungen die unangenehmen

Wahrheiten beibrachte. Er hatte keine Lust mehr auf Streit und wollte auch nicht mehr die einzige Stimme des Gewissens in diesem Sündenpfuhl sein.

Noch sechs Monate. In sechs Monaten wurde Kihrin sechzehn. Dann wäre es vorbei, und es würde sich zeigen, wie gut Surdyeh ihn erzogen hatte.

Das ganze Kaiserreich würde es sehen.*

»Beweg dich, Junge. Wir wollen nicht zu spät kommen.«

Surdyeh stieß seinem Sohn den Stock in die Rippen. »Hör auf zu träumen!«

Kihrin haspelte sich durch den Text. Die verbliebenen Zuhörer im Raum buhten. Der Großteil des Publikums hatte irgendwann gemerkt, dass sie nur probten, und war gegangen.

Die meisten Gäste waren ohnehin keine Kulturliebhaber.

»Fang noch mal von vorne an«, sagte Surdyeh. »Entschuldige bitte, Frau Morea. Man könnte wirklich meinen, mein Sohn hätte noch nie ein hübsches Mädchen gesehen.«

»Papa!«

Surdyeh brauchte keine Augen, um zu wissen, dass sein Sohn errötete – und dass Morea der Grund dafür war. Sie fing gerade als Tänzerin im ZERRISSENEN SCHLEIER an und war außerdem Olas neueste Sklavin. Und das würde sie so lange bleiben, bis sie mit ihren Diensten genügend verdient hatte, um sich freizukaufen. Um das zu schaffen, musste sie als Hure genauso erfolgreich sein wie als Tänzerin.

Surdyeh war es eigentlich egal, aber Kihrins Benehmen nach zu urteilen, musste sie schöner sein als eine Göttin. Zumindest

* Ich frage mich, was Surdyehs Meinung nach an Kihrins sechzehntem Geburtstag hätte geschehen sollen. Noch beunruhigender finde ich die Vorstellung, dass alles genau so gekommen sein könnte, wie Surdyeh es ursprünglich geplant hatte.

machte sich sein Sohn in der Gegenwart eines Mädchens normalerweise nicht ganz so sehr zum Trottel.

Morea holte sich ein Handtuch vom Bühnenrand und wischte sich das Gesicht ab. »Wir sind es jetzt schon zweimal komplett durchgegangen. Können wir nach dem nächsten Mal eine Pause machen?«

»Von mir aus gerne, Frau Morea«, sagte Surdyeh und legte die Finger erneut an die Saiten seiner Harfe. »Vorausgesetzt, ein gewisser Junge lässt seine Augen dort, wo sie hingehören, und konzentriert sich auf seine verdammte Arbeit.«

Er verstand Kihrins Antwort zwar nicht, konnte sich aber gut vorstellen, was er gesagt hatte.

»Schau nicht so finster drein«, brummte er und stieß Kihrin in die Rippen.

»Woher …?« Kihrin schüttelte den Kopf und zwang sich mit zusammengebissenen Zähnen zu einem Lächeln.

Surdyeh spielte erneut zum Tanz auf. Morea hatte ihn um den Maevanos gebeten. Wenn sie aus einem wohlhabenden Haus kam, hatte sie mit dem Maevanos vermutlich die beste Kompromisslösung gefunden. In der Kürze der Zeit hätte sie jedenfalls nichts Unzüchtigeres lernen können.

Die Geschichte des Maevanos ist denkbar schlicht: Eine junge Frau wird von ihrem Ehemann, der ihre kleine Schwester begehrt, in die Sklaverei verkauft. Erst wird sie von ihrem Sklavenhalter misshandelt, dann kauft sie ein Hoher Lord aus dem Oberen Zirkel. Der Hohe Lord verliebt sich in sie, wird dann aber tragischerweise von einem rivalisierenden Adelshaus getötet. Treu wie sie ist, begeht das Sklavenmädchen Selbstmord, damit sie jenseits des Zweiten Schleiers mit ihrem Lord zusammen sein kann. Ihre Hingabe rührt die Totengöttin Thaena so sehr, dass sie das Paar in das Land der Lebenden zurückkehren lässt und an ihrer Stelle den untreuen Ehemann zu sich holt. Der Hohe Lord schenkt dem Sklavenmädchen die Freiheit und heiratet sie. Und wenn sie nicht gestorben sind, leben alle, die es verdient haben, noch heute.*

Der Maevanos wird zwar von einem Mädchen getanzt, aber die Gesangsbegleitung soll von einem Mann übernommen werden. Die Geschichte wird nicht aus der Perspektive des Mädchens erzählt, sondern von den Männern, denen sie begegnet. Die Szenen mit dem Hohen Lord und dem Sklavenhändler sind aufreizend, was auch der Grund war, warum Morea diesen Tanz überhaupt vorgeschlagen hatte.

Surdyeh konnte den Maevanos nicht ausstehen, und zwar aus genau den Gründen, weswegen er im Bordell vermutlich gut ankommen würde. Aber es war nicht seine Entscheidung gewesen.

Da allmählich die ersten abendlichen Freier eintrafen, standen mehr Zuschauer vor der Bühne als zu Beginn des Tanzes. Moreas abschließende Verbeugung wurde von johlendem Beifall begleitet. Kihrin ließ den letzten Ton verklingen, und Surdyeh zog die Finger mit den festgeklebten Plektren zurück, damit seine doppelt besaitete Harfe ungehindert ausschwingen konnte.

Er roch Moreas Schweiß und hörte ein Klimpern, als sie die Haare mit den eingeflochtenen Perlen über die Schulter warf. Sie ignorierte die anzüglichen Rufe und ging zu seinem Stuhl.

* Vom Maevanos gibt es verschiedene Versionen, die alle auf dem gleichen Grundthema basieren: Der Held stirbt und kommt in die Unterwelt, wo Thaena über ihn richtet und ihm erlaubt, ins Leben zurückzukehren. In seinem Werk *Der Archetyp des sterbenden Gottes* beschäftigt sich Qhadri Silorma eingehend mit diesem Thema und stellt die Theorie auf, Thaena sei nur eine Komponente des ewigen Kreislaufs spiritueller Wiedergeburten, der sämtliche Daseinsformen bestimmt. Laut dieser Theorie herrschen Thaena und die beiden Göttinnen Taja und Tya über je einen der drei nebeneinander existierenden Teilbereiche der Realität, die den physischen, magischen und jenseitig-metaphysischen Zuständen entsprechen. Die Anhänger der Lebensgöttin Galava lehnen Silormas Buch rundweg ab. Ihnen missfällt, dass er das göttliche Dreiergespann Thaena, Taja und Tya darin über ihre Herrin stellt.

»Was machst du hier überhaupt?«, fragte sie ihn.

Surdyeh drehte den Kopf in ihre Richtung. »Proben, Frau Morea.«

»Du bist fantastisch. Gibt es in jedem Bordell in Samtstadt so gute Musiker wie dich? Du bist besser als alle, die je für meinen früheren Herrn gespielt haben. Wie viel bezahlt dir Madam Ola?«

»Findest du wirklich, dass mein Vater so gut ist?« Kihrins Schritte waren derart leise, dass nicht mal Surdyeh ihn hatte kommen hören.

Surdyeh musste einen Fluch unterdrücken. Kihrin sollte auf keinen Fall auf die Idee kommen, sich zu fragen, warum sie in den Kaschemmen von Samtstadt auftraten, wenn Surdyeh auch vor dem Hochadel hätte spielen können.

»He, hübsches Mädchen, gib dich nicht mit den Bediensteten ab!«, rief eine rauhe Stimme. »Ich möchte Zeit mit dir verbringen.« Surdyeh hörte lautes Stampfen. Wer immer sich näherte, war ein massiger Mann.

Morea schnappte nach Luft und wich einen Schritt zurück.

»Lass sie in Ruhe. Siehst du nicht, dass sie müde ist?« Kihrin hätte sicher mehr Eindruck auf den Mann gemacht, wenn er ein paar Jahre älter und vor allem deutlich schwerer gewesen wäre. So, wie er aussah, konnte man ihn leicht für einen Samtjungen halten. Surdyeh bezweifelte, dass der Gast sonderlich viel auf die Meinung seines Sohns gab.

Er stellte die Harfe zur Seite und hielt Morea seinen mit Schleifen besetzten Sallí-Mantel hin. »Meine Dame, Euer Mantel.«

Während Morea sich bedeckte, veränderte Surdyeh den Zauber, mit dem er die Akustik des Raums beeinflusst hatte, sodass Roarin, der Türsteher des ZERRISSENEN SCHLEIERS, jedes Wort mithören konnte. Moreas Möchtegernfreier war zwar groß, aber in Roarins Adern floss so viel Morgag-Blut, dass er Giftstacheln an den Armen hatte. Surdyeh wusste aus Erfahrung, wie furchteinflößend er wirken konnte.

»Mein Geld ist genauso gut wie das der anderen!«, protestierte der Mann.

»Hej, ich bin dran!«, mischte sich eine weitere Stimme ein.

»Ach wie nett, noch so einer«, sagte Kihrin. »Frau Morea, du bedienst im Moment keine Kunden, oder?«

Die Perlen in ihren Haaren klimperten, als sie den Kopf schüttelte. »Nein.«

»Da habt ihr's, Jungs. Sie macht grad Pause. Also, zischt ab.« Nur weil er Kihrin so gut kannte, bemerkte Surdyeh das leichte Zittern in seiner Stimme. Die zwei Männer mussten wirklich außerordentlich groß sein.

Einer der beiden trat näher. »Bei Bertoks Eiern, du hast mir gar nichts zu sagen!« Seine Schnapsfahne reichte bis zur Bühne hinauf. Surdyeh umklammerte seinen Stock mit beiden Händen und machte sich bereit, im Ernstfall einzugreifen.

»Was ist denn hier los?«, fragte Roarin. Die Gäste in der Nähe der Bühne verstummten.

»Ich, äh … ich möchte ein bisschen Zeit mit der jungen Dame verbringen. Äh … mein Herr.«

»Kradnith, du hast sie doch nicht alle. Ich war zuerst hier.«

»Natürlich, meine werten Herren, natürlich«, beschwichtigte Roarin. »Aber sie ist nur eine Tänzerin. Ein hübsches Flittchen, sicher, aber für eine gute Nummer nicht zu gebrauchen. Zu müde. Kommt mit. Madam Ola zeigt euch ein paar *richtige* Frauen. Die werden euch bis auf den letzten Tropfen aussaugen!« Er legte den beiden die riesigen Hände auf die Schultern und führte sie in einen anderen Teil des Bordells.

Surdyeh stieß die Luft aus und begann, seine Harfe einzupacken. »An manchen Tagen geht mir diese Arbeit wirklich auf die Nerven.«

»Alles in Ordnung, Frau Morea?«, fragte Kihrin.

Die junge Frau stöhnte und dehnte ihren Nacken. »Ich kann kaum glauben …« Sie brach mitten im Satz ab. »Es war nett von dir, dass du dich so für mich eingesetzt hast.« Surdyeh hörte, wie ihr plötzlich der Atem stockte. »Du hast ja blaue Augen!«

Surdyehs Herz setzte einen Schlag lang aus.

Nein, verflucht noch mal. Nein.

»Die trage ich nur zu besonderen Anlässen«, antwortete Kihrin. Surdyeh hörte ihm an, dass er lächelte. Natürlich. Kihrin konnte es normalerweise nicht ausstehen, wenn ihn jemand auf seine Augenfarbe ansprach, doch diesmal kam die Bemerkung von einer hübschen jungen Frau, der er gefallen wollte.

Surdyeh zermarterte sich das Gehirn: Was hatte Ola noch mal gesagt, woher das Mädchen kam? Sicher nicht aus einem hohen Adelshaus. Surdyeh hatte Ola strikt verboten, sich eine Sklavin zuzulegen, die zuvor dem Hochadel gedient hatte. Das war schlicht und einfach zu riskant.

»Ich werde mich ein wenig im Gartenpavillon ausruhen«, sagte Morea zu Kihrin. »Würdest du mir bitte einen kalten Jorat-Most bringen? Ich bin am Verdursten.«

»Wir müssen los«, unterbrach Surdyeh. »Wir haben noch einen Auftritt.«

»Bevor wir gehen, bringe ich dir den Most«, sagte Kihrin.

Morea verließ den Raum, der sich allmählich leerte, weil die Gäste, die bei der Probe zugesehen hatten, nach einer anderen Form von Unterhaltung Ausschau hielten.

»Nein, Kihrin«, widersprach Surdyeh. »Dafür haben wir keine Zeit.«

»Es dauert nicht lange, Papa.«

»Es ist nicht deine Aufgabe, den Helden zu spielen und das Mädchen zu retten. Überlass das Roarin.« Surdyeh wusste, dass er wie ein Spielverderber klang, aber er konnte nicht anders.

»Sie hat noch deinen Mantel«, rief Kihrin ihm ins Gedächtnis. »Ich hol ihn dir. Du möchtest doch nicht ohne deine Spaßmacher-Farben bei Landril erscheinen, oder?«

Surdyeh seufzte. Leider hatte der Junge recht: Er brauchte diesen Mantel. Es war zwar nur ein Vorwand, aber kein schlechter. Er nahm eine Hand seines Sohns und drückte sie. »Lass dich nicht mit den Fingern in der Keksdose erwischen. Wir haben es einzig und allein Olas Wohlwollen zu verdanken, dass wir nicht auf der Straße leben müssen. Es gibt genügend bessere Musiker als uns, die alles dafür tun würden, um im ZERRISSENEN SCHLEIER auftreten zu dürfen. Vergiss das nie.«

Kihrin entwand sich seinem Griff. »Komisch, dass Morea das ganz anders sieht.«

»Schau nicht so finster, Junge. Sonst kriegst du noch lauter Falten in deinem Gesicht, das laut Ola so schön sein soll.« Surdyehs Stimme wurde weicher. »Wir müssen mit dem sechsten Glockenschlag bei Landril sein. Du hast also ein bisschen Zeit, aber trödle nicht herum.«

Kihrin war so glücklich über seinen Sieg, dass er allen Ärger sofort vergaß. »Vielen Dank.« Er umarmte Surdyeh kurz und rannte nach draußen.

Surdyeh blieb allein zurück und grübelte düster. Schließlich verlangte er nach Ola.

7

DIE *KUMMER*

(Kihrins Geschichte)

… will den verdammten Stein nicht haben. Ich möchte nicht mehr weiter darüber sprechen, Klaue. Ich weiß nicht mal mehr, wo ich aufgehört habe.

Richtig. Ich war an Bord der Kummer. *Vielen Dank auch.*

Also gut.

Von den ersten Stunden auf dem Schiff weiß ich nicht mehr viel. Die Seeleute knüpften ihre Knoten und hissten die Segel. Schreie gellten, und dann legten wir ab. Es war mir egal. Ich war in unserer Kajüte.

Besser gesagt, ich versteckte mich dort.

Ich fand es unheimlich, diese langweilig wirkenden Leute in die Kajüte kommen zu sehen und zu wissen, dass ihre äußere Erscheinung nur eine Illusion war. Noch merkwürdiger war jedoch, dass sie mich ebenfalls getarnt hatten. Das Gesicht, das ich sah, wenn ich in einen Spiegel blickte, war nicht meins.

»Was wollt ihr eigentlich von mir?«, fragte ich Khaemezra. »Du kannst mir nicht weismachen, dass ihr rein zufällig eine Halskette mit Sternentränen für mich hergegeben habt. Mein Großvater hat mit genau so einer Kette für seine Vané-Sklavin Miya bezahlt. Eine Sklavin, die er einer ›alten Vané-Hexe‹ abgekauft hat. So hat es mir jemand erzählt, als ich endlich in den Schoß meiner lieben Familie zurückgekehrt war. Ich habe die Geschichte nicht geglaubt, weil es so etwas wie eine betagte Vané ja gar nicht gibt. Aber du scheinst mir tatsächlich eine alte Vané-Hexe zu sein.«

Sie hob eine Augenbraue.

Ich räusperte mich. »Nichts für ungut.«

»Schon in Ordnung«, erwiderte Khaemezra. Sie wirkte belustigt, obwohl ich sie gerade zweimal eine Hexe genannt hatte.

»Hat es etwas mit meinem Großvater zu tun, dass ihr mich gekauft habt?«

Sie sah mich freundlich an, antwortete aber nicht.

»Es reicht«, mischte Teraeth sich ein. »Es ist noch eine ganz schöne Strecke bis Zherias. Geh zum Kapitän und frag ihn, ob er eine Wetterhexe hat. Ich möchte wissen, wann wir ankommen.«

Darauf hatte ich gewartet. Ein Befehl meines neuen Herrn, der ganz klar einem früheren Gaeschbefehl von Kapitän Juval widersprach. Ich kannte die Antwort auf Teraeths Frage bereits: Ja, Juval hatte eine Wetterhexe, aber er hatte mir strikt verboten, über sie oder ihn selbst zu sprechen. Sobald ich wiederkam, würde Teraeth eine Antwort von mir erwarten, und wenn ich sie ihm gab, würde das Gaesch mich töten, weil ich Juvals Befehl missachtete.

Und wenn ich Teraeth die Antwort vorenthielt, würde das Gaesch mich ebenfalls töten, weil ich ihm nicht gehorchte.

Ich zögerte bereits zu lange und spürte die ersten Vorboten des Schmerzes.

Mein Leben war ebenso kurz wie verrückt gewesen. Vielleicht würde Thaena ja lachen, wenn ich ihr hinter dem Zweiten Schleier davon erzählte. »Das Gaesch …«

»Geh!«

Ich biss die Zähne zusammen und spürte, wie der Schmerz stärker wurde. Wenn ich überleben wollte, musste ich Teraeth mein Problem so schnell begreiflich machen, dass noch genügend Zeit blieb, damit er Juvals Befehl widerrufen konnte. Oder ich brachte ihn dazu, seine eigene Anweisung zu ändern. Vielleicht klappte es ja. Wenn Taja mich noch mochte. »Juvals … Befehl …«

Die alte Frau stand auf. »Schnell, Teraeth!«

»Juval … mich … gegaescht …« Die Befehle rollten über mich hinweg wie Sturmwellen und ertränkten mich in meinem eigenen Blut. Das Gaesch bohrte sich in meinen Körper und tobte durch meine Adern. Es fraß mich von innen auf und tauchte mich in Feuer. Zuckend sank ich auf den Boden der Kajüte.

8

EIN GESCHÄFT MIT EINEM ENGEL

(Klaues Geschichte)

Morea konnte sich nicht entscheiden, wo im Pavillon sie sich am besten präsentieren sollte. Auf dieser Couch? Nein, da war sie zu leicht zu sehen. Auf dieser? Ja, die war besser. Sie zog den Sallí-Mantel mit den Schleifen aus, drapierte ihn über einen Stuhl und spritzte sich erfrischendes kaltes Wasser ins Gesicht. Anschließend strich sie ihre Zöpfe glatt und legte neues Parfüm auf. Zum Schluss rieb sie sich noch von Kopf bis Fuß mit glänzendem Duftöl ein und ließ sich demonstrativ ermattet auf die Couch sinken.

Sie war tatsächlich etwas erschöpft.

Ein paar Minuten später kam der Sohn des Harfners mit einem Becher in der Hand herein. Morea wusste, dass Surdyeh nicht sein leiblicher Vater sein konnte. Er war zwar ein hervorragender Musiker, aber er stammte unverkennbar aus einer einfachen Familie – während in den Adern seines Sohns nicht gerade Bauernblut floss.

Kihrin blieb stehen, als er sie sah, und starrte sie wortlos an. Morea musste fast lächeln. Wie konnte er sich nach einer Jugend im Bordell nur so viel Unschuld bewahrt haben, dass er den Anblick nackter Haut immer noch erregend fand? Alle Kinder, die sie bisher im Seraglio kennengelernt hatte, waren völlig abgestumpft und unempfänglich für gewöhnliche sinnliche Reize gewesen.

»Hier ist dein Getränk, Frau Morea.« Kihrin hielt ihr den Most hin.

Sie sah zu ihm auf. Er war wirklich ein Engel. Die schwarzen Haare ließen seine Haut blasser erscheinen, als sie eigentlich war. Dabei war sie nur etwas *goldener* als der olivfarbene Teint der meisten Quurer. Seine blauen Augen erinnerten sie an Saphire aus Kirpis. Diese blauen Augen … Morea schnalzte mit der Zunge, setzte sich auf und nahm lächelnd den Becher entgegen. »Nicht Frau Morea. Nur Morea. Madam Ola nennt dich Engel, oder?«

Der junge Mann grinste. »Ola gibt mir viele Namen. Sag bitte einfach Kihrin zu mir.«

»Von deiner Haarfarbe abgesehen könntest du aus Kirpis stammen.« Sie streckte die Hand aus und berührte eine Strähne. »Wie Rabenfedern.« Sie ließ sich in die Kissen zurücksinken und betrachtete ihn erneut. »Aber du bist nicht aus Kirpis, oder?«

Er lachte und wurde rot. »Nein, ich bin hier zur Welt gekommen.«

Morea schaute ihn verwirrt an. »Aber du siehst überhaupt nicht aus wie ein Quurer.«

»Mhm.« Er wand sich sichtlich. »Meine Mutter war eine Doltari.«

»Was?«

»Doltar liegt tief im Süden, weit jenseits des manolischen Dschungels. Es ist kalt dort. Die Leute haben blaue Augen und helle Haare. Wie ich.«

Morea widerstand dem Drang, die Augen zu verdrehen. »Ich weiß, wo Doltar liegt.« Sie streckte ein weiteres Mal die Finger nach seinen Haaren aus. Da merkte sie, dass er sie gefärbt hatte. »Viele Sklaven werden aus Doltar hergebracht. Aber du siehst nicht wie ein Doltari aus.«

Er runzelte die Stirn. »Ehrlich?«

»Die Doltarisklaven, die ich kenne, sind massige Leute, groß und breit gebaut, wie geschaffen für harte Arbeit. Außerdem haben sie große Nasen und schmale Lippen. Aber du bist schlank, deine Nase und die Lippen … Du bist das exakte Gegenteil eines Doltari.« Morea versuchte, ihn sich mit braunen Haaren und in blauer Kleidung vorzustellen. Es fiel ihr nicht schwer. Trotz der drückenden Hitze im Pavillon bekam sie eine Gänsehaut.

»Ist dir kalt?«, fragte der junge Mann.

Morea lächelte. »Nein. Setz dich zu mir.«

Er räusperte sich verlegen. »Lieber nicht. Ich, äh … ich muss mich an die Regeln halten.«

»Ich habe gehört, wie Madam Ola von dir spricht. Sie macht dir doch sicher keine Vorschriften, mit wem du deine Zeit verbringen darfst, oder?«

Kihrin wurde noch röter. »Es sind nicht Olas Regeln, sondern meine eigenen. Ich dränge mich den Frauen hier nicht auf. Das wäre nicht richtig.«

»Du drängst dich mir gar nicht auf. Ich *will*, dass du hier bist.« Sie klopfte auf das Kissen neben ihrem. »Setz dich zu mir. Ich möchte diese schönen Haare bürsten. Darf ich?«

»Ich …« Er kam zur Couch. »Ich glaube, ein paar Minuten müssten drin sein.«

»So schöne Haare wollen gepflegt werden. Warum bindest du dir deinen Agolé so eng um den Hals? Du erwürgst dich noch.« Morea wickelte das lange Tuch ab und ließ es auf die Couch fallen. Dann nahm sie eine Bürste, die eine andere Sklavin liegen gelassen hatte, und begann, damit durch Kihrins Haare zu streichen und die Knoten herauszukämmen. Wenn er seine Haare offen trug, reichten sie ihm bis über die Schultern. Die Färbung war nicht sehr gut gelungen. Morea fand ein paar goldene Strähnen, die er übersehen hatte, und violette Stellen, wo das Schwarz verblasst war. Als sie mit dem Ausbürsten fertig war, massierte sie mit geübten Bewegungen seine Kopfhaut. Dabei beugte sie sich dicht an ihn heran und drückte ihre Brüste an seinen Rücken. Sein Atem ging schneller. Morea lächelte.

»Ich dachte immer, meine Haare sehen seltsam aus.« Kihrin klang unsicher.

»Weil sie golden sind? Andere Leute würden für solche Haare alles tun. Du darfst hier nicht arbeiten.«

»Doch, darf ich. Du hast mich doch gerade bei der Probe erlebt.«

»Nein, ich meine ... du bist kein Samtjunge. Ich kenne Musiker, die das Gleiche machen wie die Tänzer.«

Kihrin sah zur Seite. »Wir mieten eins der Hinterzimmer. Ola macht uns einen guten Preis, weil wir für die Tänzer spielen. Aber das ist auch alles.«

»Mit deinem Aussehen könntest du eine Menge Geld machen.«

»Nimm es mir nicht übel, aber ich verdiene mein Geld lieber auf andere Art.«

Morea spürte, wie er zitterte, als sie mit den Fingern über seine Schultern strich. »Bist du denn ein Ogenra?«

Die Stimmung kippte. Kihrin drehte sich um und sah sie eindringlich an. »Ich habe dir doch gesagt, dass ich ein Doltari bin. Wieso hältst du mich für einen adligen Bastard?«

Sie versuchte, möglichst unbekümmert zu klingen, als wäre es ihr im Grunde egal. »Blaue Augen sind eins der göttlichen Zeichen. Bisher bin ich nur einer einzigen Person begegnet, die so blaue Augen hatte wie du. Er stammte aus dem Hochadel und war von den Göttern berührt. Du erinnerst mich an ihn, daher dachte ich, ihr wärt verwandt.«

Seine Stimme wurde eiskalt. »Ich bin kein Ogenra.«

»Aber ...«

»Können wir bitte das Thema wechseln?«

»Bist du sicher? Ich ...«

»Ja, bin ich.«

»Aber wenn du ein Ogenra wärst ...«

Sein Gesicht verzerrte sich vor Wut. »Meine Mutter war eine

Doltari und hat mich als Säugling auf den Müllbergen von Gallthis abgelegt. Bist du jetzt zufrieden? Sie war zu dumm, um zu wissen, dass sie sich im Tempel von Caless oder jedem Blauen Haus für zehn Silberkelche ein Mittel hätte kaufen können, das Schwangerschaften verhindert. Deshalb hat sie mich nach der Geburt ausgesetzt. Ich bin *kein* Ogenra. Ja, blaue Augen sind ein Merkmal der von den Göttern Berührten, aber die Leute kommen mit allen möglichen Augenfarben zur Welt. Surdyehs waren grün, bevor er erblindete – nicht, weil er mit dem Adelshaus verwandt wäre, das die Torwächter kontrolliert,* sondern weil er aus Kirpis stammt. Ich habe in meinem ganzen Leben noch keins der großen Häuser im Oberen Zirkel von innen gesehen, und das werde ich auch nie.«

Morea zuckte zusammen und wich zurück. Sein Zorn … bei Caless! »Aber … du siehst aus wie er …«, flüsterte sie. Dann fing sie an zu weinen.

Nach ein paar Sekunden nahm er sie in den Arm und streichelte ihr übers Haar. »Ach, verdammt … Es tut mir leid … Ich … ich wollte nicht … Stand er dir nahe? Hat er dir etwas bedeutet?«

Sie löste sich von ihm. »Nein! Ich *hasse* ihn.«

Er erstarrte. »Warte mal. Ich erinnere dich an jemanden, den du hasst?«

Morea wischte sich die Tränen aus den Augen. Dieses Gespräch lief überhaupt nicht so, wie sie geplant hatte. »Nein, das stimmt nicht. Ich wollte nur …«

»Was könntest du so unbedingt gewollt haben, dass du dich an jemanden ranschmeißt, der dich an einen Mann erinnert, den du

* Meiner Meinung nach lässt sich nicht ausschließen, dass Surdyeh von den Torwächtern ausgebildet wurde. Zwar ist es durchaus möglich, dass die Spaßmacher ihm das Musizieren beigebracht haben, aber er scheint Zaubersprüche gekannt zu haben, die nicht zum offiziellen Repertoire der Spaßmachergilde gehören. Auf jeden Fall wäre ich nicht überrascht, wenn sich herausstellen sollte, dass Surdyeh Verbindungen zu den Torwächtern oder, besser gesagt, zum Haus D'Aramarin hatte.

hasst? So sehr, dass du beim Gedanken an ihn in Tränen ausbrichst? Jetzt bin ich wirklich neugierig.«

Sie rutschte von ihm weg. »So ist es gar nicht!«

»Dann erklär es mir.«

»Wenn du ein Ogenra wärst, könntest du herausfinden, wohin die Sklavenhändler des Oktagon meine Schwester Talea verkauft haben. Wenn deine Familie adlig wäre, könntest du sie um einen Gefallen bitten. Ich war mir so sicher, dass du ein Ogenra bist. Du trägst sogar seine Farben …« Sie deutete auf Kihrins Brust.

Er berührte den in Golddraht eingefassten blauen Stein. »*Seine* Farben. Ich verstehe.« Er nickte. In seinem Blick lag keinerlei Sanftheit mehr.

»Kihrin, ich mag dich …«

»Tatsächlich?«

»Ja! Ich wusste nicht, an wen ich mich sonst wenden soll.«

»An deine neue Meisterin. Ola ist mit der halben Stadt befreundet, und gegen die andere Hälfte hat sie etwas in der Hand. Sie hätte die Information, die du brauchst, vom Oktagon bekommen und wahrscheinlich auch gleich noch deine Schwester kaufen können. Aber im Gegenzug würde sie etwas von dir verlangen, und du wolltest nicht noch tiefer in ihrer Schuld stehen. Mich dagegen kannst du leicht übers Ohr hauen.«

Moreas Kehle wurde trocken. »Ich kenne Madam Ola nicht so gut wie du. Alle meine bisherigen Meister hätten mich geschlagen, wenn ich sie um einen solchen Gefallen gebeten hätte. Aber du … Du bist süß, du bist schön, und du hast dich diesen Männern entgegengestellt … Ich verstehe nicht, wieso du mir unlautere Absichten unterstellst.«

Sein Blick blieb hart. »Weil du etwas zu verkaufen hast und dachtest, ich wollte es unbedingt haben.«

Morea versuchte, ihm eine Ohrfeige zu verpassen, aber Kihrin duckte sich erstaunlich flink unter ihrem Schlag weg.

Er stand auf, ohne auf ihren Angriff einzugehen. »Ich werde Ola fragen. Sie war früher selbst eine Sklavin. Und sie kennt Leute im Oberen Zirkel. Irgendwer dort wird wissen, was aus deiner Schwester geworden ist.« Kihrin lächelte nicht mehr, und er sah sie auch nicht länger wie ein liebeskranker Jüngling an, der seinen neuesten Schwarm anhimmelt.

Morea blickte zu Boden, weil sie sich unbehaglich fühlte und nicht ertrug, was nun unweigerlich kommen würde. »Und was möchtest du dafür von mir haben?«, fragte sie.

»Nichts«, sagte er. »Ich weiß, dass wir hier in der Hauptstadt sind, trotzdem muss sich nicht immer alles ums Geschäft drehen.«

Er vollführte die elegante Verbeugung eines ausgebildeten Bühnenkünstlers und verließ, ohne sich noch einmal umzudrehen, das Gartenpavillon.

Mit langen Schritten ging er in den Hauptraum des ZERRISSENEN SCHLEIERS und sah sich nach seinem Vater um.

»Und, wie ist es gelaufen, meine kleine Krähe?«, flüsterte Ola ihm von hinten zu.

»Ich möchte nicht darüber sprechen.« Kihrin wünschte, sie würde ihn im Bordell nicht Krähe nennen. Schließlich nannte er sie ja auch nicht Rabe.

Die füllige Frau hob eine Augenbraue. »Dieses Haus gestern Nacht, es wurde doch nicht etwa bewacht, oder?«

Er sah sie einen Moment lang verständnislos an, bis er begriff, dass sie gar nicht von der Probe sprach, sondern von seinem Einbruch in das Haus Kazivar. »Oh! Äh … nein. Das lief großartig. Großartig ist gar kein Ausdruck. So gut wie noch nie.«

Sie presste ihn grinsend an sich und raufte ihm die Haare.

»Ola …«, protestierte Kihrin halbherzig. Als Roarin seinen Vater hereinführte, machte er sich los. »Ich erzähle dir später davon. Es gibt etwas, worüber wir reden müssen.«

»Wir müssen uns beeilen«, sagte Surdyeh. »Landril ist sehr reich.

Es wäre dumm, schon bei unserem ersten Auftritt zu spät zu kommen.«

Kihrin nahm die Stofftasche mit der Harfe. »Entschuldige. Es hat länger gedauert, als ich dachte.«

Ola zwinkerte ihm zu. »Darauf möchte ich wetten.«

Kihrin grinste anzüglich. »Nein, nicht das.« Dann wurde er wieder ernst. »Darüber muss ich auch mit dir sprechen.«

Die Puffmutter neigte den Kopf. »Macht dir eins der Mädchen Kummer? Welches?«

»Morea«, sagte Surdyeh. »Jemand anders kommt wohl kaum in Frage.«

»Ich kann für mich selbst antworten, Papa.«

Madam Ola schürzte die Lippen. »Nimm es ihr nicht krumm, Blauauge. Moreas letzter Meister hat ihr übel mitgespielt. Ich kümmere mich um sie, aber gib ihr noch ein paar Monate Zeit, um anzukommen. Warum vergnügst du dich nicht mit Jirya? Sie mag dich.«

Das stimmte. Jirya mochte Kihrin vor allem, weil er die Nachmittage in ihrem Bett hauptsächlich dazu nutzte, Schlaf nachzuholen, wenn er mal wieder die ganze Nacht auf den Dächern unterwegs gewesen war. Außerdem war sie ein hervorragendes Alibi, nicht gegenüber den Wachleuten, sondern für seinen Vater. Surdyeh missbilligte zwar, was Kihrin seiner Meinung nach mit Olas Sklavenmädchen trieb, aber Diebstahl missbilligte er noch viel mehr.

»Nein, darum geht es nicht …«

Surdyeh schüttelte den Kopf. »Du verziehst ihn, Ola. Du lässt ihn frei zwischen deinen Mädchen auswählen, als wäre er ein Prinz aus dem Hochadel.«

Dieses Argument führte Surdyeh in letzter Zeit ständig an, und diesmal verdarb es Kihrin die Laune noch gründlicher als sonst. Ola merkte es und schaute ihn fragend an, doch Kihrin schüttelte nur stumm den Kopf.

Ola fixierte ihn noch einen Moment, dann lachte sie und tätschelte Surdyeh die Wange. »Männer brauchen schöne Erinnerungen an ihre Jugend, damit sie sich im Alter daran wärmen können. Und erzähl mir bloß nicht, du hättest nicht selbst ein paar gute auf Lager. Ich weiß nämlich Bescheid, alter Mann. Und du hattest damals nicht mal die Erlaubnis des Meisters. Jetzt verschwindet endlich, bevor ihr noch zu spät kommt.« Mit diesen Worten schob sie die beiden zur Tür hinaus.

9

SEELEN UND STEINE

(Kihrins Geschichte)

Ich erwachte von meinen Schmerzen und dem rhythmischen Geschaukel der *Kummer* unter vollen Segeln. Ich war wieder nackt und lag in eine der kinderbettgroßen Kojen gezwängt. Teraeths schwarzer Umhang war als provisorische Decke über mich gebreitet. Er selbst lehnte mit mürrischer Miene an der Kajütenwand. Seine Mutter saß neben meiner Koje und drückte mir einen nassen Lappen ins Gesicht.

»Au«, stieß ich hervor. Khaemezra hatte zwar meine Wunden geheilt, aber mein Körper fühlte sich an, als hätte ich jeden einzelnen Muskel gezerrt.

»Es freut dich bestimmt zu hören, dass du noch lebst.« Khaemezra schien die Situation äußerst amüsant zu finden.

»Zumindest fürs Erste«, ergänzte Teraeth. »Bei deinem ausgeprägten Talent, in Schwierigkeiten zu geraten, weiß man allerdings nicht, was die Zukunft noch bringt.«

»Ja, genau, ich hab mir das ja auch alles selbst ausgesucht.« Ich schwang mich aus dem Bett und band mir den Umhang um die Hüften, obwohl es für Schamhaftigkeit wohl schon etwas spät war. Ich beschloss, Teraeth zu ignorieren, und konzentrierte mich stattdessen auf seine Mutter. »Ich sollte mich eigentlich dafür bedanken, dass du mich vor dem Gaeschanfall gerettet hast, aber um noch mal auf meine Lieblingsfrage zurückzukommen: Was wollt ihr von mir?«

Sie lächelte. »Ich habe eine noch bessere Frage: Wie kommt es, dass du deinem Gaesch nicht gehorcht hast und trotzdem noch lebst? Das ist bisher niemandem gelungen.«

Ich zögerte. »Was? Moment … Aber ich …« Ich räusperte mich. »Ich dachte, das verdanke ich dir.«

Khaemezra schüttelte den Kopf. »O nein.«

»Aber wie …?« Ich legte eine Hand an den Hals. Die Kette mit den Sternentränen war weg. Wahrscheinlich hatten sie sie mir beim Entkleiden abgenommen. Den Schellenstein trug ich dagegen noch.

Khaemezra bemerkte meine Geste. »Ja, ich glaube auch, dass der Stein dahintersteckt. Er beschützt seinen Besitzer, scheint aber die Schmerzen nicht zu lindern. Vielleicht wärst du ja lieber tot.« Sie sah mich an. »Juval hat dich gegaescht, oder?«

Darauf fiel ich nun wirklich kein zweites Mal herein. »Ha, ha, sehr lustig.«

Teraeth zog die Stirn kraus. »Dann sag uns, wieso …«

Khaemezra hielt eine Hand hoch. Mein Gaesch-Amulett baumelte daran. »Du kannst ganz ehrlich antworten, mein Kind. Ich habe die bisherigen Verbote aufgehoben.«

Teraeth musste ihr den Anhänger gegeben haben, während ich bewusstlos war.

»Na, wenn das so ist. Jemand hat für Juval einen Dämon beschworen, und *der* hat mich dann gegaescht.« Ich wartete einen Moment. Als die krampfartigen Anfälle ausblieben, fuhr ich fort: »Juval war außer sich vor Wut, als er merkte, dass er sich eines schweren Verbrechens gegen das Kaiserreich schuldig gemacht hatte. In Quur würde man es sicher nicht auf die leichte Schulter nehmen und als ›bloßes Missverständnis‹ abtun, dass er einen quurischen Prinzen mehrere Monate lang an eine Ruderbank gefesselt hatte. Ich gab ihm zu verstehen, dass es keine gute Idee wäre, mich zu töten, weil die Priester von Thaena ihm die quurische Flotte dann nur umso schneller auf den Hals hetzen würden. Also dachte er sich, er könnte das Problem lösen, indem er mir die Seele herausreißt.«

»Beim Gaeschen wird dir die Seele nicht herausgerissen«, mischte Teraeth sich ein.

»Oh, tut mir leid«, antwortete ich. »Sprichst du aus persönlicher Erfahrung? Bist du schon mal gegaescht worden? Oder hast du bloß schon oft andere gegaescht? Ich wette, Letzteres, stimmt's?«

»Die Schwarze Bruderschaft gibt sich nicht mit Sklaverei ab.«

Ich konnte ein Lachen nicht unterdrücken. »Die freundlichen Auktionatoren in Kishna-Farriga sehen das möglicherweise anders. Habt ihr nicht auf reservierten Plätzen gesessen?«

»Wir kaufen Vané-Sklaven, um sie zu befreien. Nicht, um sie zu gaeschen«, gab er zurück.

»Ach, wirklich? Hat deine Mutter auch Miya befreit? Und wie finanziert ihr diese Operationen? Mit guten Absichten? Oder habt ihr zu Hause noch ein Dutzend weitere Sternentränen herumliegen?«

»Nein, aber wenn du Lust hättest, sie jedes Mal wieder zurückzustehlen, könnten wir unser Budget strecken.«

»Hört auf, beide!« Die alte Frau schnalzte missbilligend mit der Zunge. »Teraeth, geh an Deck und frag den Kapitän, wie viele Tage wir noch bis Zherias brauchen.«

Er funkelte mich noch einen Moment lang empört an. »Wir verkaufen keine Sklaven.«

»Was immer du sagst, *Meister.*«

»Geh jetzt, Teraeth.«

Er nickte seiner Mutter zu und bedachte mich mit einem letzten bösen Blick, bevor er verschwand.

Ich sah Khaemezra von der Seite an. »Er ist adoptiert, oder?«

Ihre Mundwinkel zuckten. »Er schlägt eher nach seinem Vater.«

Mit dieser Antwort hatte ich nicht gerechnet. Die Frage war eher rhetorisch gemeint gewesen – Teraeth und Khaemezra waren eindeutig nicht blutsverwandt. Die Metapher »wie Tag und Nacht« beschrieb die beiden recht gut, schließlich war er ein manolischer Vané und sie eine kirpische.

Zumindest vermutete ich das. Eine Illusionistin wie sie konnte ihr Aussehen natürlich frei wählen.

Ich schnitt eine Grimasse und rieb mir die feuchten Handflächen am Umhang ab. »Ich kann dir nicht vertrauen, weil ich weiß, woher diese Sternentränen stammen.«

»Ich auch: aus dem Schatz des Drachen Baelosh.«

Ich blinzelte. »Wie bitte?«

»Aus dem Schatz des Drachen Baelosh«, wiederholte Khaemezra. »Kaiser Simillion hat sie ihm gestohlen. Nach dessen Tod wurden die Juwelen und alle anderen unbezahlbaren Kostbarkeiten im Inneren der Arena in der quurischen Hauptstadt weggeschlossen. Jahrhunderte später gab Kaiser Gendal die Sternenkette einer hinreißenden zheriasischen Kurtisane, die so schön war wie der Nachthimmel. Sie erkaufte sich damit die Freiheit. Als ihr ehemaliger Sklavenhalter, ein Mann namens Therin, mit seinen Freunden auf Abenteuerfahrt war, rettete er mit der Halskette das Leben einer Vané, die hingerichtet werden sollte. Für das Gaesch der Frau gab er nicht nur die Halskette, sondern schwor auch, dass sie nie nach Manol zurückkehren würde.« Sie lächelte. »So landete die Halskette schließlich bei mir.«

»Dann leugnest du also nicht, dass du Miya verkauft …« Ich hielt inne. »Sie sollte *hingerichtet* werden?«

»Wir nennen es den Gang des Verräters. Der Verurteilte wird gegaescht und gezwungen, in die Korthaenische Öde zu gehen. Das hört sich vielleicht nach einer Verbannung an, aber glaube mir, es ist eine Todesstrafe. Ohne Wiedergeburt und ohne Rückkehr.«

»Und du dachtest dir, warum soll ich mir bei dieser Sache nicht nebenbei noch ein bisschen was dazuverdienen?«

Sie lachte verächtlich. »Ich hätte Miya auch für eine Handvoll Glasperlen und einen zerbrochenen Zweig verkauft, um zu verhindern, dass sie auf einem Morgag-Stachel endet und Dämonen ihre Seele fressen. Ich war bei ihrer Geburt dabei und habe sie aufwachsen sehen. Sie sterben zu sehen, hätte mir das Herz gebrochen.« Die Trauer in Khaemezras Blick wirkte echt und schien von Herzen zu kommen.

»Du … du *kennst* Miya also?« Ich hatte angenommen, ihr Verhältnis zueinander wäre eher … gewerblicher Natur gewesen. Ich meine, Dethic, der Sklavenhalter in Kishna-Farriga, *kannte* mich auch, aber ich glaube nicht, dass ihn mein Tod bekümmert hätte.

Khaemezra antwortete nicht gleich. Sie drehte sich weg und blickte zur Seite, und ich …

Ich erkannte die Geste wieder, diesen Blick. Khaemezra sah Miya zwar nicht ähnlicher als Teraeth, aber die Art, wie sie sich bewegte – die Verbindung zwischen den beiden war nicht zu übersehen.

»Heilige Throne, du …« Ich schaute sie verblüfft an. »Du bist mit Miya verwandt!«

Sie blinzelte und wandte sich mir zu. »Du bist ein aufmerksamer Beobachter. Ja. Sie war meine Enkelin.«

Oh. *Oh.* »Wie konntest du einen Dämon beschwören und zusehen, wie er deiner Enkeltochter einen Teil ihrer Seele entreißt?«

»O nein, ich bin nicht wie dein Kapitän Juval. Ich habe nicht irgendeinem Lakaien befohlen, einen Dämon herbeizurufen. Ich habe sie selbst gegaescht. Mit *dem* hier.« Sie beugte sich vor und tippte auf den Schellenstein an meinem Hals.

Ich schaute sie entsetzt an. »Nein, das kann nicht …«

»Du hast vermutlich geglaubt, dieser Klunker wäre ein Tsali-Stein, falls du überhaupt weißt, was ein Tsali-Stein ist. Aber das ist keiner.« Sie schüttelte die Hände, als wollte sie böse Gedanken verscheuchen. »Es gibt acht Ecksteine, je zwei für jedes der Gründervölker. Sie unterscheiden sich voneinander, aber alle verfügen über entsetzliche Macht und sind eigens dazu erschaffen, einen der Acht Götter zu unterwerfen.« Khaemezras Lachen klang freudlos. »Ich tröste mich damit, dass ihnen wenigstens das nicht gelungen ist.«

»Das verstehe ich nicht. Soll das heißen, dass ich mit diesem Stein andere gaeschen könnte? Aber ich bin doch selbst gegaescht!«

»Und? Dem Schellenstein ist es egal, ob deine Seele komplett ist oder nicht. Für ihn zählt nur, dass er sich auf dieser Seite des Zweiten Schleiers befindet. Hör gut zu, denn das ist wichtig: Dieser glitzernde Klunker auf deiner Brust verkörpert ein Konzept, und zwar das der *Sklaverei*. Jeder Sklave, der je unter einer Peitsche auf allen vieren gekrochen oder gestorben ist, stärkt ihn, genau wie jeder Tod Thaena stärkt. Was du da an deinem Hals trägst, ist eine Abscheulichkeit, deren bloße Existenz die Welt mit Grauen erfüllt.«

Mir wurde schwindlig. Immer wieder hatte mich jemand dazu bringen wollen, den Stein abzulegen, und nun hatte ich selbst das überwältigende Bedürfnis, ihn quer durch die Kajüte zu schleudern. Nie zuvor hatte ich etwas so sehr gewollt. Ich tastete hektisch nach dem Knoten in meinem Nacken. »Und du hast ihn wirklich gegen deine Enkelin verwendet? Er muss zerstört werden. Ich zerschmettere ihn …«

»Genauso gut könntest du versuchen, einen Gott zu töten, mein Kind. Keine Waffe, die du besitzt, kann das bewerkstelligen. Abgesehen davon beschützt er dich. Erst vor ein paar Minuten hat er dir das Leben gerettet. Deine Feinde glauben, dass sie dich nicht umbringen können, solange du ihn trägst, weil er jeden Angriff auf dich mit tödlicher Wucht gegen sie selbst wenden würde. Was glaubst du denn, wieso ich ihn Miya gegeben habe? Nebenbei bemerkt, hatte ich meine Gründe, ihn bei ihr einzusetzen. Finde dich damit ab.«

Ich erstarrte. Khaemezra hatte natürlich recht: Niemand schaffte es, den Stein gegen den Willen seines Trägers an sich zu bringen. Die Kette konnte nur freiwillig abgelegt werden.

Außerdem hatte Khaemezra mir gerade einen direkten Befehl erteilt.

Widerwillig ließ ich den Stein los. »Ist es das, worum es Relos Var geht? Ist er hinter dem Schellenstein her?«

Sie seufzte. »Nein, ich bezweifle, dass er sich für diesen Klunker interessiert. Er will keine magische Halskette, sondern deine Vernichtung.«

»Wieso will er mich töten? Wir sind uns nie zuvor begegnet, ich habe ihm nichts getan.«

Sie schenkte mir ein großmütterliches Lächeln. »Mein lieber Junge, ich habe nicht behauptet, dass er dich *töten* möchte.«

»Aber du hast gesagt …« Mir wurde kalt. Als Priesterin der Totengöttin würde sie sich nicht in vagen Andeutungen ergehen, wenn es um einen Mord ging.

»Dich umzubringen wäre grob fahrlässig, weil du dann ins Jenseits kämst und von dort wieder zurückkehren könntest.« Sie streckte die Hand aus und tätschelte mir das Knie. »Weißt du, es war reines Glück« – sie nickte mir zu – »dass wir von der Auktion erfahren haben. Eine unserer Quellen hat Relos Var über deinen Verkauf sprechen hören und uns Bescheid gegeben – ohne zu ahnen, wie wichtig diese Information war. Allerdings habe ich keine Ahnung, woher *er* wusste, dass du dort sein würdest.«

»Vielleicht hat ihm jemand von meiner Entführung erzählt. Ich bin sicher, dass inzwischen halb Quur von meinem Verschwinden weiß.« Ich verzog das Gesicht. »Aber wie kam er darauf, dass er mich in den Sklavengruben von Kishna-Farriga finden würde? Wenn Darzin …« Ich überlegte. »Darzin hat mich schon einmal aufgespürt. Könnte es sein, dass Darzin diesem Relos Var befohlen hat, mich zu kaufen?«

Sie blinzelte einmal, dann brach sie in ohrenbetäubendes Gelächter aus. »Nein.«

»Aber …«

»Darzin mag Relos' Lakai sein, doch bestimmt nicht anders herum. Bisher bist du bloß unwichtigen Personen mit unbedeutenden Ambitionen begegnet. Aber Relos Var? Es gibt nur wenige auf dieser Welt, die so mächtig sind wie er.«

»Vielen Dank auch für die Klarstellung. Heute Nacht schlafe ich bestimmt gut.« Ich schluckte schwer. »Und was habe ich mit alldem zu tun?«

»Es gibt eine Prophezeiung.«

Ich schaute sie an.

Khaemezra schaute zurück.

Ich wurde blass und wandte mich ab. Die Hohepriesterin eines Totenkults zu einem Blickduell herauszufordern, schien mir nicht ratsam. »Ich glaube nicht an Prophezeiungen.«

»Ich genauso wenig. Aber Relos Var scheint sie leider sehr ernst zu nehmen, also muss ich das ebenfalls. Deshalb würde ich dich gerne ausbilden – damit du vorbereitet bist, wenn du das nächste Mal in Schwierigkeiten gerätst.« Sie lächelte. »Ich tue das für Miya.«

»Nein, danke, ich habe bereits eine …« Eigentlich wollte ich sagen: Ich habe bereits eine Göttin, aber ich konnte den Satz nicht beenden.

Khaemezra bemerkte mein Zögern und kniff die Augen zusammen. »Stimmt. Taja ist deine Patronin. Doch trotz unserer Herkunft muss man nicht unbedingt die Totengöttin verehren, wenn man unserem Orden beitreten möchte. Ich brauche einen Soldaten, keinen Priester oder Fanatiker. Die Glücksgöttin wird nichts dagegen einzuwenden haben, dass wir dich ausbilden.«

Ich schloss die Augen und erschauderte. »Es interessiert mich nicht im Geringsten, was Taja mit mir vorhat.«

Als ich sie wieder aufschlug, musterte Khaemezra mich mit unverhohlener Verachtung. »Narr«, flüsterte sie im gleichen Tonfall, den sie bei Relos Var benutzt hatte.

Das Blut schoss mir in die Wangen. »Du hast keine Ahnung, was ich durchgemacht habe …«

»Wieso sind alle Männer in deiner Familie nur solche Trottel? Stur wie die Maulesel! Meinst du wirklich, dass du dich von einer der Schwestern abwenden kannst, nachdem sie beschlossen hat, dich unter ihre Fittiche zu nehmen? Dass du für immer auf deine Göttin pfeifen kannst, weil dir etwas Schlimmes widerfahren ist? Taja ist jetzt genauso bei dir, wie sie es immer gewesen ist. Sie beschützt und tröstet dich. Dass du das nicht merkst, ist nicht ihre Schuld.«

Ich verdrehte die Augen. »Was soll eine Priesterin auch anderes sagen? Du hast leicht reden. Du bist nicht gegaescht und hast keine Peitschenstriemen auf dem Rücken. Sie … sie …« Mir war klar, dass ich nicht weitersprechen sollte, aber was passiert war, schmerzte mich immer noch. Khaemezra hatte zwar meine körperlichen Wunden geheilt, meine seelischen Verletzungen brannten jedoch unvermindert.

Ich beugte mich vor und führte den Satz zu Ende. »Sie hat mich verraten.«

Khaemezras Nasenflügel bebten. »Du irrst dich.«

»Die quurische Flotte hatte mich längst gefunden! Monatelang habe ich unter Deck auf der Ruderbank gekauert und darum gebetet, dass die Sklavenmeister mich einfach vergessen. Dann taucht die Flotte auf und sucht nach mir – und was passiert? Sie sehen mich nicht! Zum ersten Mal in meinem Leben möchte ich nicht unsichtbar sein, doch der Flottenkapitän schaut einfach durch mich hindurch, obwohl er genau nach mir sucht, dem einzigen blonden Bastard auf dem gesamten Ruderdeck. Da wurde mir klar, dass meine Göttin mich gar nicht retten will.«

»Natürlich nicht. Deine Rückkehr nach Quur wäre eine Katastrophe gewesen.«

»Eine Katastrophe?« Ich bemühte mich um einen möglichst neutralen Tonfall – aber offensichtlich vergeblich.

Khaemezra sah mich an, als hätte ich einen Tobsuchtsanfall. »Wenn du nach Quur gehst, stirbst du.«

»Das weißt du nicht.«

Sie hob eine Augenbraue. »Ach, mein Kind. Glaubst du das wirklich?«

»Ja. Ich hatte einen Plan. Er hätte funktioniert. Stattdessen sind Leute, die mir etwas bedeuten, jetzt wahrscheinlich tot.«

»Ja, ein paar. Aber wenn du geblieben wärst, wären es noch viel mehr. Ich weiß es. Ich weiß das viel besser als du.«

Ich sah sie an.

»Was hast du noch vor ein paar Minuten gesagt? Dass du Juval überzeugen konntest, dich nicht sofort zu töten? Die Toten haben keine Geheimnisse vor der Bleichen Dame.«

»Ja, aber ich habe ihn belogen. Thaenas Priester suchten gar nicht nach mir. Mein Großvater war schon vor meiner Geburt nicht mehr mit ihnen im Bunde.«

»Er ist nicht der Einzige, der mit Thaena spricht.« Sie verstummte, als hätte sie es sich gerade anders überlegt. »Ich kenne Darzin D'Mon, den du den Schönling nennst, sehr gut. Und weißt du, woher?«

Sie wartete nicht auf meine Antwort und sprach einfach weiter. »Er wollte unserem Orden beitreten, ein Angehöriger der Schwarzen Bruderschaft werden, um in den Armen der Totengöttin Trost für seine eingebildeten Schmerzen und vermeintlich erlittenen Ungerechtigkeiten zu finden. Doch sie befand ihn für unwürdig und wies ihn ab. Seither ist er besessen von ihr, wie ein zurückgewiesener Galan, der nicht von der Dame seines Herzens ablassen kann. Er erfreut sich an seinen Mordtaten und betrachtet sie als Opfergaben an Thaena, die jedoch nichts damit zu tun haben will, denn jedes unschuldige Leben, das er nimmt, liegt wie eine verwelkte Rose vor ihrem Tor. Hättest du deinen hochtrabenden Plan wirklich in die Tat umgesetzt, hätte Darzin diesem makabren Strauß nur eine weitere Blume hinzugefügt.«

»Auch das weißt du nicht.«

»O doch.« Sie schüttelte den Kopf. »Mindestens einmal pro Woche besucht dein Schönling das Bordell namens LEICHENTUCH in der Samtstadt. Manchmal auch öfter. Du bist in dem Stadtteil aufgewachsen und dürftest sowohl das Bordell als auch seinen speziellen Ruf kennen.«

Mein Mund wurde staubtrocken. »Ich weiß, was sie dort anbieten.«

»Einmal pro Woche kommt der Schönling mit einem Wunsch, der schwer zu erfüllen ist. Eine Priesterin von Caless sorgt dafür, dass die jungen Männer, die ihm zugeführt werden, exotisch aussehen: goldenes Haar, blaue Augen. Genau wie du. Es ist zwar nur eine vorübergehende Illusion, aber sie muss auch nicht länger als ein paar Stunden halten. Möchtest du wissen, was der Schönling mit diesen schönen Jungen anstellt? Wie viele verstümmelte Blumen er Thaena schon auf die Türschwelle gelegt hat?«

Ich wandte den Blick ab. »Nein.« Ich konnte es mir nur zu gut vorstellen. Im LEICHENTUCH werden Lustknaben und Huren nicht stundenweise angeboten, sondern verkauft, da es keinen Sinn hat, etwas zu vermieten, was zerstört werden soll.

Ich erschauderte.

Khaemezra erhob sich. »Denke bitte über meine Worte nach. Wir sind nicht deine Feinde, und du brauchst dringend Freunde. Früher oder später wirst du jemandem vertrauen müssen.«

Als sie fort war, umklammerte ich mit der Faust den Schellenstein und wog meine Optionen ab. Ich wusste nicht, was aus meiner richtigen Familie geworden war und ob Ola noch lebte. Ich wusste nicht, was meinen Liebsten widerfahren sein mochte, während ich in Ketten nach Kishna-Farriga geschafft worden war – was ihnen vielleicht noch widerfahren würde, während ich mich in der Hand der Schwarzen Bruderschaft befand. Sie wollten mich ausbilden, hatte Khaemezra gesagt. Vielleicht stimmte das ja. Vielleicht auch nicht.

Vor allem fragte ich mich, wie viel von dem, was ich eben gehört hatte, die Wahrheit war. Und ob es irgendeine Möglichkeit gab, das herauszufinden.

10

EIN DÄMON AUF DER STRASSE

(Klaues Geschichte)

Sobald er mit seinem Vater die kühle Behaglichkeit des ZERRISSENEN SCHLEIERS verlassen hatte, stürmten die Bilder, Gerüche und Geräusche der Stadt auf Kihrin ein. Die späte Nachmittagssonne hing wie eine rote Feuerkugel am Sommerhimmel und heizte die weißen Steinstraßen von Samtstadt auf wie einen Backofen.

Die Straßen waren leer. Der Nachmittag war zu heiß für Huren und Alkohol. Wer bei Sinnen war, hatte sich ein schattiges Plätzchen gesucht. Am blaugrünen Himmel waren vereinzelt dünne Wolken zu sehen, doch bis zur Regenzeit, in der diese Wolken mit Wucht brechen würden, dauerte es noch mehrere Monate. Solange briet die Hauptstadt im eigenen Saft.

Kihrin mochte die Hitze und war gern unterwegs, wenn wenig los war – vor Morgengrauen, wenn es weniger Zeugen für seine Einbrüche gab, und am späten Nachmittag, wenn er mit Surdyeh schneller vorankam, weil die meisten ein Nickerchen machten.

Surdyeh sagte kein Wort, als sie in die Hausierergasse einbogen, eine Abkürzung zur Simillion-Kreuzung*, wo ihr Kunde Landril in einer Dachterrassenwohnung seine Geliebten unterhielt.

Kihrin merkte, dass sein Vater etwas auf dem Herzen hatte, aber er konnte nur raten, was es war. Surdyeh hasste es, sich Kihrin in den Betten der Samtmädchen vorzustellen. Immer wieder erinnerte er seinen Sohn daran, dass die jungen Frauen nicht aus freien Stücken im ZERRISSENEN SCHLEIER arbeiteten. Und jedes Mal fügte er mit einer vielsagenden Miene in Kihrins Richtung hinzu, dass ein Mann, der solche Umstände ausnutzte, gar kein richtiger Mann sei.

Surdyeh war ein Heuchler, der sich weder scheute, Olas Geld anzunehmen, noch vor den Bordellbesuchern zu spielen. Er verurteilte diese Männer, ohne auch nur einen Gedanken daran zu verschwenden, dass die Samtmädchen und -jungen das Geld *brauchten*, um sich ihre Freiheit zu erkaufen. Und Ola war noch schlimmer: Ständig erzählte sie, dass sie früher selbst eine Sklavin gewesen sei, was sie aber nicht davon abhielt, nun ihrerseits Sklaven zu kaufen und sie jedem Freier zu überlassen, der bereit war, ihre Taschen mit Münzen zu füllen.

Und Butterbauch hatte sich gewundert, wieso Kihrin von hier wegwollte.

Er dachte an die höhnische Bemerkung seines Vaters, Ola würde ihn wie einen verwöhnten Prinzen behandeln. Kihrin konnte kein Ogenra sein. Das war einfach nicht möglich. Schon allein, weil er nicht wie ein Quurer aussah und folglich auch nicht wie ein quurischer Adliger. Außerdem wäre andernfalls bestimmt irgendwann

* Allgemein wird angenommen, diese Kreuzung wäre nach dem Ort benannt, an dem Simillion den Gottkönig Ghauras tötete. Tatsächlich trägt sie diesen Namen, weil sie die Stelle markiert, wo der Hof der Edelsteine die verstümmelte Leiche des ermordeten Ersten Kaisers öffentlich ausstellte – als »Anschauungsmaterial« für alle, die sich ihnen zu widersetzen gedachten.

einmal ein Freund oder Feind seiner »adligen« Familie aufgetaucht, um nach ihm zu suchen.

Vor allem sprach dagegen, dass Ola längst versucht hätte, die Belohnung für ihn zu kassieren, wenn sie es auch nur ansatzweise für möglich hielte, dass er aus einem Adelshaus stammte. Zugegeben: Sie hatte ihn mit großgezogen und ihm sämtliche Tricks beigebracht, wie man den Leuten das Geld aus der Tasche zog. Sie hatte ihn bei den Schattentänzern eingeführt und war beinahe so etwas wie eine Mutter für ihn. Trotzdem unterschätzte er nicht ihre Habgier. Ola Nathera dachte immer zuallererst an sich selbst, und wer das vergaß, musste mit den Konsequenzen leben.

Andererseits wäre Kihrin gerne ein Ogenra gewesen, und sei es nur, um Morea zu helfen.

Der Gedanke an Morea versetzte ihm einen Stich. Ihr Gespräch hatte er sich vollkommen anders ausgemalt. Er hatte charmant und weltmännisch sein wollen. Stattdessen war er beim ersten Anzeichen, dass ihr Interesse an ihm mit irgendwelchen Hintergedanken verbunden sein könnte, auf sie losgegangen. Er war ausgerastet, obwohl er sie mochte. Er mochte sie wirklich.

Jetzt hasste sie ihn. Zu Recht.

Kihrin wurde jäh aus seinen Gedanken gerissen, als sein Vater seinen Arm losließ. Etwas stimmte nicht. Ohne stehen zu bleiben, sah er sich um. War ein Taschendieb dumm genug, sein Glück bei ihnen zu versuchen? Plötzlich rannte er gegen eine Wand.

Eine Wand? Mitten in der Hausierergasse?

Kihrin hörte die wenigen anderen Passanten entsetzt aufkeuchen und betrachtete die Wand genauer. Sie war weiß, hier und da von Moosflecken überzogen, die Ziegelsteine vom Zahn der Zeit schon etwas abgeschliffen. Kihrin starrte verständnislos darauf. Wie hatte mitten auf seiner Abkürzung mir nichts, dir nichts eine Wand entstehen können? Sie stank nach Seegras, Schwefel und abgestandener Bordellluft.

Auf einem der Steine pulsierte eine violette Ader, gleich daneben war eine kleine, rundliche Vertiefung. Dann bewegte sich der Stein.

Kihrin schnappte nach Luft und blickte auf. Das war keine Wand, sondern ein Bauch.

Der Bauch eines Dämons.

Der Dämon war riesig, doppelt so groß wie Kihrin. Sein Bauch (der Dämon war ganz eindeutig ein er*) war weiß, die muskelbepackten Beine hatten einen ungesunden grüngelben Farbton. Seine Arme waren leuchtend rot und glänzten feucht, als hätte er sie gerade bis zu den Achseln in einen Bottich voller Blut getaucht. Sein Gesicht wurde von einem breit grinsenden Mund zerteilt, der von einem spitzen Ohr bis zum anderen reichte. Die Augen waren schwarze Löcher ohne jedes Weiß, und er hatte keine Nase. Die Haare der Kreatur waren lang und grellweiß, bis auf die Spitzen, die ebenfalls rot wie Blut waren. Ein violett-grüner Schwanz gleich dem eines Krokodils, allerdings länger und biegsamer, schlug scheinbar aus eigenem Antrieb auf das Kopfsteinpflaster.

Viel wichtiger war aber, dass Kihrin ihn *wiedererkannte.*

Es war der Dämon, den er bei seinem Einbruch in Haus Kazivar gesehen hatte.

»*Lauf, Papa!*« Kihrin stieß seinen Vater in einen offenen Hauseingang.

Der Dämon schaute grinsend zu ihm herunter. Seine weißen Zähne waren scharf und gezackt und eindeutig zu viele. Sie ragten aus seinem Maul wie Maden, die sich aus einer Wunde herauswanden.

~ SEI GEGRÜSST, GESETZESBRECHER. ~

»O Taja …« Kihrin begann zu beten und ließ die beiden Messer

* Wahrscheinlich eher nicht. Dämonen sind keine natürlichen Geschöpfe, obwohl sie vorübergehend körperliche Gestalt annehmen können. Sie haben kein eigenes Geschlecht, es wird ihnen zugewiesen, oder sie wählen selbst dasjenige, das ihnen am nützlichsten erscheint.

in seine Hände gleiten, obwohl er bezweifelte, dass er mit ihnen etwas ausrichten konnte.* Zweifellos hatte der Schönling diesen Dämon auf ihn gehetzt, der ihn jetzt offenkundig gefunden hatte und ganz sicher töten würde. Er sah groß genug aus, um Kihrin den Kopf abzubeißen.

~ SEI GEGRÜSST, SEELENDIEB ~

Kihrin suchte sein Heil in der Flucht. Er täuschte nach rechts an, sprang nach links und rannte los. Einen Moment lang glaubte er, es schaffen zu können, aber dann spürte er etwas Hartes gegen seine Fußknöchel schlagen. Er schaute nach unten und sah, wie sich der violett-grüne Schwanz des Dämons um seine Beine wickelte und ihn in die Luft hob.

Kihrin tat, was jeder tun würde, der mitten auf der Straße von einem randalierenden Dämon hochgehoben wird und erwartet, gleich in Stücke gerissen zu werden: Er schrie sich die Kehle wund.

~ SEI GEGRÜSST, PRINZ DER SCHWERTER. ~

»Lass mich los! *Verdammt noch mal!* Lass mich runter!« Kihrin versuchte, mit einem seiner Messer den Schwanz zu durchtrennen, aber wie erwartet, hätte er genauso gut mit einem Seidentaschentuch auf einen Stein einschlagen können.

Der Dämon hielt ihn so mühelos fest, wie Kihrin ein Kätzchen am Nackenfell hochgehoben hätte. In dieser Position hing er nah am Gesicht des Ungeheuers und viel zu dicht vor dessen riesigem Schlund. Der Dämon sah aus, als würde er sich Kihrin gleich wie eine Weintraube in den Mund werfen.

Als Kihrin gerade zu dem Schluss kam, dass er nichts zu verlieren hatte, wenn er dem Dämon einen seiner Shivs ins Auge stach,

* Über Dämonen ist naturgemäß wenig bekannt, und trotz der zahlreichen Forschungsarbeiten über diese Kreaturen bestehen immer noch große Wissenslücken. Die beste Einführung in das Thema ist *Der niedere Schlüssel von Grizzst*, aber ich halte auch *Die kalte Invasion* von Killus Vornigel für eine exzellente Darstellung dieser Ungeheuer und ihrer Interaktionen mit der physischen Welt.

packte die Kreatur seine Arme und bog sie auseinander, bis er sich nicht mehr rühren konnte.

Der Dämon lachte – ein Geräusch, das noch Monate später durch Kihrins Albträume hallen würde. Er baumelte nahe genug am Maul des Ungeheuers, um zu sehen, dass es nicht leer war. Eine rote Zunge wand sich darin, auf der Maden herumkrochen. Der Gestank, der Kihrin entgegenschlug, war unbeschreiblich, eine Mischung aus Blut, Schlachtabfällen und ranzigen Geschlechtssekreten. Er musste einen heftigen Würgereiz unterdrücken. Der Dämon schüttelte ihn.

Der Tsali-Stein rutschte unter Kihrins Umhang hervor und blieb an seinem Kinn hängen. Er fühlte sich kalt an.

~LANGE HABE ICH NACH DEM LÖWEN GESUCHT, UND NUN HABE ICH DEN FALKEN GEFUNDEN.~

Das Maul des Dämons kam noch näher, und Kihrin schloss die Augen, um nicht mit ansehen zu müssen, was als Nächstes geschah. Er wurde steif wie ein Brett und machte sich bereit zu sterben.

Mancher würde behaupten, dass das, was tatsächlich folgte, noch schlimmer war. Auf jeden Fall würde es Kihrin länger beschäftigen.

Er spürte die Zunge des Dämons auf seinem Gesicht. Sie berührte seine Wange und die Halskette mit dem indigoblauen Stein. Gleichzeitig drangen Gedanken in Kihrins Geist.

~DIES IST FÜR DICH, MEIN KÖNIG: EIN KLEINER VORGESCHMACK AUF DIE ANGST, EIN APPETITANREGER, BEVOR ICH DIR EIN FESTMAHL DER LEIDEN SERVIERE.~*

* Vergleiche hierzu folgende Prophezeiung aus *Eine Studie dämonischer Besessenheit in Quur*: »Sei gegrüßt, Gesetzesbrecher. Sei gegrüßt, Seelendieb. Sei gegrüßt, Prinz der Schwerter. Lange werden wir nach dem Löwen suchen, bis wir zuletzt den Falken finden. Unseren König, der uns vor dem Untergang bewahren und unsere Seelen von langem Leid befreien wird.«

Die Gedankenbilder wurden immer aufwühlender: Kihrin mit seiner alten Lehrerin Maus, mit Morea, mit zahlreichen Mädchen und Jungen aus dem ZERRISSENEN SCHLEIER. Kihrin sah, wie er ihnen abscheuliche Dinge aufzwang. Der Dämon präsentierte ihm immer neue Bilder, die Kihrin als sadistisches Ungeheuer zeigten, einen Dämon in Menschengestalt, der sich am Schmerz und der Angst anderer labte. Wie ein Krokodil, das über alle herfällt, die sich zu nah an seinen Fluss wagen. Der Dämon drang tief in seinen Verstand und entriss ihm die Erinnerungen an alle, die er je gekannt und geliebt hatte. Als Nächstes ließ er Kihrin sehen, wie er sie folterte, vergewaltigte und umbrachte. Es gab Sünden, die selbst ein Junge, der im Kupferviertel und der Samtstadt aufgewachsen war, weder kannte noch verstand. Der Dämon füllte den Kopf des Jungen mit einer Schreckenstat nach der anderen, bis er sie schließlich alle gesehen hatte.

Kihrin schrie und schrie.

Er konnte nicht sagen, wie lange er dort hing, während der Dämon seinen Verstand mit Schrecken füllte, einer scheinbar endlosen Orgie aus Schmutz und Perversionen.

Auf jeden Fall zu lange.

Als Kihrins Stimme versagte und er nur noch unkontrolliert schluchzen konnte, ließ der Druck auf seinen Geist plötzlich nach. Er hörte Schritte, die sich rasch näherten, und blickte die Straße hinunter. Furcht rang mit Erleichterung, als er die Wächter mit gezückten Schwertern herbeieilen sah.

Der Dämon legte den Kopf in den Nacken und stieß ein Brüllen aus, das zugleich nach einem Löwen und tausend schreienden Katzen klang. Er gab Kihrins Arme frei, sodass der kopfüber von seinem Schwanz herabbaumelte, dann hob er Surdyehs Harfe auf.

»Nein …!« Kihrins Kehle war mittlerweile so heiser geschrien, dass nur noch ein Flüstern herauskam.

Grinsend schwang der Dämon die Harfe und ließ sie auf den ersten Wächter niederfahren, der in seine Reichweite gelangte.

Der Kopf des Soldaten wurde nicht zerschmettert, stattdessen zerriss er die Saiten und den Stoff der Tragetasche. Der Holzrahmen klemmte seine Arme fest. Hätte der Dämon die Harfe in diesem Moment losgelassen, wäre der Wächter die nächsten fünf Minuten damit beschäftigt gewesen, sich aus dem Holz und den Metalldrähten zu schälen. Aber der Dämon ließ nicht los, sondern zog den zappelnden Mann in einer fließenden Bewegung näher an sich heran und riss sein unfassbar großes Maul noch weiter auf.

Kihrin zuckte zusammen und schaute weg, während das Ungeheuer dem Wächter den Kopf so mühelos abbiss, wie Kihrin seine Zähne im Fruchtfleisch einer Mango vergraben würde. Das Blut des Mannes spritzte auf Kihrin, ehe die Leiche auf die Straße fiel.

»Xaltorath, du bist hier nicht erwünscht!«, polterte eine laute Stimme.

Kihrin wunderte sich über die höchst überflüssige Bemerkung. Dann drehte er den Kopf zur Seite, um zu sehen, wer als Nächster sterben würde.

Da er verkehrt herum hing, konnte er es nicht richtig erkennen, aber er glaubte nicht, dass es sich bei dem Neuankömmling um einen Wächter handelte. Dessen Haare und der Bart waren grau meliert, Kihrin schätzte ihn auf Ende vierzig. Er war ein Bär von einem Mann und beinahe genauso breit wie groß. Er schien ausschließlich aus sehnigen Schultern und harten Muskeln zu bestehen und wirkte nicht glücklich darüber, dass sich ein Dämon in den Straßen der Stadt herumtrieb.

Damit waren sie schon zu zweit.

Kihrin hatte nie richtig aufgepasst, wenn Surdyeh ihm die verschiedenen Dienstgrade in der quurischen Armee erklärte, aber dieser Mann steckte in einer Rüstung. Sein Brustharnisch funkelte im orangen Sonnenlicht. Hinter ihm wartete eine ganze Legion aus Stadtwächtern und Soldaten, die ihm bereitwillig den Vortritt ließen. Fauchend fuhr Xaltorath zu dem Mann herum, Kihrin, der immer noch an seinem Schwanz hing, schaukelte hin und her wie eine Laterne zur Monsunzeit.

~UNVERSCHÄMTER STERBLICHER, DU WAGST ES, MEIN RECHT ANZUZWEIFELN? ICH BIN XALTORATH. ICH BIN DER SCHLACHTENZORN UND DIE SÜNDIGE LUST. ICH BIN DAS STÖHNEN AUF DEN LIPPEN DER VERDAMMTEN.~

Die »Stimme« des Dämons in Kihrins Geist steigerte sich zu kakophonischem Geheul, während er vor aller Augen wuchs und noch bedrohlicher wurde.* Frisches Blut troff aus seinen Mundwinkeln und färbte seinen weißen Torso grellrot.

Der Soldat warf nur einen kurzen Blick auf Kihrin, dann konzentrierte er sich wieder auf den Dämon. »Na los, sprich dich nur aus.«

Mit einem Mal verflog der Zorn des Dämons. Sein Grinsen wurde noch breiter. ~ICH KENNE DICH.~

»Ja«, bestätigte der Soldat. »Wir sind uns schon einmal begegnet. Damals hast du dich auch hinter einem Kind versteckt. Willst du das nun wieder tun?«

~DIESER JUNGE IST DIR EGAL, ABER SIE WAR DEIN EIN UND

* Im Allgemeinen sind Dämonen nicht auf eine einzige Gestalt festgelegt. Sie verändern sie jedoch nicht so mühelos wie Klaue, die eine Gestaltwandlerin ist. Sobald sich Dämonen in der physischen Welt manifestieren, scheinen sie ihr Äußeres zumeist für die Dauer ihres Aufenthalts beizubehalten. Die Gestalt eines Dämons wird oft von dem Zauberer vorgegeben, der ihn beschwört. Er kann zum Beispiel verfügen, der Herbeigerufene solle »schicklich und anziehend« aussehen oder aber »schrecklich und furchteinflößend«. In *Der niedere Schlüssel von Grizzst* wird dazu geraten, bei der Anrufung eine Gestalt zu fordern, die dem Dämon unbehaglich ist. Auf diese Weise kann man ihn besser kontrollieren. (Ich halte jedoch nicht viel von diesem Ratschlag, da ein Dämon durchaus imstande ist, ein paar Stunden als niedlicher Welpe auszuhalten, wenn er seinen Beschwörer nur anschließend in kleine Stücke reißen kann.)

ALLES. ~ Der Dämon kicherte. ~ ICH HABE IHRE SCHREIE GENOSSEN. ~

Der Soldat umklammerte den Knauf seines Schwerts so fest, dass die Fingerknöchel weiß hervortraten, doch seine Stimme blieb gefasst. »Was willst du von diesem jungen Mann? Bist du es leid, kleinen Mädchen wehzutun?«

~ SEINE ANGST SCHMECKT GENAUSO SÜSS WIE DER HONIG, DER VON DEN SCHENKELN DEINER TOCHTER TROPFTE. ~

Im Gesicht des Soldaten begann ein Muskel zu zucken. Er umkreiste den Dämon und ließ ihn keine Sekunde aus den Augen. »Du wurdest doch nicht aus deiner Gefangenschaft befreit, um kleine Jungs zu belästigen. Wieso bist du hier, Xaltorath?«

Der Dämon wirkte nachdenklich, als tauschte er sich mit einem Freund aus, den er seit Jahren nicht mehr gesehen hatte. ~ ICH BIN HIER, WEIL ICH MUSS. ICH BIN HIER, WEIL DIE ALTEN FESSELN IMMER NOCH MEINE GESAMTE ART BINDEN. ICH BIN HIER, SOLANGE IHR NARREN NICHT AUFHÖRT, MICH ZU BESCHWÖREN. BIS ZU DEM TAG, AN DEM ALLE EIDE GEBROCHEN UND ALLE SEELEN BEFREIT WERDEN. ~ Er lächelte. ~ WAS SCHON BALD SEIN WIRD. ~

»Und welcher Idiot hat dich diesmal beschworen?«

~ WAS, VERDAMMT … ~ Der Dämon sah den Soldaten an. ~ WIESO REDEST DU NUR, ANSTATT ZU KÄMPFEN? ~

»Ich überlasse gern dir das Wort. Du hast mehr Spaß daran.«

~ DU VERSUCHST, MICH ABZULENKEN! ~

»Nein, Stinkmaul, ich halte dich nur ein bisschen hin.« Mit diesen Worten griff der Soldat an. In seinem Schwert spiegelte sich das gleißende Sonnenlicht.

Xaltorath grinste breit, holte mit seinen tödlichen Klauen zum Schlag aus – und schrie, als Kihrin ihm eins seiner Messer bis zum Heft ins linke Auge stieß.

Den Rest des Kampfs verpasste Kihrin, da Xaltorath ihn wie ein kaputtes Spielzeug von sich schleuderte und er mit dem Kopf voran gegen eine weiß getünchte Ladenfassade krachte.

Danach nahm er alles nur noch verschwommen wahr.

Er hörte Xaltoraths dröhnendes Gebrüll, Waffengeklirr, schreiende Männer und eine leise singende Tenorstimme. Das alles drang wie aus weiter Ferne zu ihm.

Zitternd stemmte er sich hoch. Seine Augen wollten sich nicht scharfstellen. Seine Haare fühlten sich nass und klebrig an. Das Blut, das ihm übers Gesicht lief, war sein eigenes. Außerdem hatte er das Gefühl zu verbrennen. Der Saphir auf seiner Brust schien glühend heiß zu sein.

Vage, als wäre es das Problem eines anderen, wurde ihm bewusst, dass er verwundet war, vielleicht sogar tödlich. Einesteils wollte er schlafen, andererseits hatte er das Gefühl, sich gleich übergeben zu müssen. Ansonsten empfand Kihrin vor allem einen rasenden Zorn, wie er ihn bisher nur einmal in seinem Leben verspürt hatte. Sein Wunsch nach Rache war so stark, dass er alle anderen Instinkte überstrahlte. Er verlieh ihm die Kraft aufzustehen und taumelnd zu der Kreuzung zurückzukehren, an der er angegriffen worden war.

Der Soldat war immer noch da, außerdem mehrere Wächter und ein weiterer Neuankömmling, der einen mehrfach geflickten braunen Sallí-Mantel trug. Letzterer wirkte so fehl am Platz wie ein Schattentänzerdieb auf der Ruhestandsfeier eines Wachmanns. Kihrin hatte keine Ahnung, wer er war, aber ganz sicher weder ein Dämon noch ein Wächter. Also beschloss er, ihn fürs Erste zu ignorieren.

Abgesehen von dem unnatürlich roten Licht und dem Gestank, die immer noch in der Luft hingen, schien der Dämon spurlos verschwunden zu sein.

»Wie habt Ihr es so schnell hierher geschafft?«, fragte der Soldat mit dem Schwert den Mann in dem abgewetzten Mantel, als Kihrin zu ihnen wankte. »Ich habe gerade erst jemanden losgeschickt, um nach Euch zu suchen.«

»Taja meint es gut mit uns. Einer meiner Agenten hat mich alarmiert …« Sein Blick fiel auf Kihrin. »Gütige Tya, alles in Ordnung, junger Mann?«

Kihrin ignorierte die Frage – sie war einfach zu dumm, denn es würde ihm nie wieder gutgehen – und taxierte den Mann blinzelnd. Er war in den Zwanzigern und nicht weiter bemerkenswert. Nur die kastanienbraune Haut und seine Wangenknochen, die so hoch wie die eines Marakorers waren, verliehen seinem Aussehen einen Hauch Exotik. Er hatte dunkle Augen und glatte schwarze Haare, die in alle Richtungen von seinem Kopf abgestanden hätten, wären sie nicht von einem schlichten Messingreif gebändigt worden. Kihrin fragte sich, ob er zur Gilde der Spaßmacher gehörte. Andererseits hätte er mit einem derart verschlissenen Mantel wohl kaum viele Auftrittsangebote bekommen. Er wirkte eher wie ein Bauer als ein Bühnenkünstler. Wahrscheinlich ein Diener des Soldaten, mutmaßte Kihrin. »Ist er tot?«, fragte Kihrin und biss die Zähne zusammen, damit seine Knie nicht nachgaben.

»Qoran, haltet ihn fest. Er fällt gleich um«, sagte der kleinere Mann.

Der Soldat legte Kihrin eine Hand auf die Schulter, aber der wich ruckartig zurück, als ihm die Bilder von vorhin wieder durch den Kopf schossen. »Nicht anfassen!«

Der Soldat schob das Schwert in die Scheide zurück und hob die Hände zu einer Geste, die wahrscheinlich beschwichtigend wirken sollte. »Du musst dich beruhigen, mein Sohn …«

»Nennt mich nicht Sohn«, fauchte Kihrin. »Ist er tot?«

Die beiden Männer sahen ihn überrascht an, dann drehte der Soldat sich zu der zerfetzten Leiche um, die vor Kurzem noch einer seiner Wächter gewesen war. Der Oberkörper steckte noch in den zerschmetterten Überresten der doppelt besaiteten Harfe. »Absolut.«

»Er meint den Dämon, Qoran«, stellte der andere klar. Er betrachtete Kihrin mit zusammengekniffenen Augen, als überlegte er, an wen ihn der junge Mann erinnerte. »Nein, Xaltorath ist nicht tot. Allerdings hast du deinen Teil dazu beigetragen, ihn für eine Weile in die Hölle zurückzuschicken.«

Der Soldat trat einen Schritt vor, unternahm aber keinen Versuch, Kihrin noch einmal zu berühren. »Wir müssen wissen, was Xaltorath zu dir gesagt hat, mein Junge. Jedes einzelne Wort könnte von Bedeutung sein. An was kannst du dich erinnern? Was wollte er von dir? Warum hat er dich am Leben gelassen?«

»Er hat mein Messer zerstört.« Kihrin sah es mitten auf der Straße liegen. Die Klinge war verdreht und verbogen, als hätte der Schmied es in der Esse vergessen. *Er hat mein Leben zerstört, und meinem Messer geht es auch nicht besser.* Er lachte laut auf über den Reim, verstummte aber gleich wieder. Merkwürdigerweise konnte er nur darüber nachdenken, wie verärgert Landril Attuleema sein würde, wenn sie nicht zu ihrem Auftritt erschienen.

Der Soldat wirkte weniger amüsiert. »Argas hole dein Messer! Ist dir eigentlich klar, wie viele Tote es geben wird, wenn irgendein durchgedrehter Dämonenbeschwörer einen weiteren Höllenmarsch anzettelt? Dämonenprinzen, die aus der Hölle freikommen, feiern kein Freudenfest, sondern beschwören weitere Dämonen herauf! Beantworte meine Fragen, Junge.« Der Soldat schien ihn erneut packen zu wollen, überlegte es sich dann aber anders.

Kihrin zuckte dennoch zurück und biss die Zähne zusammen. Er merkte, wie er die Kontrolle verlor und kurz davor war, etwas Dummes zu sagen – ausgerechnet zu einem Mann, der nur mit den Fingern schnippen musste, um ihn in eine Sklavengrube werfen zu lassen. Kihrin straffte seine Schultern, ohne zu schwanken, umzukippen oder sich zu übergeben, obwohl all das jeden Moment passieren konnte. »Dieses Ungeheuer hat die Harfe meines

Vaters zerstört. Wovon sollen wir denn jetzt leben? Was sollen wir essen? Dir mag das egal sein, aber mir nicht.«*

»Wartet, General.« Der Mann mit dem Mantel hob eine Hand und sah Kihrin an. »Diese Harfe hat deinem Vater gehört? Bist du etwas Surdyehs Sohn?«

Kihrin hatte eigentlich schreien wollen, aber diese leise gestellte Frage nahm ihm den Wind aus den Segeln. »Woher kennst du …?« Er blinzelte. »Du kennst meinen Vater?«

»Ja.« Der Blick des Mannes verriet schöne Erinnerungen, aber auch einen alten Schmerz. »Wir waren einmal Freunde.« Er musterte Kihrin mit undurchdringlicher Miene.

»Moment mal, mein Vater! Wo ist er? Er war genau hier …« Kihrin hatte Surdyeh nicht mehr gesehen, seit er ihn in den Türeingang geschubst hatte … Hoffentlich war er nicht verletzt. Kihrin malte sich aus, wie sein Vater in einer Mauernische kauerte und dort, unbeachtet von den Passanten, sein Leben aushauchte. Er wandte sich an den Soldaten – beziehungsweise General, wie er jetzt wusste. Der schien genügend Autorität zu besitzen, um ihm zu helfen. »Ihr müsst ihn finden. Er ist blind. Wahrscheinlich ist er nicht sehr weit gekommen.«

Der General starrte ihn unfreundlich an, sein Blick so hart wie Drussian. Schließlich deutete er auf einen seiner Soldaten. »Hauptmann Jarith, lass deine Männer die Umgebung absuchen. Sie sollen nach einem Blinden Ausschau halten, der sich möglicherweise versteckt. Sein Name ist Surdyeh. Bringt ihn wohlbehütet hierher. Wir müssen ihn mit seinem Sohn wiedervereinen.«

Der Soldat salutierte. »Ja, General. Zu Befehl.«

* Ich frage mich, ob Kihrin gelegentlich vergaß, dass er eine ganze Menge Geld angespart hatte, oder ob er so sehr in seiner Rolle als Musikerlehrling aufging, dass es auf das Gleiche herauskam. Wahrscheinlich verdrängte er einfach, dass er das Geld besaß, damit er nicht in Versuchung geriet, es auszugeben.

»Danke, vielen Dank«, sagte Kihrin und schloss erleichtert die Augen.

Das war ein Fehler. Die Wut, die ihn bei Bewusstsein gehalten hatte, verebbte, und die Welt kippte seitlich weg. Dann versank er in Dunkelheit.

»Schnell …«, hörte er den General noch sagen.

Kihrin hätte gern mitbekommen, was weiter passierte, doch ein Ohnmachtsanfall nahm ihn dafür zu sehr in Anspruch.

11

EIN STURM ZIEHT AUF

(Kihrins Geschichte)

Irgendwann ging ich an Deck. In unserer Kajüte fühlte ich mich wie in eine Holzkiste gesperrt. Die Theorie besagte zwar, dass sie groß genug für vier Personen war, aber in Wirklichkeit war sie kleiner als ein Wasserklosett.

Ich hatte gute Lust, den Urheber dieser »Theorie« ausfindig zu machen und seinen Kopf gegen die Reling zu schlagen.

Die *Kummer* war ein klobiges Schiff, das in Kishna-Farriga und Zherias gekaufte Sklaven nach Quur transportierte, wo die rechtschaffenen Bürger des Kaiserreichs sie für die verschiedensten widerwärtigen Zwecke erwarben. Sie hatte die übliche Anzahl Masten und Segel und dazu ein Deck mit Ruderskla-ven im Bauch, die bei schwachem Wind für zusätzlichen Vortrieb sorgten und das Schiff durch die engen Häfen manövrierten.

Ich habe das Ruderdeck der *Kummer* bis heute weit deutlicher in Erinnerung, als mir lieb ist.

Dicke Eisengitter unterteilten die Frachträume mit den Sklaven in verschiedene Stockwerke beziehungsweise Zwischendecks. Diese Unterkünfte, in denen die Mehrzahl der Sklaven hauste, waren so niedrig, dass selbst eine kleine Frau nicht aufrecht darin stehen konnte. Im Vergleich zu diesen Zwischendecks wirkte unsere Kajüte wie eine Luxuskabine.

Als die *Kummer* mich nach Kishna-Farriga gebracht hatte, waren auf dem Frachtdeck nur Handelsgüter (Maridon-Tee, Zucker, Fässer mit Sasabim-Brandy und eamithonische Töpferwaren) eingelagert gewesen. Jetzt nicht mehr. Kapitän Juval war nur so lange im Hafen geblieben, wie er gebraucht hatte, um seine Ladung zu löschen und die nächste Charge Menschen einzuladen. Vermutlich hatte er vor, in Zherias* noch weitere Sklaven zu kaufen, bevor wir über das Galla-Meer nach Quur segelten. Wie viele Male hatte er diese Reise wohl bereits unternommen, wie viele Menschen gekauft und wieder verkauft?

Mich in Sichtweite des Kapitäns aufzuhalten, bereitete mir ein perverses Vergnügen. Denn nur wenn ich seinen Blick teilnahmslos über mich hinweggleiten sah, ließ mein Bedürfnis, sein Rückgrat mit einem Dolch zu durchtrennen, ein klein wenig nach. Juval war ebenfalls schlechter Laune und giftete jedes Besatzungsmitglied an, das sich in seine Nähe wagte.

Vielleicht hatte er von meinem endgültigen Verkaufspreis gehört. Er hatte es so eilig gehabt, mich loszuwerden, dass er anstelle einer prozentualen Beteiligung einen Fixpreis akzeptiert hatte. Dass er damit den besseren Handel gemacht hatte, ahnte er nicht.

Teraeth kauerte auf einem der Abdeckgitter über dem Sklavendeck, hielt die Eisenstäbe mit den Fingern umklammert und starrte nach unten. Die Matrosen machten einen weiten Bogen um ihn.

Das überraschte mich nicht. Er mochte wie ein Quurer ausse-

* Vor hundertfünfzig Jahren versuchte Shogu, der damalige König von Zherias, den Sklavenhandel abzuschaffen, der traditionell eine der wichtigsten zheriasischen Einkommensquellen war (neben der Piraterie und dem allgemeinen Warenhandel). Er überlebte die entsprechende Proklamation keine fünf Tage, und sein ältestes Kind, Sinka, erklärte die Sklaverei unmittelbar nach seinem Tod wieder für legal.

hen und auch wie einer klingen, aber die Illusion, die ihn umhüllte, konnte nicht die Wut verbergen, die von ihm ausging.

Teraeth hob den Kopf und sah, dass ich ihn beobachtete.

Wir starrten einander einen Moment lang an, bis er mich schließlich zu sich winkte.

Ich vermied es, in den Frachtraum hinunterzusehen. »Es tut mir leid, dass ich dich vorhin einen Sklavenhalter genannt habe. Khaemezra hat mir alles erklärt, und …«

»Schau.« Er deutete durch das Gitter.

Ich fühlte mich nicht dazu verpflichtet, seiner Aufforderung zu folgen – was mich wiederum daran erinnerte, dass seine Mutter mittlerweile mein Gaesch hatte. »Ich weiß, wie Sklaven aussehen. Ich wollte dir nur sagen …«

»Schau hin, verdammt noch mal!« Er packte eine Ecke meines Umhangs und zog mich zu sich herunter. »Das ist es, was du bist.«

Ich versuchte, mich loszumachen. »Du musst mich nicht daran erinnern, dass ich ein Sklave bin.«

»Du glaubst, ich rede davon, dass du ein Sklave bist?« Seine Stimme war ein scharfes Zischen. »*Denen* ist egal, was du bist. Sieh sie dir an. Schau genau hin. Siehst du sie? Männer, Frauen, Kinder. Ein paar von ihnen werden diese Fahrt nicht überleben, andere werden schon bald ihr Konkubinat beginnen. Sie stammen aus einem Dutzend verschiedener Länder, manche von ihnen kommen aus Dörfern, die so klein und abgelegen sind, dass sie noch nicht einmal den Namen des Landes kennen, in dem sie gelebt haben. Die meisten von ihnen sprechen weder Guarem noch irgendeine andere Sprache, die du kennst. Sie würden ihre Seele dafür geben, deinen Platz einzunehmen, weil du zu wertvoll bist, um dort unten zu verrotten. Stattdessen verhungern sie und sterben an der Ruhr oder weil sie während eines Sturms nicht genug Luft zum Atmen haben. Sieh sie dir an, ihre hoffnungslosen Blicke. Sie haben nicht einmal mehr die Kraft, zu weinen oder auch nur zu fragen, warum ihnen das angetan wurde. Sie können bloß noch flüstern – wie ein Verrückter, der immer wieder den gleichen Satz schreit, bis seine Stimme schwächer wird und schließlich ganz verstummt …«

Ich unterdrückte einen Schluchzer und entwand mich seinem Griff. »Ich muss mir das nicht …«

»Du bist Quurer. Das ist dein Vermächtnis, dein Geschenk an die Welt: zahllose Schiffe voller Schmerzen, die über die Meere segeln, um die grausame Lust deines Volks zu befriedigen und euer Bedürfnis, alles zu erobern. Wage es nicht, die Augen vor deinem Geburtsrecht zu verschließen. Das ist es, was der Zauberer Grizzst erschaffen hat, als er die Dämonen fesselte. Was euer Kaiser Simillion in die Welt brachte, als er die Krone und das Zepter für sich beanspruchte. Um diese Lebensweise zu erhalten, ist Atrin Kandor gestorben.«

Benommen ließ ich mich auf das Gitter sinken.

»Wie vielen Sklaven bist du begegnet? Wie viele hast du als selbstverständlich betrachtet, als einen unabänderlichen Bestandteil der quurischen Kultur?« Teraeth ging in die Hocke und stützte sich mit den Fingern auf den Gitterstäben ab. »Du hast gefragt, wer wir sind. Ich werde dir sagen, was wir *nicht* sind: Leute, die jemals *so etwas* tun würden.«

Ich schwieg eine ganze Weile.

Schließlich flüsterte ich: »Was ihr tut, wird dadurch auch nicht richtig.«

»Nein, aber im Austausch für jedes Leben, das ich nehme, gebe ich anderen ihr Leben zurück. Ich werde Thaena im Jenseits mit erhobenem Haupt und reinem Gewissen gegenübertreten.«

»Ich kann nichts tun, um diese Leute zu befreien.«

»Wenn du das glaubst, stimmt es auch. Aber versteh mich nicht falsch – es stimmt nur, *weil* du es glaubst.«

Ich blickte aufs Meer. Seit Kishna-Farriga folgten uns Seemöwen. Sie würden uns wohl noch ein paar Meilen hinterherfliegen, bis sie merkten, dass die Leckerbissen nicht schnell genug kamen.

Die salzige Luft stieg mir in die Nase, und das Ächzen der Takelage drang an meine Ohren. Wenn ich mich konzentrierte, konnte ich gerade noch leises Weinen hören. Bislang roch das Schiff nur nach Salz und Teer. Die schrecklicheren Gerüche würden erst später dazukommen.

Ich dachte eingehend über die Ironie nach, dass mir ausgerechnet der Auftragsmörder, dem ich gehörte, einen Vortrag über die Freiheit hielt.

»Juval hat dich mit der Neunschwänzigen ausgepeitscht, oder?«, unterbrach Teraeth schließlich das Schweigen.

»Er hatte ein paar Fragen und wurde ziemlich ungehalten, als ich sie nicht beantwortet habe.«

»Möchtest du, dass ich ihn töte?«

Ich sah den Vané von der Seite an. »Glaubst du nicht, das würde unsere Ankunft in Zherias ein wenig verzögern?«

»Sein Erster Maat macht einen ganz kompetenten Eindruck.«

Ich erschauderte bei der Vorstellung. Wenn ich noch Albträume gehabt hätte, wäre der Erste Maat, Delon, bestimmt darin aufgetaucht. »Delon ist schlimmer als Juval. Viel schlimmer.«

Teraeth erwiderte meinen Blick. Seine Kiefermuskeln zuckten, und er wandte sich ab. »Ich werd's mir merken.«

»Außerdem dürfte Tyentso es persönlich nehmen, wenn du anfängst, ihre Besatzung zu töten. Und die könnte sogar euch Probleme machen.«

»Tyentso?«

»Die Meereshexe auf diesem Schiff. Du hast mich doch gefragt, ob der Kapitän eine hat. Die Antwort lautet: Ja. Sie ist hart wie Drussian. Und sie ist diejenige, die mich gegaescht hat. Bisher habe ich sie zwar noch nicht gesehen, aber sie treibt sich bestimmt hier irgendwo rum. Die meiste Zeit hält sie sich von den anderen fern. Sie ist wie ein Eremit in seiner Höhle, nur dass ihre Höhle auf einem Schiff ist.«

Teraeths Lächeln erinnerte mich an einen Tiger, der nach Beute schnuppert. »Wenn meine Mutter mit Relos Var zurechtkommt, dürfte eine Wald-und-Wiesen-Hexe kein allzu großes Problem für sie darstellen.« Er legte die Finger um die Gitterstäbe und schwieg einen Moment. »Führe mich über das Schiff«, sagte er schließlich. »Ich möchte seinen Grundriss im Kopf haben, wenn etwas schiefgeht.«

»Wieso? Glaubst du, dass etwas passieren wird?«

»Relos hat dich zu einfach ziehen lassen.« Er schaute aufs Wasser hinaus. »Das entspricht nicht seinem Ruf.«

»Du glaubst, er wird es noch einmal versuchen?« Die Frage war eigentlich überflüssig. Im Grunde meines Herzens wusste ich, dass Teraeth recht hatte: Relos war noch nicht mit mir fertig.

Teraeth kaute auf einem Fingernagel herum. »Dazu müsste er erst wissen, wo wir sind. Meine Mutter schirmt sich und mich gegen Hellseherei ab, und du warst immer schon vor magischen Ortungsversuchen sicher. Niemand spürt dich mit Magie auf.«

Ich runzelte die Stirn. »Es ist schon mal passiert.«

»Aber nicht einfach so.«

»Das stimmt. Dazu hat es einen Dämonenprinzen gebraucht. Wir dürften also sicher sein. Außer Var beschäftigt sich mit solchen Dingen.«

Teraeth sah nervös aus. »Ich weiß, dass er es versucht hat.«

Nun wurde auch ich nervös. Wenn wir in Schwierigkeiten gerieten, wäre ein tausend Meilen vom Land entferntes Sklavenschiff der letzte Ort, an dem ich festsitzen wollte.

Doch Taja fügte es so, dass uns genau dort die Schwierigkeiten einholten.

12

HINTER DEM SCHLEIER

(Klaues Geschichte)

Morea schenkte sich aus dem Krug neben ihrem Bett einen Becher Wasser ein. Sie nahm einen Schluck, spülte den Mund und spuckte aus. Das wiederholte sie mehrere Male, bis der schlechte Geschmack auf ihrer Zunge verschwunden war.

Abgesehen von den Wandteppichen, den unzüchtigen Skulpturen und den lüsternen Mosaiken, auf denen die Göttin Caless und die steil aufgerichteten Opfergaben ihrer Liebhaber abgebildet waren, gab es in dem Zimmer nur wenige Einrichtungsgegenstände: ein Bett, eine Kommode und einen Schrank. Auf der Kommode standen ein Wasserkrug, ein paar Keramikbecher und eine Waschschüssel. Im Schrank waren die wenigen Kleidungsstücke, die Madam Ola ihr gegeben hatte.

Im Bett lag ein betrunkener Händler namens … Hieß er Hallith? Sie konnte sich nicht erinnern. Er war zu betrunken gewesen, um viel zu tun. Von seinem Schnapsatem in ihrem Gesicht hatte sie eine Gänsehaut bekommen. Sie hatte ihm sanft ins Ohr geflüstert und ihn gekrault in der Hoffnung, dass er mit ein bisschen Nuckeln zufrieden sein würde.

Zum Glück war er das.

Für Morea war es nicht leicht, an einem Ort wie diesem zu sein.

Sie wusste, dass ihr Los besser war als das vieler anderer, doch sie konnte sich noch gut an die Zeit erinnern, als selbst ihr Wasserklosett größer gewesen war als dieser Raum. Baron Mataris war weder gutaussehend noch charmant gewesen, nicht einmal jung, aber er war reich und behandelte seine Sklaven immerhin so gut, dass Morea nicht ungern an ihn zurückdachte. Ihre Schwester und sie waren zwar nicht glücklich gewesen, aber doch von allem nur erdenklichen Luxus umgeben. Und die Männer und Frauen, denen Baron Mataris die beiden zugeführt hatte, wuschen sich täglich.

Im Gegensatz zu manch anderen. Ihr Blick huschte zu ihrem mittlerweile schnarchenden Freier.

Madam Ola hatte Morea gesagt, dass sie an den Abenden, wenn sie nicht als Tänzerin auftrat, mit zwei oder drei Thronen Trinkgeld rechnen konnte. Obwohl Ola nicht dazu verpflichtet war, erlaubte sie ihren Leuten, die Trinkgelder zu behalten. Wenn Morea jeden Thron, jede Chance und jeden Kelch zurücklegte, hätte sie in fünf Jahren vielleicht genug zusammen, um sich freizukaufen. Fünf Jahre würde das noch so gehen. Fünf Jahre, in denen sie jeden akzeptieren musste, der kam – betrunkene Matrosen, Minenarbeiter, Händler und alle anderen, die Ola Nathera genügend zahlten. Sie würde unter ihnen auf der Matratze liegen, während sie stöhnend in sie stießen.

Sie tröstete sich damit, dass es vielleicht nicht für immer war. Ola hätte nichts dagegen, wenn Morea sich eines Tages freikaufte. Baron Mataris hätte das nie erlaubt.

Ola selbst war Morea ein Rätsel. Diese Frau war eine Legende, es gab Dutzende Geschichten über ihre Herkunft – die wahrscheinlich alle nicht stimmten. Viele zheriasische Frauen trugen außerhalb ihrer Inselheimat einen Schleier, Ola nicht. So konnten alle sehen, dass sie einmal eine exotische Schönheit gewesen war. Ihre Augen waren so tief wie der Ozean, und ihre Haut war nachtschwarz. Ihre weichen Locken band sie zu eleganten Knoten. Ja, sie war sehr schön – oder wäre es gewesen, wenn die Jahre und ihre Schwäche für Süßigkeiten sie nicht rund hätten werden lassen.

Morea hatte in ihrer kurzen Zeit im ZERRISSENEN SCHLEIER bereits die verschiedensten Gerüchte über sie gehört. Entweder war Ola Nathera eine zheriasische Prinzessin, die vor einer ungewollten Heirat geflüchtet war, oder eine berüchtigte Hexe, die ins Exil gehen musste, weil sie den König ihres Landes verflucht hatte. Moreas Lieblingsgerücht lautete, dass Ola früher selbst eine Sklavin gewesen sei, die sich ihre Freiheit und ihr Vermögen in einer einzigen, unwissentlich mit dem Kaiser verbrachten Nacht erarbeitet hatte. Ihre Schönheit sollte ihn so sehr bezaubert haben, dass er ihr eine Halskette mit unsagbar seltenen Sternentränen überließ. Mit diesem Schatz konnte sie ihren Sklavenpreis bezahlen und den ZERRISSENEN SCHLEIER kaufen. Außerdem hatte sie seither nie wieder mit einem Mann geschlafen.

Morea wusste zwar nicht, ob das mit dem Kaiser und der Halskette zutraf, aber Letzteres war sicher richtig. Denn Ola bedachte sie mit den gleichen Blicken wie die meisten Männer. Und sie hatte erfahren, dass Ola niemals einen Jungen in ihr Bett beorderte, wenn sie sich einmal bei ihren eigenen Sklaven bediente.

Halith? Harith? Halis? Wie auch immer der Mann hieß, er wälzte sich schnarchend herum, legte sich einen Arm über den Kopf wie eine Katze und begann, in seinen Bart zu sabbern. Er war ihr erster Kunde an diesem Nachmittag, und Morea fragte sich, ob er wirklich auf Sex aus gewesen war oder nur der Hitze entkommen wollte. Morea sah ihn noch einen Moment länger an und merkte, dass sie ganz dringend an die frische Luft musste.

Sie trat aus ihrem Zimmer in den Hof hinaus. Die Hitze war ein mit den Händen zu greifendes Ungeheuer, das sich auf jeden stürzte, der sich ihm in den Weg stellte. Im zentralen Innenhof regte sich kaum ein Lüftchen. Es war ein Nachmittag, der über offenem Feuer briet. Der trügerisch schöne blaugrüne Himmel flimmerte in der rotglühenden Lohe der Sonne.

Auf der Rückseite des Bordells schwang der Dienstboteneingang auf. Morea hörte den alten Musiker schimpfen.

»Achtung, Vorsicht! Stolper nicht über die dritte Stufe.«

»Papa, mir geht's gut.«

Als die beiden in Sicht kamen, zuckte Morea zusammen. Kihrin ging auf einen Soldaten gestützt, zwei weitere führten den blinden Harfner. Trotz seiner anderslautenden Beteuerungen sah der junge Mann gar nicht gut aus. Getrocknetes Blut hatte seine schwarzen Haare zu einem hässlichen Filz verklebt. Sein Sallí-Mantel und die restliche Kleidung waren voll ungesund aussehender grellroter Flecken. Alles in allem wirkte er schwer verwundet. Sein Vater hingegen sah unversehrt aus, doch sein frustrierter und besorgter Gesichtsausdruck war selbst von der anderen Hofseite aus gut zu erkennen.

Morea lief ins Gebäude, um Ola zu holen. Als sie mit ihr zurückkehrte, standen zwei der Soldaten in Habachtstellung, während der dritte, der Kihrin gestützt hatte, mit dem blinden Musiker sprach.

»Ich habe es euch bereits gesagt«, blaffte Surdyeh ihn an. »Wir bedanken uns für eure Freundlichkeit, aber ab jetzt kommen wir allein zurecht. Wir brauchen eure Barmherzigkeit nicht.«

»Papa, sei nicht so unhöflich.«

Der dunkelhäutige Soldat, ein großer und schöner Mann, schien amüsiert vom Zorn des Alten und setzte lächelnd zu einer Erwiderung an.

»Blauauge …« Madam Ola eilte über den Hof und schlang die Arme um Kihrin. »Mein Kleiner!«

»Mmm, mmm mmmm«, war alles, was Kihrin herausbrachte, weil sein Gesicht in Olas Busen vergraben war. Er versuchte, sich aus ihrer Umarmung zu befreien.

Ola trat einen Schritt zurück und legte ihm schützend die

Hände auf die Schultern. »Was habt ihr meinem Engel angetan?«

Der Soldat hob beschwichtigend die Hände. »Ich war das nicht, Madam. Dein, äh … Engel … hatte einen Zusammenstoß mit einem Dämon.«

Sie sah ihn verständnislos an und drehte sich zu Kihrin um. »Hat Faris etwa …?«

»Nein, Ola«, unterbrach Surdyeh. »Es war kein menschliches Ungeheuer, sondern ein echter Dämon.«

»Was?«

Der alte Mann schüttelte den Kopf. »Dieses verdammte Ungeheuer hat mitten auf der Straße gewartet, Ola. Von so etwas habe ich noch nie gehört. Wenn ich ihn nicht gerade noch rechtzeitig gerochen hätte, wäre ich womöglich gegen ihn geknallt. Ich habe gehört, wie er einen der Wächter getötet hat. Wir können von Glück reden, dass wir mit dem Leben davongekommen sind.«

Kihrin warf Surdyeh einen so giftigen Blick zu, dass Morea zusammenzuckte. »Einer von uns beiden *ist* gegen ihn geknallt.«

»Aber wenigstens hat er dich nicht getötet, Junge«, erwiderte Surdyeh gereizt.

»Ein kleiner Lichtblick.« Kihrin erschauderte und schüttelte den Kopf, dann deutete er auf den Wächter. »Madam Ola, darf ich dir Hauptmann Jarith vorstellen?«

Jarith nahm Olas Hand und küsste sie mit einem verschmitzten Lächeln. Er sah wie neunzehn oder zwanzig aus, auf jeden Fall zu jung, um von irgendwas der Hauptmann zu sein. »Es ist mir eine große Freude, Frau Nathera. Mein Vater hat mir viele Geschichten über dich erzählt.«

Das Lächeln auf Ola Natheras Gesicht gefror. »Ach ja?« Sie sah ihn argwöhnisch an.

Der Hauptmann grinste noch breiter. »Ja, wirklich. Er hat immer gesagt, du warst die hübscheste Kurtisane, die je einen Fuß in den Oberen Zirkel gesetzt hat, und viele tausend Männer hätten

Schlange gestanden, nur um von dir ignoriert zu werden.« Er zwinkerte der Bordellbesitzerin zu. »Natürlich sagt er das nie, wenn Mutter ihn hören könnte.«

Ola lachte aus ganzem Herzen. »Ach! Wie schön war es doch, jung zu sein. Komm ruhig mal vorbei. Ich werde jemand ganz Besonderes für dich aussuchen.« Sie drehte sich um und sah, dass Morea immer noch in der Nähe stand. Sie winkte sie zu sich. »Diese hier ist neu und wirklich entzückend, nicht wahr?«

Der Hauptmann zuckte lächelnd mit den Schultern. »Es tut mir leid, Frau Nathera …«

»Ola, du musst mich Ola nennen, du hübscher Teufel.«

Er grinste. »Sehr gern. Nimm es mir nicht übel, Ola, aber die Frauen, die ich bevorzuge, findet man normalerweise nicht in einem Bordell.« Trotzdem ließ er den Blick über Moreas Körper gleiten. »Du bist tatsächlich entzückend. Du weißt nicht zufällig, wie man mit einem Schwert umgeht?« Auch wenn nichts an seinem Verhalten darauf hindeutete, wusste er bestimmt, dass er mit dieser direkten und unangemessenen Frage gegen die Sklavenetikette verstieß. Bestimmt wusste er auch, dass Ola es nicht wagen würde, ihn zurechtzuweisen.

Morea schluckte und schüttelte den Kopf.

Der Hauptmann seufzte. »Schade.« Er klopfte den Staub von seiner Uniform und drehte sich zu Kihrin um, der ihn mittlerweile nicht mehr dankbar und bewundernd, sondern wütend ansah. »Die Einladung steht. Komm, wenn du noch Interesse hast, beim achten Glockenschlag zum Haus des Roten Schwerts. Es ist im Rubinviertel, zwei Straßen von der Großen Schmiede entfernt. Ich werde den Torwachen sagen, dass sie dich einlassen sollen.«

»Rechne nicht mit ihm«, knurrte Surdyeh.

»Ich werde da sein«, sagte Kihrin und warf seinem Vater einen bösen Seitenblick zu.

»Von was sprecht ihr?«, fragte Ola.

»Ich muss zu meinen Pflichten zurück«, entschuldigte sich der

Hauptmann. »Es hat mich gefreut, euch kennenzulernen. Ola, meine Dame, Surdyeh, Kihrin.« Er neigte den Kopf vor Kihrin. »Du hast dich wacker geschlagen. Falls du je bei uns anfangen möchtest … Soldaten mit deinen Instinkten können wir immer gut gebrauchen, und eine Belobigung von einem General für erwiesene Tapferkeit wäre kein schlechter Einstieg.«

»Vielen Dank, aber, äh …« Kihrin verzog das Gesicht und nickte in Richtung seines Vaters.

»Ich verstehe. Ach, bevor ich gehe. Wie hieß dieses Sklavenmädchen noch mal?«

Kihrins Blick sprang zu Morea. Er knabberte auf seiner Unterlippe herum, schließlich lächelte er. »Wie heißt deine Schwester, Morea?«

Moreas Herz begann zu rasen. »Talea«, antwortete sie und schlug sich eine Hand vor den Mund.

Kihrin sah wieder den Hauptmann an. »Sie heißt Talea.«

»Ich habe ein paar Freunde im Oktagon. Mal sehen, was ich herausfinden kann.«

»Ich danke dir, Hauptmann.«

Jarith nickte und ging mit seinen beiden Männern davon.

Madam Ola wartete ab, bis die Soldaten weg waren, dann drehte sie sich zu Surdyeh und Kihrin um. »Bei allen Göttern! Was ist passiert?«

»Qoran Milligreest, der Oberste General des Großen und Heiligen Kaiserreichs von Quur«, begann Surdyeh mit spöttischer Stimme und zornigem Gesicht, »hat unseren ganzen Stolz und unsere größte Freude in sein *Haus* eingeladen.« Er schnaubte. »Er möchte mir die Harfe ersetzen, die der Dämon zerbrochen hat. So lautet zumindest der offizielle Grund.« Surdyehs Tonfall war anzumerken, dass er der ganzen Angelegenheit nicht traute. Offensichtlich glaubte er, dass hundert Wachen mit Armbrüsten und Spießen auf seinen Sohn losgehen würden, sobald er einen Fuß in das Haus des Generals setzte.

Ola riss entgeistert die Augen auf. »General Milligreest?«

»Kannst du ihm nicht gut zureden, Ola?« Kihrin deutete mit dem Daumen auf seinen Vater. »Der General hat mir das Leben gerettet. Wäre er nicht eingeschritten, hätte der Dämon mich kaltgemacht. Anschließend hat er einem seiner Männer befohlen, mich zu heilen, und außerdem versprochen, Surdyehs Harfe durch eine seiner eigenen zu ersetzen. Wahrscheinlich wird er uns für einen Auftritt engagieren. Ich weiß nicht, was daran schlecht sein soll. Bei Taja! Papa liegt mir schon seit Jahren in den Ohren, ich solle mir einflussreiche Freunde suchen. ›Nutze jede Chance‹, sagt er mir immer wieder. Und wenn ich es dann tue, will er es mir verbieten!«

»Wir brauchen diese Mildtätigkeit nicht.«

»Das ist keine Mildtätigkeit, verdammt noch mal. Es ist eine *Belohnung*. Ich habe einem Dämon ein Messer ins Auge gerammt und dabei geholfen, ihn zu vertreiben! Komm schon. Der andere Mann hat gesagt, er wäre ein alter Freund von dir.«

Surdyeh sah verwirrt aus, dann wieder frustriert und zu guter Letzt wütend. »*Welcher* Mann? Dort war niemand, dem ich vertrauen würde.«

Ola schluckte schwer und blickte mit großen Augen zwischen Kihrin und Surdyeh hin und her. Sie atmete flach und schnell durch die Nase, ihre Lippen waren ein dünner Strich. Hinter ihrem Rücken, wo nur Morea es sah, presste sie den Stoff ihres Rocks ganz langsam zu einer Kugel zusammen, so fest, dass die Fingerknöchel unter ihrer schwarzen Haut weiß hervortraten. Ihre Hand zitterte.

Zuerst dachte Morea, Ola hätte Angst, doch dann besann sie sich eines Besseren. Morea war fast ihr ganzes bisheriges Leben eine Sklavin gewesen, seit ihr Vater die Familie verlassen hatte und ihre Mutter, die nicht mehr für ihre Kinder sorgen konnte, sie und ihre Schwester verkauft hatte. Wie die meisten, die in Unfreiheit aufgewachsen waren, konnte sie die Gefühle ihrer Meister sehr gut deuten. Für Sklaven wie sie war das eine Frage des Überlebens.

Nein, Ola hatte keine Angst. Sie war wütend.

Ola lächelte, als wollte sie ein kleines Kind aufmuntern, das sich die Knie aufgeschlagen hatte. »Schatz?«

Kihrin sah sie mit seinen blauen Augen misstrauisch an.

»Achte gar nicht auf deinen Papa. Er hat sich erschreckt, weil du fast gestorben wärst. Ich meine, sieh dich doch mal an, Blauauge. Ist das dein Blut?«

Der junge Mann zupfte an seinem Sallí-Mantel. »Das meiste nicht. Meine Blutungen haben sie alle gestillt.«

»Na, kein Wunder, dass er so aufgeregt ist.«

Der alte Mann schüttelte den Kopf. »Ola, mach das …«

»Ganz ruhig, mein Lieber. Überlass das Mama Ola.« Sie zeigte auf Kihrin. »Möchtest du dem General so unter die Augen treten? Voller Blut und Dreck? Und unter deinem zerfetzten Mantel bist du wie eine Gossenratte angezogen. Deine Kleidung ist ganz zerrissen. Du siehst aus, als wärst du gerade unter einem Müllhaufen hervorgekrochen.«

»Ich …« Kihrin trat unbehaglich von einem Fuß auf den anderen.

»Nein, ganz bestimmt nicht.« Ola lächelte. Morea sah, wie sehr sie sich in der Rolle der aufmerksamen Mutter gefiel. »Du hast viel durchgemacht, Blauauge. Du musst auf dich aufpassen.« Ola drehte sich um und wollte gerade jemanden rufen, hielt dann jedoch inne. »Was machst du denn noch hier, Mädchen? Und was war das für eine Geschichte mit deiner Schwester?«

»Ich dachte …«

»Schon gut. Bring Kihrin in mein Privatbad und mach ihn sauber.«

Morea kaute auf ihrer Lippe herum und sah zu Kihrin hinüber, der ihren Blick jedoch nicht erwiderte. »Ich habe einen Kunden …« Sie deutete auf ihr Zimmer.

»Mach dir darüber keine Gedanken. Ich kümmere mich darum. Und sorge dich auch nicht wegen deiner Kunden heute Abend. Ich möchte, dass du meinen Engel aufmunterst. Er kann es gut gebrauchen.«

Kihrin blickte auf. »Danke, Ola, aber das ist nicht nötig. Ich weiß, wo das Bad ist. Und ich kann allein eins nehmen.«

»Wer hat denn gesagt, dass du Hilfe brauchst, Schätzchen? Wenn man dir beim Baden helfen muss, macht es eh keinen Spaß mehr. Aber ich wüsste keinen, der sich nicht gerne von jemand Süßem und Willigem den Rücken abschrubben lässt.* Und jetzt beeilt euch, ihr beiden. Ich werde deinem Papa inzwischen erklären, dass er ein Narr ist, und dann besorge ich dir was zum Abendessen.« Ola war ganz die liebevolle Mutter.

Morea sah, wie Kihrin Ola einen Moment lang fixierte, dann entblößte er seine strahlend weißen Zähne zu einem Lächeln, das selbst die Gletscher in den Drachenspitzen zum Schmelzen gebracht hätte. »Ja, ich glaube, du hast recht, Ola. Danke.« Mit langen Schritten ging er zum Hintergebäude und drehte sich auf halber Strecke zu Morea um. »Kommst du?«

Moreas Blick wanderte von Kihrin zu Ola. Die Puffmutter lächelte und scheuchte sie mit einer Geste in Richtung ihrer Wohnung am hinteren Ende des Hofs.

Morea gehorchte. Kihrin hatte nicht auf sie gewartet, als sie bei der Wohnung ankam, hielt er bereits die Tür für sie auf.

Kaum hatte er die Tür hinter sich zugezogen, verschwand sein Lächeln. Er lehnte sich gegen die Wand und schloss die Augen, als wäre er müde oder hätte Schmerzen.

»Stimmt etwas nicht?« Morea biss sich auf die Lippe. »Was für eine dämliche Frage. Natürlich stimmt etwas nicht.«

Er schlug die Augen auf, und seine Mundwinkel hoben sich ein

* »Willig« ist bei einer Sklavin wie Morea vielleicht nicht ganz das richtige Wort.

Stück. Für ein echtes Lächeln war sein Blick zu schmerzverzerrt. »Ja«, sagte er und straffte sich. »Was meinst du? Habe ich in meiner Rolle des kleinen Jungen, der alles akzeptiert, was seine Mutter ihm sagt, ein bisschen zu dick aufgetragen?«

»Ich weiß nicht … Vielleicht zum Schluss.«

»Kam mir auch so vor. Dann wollen wir mal hoffen, dass sie zu sehr mit anderen Dingen beschäftigt ist, um es zu bemerken.«

»Kihrin, was ist los? Was ist passiert?«

Er hob die Hand, um die Frage abzuwehren. »Ich erklär's dir gleich, versprochen. Lass mir nur einen Moment Zeit.« Kihrin durchquerte den Raum.

»Wie du möchtest, aber …« Während sie ihm hinterherschaute, versagte ihr die Stimme und sie sah sich mit offenem Mund um.

Allein das Empfangszimmer von Olas Wohnung war so groß, dass sechs oder sieben der kleineren Bordellzimmer hineingepasst hätten. Bunte Gemälde, die den grünen Dschungel, Vögel und den Himmel zeigten, bedeckten die Wände. Sie sah wohlvertraute Tiere, aber auch schlangenartige Geschöpfe, die sie nur aus Geschichten kannte. Auf dem Boden lagen Teppiche mit exotischen Mustern und üppigen Farben, als wären sie mit funkelnden Goldbändern aus Granaten, Smaragden und Amethysten geknüpft. Wenn das Licht auf sie fiel, glitzerten sie wie echte Juwelen. Truhen aus dunklem, geschnitztem Holz dienten als Tische. Darauf standen Vasen mit Pfauenfedern. Laternen aus Buntglas und einer dünnen Schicht Glimmer hingen von der Decke, dazwischen Kristalle, Glöckchen und Glasperlen. An den Wänden prangten die verschiedensten Masken: aus Papier und Ton, geschnitztem Holz und Stein, Stoff und Metall.

Aus einer der Wände ragte ein falscher Ast mit einem ausgestopften Raben darauf. Darunter stand ein Kessel voller Zweige und Knochen. Es duftete intensiv nach Myrrhe, Zimt und Rosen. Gegenüber der Tür, durch die sie hereingekommen waren, verbarg ein Vorhang aus Jadeperlen den Durchgang zum nächsten Raum.

In der Mitte des Zimmers stand auf einem Jaguarfell ein riesiger Tisch. Die drei Tischbeine stellten Raben dar, die sich gerade in die Luft erheben wollten. Doch sie wurden von Pythons zurückgehalten, die sich um ihre Beine schlangen. Auf dem Untergestell ruhte eine dicke Glasplatte. Darauf lagen ein Seidenbeutel mit etwas Viereckigem darin, ein Spiegel aus schwarzem Obsidian und ein lederner Becher, wie man sie in erlesenen Kreisen beim Würfelspiel verwendete. Abgesehen von den beiden Stühlen links und rechts des Tischs gab es nichts, worauf man sich setzen konnte: weder Sessel, Sofas noch Betten. Es war eindeutig kein Zimmer für romantische Stelldicheins.

Morea wollte Kihrin gerade fragen, wozu dieser Raum und seine Einrichtung dienten. Doch als sie ihn ansah, beschloss sie, ihre Fragen auf später zu verschieben.

Kihrin holte einen Tonkrug aus einer Vitrine und stellte ihn zusammen mit zwei Bechern auf den Tisch. Dann setzte er sich und vergrub das Gesicht in den Händen. Morea fiel auf, dass er am ganzen Körper zitterte.

»Kihrin?« Sie lächelte den jungen Mann an. »Möchtest du mich haben? Wenn es dir dann besser geht, würde ich gerne …«

»Nein!« Kihrin hob den Kopf. »Nein. Bitte. Ich will … Ich kann nicht.«

Sie runzelte die Stirn. Ein Teil von ihr fühlte sich durch die Zurückweisung gekränkt, doch dann merkte sie, dass Kihrin sich wegen irgendetwas schämte. Er zitterte immer noch, und Tränen traten in seine Augen. Morea kannte das. Sie füllte seinen Becher mit Wein und war so frei, sich auch gleich selbst einzuschenken. »Hast du irgendwen, mit dem du über das sprechen kannst, was dir passiert ist?«

»Ja, Ola. Aber ihr kann ich es nicht erzählen. Sie würde es nicht verstehen …«

»Vielleicht doch. Andererseits ist sie offenbar so etwas wie eine Mutter für dich und wäre in dieser Situation wohl nicht die Richtige. Du brauchst einen Freund, keine Eltern.«

Er verzog das Gesicht und nahm einen großen Schluck Wein. »Dann habe ich niemanden. Wie sich herausgestellt hat, waren alle, die ich dafür gehalten habe, Faris' Freunde. Wir sprechen nicht mehr miteinander.«

»Du solltest auf jeden Fall mit jemandem reden. Diese Art von Schmerz vergiftet die Seele, wenn du ihn ignorierst. Und wenn du ihn zu lange verdrängst, wirst du irgendwann glauben, dass es deine eigene Schuld war. Dass du verdient hast, was dir passiert ist.«

Er sah sie ängstlich an. »Und was ist, wenn es *wirklich* meine Schuld war? Bei den Göttern, wie hatte ich nur glauben können, ich könnte vor einem *Dämon* davonlaufen? Ich bin der größte Trottel aller Zeiten. Wenn diese Zauberer ihn erneut beschwören, werden sie herausfinden, dass er mich nicht getötet hat, und ihn gleich wieder auf mich hetzen, damit er es zu Ende bringt. O Taja, bitte hilf mir! Was, wenn er mich das nächste Mal hier im SCHLEIER findet?«

»Warte mal. Ich dachte, dein Zusammenstoß mit dem Dämon wäre reiner Zufall gewesen?«

»Nein, Morea, er hat Jagd auf mich gemacht. Er hat nach mir gesucht und wird wiederkommen. Ich weiß, dass es so ist.«

»Dann musst du etwas unternehmen«, erwiderte sie und versuchte, ihre eigene Angst zu unterdrücken. »Warum möchte dein Vater nicht, dass du den Obersten General triffst?«

»Ich weiß es nicht. Es ergibt überhaupt keinen Sinn. Da war noch ein anderer Mann, der behauptet hat, Surdyehs Freund zu sein, aber als ich wieder zu mir kam, war er weg. Vielleicht …« Kihrin zog die Augenbrauen zusammen. »Selbst wenn sie früher miteinander befreundet waren, muss das nicht viel bedeuten. Faris und ich waren auch mal Freunde …«

»Wie hieß er?«

Kihrin schaute sie resigniert an. »Das hat er nicht gesagt. Und du hast meinen Papa ja gehört. Er streitet ab, dass er irgendwen dort kannte.«

»Selbst wenn, der Oberste General nimmt die Gefahr bestimmt ernst, nachdem er mit dem Dämon gekämpft hat, glaubst du nicht? Ich habe schon öfter von ihm gehört. Mein alter Meister sagte, die Familie Milligreest habe bereits kurz nach Reichsgründung in der Kaiserlichen Armee gedient.«

»Xaltorath, der Dämon, kannte den General und hat ihn verhöhnt, während sie miteinander kämpften.« Kihrins Zittern wurde wieder schlimmer. »Soweit ich es verstanden habe, hat der Dämon eine von Milligreests Töchtern umgebracht.«

»Dann kannst du sicher sein, dass Milligreest dich nicht abweisen wird. Bitte den Obersten General um Hilfe.«

Kihrin senkte den Kopf. »Ich bin nicht gerade daran gewöhnt, zu den Wächtern zu laufen, wenn ich Hilfe brauche.«

»Das sind keine Wächter, Kihrin, sondern Soldaten. Und die Armee nimmt die Bedrohung durch die Dämonen sehr ernst.«

»Ich glaube … Daran habe ich gar nicht gedacht.«

»Dann sei froh, dass ich hier bin und dir den Kopf zurechtrücke.« Sie lachte, und Kihrin kicherte.

Doch dann erschauderte er und sah zur Seite.

»Es war nicht deine Schuld«, sagte Morea, »sondern die der Zauberer, die dieses Ding beschworen haben. Und die Schuld des Dämons. Du hast nichts falsch gemacht …« Sie merkte, dass er ihr ins Wort fallen wollte, und hob die Hand. »Du kannst gar nichts getan haben, was so etwas rechtfertigen würde.«

Kihrin griff zitternd nach seinem Weinbecher. »Du redest, als hätte der Dämon mich vergewaltigt.«

Morea blinzelte. »Hat er nicht? Ich dachte …«

Kihrin zuckte zusammen und ließ beinahe den Becher fallen. Nachdem er ihn mit einiger Mühe auf den Tisch zurückgestellt hatte, zog er die Beine an die Brust, umschlang sie und ließ den Kopf auf die Knie sinken.

Morea streckte eine Hand nach ihm aus.

»Fass mich nicht an«, flüsterte er. »Bitte nicht. Es ist zu gefährlich.«

»Ich tu dir nichts.«

Er hob den Blick, und sie sah, dass er weinte.

»Ich habe nicht gesagt, dass es für *mich* gefährlich wäre.«

Morea ließ sich überrascht auf ihren Stuhl zurücksinken. »Erzähl es mir«, sagte sie schließlich. »Was ist passiert?«

»Er hat …« Kihrin seufzte, schloss die Augen und versuchte es noch einmal. »Er hat mir Gedanken in den Kopf gesetzt. Grässliche Gedanken. Erinnerungen. Ein paar davon waren meine eigenen, aber völlig verdreht. Andere stammten gar nicht von mir. Niemand hat mir wehgetan – ich habe den anderen Schmerzen zugefügt. Leuten, die ich kenne, und anderen, die ich noch nie gesehen habe. Ich habe ihnen alles Mögliche angetan. Sie umgebracht. Und das war noch nicht mal das Schlimmste. Es hat mir *gefallen.*« Seine Stimme war heiser vor Entsetzen. »Diese Gedanken sind immer noch da. Die Erinnerungen wollen einfach nicht verschwinden. Ich kann … Ich traue mir selbst nicht mehr.«

»Nein«, sagte Morea. »Das war eine Lüge. Er hat dich reingelegt. Das bist nicht du. Du bist gut. Du würdest so etwas nie tun.«

Sein Lachen vermischte sich mit einem Schluchzer. »Du kennst mich erst seit ein paar Wochen, Morea, und bis heute haben wir kaum ein Wort miteinander gewechselt. Hast du schon wieder vergessen, was ich erst diesen Nachmittag zu dir gesagt habe? Glaubst du wirklich, dass ich nicht gemein sein kann? Und gehässig?«

Sie wandte den Blick ab.

»Was ist, wenn es mehr als nur Trugbilder waren? Wenn ich tatsächlich ich selbst war und es genieße, anderen wehzutun? Was, wenn er mir nur mein wahres Ich gezeigt hat?«

»Nein«, widersprach sie. »So jemand würde mir nicht sagen, dass ich ihn nicht berühren soll – zu meinem eigenen Schutz. Ich kenne Männer, die nichts so sehr lieben wie die Schreie ihrer Opfer. Die Schmerzen, die sie verursachen, bereiten ihnen keine Schuldgefühle. Im Gegenteil. Und sie machen sich auch keine Gedanken darüber, ob sie gut oder böse sind. Dieser Dämon wollte nicht, dass du die Wahrheit über dich selbst erkennst. Er wollte dich nur verletzen. Welche Wunde könnte tiefer sein als diese Unsicherheit, die er dir eingepflanzt hat?«

Kihrin lächelte verlegen. »Ich bete, dass du recht hast.«

Morea betrachtete den Rand des Weinbechers. »Du hast gesagt, er hätte dir gezeigt, wie du Menschen etwas antust, die du gar nicht kennst, richtig?«

Kihrin nickte. »Ja, außer dieser einen jungen Frau …« Seine Miene verfinsterte sich, und er brachte den Satz nicht zu Ende.

»Es tut mir so leid.«

Er schüttelte den Kopf. »Du verstehst mich falsch. Wahrscheinlich existiert sie nicht einmal. Sie sah merkwürdig aus. Ich glaube, sie war gar kein Mensch.«

»Wie hat sie denn ausgesehen?«

»Sie hatte rote Haare«, sagte Kihrin nach längerem Schweigen. »Nicht mit Henna gefärbt wie deine. Je nach Blickwinkel waren sie entweder schwarz oder blutrot, und sie wuchsen in einem Streifen von ihrer Stirn bis in den Nacken. Ihre Augen waren rot oder orange, als würde ein Feuer in ihnen brennen. Und ihre Haut war auch seltsam. Der größte Teil ihres Körpers sah ganz normal aus, aber die Hände und Füße waren schwarz, als hätte sie Handschuhe und Strümpfe an.«

Etwas Eigenartiges geschah mit Kihrin, während er über das Phantommädchen sprach. Sein Blick wurde abwesend, die Anspannung und das Grauen, die ihn zum Zittern gebracht hatten, fielen zum Teil von ihm ab. Er selbst schien es gar nicht mitzubekommen.

Morea musterte ihn besorgt. *Was hat dieser Dämon bloß mit dem Verstand des armen Jungen gemacht?*

»So, wie du ihre Haare beschreibst, könnte sie aus Jorat stammen«, sagte sie schließlich. »Mein alter Meister hat einmal ein Sklavenmädchen von dort gekauft. Alle haben ihm abgeraten und gesagt, die Jorat seien keine guten Sklaven. Diejenigen vom alten Blut – die ihren Stammbaum bis zu ihrem Gottkönig zurückverfolgen können – sind keine Menschen mehr. Es steckt etwas Wildes in ihnen, das man nicht zähmen kann.«*

»Was ist passiert?«

»Sie hat meinem Meister mit den Zähnen die Kehle herausgerissen und sich dann selbst das Leben genommen. Die Tochter meines Meisters wollte sich keinen Seraglio halten und hat uns alle verkauft. Dabei wurden meine Schwester und ich voneinander getrennt.«

»Das tut mir leid.«

»Zumindest bist du jetzt gewarnt, dir nie eine joratische Sklavin anzuschaffen.« Morea beugte sich vor. »Ist sie schön, diese Frau, die der Dämon dir gezeigt hat?«

Kihrin zögerte kurz, dann lächelte er. »Nicht so schön wie du.«

»Du lügst. Ich merke es genau.«

»Bist du etwa eifersüchtig?« Die Frage sollte neckisch klingen, aber er traf nicht den richtigen Ton.

* Die joratische Gesellschaft und insbesondere die von den Göttern berührten Adligen unter ihnen verdanken ihr Überleben vor allem der Tatsache, dass sie ursprünglich als Dienervolk für die Zentauren erschaffen wurden, die einst über diese Gegend herrschten. Als die quurischen Eroberer kamen, verbündeten sich die Jorat mit ihnen, um Seite an Seite mit dem Kaiserreich den Gottkönig Korshal zu stürzen. Danach gaben sie ihre Söhne und Töchter bereitwillig den quurischen Soldaten, die Anspruch auf Landbesitz in dem neuen Reich hatten. So entstand das Herrschaftsgebiet Jorat. Bis heute stehen die Jorat Fremden ablehnend gegenüber, genauso wie der Magie, die einst zu ihrer Versklavung führte.

»Habe ich etwa keinen Grund? Sie ist es doch, oder? Schön, meine ich.«

Er wich ihrem Blick aus. »Vielleicht ein bisschen.«

»Und vor ein paar Stunden war ich noch diejenige, die dich zum Erröten gebracht hat.«

Nun sah er schuldbewusst aus, und Morea machte sich Vorwürfe, weil sie ihn aufzog, nachdem er gerade erst so viel Schreckliches erlebt hatte. »Ist das eine Art Spiel?«, fragte sie mit Blick auf den Seidenbeutel und den Lederbecher, der auf dem Tisch stand.

»Nein, gar nicht. Das sind Schicksalskarten. Ola legt sie.« Er zog einen Stapel Karten aus dem Beutel, nahm die oberste und zeigte sie Morea. Darauf war ein silberhaariger Engel abgebildet, der eine Münze warf: Taja, die Glücksgöttin.

»Ich verstehe nicht …«

»Ola verkauft hier nicht nur Sex«, erläuterte Kihrin, während er mit einer Hand die Karten mischte und sie mit geschickten Fingern über- und untereinander gleiten ließ.

»Das machst du gut.«

»Ola kann es besser. Sie hat es mir beigebracht.« Er dachte einen Moment lang nach. »Sie findet nicht wirklich, dass ich den General treffen soll. Sie kann mir nichts vormachen. Dafür kenne ich sie viel zu gut. Sie ist genauso dagegen wie Papa.« Er hielt Morea den Stapel hin und fächerte die Karten so auf, dass die bebilderten Seiten nach unten zeigten. »Nimm eine, aber sag mir nicht, welche es ist.«

Lächelnd zog sie eine aus dem Stapel. »Sie wirkte verärgert.«

»So wütend wie der alte Nemesan.* Und ich weiß nicht, wieso. Aber ich kenne sie. Immerhin war ich als Kind bei ihr in der Lehre.

* Noch so ein alter, toter Gottkönig … Aber ich muss an dieser Stelle bestimmt keine Geschichtsstunde über den Gottkönig des alten Laregrane einflechten, oder? Schließlich ist er seit zweihundert Jahren Thema einer Pflichtvorlesung an der Akademie.

Sie würde mir nie auf den Kopf zu sagen, dass ich etwas bleiben lassen soll. Jedenfalls nicht, wenn es ihr wichtig ist. Sie zinkt lieber das Spiel. Du hast die Bleiche Herrin gezogen.«

Morea lachte und drehte die Karte um. Sie zeigte Thaena. »Wie hast du das gemacht?«

»Ich habe das Spiel gezinkt.«

Kihrin mischte neu und teilte die Karten aus. Diesmal legte er sie in einem Kreuzmuster auf den Tisch, mit vier zusätzlichen Karten in den Ecken, sodass ein Quadrat entstand. Seine Stirn legte sich in Falten, dann begann er, sie aufzudecken.

Morea betrachtete die Bilder darauf interessiert, aber sie wusste nicht genug über Schicksalskarten, um ihre Bedeutung zu verstehen. »Ist das gut?«, fragte sie schließlich.

Kihrin musterte die Karten mit leerem Blick. »Weißt du, ich glaube, das ist das schlimmste Blatt, das ich je gesehen habe. An einem Tag wie heute sollte mich das allerdings nicht überraschen.«

»Aber was sagen sie?«

»Ach, nur das Übliche: Tod, Verlust, Schmerz, Leid, Sklaverei und Verzweiflung.« Er fing an, die Karten wieder einzusammeln. »Und am Ende erwartet mich nicht mal eine nette Belohnung. Nur das hier.« Er nahm die Karte aus der Mitte: ein dickes schwarzes Rechteck. »Das kalte Nichts der Hölle. Schön.« Er schnaubte und steckte die Karten in den Beutel zurück. »Jetzt weiß ich wieder, warum ich diese Dinger nicht ausstehen kann.« Er füllte seinen Becher auf und stellte den Weinkrug in die Vitrine zurück.

Morea sah sich die Karten noch einmal an. »Wie wird Ola deiner Meinung nach das Spiel zinken?«

Kihrin blickte von seinem Becher auf. »Wenn ich recht habe, werden wir das schon sehr bald wissen. Komm jetzt. Olas Badezimmer ist hinter dem Vorhang. Bringen wir's hinter uns.«

13

DER ENTSCHLOSSENE ZAUBERER

(Kihrins Geschichte)

Ich sprang auf die Reling und klammerte mich an der Takelage fest, um nicht über Bord zu gehen. »Sind das Wale? Ich habe noch nie Wale gesehen!«

»Das da?« Teraeth warf einen gelangweilten Blick aufs Meer. »Das sind nur ein paar Dutzend sechzig Fuß lange blaue Elefanten ohne Beine, die eine Runde schwimmen. Nicht der Beachtung wert.«

»Ich habe noch nie so viele auf einmal gesehen.«

»Offenbar hast du überhaupt noch nie welche zu Gesicht bekommen, also heißt das wohl nicht viel.«

Ich beobachtete, wie die langen, eleganten Körper die Wasseroberfläche durchbrachen, sich in die Höhe katapultierten und krachend wieder eintauchten. Nach einer Weile verschwand mein Lächeln. »Sind sie immer so aufgeregt?«

»Dass sie aus dem Wasser springen, ist ganz typisch.«

»Und das Blut?«, fragte ich. »Ist das auch normal?«

»Was?« Teraeth drehte sich um, und ich deutete hinter das Schiff, wo die Wale aus den Fluten aufstiegen. Auf dem aufgewühlten blauen Tropenmeer breitete sich ein dunkelroter Fleck aus. Panikartig schwammen die Wale auf die *Kummer* zu, um sie zu überholen.

Sie waren auf der Flucht.

Der Vané kniete sich aufs Deck und legte beide Hände auf die Holzbohlen. Dann neigte er mit geschlossenen Augen den Kopf zur Seite.

»Was machst du da?«

»Zuhören.« Er schlug die Augen wieder auf. »Verdammt. Hol meine Mutter her. Die Wale schreien.«

»Sie schreien? Aber was …?« Die Frage erstarb mir auf den Lippen. Ein Tentakel schlang sich um einen der Wale und zog ihn unter die Wellen. Ringsherum verfärbte sich das brodelnde Wasser grellrot.

Ich beschloss, Teraeths Befehl zu befolgen. Zwar hatte er mein Gaesch nicht mehr, aber dieses eine Mal war ich bereit, ein Auge zuzudrücken, schließlich war seine Mutter mit der Todesgöttin per du. In einer Situation wie dieser konnte das nur hilfreich sein. Doch nach wenigen Schritten hielt ich inne, weil ein weiteres Problem auftauchte.

»Tyentso kommt«, sagte ich und stand wie angewurzelt zwischen der herannahenden Hexe und dem Ungeheuer, das hinter uns im Meer lauerte.

»Und wenn sie mich zum Tanzen auffordern möchte, sie kann warten …« Teraeth hob den Blick und verstummte.

Die Schiffshexe marschierte, dicht gefolgt von Kapitän Juval, nach achtern. Die Matrosen gingen ihnen eilig aus dem Weg. Und es lag nicht am Kapitän, dass sie zurücksprangen, als hätten sie Angst, mit einer verseuchten Leiche in Berührung zu kommen.

Manche Frauen werden wegen ihrer Schönheit angeglotzt, aber wenn ein Mann Tyentso anstarrte, lag in seinem Blick weder Bewunderung noch Lust, sondern lediglich Entsetzen darüber, dass die Götter so grausam sein konnten. Tyentso war dunkelhäutig und dürr wie eine Vogelscheuche, über ihrem knochigen Körper trug sie mehrere Schichten aus formlosem, fleckigem Sackleinen. Ihr Blick war kalt und arrogant, und sie hatte die aufrechte Haltung einer Adligen, die jeden hinrichten lassen konnte, der ihr missfiel. Ihre ungewaschenen Haare bildeten ein verfilztes Nest, dessen Farbe zwischen schlickigem Sand und ausgeblichenem Treibholz changierte. Die Nase und das Kinn waren lang und so spitz, als wären sie an einem Schleifstein gewetzt worden. Ihr Mund war kaum mehr als ein Schlitz in ihrem Gesicht.

Es war unmöglich, sich einen Überblick über ihre Talismane zu verschaffen. Nicht, weil sie so gut versteckt gewesen wären, sondern weil sie so viele hatte: An ihrem knorrigen, von der Meeresluft verwitterten Kiefernholzstab hingen Knochen, trockener Seetang, Muscheln und Vogelschnäbel. Sogar von ihren struppigen Haaren baumelte allerlei Treibgut. Der Stab rasselte bei jedem Schritt, wie um die Leute vorzuwarnen, damit sie auswichen, wenn Tyentso sich näherte.

Und wer klug war, tat das auch.

Nein, sie war nicht schön anzuschauen. Stattdessen verbreitete Tyentso eine Aura des Schreckens. Sie nahm die abergläubische Furcht, die eine Hexe in den meisten Leuten auslöste, und setzte sie sich auf wie eine Krone. Niemand, der sie sah, hatte auch nur den geringsten Zweifel an ihren Kräften – oder daran, dass sie sie sofort gegen jeden einsetzen würde, der ihr krumm kam.

Der Erste Maat, Delon, drohte seinen Untergebenen gerne damit, dass sie eine Nacht in Tyentsos Bett verbringen müssten, wenn sie nicht spurten.

Ich mochte sie.

Ja, sie hatte den Sukkubus beschworen, der mich gaeschte, aber bloß, weil Juval es ihr befohlen hatte. Sie war meine einzige Verbündete auf der *Kummer* gewesen. Nur wegen ihrer Zaubersprüche hatte ich meine Bekanntschaft mit Delon überlebt. Wenn sie nicht an Deck gebraucht wurde, sonderte sie sich vom Rest der Besatzung ab und verbarrikadierte sich in ihrer Kajüte, wo sie ihre Bücher las und die unzähligen kleinen Zauber wirkte, die nötig waren, damit das Schiff sein Ziel wohlbehalten erreichte.

Genau deshalb war mir auch so mulmig zumute, als sie entschlossen auf uns zumarschierte und mit ihren sturmgrauen Augen den blutigen Ozean musterte. Sie hätte nie im Leben ihre Kajüte verlassen – und schon gar nicht mit dem Kapitän im Schlepptau –, wenn unsere Lage nicht mindestens so ernst gewesen wäre, wie ich befürchtete.

Als sie mich sah, blieb sie abrupt stehen. »Was, in Tyas Namen, machst du denn hier?«

»Achte nicht auf die beiden«, sagte Kapitän Juval. »Das sind Passagiere. Sie dürfen sich an Deck aufhalten, solange sie den Seeleuten nicht im Weg umgehen. Ihr da« – er deutete auf Teraeth und mich – »verschwindet von hier. Wir haben zu tun.«

Tyentso schenkte dem Kapitän keinerlei Beachtung und sah mich weiter unverwandt an. Mir wurde klar, dass sie eine Antwort von mir erwartete.

Ich schaute zu Teraeth hinüber. *Bei Taja. Die Illusion funktioniert bei ihr nicht. Sie hat mich erkannt.*

»Ich ...« Was sollte ich sagen? Wie konnte ich ihre Frage beantworten, solange Kapitän Juval neben ihr stand?

»Schon gut. Später.« Sie winkte ab und trat an das Steuerruder. Als sie von dort auf die blutigen Wellen hinausschaute, wurde sie kreidebleich.

Tyentso hob ihren Stab und begann in einer Sprache zu reden, die an etwas in meinem Geist rührte. Ich glaubte, die Worte beinahe zu verstehen, aber nur beinahe. Mit der freien Hand fuhr sie durch die Luft, und ich konnte das filigrane Muster, das ihre Bewegungen hinterließen, eher spüren als sehen. Mathematische Formeln und geheimnisvolle Zeichenabfolgen nahmen hinter meinen Augenlidern Gestalt an, dann implodierten sie und schossen nach achtern davon. Ein Schweif aus purer Energie tauchte in die Wellen, und Dutzende, nein Hunderte kleine Impulse peitschten das Wasser auf.

Teraeth stellte sich neben mich an die Reling, und wir starrten gemeinsam aufs Meer hinaus. Eine ganze Weile geschah nichts. Alle an Deck hielten den Atem an. Dann tauchten überall um die Wale herum weitere Geschöpfe auf. Kleine, silberne Lichtreflexe versammelten sich um die Blutflecken, die allmählich in der Ferne verblassten, während die *Kummer* ihre Fahrt fortsetzte. Wieder kam ein Tentakel aus dem Wasser, und ein Keuchen ging quer über das Schiff. Hunderte weiße Wasserstreifen glitten über die Wellen auf das monströse Ding zu.

»Delphine …«, flüsterte Teraeth.

»Und so werde ich die Kreatur vernichten!«, proklamierte Tyentso mit einer theatralischen Geste, die hauptsächlich dem Publikum in ihrem Rücken galt.

Die Matrosen seufzten, ihre Erleichterung darüber, noch einmal mit dem Leben davongekommen zu sein, war mit den Händen greifbar. Der Erste Maat blaffte sogleich seine Männer an, sich gefälligst wieder an die Arbeit zu machen.

Nur Teraeth, der Kapitän und ich bemerkten Tyentsos wenig zuversichtlichen Gesichtsausdruck. Sie senkte die Arme und sah Juval an. »Das war nur ein Aufschub, mehr nicht. Das da draußen ist kein sterbliches Wesen, sondern eine Tochter von Laaka.«*

Mir wurde übel. Als Sohn eines Musikers kannte ich selbstverständlich die Lieder und Geschichten über die großen Kraken, die verfluchten Töchter der Meeresgöttin. Sie waren unsterblich und die Todfeinde aller Meeresgeschöpfe, die groß genug waren, um als Beute für sie infrage zu kommen. Leider galt das auch für Schiffe. Ich hatte die Geschichten über sie nie glauben wollen.

* Während ihrer Herrschaftszeit schufen die Gottkönige zahlreiche Dienervölker. Ein paar davon sind so gut wie ausgestorben, darunter die Zentauren von Jorat und die Schneeriesen von Yor. Die Töchter von Laaka hingegen gedeihen. Zum einen, weil Laaka sich viel Mühe gegeben hat, sie gegen Magie immun zu machen, vor allem aber, weil sich ihr bevorzugter Lebensraum, die Tiefsee, jenseits der menschlichen Einflusssphäre befindet.

»Wir hängen sie ab«, erklärte Juval. »Wenn sie mit deinen Seekötern fertig ist, sind wir längst weit weg.«

»Ich fürchte«, schaltete Khaemezra sich ein, »das würde nur klappen, wenn wirklich die Wale ihre eigentliche Beute wären.«

Kapitän Juval reagierte verärgert auf die Einmischung. Er merkte nicht, wie sich Tyentsos graue Augen bei Khaemezras Anblick weiteten und sie ihren Stab fest umklammerte. Ihr Blick zuckte zu Teraeth und mir, ehe er wieder zur Mutter der Schwarzen Bruderschaft zurückkehrte.

Die Meereshexe durchschaute unsere Tarnung – sie sah uns alle, wie wir wirklich waren.

»Blut und Muscheln!«, bellte der Kapitän. »Haben die Passagiere heute Wandertag? Ihr drei habt hier nichts zu suchen. Jetzt schert euch in eure Kajüte zurück und überlasst diese Angelegenheit den Leuten, die sich mit so was auskennen.«

Wir anderen sahen uns an, und ich empfand unerwartetes Mitleid mit dem Kapitän. Einst hatte ich solche Angst vor ihm gehabt, er war so wütend auf mich gewesen und hatte mir in seinem Zorn die schrecklichsten Dinge angetan. In meinen Augen hatte er alle anderen überragt und eine Aura aus Aggression und Gewalt um sich verbreitet, die stets mehr als reine Effekthascherei gewesen war. Doch nun spielte er keine Rolle mehr. Er selbst wusste es nur noch nicht. Jetzt würden Tyentso und Khaemezra untereinander ausmachen, wer das Kommando führte. Der Kapitän des Sklavenschiffs war nicht mehr Herr über sein eigenes Schicksal.

»Juval, das sind keine gewöhnlichen Passagiere. Am besten lässt du mich das machen.« Tyentso sprach im Tonfall einer Königin, die keine Widerworte duldete.

»Hexe …«

»Du musst mir vertrauen«, zischte Tyentso. »Wir sind noch nicht außer Gefahr.«

Ich beobachtete die Schlacht unter den Wellen. Das Schiff machte zwar mehr Fahrt als die Wale und ihre Widersacherin, trotzdem war das Geschehen gut zu sehen. Silhouetten jagten unter Wasser dahin und durchbrachen gelegentlich die Oberfläche, dazwischen schossen die glitschigen Tentakel in die Höhe und schlugen krachend auf die Wellen zurück. Die dazugehörige Kreatur musste wahrhaft gigantisch sein.

Die Delphine taten mir leid. Ich bezweifelte, dass Tyentso sie freundlich gebeten hatte, sich im Kampf gegen dieses Ding zu opfern – oder dass sie es gar freiwillig taten.

Tyentso sah Khaemezra an. »Was meinst du mit ›eigentliche Beute‹?«

»Laakas Tochter ist hinter dem Schiff her«, antwortete Khaemezra. »Nur Tajas Einmischung haben wir es zu verdanken, dass sie dabei ihrer Leibspeise über den Weg gelaufen ist und wir nun vorgewarnt sind.«

»Sie macht Jagd auf dich …« Die Hexe mit der Nestfrisur hielt inne und verengte die Augen. Dann drehte sie sich zu mir um. »Nein, auf *dich* hat sie es abgesehen.«

»Auf mich? Nein, bestimmt nicht. Die beiden da haben den Zauberer verärgert, nicht ich.« Ich deutete auf Teraeth und Khaemezra. »Es hat ihm nicht gefallen, überboten zu werden.«

Juval sah uns finster an. »Ihr habt uns das eingebrockt? Ich habe gute Lust, euch über Bord zu werfen und diesem verdammten Ungeheuer zu überlassen.«

»Das wäre unklug«, entgegnete Teraeth mit einem Gesichtsausdruck, als ziehe er in Gedanken bereits seine Messer.

»Genug!«, fuhr Khaemezra auf. »Es spielt keine Rolle, wen oder was die Krake jagt. Wichtig ist nur, dass sie beschworen wurde. Offensichtlich habe ich die Entschlossenheit des Zauberers unterschätzt. Ich war sicher, dass das Portal ihn in die Irre führen würde.«

»Ich werde sie vernichten müssen«, überlegte Tyentso laut und überraschte mich mit einem Lächeln. Es war das erste Mal, dass ich eines an ihr sah. »Ich habe noch nie eine Krake getötet.«

»Sind sie nicht immun gegen Magie? So heißt es doch in den Geschichten, oder?«

Tyentsos Lächeln wurde grimmig. »Das sind Hexenjäger auch. Aber ich habe schon vor langer Zeit herausgefunden, dass jeder Luft zum Atmen braucht und festen Boden, auf dem er stehen kann, oder Wasser, um darin zu schwimmen. Über all diese Elemente gebiete ich. Wollen wir doch mal sehen, wie unserer Krake Säure bekommt.« Sie schob die Ärmel hoch.

»Nein«, sagte Khaemezra. »Das kannst du nicht tun!«

»Oh, und ob ich das kann.« Tyentso hob die Hände.

»Ich meinte, du *solltest* es nicht. Es wäre ein schrecklicher Fehler.«

Tyentso schnaubte. »Wenn du eine bessere Idee hast, wie wir mit diesem Mistvieh fertig werden, dann nur raus damit.«

Khaemezra seufzte. »Der Zauberer, dem wir das hier verdanken, wusste nicht, mit welchem Schiff wir den Hafen verlassen haben. Er hat nicht nur diese eine Tochter von Laaka beschworen, sondern eine für *jedes* Schiff, das von Kishna-Farriga abgelegt hat. Außerdem weiß er, dass ich eine Krake besiegen kann, und genau das ist sein Kalkül: Er ist mit jedem dieser Ungeheuer durch einen dünnen magischen Faden verbunden und wartet wie eine fette Spinne nur darauf, dass einer der Fäden vibriert, weil das entsprechende Ungeheuer die Jagd nicht überlebt hat. Dann weiß er genau, wo seine Beute ist. Wo wir sind.«

Tyentso starrte Khaemezra an.

Juval blickte zwischen den beiden hin und her. »Ich verstehe nicht ganz. Mehr als ein Dutzend Schiffe haben den Hafen verlassen …«

»Und er hat für jedes davon eine Krake beschworen«, verdeutlichte Khaemezra.

»Tya, steh mir bei«, keuchte Tyentso. »Das kann nur Relos Var gewesen sein.«

»Du kennst ihn?«, fragte ich überrascht.

»Oh, natürlich. Er hat bei meinem verstorbenen Mann immer mal wieder auf eine Tasse Tee und ein gemütliches Menschenopfer vorbeigeschaut. Wir waren damals schrecklich wichtige Leute.« Tyentso zuckte abfällig mit den Schultern, dann senkte sie die Stimme zu einem Knurren. »Er ist der mächtigste Zauberer der Welt, fast schon ein Gott. Wenn er wirklich nur noch auf die Information wartet, wo wir sind, bevor er zuschlägt, hat sie verdammt recht … Dann sollten wir das Ungeheuer besser nicht vernichten.«

Ich sah Khaemezra an. »Aber dann müsste er immer noch an dir vorbei, und er glaubt offensichtlich nicht daran, dass er es mit dir aufnehmen kann. Du hast das Blickduell mit ihm gewonnen. Er hat *Angst* vor dir.«

Tyentso erstarrte, vielleicht hörte sie sogar auf zu atmen, und schaute Khaemezra an, als wäre sie eine Kobra, die jeden Moment zubeißt. »Du …«

»Dafür haben wir jetzt keine Zeit«, mischte Teraeth sich ein. »Die Krake jagt uns wieder.« Der manolische Vané behielt gleichzeitig den Kapitän und unsere monströse Verfolgerin im Auge.

»Du bist gut«, sagte Tyentso. »Ich habe nicht mal gemerkt, dass du eine Zauberin bist.«

Khaemezra schenkte ihr ein mütterliches Lächeln. »Ich habe auch jahrelange Übung, mein Kind.«

»Hilf mir«, flehte Tyentso. »Wir könnten es zusammen tun.«

»Ich kann nicht. Es gibt Regeln und Konsequenzen. Wenn ich, als eine derjenigen, die diese Regeln aufgestellt haben, gegen sie verstoße, weil sie mir gerade nicht in den Kram passen, würde ich zwar die Schlacht gewinnen, aber den Krieg verlieren. Ich möchte nicht, dass wir ins Chaos aus der Zeit vor der Eintracht* zurückfallen. Verstehst du das, mein Kind?«

* Möglicherweise meint sie die Himmlische Eintracht, über die nur bekannt ist, dass es eine bindende Vereinbarung zwischen den Acht Unsterblichen und ein paar Gottkönigen war. Sie beschlossen, nett zu sein

»Nein, tue ich nicht«, sagte ich. »Ein Meeresungeheuer wird das Schiff jeden Moment einholen. Erinnert sich noch irgendwer daran? Schwer zu töten, riesengroß, mit ganz vielen Armen? *Hungrig?*«

Khaemezra schaute mich wütend an. »Verflucht, Junge, ich kann nichts tun. Wenn ich die Bestie töte, haben wir kurze Zeit später Relos Var am Hals. Und er wird nicht allein kommen, sondern mit einer Armee aus Schatten und Dunkelheit, mit den Dämonen aus der Eisigen Leere. Wenn ich dich vor der Krake rette, ist alles verloren. Tötet sie dich, behältst du immerhin deine Seele und kannst zurückgebracht werden.«

Meine Knie wurden weich. Für alle Ewigkeit in den Klauen eines Dämons …

Nein, alles war besser als das.

Sogar der Tod.

»Bei den Göttern der Unterwelt, du hast doch nicht etwa vor, mein Schiff von dem Ungeheuer in Stücke reißen zu lassen?«, krächzte Juval.

»Wir könnten nach Norden ausweichen«, meinte Teraeth. »Steuere das Schiff nordwärts.«

»Bist du wahnsinnig?«, entgegnete Juval. »Es gibt einen Grund, weshalb alle Schiffe den Umweg über Zherias in Kauf nehmen. Wer die Abkürzung durch die Meerenge nimmt, gerät in den Schlund.«

»Es gibt eine sichere Passage durch den Schlund«, widersprach Teraeth. »Ich kenne sie.«

»Kind!«, blaffte Khaemezra.

und sich zu benehmen, damit der Kaiser nicht Jagd auf sie machte und sie mit Urthaenriel – seiner Lieblingswaffe für solche Zwecke – erschlug. Vermutlich war es eine Art Pakt, in dem akzeptables Verhalten festgelegt wurde. Nachdem er geschlossen war, herrschten die Götter der Eintracht nicht mehr in körperlicher Gestalt über die Welt, was im Zeitalter der Gottkönige durchaus noch gang und gäbe gewesen war.

»Walkotze!«, fluchte Juval. »Ich bin ein Zheriaso, und nicht einmal ich kann den Schlund durchsegeln. Niemand kann das.«

Teraeth ignorierte ihn und wandte sich an Tyentso. »Es gibt eine sichere Route durch den Schlund, aber ich muss das Steuer übernehmen. Deine Leute müssen meine Befehle ohne Zögern oder Widerspruch befolgen. Sie nennen dich eine Hexe, aber was du vorhin getan hast, riecht nach etwas anderem. Bist du offiziell ausgebildet oder hast du es dir selbst beigebracht?«

»Ein bisschen von beidem«, gab Tyentso zu. »Ich hatte hervorragende Privatlehrer.« Sie blickte auf die Wellen hinunter. »Ich kann die Strömung gegen sie wenden und den Wind zu unseren Gunsten drehen. Damit müssten wir die Meerenge erreichen, ehe sie uns erwischt. Sie wird es nicht wagen, uns in den Schlund zu folgen.« Sie hielt inne und schaute Juval fragend an.

»Ich habe schon überlegt, ob sich irgendwer noch daran erinnert, wem dieses verdammte Schiff gehört!«, knurrte der Kapitän. »Habt ihr alle den Verstand verloren?«

»Wir könnten natürlich auch einfach hierbleiben und uns in Fetzen reißen lassen«, erwiderte ich lächelnd. »Was ist dir lieber?«

Er starrte mich mit großen Augen an. »Die Stimme kenne ich doch! Du *Rotznase*. Wieso bist du wieder auf meinem Schiff?«

»Weil ich deine wunderbare Gastfreundschaft vermisst habe, natürlich.« Ich grinste ihn an. »Aber tröste dich: Ohne uns wärst du noch schlimmer dran. Denn dann hätte Tyentso die Tochter getötet, und ihr müsstet es ganz allein mit Relos Var aufnehmen. Und du könntest nicht mal behaupten, du wüsstest nicht, wer ich bin, wenn er seine lustige Fragerunde beginnt.«

»Kapitän …«, drängte Teraeth.

Juval machte ein finsteres Gesicht. »Na schön. Dann eben nach *Norden*.«

14

GUTENACHTGESCHICHTEN

(Klaues Geschichte)

Ola spähte durch den grünen Perlenvorhang in ihr Badezimmer und sah Kihrin. Er hatte seine zerrissene, blutverschmierte Kleidung abgelegt und lag in der Kupferwanne, die Ola eigens hatte anfertigen lassen. Der Staub in der Luft glitzerte im Laternenlicht, genauso wie das von Seife, duftenden Badeölen und Blut milchig rosa verfärbte Wasser. Er hatte sich mit dem Meeresschwamm so fest abgeschrubbt, dass seine bronzefarbene Haut stellenweise aufgekratzt war. Am stärksten gerötet war sein Hals, was den blauen Tsali-Stein umso deutlicher hervortreten ließ.

Ihr Schatz sprach mit der neuen Tänzerin, die zu Olas Überraschung immer noch angezogen war. Offenbar hatte sie ihm überhaupt nicht beim Baden geholfen, was Ola merkwürdig vorkam, da Kihrin sie doch so angehimmelt hatte.

Unwillkürlich musste sie an ihre eigene verschwendete Jugend denken. Sie verscheuchte die dunklen Erinnerungen, richtete sich gerade auf und holte tief Luft. Dann trat sie so schwungvoll ins Badezimmer wie eine Zirkusartistin, die bei den Spaßmachern in die Lehre gegangen war. »Aufgepasst! Hier kommt ein Festmahl für meinen armen Jungen.«

Ola nahm einen kleinen Klapptisch und stellte ihn neben die Badewanne.

Kihrin lachte. »Glaubst du, dass ich das alles essen kann?«

Die Puffmutter lächelte. »Ich habe ein bisschen was von allen Tagesgerichten aus der Küche mitgebracht.« Wie ein Kellner deutete sie auf die verschiedenen Speisen auf dem Tablett. »Da wären scharf gepfefferte Ziege mit frischer Vorakresse. Hammelfleisch mit Leadosauce, auf traditionelle Weise im Bananenblatt gegrillt. Mit Nakari marinierter Gelbfisch an Mango. In Streifen geschnittene und frittierte Bezevowurzeln. Kokosreis. Palmherzen. Und Bittermelone mit Schokolade.« Als fiele es ihr jetzt erst wieder ein, fügte sie hinzu: »Ach ja … und zur Entspannung noch etwas von meinem kirpischen Traubenwein.«

Da Morea die Bordellbetreiberin erstaunt ansah, fuhr Ola fort: »Ich weiß, ich weiß. Eigentlich hebe ich ihn für die Rituale auf*, aber zum Entspannen finde ich Traubenwein besser geeignet als die hiesigen Reis- und Kokosweine.«

Kihrin ließ sich in die Wanne zurücksinken. Das Licht, das durchs Fenster hereinfiel, spiegelte sich flackernd in seinen Augen. »So gut esse ich ja nicht mal an meinem Namenstag.«

Ola kicherte. »Du bekommst es ja auch nicht jeden Tag mit Dämonen zu tun. Koste unbedingt den Gelbfisch. Das Nakaripulver stammt aus Valasi, nicht aus Irando.« Sie warf Morea einen vielsagenden Blick zu, und das Mädchen errötete prompt. Jedes Kind

* Die Bewohner der Herrschaftsgebiete Kirpis und Kazivar bestehen darauf, dass ausschließlich aus Trauben gekelterte Getränke die Bezeichnung Wein verdienen. Da die Akademie eine Zweigstelle in Kirpis unterhält, kehren seit Generationen Zauberer von dort zurück, die für ihre Rituale Traubenwein bevorzugen. Dass Ola, die nie an der Akademie war, diese Vorliebe teilte, lag vermutlich daran, dass sie eine Zeit lang im Oberen Kreis gelebt hatte.

wusste, dass Nakaripulver aus Aphrodisiaka bestand.* Das war der einzige Grund, warum es in Etablissements wie dem Zerrissenen Schleier gereicht wurde.

Ola neckte das Mädchen nur Kihrin zuliebe, aber der schaute nicht mal in Moreas Richtung, als sie Valasi erwähnte. Ola begann, sich Sorgen zu machen. Vielleicht war Surdyeh nicht ohne Grund so außer sich gewesen. Zum ersten Mal fragte sie sich, wie schlimm der Zusammenstoß mit dem Dämon wirklich gewesen war.

Kihrin nahm den Weinkelch vom Tablett, führte ihn an den Mund und senkte ihn wieder, ohne daraus getrunken zu haben. Stattdessen griff er nach den langen frittierten Bezevo-Streifen und lehnte sich wieder an den kupfernen Wannenrand. »Erzähl mir von dem Tag, an dem du mich gefunden hast, Ola.«

Ola blinzelte. Warum wollte er ausgerechnet diese Geschichte hören? Und wieso *jetzt*? Sie winkte ab. »Du weißt doch, was passiert ist.«

Der Junge nahm einen Bissen und grinste. »Morea hat es noch nicht gehört.«

»Ich soll dir eine Geschichte erzählen? In so einem Moment?«

Kihrin stellte den Kelch auf der anderen Seite der Wanne auf den Boden und blickte vielsagend in Moreas Richtung. »Du sagst doch selbst immer, dass in solchen Augenblicken eine Geschichte das Beste ist. Das bringt Glück, weißt du noch?«

Sein Blick verriet Ola alles. Sie wusste, dass Kihrin das Mädchen mochte, aber ihr war gar nicht klar gewesen, wie sehr. Offensicht-

* Und aus Giften. Um erregend zu wirken, muss es den Herzschlag beschleunigen, deshalb werden ihm giftige Pilze, Eisenhut und der Thorax des roten Drachenkäfers beigemischt. In geringen Dosen sind diese Zutaten harmlos, aber ich rate dazu, Nakaripulver nur bei vertrauenswürdigen Anbietern zu erwerben.

lich war er vollkommen von ihr hingerissen, da er sich zum ersten Mal in seinem Leben zurückhielt. Ein Mädchen wie Morea war vermutlich noch nie einem Mann begegnet, der an ihre Gefühle dachte oder ihr gar den Hof machte. Kihrin wollte sie beeindrucken, deshalb ließ er sie das Tempo selbst bestimmen. Ola lächelte ihren Adoptivsohn gerührt an.

»Sie hat es also noch nicht gehört«, wiederholte sie spöttisch. »Sie braucht es auch nicht zu hören.« Ola schaute zu dem Mädchen hinüber, die ihren Blick unsicher erwiderte. »Was sagst du dazu, mein Kind? Musst du eine Geschichte hören, während du ihn badest? Wieso zur Hölle badest du ihn eigentlich nicht?«

»Weil ich ihr gesagt habe, dass sie es nicht tun soll«, erklärte Kihrin und deutete auf das Tablett. »Morea, das ist zu viel für mich. Iss etwas.«

»Blauauge …«

»Komm schon, Ola, lass uns die Geschichte hören. Erzähl mir von meiner Mutter.« Er sah sie auffordernd an. »Ich könnte es natürlich auch erzählen …«

»Du warst gar nicht dabei und würdest nur alles durcheinanderbringen.«

»Ich war sehr wohl dabei«, stellte Kihrin richtig. »Vielleicht erinnere ich mich nicht mehr an alles, aber ich war ganz bestimmt anwesend.«

»Du bist ein ungezogener Bengel. Keine Ahnung, was ich mir damals dabei gedacht habe, dich mitzunehmen.«

»Bitte erzähl«, neckte Kihrin sie. »Auch wenn ich mir die Haare nicht kämme und dir nie gehorche.«

»Und du erledigst auch nicht deine Pflichten«, fügte Ola grummelnd hinzu.

»Und ich bin auch nie beim ersten Glockenschlag angezogen …«, räumte er ein.

»Und du bist ein Dieb«, warf sie ihm vor.

»Und ich trinke zu viel«, gab er zu.

»Und du bist viel zu jung, um allen Frauen das Herz zu brechen …«, rief sie mit lauter Stimme.

»Und ich bin eine schreckliche Last für meinen Vater!«

Den letzten Satz riefen sie gemeinsam und lachten, bis Kihrin sich unter einem Hustenanfall krümmte. Ola fürchtete schon fast, er könnte ersticken, und schlug ihm ein paarmal kräftig auf den Rücken. Schließlich griff er nach seinem Weinkelch und trank ein paar große Schlucke, bis seine Atmung sich wieder beruhigte.

Morea hielt sich die Hand vor den Mund, als versuchte sie, ein Lachen zu verbergen.

»Na gut«, sagte Ola schließlich. »Ich erzähle euch die Geschichte.« An Morea gewandt erklärte sie: »Nächstes Neujahr wird er sechzehn, und dann wird es auch sechzehn Jahre her sein, dass der alte Kaiser von Quur starb.«

»Wie hieß er?«, fragte Kihrin und zwinkerte Morea zu. Sie schaute verblüfft zurück – wie ein Lamm, dem gerade dämmerte, dass die Tiger es doch nicht fressen würden.

»Gendal«, antwortete Ola. »Soll ich die Geschichte nun erzählen, oder nicht?« Sie strich ihr Agolé glatt. »Ja, es ist inzwischen sechzehn Jahre her, dass Gendal ermordet wurde. Wir wussten, dass es Mord war, mein liebes Mädchen, weil ein Kaiser von Quur nur von fremder Hand ums Leben kommen kann.«

»Könnte er nicht auch bei einem Unfall gestorben sein?«, fragte Kihrin und lehnte lächelnd den Kopf an den Wannenrand.

»Nicht einmal, wenn er über einen Stein gestolpert und in die tosenden Dämonenfälle gestürzt wäre«, entgegnete Ola grimmig.

»Und wenn er die Pocken bekommen hat?«, fragte Kihrin.

»Dagegen war er immun«, gab Ola zurück.

»Kann es nicht sein, dass er etwas Giftiges gegessen hat?«, wollte Morea wissen. Sie gab ihr Bestes, konnte das Lächeln aber nicht verbergen, das ihre Mundwinkel umspielte.

Ola nickte. »So ist's recht, Mädchen. Nein, das ist unmöglich.

Nicht einmal der schwarze manolische Lotus hätte ihm etwas anhaben können.«

»Und was ist, wenn ein Kaiser alt wird?«, fragte Kihrin mit gespielter Skepsis.

»Sobald sich ein Kaiser die Große Krone von Quur aufs Haupt setzt« – Ola reckte einen Finger gen Himmel – »ist er unsterblich. Er wird niemals alt oder krank. Nein, ein Kaiser kann nur gewaltsam sterben. Durch Mord.«

»Woher wusstet ihr, dass er gestorben war?«, fragte Kihrin und wusch sich mit einer Hand, während er in der anderen den Weinkelch hielt.

»Wir wussten es, weil im Inneren der Arena, wo hinter dem unsichtbaren Wall, der sie umgibt, der Wettstreit stattfindet, ein helles Licht erstrahlte. Es kam von der Krone und dem Zepter von Quur. Wenn das Herz ihres bisherigen Eigentümers zu schlagen aufhört, kehren sie in die Arena zurück und warten dort auf den Nächsten, der Anspruch auf sie erhebt. Du kannst mir glauben, niemand musste sich lange damit aufhalten, die Kunde vom Tod des Kaisers zu verbreiten. Die Zeit war gekommen, einen neuen Kaiser zu wählen, und alle strömten herbei, um dabei zu sein.«

»Alle?«

Ola nickte. »Alle. Egal ob reich, arm, alt, jung, dick, dünn, Freier, Sklave, Bürger oder Ausländer. An diesem Tag kam jeder in Park. Manche Menschen leben und sterben, ohne je bei einer Kaiserwahl dabei zu sein. Gendal selbst war zweihundert Jahre alt geworden. Die Gelegenheit, die Wahl mitzuerleben, bekommt man höchstens einmal, und niemand wollte sie verpassen. Vor allem nicht diejenigen Männer, die hofften, selbst der nächste Kaiser zu werden.« Die Erinnerung brachte sie zum Lächeln. »Ach, ihr hättet es sehen sollen, meine Lämmchen. Nicht einmal Stehplätze gab es noch – es war ja kaum genug Platz zum Atmen! Rang und Namen spielten keine Rolle mehr. Die Gemeinen standen Schulter an Schulter mit den Hohen Herren. Gildemeister waren von Straßenschlägern umgeben, Samtmädchen wurden von Priestern aus dem Elfenbeinviertel betatscht! Es wurden mehr Geldbeutel abgeschnitten als je zuvor oder seither.« Sie machte eine bedeutungsschwere Pause. »Doch an diesem Tag ereignete sich noch weit Schlimmeres als Taschendiebstahl.«

»Zum Beispiel?« Kihrin wandte sich mit hochgezogenen Augenbrauen zu Morea um, als wüsste sie vielleicht die Antwort auf seine Frage. Doch die hob nur lächelnd die Hände.

»Manche würden sagen, der Wettstreit selbst war schlimmer«, erklärte Ola. »Seit Tausenden von Jahren schon bestimmte das Kaiserreich seinen Herrscher auf die immer gleiche Weise: durch einen Wettstreit des Bluts. Der unsichtbare Wall um die Arena wurde abgesenkt, und alle Männer stürmten hinein, um sich die Krone und das Zepter zu erkämpfen – und jeden zu töten, der ihnen dabei im Weg stand. An diesem Tag sah ich die besten und klügsten Zauberer ihrer Generation in bunte Rauchfahnen aufgehen. Glaubt mir, wenn ich euch sage, dass menschliches Fleisch mit ein bisschen Magie in allen nur erdenklichen Farben brennen kann – und auch in ein paar, auf die keiner käme. Das Innere der Arena war wie ein Kochtopf, der Boden dampfte, brodelte, schmolz und zerfloss. Und in diesem Schmelztiegel wurde unser neuer Kaiser geboren.«

»Wer hat denn nun gewonnen?«, fragte Morea.

Ola erkannte verdutzt, dass das Sklavenmädchen es tatsächlich nicht wusste. Aber wozu musste eine Sexsklavin auch den Namen des Kaisers kennen? Vermutlich konnte sie nicht einmal lesen und schreiben. Nicht alle Sklavenhalter waren so großzügig wie Olas ehemaliger Meister Therin. Sie ignorierte den in ihr aufsteigenden Ärger und fuhr mit der Erzählung fort.

»Zur großen Schande des Adels siegte ein Gemeiner«, erklärte sie dem Mädchen. »Ein Landarbeiter aus Marakor namens Sandus. Doch der Sieger des Großen Turniers wird Kaiser, egal, wer oder was er zuvor gewesen ist. So wurde Sandus zu unserem neuen

Herrscher und ist es bis zum heutigen Tag. Als er schließlich die Arena verließ, schrien die Zuschauer so laut, dass es wie ein Donnern klang. Und weißt du was, Mädchen: Genau in diesem Moment fand ich Kihrin.«

»Ganz genau.« Kihrin nickte und spritzte mit dem Badewasser herum.

»Zuerst sah ich seine Mutter in der Menge.« Olas Stimme klang traurig und voll leidenschaftlicher Sehnsucht. »Sie war eine umwerfende Schönheit mit weizengoldener Haut und glänzendem braunem Haar. Ihre Augen waren so sanft wie die eines Rehs. Liebreizend wie eine Prinzessin war sie, und sie trug ein Agolé aus feinster elfenbeinfarbener Seide. In ihren Armen hielt sie ein kleines Bündel, nicht größer als ein paar Holzscheite.«

Morea sah Kihrin an, der mit tiefen Falten auf der Stirn in das trübe Badewasser blickte, als wäre es eine Kristallkugel. Er sagte kein Wort.

Sie wandte sich wieder Ola zu. »Was ist dann passiert?«

»Ich sah, wie ein Mann sich zu ihr hindrängte, ihr die Hände um den Hals legte und sie erwürgte. Sie konnte nirgendwohin rennen, verstehst du? Und ich konnte sie nicht erreichen, da ich mich in dem dichten Gewühl nicht bewegen konnte. Sie gab zwar alles und wehrte sich tapfer, aber letztlich vergebens.«

»Hat denn niemand versucht, ihr zu helfen?« Diesmal kam die geflüsterte Frage von Kihrin. Er klang verbittert.

»Wir sind in Quur, Kind. Niemand krümmte auch nur einen Finger für diese Frau. Ich sah sie just in dem Augenblick zusammenbrechen, als das Gebrüll über den Sieg des neuen Kaisers ihre Schreie übertönte. Und als ich endlich zu der Stelle kam, wo sie lag, war ihr Mörder verschwunden. Nur ihre Leiche und mein süßer Schatz – der Säugling, den sie in Händen hielt – waren noch da. Als ich ihn aufhob, merkte ich zu meinem größten Erstaunen, dass er noch lebte. Er war noch blutig von seiner Geburt, somit war offensichtlich, dass der kleine Kihrin erst an diesem Tag das

Licht der Welt erblickt hatte. Hätte ich ihn zurückgelassen und darauf gehofft, dass jemand anders ihn findet, wäre er bestimmt gestorben.« Mit einem schelmischen Grinsen beendete sie die Geschichte. »Kihrin ist mein einziger Akt der Nächstenliebe, und er hat mir bewiesen, dass es stimmt, was man über gute Taten sagt.«

Kihrin unterdrückte ein Gähnen. »Und was sagt man darüber, Mama Ola?«

»Dass sie nie ungestraft bleiben!«, rief Ola und schlug mit einem Handtuch nach ihm. Kihrin spritzte mit Wasser zurück, Morea brachte sich hastig in Sicherheit und blickte zwischen den beiden hin und her.

»Dann bist du also wirklich ein Ogenra?«, fragte sie.

»Blödsinn, Bärendreck!«, blaffte Ola. »Was redest du da für einen Quatsch?«

Olas heftige Reaktion ließ Morea zusammenzucken. »Ich wollte nicht …«

»Es ist nur eine Geschichte, Morea«, beschwichtigte Kihrin. »Ein Gottkönigmärchen. In diesem Teil der Stadt leben tausend, ach was, zehntausend Waisen. Wenn du ihnen genug zu trinken gibst, wird dir jeder verraten, dass er schon immer davon geträumt hat, ein verschollener Prinz zu sein, mit einer tragischen Herkunftsgeschichte voller Liebe und Verrat. In Wahrheit ist es genau so gewesen, wie ich es dir erzählt habe: Surdyeh hat mich auf der Müllhalde gefunden, wo mich meine Mutter zurückgelassen hatte, weil sie mich nicht wollte.« Er zuckte mit den Schultern, als spielte das alles keine Rolle.

Morea konnte sich trotzdem nicht sicher sein, was nun stimmte, und Ola wusste, dass genau das Kihrins Absicht gewesen war – und der einzige Grund, wieso Ola bei dem Spiel mitgemacht hatte.

Sie kicherte. »Glaubst du allen Ernstes, ich hätte mir für ein Kind den Namen Kihrin ausgesucht? Surdyeh hat ihn so genannt, als er ihn adoptierte.«

»Hauptmann Jarith meint, es sei ein alter kirpischer Name«, sagte Kihrin schläfrig.

»Wirklich? Habt ihr beide euch etwa angefreundet?«, fragte Ola mit leisem Vorwurf in der Stimme. Sie konnte weder die Stadtwachen noch die Soldaten leiden, aber am wenigsten – *am allerwenigsten* – mochte sie die Söhne von Männern, die sie bereits als Kurtisane gekannt hatten.

»Für einen Soldaten ist er gar nicht so übel. Ich glaube allerdings nicht, dass er so freundlich wäre, wenn er wüsste, wie ich meinen Lebensunterhalt verdiene …« Kihrins Augen schlossen sich, er rutschte immer tiefer in die Wanne, der Rest seines Weins ergoss sich wie frisches Blut ins Badewasser.

»Schnell, Mädchen, nimm seine Arme und pass auf, dass er nicht untergeht!«, befahl Ola.

Morea, die es gewohnt war, Anweisungen zu befolgen, packte Kihrin und hielt ihn fest. Ola hievte den nackten Jüngling aus der Wanne, und Morea wurde wieder einmal bewusst, dass die Puffmutter größer war als die meisten Männer – selbst als Kihrin.

Sie blinzelte Ola schockiert an. »Du, du …«

»Entspann dich, Kind. Ich habe ihn nicht vergiftet, nur ein bisschen betäubt«, erklärte sie und legte sich Kihrin über die Schultern. »Jetzt hilf mir, ihn ins Bett zu bringen.«

Morea gehorchte und half, Kihrin auf die dick gepolsterte Baumwollmatratze zu betten, auf der Ola normalerweise allein lag.

Ola ging ins Badezimmer und holte das Tablett mit den Speisen. Nachdem sie es auf einem kleinen Tisch abgestellt hatte, begann sie, geräuschvoll und mit großem Appetit zu essen. Sie bedeutete Morea, es ihr gleichzutun.

»Ich selbst habe mich nie als seine Mutter bezeichnet«, erklärte Ola. »Aber im Grunde genommen bin ich es. Ich liebe ihn, als wäre er aus meinem eigenen Schoß geschlüpft. Und ich bin stolz auf ihn. Keine Mutter könnte stolzer auf ihren Sohn sein. Ich möchte nicht, dass ihm etwas geschieht, und werde ihn immer beschützen. Sogar vor sich selbst.«

»Das verstehe ich nicht.«

»Das habe ich auch nicht erwartet. Lass es mich so sagen: Er ist ziemlich stur. Das hat er von mir. Ja, ich weiß, dass er manchmal so tut, als wäre er flatterhaft, aber das ist er nicht. Wenn er einmal ein Problem angepackt hat, dann gibt er nicht auf und beschäftigt sich so lange damit, bis er es gelöst hat. Da ist er wie der Wind, der Stück für Stück einen Berg abträgt. Ich wünschte mir nur, sein Vater hätte mehr Verstand. Von einem Jungen wie Kihrin kann man nicht erwarten, dass er sich daran hält, wenn man zu ihm sagt, er solle die persönliche Einladung eines Obersten Generals ablehnen. Bei allen Dämonen, so läuft das nicht! Damit hat Surdyeh den Besuch bei dem General für Kihrin absolut unwiderstehlich gemacht.* Wenn er hört, dass er etwas nicht darf, wird er nur noch sturer.« Ola rollte ein Stück Fisch in einen weichen Fladen und biss hinein. »Mhm … heute ist die Sauce aber gut.«

»Wäre es denn so schlimm, wenn er den Obersten General treffen würde?«

Ola hörte auf zu kauen und sah Morea so durchdringend an, dass die erschrocken zusammenfuhr. »Ja, wäre es, und ich werde dir nicht erklären, wieso. Du musst mir einfach vertrauen. Ich weiß, was ich tue. Er darf da nicht hingehen.« Ihr Blick wurde weicher. »Das Mittel, das ich ihm verabreicht habe, sorgt dafür, dass er heute Nacht tief schläft und wild träumt. Wenn er morgen früh mit dir in den Armen aufwacht, wird er sich selbst die Schuld daran geben, dass er die Verabredung mit dem General versäumt hat, und alles ist gut.«

Morea antwortete nicht, wirkte aber skeptisch.

»Er mag dich«, sagte Ola. »Deswegen kannst du mir helfen. Und

* Leide ich unter Verfolgungswahn, wenn ich vermute, dass er es genau aus diesem Grund getan hat?

wenn du das tust, springt dabei eine große Belohnung für dich heraus.«

»Was für eine Belohnung?«

»Mein Junge hat etwas Geld gespart. Frag nicht, woher er es hat. Das spielt keine Rolle. Ich gehe davon aus, dass er bei den Priestern von Tavris oben im Elfenbeinviertel ein hübsches Sümmchen deponiert hat. Er hat vor, eine Taverne in Eamithon zu kaufen, wo sich sein Papa friedlich zur Ruhe setzen kann. Dort leben nette Leute. Ich habe schon vor einer ganzen Weile das perfekte Lokal gefunden und von meinem Geld gekauft. Kihrin weiß davon nichts. Ich habe mir überlegt, es ihm morgen zu einem Schnäppchenpreis zu überlassen und ihn dann zusammen mit seinem Vater dorthin zu schicken. Außerdem darf er sich ein paar Sklavenmädchen aussuchen, als Kellnerinnen für seine Taverne oder was auch immer. In Eamithon hält man nicht viel von der Sklaverei*, daher wird es sicher nicht lange dauern, bis du dort zu einer freien Frau wirst. Dann würdest du für deine Zeit und Mühen ordnungsgemäß bezahlt und könntest außerdem mit einem Jungen zusammen sein, der völlig verrückt nach dir ist.«

»Was muss ich dafür tun?«

»Nichts, was du nicht möchtest. Glaubst du etwa, ich merke nicht, wie du ihn ansiehst? Du musst ihn nur ablenken, damit er

* Bemerkenswerterweise ist Eamithon von einigen quurischen Gesetzen ausgenommen, da es sich dem Kaiserreich als einziges Hoheitsgebiet freiwillig angeschlossen hat – und zwar mit der vollen Kooperation seiner damaligen Herrscherin, der Gottkönigin Dana. Streng genommen ist die Sklaverei in Eamithon zwar erlaubt, aber da das dort niemand zu wissen scheint, »verschwinden« immer wieder Sklaven, die in das Hoheitsgebiet gebracht werden. Anschließend tauchen sie in der Regel in abgelegenen Dörfern wieder auf, wo die Einheimischen Stein und Bein schwören, dass die entsprechende Person bereits ihr ganzes Leben bei ihnen zugebracht habe. Zudem stehen Siedler, die sich mit ihren Sklaven in Eamithon niederlassen, unter enormem gesellschaftlichem Druck, sie auf freien Fuß zu setzen.

nicht auf die Idee kommt, sich mit Leuten aus der besseren Gesellschaft einzulassen. Diese feinen Pinkel scheren sich nämlich einen Dreck um uns.«

Morea nickte. »Natürlich helfe ich.«

»Gut. Gut! Dann schlüpf mal aus deinen Kleidern und kuschle dich schön eng an meinen Jungen, damit er nicht klar denken kann, wenn er aufwacht.« Ola wischte sich im Aufstehen die fettigen Finger an ihrem Agolé ab und ging zum Bett hinüber. Dort blieb sie stehen und blickte gequält auf Kihrin hinunter. »Ich habe einen Fehler gemacht«, flüsterte sie.

»Hast du etwas gesagt, Herrin?«

»Ich sagte … Ach, bei den Schleiern, vergiss es. Wenn du erst mal in meinem Alter bist und auf dein Leben zurückblickst, wird dir auch nicht alles gefallen, was du dabei siehst. Ich habe einiges getan, worauf ich nicht stolz bin, aber ich hatte immer gute Gründe dafür. Meistens ging es ums Überleben. Ich versuche nur, über die Runden zu kommen und mich zu schützen, genau wie alle anderen im Unteren Zirkel. Hier unten ist man ausschließlich von Schakalen umgeben, die nur darauf warten, dass man einen Fehler begeht.« Sie lachte zynisch. »Ich schätze, im Oberen Zirkel läuft es genauso.« Sie wurde wieder ernst. »Ich habe in meinem Leben nur ein einziges Mal etwas aus reiner Bosheit getan. Und das verfolgt mich bis jetzt. Ich spüre, dass es sich bald rächen wird …« Ola schloss kurz die Augen und erschauderte. »Man kann sein ganzes Leben lang jemanden anschauen und ihn nie richtig sehen. Aber Qoran, dieser verfluchte General, mit seinen verfluchten Augen … Diese Milligreest-Jungs waren schon immer von der hellen Sorte. Er wird bald wissen, wen er vor sich hat, wenn er es nicht schon längst erkannt hat.« Nach kurzem Nachdenken deutete Ola auf das Bett. »Na, dann leg dich mal dazu und pass gut auf meinen Jungen auf.«

Morea nickte und öffnete ihr Agolé.

Ola sah sie an und schnaubte. »Wenigstens hat er Geschmack.

Den muss er auch von mir haben.« Mit diesen Worten drehte sie sich um und ging davon.

Ein paar Sekunden später hörte Morea die Vordertür aufgehen und wieder zufallen. Auf Zehenspitzen ging die Tänzerin ins Empfangszimmer und sah sich sorgfältig um, ob Ola auch wirklich verschwunden war.

»Sie ist weg«, erklang Kihrins Stimme aus dem Nebenraum. »Diese Frau wiegt knapp dreihundert Pfund. Sie kann ja wirklich vieles, aber Schleichen gehört nicht dazu.«

Als Morea sich umdrehte, sah sie, dass Kihrin aus dem Bett aufgestanden war. Das Kerzenlicht hüllte ihn in einen rosa-goldenen Schimmer, der ihn jenseitig und unwirklich aussehen ließ – wunderschön, aber auch fremdartig. Zu schön, um ein Mensch zu sein.

Morea griff nach ihrer abgelegten Kleidung. »Du hast die Kelche vertauscht, oder? Du wusstest, dass sie etwas in deinen Wein getan hat.«

»Ohne deine Hilfe hätte ich es nicht hinbekommen. Du warst die perfekte Ablenkung. Außerdem war es ziemlich offensichtlich. Sie verwendet gern Riscoria-Gras, in Traubenwein fällt der Geschmack kaum auf. Sie verabreicht es ihren Betrugsopfern, damit sie am nächsten Tag in einer kompromittierenden Situation aufwachen und sich nur vage daran erinnern, dass sie in der vergangenen Nacht möglicherweise Dinge getan haben, die sie besser gelassen hätten.« Er klang enttäuscht.

»Bleib bei mir«, sagte Morea. »Geh nicht.«

Kihrin schüttelte den Kopf. »Ich muss.«

»Du hast doch gehört, was sie gesagt hat. Eamithon klingt schön, findest du nicht?«

Er sah sie überrascht an. »Ich muss den General vor diesem Dämon warnen. Außerdem hat Hauptmann Jarith gesagt, er wird mir heute Abend Neuigkeiten über deine Schwester mitteilen.«

Sie fühlte sich, als hätte er sie gerade geohrfeigt. »Ach so.«

Kihrins Blick wurde weicher, beinahe zärtlich. »Ich treffe mich mit General Milligreest, hole mir die Belohnung und spreche mit ihm über den Dämon. Dann suche ich Hauptmann Jarith auf und komme anschließend hierher. Ola wird nie erfahren, dass ich weg war, und morgen früh tun wir so, als wäre ihr Plan aufgegangen. Man hat es immer viel leichter mit ihr, wenn sie glaubt, sich durchgesetzt zu haben.« Kihrin sah sich um und wühlte sich durch Schränke und Kommoden. Er entschied sich für eine weit geschnittene Kefhose, eine dazu passende Weste und Slipper, alles in leuchtenden, festlichen Farben. »Dann hoffen wir mal, dass die Sachen passen. Letztes Neujahrsfest waren sie mir noch zu groß, aber seitdem bin ich gewachsen.«

Morea half ihm beim Ankleiden und mit seinen Haaren, achtete aber sorgfältig darauf, ihn nicht zu berühren. Ihre Finger zitterten, und sie hatte den Verdacht, dass die Wirkung des Nakaripulvers einsetzte. Sie wollte ihn berühren, ihn festhalten und sich mit dem einzig Wertvollen bei ihm bedanken, das sie ihres Wissens besaß. Aber sie tat es nicht. Stattdessen ging sie ihm beim Anziehen zur Hand und sah zu, wie er durch ein Hinterfenster nach draußen kletterte.

Dann präparierte sie das Bett so, dass es aussah, als läge neben ihr noch eine weitere Person.

15

DER ZHERIASISCHE SCHLUND

(Kihrins Geschichte)

Surdyeh hatte immer Geschichten über das Meer im Repertoire gehabt. Ohne die brauchte man in der Hauptstadt, in der es einen Hafen gab, gar nicht aufzutreten. Ich kannte die Wellenwüste – eine Meeresregion mit Riffen, karstigen Inseln, Sandbänken und einer windstillen See, die Schiffe genauso gierig verschlang, wie yoranische Hexen kleine Kinder fraßen. In den ruhigen Gewässern auf der Nordseite, wo es weder Wind noch Strömung gab, kamen Schiffe nicht vom Fleck. Näherten sie sich der Wellenwüste aber von Süden her, gerieten sie in Scherwasser, hohen Seegang und felsige Untiefen, an denen sie zerschellen konnten.

Manche behaupteten, die Vané hätten die Wellenwüste erschaffen, um die quurische Flotte von ihren Küsten fernzuhalten. Andere glaubten, sie sei nach dem Tod irgendeines vergessenen Gottes entstanden. Die Wellenwüste zerschnitt Schiffsrouten und stürzte erfahrene Seeleute in Panik. Die Töchter von Laaka, die Kraken, galten als Gottkönigmärchen – man konnte ein Leben lang zur See fahren, ohne je eine zu Gesicht zu bekommen. Die Existenz der Wellenwüste war dagegen eine Gewissheit und eine Todesfalle für die Unvorsichtigen. Das wusste jeder. Ich hatte von zheriasischen Piraten gehört, die sich angeblich dort verkrochen, aber das waren lächerliche Gerüchte. Denn alle, die närrisch genug waren, die Wellenwüste zu befahren, kamen unweigerlich in ihr um. Zudem war fraglich, ob wir es überhaupt bis dorthin schaffen würden. Im Norden, auf der quurischen Seite, mochte sie das eigentliche Problem sein, aber wir kamen von *Süden*. Ehe wir in ihre Nebelschleier einfahren konnten, mussten wir den zheriasischen Schlund überwinden, wo die starke südliche Meeresströmung auf die Inselkette der Wellenwüste stößt. Da es an dieser Stelle keinen Abfluss gibt, bildet die Strömung eine spiralförmig wirbelnde Salzwasserbrühe, die Schiffe gerne an die dort verborgenen Riffe schmettert. Der Schlund erwartete die *Kummer*, lange bevor sie die toten Gewässer auf der anderen Seite erreichen würde.

Teraeth hoffte, die Krake würde die Passage durch den Schlund zu schwierig finden und abdrehen.

Ich hielt den Assassinen für reichlich naiv.

Auf diesem Abschnitt der Reise machte es mir ausnahmsweise nichts aus, die lauten Rufe von Magoq, dem Galeerenmeister, zu hören, der auf die Sklaven einpeitschte, damit sie schneller ruderten. Trotz des starken Windes, der unsere Segel blähte, brauchten wir mehr Fahrt. Tyentso manipulierte zwar die Strömungen, um unsere Verfolgerin aufzuhalten, aber wenn ich mit meinem zweiten Gesicht nach hinten blickte, sah ich den spektral leuchtenden Umriss des Ungeheuers immer näher kommen.

Während der letzten drei Tage war es uns nicht gelungen, die Kreatur abzuschütteln. Ich wusste mit absoluter Gewissheit, dass sie alle an Bord der *Kummer*, die Freien ebenso wie die Sklaven, töten würde, sobald sie uns einholte. Und falls jemand ihren Angriff überlebte, würde er entweder ertrinken, von Haien gefressen oder vom Schlund in die Tiefe gerissen werden. Um uns herum wurde die See bereits kabbelig. Weit schlimmer war jedoch, dass unser Schiff begann, sich aus dem Wind herauszudrehen, den Tyentso eigens heraufbeschworen hatte.

In einem Gedicht würde ein solcher Tag gewiss als stürmisch

und düster beschrieben, doch der Himmel war wolkenlos und wunderschön. Selbst das zunehmend unruhige Wasser war tiefblau. Es schien kein Tag zum Sterben zu sein, andererseits hatte Surdyeh mir keine einzige Geschichte erzählt, in der die Totengöttin Thaena besonders aufs Wetter geachtet hätte.

Zum ersten Mal seit vielen Monaten dachte ich ernsthaft darüber nach zu beten.

Khaemezra lehnte an der Reling und sprach mit Tyentso, die bleicher und verängstigter aussah, als ich je für möglich gehalten hätte. Bei der Anrufung des Dämons hatte sie keinerlei Angst gezeigt, aber das hier war etwas anderes. Wenn uns die Krake nicht umbrachte, dann der Schlund, und das schien sie genau zu wissen. Khaemezra wirkte im Vergleich zu ihr so ruhig, als säße sie in einem Restaurant und wartete nur darauf, dass ihr der Kellner eine zweite Tasse Tee brachte.

»Dürfte ich einen Augenblick mit euch sprechen, meine Damen?«

Khaemezra lächelte mich an, Tyentso schnaubte. »Dame? Wie schön, dass dir dein Sinn für Humor nicht abhandengekommen ist.«

Ich machte eine tiefe Verbeugung. Zum Glück war ihr die Ablenkung höchst willkommen, und sie lachte, anstatt mich in einen Fisch zu verwandeln. Obwohl ich es gar nicht schlecht gefunden hätte, ein Fisch zu sein, wenn die Krake auftauchte.

Am besten ein kleiner.

Ich zeigte auf unsere Verfolgerin. »Sie ist trotz unserer schnellen Fahrt nicht zurückgefallen. Allmählich habe ich das Gefühl, dass sie mit uns spielt und noch vor dem Schlund angreifen wird.«

Tyentso wurde plötzlich grün im Gesicht. »Dafür ist es zu spät.«

»Nein, ich glaube, wir … Was?«

»Wir sind schon seit ein paar Stunden im Schlund«, flüsterte Khaemezra. »Da er am äußeren Rand ganz ruhig ist, hat die Besatzung noch nichts davon mitbekommen. Jetzt können wir nur hoffen, dass wir die Fangzähne in der richtigen Reihenfolge ansteuern, den Rachen umschiffen und die korrekte Fahrlinie erwischen, ohne den Alten Mann aufzuwecken.«

»Könntest du das noch mal so erklären, dass ich es auch verstehe?«

Sie mahlte genervt mit den Kiefern. »Der Hauptstrudel wird als Rachen bezeichnet, von dort gehen spiralförmig kleine Wirbel und Nebenströmungen ab – auch Fangzähne genannt. Die meisten Schiffe werden von ihnen zerstört, ehe sie den Rachen überhaupt erreichen.«

»Und was ist der Alte Mann?«

»In diesen Gewässern gibt es Schlimmeres als die Kraken.« Khaemezra neigte den Kopf und musterte mich mit ihren eigenartigen blaugrünen Augen. Im ersten Moment erinnerten sie mich an den Himmel, im nächsten glaubte ich, die Farbe der Wellen in ihnen zu erkennen. Dann kam mir der seltsame Gedanke, dass die Augen der Vané-Hexe Spiegel sein könnten, die das Licht des Ozeans und des Himmels reflektierten, und dass sie in Gebäuden oder unter der Erde und auch nachts womöglich farblos waren.

So oder so sahen ihre Augen unheimlich aus.

»Was können wir tun?« Ich merkte, dass ich ebenfalls flüsterte. »Wenn das Schiff zerschellt, werden die Sklaven ertrinken.«

Tyentso verdrehte die Augen. »Glaubst du, dir wird es besser ergehen? Selbst ein Zheriaso würde im Schlund ersaufen.* Wenn dieses Schiff sinkt, sterben wir *alle*.«

* »Als würde man versuchen, einen Zheriaso zu ertränken« ist eine Redewendung für ein aussichtsloses Unterfangen. Ursprünglich stammt das geflügelte Wort wohl aus einem der vielen quurischen Piratenkriege, in denen die Zheriasos den Kampf mit der überlegenen quurischen Flotte häufig vermieden und stattdessen lieber über Bord sprangen und davonschwammen. Dabei erreichten sie stets gesund und munter ihre Heimat, selbst wenn ihre Schiffe mehrere Meilen vor der zheriasischen Küste versenkt worden waren.

Ich starrte weiterhin Khaemezra an. »Das glaube ich nicht. Wenn es dir nicht gepasst hätte, dass Teraeth die sichere Passage ausplaudert, hättest du ihn davon abhalten können. Du willst, dass wir diese Route nehmen.«

Die alte Frau lächelte. »Kluges Bürschchen. Ich weiß genau, was du gerade denkst: Hat wirklich Relos Var diese Krake beschworen, oder war ich das? Ist das nur eine List, damit der Kapitän freiwillig den Kurs ändert und uns direkt dorthin bringt, wo wir hinwollen? Bin ich willens, all diese Leute zu opfern, nur damit wir schneller am Ziel sind und niemand uns folgt?«

Ich schluckte. Sie hatte mich komplett durchschaut.

»Das darfst du nicht! Wenn wir das Schiff verlieren ...« Tyentsos Stimme wurde schrill, aber Khaemezra hob die Hand und brachte sie zum Schweigen. Ich wusste nicht, ob sie Magie benutzte oder ob die bloße Geste genügt hatte. Khaemezra schaute nur mich an, und ich fand es schwer, ihrem Blick standzuhalten.

»Wirst du?«, flüsterte ich schließlich. »Wirst du sie alle sterben lassen?«

»Was glaubst du?«, fragte sie.

Ich rief mir ins Gedächtnis, was ich über Thaena wusste, dachte an Teraeths Gesichtsausdruck, als er auf die Sklaven im Frachtraum hinabgeblickt hatte, und an Khaemezras Sorge, als mich das Gaesch beinahe getötet hätte. Ich hätte mir die Anhänger einer Totengöttin herzloser vorgestellt, aber die beiden ließen sich nicht so leicht in eine Schublade stecken.

»Nein, ich glaube nicht, dass du das zulassen würdest«, antwortete ich schließlich. »Trotzdem könntest du die Krake beschworen haben. Vielleicht glaubst du ja, so die Sklaven befreien zu können.«

»Dann ist die Krake also ein Mittel zur Emanzipation?« Ihre Mundwinkel zuckten. »Ich muss zugeben, das ist mir neu. Aber ich war es nicht und glaube, dass Relos Var dahintersteckt. Du magst daran zweifeln, aber es ist die Wahrheit.«

»Dann ist es also wie gehabt: Wir werden von der Krake vernichtet, versinken im Schlund oder zerbersten auf den Sandbänken der Wellenwüste.«

»Du hast den Alten Mann vergessen«, warf Tyentso ein. »Den hat sie noch nicht genauer erläutert.«

»Und ihr betet besser, dass es gar nicht erst nötig wird.« Die alte Vané sah mich an. »Wenn du dich nützlich machen möchtest, dann halte meinem Sohn den Rücken frei. Wenn es hart auf hart kommt, wird irgendwer etwas Dummes versuchen, und Teraeth darf seine Konzentration nicht verlieren.«

»Wärst du nicht besser für diese Aufgabe geeignet? Ich habe nicht mal eine Waffe.«

»Tyentso und ich werden unsere gesamte Energie darauf verwenden müssen, das Schiff zusammenzuhalten, weil es Kräften ausgesetzt sein wird, die alles übersteigen, wofür es konstruiert wurde«, erwiderte Khaemezra. »Zwar beherrschst du noch nicht all deine angeborenen Fähigkeiten, aber du weißt sehr gut, wie man unbemerkt bleibt. Nutze dieses Talent.« Sie drückte mir einen Dolch in die Hand. »Und jetzt hast du auch noch ein Messer. Wehe dem Kaiserreich.«

Ich wandte mich zum Gehen und schaute kurz aufs Meer hinaus. Meine Stirn legte sich in tiefe Falten.

Khaemezra bemerkte mein besorgtes Gesicht und folgte meinem Blick. »Es geht los.«

Tyentso stieß ein Wimmern aus und machte sich auf den Weg zur Treppe.

Khaemezra packte sie am Arm. »Sei stark, meine Tochter, ich bin an deiner Seite.« Dann wandte sie sich mir zu. »Geh, solange du noch kannst.«

Wir segelten am Rand einer rund dreihundert Fuß durchmessenden Stelle, die wie ein Ölfilm aussah. Das Wasser dort war spiegelglatt, alles schien friedlich und sicher.

Plötzlich erfüllte jedoch ein Donnern die Luft, und aus der Mitte der glatten Wasserfläche schoss eine tosende Dampfsäule in die Höhe. Als das Wasser zurückstürzte, verschwand es einfach in der Tiefe, als flösse es durch ein Loch in der Welt ab. Binnen weniger Sekunden blickten wir auf einen dreihundert Fuß breiten Strudel, einen wirbelnden Mahlstrom aus Meerwasser, das in die unergründliche Dunkelheit hinabrauschte. Wir kreisten am Rand wie auf der Kante einer steil abfallenden Klippe. Das Schiff neigte sich zur Seite, wurde aber durch irgendeinen Zauber im Gleichgewicht gehalten … Wenn ich jetzt darüber nachdenke, bin ich sicher, dass ich weiß, von welchem. Die *Kummer* fuhr mit solch halsbrecherischer Geschwindigkeit, wie sie mit Segeln und Rudern allein niemals zu erreichen gewesen wäre.

Auch die Besatzung hatte es mittlerweile mitbekommen. Einen Moment lang sagte niemand ein Wort, dann ertönten die ersten Schreie. Sogar ein paar Befehle wurden gebrüllt, gingen aber im Lärm des Strudels unter.

Ich sah mich um. Bisher war noch niemand in Panik geraten, und Teraeth kam allein zurecht. Doch irgendwann würde die allgemeine Verwirrung in Entsetzen umschlagen – nämlich dann, wenn die Besatzung merkte, dass das hier nur ein kleiner Fangzahn war, und nicht der eigentliche Rachen.

Doch bevor es so weit war, wollte ich noch etwas erledigen.

16

DIE BELOHNUNG DES GENERALS

(Klaues Geschichte)

Kihrin verabschiedete sich nicht von Surdyeh, trotzdem war er in Gedanken die ganze Zeit bei ihm, während er die verwinkelten Straßen zum Oberen Zirkel hinaufging. Unter anderen Umständen hätte Surdyeh ihm noch jede Menge gute Ratschläge erteilt, wie er sich in Gesellschaft von Adligen zu verhalten habe. Um seine Karriere als Musiker zu fördern, hätte er ihm endlose Vorträge über gutes Benehmen gehalten, die Kihrin immer schon scheinheilig vorgekommen waren. Schließlich wusste Surdyeh ganz genau, dass Kihrins Erfolg in der Spaßmachergilde ganz entscheidend von Magie abhing, für die er eine offizielle Lizenz hätte beantragen müssen. Aber genau das erlaubte Surdyeh seinem Sohn nicht.*

Und der einzige Rat, den er ihm gegeben hatte, lautete: »Geh nicht.«

Kihrin dachte kein einziges Mal darüber nach, dass Surdyeh und Ola ihn vielleicht zu Recht von diesem Treffen abhalten wollten. Er sah nur die Chancen, die sich ihm boten: die Chance, Morea zu beeindrucken und außerdem eine Belohnung einzustreichen,

* Da Kihrin nie eine Lizenz erhielt, ist er genau genommen ein Hexer.

die er selbst und ohne Hilfe seines Vaters verdient hatte, die Chance, den Fluch des Dämons abzuschütteln, der ihn sicher immer noch verfolgte, und nicht zuletzt, die Samtstadt und den ganzen Unteren Zirkel für immer hinter sich zu lassen.

Außerdem war er neugierig.

Die kühle Nachtluft vertrieb die Gluthitze, die der quurische Sommertag hinterlassen hatte. Alle drei Monde und die funkelnden Regenbogenfarben von Tyas Schleier überzogen den Himmel mit ihrem sanften Licht. Schatten torkelten über das weiß getünchte Kopfsteinpflaster wie Betrunkene, die Angst davor hatten, zu ihren Frauen heimzukehren, und lieber hier in der Gasse das Bewusstsein verloren. Nachts war in den Straßen von Samtstadt mehr los als tagsüber. Schließlich war es ein Vergnügungsviertel, und zwar eins, in dem niemand gern erkannt wurde. Es war eine stumme Parade von Sallí-Mänteln mit übergezogenen Kapuzen – gestaltlose Phantome, die unterwegs in die Bordelle waren oder wieder nach Hause gingen.

Als Kihrin die lange Traumstiege erklomm, wurde er langsamer. Er ging den Weg zum ersten Mal. Bisher hatte er hier noch nichts zu schaffen gehabt. Die wenigen Male, die er mit Surdyeh (und später auch allein) ins Elfenbeinviertel gegangen war, hatte er immer die Route durch das Gebetstor genommen. Aber die im Zickzack nach oben führenden Marmorstufen der Traumstiege waren der einzige öffentliche Zugang zu dem Labyrinth aus Villen und Palästen, in denen hinter sorgfältig geschnittenen Hecken die Elite von Quur zu Hause war. Auf halbem Weg nach oben dämmerte Kihrin, dass die lange steile Treppe zur Abschreckung gedacht war. Die Angehörigen des Hochadels waren in Sänften oder Kutschen unterwegs und benutzten Privateingänge. Nur die einfachen Bürger mussten diesen mühsamen Anstieg bewältigen, um dann atemlos und voller Demut ihr Ziel zu erreichen.

Als die Wächter am oberen Treppenabsatz ihn erkannten, rechnete er zunächst mit Schwierigkeiten, aber dann wurde ihm klar, dass sie ihn erwartet hatten, genau wie Hauptmann Jarith es versprochen hatte. Sie gaben ihm eine Eskorte mit, die ihn zum Milligreest-Anwesen führte, damit er sich auch ja nicht »verlief«. Normalerweise würde ihn eine solche Überwachung ärgern, aber in diesem Fall war er dankbar. Denn ohne seine Begleiter wäre er bestimmt zu spät gekommen oder hätte sein Ziel gar nicht gefunden. Im Gegensatz zu den Wächtern, die er sonst kannte, waren diese höflich, sauber und professionell. Kihrin wusste nicht recht, wie er damit umgehen sollte.

Das Anwesen der Familie Milligreest lag im Rubinviertel, was Kihrin daran erkannte, dass die magischen Lichter, die die Straßen säumten, rot waren. Er konnte kaum fassen, dass die Straßen hier tatsächlich mit magischen Lichtern beleuchtet wurden! Er kannte sich mit den Adelsgeschlechtern gut genug aus, um zu wissen, dass die Roten Männer aus der Zunft der Kunstschmiede einer hier ansässigen Familie die Treue schuldeten, konnte sich jedoch nicht mehr an den Namen des Hauses erinnern.*

Und er wusste, dass die Adelsfamilien, die zum Hof der Edelsteine gehörten, von den Göttern berührt waren und als einzige den göttlichen Segen besaßen. Natürlich führte jedes der zwölf Häuser irgendein bedeutungsloses Familienwappen, aber sie waren auch an den Farben der Edelsteine zu erkennen, die ihnen als Symbole dienten. Haus D'Jorax beispielsweise schmückte sich mit den Farben des Regenbogens, und die Augen seiner Angehörigen schimmerten wie Opale. Sie herrschten über die Spaßmacher. Surdyeh zahlte ihnen eine jährliche Gebühr für die Mitgliedschaft in der Gilde und das Recht aufzutreten. Kihrin wusste auch, dass Haus D'Erinwa amethystblau war und über die Sammler gebot, an die Butterbauch seine Zunftgebühr entrichtete. So gut wie niemand zweifelte ernsthaft daran, dass die Sammler hinter den kriminellen Machenschaften der Schattentänzer steckten. Die meis-

* Haus D'Talus

ten, wenn nicht sogar alle Zünfte erhielten ihre Anweisungen von Adelshäusern, aber Kihrin hatte nie herausgefunden, wie sie zusammenhingen.

Der blauäugige Adlige, den Morea für Kihrins Verwandten gehalten hatte, entstammte ziemlich sicher diesen Kreisen. Kihrin kam jedoch nicht darauf, zu welchem Haus dieser Schurke gehören konnte. Bedeutete Blau, dass er ein Heiler war? Er hatte keine Ahnung, welches Adelsgeschlecht die Blauen Häuser kontrollierte, wo man gegen Bezahlung geheilt wurde.

Zum ersten Mal in seinem Leben fragte er sich, wieso sein Vater, der immer ein Mordsgetue darum machte, dass Kihrin ordentlich übte, bevor sie vor jemand Wichtigem auftraten, seine Bildung in dieser Hinsicht so sträflich vernachlässigt hatte.

17

DER ALTE MANN WIRD GEWECKT

(Kihrins Geschichte)

Wir rasten um den Fangzahn herum. Das Schiff neigte sich in einem Winkel zur Seite, für den es nicht konstruiert war, und fuhr mit einer Geschwindigkeit, die bei seinem Bau niemand vorhergesehen hatte. Ein schlankes Kriegsschiff hätte der Belastung vielleicht standgehalten, aber die *Kummer* war ein klobiger Sklavenfrachter. Sie ächzte, und ich fragte mich, ob sie trotz Tyentsos und Khaemezras Magie auseinanderbrechen würde, noch bevor wir auf die eigentlichen Gefahren stießen. Zweimal umrundeten wir den Strudel, dann spuckte er uns wieder aus. Die Beplankung und der Mast kreischten, als an der Backbordseite ein weiterer Fangzahn auftauchte und uns in die entgegengesetzte Richtung drehte wie ein Reiter, der sein Pferd am Zaumzeug herumreißt.

Auf meinem Weg übers Deck stieß ich mit Delon, dem Ersten Maat, zusammen. Ein Schiff zu überqueren, das sich wie ein Samtmädchen im Bett hin und her wirft, ist ein hartes Stück Arbeit. Somit war es wohl kaum meine Schuld, dass ich direkt neben ihm aus dem Tritt geriet, oder?

»Verdammt, Junge, pass doch auf!«, herrschte er mich an.

»Entschuldigung.«

»Halt dich an irgendwas fest, du Trottel!«, bellte Delon und kletterte zum Steuerdeck hinauf.

Ich schaute ihm grinsend hinterher und holte die Schlüssel zum Sklavendeck hervor. Ich wollte verdammt sein, wenn ich all die Sklaven in ihren kleinen Käfigen verrecken ließ wie Fische in einem Netz, wenn das Schiff absaufen sollte.

Dieser Fangzahn war schlimmer als der vorherige, und wir kreisten noch schneller, was der *Kummer* schwer zu schaffen machte. Das Deck bäumte sich unter meinen Füßen auf, und der Mast begann sich zu verdrehen.

»Hilf mir, Taja«, flüsterte ich. »Halt das Schiff zusammen und sorg dafür, dass Delon nicht in meine Richtung schaut.«

Ich sank auf die Knie und entriegelte mit klammen Fingern das schwere Eisenschloss vor dem Abdeckgitter.

Der Rest war ein Kinderspiel. Sämtliche Besatzungsmitglieder der *Kummer* waren voll und ganz auf die drohende Katastrophe und den rotierenden Strudel konzentriert. Niemand hatte Augen für den Jungen, der durch den Frachtraum spazierte und die Käfige aufsperrte. Zudem übertönte das Brausen unserer wilden Kreiselbewegung die Reaktionen der Sklaven. Ein paar von ihnen starrten mich nur ungläubig an, doch die meisten wichen zu meiner Bestürzung erschrocken von den Türen zurück, als rechneten sie mit einer Hinterlist. Ich schrie sie an, dass sie herauskommen sollten, aber ich bezweifle, dass irgendwer von ihnen meine Sprache verstand – falls sie mich bei dem tosenden Lärm überhaupt hören konnten.

Schwieriger wurde es auf dem Ruderdeck, wo die Sklaven mit Ketten an die Bänke gefesselt waren. Die Besatzung hatte nicht nur die Segel, sondern auch die Ruder eingeholt, da sie bei den scharfen Wenden hinderlich gewesen wären, die die *Kummer* machen musste, um nicht zu kentern. Die Sklaven hatten sie jedoch auf ihren Plätzen zurückgelassen. Während der Monate, die ich als

»Gast« auf dem wunderschönen Ruderdeck der *Kummer* hatte verbringen dürfen, habe ich meine Bank erst ganz zum Schluss verlassen: als sie mich holten, um mich zu verhören, auszupeitschen und zu gaeschen.

In dem schmalen Gang, der zum Ruderdeck führte, war es so kalt, dass ich zitterte. Die schwere Eisentür quietschte, als ich sie aufstieß. Im trüben Licht sah ich, wie sich die Sklaven an ihren Riemen festklammerten. Sie hatten keine Ahnung, welches Grauen sie erwartete – nur die Gewissheit, dass es schrecklich werden würde.

Da sah ich Magoq, den Galeerenmeister, der jeden Ruderer, den die Kräfte verließen, stets genüsslich ausgepeitscht und misshandelt hatte. Zu meiner Überraschung lag er zitternd in einer Ecke und weinte wie ein Säugling.

Eigentlich hatte ich fest vorgehabt, ihn zu töten, doch ich brachte es nicht übers Herz, einen Mann umzubringen, der seine Knie umschlungen hielt und sich vor Angst fast in die Hose machte. Also ignorierte ich Magoq und kettete die Männer von ihren Bänken los. Draußen heulte ein Sturm, aber vielleicht war es angesichts unserer hohen Geschwindigkeit auch nur der Fahrtwind – oder beides. Die enormen Fliehkräfte zerrten an mir, auch die Männer konnten sich kaum von ihren Bänken erheben. Einige rutschten in den Ausscheidungen aus, die sich während ihrer monatelangen Gefangenschaft im Schiffsrumpf angesammelt hatten. Wir sprachen nicht miteinander. Es wäre ohnehin sinnlos gewesen, da uns der brüllende Wind die Worte von den Lippen gerissen hätte, bevor irgendwer sie hören konnte.

Während ich die letzten Männer befreite, fiel mir auf, dass die Kälte, die ich spürte, weder von der Angst noch vom Sturm herrührte. Nervös griff ich nach dem Schellenstein und hatte das Gefühl, einen Eisbrocken zu berühren, als mich einer der befreiten Sklaven mit einer Geste vor dem Entersäbel warnte, den Delon nach mir schwang. Ich konnte gerade noch ausweichen.

Er schrie mich an, aber ich verstand ihn nicht. Allerdings war kaum zu übersehen, dass er wütend auf mich war.

Als er ein weiteres Mal nach mir schlug, ging ein heftiger Ruck durch das Schiff. Das gesamte Deck verdunkelte sich, und etwas Riesiges glitt an den Ruderluken vorbei. Delons Säbel verfehlte mich um ein ganzes Stück und grub sich in eine der Holzbänke. Polternde Schritte ertönten, und ich glaubte, auch Schreie zu hören.

Als die Luken wieder frei waren und ein schmaler Lichtstrahl hereinfiel, sah ich, wie einer der Ruderer Delon mit seiner Kette würgte.

Es ist schon seltsam. Vom ständigen Sitzen bekommen Galeerensklaven zwar mit der Zeit ganz dünne Beine, aber die beim Rudern erworbene Kraft in ihren Oberkörpern darf man auf keinen Fall unterschätzen. Kaum einer der »festen« Sklaven an Bord der *Kummer* hatte etwas für Delon übrig. Sie hassten ihn sogar noch mehr als Magoq.

Da mir klar war, dass ein Tentakel die Ruderluken bedeckt hatte, wusste ich, dass wir in ernsthaften Schwierigkeiten steckten. Und so wartete ich nicht länger ab, um zu sehen, was die Sklaven mit Delon anstellten, sondern rannte zurück aufs Oberdeck.

Als Erstes fiel mir auf, dass die Fangarme, die sich um die *Kummer* geschlungen hatten, keine Saugnäpfe besaßen. Keinen einzigen. Dafür hatten sie Zähne. Gefährlich aussehende, gebogene Stacheln aus Knochen, Chitin oder einem anderen rasiermesserscharfen Material, das Holz ebenso leicht durchtrennte wie Axtklingen aus Khorechalit.

Dieses Detail erwähne ich nur, da die Tentakeln, die sich um die Hülle und den Mast wanden, der Stabilität des Schiffes ebenso abträglich waren wie Axthiebe.

Unter günstigeren Umständen wären die Matrosen gewiss mit Schwertern und Harpunen auf die Fangarme losgegangen, doch stattdessen krallten sie sich an der Reling fest und wimmerten voller Inbrunst. Das Schiff kippte bedrohlich zur Seite. Ich blickte hoch, weil ich vermutete, dass wir uns mittlerweile einem besonders tückischen Fangzahn näherten.

Falsch: Dies war der Rachen.

Das Schiff war so stark geneigt, dass der Himmel über uns zur Hälfte aus einem rotierenden Strudel bestand. Er war eine Meile breit und reichte unermesslich tief hinab, wahrscheinlich bis in die Hölle.

»O Taja«, flüsterte ich.

Wir machten viel zu viel Fahrt, das Schiff neigte sich so weit zur Seite, dass ich glaubte, wir würden jeden Moment das Gleichgewicht verlieren und schreiend in die Tiefe stürzen. Der Wind zerrte an mir, als wollte er mich persönlich in den Abgrund schleudern.

Ich hangelte mich von einem Tau zum nächsten und zog mich hinauf an Deck, wo Teraeth auf dem Steuerrad balancierte. Mit einem Fuß stand er auf der Steuersäule, mit dem anderen bewegte er das Rad. Eine Hand hielt er in die Luft gereckt und zählte etwas an den Fingern ab. Der Wind und der Strudel schienen ihm nicht mehr auszumachen als einem Fisch das Wasser.

Teraeth ging mir auf die Nerven.

»Ich weiß nicht, ob es dir aufgefallen ist«, rief ich über den Lärm hinweg, »aber wir haben hinten am Schiff eine Krake hängen!«

Er nickte. »Sie fährt bei uns mit. Sie weiß, dass der Strudel sie zerfetzen würde, und denkt, sie hat nur eine Chance, wenn sie sich an uns festhält.«

»Sie weiß? Sie *denkt?*«

»Klar. Sie ist die Tochter einer Göttin!«

»Das hatte ich ganz verdrängt.« Ich sah mich um. Kapitän Juval presste sich an die Wand des Niedergangs, der zu den Mannschaftsunterkünften führte. Er sah aus, als betete er. »Werden wir es schaffen?«

»Drei«, rief Teraeth und streckte den nächsten Finger in die Höhe.

»Irgendwas müssen wir doch tun können! Aber wenn wir aus diesem Strudel rauskommen, reißt uns die Krake in Stücke.«

»Sing!«

»*Wie bitte?*«, schrie ich zurück.

»Der Auktionator sagte, du wärst ausgebildeter Musiker«, rief Teraeth. »Also *singe*. Singe, als ob dein Leben davon abhängt.«

»Und was soll das *bringen?*«

»Vier!« Teraeth streckte einen weiteren Finger hoch.

Das Schiff fuhr nun noch schneller als zuvor im Kreis und hatte sich dem oberen Rand des Strudels wieder ein Stück angenähert. Über kurz oder lang würde er uns ausspucken. Was weit beruhigender gewesen wäre, wenn ich nicht gewusst hätte, dass im Norden die felsigen Untiefen der Wellenwüste auf uns warteten. Verließen wir den Strudel nicht genau im richtigen Winkel, würden sie Kleinholz aus uns machen.

»*Wieso* soll ich singen?«

»Um den Alten Mann aufzuwecken.«

»Ich dachte, das wäre *schlecht*.«

»Vielleicht gefällt ihm dein Gesang. Jetzt fang endlich an!«

»Niemand kann mich hören! Ich schreie, so laut ich kann, und höre mich selbst kaum!«

»Keine Sorge, er wird dich hören. Los, *sing!*« Teraeth spreizte den letzten Finger. »*Fünf!*«

Im ZERRISSENEN SCHLEIER hatte ich schon unter den sonderbarsten Umständen gesungen, aber immer nur, um von irgendwelchen allzu lasziven Geschehnissen abzulenken. Nie im Angesicht eines schrecklichen Todes. Der Schellenstein an meinem Hals war glühend heiß.

Ich stimmte das erste Lied an, das mir in den Sinn kam, weil es eines der letzten war, die ich öffentlich vorgetragen hatte. Ohne die Begleitung der Harfe Valathea klang mein Gesang reichlich seltsam, fand ich.

Von vier starken Brüdern
Handelt dieser Reigen
Rot, Gelb, Violett und Indigo
Einst war ihnen alles Land
Und das Meer zu eigen
Rot, Gelb, Violett und Indigo …

»Perfekt!«, brüllte Teraeth. »Mach weiter! Sechs. *Jetzt!*«

Als würde er Teraeths Befehl gehorchen, schleuderte der Schlund in diesem Moment die *Kummer* weit von der Öffnung des Rachens fort. In meinem ganzen Leben hatte ich noch keinen so weiten und schwindelerregend schnellen Satz gemacht. Als wir mit rasender Geschwindigkeit den Schlund hinter uns ließen, hörte ich die Matrosen schreien, weil sich die Krake nun wieder bewegte.

Dann sahen sie die Schleier
Einer wunderschönen Maid
Rot, Gelb, Violett und Indigo
Und ein jeder sagte gleich
Er hätt' sie zuerst gefreit
Rot, Gelb, Violett und Indigo …

Zwar rasten wir um Haaresbreite an den Klippen der Wellenwüste vorbei, doch leider hielten wir gleich darauf geradewegs auf eine kleine Felsinsel zu, die groß und hart genug aussah, um uns ebenso zu zerschmettern.

Da schlug die Insel die Augen auf.

Der Anblick verschlug mir den Atem.

»Sing gefälligst weiter!«, zischte Teraeth wütend.

Ich schluckte den Kloß in meinem Hals hinunter und setzte zur nächsten Strophe an.

Lasst sie ziehen
Schrien sie sich an
Rot, Gelb, Violett und Indigo
Und ein jeder schrie zurück:
Ich allein bin ihr Mann
Rot, Gelb, Violett und Indigo …

Juval kletterte zu uns herauf. »Bei den Göttern«, keuchte er. »Was habt ihr …? Dieses … Wir müssen umkehren.«

»Geht nicht«, sagte Teraeth. »Wenn wir zu fliehen versuchen, wecken wir nur seinen Jagdinstinkt. Der Alte Mann hetzt seine Beute gern.«

Während ich sang, entfaltete sich die Insel und schüttelte allen Dreck ab, der sich in all den Jahren Schlaf auf ihr angesammelt hatte. Der lange, schlangenähnliche Kopf zuckte hin und her. Darunter türmte sich ein Berg aus Muskeln, Sehnen und matt gefleckten Schuppen auf. Die ausgebreiteten Flügel verdunkelten beinahe den gesamten Himmel.

»Ich versuche mein Glück lieber mit der Krake!«, kreischte Juval. »Gegen die können wir kämpfen. Aber das, worauf du uns da zusteuerst, ist ein gottverdammter *Drache!*«

Und so war es.

Er war kohlrabenschwarz. Zwischen seinen Schuppen glühte und pulsierte es, als könnte sein Körperpanzer das flammende Inferno darunter nur mit Mühe im Zaum halten.

Seine Augen brannten heißer als alle Schmiedeöfen der Welt.

Keine Geschichte, die ich je über einen Drachen gehört hatte – wie groß, grimmig, tödlich und furchterregend sie doch seien –, wurde der entsetzlichen Wahrheit gerecht. Dieses Geschöpf konnte eine ganze Armee vernichten. Ein einzelner Dummkopf auf einem Pferd und mit einem Speer in der Hand hatte nicht den Hauch einer Chance gegen dieses Ding.

Also hissten sie die Fahnen
Und kämpften in ihrer Wut
Rot, Gelb, Violett und Indigo
Der Krieg war schrecklich
Die Erde getränkt mit Blut
Rot, Gelb, Violett und Indigo
Und als er vorüber war
Weinten alle Frauen
Rot, Gelb, Violett und Indigo …

»Keinen Schritt weiter, Kapitän, oder du wirst nicht mehr miterleben, ob wir es schaffen.« Teraeths Stimme klang ruhig und sanft und gleichzeitig bedrohlich.

Ich sah mich nicht zu ihnen um. Was hätte ich auch tun können? Ich musste ja singen. Ich hörte, wie die beiden hinter mir stritten, und dahinter das Geschrei der Seeleute, die mit der Krake kämpften. Es war eine einzige Kakophonie, und ich fragte mich, wie der Drache etwas aus diesem Lärm heraushören sollte.

Der Drache öffnete sein Maul. Zuerst vernahm ich nichts, dann überrollte mich Donner. Die Wasseroberfläche schlug Wellen, und auf den Inseln ringsum brachen ganze Felsblöcke ab. Der Rumpf der *Kummer* vibrierte, und die Wolken jagten über den Himmel, als versuchten sie, dem Ungeheuer zu entkommen. Dampfschwaden quollen aus seinem Maul, gelb, schwefelig und dichter als Rauch. Der Drache hielt den Blick fest auf die *Kummer* gerichtet, die unverändert in seine Richtung raste, und ich wurde den schrecklichen Verdacht nicht los, dass er *mich* anstarrte.

Die Schreie hinter mir wurden immer lauter. »Bei den Göttern! Sie ist auf dem Schiff!«, rief jemand.

Nur wegen des Drachen sah ich nicht hin. Er hatte mich komplett in seinen Bann geschlagen. Von so einem Wesen kann man den Blick nicht abwenden. Entweder verschwindet es von allein wieder, oder man ist tot.

Im Gegensatz zu mir riskierte Teraeth einen Blick, was Juval für den geeigneten Moment zum Angriff hielt. Ich habe keine Ahnung, was sich der Kapitän dabei dachte.

Vermutlich war er in blinder Panik.

Ich hörte ein Rangeln und ein Stöhnen, gefolgt vom feuchten Schaben einer Klinge. Im nächsten Moment vernahm ich das genauso charakteristische wie unvergessliche Geräusch von Blut, das aus einer durchtrennten Kehle sprudelt.

»Idiot«, murmelte Teraeth.

Dann kam die schöne Maid
Und sah den Schrecken
Rot, Gelb, Violett und Indigo
Sie sagte: Keinen von euch will ich haben!
Ihr seid meiner Liebe nicht wert, ihr Gecken
Rot, Gelb, Violett und Indigo …

Das Gebrüll des Drachen veränderte sich. Ich spürte seine Stimme auf meiner Haut, hörte ihr Echo in meinem Schädel und fühlte die Vibrationen bis in meine Knochen. Es war ein Schock und pure Ekstase zugleich.

Er sang.

Der Drache sang mit mir.

Sie schwang sich hinauf ans Firmament
Wo man sie bis heute verehrt
Rot, Gelb, Violett und Indigo …

Hinter mir erklang noch mehr Geschrei – die Krake schleuderte die Männer quer übers Deck und versuchte, den Frachtraum aufzureißen. Es krachte, als würde ein Riese Baumstämme zu Feuerholz zerbrechen.

Und in einer klaren Nacht
Sieht man ihre Schleier wehen …

»Thaena!«, rief Teraeth und rammte mich um, einen Wimpernschlag bevor der Mast genau auf die Stelle stürzte, an der ich eben noch gestanden hatte.

Da mir niemand beigebracht hatte, wie man ohne Luft in der Lunge singt, hörte ich einfach auf.

Dem Drachen gefiel das ganz und gar nicht.

Wütend schwang er sich in die Luft und brüllte ohrenbetäubend, während er seine Flügel vor der sengenden Sonne ausbreitete. Die gigantische Kreatur überwand die Distanz zum Schiff in weniger als drei Sekunden. Ich hatte seine Größe unterschätzt. Möglicherweise hätte er in die Große Arena der Hauptstadt gepasst, aber nur wenn er alle Gliedmaßen einzog und sich zusammenrollte wie ein Hauskätzchen.

Der Schatten des Alten Mannes strich wie ein Seidenmantel über das Schiff. Es roch nach Schwefel und Asche, der heiße Gestank eines Schmelzofens. Im Flug streckte er beiläufig eine Klaue aus und packte die Krake, die sich immer noch an der *Kummer* festklammerte. Als er sie anhob, brachen ganze Planken aus dem Deck. Dann schleuderte er die Tochter Laakas wie ein Wollknäuel in die Höhe und hüllte sie in einen Atemstoß aus glühend heißer Asche.*

* Laut Augenzeugenberichten vom Ausbruch des Vulkans Daynis im südlichen Khorvesch forderte nicht die Lava die meisten Todesopfer, auch nicht die senkrecht aus dem Krater schießenden Felsblöcke, sondern eine Walze aus heißen Gasen und Schutt, die sich wie Wasser hangabwärts ergoss und auf ihrem Weg ganze Dörfer und Städte verschlang.

Jeder hat schon mal Geschichten über Feuer speiende Drachen gehört, aber glaub mir: Die Wahrheit ist schlimmer.

Das ist kein Feuer, wie man es aus einer Küche oder einem Schmelzofen kennt, nicht das, was man bekommt, wenn man zwei Stöcke aneinanderreibt, ja noch nicht einmal die magische Flamme, wie Zauberer sie beschwören. Dieses Feuer ist wie die gesamte Asche einer Esse, von eintausend Essen, die bis zur Weißglut aufgeheizt und mit der Kraft eines Taifuns hinausgeblasen wird. Die Hitze bringt alles zum Schmelzen, die Asche scheuert die Überreste blank, und die Glutwolke verbrennt die gesamte Atemluft.

Die Krake hatte nicht die geringste Chance.

Der Drache fing den verkohlten Klumpen Fleisch auf, bevor er ins Meer zurückfallen konnte, und verschlang ihn.

Dann wendete er und kam zurück, um sich um uns zu kümmern.

Teraeth stand auf, ich ebenso. Das Schiff neigte sich erneut abenteuerlich zur Seite, und was noch schlimmer war: Khaemezra und Tyentso erschienen an Deck. Ich glaubte nicht, dass die beiden Magierinnen aufgetaucht wären, wenn sie die Lage nicht für sehr ernst gehalten hätten. Offenbar erschien es ihnen wichtiger, sich mit dem Drachen auseinanderzusetzen, als die *Kummer* über Wasser zu halten.

»Bei den Göttern«, stammelte ich. »Jetzt kommt sicher Relos Var.«

»Bis zur Insel ist es nicht mehr weit. Wenn wir sie erreichen, sind wir in Sicherheit. Sie ist Thaena geweiht. Er wird es nicht wagen, sich an einem ihrer Machtsitze zu zeigen.«

»Hilft es, wenn ich noch mal singe?«

»Wahrscheinlich nicht. Wir können nur hoffen, dass du ihm gute Laune gemacht hast.«

»Was passiert, wenn er gute Laune hat?«

»Dann fliegt er weg.«

»Und wenn er schlecht gelaunt ist?«

»In dem Fall zerbläst er uns zu Asche, weil wir ihn bei seinem Nickerchen gestört haben.«

Ich sah mich um. »Wenn er uns zerstören will, dann sollte er sich besser beeilen. Das Schiff geht bereits unter.« Wo die Krake gehangen hatte, klafften lange Risse im Rumpf, durch die Wasser ins Schiffsinnere drang.

Teraeth riss den Blick von dem heranfliegenden Drachen los und betrachtete all die Stellen, an denen die *Kummer* mit Wasser volllief. »Nicht gut.«

»Ich will ihn haben.«

Die Stimme des Drachen war laut und dröhnend, aber sie klang nicht wie die eines Tiers. Statt des schlangenartigen Zischens, das ich erwartet hatte, vernahm ich ein urtümliches Poltern und Knirschen, das Sprache nachahmte.

»Wenn ihr ihn mir gebt, rette ich euer Gefährt.«

»Ja, aber wirst du mich auch jeden Tag füttern und gut auf mich aufpassen?«, flüsterte ich.

»Er mag dich«, erklärte Teraeth. »Das ist gut.«

»Ja, ich fühle mich richtig geliebt.« Mein Blick sprang zum Heck des Schiffs. »Bei Taja, ich hoffe, diese Leute können schwimmen.« Ich musste mich ein Stück nach hinten lehnen, um nicht das Gleichgewicht zu verlieren.

Juvals Leiche schlitterte langsam über die Planken. Tyentso geriet ebenfalls ins Rutschen. Teraeth packte sie am Arm und zog sie an sich. Sie warf ihm einen sonderbaren Blick zu, protestierte aber nicht.

»Du kannst ihn nicht haben«, sagte Khaemezra. »Er ist wichtig für mich.« Ich starrte erst sie an und dann wieder den Drachen. Ihre Stimme …

»Ich werde ihm nicht wehtun, Mutter.«

»Ich habe nein gesagt.«

»Mutter?«, fragte ich Teraeth leise.

Die Mundwinkel des Meuchelmörders zuckten. »Jeder nennt sie so.«

Ich schüttelte den Kopf. Der Alte Mann hatte das nicht nur einfach so dahingesagt. Nicht angesichts dieser Stimme. Eine Stimme wie Khaemezras hatte ich noch nie gehört – außer aus dem Maul des Drachen.

»Gib ihn mir, sonst …«

Doch das Geplänkel dauerte schon zu lange. Die *Kummer* hatte während unserer Flucht schwer gelitten. Ein zweites, viel lauteres Krachen ertönte, als das Schiff in der Mitte splitterte und entzweibrach. Die untere Hälfte versank sofort, die obere prallte klatschend auf die Wellen. Als das Deck unter mir wegfiel, war ich einen Moment lang schwerelos.

Dann schlug das Wasser über mir zusammen. Alle Geräusche verstummten und kehrten gleich darauf als dumpfes Dröhnen zurück. Das Schiff glitt in die Tiefe und erzeugte einen Sog, der mich unbarmherzig mitriss. Ganz gleich, wie sehr ich mich abmühte, zurück an die Oberfläche zu schwimmen, das Licht über mir wurde immer schwächer und verschwand schließlich ganz.

Das Wasser war wärmer, als ich gedacht hatte, aber vielleicht lag das auch nur an der Hitze, die der Stein an meinem Hals abstrahlte.

Gigantische Klauen pflügten durchs Wasser, bildeten einen Käfig um meinen Körper und rissen mich nach oben. Das Letzte, woran ich mich erinnere, war ein durchdringender Geruch nach Blitzen und Meerwasser, dann das riesige Auge eines schwarzen Drachen, an dessen Schuppen tropfender Seetang hing. Am deutlichsten ist mir im Gedächtnis, dass das Auge, das mich ansah, nicht gelb leuchtete, sondern blau oder grünlich.

Vielleicht hatte es aber auch gar keine eigene Farbe und spiegelte nur die Umgebung wider.

18

WAS JARITH ENTDECKTE

(Klaues Geschichte)

Ein Schwert aus rotem Metall schmückte das robuste schmiedeeiserne Tor zum Anwesen der Familie Milligreest. Der weitläufige, makellos grüne Rasen dahinter war von Exerzierplätzen, Stallungen und einer kreisrunden Reitbahn eingefasst. Auf den Beeten wuchsen ausschließlich niedrige Blumensorten, über die kein Wächter stolpern und hinter denen sich kein Eindringling verstecken konnte. Palmen säumten die Zufahrtsstraße, wie Soldaten in Habachtstellung. Das Haupthaus war ein überraschend schlichtes, dreistöckiges Gebäude mit einer rötlichen Fassade sowie Zinnen und Türmen an allen vier Ecken. Ohne richtige Fenster und mit nur einer einzigen massiven Vordertür erinnerte es eher an eine Festung als an einen Palast. Kihrin entdeckte sogar Schießscharten.

Seine Eskorte übergab ihn an eine weitere Gruppe Soldaten, die ihn zur Eingangstür brachte. Dort wurde er an den nächsten Trupp weitergereicht und in einen Brunnenhof voll blühender Orangenbäume geführt.

Sie wiesen ihn an zu warten und ließen ihn allein zurück.

Der Brunnenhof befand sich im Inneren des Gebäudes und konnte von allen drei Etagen aus eingesehen werden. Die Laubengänge im ersten und zweiten Stock waren mit Brüstungen gesichert, die im Erdgeschoss waren offen. Geflochtene Korbstühle und -tische in der Mitte des Hofs boten Gelegenheit zum Verweilen oder sich zu unterhalten. Neben der Eingangstür war die Mauer glatt und fensterlos, allerdings hatte sie irgendjemand vor langer Zeit mit einem aufwendigen Gemälde verziert.

Kihrin rieb sich die schweißnassen Hände an seiner bunten Hose ab und betrachtete das epische Schlachtenbild. Es zeigte quurische Soldaten in Rüstung im Kampf gegen die manolischen Vané, die sich mit Pfeilen und Magie zur Wehr setzten. Es dauerte einen Moment, bis Kihrin begriff, dass die Quurer am Verlieren waren. Wobei »Verlieren« noch milde ausgedrückt war.

Tatsächlich wurden sie regelrecht niedergemetzelt.

»*Kandors Fluch*«, sagte eine junge Frau. »Gemalt von der großen Meisterin Felicia Nacinte,* im Auftrag von Laris Milligreest dem Vierten. Ist es nicht wunderschön?«

Kihrin sah sich um, schließlich blickte er nach oben. Ein Mädchen in seinem Alter stand an der Balustrade im ersten Stock und musterte ihn.

Sie war gekleidet wie ein Stallbursche: schmutzige, ockerfarbene Kefhose, dazu eine kurze, eng geschnürte Leinenweste, die vermutlich einmal weiß gewesen war, bevor sie sich damit im Dreck gewälzt hatte. Ihr langes schwarzes Haar war zu zwei Zöpfen geflochten und von goldenen Bändern umwickelt, die etwas heller waren als ihre tiefen, braunen Augen. Ihr Gesicht war verschmiert und trotz des blauen Flecks, der sich gerade auf der einen Wange bildete, hübsch. Kihrins halbprofessioneller Blick sagte

* Felicia Nacintes Meisterwerk *Die Notzucht von Thoris* ist mittlerweile leider zerstört, doch ein paar ihrer anderen Gemälde, insbesondere *Die Niederlage der Morgagen*, *Liebeswerben um die Tochter des Herzogs* und *Eine Rose für Thaena* sind im Herzogspalast in Khorvesch ausgestellt. Wer die Gelegenheit dazu bekommt, sollte sie sich meiner Meinung nach unbedingt ansehen.

ihm, dass ihre Schönheit gerade erst im Erblühen war. In ein paar Jahren würde sie die Männer genauso geschickt an der Nase herumführen und um den Finger wickeln, wie sie vermutlich bereits jetzt mit dem Krummschwert an ihrem Gürtel umgehen konnte.

»Sehr beeindruckend«, erwiderte er. »Wenn man Schlachtenbilder mag.«

»Sie sind die besten! Aber das hier ist nicht nur irgendeine Schlacht, sondern das wichtigste Ereignis in der Geschichte meiner Familie. Wusstest du, dass wir direkt von Kaiser Atrin Kandor abstammen?«

Er betrachtete das Bild. Kandor war darauf zu erkennen – oder zumindest jemand in einer dicken Rüstung und mit einer Krone auf dem Haupt. In seiner Brust steckte ein schwarzer Pfeil, sein großes, schimmerndes Schwert fiel ihm soeben aus der Hand: Urthaenriel, der Untergang der Könige.

»Nein, wusste ich nicht.« Kihrin blickte wieder nach oben. »Hat er nicht den Großteil der Bevölkerung von Khorvesch in den Tod geschickt?«

»Das ist lange her.« Sie beugte sich über die Balustrade. »Weiß dein Vater, dass du wie ein Straßensänger herumläufst?«

»O ja, das weiß er. Weiß deine Mutter, dass sie dir besser keine Zöpfe machen sollte? Die Leute könnten dich für ein Mädchen halten.«

Sie lachte. »Du bist mutiger, als ich gedacht hätte. Ich hätte dich eher für den Typ gehalten, der gleich in Ohnmacht fällt. Komm mit mir auf den Übungsplatz, dann zeige ich dir, wie mädchenhaft ich bin. Ich wette, ich ziehe dir die Hosen aus.«

Kihrin war zwar kaum nach Flirten zumute, aber er konnte sich die Erwiderung einfach nicht verkneifen. »Vorsicht, es könnte mir gefallen.«

Sie wurde rot, allerdings nicht vor Scham. Ihre schönen Augen blickten ihn immer noch amüsiert an. »Natürlich würde es dir gefallen, sonst würden wir was falsch machen, möchte ich meinen«, sagte sie nach kurzem Zögern, als wäre sie gerade erst dabei, die Kunst des Flirtens zu erlernen und hätte noch nicht alle einschlägigen Sätze auswendig gelernt. Schließlich seufzte sie. »Aber da wird wohl nichts draus. Vater wäre dagegen. Es gehört sich nicht.«

»So wie du herumläufst, bezweifle ich, dass du viel darauf gibst, was sich gehört.«

»Solltest du nicht üben, Eledore?«, fragte Hauptmann Jarith, der den Hof gerade durch einen Seiteneingang betreten hatte.

Die junge Frau verzog das Gesicht und stöhnte. »Ich habe nur …«

»Jetzt, Dory.«

»Ja, Jarith«, murmelte sie und verschwand. Im Gehen drehte sie sich noch einmal um und zwinkerte Kihrin zu.

Jarith schüttelte den Kopf. »Du hast Glück, dass ich dich gerettet habe. Wäre ich fünfzehn Minuten später gekommen, hätte sie dich schon zum Exerzierplatz geschleppt und in ein Schwertduell verwickelt, bei dem du nach jedem kassierten Treffer ein Kleidungsstück ablegen musst.«

Kihrin grinste. »In so einer Situation verliert man doch gerne.«

»Ja, aber ich bezweifle, dass der Oberste General besonders glücklich darüber wäre, einen Musikantensohn aus dem Unteren Zirkel mit seiner geliebten Tochter beim Schwertspiel zu erwischen. Das könnte ungesünder für dich enden als die Begegnung mit dem Dämonenprinzen.«

Kihrins Mund wurde so trocken wie die Korthaenische Öde. »Das war die Tochter des Obersten Generals?«

»Ganz genau. Also komm nicht auf dumme Gedanken. Noch muss ich die Freier nicht mit Waffengewalt vertreiben, aber ich bin sicher, der Tag ist nicht mehr weit. Wenn ich einmal heiraten sollte, dann eine Bürgerliche – ich will die Wutschreie all der adligen Mütter hören, die ständig wie Fischer ihre Angelruten nach mir auswerfen.«

Kihrin wurde heiß und kalt. »Ihr seid auch ein Milligreest?«

»Was glaubst du, wie ich so jung Hauptmann geworden bin? In der Hauptstadt unserer prächtigen Nation blüht immer noch die Vetternwirtschaft.« Seine Worte klangen überraschend bitter.

»Mist.« Kihrin schnitt eine Grimasse. »Da bin ich wohl ins Fettnäpfchen getreten, oder?«

»So tief, dass ich dir eine Schaufel reichen sollte.« Jarith lächelte. »Aber ich muss zugeben, dass sie wirklich wie ein Stalljunge angezogen war. Ich verstehe es als Kompliment, dass sie dir trotz all des Drecks gefallen hat. Immer noch besser als die Männer, die sie nur wegen der Beziehungen ihres Vaters wollen.« Hauptmann Jarith machte eine Geste, die das gesamte Anwesen einschloss. »Meine Familie befindet sich in einer merkwürdigen Lage. Wir zählen zwar nicht zum Hochadel, aber wir bekleiden so viele wichtige Ämter – im Rat, bei der Generalität und dergleichen –, dass wir ebenso gut dazugehören könnten. Wer Machtgelüste hat, versucht, sich mit uns gut zu stellen, obwohl wir anstrengende Khorvescher sind.«

Kihrin trat unbehaglich von einem Fuß auf den anderen.

»Ja?«, fragte Jarith.

»Wieso erzählt Ihr mir das?«

Jarith überlegte einen Moment. »Du hast dich wacker geschlagen gegen diesen Dämon. Außerdem war es mutig von dir, dass du mich gebeten hast, nach dem Sklavenmädchen zu suchen. Ich glaube, ich möchte einfach nicht, dass du allzu schlecht über uns denkst.«

»Warum sollte ich?« Kihrin schwieg einen Moment. »Habt Ihr etwas über Moreas Schwester Talea herausgefunden?«

»Es tut mir sehr leid.«

Kihrin biss die Zähne zusammen und blickte zur Seite. »Ist sie tot?«

»So gut wie. Sie wurde an einen Mann verkauft, der leidenschaftlich gern foltert. Seine Sklaven erwartet ein übles Schicksal.«

»Ich könnte sie kaufen.«

»Dafür hast du nicht genug Geld.«

»Das wisst Ihr doch gar nicht.« Kihrin verschränkte die Arme vor der Brust und verkniff es sich, dem Hauptmann zu erklären, womit er seine Abende verbrachte.

Jarith seufzte. »Doch, ich weiß es. Weil es keine Rolle spielt, wie viel Geld du hast. Es würde nicht reichen. Selbst wenn du ein Prinz aus hohem Hause wärst, würde es dir nichts nützen. Darzin D'Mon würde dich zu sich nach Hause einladen und dir anbieten, sie dir zu geben, nur um sie dann vor deinen Augen zu Tode zu foltern, weil er dabei den Ausdruck auf deinem Gesicht sehen möchte. Er liebt es, andere zu brechen. Es ist mir peinlich, dass in seinen Adern das gleiche Blut fließt wie in meinen.«

»Was meint Ihr damit?«

»Er ist mein Vetter.« Jarith Milligreest schüttelte den Kopf. »Wir sind eine stolze Familie, und unsere Geschichte …« Er deutete auf das Wandgemälde. »Wir leben und sterben im Dienst für das Kaiserreich. Darzin besudelt unsere Familienehre, aber wenigstens trägt er nicht den Namen Milligreest. Leider kann ich ihn nicht dazu zwingen, eine Sklavin freizulassen, die er rechtmäßig erworben hat. Wenn er will, darf er sie ganz legal töten.«

»Das ist nicht gerecht. Er kann sie einfach umbringen, und Ihr könnt nichts dagegen tun?«

»Rechtlich gesehen ist sie keine Person, daher wäre es auch kein Mord.« Jarith schüttelte den Kopf. »Es tut mir leid. Hätte ein anderer sie gekauft, könnte ich im Namen meines Vaters Druck auf ihn ausüben. Doch wenn ich Darzin nach ihr frage, wäre das ihr sicherer Tod. Er liebt mich genauso sehr wie ich ihn und würde es ohne Zögern tun, nur um mir eins auszuwischen.«

Kihrin schloss die Augen. Er ballte die Fäuste und versuchte, die Galle und den Hass zurückzudrängen, die in ihm aufstiegen. Schließlich hob er den Blick noch einmal zu dem Wandgemälde, sah die quurischen Soldaten, ihre gekrümmten Leiber, die wie Figuren in einem Spiel gefallen waren, das sie nicht verstanden und an dem sie vermutlich nicht freiwillig teilgenommen hatten. Gerettet hatte sie das allerdings nicht.

Jarith legte ihm eine Hand auf die Schulter. »Komm mit. Wir haben hier eine angenehme Bibliothek und einen guten, steifen Ingwerbranntwein. Ich glaube, nach dem heutigen Tag könntest du den gut gebrauchen. Dort kannst du warten, bis mein Vater Zeit für dich hat.«

Kihrin nickte und ließ sich von Jarith in das Gebäude führen.

19

EIN TRAUM VON EINER GÖTTIN

(Kihrins Geschichte)

Als ich aufwachte, war ich allein. Ich lag auf einer Schilfmatte in einer Höhle, von den Wänden tropfte geräuschvoll das Wasser.

Moment, nein.

Da bin ich ein bisschen zu weit vorgeprescht. Ich sollte dir erst von meinem Traum erzählen. Obwohl ich glaube, dass es gar keiner war, denn seit ich gegaescht wurde, träume ich nicht mehr. Wenn ich die Augen schließe, sind meine Nächte schwarz und leer, bis ich am nächsten Morgen wieder wach werde.

Also kann das kein Traum gewesen sein. Nicht im eigentlichen Sinn.

Doch in der Zeit zwischen dem Beinahe-Ertrinken und dem Wieder-Aufwachen erlebte ich so etwas wie einen Traum.

Eine Halluzination war es ganz sicher nicht.

Ich hörte ein Dröhnen, das im Rhythmus meines wild schlagenden Herzens zunahm und wieder verklang. Einen Moment lang dachte ich, es sei tatsächlich mein Herzschlag, und lächelte. Denn das bedeutete, dass ich noch am Leben war.

Glaub mir: herauszufinden, dass man noch lebt, obwohl man

eigentlich mausetot sein müsste, ist stets eine erhebende Erfahrung.

Dann fiel mir der Drache wieder ein. Ich öffnete die Augen, spuckte Sand und Wasser und sah mich um. Ich lag mit dem Gesicht nach unten an einem Strand. Hinter mir brandeten ohrenbetäubend laute Brecher ans Ufer. Der Sand unter meinen Fingerspitzen war eigenartig schwarz und glitzerte wie gemahlener Onyx. Vor der Küste lag Nebel, aus dem Wasser ragten Felsen. An der anderen Seite des Strands breitete sich undurchdringlicher grüner Dschungel aus. In der Ferne stieg er an und bedeckte die Hänge eines Bergs, dessen Gipfel in dichte Wolken gehüllt war.

Außer mir schien niemand hier zu sein. Erst auf den zweiten Blick erkannte ich ein Mädchen, das durch die schäumende Brandung watete.

Sie schien nicht älter als sechs. Sie bückte sich und begutachtete die Steine auf dem Grund. Der Stoff ihres hochgerafften marakorischen Unterkleids tauchte ins Wasser, ihre üppigen silbernen Locken glitzerten im Sonnenlicht.

»Hallo?« Ich versuchte aufzustehen, was mir zu meiner Freude auch gelang.

Ich konnte mich nicht erinnern, sie auf dem Schiff gesehen zu haben. Sie wirkte wie ein Mensch. Na ja, nicht ganz. Ihre metallisch glänzenden Haare deuteten auf eine andere Abstammung hin.

Während ich auf sie zuging, fiel mir etwas auf: Das Wasser zog sich vom Strand zurück, doch anstatt wieder hinzuströmen, entfernte es sich immer weiter. Der gesamte Ozean schien beschlossen zu haben, so viel Abstand wie möglich zwischen sich und die Insel zu bringen. Das kleine Mädchen jauchzte beim Anblick der Muscheln und verwirrt zappelnden Fische, die das abfließende Wasser in den kleinen Pfützen zurückließ.

»Da stimmt was nicht«, flüsterte ich. *Aber was?*

Ich dachte an all die Geschichten über das Meer, die mir Surdyeh erzählt hatte, während ich auf seinem Schoß saß. Geschichten von tödlichen Wellen … »Geh da weg!«

»Fischlein!« Das kleine Mädchen zeigte nach unten.

»*Nein!* Geh vom Wasser weg!« Ich rannte zu ihr. Wir waren zu nah am Meer, viel zu nah.

Als ich sie gerade auf die Arme hob, begann das Wasser, sich zu einem Wall aufzutürmen. Ich konnte nur tatenlos zusehen, wie er immer höher wurde – für etwas anderes war es bereits zu spät. Ich würde uns nicht mehr in Sicherheit bringen können, bevor die Flutwelle auf uns niederging.

Sie war riesig und musste sich aus dem schwarzen Wasser des dunkelsten und tiefsten Meeresgrabens gebildet haben. Schließlich war sie so weit angewachsen, dass sie die Sonne verdeckte und den Strand mit ihrem Schatten überzog. Ich schloss die Augen und drehte mich weg.

So stand ich da und merkte nach einer Weile, dass ich weder weggespült wurde noch ertrank.

Natürlich war ich dafür dankbar, das kannst du mir glauben – aber vor allem überrascht.

Als ich mich zu der Welle umdrehte, schwebte das Wasser völlig reglos in der Luft. Ohne weiter zu wachsen oder zu schrumpfen hing die Welle über dem Land, wie eine Katastrophe, die es sich im letzten Moment anders überlegt hatte und jetzt nicht recht zu wissen schien, wen sie statt uns ausmerzen sollte.

Das kleine Mädchen streckte der Welle die Zunge heraus und machte ein unhöfliches Geräusch.

»Alles in Ordnung?« Ich sah das Kind an und dann wieder die Wasserwand. »Warum bricht sie nicht?«

Das Mädchen schlang die Arme um meinen Hals und gab mir einen feuchten Kuss auf die Wange. Ein Duft nach Vanillekuchen mit Schlagsahne stieg mir in die Nase. »Tut sie doch, du Dummerchen! Nur so langsam, dass du es nicht sehen kannst. Sie bricht inzwischen schon gaaanz lange.« Das kleine Mädchen wand sich wie eine Katze, die abgesetzt werden will. Ich hatte sie kaum losgelassen, da lief sie zum nassen Sand zurück und betrachtete mit viel aaah und oooh einen orientierungslos wirkenden Seestern.

»Ich …« Ich schüttelte den Kopf. »Das verstehe ich nicht.«

»Schon gut. Für dich ist es lange her, du erinnerst dich nicht mehr. Etwas so Großes und Altes ist schwer zu erkennen. Die meisten können die Welle gar nicht sehen und werden sie erst bemerken, wenn sie über ihnen zusammenschlägt. Was schnell gehen wird, sehr schnell. Und dann« – sie warf mit Sand um sich – »wird alles weggespült.«

»Wann wird das passieren?«

»Dauert nicht mehr lange.« Sie bückte sich und hob eine Muschel auf. »Eine Spiralmuschel. Hübsch. Jede von ihnen ist einzigartig. Sie verdanken ihre Gestalt dem Zufall. Den Wellen, dem Sand, der Sonne und dem Wind.«

»Wer bist du noch mal?«

Das kleine Mädchen grinste. »Das weißt du bereits.«

Ich schluckte und blickte mich um. Der Tag war schön und angenehm kühl, da die Nebelwand vor der Küste die Hitze abhielt. In der Luft hing ein frischer Salzgeruch, wie er in den großen Häfen der Hauptstadt oder von Kishna-Farriga nie wahrzunehmen war. Über unseren Köpfen kreischten Möwen und schienen vor Aufregung über all die freigelegten Fische kaum Luft zu bekommen. Wenn ich nicht auf die vor uns aufragende Flutwelle achtete, wirkte alles ganz normal.

Ich biss die Zähne zusammen und drehte mich wieder zu dem Mädchen um. »Wieso?« Falls sie die war, für die ich sie hielt, musste ich nicht deutlicher werden. Meine Göttin würde mich auch so verstehen.

»Ist es nicht eigenartig, wie lang die Antworten gerade auf kurze Fragen sein können?«

»Gib mir einfach die Kurzfassung.«

»Es tobt ein Krieg. Schon sehr lange. Er ist grausam, und wir müssen ihn um jeden Preis gewinnen.«

»Ein Krieg? Gegen wen?« Ich hätte es mitbekommen, wenn Quur seit Langem in einen Krieg verwickelt gewesen wäre. »Du meinst doch nicht die Vané, oder?«

»Nein, ich spreche von den Dämonen.«

»Dämonen? Aber …« Ich blinzelte. »Die Götter haben diesen Krieg gewonnen. *Wir* haben diesen Krieg gewonnen. Das ist doch der Grund, warum sich die Dämonen unseren Befehlen beugen müssen, wenn wir sie beschwören.« Darüber zu reden, als wäre seither höchstens eine Generation vergangen, fühlte sich merkwürdig an. Falls der Krieg gegen die Dämonen tatsächlich stattgefunden hatte, lag er inzwischen so lange zurück, dass er nur noch in Mythen überliefert war.

Dann dachte ich an Xaltorath und an den Kaiser, dessen wichtigste Aufgabe darin bestand, Dämonen zu bannen beziehungsweise einzugreifen, sollte je einer von ihnen noch weitere von seiner Art herbeirufen und einen verheerenden Höllenmarsch anzetteln. Es hätte mich nicht gewundert, wenn die Marakorer und Jorater glaubten, wir befänden uns nach wie vor im Krieg mit den Dämonen.

Sie bedachte mich mit einem mitleidigen Blick. »Nein, wir haben ihn nicht gewonnen. Alle haben verloren. Der Krieg ging nie zu Ende, es kam nur zu einer Waffenruhe. Beide Seiten zogen sich zurück und leckten ihre Wunden, die so schwer waren, dass wir Jahrtausende brauchten, um uns davon zu erholen.« Sie seufzte. »Und jetzt geht bald wieder alles von vorn los, nur dass wir diesmal keinen Rückzugsort mehr haben.«

Ich verschränkte die Arme vor der Brust und blickte aufs Meer hinaus. »Und was habe ich damit zu tun?«

»Große Wogen beginnen als kleine Wellen, so wie Geröllawinen von einem einzigen Kieselstein ausgelöst werden.«

Ich schnappte nach Luft. »Dann bin ich … euer Kieselstein?«

»Ja, und du hast dich freiwillig gemeldet.«

Ich stand da und versuchte, mich zu erinnern, ob das stimmte. Hatte ich das getan? »Daran kann ich mich nicht entsinnen.«

»Natürlich nicht. Du warst damals noch nicht geboren.«

»Noch nicht geboren …?« Ich merkte, dass ich kurz davor war zu schreien. »Und was, wenn ich nicht euer ›Kieselstein‹ sein möchte? Du bist die Glücksgöttin. Hast du keine Diener, die dir das Abendessen bringen oder deine Feinde töten? Ich möchte nicht euer Held sein, diese Geschichten gehen nie gut aus. Der einfache Junge vom Land macht alles richtig, erschlägt das Monster und bekommt die Prinzessin, nur um dann herauszufinden, was für eine verwöhnte, hochnäsige Göre er geheiratet hat. Oder er ist dermaßen von seiner eigenen Herrlichkeit eingenommen, dass er die Steuern erhöht und goldene Statuen von sich errichten lässt, während sein Volk verhungert. Die Auserwählten verrotten – wie Kaiser Kandor – gespickt mit Vané-Pfeilen im manolischen Dschungel. Nein, vielen Dank.«

Das kleine Mädchen warf die Spiralmuschel über die Schulter. Sie zerschellte an einem Stein. »Dann geh doch.« Ihre Stimme klang schon seit einer ganzen Weile nicht mehr wie die eines Kindes.

Ich streckte die Arme aus, deutete auf den Strand, die Insel und das Meer. »Und wie soll ich das anstellen?«

»Sie schicken ein Schiff. Mit ihm könntest du dich davonstehlen.« Das kleine Mädchen lächelte. Ihre Augen sahen traurig aus. »Glaubst du etwa, ich würde dir nicht die Wahl lassen?«

»Bislang hast du es nicht getan.«

»Dann treffe *ich* also deine Entscheidungen? Habe ich dich gezwungen, die Sklaven auf der *Kummer* zu befreien? Wie interessant. Ich wusste gar nicht, dass ich so viel Macht über dich habe.« Sie bückte sich und hob eine weitere Muschel auf. »Glaube es oder glaub es nicht. Du kannst gehen, wann immer du willst. Kauf dir diese Taverne, betrink dich und vergnüge dich mit den Schankmädchen. Überlass alle anderen einfach ihrem Schicksal. Vielleicht kannst du dich ja vor deinen Feinden verstecken, wenn du deine Freunde im Stich lässt.«

Ich trat wütend nach einem Stein. »Das ist nicht fair!«

»Die Wahrheit ist selten fair.« Das kleine Mädchen kam zu mir herüber und sah mich mit ihren großen violetten Augen an. »Ich habe dich aus Sentimentalität ausgewählt, nicht weil du unersetzlich bist. Ich könnte auch jemand anderen finden. Du kannst gehen, wenn du möchtest. In Surdyehs Liedern würde es heißen, dass ich dir ein Geschenk mache, aber du nennst es einen Fluch. Ich sage dir jetzt etwas, das keiner von all den Möchtegernhelden je kapieren wird: Es ist immer beides. Glück und Pech. Freude und Schmerz. Sie sind deine ständigen Begleiter. Und das wird auch nicht besser, wenn du dich mir anschließt. Ein Held, dem nie etwas Schlechtes widerfährt, ist kein Held – sondern ein Sonntagskind.«

»Was soll das werden? Eine charakterbildende Maßnahme?«

»Was glaubst du denn, was das Leben sonst ist? Jeder hat seine Last zu tragen, ganz gleich, ob er mir folgt oder nicht.«

»Ach, ist das so? Mein Leben läuft doch erst so beschissen, seit ich mich von dir abgewendet habe.«

Sie schüttelte den Kopf. »Das kommt dir nur so vor. Sieh dich doch mal um. Bist du der gegaeschte Sexsklave eines notgeilen Händlers? Oder der kastrierte Musiker eines hohen Herrn aus Kishna-Farriga? Hast du nur eine Sekunde lang dem guten alten Relos Var gehört? Versklavt zu werden, war deine Rettung. Aber du bist so felsenfest davon überzeugt, verflucht zu sein, dass du nicht mal siehst, wie viel Glück du die ganze Zeit hattest.«

»Was ist mit Miya?«

»Die muss nicht gerettet werden.« Sie legte eine ihrer Hände in meine. Sie fühlte sich klein und warm an. »Egal was passiert und ganz gleich, welche Ketten du trägst, du entscheidest immer selbst, ob du frei bist. Kein anderer.«

»Entschuldige mal, das sieht mein Gaesch aber ganz anders.«

Sie verdrehte die Augen. »Dein Gaesch bedeutet gar nichts. Du kannst immer frei entscheiden. Selbst wenn du dich dazu entschließt zu sterben, indem du deinem Gaesch trotzt. In diesem Fall bleiben dir vielleicht nicht viele Optionen, aber du hast immer noch die freie Wahl.«

»Was willst du damit sagen? Dass ich aufhören soll zu jammern?«

Sie grinste. »Ja.«

»Ah. Na gut.« Ich ging in die Hocke und betrachtete die Muscheln, dann sah ich wieder die dunkle Welle an. »Kann ich das wirklich alles hinter mir lassen? Ein neues Leben beginnen?«

Sie drückte meine Hand. »Nein.«

»Aber du hast doch gerade gesagt …«

»Du kannst gehen, das war nicht gelogen. Du hast die Wahl, aber Entscheidungen bleiben selten ohne Konsequenzen. Nur weil du wegläufst, heißt das nicht, dass deine Feinde dich nicht verfolgen. Vielleicht glauben sie dir einfach nicht, dass du ihnen nicht mehr in die Quere kommen willst.«

»Warum habe ich überhaupt Feinde?«, begehrte ich auf. »Ich bin *sechzehn*. Faris ist der Einzige, den ich mir selbst zum Feind gemacht habe. Welches Recht haben die anderen, mich tot sehen zu wollen?«

Sie lächelte beinahe. Aber nur beinahe. »Merkst du selbst, was du mir gleich sagen wirst? Nämlich wie unfair das alles ist?«

»Ist es ja auch!«

»Gut. Dann sage ich Relos Var und all den anderen, dass sie dich in Frieden lassen sollen. Ich bin sicher, dass er auf mich hört. Wir sind schließlich gute Freunde.«

»Du bist eine Göttin.«

»Und er ist der Hohepriester des einzigen Wesens im Universum, das mich nachts schreiend aufwachen lässt. So gleicht sich alles aus.«

Ich hoffte, dass sie nur einen Scherz machte. Dass sie mich

gleich mit einem Lächeln und einem Funkeln in ihren violetten Augen ansehen und mir sagen würde, sie nähme mich nur auf den Arm. Aber sie tat es nicht. Ihr Blick wurde leer, die schelmische Freude, die eben noch darin gelegen hatte, wich der Dunkelheit – und einem gequälten Ausdruck, den ich an keiner Frau sehen wollte, die mir am Herzen lag. Der Schrecken, der in den Augen meiner Göttin stand, traf mich wie ein Tritt in die Magengrube.

Meine Göttin.

Wie auch immer.

Anscheinend hatte sie mir verziehen. Und ich ihr auch.

Ich hob ein paar Muscheln auf und drehte sie zwischen den Fingern hin und her. Eine ganze Weile lang sprach keiner von uns ein Wort.

»Ich möchte keine Spielfigur sein«, sagte ich schließlich.

»Gut. Das ist auch ein Krieg, kein Brettspiel.«

»Was willst du von mir?«

Langsam, beinahe zitternd stieß sie die Luft aus. »Diese Welt stirbt, Kihrin.«

»Stirbt? Was meinst du …?«

»Die Sonne sollte eigentlich gelb sein, aber das ist sie nicht. Der Himmel sollte blau sein, aber das ist er nicht. Ich bin alt genug, um mich daran zu erinnern, dass unsere Sonne nicht immer so aufgebläht und orange war. Und ich weiß noch, dass wir nicht immer Tyas Schleier gebraucht haben, um uns vor der Strahlung zu schützen.* Diese Welt stirbt. Wir haben getan, was wir konnten, um sie

* Welche Strahlung? Ich gäbe viel darum, wenn ich Taja fragen könnte, was genau sie damit meinte. Vorausgesetzt natürlich, diese Begegnung mit der Göttin war nicht nur ein Traum. (Wovon ich im Übrigen ausgehe.) Für ihre Behauptung spricht jedenfalls, dass in den Aufzeichnungen aus dem Zeitalter vor den Gottkönigen meines Wissens kein einziges Mal ein Himmelsphänomen erwähnt wird, das Tyas Schleier gleichen würde. Und in den Gedichten von damals werden die Sonne und der Himmel tatsächlich als »gelb« und »blau« beschrieben.

zu retten, aber wir haben keine Opfer mehr, die wir erbringen können. Schon bald wird der Tag kommen, an dem wir nichts mehr zu geben haben, und wenn es so weit ist, wird bald darauf das Ende folgen. Nicht als Feuersbrunst, sondern als lähmende Kälte und ewige Finsternis.« Sie erhob sich und musterte die hoch aufragende Welle. »Wenn wir so weitermachen wie bisher, werden wir verlieren. Wir zögern das Unvermeidliche nur hinaus, und am Ende verliert jeder diesen Krieg. Jeder.«

»Und du möchtest, dass ich daran etwas ändere?« Ich hörte, wie meine Stimme zu zittern begann.

»Du bist mein Joker, Kihrin. Die Trumpfkarte in meinem Ärmel. Ich vertraue darauf, dass du tun wirst, was du am besten kannst … Finde einen Ansatz, an den bislang noch niemand gedacht hat, breche durch eine Tür ein, die noch nicht verriegelt ist. Finde einen anderen Weg.«

Ich ließ mich in den nassen Sand sinken. »Ich weiß nicht, wie.«

Sie umarmte mich. »Ich bin sicher, dir wird etwas einfallen.«

Ich lachte verbittert. »Das ist ein gemeiner Trick, Taja. Wie soll ich ablehnen, wenn du solche Dinge zu mir sagst?«

»Stimmt, ich spiele nicht fair«, gab sie zu und wickelte eine silberne Locke um ihren Finger. »Du aber auch nicht.«

»Nicht an meinen guten Tagen, da hast du recht.« Ich deutete auf die Welle. »Und was machen wir damit?«

»Jetzt? Nichts. Das hier ist nur ein Traum, und die Welle lediglich eine Metapher.«

Sie schaute mich mit großen Augen an. »Früher oder später kommt alles zu Fall: Wellen, Kaiserreiche, ganze Völker und sogar die Götter.«

Die Welle begann sich zu bewegen.

»Taja!«, keuchte ich.

Das kleine Mädchen hielt mich fest umschlungen. »Mach dir keine Sorgen, Kihrin. Ich lasse dich nicht allein.«

Die Welle brach, und alles wurde dunkel.

20

VALATHEA

(Klaues Geschichte)

Am hinteren Ende der Milligreest-Bibliothek loderte ein Kaminfeuer. Die Nacht war alles andere als kühl und die Luft im Raum eher zum Backen als zum Atmen geeignet. Bevor Jarith ging, um den Obersten General zu suchen, versprach er Kihrin, einen Diener zu schicken, der das Feuer mit Asche abdecken würde.

Die Wände und die Decke der großen Bibliothek waren mit verschiedenfarbigen Holzpaneelen vertäfelt, die sich zu komplexen Mustern zusammenfügten. Die Bücher waren nicht nach Größe oder Farbe sortiert und sahen aus, als wären sie regelmäßig in Gebrauch. Kihrin nahm es mit widerwilligem Respekt zur Kenntnis – bei seinen Einbrüchen hatte er zu viele »Bibliotheken« gesehen, die allem Anschein nach lediglich dazu dienten, dass die Dienstmädchen etwas zum Abstauben hatten.

Bevor Kihrin sich etwas zu trinken einschenken oder nachsehen konnte, ob der Oberste General ein Faible für schmutzige morgagische Liebesromane hatte, musste er unbedingt das Feuer löschen. Er ging um einen dick gepolsterten Ledersessel herum, der vor dem Kamin stand. Obwohl Kihrin hohe Temperaturen im Allgemeinen so gut vertrug, dass es beinahe an Magie grenzte, fand er die Hitze hier schwer zu ertragen.

Als er nach dem Schürhaken griff, hörte er hinter sich ein Räuspern und errötete. Offensichtlich war noch jemand in der Bibliothek. Der Mann saß in dem Sessel, wo er vom Eingang aus nicht zu sehen gewesen war.

»Entschuldigt, mein Herr, ich habe Euch nicht …« Kihrin verstummte, als er erkannte, dass er weder den General noch ein anderes Mitglied der Milligreest-Familie vor sich hatte, sondern den Schönling. Er las in einem Buch.

»Verflucht!« Kihrin ließ den eisernen Schürhaken fallen und nahm die Beine in die Hand.

Doch die Tür ging auf, bevor er sie erreichte, und die massige Gestalt des Obersten Generals blockierte Kihrins einzigen Fluchtweg.

»Bitte, ich …« Er versuchte, sich an dem Mann vorbeizuschieben.

»Was ist denn hier los?«, fragte der General ungehalten.

»Ich habe keine Ahnung«, kommentierte die viel zu vertraute Stimme des Schönlings trocken vom anderen Ende des Raums. »Normalerweise halten es die Leute wenigstens fünf Minuten in meiner Gesellschaft aus, bevor sie schreiend davonlaufen. Ich glaube, das muss ein neuer Rekord sein.«

Der Oberste General sah Kihrin irritiert an. »Beruhige dich, Junge. Hier tut dir niemand etwas. Jarith sagte, du wartest auf mich. Und was macht *Ihr* hier, Erblord?« Die Frage war an den Schönling gerichtet.

Kihrin unterdrückte ein Schaudern und versuchte, sich zusammenzureißen. »Es tut mir leid, Herr. Er hat mich erschreckt. Ich dachte, ich wäre allein hier. Entschuldigt. Es tut mir wirklich leid. Ich werde einfach … gehen.«

Der General lachte leise. »Nach deiner Begegnung mit dem Dämon wundert es mich nicht, dass du schreckhaft bist. Aber ich versichere dir, Erblord D'Mon ist ein Mensch, auch wenn sein Familienname anderes vermuten lässt.«

»Wie meinen?«, fragte der Schönling.

Kihrin schluckte und beobachtete argwöhnisch, wie der Erblord sich erhob und zu ihnen kam. Die haselnussbraunen Haare des Schönlings fielen in perfekten Wellen über seine Schultern. Genau wie im Haus Kazivar war er wie ein Mitglied des Hochadels gekleidet: bestickte blaue Seidenmischa, dazu einen blauen, samtenen Kef und hohe schwarze Reitstiefel. Sein Agolé zierte ein aus Lapislazuli-Perlen gestickter Falke vor einem sonnengelben Hintergrund.

Nein, korrigierte sich Kihrin. Der Schönling war nicht nur so gekleidet, er *war* ein Mitglied des Hochadels. Aus dem Haus D'Mon.

Sein Herz setzte vor Schreck einen Schlag lang aus.

General Milligreest schürzte enttäuscht die Lippen. »Ich habe den Hohen Lord Therin zum Abendessen eingeladen, nicht Euch, Darzin.«

Der Schönling verbeugte sich. »Bitte akzeptiert meine aufrichtige Entschuldigung, Oberster General, aber mein Vater kann sehr zu seinem Bedauern nicht hier sein. Soweit ich weiß, trifft er jemanden, der einen Tsali-Stein der Vané in die Hände bekommen hat. Ihr wisst ja, wie besessen er von seiner Sammlung ist.« Sein Blick schweifte beiläufig zu Kihrin hinüber.

Der ballte die Fäuste und versuchte, seinen rasenden Puls wieder unter Kontrolle zu bekommen. O verdammt. Das also war Butterbauchs Käufer. Butterbauch hatte ihm gesagt, er hätte einen Edelsteinsammler an der Hand. Wenn er den beiden irgendetwas verraten hatte, wüssten sie, wer in die Villa Kazivar eingebrochen war. Und wo sie den Einbrecher finden konnten. *Ich muss hier weg. Ich muss sofort weg. Verdammter Mist. Ich bin so gut wie tot ...* Er versuchte, sich zu beruhigen.

»Mhm. Ja, ich erinnere mich«, erwiderte der General.

»Was war das gerade von einem Dämon?«, fragte der Schönling, als wüsste er von nichts.

»Davon müsst Ihr doch gehört haben«, erklärte der Oberste General mit deutlichem Grollen in der Stimme.

»Leider nein. Ich weiß beklagenswert wenig über die wichtigen Geschehnisse im Kaiserreich.«

Kihrin hätte ihm den blasierten Ausdruck am liebsten mit einem Shiv aus dem Gesicht geschnitten.

General Milligreest verengte die Augen. »Dieser junge Mann hier, Kihrin, wurde heute von dem Dämonenprinzen Xaltorath angegriffen. Ich verlor einen guten Mann, bevor der Kaiser eintraf und ihn bannte.«

»Was? Warum sollte ein Dämonenprinz es auf einen Jungen abgesehen haben?« Darzin musterte Kihrin mit offenkundiger Verwirrung.

Auch Kihrin war verblüfft: Darzin D'Mons Überraschung schien echt und nicht nur eine Inszenierung für den General zu sein. Hatte ihm etwa ein anderer den Dämon auf den Hals gehetzt?

»Der Frage gehen wir gerade nach. Vielleicht hat Xaltorath es bloß aus einer Laune heraus getan. In seiner Grausamkeit kann er unberechenbar sein. Aber was uns am meisten interessiert, ist, wer ihn beschworen hat.«

»Ich könnte mir vorstellen, dass er den Beschwörer verschlungen hat. Sind derartige Beschwörungen nicht schrecklich kompliziert?«

»Davon habe ich keine Ahnung.« General Milligreest fixierte den Adligen mit unverhohlener Verachtung.

Kihrin schlich Richtung Tür. Wenn es ihm gelang, lautlos zu verschwinden, würden die beiden ihn vielleicht vergessen. Mit so einer Situation hatte er nicht gerechnet. Er hätte dem General gern berichtet, dass er den Schönling und den Toten Mann bei einem Mord an einem Vané und einer Dämonenbeschwörung beobachtet hatte. Aber der General *kannte* Darzin D'Mon. Gut genug, um seinen Vater zum Abendessen einzuladen. Milligreest würde Kihrins Anschuldigungen nicht glauben.

Es half alles nichts, Kihrin musste sich aus dem Staub machen. Auf dem Rückweg würde er irgendeine Harfe für Surdyeh kaufen und behaupten, sie wäre das angekündigte Geschenk des Generals. Er hätte auf Ola hören sollen. Später, wenn er längst fort war, würde er Hauptmann Jarith eine Nachricht zukommen lassen, die sein Verschwinden erklärte. In Gedanken begann er sein Mantra: *Unsichtbar, unhörbar, nicht anwesend. Ich bin nicht hier …*

»Zum Glück ist der Kaiser rechtzeitig aufgetaucht«, meinte Darzin. »Sonst hätte es einen ganz schönen Schlamassel gegeben, nicht wahr?«

»Es ist Sandus' Pflicht, das Reich zu beschützen. Er würde die Bedrohung durch einen entfesselten Dämonenprinzen niemals ignorieren.«

»Das werde ich meinem Sohn erzählen. Er dürfte darüber sehr erleichtert sein.«

Der General sah sich sichtlich angewidert im Raum um. »Bei Argas' Schmiede! Hier ist es ja so heiß wie in einem Glutofen.«

Darzin zuckte mit den Schultern. »Ich mag es so. Sagt mir, warum habt Ihr den Jungen hergeholt? Hat Jarith sich als Enttäuschung erwiesen, und jetzt wollt Ihr jemanden adoptieren?«

»Natürlich nicht! Er …« Der General blickte auf und trat in den Korridor hinaus. »Kihrin? Wo willst du hin?«

Kihrin hörte auf, unauffällig zu schlendern, und drehte sich mit einem unterdrückten Seufzer um. »Ach, entschuldigt, Euer Lordschaft. Ich dachte, Ihr wolltet vielleicht lieber unter vier Augen mit dem Prinzen sprechen.«

»Unsinn. Komm zurück. Je schneller wir das hinter uns bringen, desto früher kannst du wieder deiner Wege ziehen.«

»Ja, mein Herr.« Kihrin kehrte zum General zurück.

»Ganz und gar erstaunlich!«, sagte der Schönling. »Ich habe dich gar nicht gehen sehen.«

Kihrin hielt den Blick gesenkt. »Ja, mein Herr.«

»Ein Junge, der sich so geschickt unsichtbar machen kann, könnte es weit bringen.«

»Ich verstehe nicht, was Ihr damit meint, mein Herr.«

»Nein … Natürlich nicht. Du heißt Kihrin?«

Kihrin überlegte kurz, ob er lügen sollte, aber das wäre wohl sinnlos gewesen, da Milligreest seinen Namen bereits genannt hatte. »Ja, mein Herr.«

»Darzin, solange Ihr Euch innerhalb dieser Mauern aufhaltet, rekrutiert Ihr bitte keinen kriminellen Nachwuchs. Wenn du mir jetzt folgen möchtest, junger Mann? Ich werde dir deine Belohnung geben.« Qoran schritt durch den Korridor voran. Er war es offensichtlich gewohnt, dass man ihm ohne Widerworte gehorchte.

Kihrin zögerte, dem General zu folgen, da er merkte, dass auch Darzin ihm hinterherging. Sein Fluchtimpuls war überwältigend, jeder Schritt vorwärts kostete ihn so viel Überwindung, als liefe er über glühende Kohlen. Er würde die Harfe entgegennehmen und sich dann sofort trollen. Andererseits schien Darzin nicht zu wissen, dass Kihrin Xaltoraths Beschwörung mit angesehen hatte.

Es war alles in Ordnung, sagte er sich. Wieder und wieder.

D'Mon pfiff eine muntere Melodie, bis der General ihm einen genervten Blick zuwarf.

Schließlich blieb Milligreest vor einer geschnitzten Doppeltür stehen. Er entriegelte sie mit einem schweren Messingschlüssel und stieß die Türflügel auf.

An der hinteren Wand des Raums lehnten mehrere Harfen, darunter neben ein paar kleineren auch welche, die bis zur Decke reichten. Mit einem Stirnrunzeln nahm Kihrin zur Kenntnis, dass der General sie nicht abgedeckt hatte. Wenigstens gab es in dem Raum keine Fenster, die Sonnenlicht einließen. Das hätte womöglich das Holz verformt und den Klang ruiniert.

Milligreest nickte in Richtung der Harfen. »Such dir eine aus, und dann möchte ich dich etwas spielen hören.«

Kihrin drehte sich zu ihm um. »Wie bitte, mein Herr?«

»Was hast du denn nicht verstanden?«, fragte Milligreest gereizt. »Ich möchte hören, wie du etwas spielst. Der Dämon hat deine Harfe zerbrochen, dafür verdienst du Ersatz. Aber ich werde keine meiner Harfen an jemanden weitergeben, der damit nichts anzufangen weiß. Begreifst du das?«

Darzin kicherte.

Kihrin wollte schon sagen, dass die Harfe nicht ihm, sondern seinem Vater gehört hatte. Aber dann fiel ihm ein, dass der General womöglich der Einzige war, der ihn vor dem Schönling – diesem »Darzin« oder wie auch immer er heißen mochte – beschützen konnte. Er durfte ihn auf keinen Fall verärgern. Also nickte er und durchquerte den Raum. Er würde sich rasch eine aussuchen, deren Verlust den General nicht allzu sehr schmerzen würde – die »billigste« in der Sammlung sozusagen –, und danach auf kürzestem Weg zu Surdyeh zurückkehren.

Die Harfen waren alle wunderschön, doch die meisten waren nicht nur aus seltenen Hölzern und Metallen gefertigt, sondern auch noch mit wertvollen Edelsteinen verziert und damit viel zu extravagant. Das waren Kunstobjekte, keine Musikinstrumente. Wenn er eine von denen verkaufen wollte, würde man ihn als Dieb verhaften.

Lediglich eine sah aus, als würde ihr Wert nicht den Jahresumsatz des ZERRISSENEN SCHLEIER übersteigen. Es war eine kleine, doppelt besaitete Schoßharfe, die ganz hinten in der Ecke stand. Mit fragendem Blick drehte sich Kihrin zu Qoran Milligreest um.

Der Oberste General nickte ihm zu.

Kihrin nahm auf einem Stuhl Platz und hob die Harfe auf seinen Schoß. Sie war ein altmodisches Stück, und er stellte bestürzt fest, dass die Saiten nicht aus Seide, sondern aus Silber waren. Er war sich nicht sicher, ob er auf diesem Instrument überhaupt spielen konnte. Da man Seidensaiten mit den Fingerkuppen zupfte, trug er die Nägel kurzgeschnitten. Er schlug eine Saite an, um zu sehen, ob er um Plektren bitten musste. Zu seiner Überraschung war der Ton glockenhell.

Als er ein Arpeggio zupfte, trat ein Lächeln auf sein Gesicht. Die Harfe klang wunderbar, klar, absolut perfekt, wie ein Lachen! Auf diesem Instrument würde jeder wie ein Meistermusiker klingen.

»Sitz nicht sabbernd da, spiel etwas!«, sagte der General nicht unfreundlich. »Du hast dir das wertvollste Stück in meiner Sammlung ausgesucht.«

Kihrin hob entsetzt den Blick. »Die hier?«

»Sie ist eine Antiquität. Ich glaube, genau die hatte Sandus im Sinn.«

»Der *Kaiser* hat Euch befohlen, diesem Jungen eine Eurer Harfen zu überlassen?«, fragte Erblord Darzin.

»Er war tief beeindruckt von Kihrins Tapferkeit.«

Kihrin ließ die Finger auf den Saiten ruhen und sah den General verdattert an.

»Ja, junger Mann?«

»General, ich kann mich nicht erinnern, dem Kaiser begegnet zu sein.« Kihrin überlegte angestrengt. Er hatte sich mächtig den Kopf gestoßen, als der Dämon ihn durch die Luft geschleudert hatte. Dass er sich nicht an die Begegnung mit dem Kaiser erinnern konnte, musste nicht bedeuten, dass sie nicht stattgefunden hatte.

Der General lächelte gutmütig. »Erinnerst du dich noch an den Mann in dem geflickten Sallí?«

»*Das* war Kaiser Sandus?«

Darzin schnaubte. »Er mag eine Krone tragen, aber er ist und bleibt ein Bauer. Hat er eigentlich die Gebühren für seine Magielizenz bezahlt?«

»Das reicht«, knurrte der General. »Euer Vater zählt zwar zu meinen ältesten Freunden, doch solche Unverschämtheiten werde ich von Euch nicht dulden.«

Darzin starrte den General an. Seine Kiefermuskeln zuckten, und seine Nasenflügel bebten. Schließlich neigte er den Kopf.

»Bitte akzeptiert meine Entschuldigung, Oberster General«, sagte er ohne jede Reue in der Stimme.

»Aber … das kann nicht sein!«, protestierte Kihrin. »Der Mann in dem Flickenmantel sagte, er wäre ein Freund meines Vaters. Aber mein Vater kennt den Kaiser nicht.«*

Darzin blinzelte und richtete sich gerade auf. Dann drehte er sich um und musterte Kihrin mit großen Augen. Kihrin schlug Surdyehs Warnungen in den Wind und starrte einfach zurück.

Warum überraschte es ihn so sehr, dass Darzin blaue Augen hatte? Damit ergab im Rückblick alles einen Sinn …

Du siehst aus wie er, hatte Morea gesagt. *Du trägst sogar seine Farben.*

Wie viele Adlige hatten göttlich blaue Augen? Wie viele Adlige, die voller Mordlust waren und sich mit Dämonen abgaben?

Kihrin starrte Darzin zu lange an, und der blickte verdutzt zurück.

»Deine Augen sind blau …«, flüsterte Darzin und fixierte Kihrin, als wollte er ihn sich ins Gedächtnis einprägen. Plötzlich schien ihm etwas klar zu werden. Er verzog den Mund zu einem grausamen Lächeln und leckte sich über die Lippen. »Und ich dachte schon, Taja würde mich nicht mögen.«

Kihrin umklammerte die Harfe.

Darzin gluckste, was nicht weniger schrecklich klang als Xaltoraths Schreie.

»Erheitern wir Euch, Darzin?«

Der Erblord unterdrückte sein Gelächter und sah General Milligreest betreten an. »Aber nein, ganz und gar nicht. Entschuldigt. Mir ist nur gerade die Pointe eines lustigen Scherzes eingefallen. Der junge Mann wollte uns doch etwas vorspielen, nicht wahr?«

Der General musterte ihn noch einen Moment lang, dann wandte er sich wieder Kihrin zu. »Na los, spiel uns etwas.«

Kihrin hätte sich am liebsten übergeben. Mit Schrecken wurde

* Ich vermute, dass diese Aussage in jeder Hinsicht falsch ist.

ihm bewusst, dass sowohl Ola als auch Surdyeh recht gehabt hatten. Er hätte nicht herkommen sollen.

Er beugte den Kopf über die Harfe und verbarg sein Zittern, so gut es ging, während er an den Stimmwirbeln drehte und versuchte, sich an ein Lied zu erinnern, das er spielen konnte – irgendeins.

Surdyeh sagte oft zu ihm, dass er es nie zu einem echten Musiker bringen würde. Kihrin war deswegen jedes Mal gekränkt, aber nur weil er wusste, dass es stimmte. Ihm fehlte die Motivation. Als Kind hatte er immer Wichtigeres zu tun gehabt, als in abgedunkelten Räumen zu sitzen und Fingergriffe zu üben. Und nun, da er allmählich erwachsen wurde, gab es neue Verlockungen, vor allem weibliche, die ihn von seinen Lektionen ablenkten. Er war ein passabler Harfner, aber er liebte die Musik nicht. Nach dem Stimmbruch hatte Kihrin gemerkt, dass er gut genug sang, um die Leute zu unterhalten, und das reichte ihm. Reglos saß er da und durchforstete seine Erinnerung nach den alten Liedern, die ihm sein Vater eingebleut hatte. Einen Moment lang glaubte er, er hätte alles vergessen. Doch nach ein paar zögerlichen Griffen wurde sein Spiel sicherer.

Allerdings hätte er die Saiten auch aufs Geratewohl zupfen können, denn die Harfe ließ nicht zu, dass man sie schlecht spielte. Der Raum um ihn herum verschwand, genau wie seine Sorgen über Dämonen und den Hochadel. Er spürte nur noch, wie silbrige Akkorde ihn durchdrangen, in der Luft schwebten und tanzten. Ein Musikstück lang war er von allen Ängsten befreit.

Als der letzte Ton verklang, hätte Kihrin am liebsten weitergespielt, obwohl ihm vom Zupfen der Silbersaiten die Fingerspitzen schmerzten. Als er den Kopf hob, sah er, dass Milligreest die gegenüberliegende Wand betrachtete. In seinem ansonsten undurchdringlichen Blick lagen Schmerz und eine vage Traurigkeit. Darzin hatte die Augen geschlossen, sein Mund stand offen. Er schüttelte sich, als versuchte er, einen Traum zu verscheuchen.

»Nun, ich glaube, bei dir ist sie in guten Händen«, kommentierte der General. »Sie mag dich. Sie heißt übrigens Valathea.«

»Valathea?« Kihrins Antwort klang wie eine Frage.

»Einzigartige Harfen erhalten genauso einen Namen wie besondere Schwerter. Das ist eine Vané-Harfe, in ihrer Sprache bedeutet Valathea so viel wie ›Leid‹.* Bis zum heutigen Tag ist sie stets im Besitz der Familie Milligreest gewesen, also gib gut auf sie acht.« Der letzte Satz klang wie ein Befehl.

»Das werde ich, Oberster General.« Kihrin wickelte die Harfe ein und vergaß einen Moment lang die Gefahr, in der er schwebte. Sie war schön, die schönste Harfe, die er je gehört hatte. Surdyeh würde sich sehr freuen. Wie könnte er nach diesem Geschenk noch böse auf ihn sein? Wenn sie schon bei Kihrin so gut klang, um wie viel besser würde Surdyeh dann erst auf ihr spielen?**

»Darf ich jetzt gehen?«

»Natürlich. Geh und zeig deinem Vater deine Belohnung.«

Kihrin verschwand so schnell, wie es das Gewicht der Harfe zuließ.

* Die treffendste Übersetzung für Valathea lautet: »das köstliche Leid, das man empfindet, wenn man eine große Wahrheit begreift«. Bei den kirpischen Vané ist Valathea ein weiblicher Rufname, der derzeit jedoch aus der Mode ist.

** Gar nicht besser, vermute ich. »Notrin Milligreest gestattete mir, die Harfe Valathea zu untersuchen, die laut einer Familienlegende ursprünglich Elana Kandor gehört hat, der Witwe des berühmten quurischen Kaisers Atrin Kandor. Ich hatte vernommen, dass ein Harfner ihr ausschließlich Molltöne entlocken könne, ganz egal, wie begabt er sei und was er eigentlich spielen wolle. Da ich das selbst überprüfen wollte, ließ Notrin es mich versuchen. Die Harfe ist in einem exzellenten Zustand und sehr gepflegt, und doch konnte ich tatsächlich nur Trauermusik auf ihr spielen. Als ich ihn fragte, wie das möglich sei, zuckte Notrin lediglich mit den Schultern und sagte, die Erklärung sei ganz einfach: ›Valathea spielt bloß für jene fröhlich, die sie liebt.‹« (*Eine Betrachtung der Zauberei* von Darvok Hin Lora)

Als er weg war, wurde es still im Raum. Schließlich brach Darzin das Schweigen. »Also gut. Wenn Ihr mich dann ebenfalls entschuldigen würdet …«

»Nichts da, Darzin. Ihr wolltet mit mir zu Abend essen, oder nicht? Ich möchte Euch auf keinen Fall enttäuschen.«

»Natürlich. Es wäre mir eine Ehre, aber … äh … ich habe leider dringende Geschäfte. Ihr versteht das sicher.«

»Nein, das verstehe ich nicht. Ihr sagtet, Ihr wärt hier, um Euren Vater zu vertreten. Welche Geschäfte könnten nun plötzlich dringender sein?«

Darzin zog die Stirn kraus. »Ich ging davon aus, dass Ihr meinen Vater des Jungen wegen eingeladen hattet – und ich bin froh, dass Ihr es getan habt, denn er ist ganz eindeutig einer von uns. Doch ich weiß, dass Ihr auf meine Gesellschaft keinen Wert legt. Deshalb wäre es sicherlich besser, wenn ich meinen Vater unverzüglich darüber informiere, dass Ihr einen verlorenen Erben unseres Hauses wiedergefunden habt.«

»Betrachtet es als eine Gelegenheit, mich zu beeindrucken. Und das müsst Ihr, wenn Ihr mich je davon überzeugen wollt, dass Euer Sohn und meine Tochter für den Bund der Ehe nicht zu nah miteinander verwandt sind.«

Der Erblord knirschte resigniert mit den Zähnen. »Natürlich.« Er deutete auf die Harfen. »Euch ist sicher bewusst, dass der Junge als Straßenratte aufgewachsen ist. Er wird Eure wertvolle Harfe bei der nächstbesten Gelegenheit verkaufen. Vielleicht schon heute Nacht.«

»Nein, das wird er nicht. Ich habe gesehen, wie er sie angeschaut hat. Eher würde er sterben.« Der Oberste General zuckte mit den Schultern. »Außerdem war es nicht meine Entscheidung. Der Kaiser interessiert sich für den Jungen. Ich möchte nicht derjenige sein, der zugelassen hat, dass ihm ein Leid geschieht.«

Darzin D'Mon sah aus, als müsste er seine Galle hinunterschlucken. »Nein, das möchte ich auch nicht.«

21

DIE INSEL YNISTHANA

(Kihrins Geschichte)

Als ich aufwachte, war ich allein und lag auf einer Schilfmatte in einer Höhle, von deren Wänden geräuschvoll Wasser tropfte. Der Traum stand mir noch deutlich vor Augen – wahrscheinlich weil es mein erster gewesen war, seit der von Tyentso beschworene Dämon mir einen Teil meiner Seele herausgerissen hatte.

Hatte ich halluziniert, während ich beinahe ertrunken war, oder hatte ich mich tatsächlich von Angesicht zu Angesicht mit der Glücksgöttin unterhalten? Der Traum war zwar unwirklich gewesen, aber auch nicht unwirklicher als die anderen Ereignisse der vergangenen Woche. Hatte ich tatsächlich eine Fahrt durch den Schlund überlebt? Und die Begegnung mit einer Tochter von Laaka? Und ein Gesangsduett mit einem Drachen? Einem *echten* Drachen. Ich fühlte mich unsterblich.

Na klar, dachte ich, *nur dass ich jetzt der gegaeschte Sklave einer Vané-Hexe bin, die möglicherweise ebenfalls ein Drache ist. Und gemeinsam mit ihrem fanatischen Sohn auf einer Insel irgendwo in der Wellenwüste festsitze. Der Grund, weshalb sie mich gerettet haben, wird mir sicher nicht gefallen.*

Taja hat gesagt, ich soll mir eine positivere Einstellung zulegen …

Schallendes Lachen drang aus meiner Kehle.

Ich blieb liegen, lauschte den unablässig fallenden Wassertropfen und den in der Ferne kreischenden Möwen. Keines dieser Geräusche schien von anderen Personen oder einem Drachen zu kommen, also setzte ich mich auf und sah mich um.

Die Einrichtung der Höhle bestand aus ein paar zusammengewürfelten Möbelstücken: die Schilfmatte, auf der ich gelegen hatte, eine große Truhe, ein Tisch und zwei Stühle. Für Licht sorgten kleine Laternen, die hoch oben an den Wänden befestigt waren. Die Höhle war groß, allerdings nicht so groß, dass ein Drache hineingepasst hätte. Die glatten Wände aus glänzend schwarzem Stein sahen aus, als wären sie mehrmals kurz hintereinander geschmolzen und wieder fest geworden.

Die Luft, die über meine nackte Haut strich, war warm und feucht. Der grobe Umhang der Schwarzen Bruderschaft war verschwunden. Panisch tastete ich nach dem Schellenstein und seufzte erleichtert, als ich merkte, dass er noch an Ort und Stelle war.

In der Truhe fand ich außer einer weit geschnittenen Hose (dreimal darfst du raten, welche Farbe sie hatte) ein Paar Schilfsandalen sowie eine kleine silberne Haarspange und eine Bürste. Es gab zwar nichts, was ich als Hemd tragen konnte, aber die Kefhose und die Sandalen passten mir einigermaßen. Ich verbrachte mehrere Minuten mit dem Versuch, meine verfilzten Haare mit der Bürste zu zähmen. Schließlich klemmte ich sie mit der Schnalle im Nacken zusammen.

Am Höhleneingang ragten spitze, knotige Felsen auf, zwischen denen ein wenig Licht hereinfiel. Als ich an die Kante trat, wurde mir trotz meiner Begeisterung für hoch gelegene Aussichtspunkte einen Moment lang schwindelig.

Der Höhleneingang befand sich so weit oben in einer Felswand, dass ich über das Blätterdach des Urwalds hinwegblicken konnte, der sich unter mir erstreckte. Ein dünner Dunstschleier lag über den Wipfeln und verdichtete sich in der Ferne zu einer undurchdringlichen weißen Wand: dem Nebel der Wellenwüste. Von weit her hörte ich die Rufe von Vögeln und Affen sowie einige andere

Geräusche, die ich nicht einordnen konnte. Nirgends waren Menschen, Vané oder sonst irgendwer zu sehen.

Ich beugte mich ein Stück vor. Die Felswand war von miteinander verwobenen Schlingpflanzen überzogen. Die Ranken verzweigten sich wie ein Spinnennetz und führten nicht nur zu meiner Höhle, sondern noch zu vielen Hundert weiteren. Vom Waldboden führten treppenartige Laufstege aus schmalen Holzbrettern und getrockneten Lianen bis ganz nach oben. Nur meine Höhle war nicht an dieses Wegesystem angeschlossen. Aber wenn sie glaubten, mich dadurch hier festhalten zu können, hatten sie sich ordentlich verrechnet. Viele der Ranken an der Felswand sahen recht robust aus – für einen Dieb wie mich waren sie praktisch eine Leiter. Nichts hinderte mich an einer Flucht.

Außer das Gaesch …

Außer … Ich zögerte. Konnte ich fliehen? Bestimmt besaß die Bruderschaft Schiffe, sonst hätte Teraeth sich kaum die sichere Passage durch die Felsen eingeprägt. Taja hatte gesagt, dass ein weiteres kommen würde. Ich musste mich nur zum Hafen hinunterschleichen und an Bord eines Schiffes verstecken …

Ich wartete darauf, dass der Schmerz des Gaeschs über mich kam.

Nichts geschah.

Khaemezras Worte klangen mir fast wie ein Flüstern in den Ohren: *Ich habe die bisherigen Verbote aufgehoben.*

Dann fiel mir wieder ein, was Taja gesagt hatte: *Du kannst gehen, wenn du möchtest.*

Ich biss mir auf die Lippe, um nicht vor Freude jauchzend herumzuhüpfen, und machte mich an den Abstieg.

Als ich unten im Dschungel anlangte, überkam mich ein Gefühl der Klaustrophobie. Dichter Nebel versperrte mir die Sicht, aber ich war nicht völlig blind: Ein von vielen Füßen ausgetretener Pfad führte am Fuß der Felswand entlang außer Sicht. Um mich herum war niemand, nur die Geräusche des Urwalds.

Ich befand mich auf einer Insel. Der Wald bot einem Stadtbewohner wie mir keinen Schutz. Wer auch immer mich hier gefangen hielt – die Schwarze Bruderschaft oder der schwarze Drache –, wusste das und sah keinen Grund, mich zu bewachen. Die Kleidung und das Mobiliar ließen mich vermuten, dass ich mich nach wie vor in der Hand der Schwarzen Bruderschaft befand. Mir sollte es recht sein. Sobald ich mich hier einigermaßen auskannte, würde ich meine Flucht organisieren. Vor mich hin pfeifend ging ich den Pfad entlang.

22

EIN GOLDENER FALKE

(Klaues Geschichte)

Morea stieg hastig aus dem Bett, als Kihrin keuchend ins Zimmer platzte. Über der Schulter trug er ein großes dreieckiges Bündel.

Morea eilte zu ihm. »Bist du verletzt? Ola hat dich doch nicht gesehen, oder?«

Kihrin stellte das Bündel ab. »Du musst das für mich verstecken, Morea.«

»Was ist denn los? Was ist passiert?« Sie packte ihr Agolé, um sich zu bedecken, doch Kihrin achtete gar nicht auf ihre Blöße.

»Ich muss weg und habe keine Zeit für Erklärungen.«

»Was …?« Sie streckte die Hand nach ihm aus. Doch dann fiel ihr wieder ein, dass das ein Fehler wäre, und legte sie stattdessen auf das eingewickelte Dreieck. »Ist das die Harfe? Warst du beim General?«

Kihrin schüttelte den Kopf. »Ja, ich meine, nein. Er war dort. Dein Adliger war dort.«

»*Mein* Adliger? Aber ich …«

»Der mit den blauen Augen. Darzin D'Mon. Ich habe ihn gesehen.« Er schaute sie verzweifelt an. »Und er hat *mich* gesehen. Verflucht. Er war es, der diesen Xaltorath auf mich gehetzt hat, da bin ich sicher. Aber weshalb schien er dann so überrascht, dass der

Dämon mich angegriffen hat? Oder hat er es nur gut gespielt? Sie haben in dem Haus nach etwas gesucht …« Kihrin massierte sich die Schläfen.

Morea schnappte nach Luft. »Warte, *Darzin* hat den Dämon auf dich angesetzt? O nein!«

»Ich möchte, dass du meinen Vater und Ola findest und sie von hier wegbringst. Wir müssen die Stadt verlassen, noch heute Nacht. Surdyeh müsste oben sein. Geh!«

»Was soll ich ihnen denn sagen?«

»Sag Ola, dass ich einen goldenen Falken gesehen habe. Hast du das verstanden? Das ist eine geheime Losung, sie bedeutet …« Kihrin verstummte mitten im Satz.

»Was bedeutet sie?«

Kihrin reagierte nicht. Er sah aus, als hätte ihm jemand ein Messer in den Rücken gerammt.

»Kihrin, *was* bedeutet sie?«, fragte Morea noch einmal.

Er schaute sie blinzelnd an. »Dass wir in großer Gefahr sind. So groß, dass wir uns sofort verstecken müssen.«

»Ach so.« Sie dachte einen Moment nach. »Ist es nicht merkwürdig, dass Ola gerade diesen Geheimcode benutzt? Ist dir bewusst, dass das Haus D'Mon einen goldenen Falken im Wappen trägt?«

Kihrin schloss die Augen. »Ola, wie konntest du nur?«, flüsterte er. »Jemand hat mir eine Falle gestellt. Wer immer Butterbauch den Tipp mit der Villa Kazivar gegeben hat … Taja, in was hast du mich da reingezogen?«

Morea biss sich auf die Lippe. »Was wirst du jetzt tun?«

»Herausfinden, ob wir noch Zeit genug haben, unsere Spuren zu verwischen«, antwortete Kihrin und rannte zur Tür hinaus.

Es war zu still in Butterbauchs Laden.

Kihrin schlüpfte durch die Hintertür hinein und versuchte, seinen Magen zu beruhigen. Butterbauchs Tür war nicht abgeschlossen gewesen, aber das war nicht weiter ungewöhnlich. Wer würde schon bei einem Hehler der Schattentänzer einbrechen? Niemand im Unteren Zirkel war so dumm, sich mit den Tänzern anzulegen.

Die Adligen hielten sich jedoch möglicherweise nicht an diese Regel. Kihrin war verdammt sicher, dass der Schönling und der Tote Mann es nicht tun würden.

Er schlich durch den vollgestopften Laden und zückte seine Dolche. Nach ein paar Schritten stieg ihm der metallische Geruch von Blut in die Nase. Die Leiche war noch zu frisch, um in der warmen Nachtluft zu verwesen. Der junge Dieb ging weiter und fragte sich ängstlich, auf was er stoßen würde.

Zu spät.

Butterbauchs Mörder hatte ihn auf dem Tisch liegen gelassen, an dem er seine Geschäfte betrieben hatte. Über dem Leichnam kreisten Fliegen. Ein Dutzend Messerwunden bedeckten seinen Körper, offensichtlich langsam ausgeführte Schnitte durch seine Kehle und an seinem Bauch, die besonders wehgetan haben mussten. Die Verletzungen an seinen Armen verrieten, dass er noch versucht hatte, den Angreifer aufzuhalten, aber seine Gegenwehr konnte nicht lange gedauert haben. Der Mörder hatte seine Tatwaffen zurückgelassen: zwei Dolche, die bis zum Heft in Butterbauchs Brust steckten.

Seine Armbrust befand sich noch in der Halterung unter dem Tisch.

Sie war nicht zum Einsatz gekommen.

Obwohl der Anblick von Leichen für Kihrin nichts Neues war, kostete es ihn große Mühe, sich nicht zu übergeben. Dies war ein Mensch, den er kannte.

Kihrin filzte den Raum, so gut er konnte. Er sah sogar im geheimen Wandtresor nach, von dem Butterbauch geglaubt hatte, er würde ihn nicht kennen. Der gestohlene smaragdgrüne Tsali-Stein war nirgends zu sehen.

Butterbauch hatte gewusst, wo Kihrin wohnte. Wo er, Ola und Surdyeh zu finden waren. Er konnte nur hoffen, dass der Schönling und der Tote Mann nun, da sie die Smaragdhalskette hatten, zufrieden waren. Aber wenn sie alle Zeugen aus dem Weg schaffen wollten und es ihnen egal war, wen sie dabei außerdem noch töteten …

»Papa!«

Der junge Dieb rannte los.

23

MORGENMESSE

(Kihrins Geschichte)

Ich starrte auf den Anblick, der sich mir bot, als ich um die Biegung kam.

Der verschlungene Pfad ließ Nebel und Dschungel hinter sich und führte in Spitzkehren auf den Berg in der Mitte der Insel hinauf. Von hier an bestand er aus Kopfsteinpflaster, das an einigen Stellen in sehr schlechtem Zustand war. Niemand würde näher als fünfhundert Fuß an den gewundenen Weg herankommen, ohne dabei gesehen zu werden. Nirgends gab es Deckung, nichts, hinter dem man sich verstecken konnte. Da war nur nacktes schwarzes Felsgestein. Der Pfad endete vor einem Tempel.

Zumindest nahm ich an, dass es ein Tempel war.

Ich sah zwar keine aufgestellten Hinweisschilder, aber wenn ich um eine Kurve biege und eine aus schwarzem Basalt gemeißelte Kobra sehe, deren Schwanz über uralte Stufen hinunterhängt, und dahinter einen dunklen zweiflügeligen Durchgang, gehe ich in der Regel davon aus, dass ich einen Tempel vor mir habe.

Aber wem war dieser Tempel geweiht? Es gibt zwar nur acht echte Götter, aber Quur ist nicht umsonst das Land der tausend

Gottheiten.* Darunter war bestimmt auch irgendein Schlangengott, den ich allerdings nicht kannte, genauso wenig wie ich wusste, zu welchen Göttern die manolischen Vané beteten. Hatte Thaena irgendetwas mit Schlangen zu tun? In Quur nicht, aber vielleicht wurde sie außerhalb der Reichsgrenzen anders verehrt.

Während ich dastand und überlegte, drangen aus dem Tempel Trommelgeräusche an mein Ohr.

Ich zuckte mit den Schultern. *Was soll's?* Wenn sich die Sektenjünger auf ihre religiöse Zeremonie konzentrierten, war das vielleicht meine Chance. Ich sah keine Wachen, aber wozu sollten die auch gut sein, wenn ohnehin niemand auf die Insel gelangen konnte? Vermutlich waren alle im Inneren des Tempels.

Ja, schon gut, wenn du darauf bestehst: Ich war neugierig.

Während ich auf den Tempel zuging, fühlte ich mich extrem verwundbar. Ich sah keine Verstecke und auch keine Schatten, in denen ich mich verbergen konnte. Ich ging so leise ich konnte, aber meine geliehenen Sandalen klatschten so laut auf den harten Steinboden, dass ich sie schließlich auszog und in der Hand trug.

Aus der Nähe erkannte ich, dass der Tempel außerordentlich alt sein musste. Die Fassade bröckelte, und die Steinblöcke hatten Sprünge, als wären sie erhitzt und gleich darauf wieder abgekühlt worden. Außerdem war das Gebäude viel größer, als ich gedacht hatte. Ich wurde das Gefühl nicht los, dass es kurz vor dem Einsturz stand und ich jeden Moment unter tonnenschweren Steinbrocken begraben werden könnte …

Ich erschauderte. Die Vané würden so etwas doch nicht bauen, oder? Diese Steine und das erdrückende Erdwerk hatten weder etwas von Miyas vergänglichem Liebreiz noch von Teraeths pfeilschnellen Schatten. Was ich hier sah, musste … weit älter sein.

* Das ist eine Übertreibung. Es gibt höchstens ein paar Hundert Gottheiten, und vielleicht doppelt so viele, wenn man die toten Gottkönige dazurechnet.

Aber war das überhaupt möglich?*

Es gelang mir, ungesehen durch den breiten Durchgang ins Innere zu schlüpfen. Drinnen stand die Luft, sie war feucht, und trotz der großen Entfernung zum Strand konnte ich das Meer riechen. Und etwas Süßliches, Fauliges. Die Trommeln dröhnten nun lauter, und der Boden unter meinen Füßen vibrierte. Es dauerte einen Moment, bis sich meine Augen an die Dunkelheit gewöhnten.

Das Schlangenthema setzte sich innerhalb des Tempels fort: Steinschlangen wanden sich um Säulen und waren auch auf den Reliefs an den Türbogen zu sehen. Selbst die Steine unter meinen Füßen waren wie Schuppen geformt. Wegen der feuchten Luft im Tempel, die sich auf ihnen niederschlug, sahen sie glitschig und ölig aus. Und es standen verschiedene Statuen herum: Steinfrauen mit Nattern statt Haaren. Männer mit geschuppten Körpern, gewaltigen Muskeln und Kobraköpfen unter den Kapuzen. Zusammengerollte Pythons mit Menschengesichtern. Sie erinnerten mich an die Geschichten, die Surdyeh mir in meiner Kindheit erzählt hatte. Ich unterdrückte ein Schaudern. Es waren lauter Ungeheuer.

Aber wenigstens waren sie aus Stein.

Ganz vorsichtig bewegte ich mich auf den Klang der Trommeln zu. Ich war sicher, jeden Moment auf den Rest der Schwarzen Bruderschaft zu stoßen, und wusste nicht, wie diese Begegnung verlaufen würde. Was sagt man zu einer Meuchelmördersekte, die einen vor dem sicheren Tod bewahrt hat? *Vielen lieben Dank noch mal, aber könnte mir jetzt bitte jemand verraten, wie ich von hier zum Festland komme?*

Der klamme Tunnel, der tiefer in den Tempel führte, wurde

* Nein. Die Architektur wirkt bloß älter, weil sie primitiver ist. Viele dieser Bauten stammen aus Zeitaltern, als die Vané bereits längst existiert hatten.

breiter und mündete schließlich in das hintere Ende eines großen Saals. Er war voller Gestalten in weit geschnittenen schwarzen Kapuzenmänteln, wie Teraeth und Khaemezra sie in Kishna-Farriga getragen hatten. Dank jahrelanger Übung und meines besonderen Talents machte ich beim Hineinschleichen nicht das kleinste Geräusch.

Eigentlich war es kühl auf der Insel, die Wärme im Inneren des Tempels wirkte unnatürlich. Aus Lüftungsgittern im Boden stieg permanent Dampf auf, der sich mit dem Geruch des Weihrauchs und des Blutes auf dem Altar vermischte. Der Altar … Ich musste mir auf die Lippen beißen, um nicht laut aufzukeuchen, als ich ihn entdeckte.

Hinter ihm ragte eine Statue auf, die nicht recht zur Architektur der Umgebung passen wollte. Sie reichte fast bis an die Decke und war so groß, dass es aussah, als bräuchte sie nur die Hand auszustrecken, um mich am anderen Ende des Saals zu berühren. Zwar bestand sie wie alles andere hier aus schwarzem Stein, doch nur an ihr konnte ich die künstlerische Handschrift der Vané erkennen. In den Händen hielt sie Schlangen, die sich nach hinten bogen, entweder um ihr zu huldigen oder nach ihr zu schnappen. Außerdem war nicht genau zu erkennen, ob sie die Tiere liebkoste oder würgte. Jeder Zoll ihres steinernen Gewandes war von Blattgold bedeckt. Die Halskette und der Gürtel der Göttin waren aus Schädeln gefertigt. Eiserne Rosen schmückten ihre Haare und die Kleidung. Das Metall war von der salzhaltigen Luft stark korrodiert, der Rost hatte die Farbe von Blut.

Ich schluckte nervös. Ich kannte sie. Wer nicht? Das war Thaena*, die Bleiche Herrin. Sie ist die Königin der Unterwelt. Die To-

* Obwohl man sie vor allem in Khorvesch anbetet, wird Thaena in jedem Herrschaftsgebiet des Reichs und darüber hinaus verehrt. Normalerweise bringen die Gläubigen ihr besänftigende Opfergaben dar, um ihre Aufmerksamkeit von sich abzulenken.

desgöttin. Teraeth hatte behauptet, die Schwarze Bruderschaft diene ihr. Hier hatte ich die Bestätigung.

Ich sah sie finster an. Ich wusste zwar nicht, welche Rolle sie bei alldem spielte, ging aber davon aus, dass sie nicht weniger umtriebig war als Taja. Ein Schauder lief mir über den Rücken. Vielleicht hatte sie nicht nach mir, sondern ich nach ihr gerufen. Möglicherweise war es an Bord der *Kummer* passiert, auf meiner ersten Fahrt, bevor Tyentso mich gegaescht hatte. Oder noch in der Hauptstadt, als ich Thaena angerufen hatte …

Ich biss die Zähne zusammen und weigerte mich, weiter darüber nachzudenken.

Das Podest, auf dem der Altar stand, war nicht leer. Zwei Männer saßen dort, über gewaltige Trommeln gebeugt schlugen sie den Rhythmus, unter dem das Gestein ringsum erzitterte. Vor dem Altar entdeckte ich zwei vertraute Gestalten. Khaemezra war in einen regelrechten Berg aus bestickter schwarzer Seide gehüllt, als kümmerte sie die Hitze nicht. Teraeth stand direkt neben ihr und trug als Einziger im Saal eine andere Farbe. Seine Hose war dunkelgrün und mit silbernen Pailletten besetzt. Oberkörper und Arme waren von langen Seidenstreifen, grün und golden, bedeckt. Ich war zu weit weg, um Genaueres zu erkennen, doch seine Kleidung hatte unverkennbar etwas Wildes und Urwüchsiges.

Khaemezra spreizte die Arme und spiegelte damit Thaenas Geste wider. Das Getrommel brach ab.

Khaemezra machte eine dramatische Pause, dann öffnete sie den Mund und sagte …

Tatsächlich weiß ich nicht, was sie gesagt hat.

Ich hatte die Sprache noch nie zuvor gehört. Es war nicht Vané. Die Worte bildeten einen unartikulierten Strom aus Zischlauten und kehligem Knurren. Gesprochen mit einer Stimme, die eher zu einem Elementargeschöpf – wie zum Beispiel einem Drachen – als zu einem sterblichen Wesen passte, klangen sie sehr beeindruckend.

Außerdem fiel mir auf, wie gut die Akustik des Saals war. Die alte Frau hörte sich an, als stünde sie direkt neben mir. Ihr krächzendes Geflüster drang verlustfrei bis in die hintersten Winkel – weit besser als in sämtlichen Musiksälen der Hauptstadt, die ich je besucht hatte. Die Zeremonie, das Ritual, der Vortrag oder was immer es war, dauerte mehrere Minuten. Und obwohl ich kein einziges Wort verstand, fand ich die Ansprache beunruhigend, unheimlich.

Als Khaemezra fertig war, ließ sie die Arme sinken. Teraeth holte einen Kelch und eine große flache Schüssel unter dem Altar hervor. Den Kelch füllte er mit trübem Wasser aus einem Becken gleich daneben und fügte noch einen großzügigen Spritzer Flüssigkeit aus einer roten Karaffe hinzu. Schließlich nahm er einen schwarzen Dolch mit geschwungener Klinge und schnitt sich damit in den Arm. Das hervorquellende Blut ließ er in den Kelch tropfen.

Seine Mutter erhob erneut die Stimme, woraufhin die Anwesenden einer nach dem anderen vor den Altar traten. Jeder sprach ein paar Worte, oft war es kaum mehr als ein Flüstern. Die meisten redeten in den gleichen merkwürdigen Zischlauten, aber hin und wieder glaubte ich, eine mir bekannte Sprache zu hören.

Danach tranken sie aus Teraeths Kelch – was ein bisschen eklig war, wenn man bedenkt, dass darin unter anderem sein Blut herumschwappte – und warteten jeweils einen Moment. Sobald klar war, dass nichts passierte, schickte Teraeth sie weiter. Die Anspannung unter denen, die noch nicht getrunken hatten, war mit den Händen zu greifen – genau wie die Erleichterung, wenn sie anschließend ins Publikum zurückkehrten.

Als alle wieder auf ihren ursprünglichen Plätzen standen, breitete Khaemezra erneut die Arme aus und ließ einen imposanten Kauderwelsch vom Stapel. Dann wurde es still. Niemand rührte sich.

Teraeth trat einen Schritt vor und legte die Hand auf das Messer. Irgendjemand in der Menge schnappte hörbar nach Luft.

»Nicht du«, sagte Khaemezra. Sie klang überrascht.

Teraeth schüttelte den Kopf. »Doch.«

»Deine Zeit ist noch nicht gekommen.«

»Wegen mir ist er fast gestorben. Ich muss es tun.«

Sie sahen einander unverwandt an, bis Khaemezra ihrem Sohn das Messer aus der Hand nahm und es ihm mit dem Heft voraus hinhielt.

»Dann sei es so«, sagte sie und trat zur Seite, als wollte sie bei dem, was nun kommen würde, nicht zusehen.

Teraeth riss die Klinge hoch und schrie etwas in dieser merkwürdigen Sprache. Die Trommler verfielen in einen wilden Rhythmus, das Publikum stampfte im Takt dazu. Teraeth begann, Arme und Beine so eigenartig zu bewegen, dass ich einen Moment brauchte, um zu begreifen, dass er tanzte. Es war kein lasziver Tanz, vielmehr kraftvoll, wild und wütend. Die Trommler nahmen noch mehr Tempo auf, mein Puls ebenso. Der Dolch wirbelte durch die Luft, und Teraeth drehte sich wie ein Derwisch. Ich hatte keine Ahnung, wie er es schaffte, auf den Beinen zu bleiben.

Dann hielt Teraeth plötzlich inne.

Er wandte sich dem Publikum zu und blickte mit dem Kopf im Nacken zu seiner Göttin hinauf. Die Trommeln verstummten.

Teraeth hob den Arm und stieß die Klinge mit einer einzigen fließenden Bewegung mitten in sein Herz.

»Verflucht!«, keuchte ich.

Obwohl meine Stimme von den Geräuschen um mich herum gedämpft wurde, hatte es jeder gehört.

Dann passierten mehrere Dinge fast gleichzeitig: Als Erstes brach Teraeth blutüberströmt zusammen. Einen Wimpernschlag später drehten sich mehrere Hundert Gestalten in schwarzen Kapuzenumhängen in meine Richtung. Zuletzt hoben die beiden Trommler die Köpfe, was aufgrund ihrer besonderen Anatomie dazu führte, dass ihnen die Kapuzen in den Nacken rutschten und ihre Gesichter enthüllten.

Ihre Schlangengesichter, genauer gesagt.

Sie glichen exakt den Statuen, die ich im Saal gesehen hatte, nur dass sie nicht unbelebt waren. Sie standen auf.

Ich geriet in Panik und rannte los.

Unter den gegebenen Umständen hielt ich das für das Vernünftigste.

24

DIE KLAUE DES FALKEN

(Klaues Geschichte)

Als Kihrin über den Innenhof des ZERRISSENEN SCHLEIERS lief, öffnete Ola gerade die Tür zu ihrer Wohnung. In der Hand trug sie eine Armbrust, im Gesicht einen besorgten Ausdruck.

»Ola! Wo ist Morea?«

»Huch! Du hättest mir fast einen Herzinfarkt verpasst. Ich wollte dich gerade dasselbe fragen, mein Schatz. Ich habe einen Schrei gehört, aber keinen guten. Wo ist dein Mädchen? Und warum bist du überhaupt hier draußen unterwegs?« Sie stemmte eine Hand in die Hüfte und sah ihn empört an.

»Dafür haben wir jetzt keine Zeit. War sie nicht drinnen?«

»Ich habe sie nicht gesehen. Was ist denn los?«

»Gib mir deine Armbrust.« Er blickte besorgt die Stufen zu seinem Zimmer hinauf und fragte sich, ob Morea überhaupt so weit gekommen war.

»Ich erwarte eine Erklärung von dir, Blauauge.«

»Sagt dir der Name Darzin D'Mon etwas?«

Ola wurde aschfahl und umklammerte die Armbrust, als wäre sie eine Puppe.

»Verdammt, Ola. Das hättest du mir sagen müssen.«

»Es ist nicht so, wie du denkst!«

»Er hat Butterbauch umgebracht«, flüsterte Kihrin. »Und zu uns wird er auch kommen. Verstehst du? Vielleicht sind seine Leute sogar schon hier.«

»O Göttin«, fluchte sie leise.

»Hole Roarin und Lesver, und dann haut ab. Haltet euch nicht mit Packen auf. Verschwindet einfach von hier. Du kennst ja unseren geheimen Unterschlupf.«

»Und was wirst du inzwischen tun?«

Kihrin atmete tief durch und wappnete sich innerlich. »Ich schnapp mir deine zweite Armbrust und sehe nach, ob es den anderen gutgeht.«

Bevor sie ihn aufhalten konnte, schlüpfte er unter ihrem Arm hindurch in ihre Wohnung.

Im Eingangsbereich war alles genau so, wie er es in Erinnerung hatte, exotisch und glitzernd. In dem gedämpften Licht sahen die Masken bedrohlich aus. Die Harfe stand neben der Tür, exakt dort, wo er sie zurückgelassen hatte. Sie steckte immer noch in der Stofftasche. Keine Spur von Morea.

Er ging zu einer Vitrine und holte die Armbrust sowie einen Köcher mit Bolzen heraus.

Kihrin konnte gut mit der Armbrust umgehen, für einen Dieb eine nützliche Fähigkeit. Mit diesen Waffen konnte man Haken mit Kletterseilen daran im Mauerwerk versenken und den ein oder anderen Wachhund beseitigen. Bislang hatte er noch nie auf einen Menschen geschossen, war aber ziemlich sicher, dass die Technik die gleiche war.

Mit der Winde spannte er die Sehne und legte einen Bolzen ein. Da hörte er ein Geräusch. Ganz leise. Leder, das eine Fliese streifte. Vielleicht war Morea ja im Schlafzimmer und tat so, als schliefe sie noch. Vielleicht.

Aber Kihrin glaubte es nicht.

Er ging zu dem Perlenvorhang, teilte ihn und schlüpfte hindurch.

Auch dieser Raum sah ganz normal aus. Tyas Schleier schien durch die Fenster herein und ließ blaugrüne, rosa und violette Lichtstrahlen auf der Bettwäsche tanzen. Kihrin zog die Augenbrauen zusammen. Unter der Decke waren zwei menschliche Umrisse zu erkennen.

Ihm wurde flau im Magen. Das konnte Ola nicht entgangen sein, und hier drinnen würde sie bestimmt nachgesehen haben.

Mit zugeschnürter Kehle ging er langsam auf das Bett zu und schlug die Decke zurück.

Auf der Matratze lagen Morea und Surdyeh.

Ihre Körper waren in durchdachten Posen arrangiert, die Hände über den Herzen verschränkt, die Augen geschlossen, als schliefen sie. Doch dadurch traten ihre aufgeschlitzten Kehlen nur noch deutlicher hervor – tiefe Schnitte, die genauso aussahen wie bei Butterbauch. Das Laken war schwarz von Blut.

Die beiden waren tot.

Kihrin konnte den Blick nicht abwenden. *Nein. Nein, das kann nicht sein.* Er wollte seinen Augen nicht trauen. Sie war doch am Leben gewesen. Sie waren beide lebendig gewesen. Sein Vater konnte nicht tot sein. Kihrin war nur kurz bei Butterbauch gewesen. *Sie waren noch am Leben gewesen!*

Er fasste sich an den Hals. Der Schellenstein war eiskalt.

Im Gegensatz zu Butterbauch waren weder Surdyeh noch Morea gefoltert worden. Es war nicht nötig gewesen. Die Mörder brauchten nur zu warten, bis ihr eigentliches Opfer von selbst zu ihnen kam – und sie warteten immer noch.

Kihrin musste nicht hinter den Ersten Schleier blicken, um die Männer in ihren Verstecken lauern zu sehen. Er konnte sie fühlen.

Einer von ihnen trat aus dem Schatten und schwang eine schwere Keule nach ihm. Kihrin wich nach hinten aus und entging nur knapp dem Schlag, der ihm den Schädel zerschmettert hätte. Überraschend ruhig wog er seine Chancen ab: Es waren vier Gegner. Sie trugen Rüstungen und Waffen. Einer trat hinter Kihrin, um ihm den Fluchtweg abzuschneiden.

Kihrin richtete die Armbrust auf den Mann vor dem Perlenvorhang. Er hatte nur einen Schuss.

Der Bolzen bohrte sich dem Mann in die Brust, ein tödlicher Treffer. Wäre der Meuchelmörder allein gekommen, hätte das gereicht, aber er hatte drei Freunde mitgebracht, und die waren sicher nicht so dumm, Kihrin nachladen zu lassen. Gemeinsam gingen sie auf ihn los und schienen nicht den geringsten Zweifel zu haben, wie die Sache ausgehen würde.

In einer so schlimmen Lage hatte sich Kihrin noch nie befunden … Na ja, abgesehen vom heutigen Nachmittag vielleicht, als der Dämonenprinz Xaltorath ihn in den Klauen gehabt hatte.

Aber diesmal würde kein Oberster General kommen und ihn retten.

Er drehte einen seiner Dolche um und warf ihn auf das Seil, an dem der Baldachin aus perlenbesetztem Tuch über Olas Bett hing. Die Waffe traf ihr Ziel und durchtrennte die Halterung.

Mehrere Meter Satin fielen wie ein Netz von der Decke herab.

Die Männer waren mit Keulen und Knüppeln bewaffnet. Doch sie hielten nichts in den Händen, womit sie sich einen Weg in die Freiheit hätten schneiden können. Vielleicht hatten sie ja Dolche in den Schäften ihrer Stiefel stecken, aber wenn, dann waren sie zu verwirrt, um sie rechtzeitig zu ziehen. Schreiend versuchten sie, unter dem Stoff hervorzukriechen.

Kihrin wich zurück und lud nach. Zwei der Männer konnte er erschießen, noch während sie festhingen. Dann kletterte er auf einen der Deckenbalken und lud erneut nach. Sein Herz war wie betäubt, sein Blick ausdruckslos, als er dem letzten Attentäter ins Gesicht schaute. Der Mann, der sich mittlerweile befreit hatte, riss vor Angst die Augen auf und rannte zum Durchgang. Kihrin schoss ihm den Bolzen in den Hals.

Danach senkte sich Stille über den Raum. Mit gekrümmtem Rücken kauerte Kihrin auf dem Deckenbalken. Es war so einfach gewesen, diese Männer zu töten. Leichter, als es seiner Meinung nach sein sollte, jemandem das Leben zu nehmen. Es kam ihm falsch vor. Ein abgespaltener, emotionsloser Teil seines Verstands vermutete, dass er zu benommen war, um etwas zu fühlen. Die Begegnung mit Xaltorath mochte er noch verkraftet haben, aber der Anblick seines ermordeten Vaters hatte ihm die Seele eingefroren.

War dieses Zusammentreffen auf der Straße wirklich erst wenige Stunden her? Seitdem waren doch Jahre vergangen. Kihrin fühlte sich um Jahrzehnte gealtert. Ein weiteres Mal lud er die Armbrust. Er betrachtete einen der Männer und die auf dem Boden verteilten Waffen, dann sah er zum Bett hinüber, das von dem Baldachin bedeckt war. Die Soldaten hatten keine scharfen Waffen dabeigehabt. *Sie waren nicht die Mörder.* Er musste sofort weg von hier. Ola … Kihrin wollte lieber nicht über die Konsequenzen nachdenken. Er kletterte vom Balken hinunter und hielt nur kurz inne, um einer immer noch mit dem Tod ringenden Gestalt einen Tritt zu versetzen und eine Keule aufzuheben.

Dann trat er durch den Perlenvorhang und blieb wie erstarrt stehen.

Alle Kerzen im Vorraum brannten.

Eine Frau lag bäuchlings auf Olas Glastisch, die Brüste und das Becken flach auf die Scheibe gepresst. Die an den Seiten herunterbaumelnden Arme erinnerten Kihrin an Prinzessin, die Bordellkatze. Die sah auch immer so aus, wenn sie gerade eine Maus gefangen hatte und mit sich selbst zufrieden war. In der einen Hand hielt die Frau Olas ausgestopften Raben, so dicht vor dem Gesicht, dass der Schnabel beinahe ihre Nase berührte.

Ihre Haut war honiggolden, das lange braune Haar glänzte seidig. Das Kerzenlicht tauchte ihren schlanken Körper in einen rosa Schimmer. Als Kleidung dienten ihr drei schwarze Ledergürtel, zwei vor den Brüsten überkreuzt, einen um die Hüfte geschlungen. Die Gürtel boten weder Schutz noch bedeckten sie ihre Blöße.

Sie trug keine sichtbaren Waffen – und Kihrin konnte so gut wie alles an ihr sehen.

Sie hätte schön sein können, wäre da nicht der Wahnsinn in ihren dunklen Augen gewesen.

Kihrin hätte beinahe gesagt, dass sie sich im falschen Bordell befinde und doch die Straße runter in die ROTEN STRIEMEN gehen solle, wenn sie auf harte Sachen stehe. Aber die Stichelei erstarb ihm auf den Lippen. Die Frau war nicht wegen Sex hier.

Sondern wegen ihm.

»Wie recht du hast, mein hübscher Engel«, gurrte sie mit zuckersüßer Stimme. »Ich bin wegen dir hier. Du bist meine kleine süße Kokosnuss, und ich werde dich aufknacken, um an dein Fleisch zu kommen.«

Sie lächelte und sprang so elegant auf die Füße, dass der Glastisch nicht einmal ins Wackeln geriet. Im Stehen verbargen die Gürtel sogar noch weniger von ihr. Sie warf den Raben zur Seite.

Kihrin schluckte schwer. »Habe ich das laut gesagt?«

»Nein, Blauauge.« Sie grinste. »Das hast du nicht.«

»Das habe ich mir doch gedacht.« Sein Herz begann wild zu hämmern. *Noch ein Dämon. O Taja, nicht schon wieder.*

»Aber nein, mein Lieber, ich bin kein Dämon. Dämonen haben keinen richtigen Körper. Ich schon.«

»Hör auf, meine Gedanken zu lesen!«

Sie lächelte ihn freundlich an. »Sei nicht albern. Das da drinnen hast du übrigens gut gemacht.« Sie nickte zu dem jadegrünen Vorhang hinüber. »Die meisten Leute verlieren die Fassung, wenn sie ihre Liebsten ermordet sehen. Dann erstarren sie entweder oder rennen davon. Beides hätte dir nur einen Keulenschlag auf den Kopf eingebracht, wie ihn ein Kälbchen beim Schlachter bekommt. Du hättest natürlich dafür sorgen sollen, dass sie auch wirklich tot sind. Einer der Kerle lebt noch.«

»Wie schlampig von mir. Ich gehe schnell zurück und bringe das in Ordnung.«

»Das glaube ich nicht, mein Entlein.« Lächelnd sah sie Kihrin weiter an und leckte sich die Lippen. Mit den Fingernägeln einer Hand tippte sie sich auf die Hüfte. Die Nägel waren lang und spitz, dunkelrot oder schwarz lackiert und sahen feucht aus.

Kihrin blickte sich um. »Werden noch weitere Schläger hier auftauchen?«

»Nur ich.«

»Nur du. Und wer bist du noch mal?«

»Nett, dass du fragst. Ich heiße Klaue und bin heute Nacht deine Mörderin. Du solltest dich geehrt fühlen. Man schickt mich nur zu den ganz Wichtigen.«

»Vielen Dank, ich verzichte.« Kihrin hob die Armbrust und schoss. Er hoffte, dass sie seine Gedanken nicht schnell genug lesen konnte, um sich rechtzeitig zu ducken.

Sie tat es nicht. Der Bolzen traf sie in die Brust. Sie geriet ins Taumeln.

Doch es kam kein Blut. Sie lächelte ihn an wie eine Geliebte, während sie sich den Bolzen aus dem Körper zog. Die Wunde verschloss sich sofort, ohne Spuren zu hinterlassen.

Kihrin blinzelte ungläubig. »Nur dass du's weißt: Das war heute ein wirklich beschissener Tag«, sagte er schließlich, ließ die Armbrust fallen und hob die Keule.

Sie nickte und lächelte immer noch. »Mach dir nichts draus, mein Hübscher. Bald ist alles vorbei.« Sie warf den Bolzen über die Schulter und ging auf Kihrin zu. »Das kann nicht deine echte Haarfarbe sein, aber du gefällst mir trotzdem. Ich frage mich, was an dir so wichtig ist.«

»Versprich, mich nicht zu töten, dann werde ich es dir erklären. Vielleicht bei einem Abendessen?«

Sie sah ihn an, wie ein Adler ein Eichhörnchen mustert. »Es tut mir leid. Fürs Abendessen habe ich bereits einen blinden Musiker und eine Tänzerin eingeplant. Aber mach dir keine Sorgen. Dich hebe ich mir zum Nachtisch auf. Du siehst köstlich aus.«

Alles Blut wich ihm aus dem Gesicht. »Du bist eine Mimikerin.«*

Sie klatschte in die Hände wie ein Kind, das sich über ein Kompliment freut. »Also passt doch noch jemand bei den alten Märchen auf!« Ihr Körper begann zu flackern. Einen Moment lang nahm sie Kihrins Gestalt an, ehe sie sich wieder in eine schöne Frau zurückverwandelte. »Das war nur eine kurze Improvisation. Wirklich gut werde ich dich erst *nach* dem Imbiss wiedergeben können.«

»O Göttin.«

»Die Götter können dich nicht retten, Süßer.« Vollkommen ruhig ging sie auf ihn zu, und Kihrin wich zurück. »Glaub mir, ich weiß es. Ich war zu meiner Zeit ziemlich fromm, aber wo war meine Göttin, als ich sie wirklich brauchte? Jedenfalls nicht in der Stadt, das kann ich dir sagen.«

»Was hast du mit Ola gemacht?«

»Sie ist oben in einem der Zimmer und treibt es mit einer niedlichen Hure.« Die Mimikerin senkte ihre Stimme zu einem Bühnenflüstern. »Sie hat keine Ahnung, was hier los ist.«

»Aber ich habe Ola gesehen …« Da dämmerte es ihm. »Du warst das! Du hast mich ins Schlafzimmer geschickt, obwohl du genau wusstest, was mich dort erwartet!«

»Was soll ich sagen, Liebling? Ich spiele nun mal gern mit meinem Essen. Ich wollte sehen, wie du die Neuigkeiten aufnimmst. Es war wirklich köstlich. Jetzt kann ich nicht nur drei Gehirne

* Ich gebe zu, dass ich ein persönliches Interesse an Mimikern habe. Nachvollziehbarerweise ist nur wenig über sie bekannt, da sie ihre Gestalt beliebig verändern können und folglich sehr schwer aufzuspüren sind. Die meisten Gelehrten halten sie für Überbleibsel eines Experiments eines verrückten Gottkönigs, was gut möglich ist, da Mimiker weder altern, noch sich im herkömmlichen Sinn fortpflanzen können. Weil sie selbst nichts zur Aufklärung all dieser Fragen beitragen, werden wir vielleicht nie erfahren, woher sie stammen.

verspeisen, sondern habe gleich sieben, die ich meiner Sammlung hinzufügen kann. Zum Glück habe ich einen großen Magen.«

»Ich kann dich bezahlen.«

»Ach, das ist süß, aber ich mache das hier nicht für Geld.« Sie grinste. »Ich kann es gar nicht erwarten, Olas Gesicht zu sehen, wenn sie hier hereinspaziert und sieht, was ich mit dir gemacht habe. Das wird viele schlimme Jahre aufwiegen. Ich glaube, ich werde sie zu Tode foltern. Schön langsam. Ja, das wird ein Abend, an den ich mich noch jahrhundertelang erinnern werde.«

Kihrin war verwirrt. »Du … Warte mal … Du tust das wegen Ola? Ich dachte, Darzin D'Mon …«

Klaue zögerte einen Moment. Eine kleine Falte bildete sich auf ihrer Stirn. »Den hast du vorhin schon erwähnt. Und was hast du noch mal gesagt, wie du heißt?«

»Ich habe es dir nicht gesagt.«

»Kihrin?« Sie neigte den Kopf.

»Bleib aus meinem Verstand heraus!« Er wich noch einen Schritt zurück.

»Kihrin«, wiederholte sie, allerdings betonte sie den Namen falsch.* »Eine andere Haarfarbe …« Sie hob die Augenbrauen. »Sie hat dich *behalten?* Hier?«

Ihr Blick wanderte über seinen Körper wie über ein seltenes Kunstobjekt. »Ich kann es einfach nicht glauben … So ein gerissenes kleines Luder.« Als sie ihm ins Gesicht sah, schenkte sie ihm ein freudiges Lächeln. »Du trägst eine Halskette, den Schellenstein. Aber der Name ist egal. Du weißt wahrscheinlich gar nicht, wie er wirklich heißt. Für dich ist er nur ein in Gold gefasster blauer Klun-

* Das lässt mich vermuten, dass sein richtiger Name eine Variante von Kihrin ist. Genauso gut könnte es sich bei Kihrin aber auch um eine falsche Aussprache seines richtigen Namens handeln.

ker. Den hast du sicher schon umgehabt, als Ola dich im Arenapark* gefunden hat.«

»Ola hat mich *nicht* im Arenapark gefunden.«

Sie lachte. »O doch, hat sie. O ja. *Das hat sie.* Ich war dort und hatte die Hände um den stinkenden Hals der kleinen Schlampe gelegt …« Sie streckte die Hände aus, als stünde ihr der Moment noch deutlich vor Augen. Ihr Körper begann sich erneut zu verändern und nahm kurz die Gestalt eines Mannes an, den Kihrin nicht kannte, dann verwandelte sie sich wieder zurück. Ein Zittern durchlief sie, und sie schloss einen Moment die Augen. »Entschuldige. Manchmal schlüpft er einfach hinaus. Dieser Narr glaubt wohl, er hätte irgendwelche Vorrechte, nur weil er mich getötet hat.«

Kihrin würde niemals an ihr vorbeikommen. Seine Finger schlossen sich fester um den Griff der Keule.

Klaue hob eine Hand. »Und ich wollte dich schon *töten.*« Sie lachte hysterisch. »O weh! Das wäre … Das war knapp.« Sie grinste und fächelte sich kühle Luft zu. »Sehr knapp. Ich darf gar nicht daran denken, dass ich beinahe denselben Fehler gemacht hätte wie mein Mörder. Vertrau mir: Töte *niemals* die Person, die den Schellenstein trägt. Das gibt jedes Mal ein Desaster!« Sie winkte mit beiden Händen ab.

Kihrin zögerte. »Warte mal, willst du damit sagen, dass du mich doch nicht töten wirst?«

»Dich töten? Ach, Liebes! Das wäre schrecklich. Glaub mir, du möchtest nicht, dass ich das tue.«

Kihrin schaute sie perplex an. »Ähm … da hast du recht. Meine Meinung zu der Frage, ob du mich umbringen sollst, hat sich während der letzten fünf Minuten nicht geändert.« Er schüttelte den

* Die meisten Leute nennen das Gelände um die Arena herum »Arenapark«, aber das ist nicht sein offizieller Name. Andere bezeichnen es als »Blutboden« oder häufiger noch als »Keulfeld«.

Kopf. »Großartig. Nicht nur eine Mimikerin, sondern auch noch *verrückt*. Wirklich toll.«

»Mein Liebling, *endlich* habe ich dich gefunden. Es gibt so vieles, was ich dir sagen muss.« Sie blickte über Kihrins Schulter, und ihr Gesicht verzerrte sich zu einer hasserfüllten Grimasse. *»Nein, du Narr!«*

Kihrin drehte sich um und sah einen der Meuchelmörder durch den Perlenvorhang taumeln. Trotz seiner tödlichen Verwundung unternahm er einen letzten heldenhaften Versuch, seinen Auftrag zu Ende zu führen.

Der Kerl richtete eine Armbrust auf Kihrin.

Kihrin machte einen Satz zur Seite. Im ersten Moment glaubte er, sein Ausweichmanöver wäre erfolgreich gewesen, aber das war nur der Schock. Er spürte einen dumpfen Schlag gegen die Brust, taumelte, kippte. Er bekam keine Luft mehr. *Bei den Göttern, er bekam keine Luft!* Als er einzuatmen versuchte, kam der Schmerz, und Kihrin merkte, dass er deutlich weniger Glück gehabt hatte als angenommen. Der Stein an seinem Hals war so bitterkalt, dass er sich glühend heiß anfühlte.

Noch während er stürzte und zu begreifen versuchte, dass mitten in seiner Brust ein Bolzen steckte, geschah etwas Merkwürdiges: Obwohl doch eindeutig Kihrin getroffen wurde, war es nicht er, sondern sein Angreifer, der schrie. Und das aus gutem Grund, denn gerade rissen ihn mehrere mit scharfen Krallen bewehrte Tentakel in Stücke. Blutige Fetzen regneten auf Olas Teppiche hinab.

Kihrin sah es und hörte einen neuerlichen Tumult – eine Tür, die knallend aufflog, Stimmen –, doch das kümmerte ihn nicht mehr. Die Welt um ihn herum wurde zusehends dunkler.

Ein Gesicht tauchte über ihm auf, ein vertrautes, unwillkommenes Gesicht. Der Schönling, Darzin D'Mon, blickte mit unverhohlener Sorge auf ihn herab. »Da bin ich ja gerade noch rechtzeitig gekommen.«

»Ich wusste nicht …«, begann Klaue.

»Du kannst nichts dafür. Ich werde dir nicht die Schuld geben, wenn er stirbt.«

»Er wird nicht sterben«, hörte Kihrin sie antworten, bevor der Schmerz ihm das Bewusstsein raubte. »Ich bin noch nicht fertig mit ihm.«

25

TIEFER IN DEN DSCHUNGEL

(Kihrins Geschichte)

Während ich rannte, vernahm ich hinter mir Schreie. Jemand rief meinen Namen. Auch das ignorierte ich. Ich hetzte die Stufen hinunter und rannte in den Urwald. Unter dem Blätterdach war es dunkel, Nebel und ein fauliger Geruch nach Erde und Orchideen hing in der Luft. Ich rannte immer weiter, sprang über Schlingpflanzen, Wurzeln und feucht schimmernde grüne Farne hinweg, bis ich so außer Atem war, dass ich Seitenstechen bekam.

Ich glaubte nicht, dass sie mir folgten. Um mich herum waren nur die Geräusche des Waldes zu hören.

Ein Rascheln im Unterholz.

Ich erstarrte. Jetzt raschelte es auch an einer anderen Stelle. Ich bückte mich ganz langsam und hob einen fauligen Ast vom Waldboden auf.

Zu meiner Rechten ertönte ein kehliges Geräusch, leise und träge, es klang fast wie das Schnurren einer Katze. Im nächsten Moment tauchte der Kopf einer Echse auf. Er war goldgrün und so hoch über dem Boden, dass er eher zu einem Krokodil im Senlay als zu einer kleinen Eidechse zu gehören schien. Als das Reptil näher kam, sah ich, woran das lag: Es stand auf den Hinterbeinen. Grinsend entblößte es eine Reihe spitzer Zähne. Es schnurrte und musterte mich mit intelligenten Augen, die mich an einen Papagei erinnerten. Es hatte eine Schulterhöhe von gut drei Fuß.

Hinter mir erklang ein weiteres Schnurren.

Es waren also zwei.

Ich hob die Arme und fuchtelte mit dem Ast. »Hiaah!«

Das Reptil vor mir senkte fauchend den Kopf. Dann stieß es einen Klicklaut aus und begann, mich zu umrunden.

Ich legte meine Hand an den Tsali-Stein. Er war weder heiß noch kalt.

Na toll. Was hatte das denn zu bedeuten?

Mein Blick wanderte von dem Reptil zu dem großen, alten Baum gleich daneben. Auf dem Boden schien sich die Eidechse recht wohlzufühlen, aber ich bezweifelte, dass sie gut klettern konnte. Das Reptil folgte meinem Blick und stellte sich zwischen mich und den Baum.

Ich rannte los. Mit einem abgehackten Schrei nahm das Tier die Verfolgung auf. Als es schon dicht hinter mir war, griff ich nach einer Liane, zog mich daran hoch und machte einen Salto rückwärts. Ich landete auf dem Schwanz des Tieres und rannte in die andere Richtung. Während das Vieh sich umdrehte und ich auf den Baum zulief, brachen fünf weitere Ungeheuer aus dem Unterholz und preschten auf mich zu. Ich sprang in die Höhe, packte die nächste Liane und zog mich so weit an ihr hinauf, dass ich den Fuß über einen Ast haken konnte. Eines der Biester machte einen Satz und wollte sich in meinen Haaren verbeißen, verfehlte mich aber. Mit beiden Händen zog ich mich den Ast entlang außer Reichweite. Die Echsen schauten zu mir herauf und machten das Klickgeräusch, das wohl so etwas wie ein Knurren war. Eine von ihnen versuchte, den Baum zu erklettern, aber ihre Vorderkrallen waren zu schwach, und sie rutschte immer wieder ab.

Nun hörte ich ein Surren.

Einer der Schlangenmänner tauchte zwischen den Bäumen auf. In einer Hand hielt er eine lange schwarze Metallkette, die an einem Ende beschwert war. Er wirbelte sie über dem Kopf herum, schneller und immer noch schneller.

»Verdammt«, fluchte ich und langte nach einer Ranke.

Ich schwöre, dass der Bastard grinste, als er die Kette losließ.

Ich schwang mich zur Seite, und die Kette verfehlte mich, aber mein Triumphgefühl war nur von kurzer Dauer. Das Vieh hatte gar nicht auf mich gezielt, sondern auf den Ast, auf dem ich saß. Krachend fuhr das Metall durchs Holz, und ich vertraute mein gesamtes Körpergewicht der Ranke an. Sie riss.

Danke, Taja.

Ich stürzte zu Boden, und bevor ich irgendetwas tun konnte, stellte mir eine der hundeartigen Echsen einen Fuß auf die Brust. Sie senkte den Kopf, bis er den meinen fast berührte, und ließ ihr missbilligendes Klicken hören. Weitere Schlangenmänner tauchten auf. Zum Glück beließen sie es dabei, ihre Speere auf mich zu richten und mich anzuzischen.

Ich stieß langsam die Luft aus.

Der Schlangenmann, der die Kette geworfen hatte, fauchte etwas in der gleichen Sprache, die Khaemezra gesprochen hatte, woraufhin sich bis auf eine alle großen Jagdechsen zurückzogen. Dann sagte der Schlangenmann noch etwas, das für lautes Zischen und Gelächter sorgte. Ich vernahm auch menschliches Lachen. Als ich den Hals danach reckte, fauchte mich die Echse erneut an.

»Szzarus meint, dass er den Draken zurückpfeift, wenn du versprichst, dich nicht wie ein Affe aufzuführen«, sagte eine Frau. Die Schlangenmänner traten auseinander, und sie schritt hindurch.

Sie war keine Vané, sondern ein Mensch. Ihre Hautfarbe lag irgendwo zwischen dem Olivbraun der Quurer und dem Ebenholzton der Zheriasos. Ihre schwarzen Haare waren zu langen Zöpfen geflochten, an deren Enden Kupferringe, Schädel und Rosen hingen. Sie trug eine eng geschnürte Lederflickenweste, einen Lendenschurz und hohe Stiefel, dazu ein braungrünes Netzhemd, mit dem sie im Dschungel vermutlich kaum zu sehen war. Durch die Maschen erkannte ich die filigranen Umrisse schwarzer Tätowierungen. In ihrem Gürtel steckten zwei Dolche, ein Krummschwert und die kleine Schwester der langen Kette, die der Schlangenmann benutzt hatte.

Sie schien den großen Auftritt zu lieben.

»Wirst du jetzt nett sein?«, fragte sie und neigte den Kopf. Die Art, wie sie mich ansah, erinnerte mich an die Jagdechsen.

»Habe ich denn eine Wahl?«

»Natürlich. Ich könnte dich auch in Ketten zu Mutter schleifen.« Sie klopfte auf ihren Gürtel. »Manche Männer stehen darauf.«

»Zu dieser Sorte Männer gehöre ich nicht.« Ich musterte sie eingehend. Irgendwie kam sie mir bekannt vor.

»Dachte ich mir. Obwohl ich sagen muss, dass du gut aussiehst, wenn du nichts als Eisen am Körper trägst.«

Ich machte große Augen. »Du warst mit Khaemezra und Teraeth in Kishna-Farriga.«

»Richtig.« Sie lächelte. »Ich bin Kalindra. Mutter hat mich gebeten, dich im Auge zu behalten. Sie dachte sich schon, dass du was Dummes tun könntest, wenn du den Maevanos siehst.«

»Der Maeva …« Ich verstummte kurz. »Der Maevanos ist ein Nackttanz, kein Opferritual.«*

Sie schnaubte und machte eine Geste, woraufhin zwei Schlangenmänner mich auf die Beine zogen.

»Nur die Quurer bringen es fertig, eines von Thaenas heiligsten Ritualen zu einem Unterhaltungstanz für die Samthäuser zu ver-

* Ehrlich gesagt dachte ich ebenfalls, es sei ein Nackttanz. Jetzt verstehe ich auch, warum dieser Thaena-Priester aus dem Raum gestürmt ist, als der Maevanos vor zwei Jahren beim Winterfest aufgeführt wurde. Es wäre wirklich gut, wenn jemand die Spaßmachergilde darüber aufklären würde.

hackstücken.« Sie sah mich durchdringend an. »Es gibt keinen heiligeren Vertrauensbeweis, als die Bleiche Herrin in ihrem eigenen Reich um ihren Segen und Vergebung zu bitten, dort, wo ihre Macht absolut ist und es keine Heuchelei gibt. Wenn ein Bittsteller aufrichtig bereut, bringt sie ihn zurück, geläutert und frei von allen Sünden.«

»Und wenn er nicht ehrlich bereut?«

»Dann ist er tot.«

»Wie schade. Ich habe gerade angefangen, Teraeth zu mögen.«

»Ehrlich?«

»Natürlich nicht! Er ist ein Idiot.«

Kalindra lächelte. »Soll ich ihm das ausrichten, wenn er zurückkehrt?«

»Wenn es dich glücklich macht.«

Die Schlangenmänner schienen der Ansicht zu sein, dass die Lage nun im Großen und Ganzen unter Kontrolle war. Die meisten kehrten mit ihren Kuschelechsen im Schlepptau in den Wald zurück. Der größte von ihnen zischte Kalindra im Vorbeigehen noch etwas zu. Ich ging davon aus, dass er in der Nähe bleiben und uns im Auge behalten würde.

»Was hat er gesagt?«, fragte ich.

»Er sagte: ›Sei vorsichtig. Er sieht zwar harmlos aus, aber dieser Affe kann verflucht schnell sein.‹ Ich glaube, Szzarus mag dich.«

»Jeder mag mich, frag mal Relos Var.« Ich rieb mir die Arme und sah mich um. »Bin ich ein Gefangener?«

Kalindra musterte mich von der Seite. »Du befindest dich auf einer tropischen Insel, tausend Meilen vom nächstgelegenen Dorf entfernt. Wie gut kannst du schwimmen?«

»Also bin ich ein Gefangener.«

Sie zuckte mit den Schultern. »Wenn du so willst. Ich kann nichts an den örtlichen Gegebenheiten ändern, nur damit du dich besser fühlst. Außerdem kann ich genauso wenig ohne Weiteres von hier verschwinden wie du. Manchmal bedeutet Schutz eben eingeschränkte Freiheit.«

»Das gefällt mir nicht.«

»Das ändert natürlich alles!« Sie verdrehte die Augen. »Nein, Moment: Es ändert gar nichts.«

»Meinst du damit, dass ich aufhören soll zu jammern?«

»Das hast *du* gesagt.« Ihr amüsierter Blick machte es mir schwer, an meiner Empörung festzuhalten. »Lass uns spazieren gehen. Bis Teraeth von den Toten zurückkehrt, bleibt noch genügend Zeit für Erklärungen.«

26

EIN UNGLÜCKLICHES WIEDERSEHEN

(Klaues Geschichte)

Jemand klopfte an der Tür.

»Verdammt, hau ab!«, rief Ola.

»Schnell, Ola, du musst kommen!«, erklang Moreas Stimme von der anderen Seite.

»Verflucht.« Ola wälzte sich aus dem Bett, warf sich einen Mantel über, ohne auf den Protest der Frau zu achten, die allein auf der Matratze zurückblieb. Dann stampfte sie zur Tür und riss sie auf. »Was ist denn los, Mädchen? Ich hoffe, es ist wichtig …«

Morea stand fast nackt im Korridor. Tränen strömten ihr übers Gesicht. »Sie … Er … O Göttin …«

»Beruhige dich, mein Kind, beruhige dich! Was ist passiert?«

»Kihrin!« Morea deutete mit zitternder Hand die Treppe hinunter auf Olas Wohnung. »Er ist weg!«

»Kihrin? Wo ist er denn hin …?« Ola zog verwirrt die Augenbrauen zusammen. »Ach, du meine Güte. Der General. Wenn er …« Ohne ein weiteres Wort packte sie das Sklavenmädchen am Arm und zerrte es hinunter in ihre Wohnung.

Ola trat ein, musterte die Kerzen, die umgeworfenen Möbel und die klebrig feuchten Klumpen, die vielleicht einmal ein Mensch gewesen waren. Die hintere Wand und der Jadeperlen-Vorhang waren voller Blut. Vor Kurzem war hier jemand auf besonders grausige Art ermordet worden. Ola schluckte die aufsteigende Galle hinunter. Nicht Kihrin. Bestimmt nicht Kihrin. Aber wer dann?

»Morea, was ist geschehen …?« Als sie sich umdrehte, sah sie gerade noch die Faust, die sie am Kinn traf und gegen die Vitrine schleuderte.

Morea betrachtete ihre Knöchel. »Schon wieder zu spät! Du bist immer zu spät, Ola. Das konnte ich dir noch nie verzeihen. Und glaube nicht, ich hätte es nicht versucht.«

»Morea?« Ola wischte sich das Blut aus dem Gesicht und starrte die Tänzerin entgeistert an.

»Genau genommen nicht.« Vor Olas Augen geriet Moreas Gestalt ins Fließen und verwandelte sich in eine wunderschöne Frau mit honiggoldener Haut und langen braunen Haaren.

»Lily?« Ola schüttelte den Kopf. »Lyrilyn? Nein, das kann nicht sein! Ich habe gesehen, wie du …«

»Gestorben bist?« Klaue lächelte. »Ja, ich bin gestorben, und dennoch … sind wir beide jetzt hier. Lass es mich dir erklären. Nein, noch besser: Lass es mich dir zeigen.«

Ola versuchte zu fliehen, doch Klaue überwältigte sie mühelos. Sie drückte Ola an die Wand und hielt ihre Hände fest. Obwohl ihre Angreiferin kleiner war als sie und schwächer aussah, konnte Ola sich nicht befreien. Klaue presste den Mund auf ihren – in einem schrecklichen Kuss, der Ola die letzte Kraft raubte.

Sie zuckte zusammen. Das Antlitz, das sie küsste, veränderte sich. Sie blickte nicht mehr in Lyrilyns herzförmiges Gesicht, sondern in das einer dunkelhäutigen Zheriasa. Es war wild und ungezähmt. Es war ihr eigenes Gesicht, wie es vor zwanzig Jahren ausgesehen hatte, bevor das Alter und Olas liederlicher Lebenswandel ihre Spuren hinterlassen hatten. Manchmal erinnerte sie sich noch daran, wenn sie in den Spiegel schaute oder an die »guten alten Tage« zurückdachte.

Sie wollte sich losreißen, aber Klaues Griff war unnachgiebig wie Eisen. Sie wollte schreien, doch Klaues Kuss presste ihre Lippen wie ein Fangeisen zusammen.

Es war, als würde sie in einem reißenden Strom aus Erinnerungen, Gedanken, Empfindungen und Sünden ertrinken. Ola fühlte sich beschmutzt und beschämt, als würde jedes Geheimnis aus den Abgründen ihrer Seele gerissen und draußen auf die Straße geworfen. Sie spürte, wie das Ungeheuer, das *ihr* Gesicht trug, in ihrem Verstand herumwühlte.

Dann hörte es plötzlich auf. Ola war wieder allein in ihrem Geist. Sie wurde hochgehoben und flog durch die Luft. Wie ein dickes Kissen landete sie auf einem kleinen Läufer. Ola stöhnte und versuchte wegzukriechen, da packten starke Hände sie an den Haaren und drehten sie auf den Rücken. Die Gestalt über ihr sah wieder aus wie Lyrilyn.

Die Frau lächelte. »Verstehst du es jetzt?«

»Du bist eine Mimikerin …«, stammelte Ola. In üblen Lasterhöhlen hatte sie schreckliche Gerüchte über diese Kreaturen gehört, die ihre Opfer in der Gestalt ihrer Liebsten heimsuchten. Dämonen aus Fleisch und Blut, die für den Höchstbietenden als Spione und Mörder arbeiteten.

Klaue zwinkerte ihr zu. »So nennen wir uns zwar nicht selbst, aber: Ja.«

»Das kann nicht sein. Lyrilyn war ein Mensch …«

»Das stimmt, Geliebte. Das war ich einmal. Aber du kamst *zu spät!*« Klaue beugte sich über Ola, packte sie an den Haaren und riss sie auf die Füße. Sie zog sie zu einem der Stühle hinüber und zwang sie, darauf Platz zu nehmen. »Jetzt bin ich, was der Schellenstein aus mir gemacht hat. Etwas, bei dessen Erschaffung du mitgeholfen hast. Aber du hast recht: Das kann nicht sein. Es ist nur ein scheußlicher Albtraum, in dem Lyrilyn auftaucht, um dich an deine früheren Sünden zu erinnern. Du weißt schon, als du tatenlos zugesehen hast, wie dieses Ungeheuer deine Geliebte ermordete.«

Die Angst raubte Ola den Atem. Dies hier war schlimmer als ein Albtraum, schlimmer als alles, was sie sich vorstellen konnte. »Bitte! Es tut mir leid. Es tut mir so unendlich leid.«

»Ich vergebe dir«, sagte Klaue.

Ola blinzelte. »Wirklich?«

»Ja. Denn zum Glück habe ich damals den Schellenstein getragen. Taja muss mich wirklich lieben, oder? Wegen des Schellensteins habe ich mit dem Mimiker Körper getauscht, als er mich umbrachte, und wurde so selbst zu« – sie legte sich eine Hand auf die Brust – »einer Mimikerin. Ich gebe zu, es hat eine Weile gedauert, bis ich mich daran gewöhnt habe. Mimiker sind *so* widerlich, du kannst es dir gar nicht vorstellen.«

Die Angst in Olas Blick verwandelte sich in Entsetzen. »Was hätte ich denn tun können?«, flüsterte sie. »Es ging alles so schnell. Ich wusste nicht …« Ola schrie, als Klaue sie mehrmals hintereinander ins Gesicht schlug. Mit ausdrucksloser, ruhiger Miene zeigte Klaue Ola das Blut an ihren Knöcheln. Sie wischte die Hand an Olas Gesicht ab. Dann drückte sie die schwächere Frau fest zu Boden und leckte ihr das Blut von der Haut. Ola versuchte, den Kopf zu schütteln, sich ihrem Griff zu entwinden, irgendetwas zu tun, aber sie konnte sich nicht rühren.

»Du hast es gewusst«, sagte Klaue im Plauderton. »Du hast es die ganze Zeit gewusst, aber du warst ja immer viel zu sehr darauf bedacht, dich selbst zu schützen. Erinnerst du dich noch, was wir einander spät nachts im Bett versprochen haben? Ewige Liebe. Als du die Mittel hattest, dir deine Freiheit zu erkaufen, hast du da auch nur eine Sekunde lang an mich gedacht? Nein. Du hast mich meinem Schicksal überlassen.«

Ola schüttelte den Kopf. »Hättest du Therin gehört, hätte ich vielleicht eine Chance gehabt, aber du warst Pedrons Sklavin. Das degenerierte Schwein hätte dich niemals freigelassen.«

Klaues Blick wirkte verständnisvoll. »Ist es das, was du dir selbst einredest, damit du nachts schlafen kannst, meine Liebe? Ich war so naiv. Ich habe dir nicht nur einmal vertraut, sondern *zweimal*. Ich habe dich geliebt. Und wo warst du, als ich dich gebraucht habe?«

Ola leckte sich nervös die Lippen. »Ich habe nicht ...«

»Ich bin sehr enttäuscht von dir, Entlein. Sehr enttäuscht.«

Ola wimmerte. »Du bist ja verrückt.«

Klaue sah die ältere Frau an, als hätte sie gerade etwas sehr Tiefsinniges gesagt. »Weißt du, meine Geliebte, das habe ich mir auch schon gedacht. Bin ich verrückt? Gut möglich, dass die Erfahrung mich um den Verstand gebracht hat.«

Sie zuckte mit den Schultern, als fände sie sich damit ab, dass diese Frage zu hoch für sie war. »Wahrscheinlich gerät jeder geistig ein bisschen ins Schwimmen, wenn er innerhalb weniger Minuten 5372 verschiedene Leben in sich aufnehmen muss.«

»Du ...« Olas Stimme versagte. »So viele hast du umgebracht?«

»Ich?« Klaue lachte. »Nein, natürlich nicht. Auf mein Konto gehen nur 738. Moment, 741. Die drei von heute Abend hätte ich fast vergessen.« Sie ließ den Zeigefinger durch die Luft kreisen, als stellte sie gerade eine komplizierte Berechnung an. »Der Mimiker, der mich umgebracht hat, dagegen ... na ja, der war bereits sehr alt.« Sie wandte sich wieder Ola zu und kauerte sich neben ihren Stuhl. »Weißt du überhaupt, dass ich einmal eine Vané war?« Sanft strich sie sich mit einer Hand über die Hüfte. »Nicht ich selbst, ich wurde im Kupferviertel geboren. Ich meine, dass dieser Körper hier sein Leben als Vané begonnen hat. Das hätte ich nie gedacht. Ich habe immer geglaubt, Mimiker wären Dämonen, aber in Wahrheit sind sie Vané. Meinst du, Miya würde über diesen Witz lachen?«

»Bitte«, flüsterte Ola. »Kihrin? Wo ist er? Was hast du mit ihm gemacht?«

»Er ist in Sicherheit. Die besten Heiler des Kaiserreichs nehmen sich seiner an.«

»O nein. Nicht die.«

»O doch, genau die. Es ist alles vorbereitet. Darzin kümmert sich darum.« Klaue lachte über Olas Gesichtsausdruck. »Ich arbeite jetzt für Darzin. Ist das nicht witzig?« Sie legte sich die Hände wie ein Sprachrohr vor den Mund und flüsterte übertrieben laut: »Er hat keine Ahnung, dass ich einmal Lyrilyn war.«

Ola wollte alles erklären, vernünftig mit ihr reden. Lyrilyn ... nach all den Jahren. »*Bitte.* Sein Vater ...«

»Ach, mach dir nicht so viele Sorgen. Kihrin wird schon nichts passieren. Für Surdyeh und deine neue Tänzerin sieht es dagegen nicht so gut aus.«

»O Göttin ...«

Klaue nickte und tippte Ola liebevoll an die Wange. »Ja, genau. Das habe ich auch immer gesagt. Die Göttin bürdet uns nie mehr auf, als wir ertragen können.« Sie neigte den Kopf, als überlegte sie. »Was andersherum bedeuten muss, dass ich tatsächlich voll zurechnungsfähig bin, mhm?« Wieder zuckte sie mit den Schultern. »Gut, böse, verrückt, bei Verstand – spielt alles keine Rolle. Ich verrate dir jetzt ein großes Geheimnis, Ola. Um der alten Zeiten willen.« Sie zwinkerte Ola zu.

»Ja?«, fragte Ola zögernd. Sie erkannte eine Falle, wenn sie eine sah.

Klaue beugte sich vor, bis ihr Mund ganz dicht an Olas Ohr war. »Ihr schmeckt alle wie Hammelfleisch.«

Ola schloss zitternd die Augen.

Klaue lehnte sich zurück und lachte.

»Ich hatte nie vor, dir wehzutun, Lily. Das musst du mir glauben.« Olas einzige Chance war, vernünftig mit ihr zu reden. Wenn sie Lyrilyn dazu bringen konnte, sie gehen zu lassen ...

Klaue nickte gutmütig. »Ich habe zwar davon geträumt, dir den Hals umzudrehen, meine geliebte dunkle Schönheit, aber ich weiß, dass du die Wahrheit sagst. Du wolltest mir nicht wehtun. Doch du hast es getan. Und das ist nichts im Vergleich zu dem, was du diesem kleinen Jungen antun wolltest.«

Ola spürte ihr Herz bis zum Hals schlagen. »Nein«, widersprach sie. »Das ist nicht wahr. Ich habe ihn aufgezogen, als wäre er mein eigenes Kind.«

Klaue verengte die Augen. In diesem Moment sprang Ola auf und rannte Richtung Tür. Klaue packte sie von hinten am Hals und hob sie in die Höhe. Röchelnd rang Ola nach Luft. Nach einer Weile ließ Klaue sie los, und Ola fiel schluchzend zu Boden.

»Ola, Ola, Ola.« Klaue ging um sie herum, stellte ihr einen Fuß auf den Rücken und drückte sie flach auf den Boden. »Lüge niemals jemanden an, der deine Gedanken lesen kann, Süße. Weißt du eigentlich, warum ich danach nie nach dir gesucht habe?«

»Nein«, schniefte Ola, die vor Weinen kaum noch sprechen konnte.

Klaue bückte sich zu ihr hinunter. »Ich habe nicht nach dir gesucht, weil ich *wusste*, dass du nicht so dumm wärst, in der Hauptstadt zu bleiben. Du hattest nur eine Aufgabe zu erledigen. *Eine einzige*. Ich wäre nie darauf gekommen, dass du Kihrin in dieses Drecksloch bringen würdest.« Den letzten Satz unterstrich Klaue mit einem wütenden Tritt in Olas Seite.

Ola hielt sich den Bauch und krümmte sich keuchend zusammen. Zwischen ihren Schluchzern fand sie die Kraft, sich aufzurappeln. »Wenn du Gedanken lesen kannst, weißt du, dass ich nicht lüge. Wie sicher wäre Kihrin denn bei der Familie seiner Mutter gewesen? Bei einem Onkel, der versucht hatte, seine Mutter zu töten. Und er wäre bestimmt als Nächster dran gewesen. Surdyeh sagte, der Stein würde Kihrin vor allen verbergen. Er war hier *sicher*. Sicherer als sonst irgendwo.«

»Surdyeh? Surdyeh hat das gesagt?« Klaue blickte über die Schulter ins Schlafzimmer. »Ich glaube nicht, dass ich schon mal das

Vergnügen mit ihm hatte, bevor ich ihn getötet habe. Hast du diesen ›Surdyeh‹ im Unteren Zirkel kennengelernt?«

Ola schloss die Augen, als die Trauer sie zu überwältigen drohte. Die beiläufige Art, mit der Lyrilyn über seinen Tod sprach, bewies, dass sie ihn tatsächlich umgebracht hatte. Surdyeh war tot. »Ja, er … er hat für mich gearbeitet.«

Eine kleine Falte bildete sich auf Klaues Stirn. »Und du hast ihm vertraut? Du hast ihm so sehr vertraut, dass du ihm vom Schellenstein erzählt hast? Seit wann bist du denn so *blöd?*«

Klaues Worte waren wie ein Schlag ins Gesicht und konfrontierten Ola mit ihrer tiefsitzenden Paranoia. »Er …« Ola rang schluchzend nach Luft. Ein neuer Ausdruck huschte über ihr Gesicht: Verwirrung. Warum hatte sie Surdyeh eigentlich vertraut? Im Rückblick erschien es ihr geradezu lächerlich. Sie überlegte angestrengt, wann und wo sie ihm zum ersten Mal begegnet war.

»Wir waren Freunde, er hätte mich nie hintergangen …« Ihre Stimme versagte, und sie hielt ein weiteres Mal verblüfft inne. *Sie nie hintergangen?* Wann hatte sie je irgendwen für unfähig gehalten, jemand anderen zu betrügen?

»Ha«, sagte Klaue. »Ich *weiß*, dass ihr kein Liebespaar wart. Und du kannst ihn noch nicht länger kennen, als du dieses Etablissement betreibst. Trotzdem hast du ihm vertraut. Kommt dir das nicht merkwürdig vor? Wo du doch immer allen misstraut hast?«

Ola schluckte und drehte sich halb weg. Sie rieb sich über die Oberlippe. Wie hatten sie sich kennengelernt? »Es klang alles so vernünftig, was er sagte … Behalte Kihrin hier, wo niemand nach ihm sucht … Ich konnte mich so gut mit Surdyeh unterhalten …«

»Da hatte er recht, aber dass du ihm so einfach vertraut hast … Schon merkwürdig, findest du nicht?« Klaue grinste und kraulte Ola unterm Kinn. »Verstehst du nicht, Schätzchen? Jemand hat dich verhext!«

Ola spürte, wie ihr das Blut in den Adern gefror. Sie schaute Klaue mit großen Augen an. »Ich hatte keine Ahnung …«

»Das weiß ich doch, Herzchen.« Klaue legte die Arme um Ola und half ihr auf. Sie hielt die zitternde Frau so fest, dass sie weder davonlaufen noch zusammenbrechen konnte. »Ich weiß. Du fühlst dich benutzt. Glaub mir, ich weiß *ganz genau*, wie sich das anfühlt. Aber du solltest dankbar sein. Ehrlich gesagt, solltest du bei jeder sich bietenden Gelegenheit eine Kerze für Surdyeh anzünden. Nur weil er dich verhext hat, werde ich dich nicht gleich töten. Ist das nicht nett von mir?«

Olas Lippen bebten. »Ich wusste nicht, dass er ein Zauberer ist.«

Klaue tätschelte ihr den Kopf, und Ola bekam eine Gänsehaut. »Ach, Süße, das konntest du auch gar nicht wissen. Und für Blinde lohnt es sich besonders zu lernen, wie man hinter den Ersten Schleier blickt. Ist das nicht interessant? Surdyeh hat dafür gesorgt, dass du schön hier bleibst. Aber wieso? Was für ein Spiel hat er gespielt? Und wer hat ihn an der Leine gehalten? Ich würde sterben, um das zu erfahren.«

»Gendal.« Der Name kam Ola über die Lippen, noch bevor sie wusste, was sie da sagte. »Ich habe ihn am gleichen Abend kennengelernt wie Gendal.« Ein Schauder lief ihr über den Rücken.

Klaue blinzelte sie erstaunt an. »Der alte Kaiser? Du sprichst von *diesem* Gendal? Nur damit wir uns nicht missverstehen.«

»Genau der. Aber Lily, das war Jahre bevor du mit dem Baby weggelaufen bist.« Die Erkenntnis traf Ola wie ein Schlag. Sie ließ sich auf den Stuhl zurücksinken, und diesmal unternahm Klaue nichts, um sie festzuhalten. »Es war ein abgekartetes Spiel … Aber wie konnte der Kaiser das alles so lange im Voraus planen?«

»Das weiß ich nicht, aber ich habe vor, es herauszufinden. Der Junge hat keine Ahnung, oder? Du hast ihm nie von seiner wunderbaren Familie erzählt?«

Ola schüttelte den Kopf.

Klaue zuckte mit den Schultern. »Er ist selbst schuld, dass er dir vertraut hat.« Sie inspizierte ihre Fingernägel. »Vertrauen ist was für Schwächlinge. Wie auch immer. Du wirst Kihrin jedenfalls nie wiedersehen. Hast du das verstanden?«

Ola hatte es sehr gut verstanden. Sie glaubte selbst nicht daran. Wenn Klaue sie in den Blauen Palast brachte, würde sie dort vermutlich einige Zeit in den Händen eines ihrer besten Folterknechte verbringen, bevor man ihr endlich den Luxus gönnte zu sterben. »Ja«, antwortete sie schließlich.

Klaue schnalzte ungehalten mit der Zunge. »Ja … was?«

Ola sah, wie sich Klaues Finger in Krallen verwandelten, und begann, unkontrolliert zu zittern. Sie betrachtete die Mimikerin, die einmal ihre große Liebe gewesen war. Sie hatten davon geträumt, gemeinsam in die Freiheit zu entfliehen. Noch nie hatte einer ihrer Träume eine Wendung wie diese genommen. »Ja, Herrin«, stammelte sie und schämte sich so sehr, dass ihr erneut die Tränen kamen.

»Braves Hündchen.« Klaue zog Ola vom Stuhl hoch. »Und denk dran, du Miststück: Wenn du nicht genau tust, was ich dir sage, mache ich mir nicht die Mühe, dich erst bewusstlos zu schlagen, bevor ich dich bei lebendigem Leib verschlinge.«

27

SCHWESTER KALINDRA

(Kihrins Geschichte)

»Ich weiß, die Zeremonien wirken ein bisschen dramatisch, aber eigentlich sind wir ganz nett, wenn man uns näher kennenlernt.« Kalindra hatte eine Blume gepflückt und rupfte sie im Gehen mit den Fingernägeln in kleine Stücke.

»Ein bisschen dramatisch? So nennst du ein Menschenopfer für die Todesgöttin? Nicht beängstigend oder grauenhaft? Nur … ›ein bisschen dramatisch‹?«

»Teraeth ist kein Mensch.«

Ich verdrehte die Augen. »Wortklauberei.« Ich achtete nicht darauf, wohin wir gingen. Unser Ziel schien irgendwo im Dschungel zu liegen.

Sie lächelte und wandte den Blick ab. »Du musst viele Fragen haben.«

»Tausende. Ich weiß nur nicht, ob du sie mir beantworten kannst.«

Sie warf die zerrupfte Blume neben den Pfad. »Wir werden ja sehen.«

Ich zählte die Fragen an den Fingern ab. »Wo sind wir? Wer hat mein Gaesch? Läuft Thaena höchstpersönlich hier herum, oder muss ich mir immer noch Sorgen machen, dass Relos Var auftauchen und mir einen Besuch abstatten könnte? Wer sind diese Schlangenmenschen? Was geschieht mit der übrigen Besatzung der *Kummer*? Ist Khaemezra auch ein Drache, und wenn ja, was ist dann Teraeth?«

Kalindra räusperte sich. »Ich wusste nicht, dass du das mit den Tausenden Fragen wörtlich gemeint hast.«

»Die paar? Die waren nur zum Aufwärmen. Ich habe noch gar nicht richtig losgelegt.«

Sie lachte und ging weiter. »Ich weiß nicht, wer dein Gaesch hat – wahrscheinlich Mutter. Frag sie einfach. Wir befinden uns auf der Insel Ynisthana, Thaenas persönlichem Kraftort, was bedeutet, dass Relos Var hier nicht auftauchen wird, wenn er weiß, was gut für ihn ist. Die Schlangenleute sind die Thriss, und sie leben schon seit Jahrhunderten hier. Habe ich was vergessen?«

»Die Besatzung der *Kummer*«, half ich ihr auf die Sprünge. »Und ob ›Mutter‹ ein Drache ist.«

Sie blieb stehen und starrte mit geschürzten Lippen in den Nebel. »Die Besatzung kann sich uns entweder anschließen oder mit dem nächsten Schiff nach Zherias zurückkehren. Ihnen wird nichts passieren. Alle Opfer hier sind freiwillig. Khaemezra ist kein Drache – aber ist Magie nicht etwas Wundervolles? Sie ist die mächtigste Zauberin, die ich kenne. Mächtig genug, um sich in einen Drachen zu verwandeln.« Kalindra grinste. »Und damit ist Teraeth genau das, für was du ihn hältst: unerträglich schön.« Sie zwinkerte mir zu und bog vom Hauptweg auf einen schmaleren, aber gut ausgetretenen gewundenen Pfad ab.

Ich ließ ihre letzte Bemerkung unkommentiert und schüttelte nur kurz den Kopf, ehe ich weiterging, um sie nicht aus den Augen zu verlieren. Ich fand Teraeth nicht schön. Unerträglich? Ja. Schön? Nein.

Bestimmt nicht.

»Noch mal zu dem Punkt, dass das hier Thaenas Allerheiligstes ist. Wenn ich bleibe, werde ich ihr dann persönlich über den Weg laufen? Wie funktioniert das? Gilt es als höflich, den Blick abzuwenden? Wird von mir erwartet, dass ich mich verbeuge, wenn wir uns zufällig auf einem dieser Pfade begegnen?«

Kalindra blieb stehen und sah mich an, als wäre ich ihr entweder ein Rätsel oder einfach nur ungehobelt. Dann ging sie schweigend weiter.

»He, du hast gesagt, dass du meine Fragen beantwortest.« Ich eilte ihr hinterher. »Du kannst nicht einfach aufhören, bloß weil es blöde Fragen sind.«

Sie schob die großen grünen Blätter einer Dschungelpflanze beiseite, und dahinter kam eine kleine Lichtung zum Vorschein. Die Luft roch nach Asche und Schwefel und irgendetwas Dunklem, Moschusartigem. Der Geruch stieg aus dampfenden Tümpeln auf, die aus der Erde hochblubberten. Diese Tümpel bildeten große, einander überlappende Ovale und reichten bis tief in das schwarze Felsgestein hinunter. Ich hatte den Eindruck, dass sie von Hand verbreitert und tiefer gegraben worden waren.

Kalindra ging an den Rand eines Tümpels und wartete auf mich.

»Also, erklär's mir!«

Sie hob eine Augenbraue. »Das Bad? Damit macht man sich sauber.«

»Nein, ich meine die Göttin, die im Freien herumläuft. Die Vorstellung, dass eine Gottheit einen geheiligten Ort hat, wo sie sich manifestieren kann …« Ich schüttelte den Kopf. »Von so etwas habe ich noch nie gehört, und ich bin der Sohn eines Musikers. Solche Geschichten sind für mich schon rein beruflich von Interesse.«

»Oder du bist eben doch nicht allwissend. Ich hoffe, diese Vorstellung schockiert dich nicht allzu sehr.« Kalindra hob einen Stock auf und zeichnete drei Striche auf den Boden. »Also gut. Die Welt ist in drei Seinszustände unterteilt: Leben, Magie und Tod.«

»Und zwei Schleier, die sie voneinander trennen. Das weiß ich.«

Sie nickte. »Die meisten glauben, dass die Lebenden hierbleiben« – sie deutete auf den ersten Strich – »während die Toten immer hier sind.« Sie zeigte auf die dritte Linie. »Der Bereich in der Mitte, das Reich der Magie, ist demnach die Heimat der Götter, richtig?«

Ich kniff die Augen zusammen. »Ist das eine Fangfrage?«

»In gewisser Weise ja. Denn es ist Blödsinn. Schlichtweg falsch. Ja, die Götter können in alle drei Bereiche hineinsehen – das ist einer der Gründe, warum wir sie Götter nennen. Aber Gottheiten verfügen auch über physische Körper, und die wandeln im Land der Lebenden. Inkarnationen, die gehen und sprechen und alles tun, was Lebende so machen. Die meisten werden nie der Inkarnation einer Gottheit begegnen, und wenn doch, werden sie es nicht merken.«* Sie zeigte wieder auf die erste Linie und unterstrich sie. »Bevor Thaena diese Insel für sich beanspruchte, war sie das Allerheiligste des Gottkönigs Ynis. Er liebte Schlangen und Reptilien so sehr, dass er seine menschlichen Untertanen in die Thriss verwandelte. Ynis dachte, hier wäre er unantastbar und niemand könnte ihm in die Quere kommen.«

Sie zerbrach den Stock und warf die Stücke weg. Dann verwischte sie die Zeichnung, die sie angefertigt hatte. »Das ist das Problem mit einem Allerheiligsten und auch der Grund, wieso ein kluger Gott es nicht an die große Glocke hängt, wo sich seines befindet. Die Inkarnation eines Gottes kann sich in seinem eigenen Allerheiligsten manifestieren, aber das ist nicht ohne Risiko. Ein Gott stirbt nur, wenn man seine Inkarnation tötet, so wie Ynis durch Kaiser Simillions Schwert Urthaenriel umgekommen ist.**

* Während meines Besuchs bei Herzog Kaen in Yor habe ich die Hexengöttin Suless kennengelernt. Eine sehr unangenehme Frau. Esst nie etwas, das sie gebacken hat. Ich weiß, wovon ich rede.

** Urthaenriel, auch bekannt als der Untergang der Könige, der Verfinsterer, Kaiserschwert, Gottesschlächter, Kartenverbrenner, Saetya, Tyasaeth, Vishabas, Kriegsherz, Sonnenschatten, der Durchtrenner und Zinkarox. Das sind alles Begriffe, mit denen die eine oder andere Gruppe

Bei Thaena ist die Sache allerdings etwas anders gelagert.« Kalindra deutete mit beiden Händen auf den Dschungel. »Sie ist immer hier, aber du kannst ihr nur begegnen, wenn du dich unserem Orden anschließt und selbst den Maevanos tanzt.«

Ich schloss die Augen, bis ich begriff, was sie gesagt hatte. Dann holte ich tief Luft. »Weil sie das genaue Gegenteil ist, oder? Ihr Körper, ihre Inkarnation, hält sich nicht im Land der Lebenden auf, richtig? Sie ›lebt‹ im dritten Gebiet – im Jenseits.« Ich blinzelte. »Kann sie denn sterben?«

»Nein.« Kalindra antwortete ohne Zögern und mit voller Überzeugung, wie eine wahre Gläubige – was nicht bedeutete, dass sie nicht trotzdem richtig liegen konnte. Sie bemerkte meinen Blick. »Mach dir keine Sorgen. Wenn Relos Var hier irgendetwas versuchen sollte, wird Thaena höchstpersönlich erscheinen und sich um ihn kümmern. Nur weil sie normalerweise im Land des Friedens lebt, heißt das nicht, dass sie sich hier nicht manifestieren kann.«

Mir wurde kühl. »Wenn Thaena also die Einzige ist, die mich vor Relos Var schützt … dann kann ich nicht wirklich von hier weg, oder?« Mir wurde übel. Tajas Zusicherung, ich könnte gehen, wann immer ich wollte, bekam einen schalen Beigeschmack.

In ihrem Blick lag Verständnis. »Ich bin mir sicher, dass Relos Var dich irgendwann vergessen wird.«

»Ich weiß nicht einmal, was das alles mit mir zu tun hat.«

Kalindra sah mich mit ihren braunen Augen durchdringend an. »Es gibt eine Prophezeiung …« Sie zögerte. »Nein wirklich, hör auf zu lachen!«

das Schwert des quurischen Kaisers bezeichnet hat, eines der wichtigsten Artefakte der Welt. In der Schule wird gelehrt, dass Grizzst der Irrsinnige dieses Schwert für Kaiser Simillion hergestellt haben soll, und zwar im Auftrag von Khored dem Zerstörer. Ich bin da allerdings skeptisch.

Ich lachte noch lauter.

Kalindra wartete verärgert, dass ich mich wieder beruhigte.

»Eine Prophezeiung? Na klar. Khaemezra hat so was angedeutet, aber ich dachte, sie macht nur Spaß. Das ist doch ein Witz? Ich bin wegen einer Prophezeiung hier? Ist das ein weiteres Beispiel für Cearowans Devoranische Paranoia? Deswegen hat Relos Var es auf mich abgesehen? Weil irgendein verwirrter Einsiedler mal behauptet hat, ich würde die Welt retten oder so was?«

Ein grausamer Zug umspielte ihre Mundwinkel. »Nicht diese Art von Prophezeiung.« Sie schnallte ihren Gürtel ab und legte das Schwert, die Kette sowie die beiden Dolche neben ein paar ordentlich gefaltete weiße Tücher, bei denen es sich offenbar um Handtücher handelte. Anscheinend nutzte die Schwarze Bruderschaft diesen Ort tatsächlich als öffentliches Bad.

»Was für eine Prophezeiung ist es denn sonst?«

Sie schnürte ihre Weste auf. »Die Mineralquellen hier entspannen die Muskulatur und heilen Wunden. Deine Verletzungen sehen zwar schon ganz gut aus, aber es könnte nicht schaden, sie ein bisschen einzuweichen.«

»Du hast mir noch nicht geantwortet.« Ich ließ sie nicht aus den Augen, während sie ihre Weste fallen ließ. Sie machte keine Anstalten, sich zu bedecken, während sie sich vor mir auszog. Es schien auch keine getrennten Badebereiche für Männer und Frauen zu geben.

Mein Ärger verflog. Ich war irgendwie abgelenkt.

»Entschuldige, hast du mich gerade was gefragt?« Als Nächstes fiel der geschlitzte Rock, dann die Armschienen und schließlich das Netzhemd. Ihr Körper war straff und muskulös. Als sie sich vorbeugte, um ihre Stiefel auszuziehen, sah ich auf ihrem Rücken ein Zickzackmuster aus altem Narbengewebe – das Kennzeichen einer ungehorsamen Sklavin. Mein Blick folgte den Linien des Leids, von den Narben an ihren Handgelenken und Fußknöcheln bis zu dem Brandzeichen auf der Rückseite ihres Oberschenkels.

Alte Wunden, verblasste Narben. Wenn sie jemandes Sklavin gewesen war, dann war das lange her.

»Ich weiß nicht mehr«, antwortete ich und starrte sie an. Sie war nicht schön. Ihr Gesicht war zu lang und ihre Nase zu krumm. Nach quurischen Maßstäben war sie weder weich noch lieblich genug, dafür hart und wild und ungezähmt. Kalindra besaß ihre eigene Schönheit.

Sie bemerkte meinen Blick und lachte, ein leises, heiseres Glucksen. »Gibt es da, wo du herkommst, keine öffentlichen Bäder? Du hast doch sicher schon mal eine nackte Frau gesehen, oder?«

»Keine wie dich.«

Sie setzte zu einer weiteren bissigen Bemerkung an, aber sie erstarb ihr auf den Lippen. Sie sah mich an und ich sie. Lange. Du kennst das bestimmt – du schaust jemanden an, er oder sie schaut zurück, und plötzlich versagen all die kleinen Schutzschilde und Mauern, die wir um uns errichten, um die anderen draußen zu halten. Du schaust zu lange, siehst zu viel, und dann stellst du fest, wie sehr du die andere Person begehrst und dass es deinem Gegenüber genauso geht. Sie trat auf mich zu und streckte die Hand nach meinem Gesicht aus.

Ich wusste, was gleich passieren würde. Ich wollte es auch, doch plötzlich schossen mir Dutzende entsetzliche Bilder durch den Kopf: Xaltoraths »Geschenk« an mich.

Ich drehte mich weg.

Ich wollte sie. Wirklich. Aber ich traute mir selbst nicht über den Weg.

Mit zitternden Händen schob ich mir die Kordelhose über die Hüften und trat sie von den Beinen. Dann sprang ich in den Tümpel wie ein Hase, der sich vor einem Wolf versteckt. Es kümmerte mich nicht, wie heiß das mineralhaltige Wasser war und dass es wehtun würde.

Vielleicht wollte ich ja, dass es wehtat.

Ich hörte ein Plätschern, als Kalindra ebenfalls ins Wasser stieg. »Weißt du, was mir an Ynisthana am besten gefällt?«

Sie klang weiter entfernt, als ich erwartet hatte. Ich schlug die Augen auf. Kalindra war in einen der anderen Tümpel gestiegen. Im Gegensatz zu mir hatte sie Handtücher, Seife und Schwämme mitgenommen.

»Was?«, fragte ich.

»Hier darf man Nein sagen.«

Ich merkte, wie eine Spannung von mir abfiel, die ich gar nicht bemerkt hatte. Mir wurde schwindelig, so überwältigend war die Vorstellung.

Das hier war ein Ort, an dem ich Nein sagen konnte.

Ich stieß die Luft aus und packte die Kante des Felstümpels, als würde ich andernfalls ertrinken. Ich zog mich so weit hinauf, bis meine Arme auf dem schwarzen Schiefer ruhten, und verschränkte die Hände unter dem Kinn. Ich überlegte, ob es möglicherweise eine Lüge war. Immerhin hatte Khaemezra immer noch mein Gaesch. Dann fiel mir ein, was Taja über die Freiheit gesagt hatte, die einem Gaesch innewohnt. Ich konnte *immer* Nein sagen, mich sogar einem Gaesch-Befehl verweigern.

Als Kalindra nach einem Waschtuch griff, streckte ich den Arm aus und berührte ihren Handrücken. »Ich möchte gar nicht Nein sagen«, gestand ich. »Ich weiß nur nicht, wie ich Ja sagen soll.«

Kalindra nahm meine Hand. Ihr Lächeln war umwerfend. »Dann bleibt es erst mal beim Nein, bis du es herausgefunden hast. Und wenn es so weit ist« – sie küsste meine Fingerkuppen, langsam und zart, wie etwas sehr Zerbrechliches und Kostbares – »kommst du zu mir.«

Ich erschauderte erneut, aber diesmal fühlte es sich gut an. Etwas an Kalindras langsamer, sanfter Art drängte Xaltoraths vergiftete Erinnerungen zurück.

Sie drückte mir einen Schwamm in die Hand. »Und jetzt wasch dich, du Affe. Sonst kommen wir noch zu spät zur Feier.«

28

DIE BESTEN HEILER

(Klaues Geschichte)

Schwere Gewichte lasteten auf seinen Augenlidern, und irgendjemand saß auf seiner Brust. Kihrin versuchte zu atmen, aber es strengte ihn an. Er war fixiert, konnte sich nicht bewegen. Konnte nicht …

Er schlug die Augen auf und sog gierig die Luft ein. Er war in etwas Weiches gehüllt, unter seinem Kopf lag ein Kissen. Über ihm spannte sich ein geraffter Baldachin aus dezent gemusterter blauer Seide, die im Schein der Morgensonne glänzte. Es duftete süß nach Jasmin und Flieder.

Das Gewicht auf seiner Brust war weder ein Mann noch eine Frau oder ein Wasserbüffel. Er wurde von einer einzelnen Seidendecke niedergehalten. Mühsam hob Kihrin den Kopf. Sein Schwächegefühl erinnerte ihn an das Rote Fieber, das er als Kind gehabt hatte. Damals hatte ihn die Krankheit derart ausgelaugt, dass er sich kaum bewegen konnte. Seine Brust war mit einer großen weißen Bandage verbunden. Er fasste sich an den Hals und tastete nach dem glatten, mit Draht umwickelten Edelstein. Er war noch da.

»Oh, er ist wach!«, rief jemand. »Meister Lorgrin, er ist aufgewacht!« Hinter den Seidenvorhängen des Himmelbetts trat eine junge Frau in sein Sichtfeld. Sie trug ein blaues Leibchen, das wie Unterwäsche aussah und kaum etwas der Fantasie überließ.

»Ich …« Seine Zunge klebte am Gaumen. Er hatte Hunger und Durst, gleichzeitig war ihm übel.

Eine männliche Stimme erklang. »Richte ihn auf. Er muss das hier trinken.«

Kihrin hob den Blick und sah einen alten Mann, der das Blau der Heiler trug. Er hatte nicht die Kraft, ihn wegzustoßen, als der Mann ihm einen Becher an die Lippen drückte.

»Komm, Junge, du musst etwas trinken«, sagte der Alte zu ihm. »Ich weiß, dass du durstig bist. Ich verspreche dir, dass du das hier im Magen behalten wirst. Du musst mir vertrauen.«

Es war weder Wasser noch irgendein alkoholisches Getränk, das Kihrin kannte, und es schmeckte köstlich. Nach dem ersten Schluck trank Kihrin dankbar alles aus. Als er fertig war, ließ ihn die Frau langsam in die Kissen zurücksinken. Er schlief ein.

Jedes Mal, wenn er kurz das Bewusstsein wiedererlangte und es um ihn herum hell genug war, betrachtete er seine Umgebung. Er lag in einem riesigen Bett mit einem Baldachin aus gemusterter blauer Seide. Die Bettwäsche war ebenfalls aus Seide. Nur die reichsten Adligen konnten sich Seidenkleider leisten. In Quur war der Stoff so teuer, dass er sein Gewicht in Gold wert war. Ein Bett mit Seide zu beziehen war, als verstreute man Goldstaub in einem Stall.

Einen so großen und prunkvollen Raum wie diesen hatte Kihrin noch nie gesehen. Jede Fläche war mit vergoldeten Statuetten und zerbrechlichen Porzellanvasen vollgestellt, in denen frische, exotische blaue Blumen standen. In der Mitte des Zimmers hing ein goldener Kronleuchter mit Saphirkristallen von der Decke herab. Dunkelblaue Fliesen mit Goldrand bedeckten die Wände. Vor einer Woche wäre Kihrin noch gern hier gewesen oder hätte zumindest die Sicherheitsvorkehrungen inspiziert, um sich auf einen nächtlichen Einbruch vorzubereiten.

Doch jetzt erfüllte der Raum ihn mit Schrecken.

Es gab nur einen einzigen Adligen mit einer Leidenschaft für Blau, der sich für ihn interessierte. In klaren Momenten wunderte sich Kihrin, warum er nicht in Ketten lag oder tot war. Wieso wurde er nur von Heilern und hübschen Sklavenmädchen bewacht und nicht von Männern mit Schwertern? Es ergab keinen Sinn, und er hatte keine Antworten auf diese Fragen.

Am nächsten Morgen weckte ihn der Heiler.

»Erinnerst du dich an mich?«, fragte er. »Ich bin Meister Lorgrin. Lass mal sehen, ob du dich heute schon allein aufsetzen kannst.«

Kihrin tat es und verzog sogleich das Gesicht. Seine Brust schmerzte höllisch. »Ich dachte, ihr Aderlasser könnt jede beliebige Verletzung mit einem Fingerschnippen heilen. Oder werdet ihr pro Stunde bezahlt?«

»Für Sarkasmus reicht deine Kraft also bereits. Das ist ein gutes Zeichen.« Der alte Mann schob Kihrins Bandagen ein Stück nach unten und legte ihm eine Hand auf die linke Seite der Brust. »Der Armbrustbolzen hat dein Herz durchstoßen und den rechten Vorhof und die Aorta zerfetzt. Ich konnte deinen Blutkreislauf nur mit Magie aufrechterhalten, während ich alles wieder zusammenflickte.« Er sah Kihrin streng an. »Du musst so einem Heilungsprozess Zeit geben, sonst stirbst du noch vor deinem achtzehnten Geburtstag an einem Herzinfarkt.«

Kihrin betrachtete die Stelle über seinem Herzen. Es war nicht einmal eine Narbe zu sehen. »Äh … danke.«

»Ich mache bloß meine Arbeit«, erwiderte der alte Mann ruppig, aber nicht unfreundlich. »Ich gebe es nur ungern zu, aber der Mann, dem du eigentlich danken solltest, ist Darzin. Die Götter müssen dich wirklich lieben, denn ich hätte eine Menge Münzen darauf verwettet, dass er als Junge bei meinem Unterricht über Herzstabilisierungszauber nie richtig aufgepasst hat. Aber du hast überlebt.«

»Darzin …« Kihrin zuckte zusammen. »Wo bin ich?«

Der Heiler lächelte. »Im Palast der Familie D'Mon. Und ich glaube, es wird dich nicht sonderlich überraschen, dass der im Saphirviertel des Oberen Zirkels steht, oder?«

»Wieso … wieso bin ich hier?«

»Weil dein Vater deine Mutter sehr mochte, würde ich meinen.« Er schob die Bandagen wieder hoch. »Dein Herz funktioniert beinahe wieder normal. Ich gehe davon aus, dass du bald wieder völlig auf dem Damm sein wirst. Aber ich rate dir dringend, mindestens noch eine Woche jede Anstrengung zu meiden. Ruh dich so viel wie möglich aus. Das ist ein Befehl.«

»Nein, ich meine …« Kihrin machte einen tiefen Atemzug, den er jedoch gleich wieder abbrach, als ein stechender Schmerz seine Brust durchfuhr. »Wieso bin ich hier in diesem Raum, und nicht in einer Zelle? Und hat der Schönli… Ich meine, hat der Erblord noch irgendwen sonst hierhergebracht? Einen alten Mann? Eine schöne Frau mit geflochtenen Haaren?«

»Nein, tut mir leid. Falls er außer dir noch jemanden hergebracht hat, hat er mich darüber nicht informiert … Und wenn es Verletzte gewesen wären, hätte er es mir gesagt.« Der Heiler sah ihn neugierig an. »Aber in eine Zelle? Wieso in Galavas Namen sollte Darzin D'Mon dich in eine Zelle stecken, junger Lord?«

Kihrins Kehle wurde eng. »Wie hast du mich gerade genannt?«

Der Alte sah ihn entschuldigend an. »Ach, ich weiß. Ich kenne mich mit den Titeln nicht gut aus, weil ich sie so selten verwende. Therin liegt mir deswegen andauernd in den Ohren. Wahrscheinlich wird es mich das Leben kosten, wenn Darzin hier eines Tages alles übernimmt. Aber wenn man bei der Geburt von so vielen D'Mons dabei war, vergisst man manchmal, dass sie mittlerweile erwachsen sind und keine Windeln mehr brauchen.«

Kihrin spürte, wie sich sein Puls beschleunigte. »Ich bin kein Lord.«

»Bedaure, mein Junge. Ich weiß nicht, was Darzin dir erzählt hat, und ich habe in dieser Angelegenheit auch gar nichts zu sagen. Er brennt darauf, sich mit dir zu unterhalten. Ich bin sicher, er wird dir alles erklären.«

Kihrin zog die Beine an die Brust und schlang die Arme um die Knie. »Ich möchte nicht mit ihm reden. Er hat meinen Vater töten lassen.«

Der alte Heiler holte tief Luft und verzog das Gesicht. »Kihrin … Du heißt doch Kihrin, oder?«

Kihrin nickte.

»Es tut mir leid, dass du den Mann verloren hast, der dich aufgezogen hat. Du standest ihm offensichtlich sehr nahe, und ich weiß, wie weh das tut. Ich werde dir jetzt etwas sagen, was ebenfalls wehtun wird. Wenn du es nicht hören willst, sag es mir. Dann bin ich still und lasse dich in Frieden.«

»Du kannst alles sagen, was du möchtest. Aber das bedeutet nicht, dass ich es dir auch glauben werde.«

»Nachvollziehbar«, räumte der Heiler ein. »Dann denk mal über Folgendes nach: Dieser Mann hat dich vielleicht aufgezogen, aber er war nicht dein Vater. Dein richtiger Vater ist hier, und er lebt. Wer immer dir erzählt hat, du wärst ausgesetzt oder adoptiert worden, oder er hätte dich unter einem Kohlblatt gefunden, hat dich belogen. Du bist gestohlen worden, Kihrin. Und einen Säugling aus dem Hochadel zu entführen, wird mit dem Tod bestraft. Was Darzin getan hat, mag dir schrecklich erscheinen, aber es war sein gutes Recht, deine Entführer zu töten. Niemand wird das infrage stellen. Dass du bei der Auseinandersetzung zwischen die Fronten geraten bist, war Pech, aber zum Glück hast du überlebt und wirst wieder gesund.«

»Bei Taja! Nein … So war es nicht! Seinen Leuten war es egal, wer ich bin. Er hat ihnen befohlen, uns *alle* zu töten.« Kihrins gerade repariertes Herz fühlte sich an, als wollte es zerbersten. Er presste die Lider zusammen und legte den Kopf auf die Knie. *Nein! Das kann nicht sein … Ich bin kein Ogenra. Das ist einfach nicht möglich.*

Ich kann doch nicht kurz nach Moreas Ermordung herausfinden, dass ich doch ein Ogenra bin.

Kihrin fielen all die Dinge wieder ein, die Surdyeh ihn nie hatte tun lassen. Wie der alte Harfner ihn aus der Öffentlichkeit herausgehalten und ihm ausgeredet hatte, der Spaßmachergilde beizutreten. Zweifel überkamen ihn und nagten an ihm wie Würmer. Surdyeh hatte es *gewusst*.

Und Ola auch. Beide hatten auf ihre Weise versucht, ihn vor dem zu warnen, was passieren würde, wenn er sich mit dem Obersten General traf. Nun waren beide tot. Klaue hatte gesagt, sie würde auch Ola umbringen, und Kihrin wusste, dass die Bordellbetreiberin gegen die Mimikerin keine Chance hatte. Sie war gewiss tot, wahrscheinlich schon seit mehreren Tagen.

Er begann zu zittern und zuckte zusammen, als er Lorgrins Hand auf seiner Schulter spürte.

»Das war genug Aufregung für einen Tag. Ich werde den Erblord wissen lassen, dass du erst morgen mit ihm frühstücken kannst.« Lorgrin musterte ihn besorgt. »Ruh dich besser aus. Du wirst deine Kraft brauchen.«

Kihrin versuchte, den ganzen Tag und auch den folgenden durchzuschlafen, aber Lorgrin ließ es nicht zu. Im Morgengrauen zog der alte Heiler den Vorhang vor dem Fenster zurück. »Als Nächstes werde ich direkt über deinem Kopf eine Gallone Wasser beschwören. Glaube nicht, ich wüsste nicht, wie das geht. Aus dem Nichts frisches Wasser erscheinen zu lassen ist einer der nützlichsten Zauber, die ich an der Akademie gelernt habe.«

Kihrin kämpfte sich aus dem Bett und sah Lorgrin elend an. »Und was jetzt?«

Der Heiler klatschte in die Hände, woraufhin ein Dutzend Männer und Frauen in Lendenschurzen und Unterhemden den Raum betraten. Sie hatten Kleidung, Handtücher, Bürsten, Spiegel, Schüsseln, Flaschen, Haarklemmen und Schuhe dabei.

»Du hast zwei Möglichkeiten, mein Lord«, erklärte Lorgrin. »Entweder du beweist, dass du tatsächlich nur noch sechs Monate von deiner Volljährigkeit entfernt bist, indem du diese braven Leuten zu den Bädern begleitest, wo sie dich waschen und für die Begegnung mit deinen Standesgenossen herrichten werden. Oder du jammerst und führst dich auf wie ein kleines Kind. Dann sähe ich mich allerdings gezwungen, einen Nervenstrang abzuklemmen, der nicht nur dein Schmerzempfinden, sondern auch deinen Bewegungsapparat steuert. Anschließend würde ich den Wachen befehlen, dich in die Bäder hinunterzutragen. Du würdest also auch gewaschen und auf Vordermann gebracht werden, allerdings unter deutlich peinlicheren Umständen. Du hast die Wahl.«

»Eine schöne Wahl.« Kihrin zog ein finsteres Gesicht und verschränkte die Arme vor der Brust. »Du musst mir nicht drohen. Ich habe mich doch bisher in alles gefügt.«

»Ja, hast du, mein Lord. Aber ich bin nur so alt geworden, weil ich nicht leichtfertig bin, jedenfalls nicht, wenn es die D'Mons betrifft. Ihr seid alle genauso wild wie Khored.« Lorgrin trat ans Fenster. »Komm her, Kihrin. Ich möchte dir etwas zeigen.«

Kihrins Blick wanderte von den Sklaven zu dem Heiler. Schließlich gesellte er sich zu ihm und blickte widerwillig aus dem Fenster. Sein Kiefer klappte nach unten.

Er blickte auf einen Palast mit blauen Dachschindeln, lapislazulifarbenen Wänden, Türmen und Säulen, die sich zu Veranden, Pavillons und Innenhöfen zusammenfügten. Alle Oberflächen waren komplett oder zumindest größtenteils blau. Jedes der Gebäude war vom Fundament bis zum Dachgiebel ein Augenschmaus aus filigranen Bogengängen, Bleiglasfenstern und kunstfertigen Steinmetzarbeiten. Dass die Paläste des Hochadels groß waren, hatte Kihrin gewusst, aber das hier überstieg beinahe seine Vorstellungskraft. Die komplette Samtstadt hätte in diesen Palast hineingepasst. *Das ist kein Palast, sondern eine eigene Stadt.*

Seine Schattentänzerinstinkte erwachten, und er begann, die

Wachposten zu zählen. Die Architektur des Palasts wirkte willkürlich, aber das war sie nicht. Die Wachen konnten sämtliche Mauern und Wege überblicken. Die Mauern sahen zwar aus, als wären sie leicht zu erklettern, doch auch an ihnen gab es keine toten Winkel.

»Das ist der Privatbereich des Palasts«, erklärte Lorgrin. »Nur die Familie sowie die engsten Diener und Sklaven halten sich hier auf. Es gibt dreihundert Räume, ungefähr fünfhundert Wächter, ein eigenes Krankenhaus, ein Theater und mehrere Gärten. Da dies der Familiensitz der D'Mons ist, kommt niemand herein oder hinaus, ohne gesehen, überprüft und aktenkundig zu werden. Sollte es dir durch Zufall doch gelingen, hier herauszukommen, musst du immer noch mindestens zwei Palasthöfe durchqueren, bevor du zu einer öffentlichen Straße gelangst. Und da bekämst du es mit den Wachmännern zu tun, die sämtliche Zugänge zum Unteren Zirkel kontrollieren.«

»Ich soll also keine Dummheiten machen?«

»Aha! Der Junge hat Potenzial. Wenn du so weitermachst, überlebst du vielleicht.«

Kihrin ließ den Blick über den Palast schweifen. »Ich will hier nicht sein.«

»Du bist schon merkwürdig. Die meisten Jungs in deinem Alter würden ihr linkes Ei geben, wenn sie mit dir tauschen könnten.«

Kihrin sah den Heiler an. »Dieses Neujahr werde ich sechzehn.«

»Ich weiß.«

»Danach können sie mich nicht mehr zwingen, hier zu bleiben. Dann bin ich erwachsen.«

Der alte Mann seufzte. »In sechs Monaten kann sich vieles verändern. Doch zuerst möchte sich Darzin unbedingt mit dir unterhalten, und der Erblord ist nicht gerade berühmt für seine Geduld. Wieso lässt du diese netten Leute hier nicht ihre Arbeit machen?

Sonst gibst du Darzin nur einen Vorwand, sie auspeitschen zu lassen.«

Kihrin drehte sich erschrocken um und starrte die Bediensteten an, die allesamt den Blick zu Boden gesenkt hielten. Man hätte sie beinahe für Statuen halten können.

»Ich brauche nicht so viele Leute, um ein Bad zu nehmen. Außerdem habe ich gerade erst gebadet.«

Der Heiler schnaubte. »Wenn du den Wind im Rücken hast, nimmt dir das niemand ab.« Er wandte sich an einen der Diener. »Lady Miya hat mir gesagt, sie hat das Blütenbad für den heutigen Tag schließen lassen, damit er es für sich allein hat. Und macht bitte etwas mit seinen Haaren. Der Junge sieht ja aus wie ein Hexenlehrling. Gebt Valrazi Bescheid, wenn ihr fertig seid. Dann lässt er ihn von einer Eskorte abholen.«

Der Diener verbeugte sich. »Ja, Meister Lorgrin. Sofort.« Er drehte sich zu den anderen um und schnippte mit den Fingern. Ein Dienstmädchen trat vor und reichte Kihrin einen blauen Leinenmantel.

Lorgrin wandte sich wieder an Kihrin. »Wenn du etwas brauchst, findest du mich im Krankenhaus. Bitte irgendwen, dich hinzuführen. Das letzte Mal, dass ich versucht habe, jemandem den Weg zu erklären, muss ungefähr um die Zeit gewesen sein, als der Hohe Lord Therin laufen gelernt hat. Und wenn du Brustschmerzen bekommst, schickst du unverzüglich jemanden los, um mich zu holen. Lass dir von niemandem einreden, es wäre nur falscher Alarm. Hast du das verstanden?«

Da Kihrin seiner Stimme nicht traute, nickte er nur.

29

TERAETHS RÜCKKEHR

(Kihrins Geschichte)

Die Schwarze Bruderschaft feierte tatsächlich, als Kalindra und ich von den Tümpeln zurückkehrten. Für Essen und Trinken war reichlich gesorgt. Ich sah ein paar Überlebende von der *Kummer,* aber die meisten befreiten Sklaven erholten sich immer noch von ihrem Martyrium. Tyentso konnte ich nirgendwo entdecken. Ich begann, mir Sorgen um sie zu machen. Wenn die Bruderschaft die Sklaverei wirklich so sehr hasste, war Tyentso wahrscheinlich nicht gerade mit offenen Armen empfangen worden. Was würden sie mit ihr anstellen?

Die Schlangenmänner hatten es sich vor den großen Feuergruben bequem gemacht, um sich in der kühlen Nachtluft zu wärmen. Die Vané taten es ihnen gleich, aber wohl weniger aus Notwendigkeit als um der Feierlichkeit willen. Die meisten von ihnen stammten aus Manol, wie an all dem Mitternachtsblau, dem Waldgrün, den Blutrubinen und schwarzen Amethysten zu erkennen war. Doch hier und da stachen auch ein paar pastellfarbene kirpische Vané heraus. Flötengläser mit prickelnden Fruchtlikören und goldenem Wein gingen herum, alle lachten miteinander oder unterhielten sich auf seidenen Bodenkissen und niedrigen, gepolsterten Liegen.

Es ging sehr sinnlich zu: Warum nur reden, wenn man sich auch berühren konnte? Und wenn man sich schon berührte, warum dann nicht gleich küssen? Zwar hatte ich meine Kindheit in einem Bordell verbracht, aber so etwas hatte ich noch nie gesehen.

Ich beobachtete zwei manolische Vané-Frauen minutenlang beim Knutschen, bevor ich merkte, dass es gar keine Frauen waren.

Vielleicht hatte ich mich von ihrer Schönheit täuschen lassen, möglicherweise war es aber auch meine typisch quurische Prüderie, was gleichgeschlechtliche Liebe in der Öffentlichkeit betraf. Die Schwarze Bruderschaft teilte diese Vorbehalte ganz offensichtlich nicht. Natürlich gibt es auch in Quur Männer, die Männer bevorzugen, aber sie sind dabei immer sehr diskret. Samtjungen verlassen die Seraglios und Bordelle nicht, damit ihre Freier so tun können, als wären sie wegen der Frauen gekommen. Kein quurischer Mann hätte öffentlich zugegeben, dass er Männer liebte. Hier schien es niemanden zu kümmern oder auch nur aufzufallen.

Ich wurde rot.

Kalindra fand meine Reaktion amüsant. »Nach dem Maevanos sind wir normalerweise immer in Feierlaune. Die meisten von uns finden es berauschend und auch erregend, dem Tod ins Auge zu blicken.« Sie reichte mir einen Becher Gewürzwein.

»Sie sind während des Rituals doch nicht in echter Gefahr gewesen, oder?«

»Hast du den Kelch gesehen?«

Ich nickte.

»Teraeth füllt ihn vor dem Ritual mit Gift.«

Ich hatte das Glas bereits an den Lippen, trank jedoch nicht, da ich an Darzin und die vergifteten Getränke dachte, die er bei seinen Feiern ausschenkte. Ich starrte Kalindra an.

»Wenn der Bittsteller reinen Herzens ist, wird das Gift neutralisiert. Wenn nicht …« Sie zuckte mit den Schultern.

»Das Spiel mit dem Tod scheint euch ja sehr zu gefallen.«

»Es lässt wenig Raum für Zweifel«, stimmte Kalindra zu. »Wir sind Brüder und Schwestern, die im Leben wie auch im Tod miteinander verbunden sind und immer wieder aufs Neue von unserer Göttin erwählt werden. Wir vertrauen einander, weil wir wissen, was andere nur glauben können: dass wir geliebt werden. Wir haben keine Angst vor der Todesgöttin, da wir wissen, wie sanft sie ist. Und weil wir diese Furcht nicht kennen, genießen wir das Leben und alles, was es mit sich bringt.«

»Aber warum haben dann alle solche Angst vor der Schwarzen Bruderschaft?«

»Weil«, warf Teraeth ein und trat von hinten heran, »es nichts Furchterregenderes gibt als jemanden, der keine Angst vor dem Tod hat und mit Freuden stirbt, wenn er dich dabei mitnehmen kann.«

»Man könnte auch sagen, weil wir Auftragsmörder sind«, ergänzte Kalindra.

Ich blinzelte Teraeth an. Er hatte sich umgezogen und trug eine meergrüne Kordelhose aus Seide, dazu ein grünes Wickelhemd mit goldenen Muscheln darauf. An seinem Hals hing eine Kette aus schwarzen Haifischzähnen mit einer schartigen schwarzen Pfeilspitze in der Mitte.* Sein Hemd ließ die Brust unbedeckt, und trotz des spärlichen Lichts konnte ich erkennen, dass die Haut über seinem Herzen vollkommen glatt und unversehrt war.

Er war so schön, dass ich ihm am liebsten ein blaues Auge verpasst hätte, nur damit etwas an ihm nicht makellos war.

»Wie lange musstest du warten, bis ich dir ein gutes Stichwort für deinen Auftritt geliefert habe?«

* Die manolischen Vané sind für ihre Bogenschießkünste bekannt, vor allem aber für die vergifteten Ebenholzspitzen an ihren Pfeilen. Schützen, die einen bedeutenden Feind getötet haben, behalten die dabei verwendete Pfeilspitze oft als Andenken.

Er entblößte seine weißen Zähne zu einem Grinsen. »Gar nicht lange.«

»Es ist unhöflich, andere zu belauschen.«

»Setz das auf die Liste meiner Sünden.« Er drehte sich zu Kalindra um. »Wie war er?«

Ich blinzelte erstaunt.

Kalindra lachte. »Ach, Teraeth, sei doch nicht so derb.«

Ich wurde wütend. War das Intermezzo bei den Tümpeln etwa nur ein Scherz gewesen? Eine Wette unter Freunden auf Kosten des Neuankömmlings? Wahrscheinlich hatten sie bloß herausfinden wollen, wo mein wunder Punkt lag.

Und den hatte ich ihnen nun deutlich gezeigt. Ich kam mir so dämlich vor.

»Wieso derb?« Teraeth lachte. »Vielleicht wollte ich lediglich eine Empfehlung von dir, bevor ich selbst mein Glück bei ihm versuche.« Er zwinkerte mir zu, um zu zeigen, dass er nur Spaß machte.

Da bemerkte er meinen Gesichtsausdruck.

Ich fand es überhaupt nicht lustig. Umso weniger, als mein Blick auf mein Gaesch fiel, das von Teraeths Handgelenk baumelte. Er musste sich den angelaufenen Silberfalken von Khaemezra zurückgeholt haben.

Falls er mich doch haben wollte, gab es nichts, *überhaupt nichts*, was ich tun konnte, um ihn aufzuhalten.

So viel dazu, dass ich Nein sagen durfte.

»Entschuldige, Kalindra, macht es dir etwas aus? Ich würde gerne unter vier Augen mit Kihrin sprechen.«

»Natürlich nicht. Ich muss sowieso noch meinen Rundgang machen. Wir sehen uns später, Kihrin. Benimm dich.« Sie lächelte mich an und ging in den Dschungel zurück.

»Komm«, sagte Teraeth. »Setz dich mit mir ans Feuer.«

Widerwillig tat ich, wie mir geheißen, und setzte mich so weit wie möglich von ihm weg.

Wenigstens war es warm.

Ich deutete auf mein Gaesch. »Das gehört mir.«

Er löste das silberne Kettchen mit dem Medaillon von seinem Handgelenk und hielt es mir hin. »So ist es. Mutter wollte, dass ich es dir zurückgebe.«

Ich stutzte und beäugte die Halskette, als könnte ich nicht glauben, dass sie echt war. Schließlich nahm ich sie und hängte sie mir mit zitternden Fingern um. Ich spürte die pulsierende Energie des Anhängers und holte tief Luft. Zum ersten Mal seit Wochen hatte ich das Gefühl, wieder frei atmen zu können.

Ich bedankte mich nicht bei ihm.

Ein paar Minuten lang sagte keiner von uns beiden ein Wort. Nachdem sich das Schweigen eine Weile lang hingezogen hatte, drehte ich mich zu Teraeth um. Er betrachtete die Flammen und machte den Anschein, als wäre er in düstere Grübeleien versunken.

Nur dass er lächelte. Seine Mundwinkel waren ganz leicht nach oben gebogen, dadurch sah sein Gesicht nicht schroff, sondern glücklich aus. Seine Augen waren glasig.

»Wie heißt sie?«

Teraeths Blick zuckte zu mir. »Was hast du gerade gesagt?«

»Wie heißt sie? Du siehst aus wie ein verliebter Welpe.« Ich hob eine Augenbraue. »Ist es Tyentso? Sie ist es, oder? Sie ist zwar ein bisschen alt für dich, aber wir wollen nicht kleinlich sein. Trotzdem sollte ich dich warnen, dass Lesen ihre einzige Leidenschaft zu sein scheint. Wenn du dich als mehrbändige Erstausgabe von *Grizzsts Enzyklopädie* verkleiden könntest, dürftest du gute Chancen bei ihr haben.«

Er lachte. »Es ist niemand, den du kennst. Ich habe an meine Frau gedacht.«

»Wie bitte? Du bist *verheiratet?*«

»Im Moment nicht. Aber in meinem letzten Leben war ich es.« Er winkte ab, um der Flut der Fragen vorzugreifen, die ich ihm stellen wollte. »Ja, ich weiß. Normalerweise erinnert sich niemand an sein früheres Leben, wenn er wiedergeboren wird. Anscheinend habe ich da einfach Glück gehabt. Was ist mit dir? Wieso um alles in der Welt hast du nicht mit Kalindra geschlafen?«

Ich verschränkte die Arme vor der Brust. »Du lenkst vom Thema ab.«

»Verdammt richtig.«

»Es geht dich überhaupt nichts an, ob ich es getan habe oder nicht. Und woher willst du überhaupt wissen, was passiert ist? Hast du uns hinterherspioniert?«

Er zeigte mit dem Finger auf mich. »Deine Reaktion verrät es mir. Außerdem muss ich euch nicht hinterherspionieren … Ich kenne Kalindra.«

»Es geht dich trotzdem nichts an.«

»Ein bisschen schon. Kalindra und ich sind ein Paar.«

Ich sah ihn mit zusammengekniffenen Augen an. Wenn Kalindra die »Frau« wäre, an die er vorhin gedacht hatte, hätte er es mir gesagt. »Nun, es ist nichts passiert. Und wenn, sie gehört dir ja nicht.«

»Sie gehört niemandem. Das ist das Schöne an ihr.« Teraeth sah mich von der Seite an. »Merk dir das für den Tag, an dem sie dich verlässt – was sie tun wird.«

Ich verdrehte die Augen. »Nichts. Ist. Passiert.«

»Das hast du bereits gesagt. Du hast dir doch keine Sorgen gemacht, dass es dich in Schwierigkeiten bringen könnte, wenn du mit Kalindra schläfst? Glaub mir, so etwas kümmert hier keinen.«

Da er die Angelegenheit nicht auf sich beruhen lassen wollte, änderte ich die Taktik. »Kalindra hat gesagt, Relos Var interessiert sich wegen einer Prophezeiung für mich. Stimmt das?«

»Du lenkst vom Thema ab.«

»Verdammt richtig.«

Er stützte sich auf einen Ellbogen. »Was soll ich sagen? Ja, es stimmt. Es gibt eine Prophezeiung. Genauer gesagt handelt es sich dabei um tausend Prophezeiungen. Das gesammelte Gebrabbel Tausender, von Dämonen besessener Leute. Ganze Gelehrtenschulen haben jahrhundertelang versucht, daraus schlau zu werden. Relos Var und sein Herr, Herzog Kaen von Yor, glauben, die Prophezeiungen beziehen sich auf eine Endzeit, eine gewaltige Katastrophe, in deren Verlauf sich ein unendlich böser Mann erheben wird. Der ›Höllenkrieger‹ wird Manol einnehmen, die Vané ihrer Unsterblichkeit berauben, den Kaiser töten, das quurische Reich vernichten und die Dämonen befreien. In seiner rechten Hand wird er Urthaenriel halten, während er mit der linken die Welt zermalmt und nach seinen Vorstellungen wiedererschafft.« Teraeth nippte an seinem Becher. »Vermutlich, indem er in guter Tradition die alten Götter auslöscht und an ihre Stelle tritt.«

»Klingt ja herzig.« Plötzlich fühlte sich mein Mund trocken an. »Die Art Prophezeiung also.« Ich dachte an meinen Taja-Traum zurück und an die dunkle Riesenwelle. *Alles kommt zu Fall.*

»In der Tat.«

»Und wer ist dieser geweissagte Widerling? Relos Var?«

»Herzog Kaen scheint davon auszugehen. Relos Var ist sein treuester Diener und arbeitet hart daran, Kaens Vision Wirklichkeit werden zu lassen. Wofür er vor allem Urthaenriel finden muss. Denn wenn man der geweissagte Tyrann sein will, der alle Götter tötet, benötigt man dazu wahrscheinlich die einzige Waffe, mit der das schon einmal gelungen ist.«

»Was habe ich damit zu tun? Ich weiß nicht, wo Urthaenriel ist. Sollte Relos Var nicht besser Kaiser Sandus fragen?«

Teraeth grinste. »Es geht immer nur um dich, wie? Hast du dich je gefragt, ob es in Wahrheit vielleicht nur um *mich* geht?« Er klopfte sich auf die Brust. »Ich glaube nämlich, dass es so ist.«

Ich knuffte Teraeths Schulter. »Na schön. Es geht nur um dich. Und wo ist Urthaenriel, wenn du schon so viel weißt?«

»Als ich es zum letzten Mal gesehen habe« – er zuckte mit den Schultern – »fiel es gerade auf den Boden des manolischen Dschungels, aber ich nehme an, dass irgendein quurischer Kaiser es inzwischen wieder eingesammelt hat. Und das bedeutet, dass es sicher in einer der Schatzkammern in der Keulfeld-Arena verwahrt wird, wo weder Kaen noch Relos Var oder sonst wer es in die Finger bekommen kann. Den Göttern sei Dank.«

»Gut«, sagte ich. Bei dieser Vorstellung war mir tatsächlich wohler. »Trotzdem wüsste ich gern, warum Relos Var mich so sehr hasst.«

»An deiner Stelle wäre ich vorsichtig mit meinen Wünschen. Jemand könnte dafür sorgen, dass sie in Erfüllung gehen.«

Ich leerte den Rest meines Gewürzweins und stellte den Becher ab. »Es gibt keinen schlimmeren Fluch als einen erfüllten Wunsch, oder? Dennoch wüsste ich es gerne.« Ich erhob mich.

Teraeth berührte meine Hand. »He, verbring heute die Nacht mit mir. Ich weiß, du hast es schwer gehabt, und das hier wird auch nicht leicht für dich sein. Ich muss mich bei dir entschuldigen, also lass es mich wiedergutmachen. Ich verspreche dir, dass ich sehr rücksichtsvoll sein kann.«

Ich erstarrte, genau wie zuvor bei Kalindra. Die schlaglichtartigen Erinnerungen, die ich Xaltorath verdankte, trafen mich so unvermittelt, dass ich die Zähne zusammenbeißen musste, um die Galle zurückzuhalten. Ich riss meine Hand weg.

Teraeth blinzelte. Der Mistkerl sah tatsächlich gekränkt aus. »Ich wollte dir nicht zu nahe treten.«

Ich rieb mein Handgelenk und schaute überall hin, bloß nicht in Teraeths Richtung. Ich war nicht der Einzige, der gerade gefragt wurde, ob er ein wenig Spaß haben möchte, aber im Gegensatz zu mir schienen alle anderen Ja zu sagen. Die Situation würde jeden Moment unerträglich peinlich werden. Aber ich war einfach noch nicht bereit. Nicht mit Teraeth. Ganz besonders nicht mit Teraeth.

»Es liegt nicht an dir. Es ist …« Ich wusste selbst nicht genau, was ich empfand. Scham? Furcht?

Teraeth musterte mein Gesicht. »Ich habe Juval vorschnell getötet.«

»Nein, ich …« Ich holte Luft. Ich wollte es ihm nicht erklären. Nicht bei dem, was um uns herum vorging. Ich wollte Xaltorath nicht erklären müssen, vor niemandem. Würde Teraeth mich bemitleiden, es in Ordnung bringen wollen? Aber es gibt Dinge, die lassen sich nicht in Ordnung bringen.

Ich wich einen Schritt zurück. »Weißt du, wo Tyentso ist? Kann ich zu ihr?«

»Na klar, warum nicht? Sie hat meine Einladung auch abgelehnt.« Er deutete auf einen der Pfade, die in den Wald führten. »Du findest sie am Strand.«

Ich rannte, so schnell meine Beine mich trugen.

30

FAMILIENZUSAMMENFÜHRUNG

(Klaues Geschichte)

Das Blütenbad war das größte Badehaus, das Kihrin je gesehen hatte. Er musste schreien, um die Badehelfer – die offensichtlich daran gewöhnt waren, alle möglichen Dienstleistungen zu erbringen, die nicht direkt mit Sauberkeit in Zusammenhang standen – davon abzuhalten, ihn überall zu berühren. Irgendwann schnaubte die Frau, die das Sagen hatte, und scheuchte die anderen fort. Anschließend behandelte sie ihn, als wäre sie ein Fischweib und er ein Wäschestück, das sie gegen einen Felsen schlägt. Ihre Massage fühlte sich an, als wollte sie ihn durch den Fleischwolf drehen, und ihre Berührungen waren kein bisschen lasziv, daher konnte er sie ertragen. Anschließend gossen die Diener ihm etwas über den Kopf, das seine Haartönung auswusch. Nachdem sie die Haare geschnitten und gebürstet hatten, steckten sie sie mit teuren Goldspangen zurück, die wie Falken mit Saphiraugen aussahen. Sie schnitten seine Nägel, parfümierten ihn und steckten ihn in schöne Kleider, bis Kihrin nervös überlegte, ob Darzin ihn vielleicht aus anrüchigeren Gründen gerettet hatte als ursprünglich vermutet.

Kurz danach tauchte Valrazi, der Hauptmann der Hauswache, mit einem Dutzend bewaffneter Soldaten auf. Er war einer jener

Männer, die zwar von kleinem Wuchs waren, dafür aber ein großes Ego besaßen. Er wirkte ziemlich kompetent, und da Kihrin es für eine schlechte Idee hielt, sich ohne guten Grund mit ihm anzulegen, folgte er ihm widerstandslos.

Valrazi führte ihn über lange Alleen und durch elegante Kolonnaden – die, wie Kihrin sich in Erinnerung rief, immer noch im Privatbereich des Hofs waren –, bis sie in einen kunstvoll gestalteten Garten gelangten, in dem hohe Bäume und wunderschöne blühende Hecken ein langes Schwimmbecken umgaben. Ein paar nackte Frauen – alle jung und schön und so unterschiedlich wie die Blumen im Garten – vergnügten sich miteinander im Wasser. Auf einer Seite befand sich ein Alkoven, in dem Musiker auf einer doppelt besaiteten Harfe und einem Sarod eine sanfte Melodie spielten.

Kihrin fragte sich, ob sie zur Gilde der Spaßmacher gehörten.

Der gepflasterte Gartenpfad führte zu einer Kreuzung vor dem Becken, dort stand ein Tisch, der mit einer blauen Leinendecke und goldenem Frühstücksgeschirr gedeckt war. Ein leuchtend blau gekleideter Diener stand neben einem Servierwagen. Es gab zwei Stühle: Darzin saß auf dem mit dem besseren Ausblick auf die Frauen.

Kihrin schaute finster drein, dann zuckte er mit den Schultern, richtete sich gerade auf und ging zu dem Prinzen. Darzin hob den Blick und schaute lächelnd an Kihrin vorbei. »Danke, dass du ihn hergebracht hast, Hauptmann. Du kannst jetzt gehen.«

»Ja, Euer Hoheit. Gern.«

Kihrin hörte, wie der Hauptmann auf dem Absatz kehrtmachte und sich entfernte.

»Wie schön, dich so gesund und munter zu sehen, Kihrin. Setz dich zu mir, iss etwas und genieß die Aussicht. Du musst doch Hunger haben.«

Kihrin ignorierte die Einladung. »Was willst du von mir?«

»Im Moment möchte ich, dass du frühstückst.« Darzin deutete

auf den anderen Stuhl. »Ich bin froh, dass es dir besser geht. Ich hatte schon Angst, wir würden dich verlieren.«

»Dann hättest du vielleicht keine Meuchelmörder schicken sollen.«

Darzin lachte und steckte sich eine Kirschtomate in den Mund.

»Was hast du mit Ola gemacht?«

Der Prinz lehnte sich seufzend zurück und musterte Kihrin nachdenklich. »Wir müssen viele Jahre der Ausbildung bei dir nachholen. Als Erstes musst du lernen, nicht solche Fragen zu stellen. Du verrätst deinem Gegenüber nur, wer dir am Herzen liegt – und gibst ihm die Macht, deine Liebsten gegen dich zu verwenden.«

»Hast du deswegen meinen Vater getötet?«

»Er war nicht dein Vater«, korrigierte Darzin.

»Er war der einzige Vater, den ich je gekannt habe, und du hast ihn umgebracht.«

»Das war ein Fehler«, erwiderte Darzin schulterzuckend, als diskutierten sie über ein Problem bei der Buchhaltung.

»Ein Fehler? Deine verrückte Assassine hat ihm den Hals durchgeschnitten. Das nennst du einen Fehler?«

»Absolut. Einen schrecklichen Fehler. Wenn ich gewusst hätte, wer du bist, hätte ich ihn am Leben gelassen und in unseren Kerker gesteckt, um sicherzugehen, dass du dich benimmst. Ich habe sogar versucht, die Priester von Thaena dazu zu überreden, dass sie ihn zurückbringen, aber anscheinend waren nicht mehr viele Körner in seiner Sanduhr. Sie sagten, für ihn wäre es an der Zeit.«

»Und was ist mit dem Mädchen?«, fragte Kihrin.

Darzin wirkte verwirrt. »Welches Mädchen?«

»Du hast gesagt, die Priester von Thaena wollten meinen Vater nicht zurückholen, weil es für ihn an der Zeit war. Aber was ist mit dem Mädchen, das mit ihm ermordet wurde? War ihre Zeit auch abgelaufen?«

»Ich fürchte, ja.« Darzins Stimme klang sanft, doch Kihrin

wusste, dass er log. Das tote Sklavenmädchen kümmerte ihn nicht. Bestimmt hatte er nicht darum gebeten, sie zurückzubringen. Darauf war er gar nicht gekommen.

Während Kihrin vor Wut schäumte, schenkte Darzin sich eine Tasse Kaffee ein, gab einen Spritzer Kokosmilch hinzu und rührte um. »Schade um die beiden, denn ich habe viele Fragen – die ich auch Ola Nathera stellen werde, sobald wir sie gefunden haben.«

»Aber …« Kihrin sah sich um und stellte fest, dass keiner der Diener in Hörweite war. »Die Assassine sagte, sie würde sie töten.«

Darzin schüttelte den Kopf. »Ich fürchte, der Trubel um dich hat Ola aufgeschreckt. Sie ist abgehauen.« Der Prinz lächelte. »Was vielleicht gut ist, da ein paar meiner Diener etwas übereifrig sind und ich Antworten hören möchte. Ich will wissen, welche Rolle Surdyeh bei alldem gespielt hat und wer sein Geldgeber war. Irgendjemand muss ihn bezahlt haben. Was Ola damit zu tun hatte, scheint mir klar. Sie war jahrelang eine der Lieblingssklavinnen meines Vaters, und bevor sie sich ihre Freiheit erkaufte, stand sie deiner Mutter sehr nahe. Ich kann mir gut vorstellen, dass Lily als Erstes versucht hat, bei Ola unterzuschlüpfen, als sie mit dir davonlief. Anscheinend erfolglos.«

»Lily?«

»Mhm, ja. Lily. Deine Mutter, Lyrilyn. Sie war eine besondere Frau, ich habe sie sehr geliebt.«

Kihrin verschlug es den Atem. Blinzelnd schüttelte er den Kopf. »Nein. Auf keinen Fall. Auf keinen beschissenen Fall. Nicht du! Jeder, aber nicht du.«

»Achte auf deine Ausdrucksweise, mein Sohn.«

»Du bist nicht mein Vater.«

»Im Gegenteil«, sagte Darzin. »Ich bin ohne jeden Zweifel dein Vater. Aber ich nehme deine Reaktion nicht persönlich, denn ich mag meinen Vater auch nicht besonders und weiß, dass Therin seinen abgrundtief hasst. Mit deiner Feindseligkeit führst du nur die Familientradition fort.«

»Das ist verrückt!«

»Ich glaube gern, dass das für dich schockierend ist. Du solltest dich setzen und etwas essen. Bist du denn überhaupt nicht hungrig?«

Kihrin starrte ihn an. Er fühlte sich schwach und merkte, dass er trotz Lorgrins Heilkünsten, und was immer sie sonst während seiner Bewusstlosigkeit mit ihm angestellt haben mochten, gewaltigen Appetit hatte. Zum ersten Mal sah er sich das Essen auf dem Tisch an. Das marinierte Steak, die Kirschtomaten in einer Brühe aus Kräutern und Gewürzen, daneben ein Blätterteiggebäck mit einer Füllung aus Fleisch und weißem Käse, und schließlich die weichen Brotscheiben, die mit einer ihm unbekannten dicken Pastete bestrichen waren. Er merkte, wie ihm unwillkürlich das Wasser im Mund zusammenlief.

»Na los«, drängte Darzin. »Iss.« Er seufzte gereizt. »Wenn ich dich töten wollte, hätte ich das in den fünf Tagen tun können, als du auf der Krankenstation lagst. Hier.« Darzin riss ein Stück Brot ab und nahm mit theatralischer Geste etwas von jeder Speise. Anschließend trank er Wasser aus beiden Kristallkelchen und spülte alles mit einem Schluck Kaffee hinunter. »Siehst du? Wenn etwas davon vergiftet ist, werden wir beide sterben. Jetzt iss.«

Kihrin setzte sich und langte zu, ohne auf seine Tischmanieren zu achten. Während er aß, ließ er Darzin nicht aus den Augen, als wäre der Adlige eine Schlange, die zubeißen würde, sobald Kihrin sich auch nur eine Sekunde von ihm abwandte.

Als Kihrin nicht mehr konnte, schob er das Tablett von sich weg. Er beugte sich vor, legte die Arme auf den Tisch und strich mit einem Finger über sein scharfes Steakmesser. Dabei hielt er den Blick weiterhin fest auf Darzin gerichtet.

»Lass mich dir eine Geschichte erzählen, Kihrin«, begann der Erbe des Hauses D'Mon.

Der junge Mann sah ihn finster an.

Darzin seufzte und erwiderte seinen Blick. Doch als er merkte, dass sich die Miene seines Gegenübers nicht aufhellen würde, fing er einfach zu reden an. »Als ich gerade mal erwachsen war, verliebte ich mich in eine der Sklavinnen meines Onkels Pedron. Sie hieß Lyrilyn und war außerordentlich schön. Sich mit Sklavinnen zu vergnügen, ist nicht verboten, aber sie gehörte mir nicht. Ich trieb es zu weit. Es war eine chaotische Zeit. Ich dachte nicht, dass es jemand auffallen oder kümmern würde – schließlich dachte niemand, dass mein Vater den Titel erben würde. Doch dummerweise wurde Therin dann doch zum Hohen Lord und ich dadurch zum Erblord. Mein Vater fand, dass Lyrilyn eine Schande war, die es zu beseitigen galt. Lyrilyn, die in solchen Dingen etwas klüger war als ich, erkannte die Gefahr, in der sie schwebte.«

Darzin schwieg und schenkte sich Kaffee und Kokosmilch nach.

»Was ist passiert?«, fragte Kihrin schließlich, der das flaue Gefühl in seinem Magen nicht länger ignorieren konnte.

»Sie lief davon«, erklärte Darzin. »Erst danach merkte sie, dass sie schwanger war. Lyrilyn ließ es mich wissen, aber als ich schließlich zu ihr gelangte, war es zu spät. Sie war während des Aufstiegs von Kaiser Sandus im Arenapark erwürgt worden. Der Säugling wurde nie gefunden. Das ist jetzt fünfzehn Jahre her. Du bist doch fünfzehn, oder nicht?«

»Es kann auf keinen Fall …«

»Kihrin«, begann Darzin. »Ich dachte, Lyrilyn hätte ihr Kind verloren. Aber sie hatte ein Zeichen meiner Liebe getragen, eine unverwechselbare Halskette der Vané. Sie war sehr wertvoll, weil sie die Farben unseres Hauses abbildete: mit einem blauen, in Gold gefassten Stein. Als wir beide uns in Qorans Haus begegnet sind, war ich mir noch nicht sicher. Du hättest ja auch ein Samtjunge sein können, der sich von Caless' Priestern gegen Geld die Augenfarbe verändern ließ. Als ich dann jedoch in dem Bordell die Halskette an dir gesehen habe, wusste ich, dass du Lyrilyns Sohn bist. *Mein* vermisster Sohn.«

»Warum hast du den verdammten Stein nicht einfach genommen? Wieso hast du ihn nicht genommen und mich getötet?«

»Die Halskette ist ein Symbol meiner Liebe, Junge. Du bist mein Sohn. Du bist das Einzige, was für mich zählt.«

»Das glaube ich dir nicht.«

»Ich denke, ein Teil von dir tut das durchaus, Kihrin. Warum hast du General Milligreest nicht gesagt, dass ich Xaltorath beschworen habe?«

Kihrin starrte ihn an, alles Blut wich aus seinem Gesicht. *Er wusste es.*

Darzin lächelte seinen Sohn an. »O ja. Mir ist klar, dass du in das Haus eines gewissen Händlers im Kupferviertel eingebrochen bist und daher weißt, dass ich den Dämon beschworen habe. Wer hat dir übrigens den Tipp gegeben, dass das Haus leer stehen würde?«

Kihrin schluckte schwer. »Butterbauch. Ich weiß nicht, wer es ihm erzählt hat. Das hat er mir nicht gesagt.«

»Mhm.« Darzin zog die Stirn in Falten. »Bei diesem kleinen Abenteuer sind viele Fehler passiert, oder? Schade, dass ihn jemand so schnell getötet hat.«

»*Du* hast ihn getötet …«

»Das ist doch ein merkwürdiger Zufall, findest du nicht? Dass man dich ausgerechnet zu dem Haus geschickt hat, in dem wir gerade mit unserer kleinen Befragung beschäftigt waren?«

Kihrin musste unwillkürlich schnauben.

Darzin grinste. »Meine Rede. Jemand hat uns absichtlich zusammengebracht. Die Frage ist nur, ob es ein Feind oder ein Freund war.«

»Wer hat gewusst, dass du … das tun würdest?«

Die Miene des Erblords verfinsterte sich. »Das wüsste ich auch gerne. Natürlich bin ich dankbar für den Schubs in die richtige Richtung. Weil ich dich ansonsten vielleicht nie gefunden hätte. Aber ich würde gerne mehr über meinen geheimnisvollen Wohltäter erfahren, bevor ich ihm beim Neujahrsball meine Stimme gebe.«*

Kihrin starrte in seine Kaffeetasse. Es war ein schönes Stück, nicht aus massivem Gold, sondern aus Porzellan, dünnwandig wie Papier und mit einer sehr feinen Vergoldung. Der Kaffee war aromatisch und schwarz, und Kihrin fühlte sich völlig benommen. Er saß hier herum und plauderte – ja er *plauderte* – mit dem Mann, der die Ermordung von Surdyeh, Morea und Butterbauch befohlen hatte. Und der auch für die Beschwörung des Dämons verantwortlich war, der Kihrins Verstand vergewaltigt hatte. Doch Darzin sprach mit ihm in diesem angenehmen Tonfall, mit seinem hübschen Gesicht und seiner feinen Kleidung, als gehörte Kihrin … zur *Familie*.

Er stellte die Tasse ab, damit er sie nicht in der Faust zerbrach. »Du bist nicht mein Vater«, murmelte er.

»Darüber haben wir doch schon gesprochen, Sohn …«

»Nein. *Nein, verdammt. Du bist nicht mein Vater!*« Kihrin schrie jetzt. Die Musik hörte auf, und die Mädchen in dem Schwimmbecken unterbrachen ihre Spiele.

Darzins Blick wurde leer. Es war, als reflektierten seine Augen kein Licht mehr. Sie wirkten tot. »Achte auf deine Ausdrucksweise.«

Kihrin antwortete nicht. Er bebte.

»Ich wollte ganz vernünftig mit dir sprechen«, flüsterte Darzin. »Ich habe versucht, nett zu dir zu sein und das Richtige zu tun, und ich möchte, dass du das nicht vergisst. Aber anscheinend ist dir die falsche Art lieber, also werde ich dir den Gefallen tun.« Er drehte sich zur Seite und schnippte mit den Fingern, um jemandes Aufmerksamkeit zu erregen. Dann wandte er sich wieder zu Kihrin um. »Es spielt keine Rolle, ob du mir glaubst oder nicht. Es gibt

* Als ob der Erblord irgendein Recht hätte, Ratssprecher zu nominieren. Darzin dachte in diesem Moment zu weit voraus.

einen einfachen magischen Test, um herauszufinden, ob das Blut des Hauses D'Mon in deinen Adern fließt. Schließlich sind wir eines der von den Göttern berührten Häuser, eines der ursprünglichen acht hohen Adelshäuser. Während du geschlafen hast, war ein Ratssprecher hier, und mein Vater, der Hohe Lord, hat alles bezeugt. Die Ergebnisse dieses Tests sind unangreifbar und rechtlich bindend.«

»Na schön, richte dem Rat einen Gruß von mir aus, aber ich werde nicht bleiben.« Kihrin erhob sich.

»Ganz im Gegenteil, mein Sohn, du wirst für den Rest deines Lebens genau hier bleiben.« Darzin winkte mit der Hand, und mehrere Wächter eilten herbei.

Diesmal waren sie nicht allein. Sie brachten eine in Lumpen gehüllte Frau mit, die sie nun zu Boden schleuderten. Kihrin kannte sie nicht, aber er sah, dass sie Schmerzen litt. Sie war eine Kettensklavin und konnte sich kaum bewegen. Sie flehte die Wächter um Gnade an, doch die schenkten ihr keine Beachtung.

»Da deine Einführung in unser Haus ein erinnerungswürdiges Ereignis sein sollte, *mein Sohn*, möchte ich dir zeigen, was mit neu erworbenen Sklaven passiert, die dir abgesehen von einer kleinen Laune des Schicksals sehr ähneln.« Darzin gab ein Zeichen, und ein großer Mann mit einer Peitsche trat vor. »Wenn ein Sklave aus der ›rauen Wirklichkeit‹ hierherkommt, müssen wir ihn normalerweise erst einmal brechen. Ihm ›den Kopf geraderücken‹. Du wirst es gleich sehen.«

Einer der Wächter riss der Frau die verbliebenen Stofffetzen vom Leib. Nachdem die anderen für ihn Platz gemacht hatten, holte er weit mit der Peitsche aus. Kihrin bekam den eigentlichen Schlag nicht mit, aber er hörte einen lauten Knall und sah den frischen, blutigen Striemen auf dem Rücken der Frau.

Sie schrie, und er zuckte zusammen.

»Der Trick«, erklärte Darzin gleichgültig, »besteht darin, ihren Willen vollständig zu brechen und sie so fest auszupeitschen, dass sie sich über ihre Rolle in diesem Haushalt klar werden, aber nicht so fest, dass sie verbluten. Normalerweise …«

»Hör auf!«

Darzin fuhr fort, als hätte er Kihrins Ausruf nicht gehört. » … ist der Grat zwischen Verletzung und Tod sehr schmal. Vorteilhaft ist allerdings, dass wir über das Heilerkolleg herrschen. Dass wir sie vor dem Tod retten können, ist nicht unbedingt gut für sie, da es uns erlaubt, sie umso schwerer zu verletzen.«

Während Darzins Ausführungen fuhr die Peitsche mehrmals nieder. Mit jedem Schrei der Frau zuckte Kihrin zusammen. Darzin bemerkte die Reaktion des jungen Mannes und lächelte.

»Verstehst du jetzt, dass deine Weigerung zu kooperieren schwerwiegende Folgen haben kann? Natürlich nicht für dich. Dir würde ich nie etwas antun … Schließlich bist du alles, was mir von meiner geliebten Lyrilyn geblieben ist. Aber an irgendjemandem muss ich meinen Ärger auslassen, oder etwa nicht?« Er bedeutete dem Sklavenausbilder, die Peitschenschläge zu beschleunigen. Der Rücken der Frau war von einem Netz aus blutigen Striemen bedeckt, und ihre Schreie wurden allmählich schwächer. Kihrin wandte den Blick ab und sah einen der Heiler des Hauses, der mit unbewegter Miene ein Stück abseits wartete. Er begriff, was geschehen würde: Sobald die Frau genügend gelitten hatte, würde der Heiler sie kurieren – und dann würde alles von vorn losgehen.

»Taja«, flüsterte Kihrin. »Bitte mach dem ein Ende.«

»Sag: ›Bitte mach dem ein Ende, Vater.‹ Dann tue ich es vielleicht.« Darzin beugte sich nach vorn und betrachtete den blutigen Rücken der Frau. Sein Blick war gierig.

Kihrin griff nach der goldenen Kaffeekanne und schüttete Darzin den Inhalt ins Gesicht. Während Darzin sich duckte, schnappte Kihrin sich das Steakmesser und stürzte sich auf den Wächter mit der Peitsche. Der blickte überrascht auf, jedoch nicht schnell genug, um Kihrins Tritt zwischen seine Beine und der anschließenden Serie von Messerstichen auszuweichen. Die Peitsche fiel zu Boden, einen Wimpernschlag später folgte ihr der Körper des Wächters.

Noch bevor die Leiche aufschlug, stürzte sich Darzin auf ihn. Er packte sein Handgelenk und zwang ihn mit schmerzhaftem Druck dazu, das Messer fallen zu lassen. In Darzins festem Klammergriff schaffte Kihrin es nicht, dessen Knie auszuweichen, das ihn so fest in die Seite traf, dass sich die Welt um ihn herum zu drehen begann. Mit einem Ellbogen stieß er nach Darzin, doch der duckte sich weg.

»Du Trottel«, sagte Darzin und verpasste Kihrin einen Kinnhaken. »Offensichtlich musst du ebenfalls gebrochen werden.«

Kihrin geriet ins Taumeln, da packte Darzin ihn an den Haaren und schlug sein Gesicht auf die Tischplatte. »Packt ihn«, befahl er den anderen Wächtern.

Grobe Hände hielten Kihrin nieder. Er versuchte, sich ihnen zu entwinden, schaffte es aber nicht. »Ihr Drecksäcke!«, schrie er.

»Was habe ich dir gerade über deine Ausdrucksweise gesagt?«, fragte Darzin. »Du bist ein Prinz. Du musst lernen, nicht mehr wie eine Kanalratte zu reden.«

»Fahr zur Hölle. Du hast *meinen Vater* getötet.«

Kihrin hörte den Stoff seiner Mischa reißen und merkte, dass Darzin seinen Rücken entblößte.

»Nein, habe ich nicht«, sagte Darzin, während er die Peitsche aufhob. »Aber allmählich wünschte ich, ich hätte es getan. Ich frage mich, wie sehr du bluten musst, bevor du lernst, wo dein Platz ist.«

Die Peitsche knallte, und eine Sekunde lang spürte Kihrin nichts, doch dann zog sich ein brennender Schmerz über seinen Rücken. Er biss die Zähne zusammen, um nicht zu schreien.

Darzin lachte. »Wo waren wir eben? Ach ja. Du wolltest gerade sagen: ›Bitte mach dem ein Ende, Vater.‹ Sollen wir weitermachen?« Die Peitsche knallte erneut, und diesmal schrie Kihrin laut auf.

»Was tut Ihr da, Erblord D'Mon?«, ertönte eine Frauenstimme von irgendwo aus dem Garten.

Darzin zögerte. »Miya. Ich habe dich gar nicht erwartet.«

Kihrin sah in die Richtung, aus der die Stimme gekommen war, und schnappte überrascht nach Luft.

Am Garteneingang stand eine kirpische Vané.*

Im Gegensatz zu dem anderen Vané, den Kihrin im Haus Kazivar gesehen hatte, litt sie keine Schmerzen und wurde nicht gefoltert. Sie sah außergewöhnlich aus, mit hellbrauner, fast goldener Haut und saphirblauen Augen. Am Ansatz waren ihre Haare so blau wie kirpische Keramiklasur, wurden dann aber immer dunkler und hatten auf der Höhe ihrer Waden den gleichen Blauton wie ihre Augen. Sie schimmerte. Verglichen mit ihrem Strahlen wirkte der Garten finster und der Himmel bedeckt.

Sie trägt die Farben des Hauses, dachte Kihrin und fragte sich sogleich, ob die Färbung natürlichen Ursprungs war.**

»Ich bin gekommen, um Euren wiedergefundenen Sohn in seine Gemächer zurückzubringen, aber wie es aussieht, habt Ihr inzwischen vielleicht eine andere Unterkunft für ihn vorgesehen. Soll ich den Wachen befehlen, stattdessen eine Kerkerzelle vorzubereiten?« Der Sarkasmus in ihrer Stimme war beißender, als es jede Peitsche sein könnte.

Darzin räusperte sich. »Der Junge ist hitzköpfig.«

»Das Blut des Hauses D'Mon fließt in seinen Adern«, kommentierte die Vané und sah sich unbehaglich um. Schließlich blieb ihr Blick an dem kauernden Sklavenmädchen und der Leiche des

* Obwohl die kirpischen Vané nach der Eroberung ihrer Heimat durch Quur in die Diaspora gegangen sind, leben gerüchteweise immer noch welche auf ehemaligem kirpischem Hoheitsgebiet. Allerdings habe ich dafür noch keinen schlüssigen Beweis gesehen.

** Streng genommen ist die Färbung keines einzigen Vané natürlichen Ursprungs. Doch wenn man nicht weiß, wie wechselhaft das Aussehen der Vané ist, ergibt diese Frage natürlich Sinn.

Ausbilders hängen. Stirnrunzelnd sah sie den Heiler an, der sich über den Toten beugte. »Wie schwer ist er verletzt?«

Darzin schaute sie verwirrt an. »Oh, er wurde sehr schwer verletzt – tödlich, um genau zu sein«, schnaubte er. »Der Junge hat ein Talent fürs Töten.« Mit einem Handzeichen gab er den Wächtern zu verstehen, dass sie von Kihrin wegtreten sollten. Als er sich erhob, stand in seinen Augen immer noch Mordlust.

»Wie der Vater, so der Sohn«, sagte die Vané.

Darzin lachte. »Das ist gut. Und ich dachte immer, ihr Vané hättet keinen Humor.«

»Den haben wir auch nicht, Erblord. Dürfte ich den jungen Mann nun zu seinen Räumlichkeiten begleiten?«

»Einen Moment noch.« Darzin drehte sich um und versetzte Kihrin einen Schlag ins Gesicht, der ihn wieder zu Boden schickte. »Das war dafür, dass du Kaffee auf mein Hemd geschüttet hast.«

»Ich wünschte, ich hätte mehr getan. Verdammt!« Kihrin fasste sich ans Kinn.

»Achte auf deine Ausdrucksweise.« Darzin grinste. »Ich mag dich, Junge. In deinem Herzen brennt echtes D'Mon-Feuer.«

»Du hast eine merkwürdige Art, deine Zuneigung zu zeigen.«

»Du bist nicht der Erste, der mir das sagt. Ach ja, und eins noch …« Darzin zückte das goldene Schwert, das an seiner Hüfte hing, und ging zu der Sklavin hinüber, die immer noch schluchzend auf dem Boden kauerte.

»Nein!« Kihrin wollte sich auf ihn stürzen, aber diesmal waren die Wächter schneller.

Die weinende Sklavin bekam gar nicht mit, was passierte. Darzins Schwert drang von hinten in sie ein und trat vorne wieder aus. Sie schrie einmal kurz auf und brach dann neben der Leiche des Ausbilders zusammen. Mit einem grausamen Lächeln drehte sich Darzin wieder zu Kihrin um. »Die Ermordung einer Hauswache wird mit dem Tod bestraft. Und da ich dich nicht töten kann, muss ich jemand anderes für dein Verbrechen büßen lassen. Das verstehst du doch, oder?«

»Du Hurensohn!«, schrie Kihrin.

Darzin lachte. »Nein, das bist dann doch eher du, mein Sohn. Bevor du wieder einen Wutanfall bekommst, denkst du ab jetzt hoffentlich daran, dass ich danach jemand Unschuldigen töten werde. Ich glaube, du wirst dabei schneller deinen Verstand verlieren als ich meine Sklaven.«

Kihrin funkelte Darzin schweigend an.

»Jetzt gehört er ganz dir, Miya. Vielleicht kannst du meinem kleinen Sohn ja Manieren beibringen.«

»Das war genau das, was auch Euer Vater wollte, Erblord.«

Ein genervter Ausdruck huschte über Darzins Gesicht. »Natürlich wollte er das.«

Miya wandte sich zu Kihrin um. »Wollen wir laufen? Oder müssen die Wächter dich tragen?«

Kihrin riss sich von den Wachen los. »Ich werde gehen. Hauptsache, ich komme von diesem Ungeheuer weg.«

»Ganz wie du wünschst. Folge mir.«

31

TYENTSO AM STRAND

(Kihrins Geschichte)

Ich fand Tyentso auf einer Klippe. Ihre Haare waren ein sandfarbener Vorhang, den ihr der Wind ins Gesicht wehte. Sie hatte eine Kette aus magischen Lichtern beschworen, die den Weg vom Lager zum Strand beleuchteten. Davon abgesehen saß sie allein in der Dunkelheit und blickte ohne zu lächeln aufs Meer hinaus.

Ich war mir ziemlich sicher, dass *sie* nicht voller Nostalgie an vergangene Leben zurückdachte.

Sie sah mich die gewundene Treppe hinaufsteigen und hob eine Augenbraue, als sie die Weinflasche unter meinem Arm und die beiden Becher in meiner Hand bemerkte.

»Wie bist du denn an Kleidung gekommen, die nicht schwarz ist? Wen muss ich dafür bestechen?«

Tyentso blickte auf ihr weißes Hemdkleid hinab. »Novizen dürfen kein Schwarz tragen.«

Ich blinzelte. »Du willst dich ihnen anschließen?«

»Ich denke darüber nach. Viele Alternativen bleiben mir ja nicht gerade. Aber wenn Leute auftauchen, die behaupten, ich wäre ihre lange verschollene Königin, dann lass es mich bitte wissen.« Sie klopfte neben sich aufs Gras. »Setz dich.«

»Vielleicht sollte ich mich ihnen ebenfalls anschließen … Ich muss nur aufpassen, dass ich auch wirklich in jedem Kurs durchfalle.« Ich schenkte uns zwei Becher Wein ein und reichte ihr einen. »Steht dir der Sinn nach Gesellschaft?«

Tyentso sah mich erstaunt an. »Warum bist du nicht dort unten in diesem Gewirr aus Leibern? Das sieht doch aus, als wäre es genau das Richtige für dich.«

»Zieh keine voreiligen Schlüsse. Warum bist *du* nicht dort unten? Hättest du nach all den ungewaschenen Seemännern nicht gerne mal eine Abwechslung?«

Sie schnaubte. »Ach bitte. Es gab keinen einzigen Mann auf der *Kummer,* den ich berührt hätte, außer um ihn wegzustoßen, und dieses Gefühl beruhte auf Gegenseitigkeit.« Sie betrachtete den Wein in ihrem Becher. »Außerdem muss ich ehrlich zugeben, dass mich unsere neuen Vané-Freunde einschüchtern. Sie sind alle so …«

»Hübsch.«

»Ganz genau. Viel zu hübsch.« Tyentso schnupperte die Luft, als röche sie etwas Eigenartiges. »Es wäre, als … ich weiß nicht … als hätten sie Mitleid mit der armen hässlichen Hexe. Ich bezweifle, dass ich je in der richtigen Stimmung für Mitleidssex sein werde, aber falls es so weit kommt, tu mir bitte den Gefallen und schütte Arsen in meinen Tee.«

»Du bist nicht …« Ich verstummte. Tyentsos Blick konnte einen Mann aus zwanzig Schritten Entfernung in Streifen schneiden und ihn außerdem noch in eine Kröte verwandeln.

»Schmier mir keinen Honig ums Maul, du Leichtfuß. Ich bin zufällig in einem Haus mit Spiegeln aufgewachsen.«

Ich blickte über die Schulter und dachte an die Thriss, die an der Feier teilnahmen. »Na gut, aber ich glaube, das ist ihnen egal.«

»Schwachsinn. Das ist niemandem egal.«

»Ich weiß nicht. Als das Schiff unterging, hat Teraeth dich umarmt. Hattest du da das Gefühl, dass er dich ungern berührt? Oder habe ich mir den Blick, den ihr beide euch zugeworfen habt, nur eingebildet?«

Tyentso leerte ihren Becher und schenkte sich nach. »Bei den Göttern, hast du das etwa gesehen? Dieser verdammte Vané hat mich festgehalten, als wollte er seine einzig wahre Liebe retten. Ich dachte, dass er vielleicht selten mit Frauen in Kontakt kommt, aber das war, bevor wir auf dieser Insel gelandet sind und ich all die kleinen Nymphen gesehen habe.«

Ich dachte an Kalindra, und ja, auch an mich selbst. »Ich glaube, dass ihm anderes wichtiger ist.«

»Das einzig Gute an meinem Aussehen ist, dass man sich nicht fragen muss, ob jemand Hübsches, der einem an die Wäsche will, irgendwelche Hintergedanken hat. Denn die hat er bestimmt.« Sie zog die Beine unter ihr Hemd und stützte sich auf einen Arm. »Aber dich würden sie da unten bestimmt gern dabeihaben. Du bist kein unerfreulicher Anblick. Du solltest spielen gehen.«

»Ist dir noch nicht aufgefallen, dass ich gehemmt bin? Schüchtern und gehemmt. Außerdem bin ich noch nicht bereit für so eine Verbindung. Ich meine, wenn ich mit der gesamten Schwarzen Bruderschaft schlafe, werde ich am nächsten Morgen bestimmt mit einem unbehaglichen Gefühl aufwachen. Werden sie mich immer noch respektieren? Was ist, wenn sie mich ihrer Mutter vorstellen wollen?« Ich machte eine Pause. »Ach verdammt. Ich kenne ihre Mutter ja bereits.«

Tyentso kicherte. »Ich bin mir sicher, dass sie am nächsten Morgen Schluss mit dir machen und dir niemals eine Zeile schreiben würden.«

»So viel Glück sollte ich mal haben.« Ich grinste. »Ich glaube eher, dass sie ganz obsessiv und anhänglich würden, wenn ich ihnen sage, dass ich auch noch andere Sekten kennenlernen möchte.«

Tyentso brach in Gelächter aus.

»Komm mit mir nach Quur«, sagte ich.

Sie verschluckte sich fast an ihrem Wein. »Was?«

Ich beugte mich näher heran. »Ich möchte nach Quur gehen. Ich habe dort Familie und Freunde, auf die ich mich verlassen kann. Ich stamme aus dem Haus D'Mon, Ty. Ich kann dich vor den Leuten beschützen, die dich ins Exil geschickt haben. Der Haken ist, dass ich mich nach meiner Rückkehr um ein paar gefährliche Leute kümmern muss. Besonders um diesen Zauberer. Ich weiß nicht, wie er heißt. Insgeheim habe ich ihn immer nur den Toten Mann genannt. Er ist mächtig. Ich habe gesehen, wie er mit einer einzigen Geste jemandes Gesicht zum Schmelzen gebracht hat.«

»Bezaubernd. Das klingt nach meinem verstorbenen Ehemann.«

Ich wurde misstrauisch. »Sag mir jetzt bitte nicht, dass du über Teraeth in einem früheren Leben sprichst.«

Sie bedachte mich mit einem eigenartigen Blick. »Ein schrecklicher Gedanke. Ich stelle mir lieber vor, dass Thaena die Seele meines toten Gatten in ein bodenloses Loch geworfen und vergessen hat.«

»Gut. Ich wollte nur sichergehen.«

»Es ist auf jeden Fall lieb, dass du mir anbietest, meinen Namen reinzuwaschen, Leichtfuß. Aber ich kann nicht nach Quur zurück. Ich werde dort wegen Verrats, Hexerei und jedem anderen Verbrechen gesucht, das der Hohe Rat erfinden, ausgraben oder aufbauschen konnte. Das Haus D'Mon kann mich nicht beschützen. Wenn ich nach Quur zurückkehre, sollte ich mich besser mit meiner eigenen Sterblichkeit anfreunden, da meine restliche Lebensspanne dort nur wenige Minuten betragen würde.«

»Verrat? Ehrlich?«

Sie zuckte mit den Schultern. »Eine Lüge. Ich habe ihnen allen den Arsch gerettet, und so haben sie es mir gedankt. Ich behaupte ja nicht, dass ich ein sündenfreies Leben geführt hätte, aber soweit ich es beurteilen kann, bestand mein eigentlicher Fehler in ihren

Augen darin, dass ich all diese Magie ohne einen Schwanz zwischen meinen Beinen gewirkt habe.«

Ich hustete. »Ich habe nie verstanden, was das Problem daran sein soll, wenn eine Frau sich mit Magie auskennt.«

»Hör auf, mir schönzutun, du Leichtfuß. Mit einer Frau wie mir kannst du gar nicht umgehen.«

»Ich sage das nicht, um dir zu schmeicheln. Das ist meine ehrliche Meinung. Ich habe es wirklich nie verstanden. Wenn die hohen Adelshäuser auch die Frauen ausbilden würden, hätten sie binnen weniger Jahre doppelt so viele Zauberer. Und mehr Zauberer bringen mehr Profit. Das liegt doch auf der Hand.«*

»Aber um Himmels willen, Kihrin, wenn das Weibsvolk einfach Zaubersprüche aufsagen dürfte … Das wäre ja das Ende der Zivilisation! Als Nächstes würden wir erben und Anspruch auf eigenen Besitz erheben wollen. Und am Ende wollen wir vielleicht auch noch bestimmen, wen wir heiraten. Wer würde denn dann zu Hause bleiben und die Kinder bekommen? Und würden wir es noch hinnehmen, dass unsere Männer uns schlagen und mehrere Geliebte haben? Sei doch vernünftig. Demnächst erklärst du mir noch, wir Quurer sollten keine Sklaven halten.«

Ich rutschte unbehaglich hin und her. »Ach, richtig. Wie dumm von mir. Offensichtlich bin ich schon zu lange auf dieser Insel.«

»Und überdies weiß doch jeder, dass es den Frauen an der Klugheit und Willensstärke mangelt, die ein guter Magier braucht. Dafür sind wir einfach zu sehr Sklavinnen unserer primitiven Lust und eingeschränkt durch unsere fleischlichen Bedürfnisse.** Eine Frau könnte ganz bestimmt nie eine echte Zauberin werden …«

* Man könnte anführen, dass die hohen Adelshäuser von ihrem Monopol auf eine seltene Ressource profitieren, aber da die Nachfrage das Angebot bei Weitem übersteigt, ergibt Kihrins Argument rein ökonomisch gesehen durchaus Sinn.

** Der richtige Gebrauch der Worte »Hexe« beziehungsweise »Hexer« ist in der Sprache Guarem heftig umstritten. Laut der Akademie in Alavel ist

Allmählich wurde ich ungeduldig. »Ist ja gut. Ich habe es verstanden, Tyentso.«

Sie zuckte mit den Schultern. »Ist ein wunder Punkt bei mir.«

»Wenigstens bist du darüber nicht verbittert.« Sie hob einen Stein vom Boden auf, und ich tat, als würde ich mich ducken.

»Quur ist nicht immer so gewesen.« Tyentso schleuderte den Stein von sich, und ihr griesgrämiges Gesicht wurde noch grimmiger. »Vier der Acht Unsterblichen sind Männer und vier sind Frauen. Ihre Geschlechter sind im Gleichgewicht. Tya selbst ist eine *Göttin*. In den alten Geschichten wimmelt es nur so von Königinnen und Heldinnen … Und dann kamen der Gottkönig Ghauras und seine Schlampe Caless und haben die Frauen zu Huren degradiert. Ich persönlich glaube ja, dass Ghauras damit irgendwas kompensieren wollte.« Sie hob den kleinen Finger und wackelte damit vielsagend hin und her.

»Du solltest an der Akademie unterrichten«, sagte ich und lachte leise.

»O ja! Weil sie mich dort auch ganz sicher wiedersehen wollen.«

Ich hob die Augenbrauen. »Hat man dich dort denn schon mal gesehen? Wie hast du das angestellt? Hast du dich als Junge verkleidet?«

»Nein, aber mein Adoptivvater war einer der Dekane.«

»Du machst Witze.«

Sie sah überrascht aus. »Aber nein. Ich bin an der Akademie aufgewachsen. Nachts habe ich mich heimlich in die Bibliothek geschlichen und bis zum Morgengrauen gelesen.« Ihr Blick wurde wehmütig. »Ach, wie habe ich diese Bibliothek geliebt. Mein größ-

eine »Hexe«, respektive ein »Hexer«, »ein nicht ausgebildeter Magiekenner, der ohne offizielle Genehmigung der hohen Adelshäuser agiert«. Da Frauen eine solche Genehmigung niemals erhalten und ihnen der Zugang zur Akademie versperrt ist, wird fast ausschließlich die weibliche Form des Begriffs verwendet.

tes Problem auf Schiffen war immer, dass es dort nicht genügend Platz für Bücher gibt.«

»Verstehe. Kein Wunder, dass der Hohe Rat solche Schwierigkeiten mit dir hat. Du liest *Bücher*.«*

»Und ich habe bei den Vorlesungen aufgepasst. Die Götter mögen uns beistehen!« Sie blickte mich über den Rand ihres Weinbechers hinweg forschend an. »Du willst also nicht hierbleiben?«

»Sie sind ja ganz nett, aber Meuchelmörder war noch nie mein Traumberuf«, sagte ich.

»Ich glaube nicht, dass sie welche sind.«

»Aber ja.« Ich deutete über die Schulter. »Sie haben es mir selbst gesagt. Na ja, genau genommen nennen sie sich ›gedungene Mörder‹, aber das ist dasselbe.«

»Ich halte das für Tarnung. Und ich glaube, die ist nun aufgeflogen. Eine Assassinengilde ist schon eine beängstigende Vorstellung, aber das gehört alles zum Spiel. Ein weiterer liebenswerter Aspekt der quurischen Kultur, dass sie sich vom Höchstbietenden anheuern lassen, um Störenfriede zu töten. Dass sie hauptsächlich Vané sind, hat nichts weiter zu bedeuten. Es verleiht ihnen nur eine exotische Aura, lässt sie begehrenswert und gefährlich erscheinen. Keine Familie aus dem quurischen Hochadel wird sie je als Bedrohung ansehen, solange sie sich von ihnen anheuern lassen.«

»Aber wenn sie keine Meuchelmörder sind, was sind sie dann?«

»Ich weiß es nicht. Normalerweise arbeiten Thaenas Priester nie so direkt mit ihr zusammen. Wenn dir das keine Angst macht, dann hast du nicht richtig aufgepasst. Thaena hält sich, was das Zusammenwirken von Göttern und Sterblichen anbelangt, am stärksten an die Regeln. Und das bedeutet, dass diese Leute entweder lügen und gar keine Anhänger von Thaena sind – wogegen

* Und sie ist nur eine Hexe, weil sie keine offizielle Genehmigung hat. Das muss frustrierend sein.

allerdings Teraeths Rückkehr spricht –, oder Thaena hält es aus irgendeinem Grund plötzlich für geboten, gegen diese Regeln zu verstoßen. Du solltest zittern vor Angst.«

»Meine Mama hat immer gesagt: ›Wenn du lügen willst, dann heb es dir für etwas wirklich Wichtiges auf.‹«

»Ganz genau. Und ich möchte wissen, für welche Notzeiten diese kleinen Bastarde ihre Lüge aufgespart haben.«

Ich seufzte und nahm einen Schluck Wein. »Anscheinend gibt es da eine Prophezeiung.«

»Welche? Eine Devoranische? Die Schicksalsschriften?* Oder Sephis' Weissagungen?«

Ich horchte auf. »Du kennst dich mit den Prophezeiungen aus?« Im Gegensatz zu Khaemezra hatte Tyentso keinen Grund, meiner Frage auszuweichen.

»Magister Tyrinthal bot früher zu diesem Thema ein sechsmonatiges Seminar für Fortgeschrittene an.** Er wusste nicht, dass ich seinem Unterricht gelauscht habe, aber du weißt ja, wie es ist.« Sie zuckte mit den Schultern. »Und mein verstorbener Ehemann war von Prophezeiungen geradezu besessen. Sobald ein Kinderreim so interpretiert werden konnte, dass er wie eine Weissagung klang, nahm er ihn in seine Sammlung auf.« Sie dachte kurz nach. »Und zwar in mehreren Versionen, wenn es den Reim in unterschiedlichen Dialekten oder anderen sprachlichen Varianten gab.«

Ihr Blick verlor sich in der Ferne. »Diese Prophezeiungen sind eine üble Sache. Du solltest dich von ihnen fernhalten, Leichtfuß.

* Ich könnte mir gut vorstellen, dass die Schicksalsschriften nur ein schlauer Betrug sind, mit dem jemand für Verwirrung sorgen will – oder einfach von der Faszination profitieren möchte, die so viele für Prophezeiungen empfinden.

** Das macht er auch heute noch. Und das Seminar ist nach wie vor sterbenslangweilig. Positiv anzumerken ist jedoch, dass ich mir nur seine Vorträge ins Gedächtnis rufen muss, wenn ich mal nachts wachliege. Ein besseres Schlafmittel ist mir noch nicht untergekommen.

Die Leute, die sich mit ihnen beschäftigen, möchtest du gar nicht kennenlernen. Und auf gar keinen Fall möchtest du, dass sie dich kennen.«

Ich verzog das Gesicht. »Zu spät.«

Einen Moment lang sah Tyentso verwirrt aus, dann schnaubte sie. »Jetzt habe ich doch glatt vergessen, wie ich auf diese Insel gekommen bin, Leichtfuß. Ja, du hast recht, viel zu spät.« Sie lehnte sich zurück und trank einen tiefen Schluck aus ihrem Becher. »Ach, das ist schlimm. Aber im Moment hast du andere Probleme.«

»Natürlich, Relos Var. Aber ich kann mich von der Insel schleichen, bevor er überhaupt merkt, dass ich verschwunden bin. Darin bin ich gut.«

»Ich spreche nicht von Relos Var«, entgegnete Tyentso. »Lauf zum Lager zurück, Kihrin. Jetzt sofort.«

»Was? Wieso soll ich …?«

Ein Wind kam auf und drückte das Gras auf den Klippen platt. Ein Geruch nach geschmolzenem Metall und brennendem Gestein wehte heran.

Vor uns landete der Alte Mann.

32

LADY MIYA

(Klaues Geschichte)

Die Vané brachte Kihrin zu einem vierstöckigen Haus, das zwischen anderen hohen Gebäuden aufragte. Abgesehen von den vielen Männern in blauen Heilermänteln, die durch die Türen ein und aus gingen, war von außen nicht zu erkennen, dass es sich um ein Blaues Haus handelte. Alle schienen Miya zu kennen. Sie machten ihr Platz, verbeugten sich vor ihr und sprachen sie als »Lady« an. Niemand erkundigte sich nach Kihrin oder wollte wissen, wie er sich seine Verletzungen zugezogen hatte, bis sie zufällig Meister Lorgrin über den Weg liefen.

Der Heiler verzog das Gesicht. »Wie ich sehe, ist das glückliche Wiedersehen ganz wie erwartet verlaufen.«

»In der Tat«, sagte Lady Miya missbilligend.

»Ich nehme an, Ihr wollt Euch selbst darum kümmern. Die Apotheke gehört ganz Euch.« Er deutete mit dem Daumen auf eine Tür hinter ihm.

Sie nickte. »Vielen Dank, Meister Lorgrin.«

»Ja, ja.« Er schüttelte den Kopf, als Kihrin an ihm vorbeiging.

Der Raum war bis unter die Decke mit kleinen, in die Wände versenkten Schubladen gefüllt. Ein merkwürdiger Kräutergeruch hing in der Luft. In der Mitte standen mehrere Tische, die mit Waagen, Mörsern, Stößeln und dicken Büchern bedeckt waren, auf deren aufgeschlagenen Seiten Kihrin Pflanzenskizzen sah.

»Setz dich«, wies ihn Miya mit strenger Stimme an.

Kihrin kam der Aufforderung mürrisch nach und suhlte sich in Selbstmitleid, während die Vané mehrere Schubladen öffnete. Sie holte Flaschen, Phiolen und Kräuterbündel heraus und knallte sie so fest auf den Tisch, dass alles darauf erzitterte.

»Was habe ich Euch getan?«, fragte Kihrin. »Seid Ihr wütend, weil ich einen Wächter getötet habe? Oder weil ich Euren teuren Erblord mit Kaffee bekleckert habe?«

Sie nahm einen schweren Steinmörser mitsamt Stößel und stellte ihn krachend vor ihm auf den Tisch. »Das ist alles für dich: Beifuß, Goldgarbe, das Blut von Varius, Carella und weißer Lotus.«

»Nein, danke, ich habe gerade gegessen.«

Sie schürzte die Lippen. »Du möchtest nicht, dass sich deine Wunden infizieren, und du weißt nicht, welche Krankheiten diese Frau gehabt hat. Deine Wunden sind höchstwahrscheinlich mit ihrem Blut verunreinigt worden, das noch an der Peitsche war. Willst du nicht eine Salbe für deinen Rücken anrühren?«

»Sehr witzig. Ich weiß nicht, wie man das macht.«

»Ach? Das weißt du nicht?« Ihre Stimme triefte vor Sarkasmus. »Aber du willst doch sicher gesund werden. Also heil dich selbst.«

»Ich habe Euch doch schon gesagt, dass ich nicht weiß, wie.« Er stand auf.

»Aha.« Sie verschränkte die Arme, als hätte sie gerade einen Streit für sich entschieden.

Kihrin sah sie verdutzt an. »Aha? Was meint Ihr mit ›aha‹?«

»Etwas zu wollen, reicht nicht. Talent und Wunschdenken nützen nichts ohne Wissen und Ausbildung.«

Kihrin starrte sie an. »Ist das eine Rätselaufgabe?«

»Das ist kein Spiel, junger Mann. Ich will dir etwas beibringen. Verstehst du, worum es mir geht?«

»Da ich ja offensichtlich ein Idiot bin, könnt Ihr es mir doch einfach erklären.«

Mit zusammengebissenen Zähnen zog sie den Mörser wieder an sich. »Ich meine damit, dass du nicht dazu ausgebildet bist, einem Mann wie Darzin D'Mon die Stirn zu bieten. Anstatt ihn zu provozieren, könntest du genauso gut mit frischem Blut beschmiert in einen Tigerkäfig gehen. Du willst Darzin vielleicht umbringen, aber der Wunsch allein bringt dich nicht weiter.«

»Er hat meinen Vater getötet! Und Morea.«

»Und? Hilft dir das? Glaubst du, das Schicksal wird dich begünstigen, weil deine Sache gerecht und dein Herz voller Rachedurst ist? Man erschlägt ein Ungeheuer nicht mit guten Absichten.«

»Er muss ja auch mal schlafen.«

Lady Miya seufzte. »Ach du meine Güte, du bist noch so jung und trotzdem schon ein professioneller Attentäter? Vielleicht ein Mitglied der Schwarzen Bruderschaft? Oder bist du nur gut verkleidet und in Wahrheit der berühmte Nikali Milligreest, der beste Schwertkämpfer im ganzen Reich?«

Kihrin schluckte und wandte den Blick ab. Furcht und Hass, die er während seiner Begegnung mit Darzin D'Mon empfunden hatte, flauten ab. Er fühlte sich schwach und begann zu zittern. »Er macht mich so wütend«, flüsterte er.

»Mich macht er auch wütend«, sagte Miya. »Aber du musst lernen, dich zu beherrschen. Wenn du dich weiterhin so töricht benimmst, wirst du in diesem Haus nicht alt werden.« Sie gab die Zutaten in die Schüssel, wobei sie die Portionen rasch per Hand abwog. »Darzin ist Choleriker genug für euch beide. Wenn du ihn bedrängst, wird er mit dem Gemeinsten und Bösartigsten darauf reagieren, was ihm einfällt – und auf dem Gebiet ist er eine Koryphäe. In diesem Haus gibt es bereits genügend Probleme, auch ohne dass du ihn zu etwas provozierst, was wir anderen bereuen werden.«

»Ihn provozieren? Ich habe nicht …«

»Beteuere deine Unschuld vor jemandem, der nicht die gesamte Unterhaltung mit angehört hat«, sagte sie ungerührt. »Ich kenne Darzin zwanzig Jahre länger als du, und ich kann dir versichern, dass er die Wahrheit gesagt hat: Er hat sich heute Morgen von seiner besten Seite gezeigt. Er hat dich höflich behandelt, was du als unerträgliche Beleidigung aufgefasst hast. Du hast die Beherrschung verloren, in der Folge ist auch er wütend geworden. Zwei Menschen sind deshalb gestorben.«

»Werft das nicht mir vor. Wenn Ihr die ganze Zeit zugehört habt, hättet Ihr ja auch früher einschreiten können. Dann wäre diese Frau noch am Leben.«

Sie hob eine Augenbraue. »Und mit welchem Recht hätte ich dazwischengehen sollen, wenn D'Mon eine seiner Sklavinnen auspeitschen lässt? Bei dir war es mir möglich, aber dieses Sklavenmädchen konnte ich nicht retten.«

»Ihr Vané seid doch angeblich alle Magier. Ihr hättet …«

»Ich darf nicht zulassen, dass einem D'Mon etwas passiert, wenn ich es verhindern kann, ohne mein Leben dabei zu verlieren.« Sie nahm den Stößel und begann, die Kräuter und Blumen zu zerdrücken.

Kihrin schaute sie mit großen Augen an. »Ihr seid gegaescht.«

»Natürlich bin ich gegaescht. Aus freien Stücken wäre ich sicher nicht hier. Ich bin die Seneschallin des Hohen Lords und die oberste Dienerin in diesem Palast. Außerdem bin ich die gegaeschte Sklavin des Hohen Lords. Da Darzin dich verletzt hat, konnte ich intervenieren.«

»Ihr konntet intervenieren? Aber Ihr …?« Er ließ sich wieder auf den Stuhl sinken. »Ich bin kein D'Mon, sondern höchstens ein Ogenra.«

Sie bedachte ihn mit einem schwer zu deutenden Blick. »Wer hat gesagt, dass du ein Ogenra bist?«

»Na ja, ich …« Er blinzelte. »Ich muss einer sein. Er sagte, meine Mutter sei eine Sklavin gewesen. Was soll ich da sonst sein?«

»Darzin behauptet, er habe Lyrilyn geheiratet. Er hat sogar Dokumente und Zeugen, die das bestätigen. Du bist kein Ogenra. Du bist Darzin D'Mons rechtmäßiger erstgeborener Sohn und nach ihm der Zweite in der Erbfolge.«

Kihrin wurde blass. »Wie bitte?« Ihre Worte waren schwer zu verdauen. Wie jedes Waisenkind im Unteren Zirkel hatte er immer davon geträumt, ein Ogenra zu sein, aber weiter hatte er nie gedacht. Nie hätte er geglaubt, dass er tatsächlich ein Mitglied des Hochadels sein könnte. Und jetzt hieß es plötzlich, er sei ein Prinz und könnte eines Tages selbst ein Hoher Lord werden?

Seine Welt geriet ins Wanken.

Miya merkte nicht, wie erschüttert er war. »Ehrlich gesagt, spielt es ohnehin keine Rolle. Ich weiß, dass die Ogenra allgemein als illegitime Bastarde gelten, aber die Realität ist komplizierter. Jedes Kind, sogar ein Bastard, kann zu einem Haus gehören, wenn es offiziell anerkannt wird – so wie du.«

»Also ist er wirklich mein Vater?«, flüsterte er.

Miya schaute weg. »Das kann ich dir nicht sagen.* Auf jeden Fall behauptet er es, und der Hohe Lord Therin hat die Behauptung öffentlich beglaubigt. Er wollte nie, dass Darzins Sohn Galen eines Tages den Titel erbt.«

»Weshalb?«

»Als Herrscher eines hohen Adelshauses braucht man eine gewisse Rücksichtslosigkeit. Galen ist ein lieber Junge. Ich vermute, der Hohe Lord Therin glaubt nicht, dass sich das Haus in der Obhut eines ›lieben Jungen‹ gut entwickeln würde.«

»Aber ich bin Abschaum von der Straße. Ein Stück Müll aus der Samtstadt!«

* Man beachte die Wortwahl. Ich bin geneigt, die Aussage wörtlich zu interpretieren: Miya kennt die Antwort zwar, darf sie aber nicht preisgeben. Einen Gegaeschten zu befragen, ist ein bisschen wie eine Unterhaltung mit einem Dämon – und das aus den gleichen Gründen.

Sie stellte den Mörser ab und funkelte Kihrin mit ihren blauen Augen zornig an. »So darfst du *nie wieder* von dir sprechen. Das lasse ich nicht zu. Du bist Kihrin D'Mon, ein Prinz des Hochadels und der Zweite in der Erbfolge im Haus D'Mon. Du stammst in hundertster Generation von einem Magiergeschlecht ab, das unter anderem drei Kaiser hervorgebracht hat. Du gehörst zum Hochadel und bist zum Herrschen *geboren*.* Was du dagegen *nie und nimmer* bist, ist Abschaum von der Straße.«

»Aber ich … kann nicht. Das Ganze muss eine Art Spiel sein. Er ist böse.«

»Die Wahrheit und das Böse schließen einander nicht aus. Ich zeige es dir: Das hier wird brennen.«

Kihrin spürte etwas Feuchtes auf seinem Rücken, das sich plötzlich in einen rotglühenden Schmerz verwandelte, als Alkohol in seine offenen Wunden geriet. Er schnappte nach Luft. »*Au!* Bei Thaenas Titten!«

»Nicht fluchen.«

»Das brennt schlimmer als die Peitschenhiebe!«

»Ach? Dann hat Darzin anscheinend nachgelassen. Aber lieber ein paar Schmerzen jetzt als später eine Infektion.« Sie verteilte den Kräuterbrei über den Peitschenstriemen. Die Paste war kalt und schmerzlindernd – eine Wohltat nach dem desinfizierenden Alkohol.

Er spürte ihre Fingerspitzen auf seinem Rücken und hörte, wie sie leise etwas in einer melodischen Sprache sagte, die er nicht verstand. Eine angenehme Wärme breitete sich auf seiner Haut aus.

»Hättet Ihr mich nicht auch mithilfe von Magie heilen können?«

»Ja«, räumte Miya ein, »aber das hätte zu Komplikationen führen können.« Sie nahm sich einen Stuhl und setzte sich vor Kihrin.

* Lady Miya hat sich hier versprochen, da dem quurischen Hochadel das »Herrschen« streng genommen verboten ist.

»Was weißt du über Magie? Kannst du bereits hinter den Ersten Schleier blicken?«

Er nickte. »So lange ich zurückdenken kann. Woher habt Ihr das gewusst?«

»Ich wusste es nicht. Deswegen habe ich gefragt. Aber da du ein D'Mon bist, hielt ich es für wahrscheinlich. Was ist mit Talismanen? Weißt du, wozu sie gut sind und wie man sie herstellt?«

Er schluckte und schüttelte den Kopf. »Magier benutzen sie. Ich kann herausfinden, ob jemand welche trägt ... Vor allem, um mich von solchen Personen fernzuhalten.«

»In der Samtstadt war das sicher eine kluge Herangehensweise, aber jetzt wirst du lernen müssen, dir selbst welche zu machen.« Sie fing an, die Kräuter wegzuräumen. »Betrachte dies als deine erste Lektion. Kennst du die materiellen Voraussetzungen für Magie?«

»Ja.« Er nickte. »Ein Objekt kann nur dann magisch beeinflusst werden, wenn der Zauberer die wahre Natur der Materialien versteht, aus denen das Objekt besteht.«

Sie wirkte überrascht. »Sehr gut. Wurdest du ordentlich ausgebildet?«

»Jemand hat mich unterrichtet, aber, äh ... sie lebt nicht mehr.«

»Mein Beileid.«

»Danke.« Er wusste nicht, was er sonst darauf erwidern sollte.

Nach kurzem Zögern fragte sie: »Und was sonst?«

Kihrin schaute sie verständnislos an. »Was meint Ihr mit ›was sonst‹?«

»Was kannst du mir über die stofflichen Voraussetzungen der Magie sonst noch erzählen?«

»Ich ...« Er runzelte die Stirn. »Wenn man die wahre Natur eines Objekts nicht versteht, kann man es auch nicht beeinflussen?«

»Nur weil du es umformulierst, ist das keine neue Antwort.«

»Äh ...« Er musste sich beherrschen, nicht frustriert die Arme in die Luft zu werfen. »Ich weiß es nicht. Unterschiedliche Objekte haben unterschiedliche Auren. Genau wie Menschen. Wenn man zwei Personen nebeneinander stellt, sehen ihre Auren nie gleich aus. Eisen hat eine andere Aura als Kupfer, Kupfer wiederum eine andere als eine Münze aus Holz, die nur mit Kupferlack bemalt ist.«

»Und was sagt uns das über Talismane?«

Kihrin zerbrach sich den Kopf, was er darauf antworten sollte. Woher sollte er wissen, was das über Talismane aussagte? Er wusste nur, dass sie die Auren der Personen widerspiegelten, die sie trugen … Da fiel ihm etwas ein. »Moment mal, ein Talisman hat eine Aura, die seiner wahren Natur widerspricht, richtig? Wenn er eine Münze, ein Schmuckstück oder was auch immer ist, hat die Aura nichts mit seinem eigentlichen Material zu tun … sondern stammt von der Person, die ihn trägt. Wie ist das überhaupt möglich?«

»Die Aura eines Objekts lässt sich verändern«, erklärte Miya. Aus ihrer Stimme klang Stolz, und ihr Lächeln deutete an, dass sie mit Kihrins Antwort zufrieden war. »Verändert man sie nur ein bisschen, bleibt das Objekt äußerlich unverändert und sieht aus wie zuvor. So wie ein Spiegel dein Bild reflektiert, ohne mit dir selbst identisch zu sein.«

Er verengte die Augen. »Wieso? Wozu soll das gut sein?«

»Stell dir vor, ich möchte dir Schaden zufügen, indem ich deine Aura verändere. Wenn du vier Talismane trägst, müsste ich dies nicht nur einmal, sondern fünfmal tun. Die Talismane sind ein Schutz gegen andere Zauberer, verstehst du?« Miya hob einen Finger. »Aber das hat seinen Preis. Jeder Talisman, den du trägst, schwächt deine eigene Magie und damit deine Fähigkeit, die Aura eines anderen zu beeinflussen. Ein Hexenjäger ist nichts anderes als ein Zauberer, der so viele Talismane trägt wie irgend möglich. Das macht ihn fast vollständig immun gegen Magie, allerdings kann er auch selbst keine mehr wirken.«

»Es ist also ein Balanceakt?«

Miya nickte. »Ganz genau. Und die Talismanregel gilt fürs Heilen genauso wie fürs Verletzen. Wenn du jemandes Aura nicht verändern kannst, dann bist du auch nicht imstande, ihn zu heilen.«

»Ich hätte nichts dagegen, zu lernen, wie man andere Leute heilt«, sagte er mit einer gewissen Sehnsucht im Blick. »Das hört sich nach einer guten Sache an.«

Miya schaute ihm einen Moment lang forschend ins Gesicht. »Na gut.« Sie holte ein großes Buch von der anderen Seite des Tisches und reichte es Kihrin.

Er schlug es auf und blätterte durch viele Seiten mit kleinen, perfekt gezeichneten Bildern des menschlichen Körpers. Es waren sowohl Detailansichten als auch Gesamtdarstellungen.* »Wollt Ihr, dass ich das lese?«

»Ich möchte, dass du es auswendig lernst.«

»Auswendig?« Seine Stimme klang ein wenig schrill.

»Ich bin gerne bereit, dich in deinem Tempo auszubilden, aber dafür musst du dir erst ein Grundwissen aneignen, auf dem wir aufbauen können. Man kann nichts reparieren, solange man nicht weiß, was kaputt ist. Und das kann man erst erkennen, wenn man weiß, wie es normalerweise funktioniert. Also ja: auswendig lernen. Wenn du damit fertig bist, machen wir mit Körperchemie und Zellaufbau weiter.«

»Mit was machen wir weiter?«

Sie lächelte. »Du wirst schon sehen.« Miya nahm den Mörser mit den zerdrückten Kräutern und strich den Rest der Mixtur in ein kleines Glasgefäß. »Verteil das auf allen Verletzungen, auch auf deinem Kinn. Wenn es dir ausgeht, komm einfach zu mir oder einem anderen unserer Heiler, dann werden wir deinen Vorrat wieder auffüllen.«

* Vermutlich war es Sarin D'Mons *Anatomie des menschlichen Körpers* – meines Wissens immer noch das Standardwerk für Anfänger.

»Danke, das weiß ich zu …« Er zögerte. »Wieso sollte ich Nachschub brauchen?«

Ihr Blick wurde hart. »Darzins Sohn Galen braucht ihn. Und *er* ist ein lieber Junge.«

Kihrin sah sie bestürzt an. »Na toll«, murmelte er. »Schlägt er seine Frau etwa auch? Galens Mutter war ja sicher kein Sklavenmädchen.«

»Ich glaube, die Antwort auf diese Frage kannst du dir selbst geben.«

Kihrin seufzte. Während er mit Miya über die Grundlagen der Magie gesprochen hatte, war ihm tatsächlich für einen Moment entfallen, wo er sich befand. »Da habt Ihr recht. Natürlich schlägt er seine Frau, und dann schickt er sie hierher, damit Ihr sie wieder zusammenflickt. Ist es nicht wundervoll, so viele Heiler im Haus zu haben? Da kann man sich fast alles erlauben.«

Sie setzte zu einer Antwort an, überlegte es sich aber anders. »Kommt mit, Eure Hoheit«, sagte sie mit einem Kopfschütteln. »Es wird Zeit, dass ich Euch Eure Räumlichkeiten zeige.«

33

WAS DEM DRACHEN GEHÖRT

(Kihrins Geschichte)

Jedes Mal, wenn ich den Alten Mann sehe, werde ich von Neuem daran erinnert, wie riesig Drachen sind. Die Maler bekommen sie nie richtig hin. Was wahrscheinlich an ihrem Bedürfnis liegt, sie einem Ritter, einem Zauberer oder dergleichen gegenüberzustellen, und wenn man einen Menschen so darstellen will, dass der Betrachter ihn auch sieht, muss man die Größenverhältnisse eben etwas anpassen. Nimm das größte Geschöpf, dass du dir vorstellen kannst … der Alte Mann ist größer.

Es ist schwer, bei seinem Anblick nicht vor Ehrfurcht zu erstarren.

Er landete auf einer glühend heißen Vulkaninsel, die hauptsächlich aus geschmolzenem Gestein bestand. Sie lag ein Stück vor der Küste von Ynisthana, aber der Alte Mann war so gewaltig, dass es schien, als müsste er nur eine Klaue ausstrecken, um uns beide in Stücke zu reißen. Er kam mir nicht wie ein Lebewesen vor, sondern eher wie ein Fleisch gewordenes Symbol für das Unbeherrschbare an sich. Bei seiner Landung stieg eine Lavafontäne in die Höhe, als reagierte die Erde unter ihm auf seine Gegenwart mit Feuer.

»**Ich bin gekommen, um zu holen, was mir gehört**«, erklärte der Alte Mann.

Tyentso stieß einen Fluch aus, bei dem Madam Ola errötet wäre, und schob mich hinter sich.

»He …«, protestierte ich.

»Versteck nicht die goldene Stimme. Sie ist mein!«, fauchte der Alte Mann.

»Niemand hat gesagt, dass du ihn haben kannst. Im Gegenteil.«

»Das ist mir egal.«

»Lauf, Kihrin.«

Ich erinnerte mich an Teraeths Warnung: Wer rennt, weckt damit nur den Jagdinstinkt des Alten Mannes. »Ich glaube nicht …«

Der Drache schwang sich in die Höhe.

Ich rannte los.

Tyentso vollführte eine Armbewegung, und eine Wand aus flüssigem Glas schoss in den Himmel. Sie war zwanzig Fuß dick und so hoch, dass sie mir die Sicht auf den Horizont versperrte. Das Glas wurde augenblicklich rot und dann weißglühend, als es verschlackte. Ein sengender Wind kam auf, und es wurde so heiß wie in einem Backofen. Die Wand erzitterte, als der Drache von der anderen Seite dagegenkrachte. Dann explodierte sie in unsere Richtung.

Ich wich seitlich aus, als ein riesiger Tropfen geschmolzenes Glas neben mir aufschlug.

Plötzlich wurde es still. Ich drehte mich um. Der Drache schwebte reglos in der Luft und verdeckte den gesamten Himmel. Lava tropfte von seinen Krallen und fiel zischend in die Wellen.

Tyentso rappelte sich auf. Ein Teil ihres Kleides war verkohlt, und Brandflecken überzogen einen Arm, aber wie durch ein Wunder war sie noch am Leben.

Khaemezra trat auf die Klippe.

Ich habe keine Ahnung, ob sie uns oder dem Drachen hinterherspioniert hatte, aber sie musste in der Nähe gewesen sein. Die alte Frau erschien mir ein bisschen weniger bucklig und zerbrechlich als während unserer Reise hierher, so als hätte die Insel sie mit neuer Lebenskraft erfüllt. Sie wirkte größer, aufrechter und jünger.

»Ich habe es dir bereits gesagt, Sharanakal: Du kannst ihn nicht haben«, schallte ihre schroffe Stimme über die Wellen und den Sand.

»Lass mich frei! Lass mich sofort frei, Mutter.«

Mit einem dünnen Arm deutete sie hinaus aufs Meer. »Dann geh und kehre nie wieder.«

Der Drache erzitterte und schüttelte sich wie ein nasser Hund. Mit wenigen Flügelschlägen erhob er sich in die Lüfte und sah mich an. Zumindest glaubte ich das.

Der Alte Mann entschwand am Himmel.

Wir sahen ihm hinterher. Einen angespannten Moment lang sagte keiner von uns ein Wort. Schließlich konnte ich das Schweigen nicht mehr ertragen. »Wie tötet man so etwas?«

»Gar nicht«, antwortete Khaemezra. »Genauso gut könntest du versuchen, einen Berg zu töten.«

Tyentso betastete die Brandwunden an ihrem Arm und zuckte zusammen. »Du hast ihn Sharanakal genannt. Heißt er wirklich so?«

»Ja.« Khaemezra raffte ihren Umhang und drehte sich zu mir um. »Bist du verletzt?«

»Nein, mir geht es gut.« Ich sah Tyentso an. »Sharanakal. Warum kommt mir dieser Name so bekannt vor?«

»Weil du der Sohn eines Sängers bist, könnte ich mir denken«, erwiderte Tyentso. »Sharanakal ist vielleicht nicht so berühmt wie Baelosh oder Morios, aber es gibt nur acht Drachen auf dieser Welt. Und du hast es geschafft, dass einer von ihnen leidenschaftlich besessen von dir ist. Offenbar bist du ein echter Glückspilz.«

Mein Herz raste wie ein Trommelwirbel, und der Schwindel in meinem Kopf kam nicht nur vom vielen Wein. Ich fühlte mich vollkommen hilflos, gefangen.

Kein bisschen wie ein Glückspilz.

Als ich auf der Insel aufwachte und der Drache mich nicht als Zahnstocher benutzte, hatte ich geglaubt, die Gefahr sei vorüber. Der Alte Mann hatte mich gehen lassen, ich war in Sicherheit. Vielleicht nicht vor Relos Var, aber wenigstens vor dem Drachen. Auf dieser Insel lebte eine Sekte, die nicht von ihm drangsaliert wurde, also musste auch ich hier sicher sein, richtig?

Falsch.

Khaemezra schien kein Mitleid mit mir zu empfinden. »Sag mal, Junge, was hat dich bloß geritten, Sharanakal aufzuwecken?«

Ich biss die Zähne zusammen. »Das war Teraeths Idee.«

Meine Antwort schien Khaemezra nicht zu besänftigen. »Ja, das hört sich wie ein Vorschlag meines Sohnes an.«

»Wir sollten uns nicht gegenseitig die Schuld geben«, blaffte Tyentso. »Dieses kleine Liedchen hat uns auf dem Schiff das Leben gerettet.« Sie wedelte mit einer Hand in Khaemezras Richtung. »Außer dir natürlich, weil du ja keine Sekunde lang in echter Gefahr warst. Also kannst du dich überhaupt nicht beschweren, Mutter Ich-misch-mich-nicht-ein.«

»Wird er verschwinden?«, fragte ich. Die Brandung lag weit hinter uns, und nicht einmal die Insekten im Dschungel wagten, ein Geräusch zu machen. Die Nacht war so still, dass meine Stimme ganz kläglich klang.

Khaemezra sah mich an. »Irgendwann, wenn es ihm langweilig wird.«

»Wie lange wird das dauern?«

Khaemezra antwortete nicht.

»Ein Jahrzehnt oder zwei«, sagte Tyentso schließlich. »Vielleicht länger. Du kannst dich nicht vor einem Drachen verstecken, Leichtfuß. Früher oder später wird er dich finden.«*

* Es gibt eine Geschichte über den Drachen Baelosh, in der er dem Kaiser Simillion androht, ihn »nach einem kurzen Nickerchen« zu jagen und zu töten. Dieses Nickerchen dauerte fünfundzwanzig Jahre, und als Baelosh erwachte, war Simillion tot.

Ich kann mich nicht erinnern, dass ich mich hinsetzen wollte. Aber plötzlich saß ich, als wollten meine Beine nicht länger warten, bis ich die richtige Entscheidung traf.

Ich blickte erst wieder auf, als ich Tyentsos Stimme hörte. »Ich habe beschlossen, mich der Bruderschaft anzuschließen.«

Khaemezra musterte sie durchdringend. »Bis vor Kurzem hattest du noch Zweifel.«

»Ja, aber irgendjemand muss dem Leichtfuß hier Magie beibringen. Ein paar Zauber, mit denen er sich gegen Feuer schützen kann, würden ihm bestimmt nicht schaden. Ich habe so eine Ahnung, dass er sie brauchen wird.«

Ich beugte mich vor. »Einen Augenblick. Magie? Du willst mir Magie beibringen?«

»Irgendwer muss es ja machen«, sagte Tyentso. »Wenn Mutter es mir erlaubt.« Tyentso hob eine Augenbraue. »Wirst du das tun?«

Khaemezra schnaubte, aber es klang eher gutmütig als abfällig. »Ich denke, ja.«

»Ich sitze hier fest«, flüsterte ich.

»Für den Moment«, stimmte Khaemezra zu. »Aber wenn ich in all den Jahren eins gelernt habe, dann, dass nichts für immer ist. Was möchtest du in der Zwischenzeit tun?«

»Ich will von hier weg«, sagte ich mit Nachdruck.

»Ich weiß, dass du das möchtest, aber Schwierigkeiten sind nichts anderes als Chancen mit Dornen«, erwiderte sie. »Und wir wollen doch deine Zeit hier dazu nutzen, dass du diese Schwierigkeiten erfolgreich angehen kannst. Also, was *willst* du?«

Es fiel mir schwer, an etwas anderes zu denken, als dass ich hier festsaß. An die unsichtbaren Gitterstäbe meines Inselkäfigs und meinen Wärter, der ein riesiger feuerspuckender Drache war. Taja hatte gesagt, ich könne gehen. Aber sie hatte nicht erwähnt, welchen Preis ich dafür zahlen müsste. Ich war ein Gefangener.

Tyentso legte mir eine Hand auf die Schulter. »Vielleicht möchtest du ja deiner Familie eine Nachricht zukommen lassen?«

Ich schaute die beiden Frauen blinzelnd an. »Wäre das möglich? Könntet ihr Lady Miya mitteilen, dass ich lebe?«

»Ja. Sonst noch etwas?«

Ich nahm einen tiefen Atemzug und versuchte, mich zu beruhigen. »Gibt es hier auf der Insel irgendwen, der sich mit Schwertern auskennt? Ich habe Fechtunterricht bekommen und würde gern damit weitermachen.«

»Ein Schwert wird dir gegen einen Drachen nicht viel nützen«, merkte Khaemezra an, doch inzwischen kannte ich sie gut genug, um zu merken, dass sie meinen Wunsch nicht ablehnte.

»Das weiß ich. Ich will Darzin damit töten.«

Khaemezra lächelte. »Ich glaube, dann habe ich genau den Richtigen für dich.«

34

VERSPRECHEN

(Klaues Geschichte)

Jemand rüttelte an der Klinke.

»Geh weg«, schrie Kihrin die Tür an.

Die Tür öffnete sich einen Spaltbreit, bevor sie an dem Stuhl hängen blieb, den Kihrin unter die Klinke geklemmt hatte.

»Bitte, Kihrin«, hörte er Lady Miya sagen. »Das ist ungebührlich und hilft dir auch nicht weiter. Wieso versteckst du dich in deinem Zimmer?«

»Ich will keinen von euch sehen!«, rief er zurück. Kihrin lag auf dem Bett, das genauso zerknittert war wie seine Kleidung. Er hatte sich nicht umgezogen und auch seine Körperpflege vernachlässigt, seit Miya ihm sein Gemach gezeigt hatte.

Zuerst war er noch beeindruckt gewesen. Lady Miya hatte ihn nicht zu dem Raum geführt, in dem er aufgewacht war, sondern in den Privattrakt der Familie – den Prinzenflügel, wo der Hohe Lord, seine Söhne und Erben untergebracht waren. Kihrins neue Gemächer waren wie ein eigener kleiner Palast, ein erstaunliches Ensemble aus juwelenbedeckten Wänden und üppigen Pflanzen, das wie eine Mischung aus Garten und Wohnbereich wirkte. Die Hauptattraktion war ein riesiges Bett, das aus den miteinander verflochtenen Ästen von vier lebenden Bäumen bestand.

Doch dann hatte Kihrin die Falle erkannt.

Die prunkvollen Gitter vor den Balkonen waren aus vergoldetem Eisen, und zwischen den Blüten der Kletterpflanzen verbargen sich spitze Dornen. Die Vordertür war nur von außen abschließbar, genau wie der Seiteneingang, der seine Zimmerflucht mit den Räumlichkeiten eines ihm unbekannten Nachbarn verband.

Wer immer vor ihm hier gewohnt hatte, war ebenfalls ein Gefangener gewesen.

In diesem Moment wurde Kihrin die ganze Tragweite seiner Situation bewusst. Darzin konnte *alles* mit ihm anstellen, ihn ganz legal töten, verstümmeln oder als Sklave verkaufen, weil Eltern nun mal absolute Macht über ihre Kinder hatten. Vor dem Gesetz war Kihrin Darzins Kind. Surdyeh war tot und konnte nichts mehr daran ändern. Und Ola? Die war vermutlich ebenfalls tot.

Immer wenn er die Augen schloss, sah er Moreas durchschnittene Kehle vor sich und hörte das Gelächter eines Dämons. Diese Albträume raubten ihm den Schlaf.

Sie schienen ein Vorgeschmack auf die Qualen zu sein, die ihn noch erwarteten.

Schließlich hatte Kihrin eine Stuhlbarrikade vor seiner Tür errichtet und sich aufs Bett gelegt, um zu schmollen. Das tat er nun schon seit ein paar Tagen.

Doch, doch, du hast geschmollt. Unterbrich mich nicht, Kihrin.

Als Lady Miya ihn bat, die Tür zu öffnen, weigerte sich Kihrin, wie gesagt, und schrie sie an. Er ging davon aus, dass sie irgendwann wieder verschwinden würde.

Kihrin hörte ein Schaben und blickte auf: Der Stuhl löste sich von der Klinke und glitt wie von unsichtbarer Hand berührt zur Seite. Die Tür schwang auf und gab den Blick auf Lady Miya frei. Sie hatte die Arme vor der Brust verschränkt und sah wütend aus.

Verdutzt setzte Kihrin sich im Bett auf. »Ich hätte es merken müssen, als Ihr mich geheilt habt«, sagte er. »Ihr seid eine Hexe, oder?«

Lady Miya betrat den Raum, und die Tür knallte – wiederum unberührt – hinter ihr ins Schloss. »Weißt du denn, was eine Hexe ist?«

Kihrins Kiefermuskeln zuckten. »Natürlich weiß ich das. Eine Hexe ist eine Magierin, die keine Lizenz von einem der großartigen hohen Adelshäuser besitzt.«

»Und du glaubst, ich habe keine solche Lizenz?«

Kihrins Blick wurde kalt. Er lehnte den Kopf gegen einen der Baumstämme in seinem Rücken und schlug die Beine übereinander. »Dann habt Ihr ihm wohl beigebracht, wie man Dämonen beschwört?«

Lady Miya blinzelte ihn an. »Wie bitte? *Wem* beigebracht?«

»Darzin.« Kihrin lachte leise. »Darzin D'Mon dilettiert mit düsteren Dämonen. Man könnte ein zotiges Lied daraus machen.«

Mit schnellen Schritten durchquerte die Vané den Raum und musterte erbost das zerknüllte Bettzeug sowie Kihrins schmutzige Kleidung. Er hatte sich nicht einmal die Mühe gemacht, das Hemd auszuziehen, das Darzin während des Frühstücks vor ein paar Tagen zerrissen hatte, bevor er ihn auspeitschte.

»Wieso glaubst du, dass er einen Dämon beschworen hat?«

Kihrin neigte den Kopf zur Seite und schaute sie an. »Weil ich es gesehen habe. Na ja, ich habe ihn nicht direkt dabei beobachtet, aber ich bin sicher, dass er es war. Er hat es ja selbst zugegeben. Ich wäre gar nicht hier, wenn ich nicht in das Haus eingebrochen wäre, wo er den Dämon beschworen hat.« Kihrin massierte sich die Schläfen. »O Taja! Warum bin ich nicht einfach abgehauen? Es ging mich ja gar nichts an, und jetzt …« Er schüttelte den Kopf. »Sie sind tot. Ich kann nicht glauben, dass sie tot sind.«

Kihrin sprang aus dem Bett und drehte sich wütend von Lady Miya weg. »Was kümmert es Euch überhaupt? Ihr kennt mich nicht, und ich bin Euch völlig egal. Ich bin doch bloß ein weiterer D'Mon, und Ihr dient dieser Familie nicht freiwillig. Hat mein ›Vater‹ Euch gesagt, dass Ihr nach mir sehen sollt? Oder mein ›Großvater‹?«

»Nein«, entgegnete sie ruhig. »Lyrilyn war meine Dienerin.«

Er drehte sich überrascht zu ihr um.

»Nicht von Anfang an«, stellte Miya klar. »Lyrilyn war eine Haremssklavin das Hohen Lords Pedron. Er war ein Verrückter, der das Haus beinahe ins Verderben gestürzt hätte. Nachdem Therin ihn getötet hatte und zum Hohen Lord aufgestiegen war, erlaubte er mir, eine Dienerin für mich auszuwählen. Ich entschied mich für Lyrilyn.«

Kihrin spürte, wie sich ihm die Kehle zuschnürte. »Ihr habt meine Mutter gekannt?«, presste er hervor.

Miya setzte sich auf die Bettkante und lud ihn ein, neben ihr Platz zu nehmen. »Es gibt so vieles …« Sie holte tief Luft. »Es gibt so vieles, was ich nicht sagen darf, weil das Gaesch es mir nicht erlaubt. Aber in der ganzen Zeit, die ich Lyrilyn kannte, war sie nie schwanger.«

»Was? Aber, aber ich dachte …« Kihrin schluckte. Ihm war flau im Magen, und er merkte, dass er bereits seit einiger Zeit nichts mehr gegessen hatte.

»Darzin behauptet, Lyrilyn wäre deine Mutter, aber du darfst nicht vergessen, dass er ohne zu zögern lügt, wenn es seinen Zielen dient. Du kannst ihm nicht vertrauen.«

»Das müsst Ihr mir nicht sagen«, entgegnete Kihrin trocken. »Ihr behauptet, sie sei nicht meine Mutter gewesen? Aber wer dann?«

Miya öffnete den Mund zu einer Antwort, schüttelte jedoch den Kopf. »Ich kann es nicht sagen. Und weil ich weiß, dass dir die Wahrheit nicht gefallen wird, halte ich es auch nicht für dringend nötig. Meine größte Sorge gilt dieser Dämonenbeschwörung. Was für ein Unhold war das?«

Kihrin wollte schreien und nach Antworten verlangen. Stattdessen rieb er seine Arme und bemühte sich, nicht an seinen knurrenden Magen zu denken. Erst jetzt fiel ihm sein zerfetztes Hemd auf. Er ging zum Kleiderschrank und versuchte, seine Verlegenheit zu überspielen. »Er sagte, sein Name sei Xaltorath.«

»Ompher, steh mir bei!«, keuchte Miya. »Das ist kein unbedeutender Dämon.«

»Kaiser Sandus musste kommen, um ihn zu bannen«, erklärte Kihrin. Er zog ein Hemd aus dem Schrank, das so kunstvoll bestickt war, dass er vermutlich ein Jahr lang in Häuser hätte einbrechen müssen, um es sich leisten zu können. Er legte es zurück und nahm ein anderes, das noch wertvoller aussah. Da er wohl kein einfacheres Hemd finden würde, nahm er schließlich irgendeins und streifte es sich über. »Es war Darzin, der ihn beschworen hat. Er suchte nach irgendeinem Schellenstein.«

Auf diese Worte folgte Stille.

Kihrin drehte sich zu Miya um, die mit undurchdringlicher Miene auf dem Bett saß und die Wand anstarrte.

»Habe ich was Falsches gesagt?«, fragte er.

Miya blickte ihn an. Ihre Augen waren genauso blau wie seine und Darzins, doch Miya war eine Vané und kein Mensch. Irgendeine Magie musste diese Farbe erzeugt haben, aber das galt wahrscheinlich auch für die von den Göttern berührten Augen der Familie D'Mon.

»Was ist los?«, fragte Kihrin.

»Du hast den Schellenstein«, antwortete Miya tonlos. »Das ist der Edelstein, den du um den Hals trägst.«

Seine Hand bewegte sich wie von selbst zu dem Tsali-Stein. »Was? Wie?«

Sie sah auf ihre Hände hinunter. »Das war mein Werk. Ich habe Lyrilyn die Halskette gegeben. Offensichtlich war sie so geistesgegenwärtig, sie an dich weiterzugeben.« Sie lächelte traurig. »Meine süße Taube. Treu bis in den Tod.«

»Ich verstehe nicht. Wenn ich den Stein trage, den Darzin so unbedingt will, warum nimmt er ihn sich dann nicht? Als Meister Lorgrin mein Herz geheilt hat, war ich eine Woche lang ans Bett gefesselt.«

»Der Schellenstein kann nur von seinem Besitzer abgenommen werden. Darzin kann ihn dir nicht stehlen. Du kannst ihn nur aus freien Stücken hergeben. So wie ich ihn Lyrilyn gegeben habe und, wie ich annehme, sie ihn dir. Dann hat sie also wenigstens dieses Versprechen gehalten. Sie hat dich beschützt, auch wenn sie dich nicht nach Manol schmuggeln konnte.« Miya schloss die Augen und hielt einen Moment den Atem an, als wappnete sie sich gegen einen Schmerz, dann schlug sie sie wieder auf und stieß die Luft aus.

Kihrin fühlte sich, als wäre er ein Kind mit tausend Fragen. »Wieso wollte sie mich in den manolischen Dschungel bringen? Ich bin kein Vané …« Seine Stimme erstarb.

Es war nicht Miyas mütterliche Aufmerksamkeit, die sie verriet, denn Kihrin war bei Ola aufgewachsen und daran gewöhnt, dass ihn eine Frau, die ihm nicht das Leben geschenkt hatte, so ansah. Es waren die Erfahrungen, die er in all den Jahren im Unteren Zirkel und bei den Schattentänzern gemacht hatte, als er sich in der Gesellschaft von Leuten aufhielt, die einander völlig gleichgültig waren – außer es sprang etwas für sie dabei heraus. Selbst wenn Lyrilyn Miyas engste Freundin gewesen wäre, hätte die Vané einen so wertvollen Schatz sicher nicht nur um ihrer Magd willen aus der Hand gegeben. Butterbauch hatte ihm fünfzehntausend Throne für die Halskette geboten. Und der Hehler hätte nicht einmal dem Gott Tavris persönlich einen fairen Preis gemacht, wenn der ihm den Schatz eines Drachen hätte verkaufen wollen.

Nein, für Lyrilyns neugeborenes Kind hätte Miya das bestimmt nicht getan.

Aber für ihr eigenes?

Sie war so schön und wild, überhaupt nicht langweilig wie ein

Mensch. Aber wenn sie seine Mutter war, hätte er doch mehr von ihr erben müssen als nur ihre blauen Augen. Zum Beispiel die dunkelblauen Haare, die ein deutlicheres Zeichen ihrer Zusammengehörigkeit gewesen wären. Blaue Augen bewiesen gar nichts. Jeder im Haus D'Mon hatte blaue Augen, so wie jeder im Haus D'Aramarin grüne hatte.

Er brachte es nicht fertig, sie zu fragen: *Seid Ihr meine Mutter?*

Miya ergriff seine Hand. »Du bist kein reiner Vané, aber als D'Mon hast du auch Vané-Blut in den Adern. Du könntest unser Volk um Schutz ersuchen.« Sie drückte seine Hand. »Kihrin, was im ZERRISSENEN SCHLEIER geschehen ist, war nicht deine Schuld.«

Er öffnete den Mund, um zu protestieren, doch sie schnitt ihm das Wort ab. »Wenn Darzin Xaltorath beschworen hat, dann nur, *weil er dich ausfindig machen wollte*. Ein derart mächtiger Dämon ist stark genug, um jemanden aufzuspüren, der durch Magie verborgen ist, selbst wenn diese Magie so stark ist wie die des Schellensteins. Egal, ob deine Begegnung mit Darzin nun Zufall oder geplant war, am Ergebnis hätte es nichts geändert: Xaltorath findet immer, was er aufstöbern soll. Ich glaube auch nicht, dass Darzin den Wunsch oder die Geduld hatte, deinen Vater am Leben zu lassen. Der hätte vielleicht gegen deine Entführung protestiert. Darzin allein ist für all das verantwortlich, nicht du.«

»Aber Darzin *hat* gar nicht nach mir gesucht«, widersprach Kihrin. »Ich habe ihn überrascht. Er hat nicht damit gerechnet, dass Xaltorath mich angreifen würde.«

Miyas Mundwinkel zuckten. »Wie erfreulich. Dann ist er also noch nicht allwissend, und der Dämon hatte nur den Befehl, den Stein zu finden. Ich frage mich, wozu Darzin ihn haben will.«

»Keine Ahnung. Sicher für nichts Gutes.« Dann hatte Darzin also in allem gelogen. Er hatte weder die Priester von Thaena darum gebeten, Surdyeh zurückzubringen, noch hatte er Lyrilyn den Schellenstein gegeben. Vermutlich hatte er Kihrins sogenannte Mutter auch nicht geliebt oder gar geheiratet.

Miya beugte sich zu ihm herüber und küsste ihn auf den Scheitel. »Iss etwas, nimm ein Bad und komm dann aus deinem Zimmer heraus. Der Hohe Lord hat dir Lehrer zugewiesen, und es gibt ein paar Benimmregeln, die du erlernen musst.«

Kihrin zog die Knie an die Brust. »Ich kann nicht.«

»Wieso nicht?«

»Weil es …« Ein Schauder lief ihm über den Rücken. »Es würde sich so anfühlen, als hätte der Mistkerl gewonnen.«

»Darzin?«

»Ja.« Einen Moment lang dachte er darüber nach, Lady Miya auch von dem Toten Mann zu erzählen, aber dann beschloss er, dieses Geheimnis lieber noch eine Weile für sich zu behalten. Denn wenn er recht hatte und es sich bei dem Toten Mann um den Hohen Lord handelte, war dieser Lady Miyas Gebieter.

»Hör mich an«, sagte sie. »Trauere um die, die du verloren hast. Halte sie in deinem Herzen und vergiss sie niemals. Vertrau keinem von uns in diesem Haus der Schmerzen. Aber wenn du willst, dass ihr Tod nicht umsonst war, und du dich eines Tages an Darzin rächen willst, darfst du nicht bloß hier herumsitzen. Wenn du hier überleben willst, musst du alles anwenden, was du im Unteren Zirkel und in Samtstadt gelernt hast. Bitte glaub mir, wenn ich dir sage, dass weder deine Mutter noch dein Vater wollen würde, dass du dein Leben aus Trauer wegwirfst.«

»Mein Vater …« Er blickte zu Boden.

»Der Musiker, der dich aufgezogen hat. Das ist doch der einzige Vater, der zählt, oder?« Sie lächelte. »Was würde er dir raten?«

Kihrin machte ein finsteres Gesicht, doch einen Moment später wischte er sich über die Augen und lächelte die Vané an. »Ihr habt recht, Lady Miya. Ich sollte tun, was Surdyeh von mir gewollt hätte.«

»Sollen die Diener dir jetzt das Abendessen bringen?«, fragte Lady Miya.

»Unbedingt«, erwiderte er.

Er würde das tun, was Surdyeh von Anfang an von ihm gewollt hatte, und bei der nächstbesten Gelegenheit davonlaufen und sich verstecken.

35

ALARMSIGNALE

(Kihrins Geschichte)

Sechs Monate vergingen. Der Lehrer, den Khaemezra mir versprochen hatte …

Was?

Machst du Witze? Von allem, was ich über die Schwarze Bruderschaft weiß, interessiert dich ausgerechnet das?

Na schön. Ja, Kalindra und ich wurden ein Liebespaar. Nein, ich werde keine Einzelheiten erzählen. Bist du nicht diejenige, die eintausend Seelen in sich trägt, Klaue? Da solltest du doch wissen, wie so was funktioniert.

Wo war ich? Ach ja …

Nach sechs Monaten war der Lehrer, den Khaemezra mir versprochen hatte, immer noch nicht aufgetaucht. Szzarus brachte mir alles über Waffen bei, und Tyentso unterwies mich, wann immer ihre Zeit es erlaubte, in Magie. Die Lektionen dauerten nie lange, was allerdings nicht daran lag, dass sie mich nicht gerne unterrichtete, sondern an meiner Unfähigkeit als Schüler. Obwohl ich mich unsichtbar machen und hinter den Ersten Schleier blicken konnte, versagte ich bei jeder anderen Form von

Magie.* Tyentso sah die Schuld dafür bei den Schattentänzern, die meine Ausbildung nach Maus' Tod abgebrochen hatten, und verfluchte sie am Ende jeder gescheiterten Lektion aus ganzem Herzen.

Aus dem geschmolzenen Vulkangestein vor der Küste von Ynisthana wurde eine kegelförmige Insel, die jedes Mal, wenn der Alte Mann auf ihr haltmachte, um ein paar Fuß wuchs. Was sehr häufig geschah.

Ich hielt mich vom Strand fern.

Da mir die Magie, die ich für meine Flucht gebraucht hätte, verwehrt blieb, konzentrierte ich mich voll und ganz auf die Körperertüchtigung. Tagsüber verausgabte ich mich bis zur völligen Erschöpfung – und auch nachts mit Kalindra, allerdings auf andere Weise. Im Lauf der Monate – die wie im Flug vergingen – gelang es uns allmählich, die seelischen Verletzungen, die Xaltoraths Angriff hinterlassen hatte, zu heilen.

In einem hatte Teraeth jedoch recht gehabt: Irgendwann ließ Kalindra mich sitzen.

Ich erinnere mich noch sehr gut an diesen Morgen. Ich befand mich auf halber Höhe von Ynisthanas Vulkan, einem makellosen Kegel aus schwarzem Basalt, der aus dem Nebel aufragte und von einem schüsselförmigen Krater gekrönt war. Wir hatten die Baumgrenze, von wo aus mehrere schmale Pfade weiter nach oben führten, noch nicht erreicht.

Ich schlich mich gerade an Teraeth heran und hatte zum ersten Mal seit Monaten das Gefühl, ihn besiegen zu können. Er war gut darin, sich zu tarnen, aber ich war noch besser. Zufrieden beobachtete ich, wie er aus ein paar Ästen und Schlingpflanzen eine Falle für die anderen Assassinen baute. Ich näherte mich ihm mit

* Das ist nicht ungewöhnlich. Die große Mehrheit der Gildemitglieder kennt nur einen einzigen Zauber, und zwar nicht, weil sie keine weiteren erlernen möchten, sondern weil sie es nicht können.

einem Knüppel in der Hand und sprach in Gedanken meinen Unsichtbarkeitszauber. Er ahnte nicht, dass er diesen Wettstreit verlieren würde.

Die Mitglieder der Schwarzen Bruderschaft übten sich oft in solchen Wettkämpfen und bei anderen Aufgaben, die Khaemezra und die anderen Anführer ihnen stellten. Obwohl ich sie bei jeder Gelegenheit daran erinnerte, dass ich keiner ihrer Novizen war, luden sie mich stets dazu ein. Diesmal war die Aufgabe ganz simpel: Wir mussten den Gipfel des Vulkans erklimmen, die Flagge an uns bringen, die Kalindra dort aufgepflanzt hatte, und sie zum Tempel zurücktragen.

Andere Regeln gab es nicht. Ich hätte zum Beispiel dem führenden Novizen auflauern und ihm die Flagge abnehmen können, sobald er damit vom Gipfel zurückkehrte. Oder die Flagge durch eine falsche ersetzen, falls ich als Erster den Gipfel erreichte. Ich hätte mir unendlich viele Taktiken einfallen lassen können. Fast alles war erlaubt.

Also schlich ich mich an Teraeth heran, meinen größten Konkurrenten in diesem Wettstreit. Als ich so dicht heran war, dass ich ihn riechen konnte, hob ich meinen Knüppel …

… und schlug ins Leere.

Ich erkannte, dass ich einer Illusion aufgesessen war, aber da war es bereits zu spät.

Während ich mich an ihn anschlich, hatte Teraeth mir aufgelauert.

Ich wirbelte herum und konnte gerade noch seinem Fuß ausweichen, der meinen Kopf nur knapp verfehlte. Ich war empört. Da wurde der Schellenstein plötzlich kalt.

Na gut, dann war es also mehr als nur ein Spiel.

Eigentlich sollten die Mitglieder der Bruderschaft nicht versuchen, mich zu töten. Schließlich trug ich den Schellenstein, was für jeden, der mir das Leben nahm, unangenehme Folgen haben würde – auch wenn ich nicht genau wusste, welche. Doch das war leichter gesagt als getan: Teraeth vergaß häufig, sich zurückzuhalten.

Was soll ich sagen? Ich glaube nicht, dass es etwas Persönliches war. Wer zur Bruderschaft gehörte, wurde zum Töten ausgebildet. Hatte man sich diesen Instinkt einmal angeeignet, konnte man ihn nur schwer wieder abstellen.

Ich versuchte, sein Bein zu packen, als es an mir vorbeischoss, und ihn damit aus dem Gleichgewicht zu bringen, aber er war zu schnell. Er drehte sich weiter, und noch ehe ich mich versah, traf mich sein anderer Fuß im Gesicht. Ich ging zu Boden, blieb aber bei Bewusstsein.

Als er näher kam, packte ich ihn am Hemd und versetzte ihm einen Kinnhaken.

Er tippte mir mit der Klinge seines Dolches an den Hals. »Ganz langsam«, zischte er. »Gib auf.«

Ich blickte auf das Messer hinunter. Es sah scharf aus und war bestimmt vergiftet.

»Wenn du mir die Kehle durchschneiden möchtest, dann bring es hinter dich«, sagte ich.

Teraeth lachte verächtlich, doch an der steigenden Temperatur des Steins erkannte ich, dass es mir gelungen war, ihn von einer unüberlegten Tat abzuhalten. Er trat von mir zurück und steckte sich das Messer in den Gürtel. »Von mir aus. Dann machen wir es eben auf deine Weise.« Er griff nach einer Schlingpflanze. »Möchtest du lieber gefesselt werden oder soll ich dich bewusstlos …?«

Ich rannte bereits den Berg hinauf.

Hinter mir hörte ich Teraeth lachen und dann seine Schritte, die rasch näher kamen.

Der eigentliche Vulkan war vollkommen kahl. Ich wusste nicht, wie er hieß, ging aber davon aus, dass sein Name Ynisthana war. Die Umrisse der nackten Felsen, auf denen nur Moos und Flechten wuchsen, hoben sich wunderschön vom blaugrünen Himmel ab.

Dicke, nach Schwefel riechende Rauchwolken stiegen aus dem Krater auf. Das Gestein unter meinen Füßen schimmerte wegen des gedämpften Feuers, das darunter brodelte. Je höher ich stieg, desto wärmer wurde es, bis ich schließlich nicht nur vor Anstrengung keuchte.

Ich wünschte mir, Tyentso hätte mir beibringen können, wie man sich vor der Hitze schützt.

Als ich den Gipfel erreichte, sah ich sofort die unter einen Felsen geklemmte rote Flagge.

Teraeth war unmittelbar hinter mir. Sobald ich am Rand des Kraters angelangt war, sprang ich auf den größten Felsbrocken in der Umgebung und machte mich wieder unsichtbar.

»Verdammt!« Teraeths Hand fuhr durch die Stelle, an der ich eben noch gestanden hatte. Dann blieb er stehen und betrachtete eingehend den Boden.

Er hielt Ausschau nach einem Geröllrutsch, der ihm meine Position verraten würde.

Ich grinste. Wenn Teraeth auf der Jagd war, erinnerte er mich an ein Raubtier. Genau wie die Inseldraken konzentrierte er sich ganz auf seine Beute.

Dann sah ich das Schiff.

Der Vulkan ragte mehrere tausend Fuß hoch auf, an einem wolkenlosen Tag wie heute hatte man vom Gipfel eine hervorragende Sicht. Ich konnte jede einzelne der vielen Inseln erkennen, die mit Ynisthana eine Kette bildeten.

»Teraeth, dort draußen ist ein Schiff.«

Er fuhr in die Richtung herum, aus der meine Stimme gekommen war. »Damit kannst du mich nicht ablenken …«

Ich machte mich wieder sichtbar und sprang vom Felsen hinunter. »Sieh doch nur!«

Misstrauisch folgte Teraeth meinem Blick. Wahrscheinlich dachte er, ich wollte ihn austricksen.

Doch da war wirklich ein Schiff mit schwarzen Segeln, das um die Insel herumfuhr und auf den Haupthafen zusteuerte. Es kam nicht vom Schlund, sondern aus der anderen Richtung.

»Und?« Teraeth bückte sich und nahm die rote Flagge. »Das ist ein Versorgungsschiff. Kümmere dich nicht darum. Wir müssen diese Aufgabe hier zu Ende bringen.«

Ich sah ihn an, als hätte er den Verstand verloren. Viele auf der Insel warteten bereits seit Monaten auf dieses Versorgungsschiff. Hätte Tyentso sich nicht der Bruderschaft angeschlossen, könnte sie damit die Insel verlassen und nach Zherias zurückkehren, um sich dort eine Arbeit zu suchen. Die meisten Überlebenden der *Kummer* würden vermutlich an Bord gehen.

Wäre der Alte Mann nicht gewesen, wäre ich auch mitgefahren.

Ich rannte beziehungsweise schlitterte den Berg hinunter.

Den anderen war das Schiff ebenfalls bereits aufgefallen, vielleicht waren sie aber auch vorab über seine Ankunft unterrichtet worden. Als ich den Pfad erreichte, der zum Hafen hinunterführte, entdeckte ich weit vor mir Kalindra.

Sie war gleichfalls zum Hafen unterwegs. Im Gegensatz zu mir hatte sie sich jedoch eine Tasche über die Schulter geschlungen. Sie trug auch nicht mehr die schwarze Kleidung der Bruderschaft, sondern ein einfaches Reisegewand sowie den gemusterten Schleier einer Zheriasa, den sie sich wie einen Schal um den Hals gewickelt hatte. Bislang hatte ich noch gar nicht daran gedacht, dass auch zheriasisches Blut in ihren Adern fließen musste. Kalindra war zwar hellhäutiger als Ola, wenn auch nur ein bisschen, aber an den Knoten in ihren Zöpfen hätte ich es eigentlich erkennen müssen.

Und nun ging sie.

»Kalindra!«, rief ich.

Sie drehte sich kurz um und hielt eine Hand über die Augen, als schaue sie direkt in die Sonne, dann ging sie weiter.

»Lass sie«, sagte Teraeth. »Du wusstest, dass dieser Tag kommen würde.«

Ich zuckte überrascht zusammen. Teraeth war mir also doch gefolgt. »Was ist los?«, fragte ich. »Verschwindet sie von hier?«

»Viele Leute gehen weg«, sagte Teraeth. »Dafür kommen andere. Das ist der Lauf der Dinge.«

»Schön und gut, aber warum hat sie sich nicht von mir verabschiedet? Wann kommt sie wieder?«

»Gar nicht.«

Mein Kiefer klappte nach unten. Mein Mund war staubtrocken, ich ballte die Fäuste, öffnete sie wieder und ballte sie erneut. Ich begriff nicht, was er mir sagte. Ich wollte nicht auf dieser Insel sein. Es gefiel mir nicht, hier gefangen zu sein, und ehrlich gesagt hatte ich immer noch den Verdacht, dass Khaemezra den Alten Mann heimlich dazu benutzte, um mich hier festzuhalten und gefügig zu machen. Mit Betrügern kannte ich mich schließlich aus.

Nur wegen Kalindra ertrug ich das alles. Sie hielt mich bei Verstand. Mit ihr konnte ich vergessen, was Xaltorath mir angetan hatte. Mit Kalindra konnte ich mich normal fühlen.

Sie durfte nicht gehen. Auf keinen Fall.

»Was?«, brachte ich schließlich heraus.

Teraeth schaute mich nicht an. »Sie kommt nicht zurück. Ihr neuer Auftrag ist eine langfristige Sache.«

Ich wusste, womit die Schwarze Bruderschaft ihr Geld verdiente. »Wen soll sie töten?«

»So ein Auftrag ist es nicht. Außerdem geht dich das gar nichts an.«

Ich trat einen Schritt auf ihn zu. »Entschuldige mal. Natürlich geht mich das was an.«

Teraeth verzog den Mund zu einem höhnischen Grinsen. »Welcher Teil meiner Erklärung war zu schlicht für Euch, Hoheit? Das ist eine Angelegenheit der Bruderschaft. Du hättest dich uns anschließen können, aber du wolltest ja nicht. Es ist eine reine Gefälligkeit meinerseits, dass ich dir überhaupt etwas erzähle.«

»Deine Mutter hat nie gesagt, ich müsste mich euch anschließen. Außerdem scheinst du vergessen zu haben, dass Kalindra eine meiner Lehrerinnen war.«

Teraeths Blick wurde gehässig. »Anscheinend hat sie sich bei deinem Unterricht zu viele Freiheiten herausgenommen.«

Mein Magen verkrampfte sich. »Was?«

Teraeth zögerte. »Es … Ach, vergiss es. Das ist mir nur so rausgerutscht.«

»Nein, erklär es mir. Was meinst du mit ›zu viele Freiheiten‹?«

Er wirkte verlegen. »Vergiss einfach, was ich gesagt habe. Ich bin auch nicht glücklich darüber, dass sie geht. Dein neuer Lehrer kommt mit diesem Schiff. Er wird sich ab jetzt um deine Ausbildung kümmern, wie Mutter es versprochen hat.« Er drehte sich um und wollte gehen.

Ich rannte an Teraeth vorbei und stellte mich ihm in den Weg. »Nein. Du lässt mich nicht einfach hier stehen. Sie hat sich zu viele Freiheiten herausgenommen? Willst du damit sagen, dass sie weggeschickt wird, weil wir ein Liebespaar waren? Jeder auf dieser Insel geht mit jedem ins Bett, meistens zu mehreren. Ich entscheide mich für eine Frau und bleibe ihr treu, und dafür wird sie bestraft?« Ich deutete mit dem Finger auf ihn. »Steckst du dahinter?«

Er blieb abrupt stehen. »Ob ich dahinterstecke?«

»Ich möchte nur wissen, ob du sie wegschickst, weil du auf mich eifersüchtig bist oder auf sie.«

Teraeth starrte mich ungläubig und mit unverhohlener Wut an, seine Nasenflügel bebten. »Du arroganter kleiner Mistkerl.«

»Sag mir, dass es nicht wahr ist.«

Teraeth trat auf mich zu. »Du weißt, dass es nicht stimmt. Kalindra ist meine Freundin, und sie liegt mir am Herzen, aber ich liebe sie nicht, und sie mich auch nicht. Keiner von uns beiden hat vom anderen Monogamie erwartet, und soweit es dich betrifft …« Er kniff die Augen zusammen. »Tu nicht so, als ob ich erst sämtliche Rivalen aus dem Weg räumen müsste, um in deinem Bett willkommen zu sein. Wegen deiner ach so tollen quurischen Männlichkeit kannst du nicht einfach zugeben, dass du mich begehrst, aber das ist dein Problem, nicht meins.« Er sah aus, als würde er mich jeden Moment schlagen. »Auf jeden Fall hat Kalindras Auftrag nichts mit *mir* zu tun. Mutter denkt, dass Kalindra kurz davor ist, sich in dich zu verlieben, und hält es für besser, wenn sie geht … bevor eure Beziehung einen Punkt erreicht, an dem alles zu spät ist.«

»Kalindra …« Ich rannte den Berg hinunter Richtung Hafen.

Hinter mir ertönten Schritte, dann spürte ich einen Schlag in meinem Rücken und stürzte. Teraeth hatte mich zu Fall gebracht. Als Nächstes schlug er mich ins Gesicht, so hart, dass es sich anfühlte, als hätte er einen Hammer benutzt. Ich rollte mich auf die Seite und versuchte, einen seiner Arme zu packen. Vielleicht würde es mir ja gelingen, ihn so weit aus dem Gleichgewicht zu bringen, dass ich mein eigenes wiederfand. Doch er zog den Arm von mir fort, wirbelte herum und nahm mein Handgelenk in einen Hebel, mit dem er mir den Arm ausrenken oder auch brechen konnte. Mit seinen Beinen fixierte er meine. Wenn er jetzt mit einem seiner Knie zustieß, wäre ich völlig außer Gefecht gesetzt und zu nichts anderem mehr in der Lage, als mich zu übergeben.

»Sie ist nicht für dich bestimmt«, knurrte er, sein Gesicht nur eine Handbreit von meinem entfernt. »Du magst sie, weil du dich bei ihr sicher fühlst, aber du liebst sie nicht und wirst sie niemals lieben. Trotzdem lässt du es zu, dass sie immer mehr für dich empfindet. Das ist grausam.«

»Das weißt du doch gar nicht.« Ich versuchte, mich aus seinem Griff zu winden, aber Teraeth beherrschte Tricks, die meine Lehrer mir gegenüber bislang nur angedeutet hatten.

»Sie ist nicht aus Jorat, sie hat weder blutrotes Haar noch Augen wie Feuer.«

Ich hörte auf, mich zu wehren. »Was hast du gesagt?«

»Sie ist keine Joratin«, wiederholte Teraeth. »Mit Haaren, die nach Art der von den Göttern Berührten in einem einzigen Streifen über ihren Kopf verlaufen und je nach Perspektive wie der Mitternachtshimmel aussehen oder wie ein Sonnenuntergang. Makellose, kastanienrote Haut mit pechschwarzen Händen und Füßen, Augen wie Rubine, die in allen Farben eines Freudenfeuers glitzern. Ihre Lippen wie Beeren, reif und süß …«

Ich konnte meinen Schock und mein Entsetzen nicht verbergen. Woher wusste er das? Wie hatte er von ihr erfahren? Die einzigen, die von ihr gewusst hatten, waren der Dämon, der ihr Bild in meinen Verstand gepflanzt hatte, und Morea. Es war möglich, dass die Mimikerin, die Morea verschlungen hatte, ebenfalls davon wusste, aber das würde bedeuten …

»Geh von mir runter!« Ich stieß ihn weg, und diesmal wehrte er sich nicht.

Er rollte von mir hinunter und blieb mit überkreuzten Beinen und dem Kopf auf einem Arm liegen.

Ich stand auf und schnappte keuchend nach Atem. »Ich habe Kalindra nicht von ihr erzählt. Niemandem auf dieser Insel habe ich von ihr erzählt. Sag mir jetzt sofort, woher du von ihr weißt.«

Teraeth ignorierte mich und fuhr mit seiner Beschreibung fort. »Sie riecht nach Äpfeln und dunklem, rauchigem Moschus, und wenn sie dich anlächelt, ist es, als würde dich ein kleines Stück der Sonne anstrahlen.«

»Verdammt noch mal, sag mir jetzt …«

»Eigentlich sollte man meinen, sie hätte einen feurigen Humor, doch all das Feuer hat sie hart gemacht …«

Ich zog Teraeth am Hemdkragen hoch und stieß ihn gegen den nächsten Baumstamm. »Du hast sie gesehen. Du weißt, wer sie ist. Sag es mir. Sag es mir jetzt!«

Teraeth lächelte. »Wolltest du nicht den Rest deines Lebens mit Kalindra verbringen?«

Ich starrte ihn an.

Plötzlich roch ich seinen Schweiß, spürte unsere eng aneinandergepressten Körper. Kein Grashalm hätte mehr zwischen uns gepasst. Ich hatte ihn bedrohen wollen, ihn einschüchtern, doch nun spürte ich nur noch, wie seine Hände sanft auf meinen Hüften ruhten.

Was aus seinen grünen Augen leuchtete, war keine Angst.

Ich ließ sein Hemd los und wurde rot. Meine Gefühle drohten mich zu zerreißen: Scham, Lust und meine Wut auf Teraeth, weil er wieder einmal richtig lag. Als er das Mädchen aus Jorat beschrieb, hatte ich aufgehört, an Kalindra zu denken. Dabei war sie im Gegensatz zu der Joratin real und machte mich glücklich. Ich wollte nicht, dass sie ging. Ganz bestimmt nicht … Doch von Xaltoraths Fantasiemädchen wollte ich mich genauso wenig trennen.

Teraeth zog sein Hemd straff. »Das hatte ich auch nicht gedacht.«

»Wie hast du das wissen können? Woher hast du von dem Mädchen aus Jorat erfahren?«

Ein Anflug von Mitgefühl huschte über sein Gesicht, aber vielleicht bildete ich mir das auch nur ein. »Das Schiff legt bald ab. Geh zum Hafen und mach dich mit deinem neuen Lehrer bekannt.«

So leicht würde er mir nicht davonkommen. »Ich schwöre bei allen Göttern, dass ich dir nie mehr vertrauen werde, wenn du mir nicht antwortest.«

Die Gesichter der Schlangenstatuen vor dem Eingang zum Tempel zeigten mehr Emotionen als seines in diesem Moment. Er schüttelte sich unmerklich. »Das musst du selbst entscheiden, aber an deiner Stelle wäre ich vorsichtig mit Schwüren dieser Art.«

»Zur Hölle mit dir! Auf der ganzen Welt gibt es nur zwei Geschöpfe, die von diesem Mädchen wissen: ein Dämon und eine Mimikerin. Wie soll ich dir da vertrauen?«

Teraeth wirkte wütender, als ich ihn je erlebt hatte. Nicht nur wütend, sondern verletzt. Er neigte den Kopf und sah mich an, als ginge er hundert verschiedene Möglichkeiten durch, wie er mich an Ort und Stelle umbringen könnte. »Ich bin ein Meuchelmörder. Nur ein Narr würde mir vertrauen.«

Mit diesen Worten hob er die rote Flagge wieder auf und ging zum Übungsgelände zurück.

36

DAS SCHLOSS HÄLT

(Klaues Geschichte)

Kihrins Hoffnung auf Flucht endete bei seinem ersten Versuch.

Er hatte ihn einen ganzen Tag lang geplant. Wenn er bei den D'Mons bliebe, brächte er alle um sich herum in Gefahr. Sobald er floh, hätte Darzin keinen Grund mehr, anderen wehzutun. Also war es das Beste, wenn er verschwand.

Kihrins Plan war ganz einfach: Er würde durch die Vordertür hinausgehen. Die Diener der Familie D'Mon litten unter der uralten Angewohnheit, jedem zu gehorchen, der ihnen einen Befehl erteilte. Da er sich zudem unbemerkt bewegen konnte, war er überzeugt, dass seine Flucht aus dem Palast ein Spaziergang sein würde.

An diesem Morgen bat er die Diener, ihn besonders fein zu kleiden. Anschließend füllte er seine Taschen mit ein paar wertvollen Dingen und ging zu den Stallungen im Privatbereich des Palasts hinunter.

Mit einem Räuspern machte er einen Pferdeknecht auf sich aufmerksam und nickte ihm freundlich zu. »Ich brauche eine Kutsche«, war alles, was er sagte.

»Sofort, mein Herr.« Der Knecht nickte einem Laufboten zu, der sich unverzüglich auf den Weg zu den Stallungen machte.

Kihrin stieß einen erleichterten Seufzer aus. Der Mann kannte ihn nicht, und offensichtlich hatte ihn niemand angewiesen, den »Jungen mit den gelben Haaren« festzusetzen. Jetzt musste Kihrin nur noch zur Küste hinunter, die Kutsche loswerden und mit den Schattentänzern Kontakt aufnehmen. Sobald er in Sicherheit war, würde er Ola aufspüren und sich mit ihr zusammen aus dem Staub machen.

Darzin würde keine Gelegenheit mehr haben, einen weiteren Dämon zu beschwören.

Kihrin sah zu, wie die Stallburschen ein Pferd an die Kutsche schirrten. Während die Sekunden quälend langsam verstrichen, ging das große Palasttor auf, und eine andere Kutsche fuhr auf den Hof.

O Taja! Ich tue einfach so, als gehörte ich hierher. Ich mache nichts, was ich nicht soll. Er verbarg seine zitternden Hände hinter dem Rücken. *Und bitte lass das nicht Darzin sein.*

Die Kutsche hielt vor den Treppenstufen. Der Pförtner eilte herbei und befreite das Gefährt von seinem Passagier – einer Frau mittleren Alters. Sie trug ein raffiniertes blaugrünes Oberteil und ein seidenes, von Diamanten bedecktes Wickelagolé. Die Diamanten sorgten zweifellos dafür, dass sie überall, wo sie hinkam, der glitzernde Mittelpunkt des Interesses war. Allerdings konnten sie nicht überspielen, dass die Frau nicht mehr die Figur eines Mädchens hatte. Die Farbe ihres Gewands unterstrich ihre zinnoberroten Haare, die wiederum die Aufmerksamkeit auf ihr Gesicht lenkten, auf dem genügend Schminke war, um damit die Wände des gesamten Oberen Zirkels zu verputzen. Ihre Miene verriet, wie sehr sie ihre Umgebung verabscheute.

Schließlich blieb ihr Blick an Kihrin hängen.

»Was macht er hier?«, fuhr sie den Stallknecht an.

Der Bedienstete verbeugte sich. »Seine Lordschaft wartet auf seine Kutsche. Willkommen zurück, Eure Ladyschaft.«

»Seine Lordschaft?« Ein Elfenbeinfächer knallte dem Mann ins

Gesicht und verschwand gleich darauf wieder in den Tiefen ihrer Handtasche. »Trottel!«

Sie sah Kihrin mit unverhohlener Feindseligkeit an. »Du wartest auf eine Kutsche? Wo wolltest du denn hin, Junge?«

Kihrin verbeugte sich und rang seine Nervosität nieder. »Meine Dame, ich wollte ein Geschenk für mich abholen. Lord Darzin meinte, das wäre vielleicht eine gute Idee.«

»Lord Darzin meinte das? Ein Geschenk abholen?« Die Lady schnaubte angewidert. »Hat dir jemand ein neues Band für deine hübschen gelben Haare besorgt?« Sie packte Kihrin am Schopf und zog ihn mit einem Ruck zu sich herunter, sodass sie auf Augenhöhe miteinander waren.

»Autsch! Verdammt. Lasst mich los.« Er versuchte, sich zu befreien, merkte jedoch schnell, dass das ohne Gewaltanwendung nicht möglich war.

»Ich werde dir schon Bänder in die Haare flechten, du Narr! Komm mit.« Ohne ihn loszulassen, ging sie nach drinnen und sagte zum Pförtner: »Hol meine Sachen aus der Kutsche und lass sie auf mein Zimmer bringen. Wenn sie auch nur einen Kratzer abbekommen, wird dich das deine Zähne kosten.«

Im Inneren des Gebäudes blieb Kihrin nach ein paar Schritten stehen. »Verflucht! Nimm deine Finger von mir, du Hexe.«

Sie ließ seine Haare los und sah ihn durchdringend an. »Nach dieser törichten Aktion hast du das eigentlich nicht verdient, aber zu deinem Glück habe ich gerade gute Laune.« Sie streifte ihre Handschuhe ab und ließ sie mitten auf dem Korridor zu Boden fallen. »Folge mir unauffällig, damit ich den Wachen nicht befehlen muss, dich in Ketten mitzuschleifen.«

Kihrin blickte finster drein. »Ich hole gerade …«

»Du wolltest abhauen. Ich lebe nun schon seit fünfzehn Jahren in diesem Haus. Glaub mir, ich kenne die Anzeichen.« In diesem Moment schien ihr etwas einzufallen. Sie hielt ihm den Handrücken hin. »Wie unhöflich von mir, dass ich mich noch nicht vorgestellt habe. Ich bin Alshena D'Mon und damit deine Stiefmutter.«

»Mein Beileid«, flüsterte er und küsste ihr die Hand. Zu seiner Überraschung hörte er sie kichern.

Dann wurde ihr Gesicht wieder ernst. Sie holte den Elfenbeinfächer wieder hervor, fächelte sich kühle Luft zu und hielt Kihrin den rechten Arm hin. »Komm jetzt, Kind. Geh ein Stück mit mir. Unterwegs werden wir darüber sprechen, wieso es dumm war, was du getan hast, und warum es dich das Leben hätte kosten können. Anschließend werden wir uns darüber unterhalten, wie du so einen Blödsinn in Zukunft vermeiden kannst. Wenn dir das überhaupt möglich ist.« Sie lächelte. »Pass also gut auf, junger Mann. Es könnte dir das Leben retten.«

37

DER NEUE LEHRER

(Kihrins Geschichte)

Ich saß auf einem Haufen Lavagestein und betrachtete den Schoner, der in der schmalen Bucht ankerte. Das Vulkaneiland, auf dem sich der Alte Mann sein Bergbett baute, lag auf der anderen Seite der Insel, worüber vermutlich alle Anwesenden sehr erleichtert waren.

Ein paar Mitglieder der Bruderschaft hatten sich auf dem schwarzen Strand versammelt, um das Schiff willkommen zu heißen und die zu verabschieden, die mit ihm davonsegeln würden, darunter auch Kalindra. Bestimmt wusste sie, dass ich zusah, doch sie schaute kein einziges Mal in meine Richtung.

Die Besatzung des Schiffes ließ ein kleines Boot zu Wasser, und seine Insassen ruderten es zum Strand, wo ein mit mehreren Bündeln bepackter, großgewachsener Mensch ausstieg. Selbst aus hundert Fuß Entfernung sah ich seinen missbilligenden Blick. Weitere Boote näherten sich. Kalindra und alle anderen, die sich auf den Weg zu fernen Zielen machten, ruderten zum Schiff zurück. Nach einer halben Stunde war der Strand verwaist, bis auf die paar Mitglieder der Bruderschaft, die noch die Vorräte ausluden, und den einzigen Neuankömmling.

Er war schlicht gekleidet, lediglich seine Stiefel sahen teuer aus.

Sie hatten bis zum Oberschenkel reichende Schäfte, wie sie bei quurischen Duellanten und Reitern beliebt waren. Er hatte eine Glatze und war ungefähr so groß wie ein Vané, womit er die meisten Quurer überragte. Ich glaubte, ihn irgendwoher zu kennen.

Während er so dastand und den Blick über den Strand und die Insel schweifen ließ, sah er aus wie ein Paradebeispiel für Widerwillen und Abscheu. Schließlich entdeckte er mich.

Da ich keine Lust hatte, mich zu bewegen, blieb ich sitzen und ließ den Mann vom Strand zu mir heraufkommen. Ich erwiderte seinen Blick mit kühler Feindseligkeit. Kalindras Weggang lag mir schwer im Magen, und meine Wange schmerzte von Teraeths Schlag.

Sein rechter Haken hätte einem morgagischen Gladiator zur Ehre gereicht.

»Du bist also derjenige, der für all den Wirbel sorgt«, sagte der Mann, während er das Lavagestein erklomm.

Meine Laune wurde noch schlechter, als mir wieder einfiel, wo ich ihn schon einmal gesehen hatte. »Ich kenne dich. Du bist doch der Wirt vom KEULFELD mit der hübschen Tochter.«

Er hob eine Augenbraue. »Ich kenne dich nicht. Bist du nicht dieser Samtjunge aus dem ZERRISSENEN SCHLEIER?«

Ich wurde wütend. Nicht nur wegen der Beleidigung, sondern auch weil der Mann mein Lehrer werden sollte. Ich fühlte mich betrogen. Er war kein Fechtmeister. Wie auch? So wie er aussah, verbrachte er mehr Zeit damit, seine Kneipentheke zu polieren, mit den Gästen zu schwatzen und sich selbst ordentlich nachzuschenken, als er je auf Schwertübungen verwendet hatte.

Darzin würde ihn in der Luft zerreißen.

»Nein, bin ich nicht.«

»Dann bin ich ja vielleicht doch nicht hier, um dir beizubringen, wie man ordentlich Ingwerwein serviert.« Er streckte mir die Hand hin, um mir aufzuhelfen. »Nenn mich Doc.«

Ich ignorierte die Hand, stand allein auf und klopfte mir den

Staub von der Hose. »Lass mich raten. Die Leute kommen in dein Lokal, um sich mit Branntwein ihre Wunden desinfizieren zu lassen.«

»Ah, der war gut. Ich sollte mir ein entsprechendes Schild machen lassen und über die Tür hängen.«

»Du hast dir für deinen Urlaub keine schöne Gegend ausgesucht. Die Aussicht ist toll, aber die Frauen hier werden dich umbringen.«

Doc stieß ein Lachen aus. Es klang nicht angenehm. »Also ist alles beim Alten.« Mit grimmiger Miene blickte er den Berg hinauf. »Wo ist sie?«

Ich ging davon aus, dass er nicht Tyentso meinte. »Khaemezra?«

»Ja.«

»Keine Ahnung. Das ist mir im Moment auch egal. Allerdings …« Ich biss die Zähne zusammen und ging los. »Ich werde wohl ein paar Dinge mit ihr besprechen müssen. Egal, folge mir einfach. Ich bringe dich zu Teraeth. Der weiß in der Regel, wo sie sich gerade aufhält.«

Nachdem ich ein paar Schritte den Pfad hinaufgegangen war, merkte ich, dass Doc mir nicht folgte. Als ich mich umdrehte, stand er immer noch am gleichen Fleck und sah mich schockiert an.

»Was ist?«

»Wer ist Teraeth?«, fragte er.

Ich kniff die Augen zusammen. »Du gehörst doch zur Schwarzen Bruderschaft, oder?«

Doc reckte das Kinn vor. »Das habe ich nicht gesagt.«

»Du weißt, wer Khaemezra ist, wie kann es da sein, dass du ihren Sohn nie kennengelernt hast?«

Er zuckte zusammen, als hätte ich ihn geohrfeigt, und ballte die Fäuste. Dann stieß er die Luft aus und öffnete die Hände wieder. »Du musst dich irren. *Jeder* nennt sie Mutter.«

»In diesem Fall ist sie aber wirklich seine Mutter. Warum benimmst du dich so, als hätte sie deine Lieblingskatze auf dem Gewissen?«

»Ich bin nur überrascht.« Er schluckte ein paarmal. »Wie alt ist er?«

»Khaemezra sagte, er sei ungefähr so alt wie ich, also müsste er zwischen fünfzehn und zwanzig sein. Aber er tut so, als wäre er mindestens so alt wie Ompher und doppelt so weise.«

»Bring mich zu ihm.«

Ich schaute ihn verständnislos an. Der Kerl sah aus wie ein Niemand und war abgesehen von seiner Größe vollkommen unauffällig. Er hatte sogar einen leichten Schmerbauch. Er wirkte kein bisschen wie ein Schwertkämpfer oder gar Held, sondern sah von Kopf bis Fuß wie ein Kneipenwirt aus.

Aber der Hohe Lord Therin persönlich hätte mich nicht mit mehr Autorität herumkommandieren können. Wer auch immer dieser Doc war, auf jeden Fall erwartete er, dass man seine Befehle befolgte. Seine Stimme klang schärfer als ein Peitschenhieb.

Um ehrlich zu sein, erinnerte er mich an Teraeth. Er sah ihm zwar überhaupt nicht ähnlich, doch Teraeth hatte während der Überfahrt von Kishna-Farriga auch nicht wie er selbst ausgesehen. Die manolischen Vané sind hervorragende Illusionisten.

Ich war versucht, hinter den Ersten Schleier zu blicken, aber dafür fehlte mir die Zeit.

Er schloss zu mir auf und erklomm hinter mir die Klippe. Normalerweise wirkt derjenige, der hinten geht, zumeist wie der Untergebene, aber irgendwie gelang es ihm, mich wie seine Ehreneskorte aussehen zu lassen. Er bewegte sich entspannt und elegant wie ein Tänzer, der seine Schritte so lange geübt hatte, dass sie ihm mittlerweile in Fleisch und Blut übergegangen waren. Ansonsten sah dieser nicht mehr ganz junge Mann so gewöhnlich aus, dass ich ihn für einen überdurchschnittlich guten Spion hielt.

Relos Var sah ebenso normal aus.

Als ich Teraeths Räumlichkeiten betrat, saß er mit überkreuzten Beinen auf dem Boden und las in einem kleinen, zerfledderten Buch. Es überraschte mich nicht, dass er eine Flasche Vané-Wein geöffnet und offensichtlich bereits mehrere Gläser getrunken hatte. Mein Anblick schien ihn nicht fröhlich zu stimmen. Das Gefühl beruhte auf Gegenseitigkeit.

Er sah Doc an. »Du musst der Quurer sein, auf den wir gewartet haben.«

Doc antwortete nicht und musterte Teraeth einen Moment lang eindringlich. Seinem Stirnrunzeln nach zu urteilen, gefiel ihm nicht, was er sah.

Ich ergriff das Wort. »Teraeth, wo ist Khaemezra? Ich muss mit ihr sprechen.«

»Ich ebenso, also geh und hol deine Mutter«, sagte Doc herablassend.

Teraeth stellte sein Glas ab. »Ich nehme von dir keine Befehle entgegen.«

Ohne auf eine Aufforderung zu warten, nahm Doc auf einem der geflochtenen Schilfstühle Platz. »Vermutlich ist sie im Tempel. Und wenn ich mich recht entsinne, ist es dort sogar nach Vané-Maßstäben heiß und stickig. Also soll deine Mutter zu uns kommen.«

Ich sah ihn von der Seite an. »Du warst im Tempel? Ich dachte, du wärst kein Mitglied der Schwarzen Bruderschaft.«

»Demnach warst du also ebenfalls im Tempel. Bist *du* denn ein Mitglied der Schwarzen Bruderschaft?«

»Ich bin nicht dein Diener«, knurrte Teraeth. »Und die Hohepriesterin lässt sich von niemandem herbeizitieren. Sie …«

»Lass sie das selbst entscheiden«, fiel Doc ihm ins Wort. »Außerdem habe ich dich nicht nach deiner Meinung gefragt, sondern dir eine Anweisung gegeben.«

»Du hast mir gar nichts zu befehlen!«

»Ich habe es soeben getan.«

»Solche Unverschämtheiten bestraft sie mit dem Tod«, blaffte Teraeth.

»Ich lebe noch«, erwiderte Doc mit einem kalten Lächeln.

»Hast du eine Ahnung …?«

»Wer du bist? Du bist Teraeth. Dein Vater war ein dummer Narr, und du bist auch einer, wie man unschwer daran erkennt, dass du seinen und nicht den Namen deiner Mutter angenommen hast.« Doc dachte nach. »Oder hast du mich gefragt, wer du *wirklich* bist? Die Antwort bleibt dieselbe: ein dummer Narr.«

Teraeths Miene blieb ungerührt. Kein Muskel zuckte, nicht einmal die Nasenflügel blähten sich. Und dennoch wusste ich, dass er Doc gerade auf eine kurze Liste mit Namen setzte, die er einen nach dem anderen durchzustreichen gedachte.

Er wirbelte auf dem Absatz herum und verließ die Höhle.

Doc lehnte sich seufzend in seinem Stuhl zurück und holte tief Luft. Ich glaube, er hatte mit einem Angriff von Teraeth gerechnet. Ich bin mir nicht sicher, ob es ihn erleichterte oder enttäuschte, dass es nicht so weit gekommen war. »Hübscher Junge«, sagte er.

»Ich bin neugierig: Hat dir schon mal jemand gesagt, dass du ein Arschloch bist?«

Er riss in gespielter Überraschung die Augen auf und lachte. »Eigentlich jedes Mal, wenn ich es mir mit irgendwem verscherze. Ich brauche was zu trinken.« Er griff nach Teraeths Flasche.

»Die würde ich an deiner Stelle nicht anfassen.«

Doc grinste. »Danke für die Warnung.« Er entkorkte die Flasche, nahm einen Schluck, der einen Elefanten umgehauen hätte, und schloss die Augen. Ohne zu atmen, saß er einen Moment lang reglos da. Dann holte er tief Luft und sah mich an. »Du hast doch was auf dem Herzen. Na los, spuck's aus.«

Ich zuckte mit den Schultern. »Auf dem Weg hierher hast du behauptet, du hättest keine Ahnung, wer Teraeth ist. Seit dem Wortwechsel gerade eben habe ich das Gefühl, dass du nicht ganz ehrlich warst.«

»Ich bin ihm noch nie begegnet. Aber Typen seines Schlags kenne ich zur Genüge. Er ist jung.« Doc stellte die Flasche ab. Sein Hemdkragen war offen, und ich sah, dass er einen Tsali-Stein am Hals trug. Der Stein war grün und in Gold eingefasst. »Außerdem ist er ein Vané, was so viel heißt wie arrogant, egoistisch und unerträglich. In ein paar Hundert Jahren wird er sich zu so etwas wie einer echten Persönlichkeit entwickelt haben, aber da ich nicht so viel Zeit habe, wird er mir wahrscheinlich weiterhin auf die Nerven gehen.«

»Ach komm. So wie du geschaut hast, als ich seinen Namen erwähnte …«

»Das war nur, weil die Vané so eigenartige Regeln für die Namensgebung ihrer Kinder haben«, erwiderte Doc.

»Wie meinst du das?« Ich beugte mich näher heran. Relos Var hatte auf Teraeths Namen ebenfalls aufgebracht reagiert und irgendetwas über seinen Vater gesagt, das sich mir damals auch schon nicht erschlossen hatte. Doc schien über Teraeths Vater sogar noch schlechter zu denken.

»Du bist ganz schön neugierig«, gab Doc zurück.

»Mein Markenzeichen. Und da wir schon dabei sind: Wieso bist du hier? Du kannst mir nicht erzählen, dass du den weiten Weg von der Hauptstadt hierher auf dich genommen hast, nur um mit Khaemezra zu sprechen.«

Doc wirkte überrascht. »Hat sie es dir nicht erzählt? Ich bin hier, weil …« Er unterbrach sich und lachte leise. »Das ist eine lange Geschichte, mein Junge.«

»Ich habe Zeit.«

»So viel Zeit hat niemand. Lass es mich so sagen: Früher einmal bin ich oft mit einem meiner Neffen in der Hauptstadt um die Häuser gezogen. Mit von der Partie waren damals ein rangniederer Priester von Thaena und ein einfacher Landjunge aus Marakor, der gerade erst die Magierlehre beendet hatte.« Er blickte lächelnd in die Ferne. »Das waren Zeiten.«

»Ist daran irgendetwas interessant?«

Doc zuckte mit den Schultern. »Vielleicht dass der Priester Therin hieß und zum Hohen Lord des Hauses D'Mon aufgestiegen ist, der rotgesichtige Bauernjunge sich inzwischen Kaiser Sandus nennt und mein Neffe Qoran die Position seines Obersten Generals bekleidet. Und was ist aus mir geworden? Ein Kneipenwirt.«

»Dann bist du also ein Versager?«

»Ich musste keinem was beweisen.«

»Doc, wie schön, dich wiederzusehen«, ertönte Khaemezras Stimme vom Höhleneingang.

Ich hatte niemanden die Leiter heraufkommen hören. Khaemezra und ihr Sohn waren vollkommen unvermittelt aufgetaucht.

»Bist du geflogen?«, flüsterte ich Teraeth zu.

Der Vané starrte mich wortlos an, womit er mich wohl daran erinnern wollte, dass wir nach wie vor heillos zerstritten waren.

Ich hatte es nicht vergessen.

»Wie ist es dir ergangen?« Khaemezra ging zu Doc und küsste ihn auf die Wange.

Ihrem Lächeln nach zu urteilen, war sie aufrichtig erfreut, ihn zu sehen.

»Ich habe mich aus allen Schwierigkeiten herausgehalten, Khae«, antwortete Doc und erhob sich.

Khaemezra sah ihn amüsiert an. »Ehrlich? Nach all den Jahren weißt du endlich, wie das geht?«

»Ja. Der Trick ist, möglichst großen Abstand zu dir zu halten.«

Khaemezras Lächeln verschwand. Mit diesem Satz schien Doc an eine tiefe Wunde gerührt zu haben. Sobald sie sich wieder gefasst hatte, deutete sie betont beiläufig hinter sich. »Das ist mein Sohn Teraeth.«

»So hat man es mir gesagt.«

»Und wie ich sehe, hast du bereits deinen neuen Schüler Kihrin kennengelernt«, fuhr sie fort.

»Mutter Khaemezra«, protestierte ich, »darüber müssen wir

noch reden. Du hältst dich nicht an unsere Abmachung. Du hast mir einen Fechtmeister versprochen, keinen Schankwirt.« Ich schaute zu Doc hinüber. »Womit ich dich nicht beleidigen möchte.«

Beide ignorierten mich. Sie erinnerten mich an zwei Katzen, die *Wer zuerst blinzelt, verliert* spielen. Doc wandte als Erster den Blick ab und sah zu Teraeth hinüber. »Erfüllt er deine Erwartungen?«

»Zumindest gehorcht er«, erwiderte Khaemezra.

»Genieß es, solange es so ist.«

Teraeth räusperte sich. Überraschenderweise schien er nicht darüber erfreut, dass sich seine Vorhersage über Khaemezras Ärger bestätigte. Er legte mir eine Hand auf die Schulter. »Kihrin, wir werden unten gebraucht.«

Ich riss mich von ihm los. »Ich muss mit Khaemezra sprechen.«

»Nein«, sagte die Mutter der Schwarzen Bruderschaft. »Geh mit meinem Sohn nach draußen.«

»Genau«, meinte Doc. »Khae und ich haben viel zu bereden, Kihrin. Wir treffen uns bei Morgengrauen auf dem Übungsgelände. Von jetzt an bist du von sämtlichen anderen Waffenübungen befreit.«

Ich wartete einen Moment lang ab, aber weder Khaemezra noch Doc hatten mir noch irgendetwas zu sagen. Also fügte ich mich und begann mit dem Abstieg.

38

DER HOHE LORD

(Klaues Geschichte)

»Ich kann Miya nicht vorwerfen, dass sie es dir nicht erzählt hat«, sagte Alshena D'Mon, während sie durch den Palast gingen. »Sie ist ja ganz süß, aber so wohlbehütet wie ein Zuchtkalb. Ich bin mir nicht mal sicher, ob ihr überhaupt klar ist, welche Gefahren außerhalb des Anwesens lauern.«

»Ich weiß, dass es in der Stadt gefährlich ist«, gab Kihrin zurück.

»Natürlich weißt du das. Darzin sagte mir, dass er dich in einem Bordell gefunden hat.«

Sie rümpfte die Nase, und Kihrin seufzte. Er hatte es satt, immer wieder erklären zu müssen, dass er im ZERRISSENEN SCHLEIER nicht seinen Körper verkauft hatte.

»Es ist ganz einfach«, fuhr Alshena fort, »wir sind das Haus D'Mon, eine der zwölf Familien, die einst über das Kaiserreich geherrscht haben. Aber das dürfen wir nicht mehr, und es ist den Angehörigen des Hochadels auch verboten, Gesetze zu erlassen. Da wir nun nicht mehr die Politik des Reichs bestimmen können, lenken wir die Wirtschaft, was sogar noch besser ist. Wir machen den gesamten Profit, haben aber nicht die lästige Verantwortung. Jedes Haus herrscht über einen anderen Wirtschaftszweig und hält damit ein Monopol, in dem es schalten und walten kann, wie es ihm beliebt. Wie dir vielleicht schon aufgefallen ist, herrscht das Haus D'Mon über die Medizin und die Heilkunst. Jede Hebamme, jeder Kräuterarzt und alle Heiler entrichten Abgaben an uns.* Und das ist gut so, denn da jeder früher oder später medizinische Hilfe benötigt, gehören die Dienstleistungen unseres Hauses zur Grundversorgung. Doch leider gilt das für jedes der Häuser, weswegen wir alle ständig versuchen, uns gegenseitig den Rang abzulaufen. Zwischen den zwölf Häusern besteht eine strenge Rangordnung, und die ist uns so wichtig, dass wir dafür töten und sterben.«

»Wegen einer Rangliste?«

Sie verdrehte die Augen. »Innerhalb des Hochadels nimmt unsere Familie den vierten Rang ein. Was bedeutet, dass wir drei Häuser über uns haben, die wir gerne vernichten würden, und acht unter uns, die das Gleiche gern mit uns tun möchten. Man könnte sagen, dass alle hohen Adelshäuser in einem andauernden, nicht erklärten Krieg miteinander liegen.«

Kihrin konnte es nicht glauben. »Wegen einer Rangliste?«, fragte er noch einmal.

Alshena seufzte. »Ja, wegen der Rangordnung. Sie ist das Einzige, was zählt, du dummes Kind. Die Häuser herrschen zwar nicht, aber wir wählen diejenigen, die es tun. Wie viele Stimmen wir dabei abgeben dürfen, hängt von unserem jeweiligen Rang ab. Somit entscheidet die Rangordnung darüber, wer ein Sprecher wird. Und aus dem Kreis der Sprecher werden die Ratsmitglieder gewählt. Je mehr Sprecher wir stellen, desto bessere Geschäfte werden die anderen Häuser mit uns machen, um sich unserer Unterstützung zu versichern. Von deinem Rang hängt ab, ob du in einem Palast wie diesem lebst oder durch den Pfeil eines Meuchelmörders stirbst.« Sie wischte sich einen nicht vorhandenen Fussel

* Das ist nicht ganz richtig. Es gibt ein florierendes Geschäft mit illegalen Praxen, vor allem in Yor, Marakor und Jorat.

von ihrem Agolé. »Also, warum war es extrem dumm, was du gerade getan hast?«

Kihrin verzog das Gesicht. »Weil es das Haus in Verlegenheit gebracht hätte?«

Alshena schürzte die Lippen. »Oh, das ist eine gute Antwort und genau das, was Darzin und Therin gerne von dir gehört hätten.« Der Elfenbeinfächer schnellte vor und schlug Kihrin auf die Fingerknöchel. Er zuckte zusammen und schüttelte die Hand. »Au!«

»Nein, du Narr, diese Antwort ist Schwachsinn. Es war dumm von dir, weil alle Häuser Spione beschäftigen. Wir spionieren uns ständig gegenseitig aus. Sogar die Spione spionieren einander aus. Das gehört zu ihren Hausaufgaben.« Sie lächelte über das kleine Wortspiel. »Ein paar dieser Spione verdingen sich auch als Attentäter. Natürlich nur inoffiziell. Kein Haus möchte, dass ein Priester von Thaena den Rat darüber informiert, dass der jüngst verstorbene Sohn des Hauses D'Talus auf Befehl des Hauses soundso umgebracht wurde. Du darfst nie vergessen, dass die Toten in dieser Stadt reden können. Allerdings können sie weder lügen noch etwas preisgeben, was sie gar nie wussten. Aber wenn eine Person ihren Schutz vernachlässigt und damit ihren Gegnern eine wunderbare Gelegenheit bietet, dann nehmen die sie natürlich auch wahr. Manche Mitglieder eines Hauses sind so unwichtig für den Erfolg ihrer Familie, dass sie nicht weiter beachtet werden. Der erstgeborene Sohn des Erblords allerdings zählt ganz sicher nicht dazu.« Sie kniff Kihrin in die Wange. »Es war dumm von dir, weil du in den Farben deines Hauses nach draußen gehen wolltest. Genauso gut hättest du gleich laut ›Bitte tötet mich‹ rufen können.«

Sie bogen in den Korridor des Südturms ab und hielten auf Kihrins Gemächer zu. Eine ganze Weile sprach keiner von beiden.

»Ich verstehe«, sagte Kihrin schließlich und sah die Adlige an. »Darf ich Euch eine Frage stellen, Lady Alshena?«

»Du kannst es versuchen. Aber ich kann nicht garantieren, dass du eine Antwort bekommst.« Sie grinste ihn wieder an.

»Die Mutter des bisherigen Erben hätte viel zu gewinnen, wenn sie einfach schweigt und mich ins offene Messer laufen lässt. Warum habt Ihr nicht genau das getan?«

Sie blieb stehen, dachte kurz nach und lachte schließlich. »Wenn ich es für möglich hielte, dass Galen auch nur eine einzige Münze aus dem Vermögen des Hauses D'Mon erbt, hätte ich selbst die Kutsche für dich gerufen. Ich möchte es mir nur nicht mit dem Hohen Lord verscherzen.« Sie blickte über die Schulter auf eine große Holztür. »Wir sind da.«

Kihrin runzelte die Stirn. »Das ist nicht die Tür zu meinen Gemächern.«

Alshena schaute ihn herablassend an. »Dessen bin ich mir wohl bewusst.« Sie klopfte.

Einen Augenblick später ertönte ein gedämpftes »Herein« von der anderen Seite, und Alshena machte auf.

Sie betraten einen Raum, der für diesen Palast relativ klein und schlicht eingerichtet war, ohne die für die Familie D'Mon typischen Verzierungen. An der Seite stand ein von Büchern und Unterlagen bedeckter Mahagonischreibtisch. Auf dem Fliesenboden war eine Karte des Kaiserreichs abgebildet. In einer Zimmerecke befand sich ein kleines Regal mit einer Sammlung zerlesener Bücher, und in der Wand daneben war eine Tür, die zu weiteren Räumen führte. An der Wand gegenüber dem Schreibtisch hing ein nicht allzu großes Porträtbild von einer schwarzhaarigen Frau in dunkelblauer Kleidung.

Auf dem Stuhl hinter dem Schreibtisch saß ein Mann. Er sah nicht hoch, als die Tür aufging, und Kihrins erster Gedanke war, dass Alshena ihn zum Magier der Familie gebracht hatte. Der Mann sah ganz danach aus mit seinen kastanienbraunen Haaren, die im Lichtschein golden schimmerten und zu einer praktischen Frisur geschnitten waren. Offenbar löschte er mit den Ärmeln seines Leinenhemdes häufig Tinte ab. Er war schlank und gut aussehend. Ohne seinen gepflegten Bart hätte man ihn als hübsch bezeichnen können. Wegen der silbernen Strähnen an seinen Schläfen schätzte Kihrin ihn auf Mitte dreißig. Er sah aus, als wäre er Darzins älterer Bruder, doch das konnte nicht sein, denn in dem Fall wäre Darzin nicht der Erblord gewesen.

Alshena machte einen Knicks. »Ich habe ihn erwischt, wie er versucht hat, das Anwesen zu verlassen, Lord Therin. Ich dachte, Ihr würdet vielleicht gerne mit ihm sprechen.«

Der Hohe Lord? Kihrin blickte sich im Zimmer um, ob er vielleicht einen alten Mann übersehen hatte, der sich hinter einem Vorhang versteckte. Sollte er wirklich glauben, dass dies der Hohe Lord war? Benutzte er Magie, um so jung auszusehen?

Kihrin wandte sich zu seiner Stiefmutter um, aber die schien nicht gewillt, ihm die Situation zu erklären.

Der Mann hinter dem Schreibtisch hob den Kopf und sah sie beide forschend an. Kihrin war schockiert: Therins Augen waren scharf, berechnend und auffällig blau. Trotz seines schlanken Körperbaus und des jugendlichen Aussehens war er eine imposante Erscheinung. Er erinnerte Kihrin an General Milligreest.

Aber das Wichtigste war, dass er kein bisschen dem Toten Mann ähnelte, und das verwirrte Kihrin. Als Darzin sagte, sein Vater habe Umgang mit Butterbauch gehabt, hatte Kihrin angenommen, er sei der andere Mann gewesen, den er bei der Dämonenbeschwörung beobachtet hatte. Aber wenn der Tote Mann *nicht* der Vater des Schönlings war, wer dann?

Therin D'Mon legte seinen Federhalter weg.

»Danke, Alshena. Das wäre alles.«

Alshena knickste erneut und zog im Gehen die Tür hinter sich zu.

Therin musterte ihn eine Weile, und Kihrin glaubte, ein spöttisches Lächeln um seine Mundwinkel zu erkennen. »Ein toter Wachmann und ein Fluchtversuch, und das alles innerhalb einer

Woche. Aber ich muss sagen, ich bin überrascht, dass du erst jetzt versucht hast, dich aus dem Staub zu machen.«

Kihrin ballte die Fäuste. »Ich war in Trauer.«

»Ja, natürlich. Nimm doch bitte Platz, Kihrin.«

Er kam der Aufforderung nach. Wenigstens nannte Therin ihn beim Namen und nicht bloß »Junge«.

Danach herrschte Schweigen. Therin nahm seinen Federhalter wieder zur Hand und schrieb. Als er fertig war, löschte er das Papier ab, räumte sein Schreibzeug zur Seite und legte das Schriftstück in eine Schublade. Schließlich stand er auf und blickte zum Fenster hinaus.

»Es wäre ein Fehler«, begann er und ließ den Blick über den Blauen Palast schweifen, »sich das Haus D'Mon als eine Familie vorzustellen, denn das sind wir nicht. Die Männer und Frauen an der Spitze mögen blutsverwandt oder miteinander verheiratet sein, aber wir sind ein Unternehmen, ein Zusammenschluss von Fähigkeiten und Begabungen, der einzig und allein dazu dient, möglichst billige Dienstleistungen anzubieten und möglichst viel daran zu verdienen. Das gilt für jedes hohe Adelshaus. Alles, was man sonst so hört, sind Gottkönigmärchen für das einfache Volk. Mir ist es egal, wer deine eigentlichen Eltern waren, und es interessiert mich auch nicht, ob Darzins Geschichte stimmt oder nicht. Du bist ein von den Göttern Berührter und hast Talent. Das macht dich zu einem nützlichen Instrument. Und so lange ich dich für eine gute Investition halte, könnte dein Aufenthalt hier sogar ganz angenehm werden. Drücke ich mich klar aus?«

»Ja, Herr. Aber Darzin lügt. Ich bin nicht von den Göttern berührt.«

Therin schien fast zu lächeln. »Du verstehst es nicht, mein Junge. Du *bist* von den Göttern berührt. Das steht vollkommen außer Frage. Egal, ob Darzin dein Vater ist oder nicht, irgendwann während der letzten vier Generationen war einer deiner Vorfahren ein Mitglied dieses Hauses. Das kann man an einem Zeichen erkennen, dass wir alle tragen. Ich habe es selbst überprüft. Es ist das Einzige an Darzins Behauptungen, das ich nicht in Zweifel ziehe: In deinen Adern fließt unser Blut.«

»Aber ich könnte immer noch ein Ogenra sein.«

Der Hohe Lord lachte abfällig. »Weißt du überhaupt, was ein Ogenra ist?«

»Ich dachte, ich wüsste es, aber Miya sagte …«

»Lady Miya.«

Kihrin zögerte. »Verzeihung?«

»Du wirst sie immer Lady Miya nennen.«

Kihrin wurde rot und widerstand dem Drang, sich aufzurichten oder seine Kleidung glatt zu streichen, wie er es immer getan hatte, wenn Surdyeh ihn zurechtwies. »Ja, Herr«, entgegnete er nur. »Lady Miya sagte, die Illegitimität habe nichts damit zu tun.«

Therin nickte. »In der Tat. Alle Kinder meines Großvaters waren illegitim. Er gefiel sich darin, seine Sklavinnen zu vergewaltigen. Ein Ogenra ist nichts anderes als der Spross eines Hauses, der nicht offiziell den Göttern präsentiert wird. Solange das nicht passiert ist, können sie weder erben, noch den Namen oder auch nur die Farben des Hauses tragen und auf unserem Land leben. Da sie keine Mitglieder des Hauses sind, können sie allerdings zu Sprechern gewählt werden und dem Rat dienen. Damit ist es ihnen möglich, zu herrschen. Etwas, das uns untersagt ist.«

»Alshena hat das erwähnt, aber ich verstehe es nicht. Ich habe geglaubt, Ihr würdet herrschen.«

»Wir haben Macht, das ist nicht dasselbe.«

»Also bin ich so lange ein Ogenra, bis Ihr mich präsentiert?«

»Das ist bereits geschehen, als du bewusstlos warst«, stellte Therin klar. »Es ist offiziell und unwiderruflich. Darzin hat öffentlich Ansprüche geltend gemacht, die nur schwer zurückgewiesen werden können, vor allem weil er Dokumente beibringen konnte, die beweisen, dass du nicht einmal ein Bastard bist. Das war nötig, weil seine Frau Alshena zum Haus D'Aramarin gehört, das nur zu gerne dagegen Protest einlegen würde, dass ein Bastard dem legitimen Sohn ihrer Tochter als Erbe vorgezogen wird.«

Kihrin wusste nicht, was er dazu sagen sollte. Er betrachtete das Holz des Schreibtischs und fragte sich, ob er es sich erlauben konnte, hinter den Schleier zu blicken. Sicher war auch Therin ein Magier. Die teuersten Heiler wandten bei der Behandlung ihrer Patienten Magie an.

»Du glaubst nicht, dass er dein Vater ist, oder?«

Kihrin schwieg einen Moment. »Nein«, sagte er schließlich.

»Wieso?«, fragte Therin. In seiner Stimme lag überraschend viel Sympathie. »Ist es nur ein Bauchgefühl? Erträgst du die Vorstellung nicht, er könnte dein Erzeuger sein? Viele Leute hadern mit ihren Eltern, junger Mann. Da bist du keine Ausnahme. Ich habe meinen Vater aus tiefstem Herzen gehasst, und ich weiß, dass Darzin mich ebenso wenig ausstehen kann wie ich ihn.«

Kihrin schüttelte den Kopf. »Nein, er hat nur keinen Vorteil davon.«

»Keinen Vorteil?«

»Nein, Herr. Was bringt es ihm zu behaupten, ich wäre sein Sohn? Er hätte sich gar nicht um mich scheren müssen, als wir uns im Haus des Obersten Generals begegnet sind. Er hätte mich ignorieren können. Aber stattdessen hat er seine Attentäter auf mich angesetzt ... und dann aus irgendeinem Grund seine Meinung geändert und beschlossen, mich zu retten. Ich müsste tot sein. Er wollte mich tot sehen. Stattdessen gelte ich jetzt als sein lange verschollener Sohn.« Kihrin winkte ab. »Nach allem, was ich gehört habe, unter anderem von Euch, tut hier oben niemand etwas, wenn nichts dabei für ihn herausspringt. Selbst wenn ich tatsächlich sein Sohn wäre ... Was hat er davon, das zuzugeben? Er hat doch bereits einen Erben. Wenn er Galen übergeht, legt er sich mit dem Haus D'Aramarin an. Er neigt ganz gewiss nicht zu Sentimentalität, was bedeutet, dass er ein anderes Motiv haben muss.«

Kihrin dachte darüber nach, den Schellenstein zu erwähnen, entschied sich aber dagegen, da er keine Ahnung hatte, inwieweit er diesem Mann vertrauen konnte. Der Hochadel war zwar neu für ihn, aber er wusste aus Erfahrung, dass es nicht klug war, vorschnell die Karten auf den Tisch zu legen.

Therin kehrte zu seinem Stuhl zurück. »Ich weiß genauso wenig, was Darzin bezweckt, und das gefällt mir nicht. Er hätte dich als Ogenra einführen können, und niemand hätte es infrage gestellt. Stattdessen macht er dich zum Nächsten in der Erbfolge. Eine etwas zynische Möglichkeit wäre, dass bestimmte Leute ihn gewiss nicht töten lassen werden, solange ihnen der, der seinen Titel erben würde, nicht gefällt.« Therin beugte sich vor. »Manchmal müssen wir einfach das Beste aus dem Blatt machen, das wir in der Hand halten.«

»Wie bitte?« Es erschreckte Kihrin, dass Therin gerade beinahe das gleiche Bild benutzt hatte wie er in seinen Gedanken.

»Da ich dich bereits in unserem Haus aufgenommen habe«, fuhr Therin fort, »würde es uns nur in Verlegenheit bringen, wenn du beweisen könntest, dass die Belege, die Darzin vorgelegt hat, falsch waren. Genauso wenig kannst du in den Unteren Zirkel zurückkehren. Du weißt ja, was die Schattentänzer mit Leuten machen, die einen der Ihren auf dem Gewissen haben.«

Kihrin fiel beinahe vom Stuhl. »Was? Ich habe niemanden getötet …«

»Ein Mitglied der Sammlergilde, das eine Pfandleihe besaß und den so liebenswerten wie sicherlich zutreffenden Spitznamen ›Butterbauch‹ trug, wurde tot aufgefunden. Zwei Messer steckten in seinem Leib. Deine Messer. Ein Halsabschneider namens Faris schwört Stein und Bein, dass er einen Streit zwischen dir und Butterbauch mitbekommen hat, bei dem es um eine Halskette ging, die du gestohlen hast. Die Schattentänzer werden vermutlich gleich zustechen und sich gar nicht erst die Mühe machen, dir Fragen zu stellen, wenn sie dich finden. Zum Glück ist es sehr unwahrscheinlich, dass sie ihre Krähe jemals im Oberen Zirkel suchen werden.«

»*Was* habt Ihr gesagt?« Kihrin stand auf. Er musste alle Beherrschung aufbringen, um nicht aus dem Zimmer zu rennen.

Therin lächelte. »Dein Name auf der Straße. Offiziell warst du ein Sänger, der Gehilfe eines blinden, mittlerweile verstorbenen Musikers namens Surdyeh. Wer deine Eltern waren, wusste niemand, aber kurioserweise nahmen alle an, dass du aus dem südlichen Manol stammst, aus Doltar. Was nur beweist, wie wenige Vané es noch gibt und dass die Leute schlichtweg vergessen haben, wie sie aussehen. Ola Nathera, auch Rabe genannt, hat dich für die Schattentänzer rekrutiert und dich bei ein paar erfolgreichen Betrügereien als Lockvogel eingesetzt. Irgendwann fiel jedoch auf, dass du gelernt hast, Magie wahrzunehmen und sogar einen Zauberspruch beherrschst …«

»Ich kenne keine Zaubersprüche«, protestierte Kihrin. »Ich kann hinter den Ersten Schleier blicken, aber das ist auch schon …«

Therin tat den Einwand mit einer Geste ab. »Du kannst dich ungesehen bewegen. In deinem Fall ist es nicht bloß reines Wunschdenken, dass dich die Wächter nicht wahrnehmen. Magische Autodidakten werden zwar als Hexer gebrandmarkt, aber es ist ein offenes Geheimnis, dass wir uns fast alle mindestens einen Zauberspruch selbst beigebracht haben, bevor wir eine ordentliche Ausbildung erhielten. Wer über eine Affinität zur Magie verfügt, besitzt immer auch eine Hexengabe – den ersten Zauberspruch, die erste Karte, die den weiteren Weg weist.* Die meisten ungeschulten Talente kommen über diesen einen Spruch nicht hinaus,

* Das stimmt nicht. Von einer Hexengabe spricht man, wenn sich die Affinität vor der Ausbildung zeigt, wenn ein Kind also über seine magische Kraft stolpert, bevor es lernt, wie sie funktioniert und wie es sie komplett ausschöpfen kann. Manchmal – insbesondere wenn das Kind aus dem Hochadel stammt – kann es jedoch gut sein, dass es seine Ausbildung bereits begonnen hat, bevor es eine solche Entdeckung macht.

aber wenn Maus länger am Leben geblieben wäre, hätte sie dir noch mehr beigebracht. Du warst einfach zu gut, um dich dir selbst zu überlassen. Die Zaubersprüche, die Schlüssel lernen, sind sehr speziell und dazu gedacht, Schlösser zu knacken, die Tenyé-Signaturen der Materialien zu erkennen, aus denen Tore und Schließkassetten gemacht sind, oder die Schutzzauber von Wachmännern zu entfernen. Solche Dinge.«

Kihrin wandte den Blick ab. Das Zimmer um ihn herum begann sich zu drehen, und er bekam kaum noch Luft. Sein Mund war so trocken wie eine Straße im Hochsommer. Bis eben war eine Flucht noch möglich gewesen.

Jetzt nicht mehr.

Er schloss kurz die Augen und kämpfte gegen seine Verzweiflung an. »Ich dachte, die Ramschjungs herrschen über die Schattentänzer.«

»Das glaubt jeder – lustigerweise sogar die Ramschjungs selbst –, aber du solltest dir angewöhnen, sie bei ihrem richtigen Namen zu nennen: Haus D'Evelin.« Therin lächelte. »Die Schattentänzer sind seit mehr als zwanzig Jahren in meiner Hand. Eine jugendliche Unbesonnenheit.«

»Daher wusste er es also«, murmelte Kihrin.

»Wie bitte?«

»Euer Sohn. Deswegen hat er mich so leicht gefunden. Er ist ein Schattentänzer. Ihr seid allesamt Schattentänzer.«* Er fluchte. »Bei Taja! All die Jahre habe ich für Euch gearbeitet.«

»Niemand schämt sich dafür mehr als ich. All die Jahre habe ich nach dir gesucht, dabei warst du direkt vor meiner Nase. Ola Nathera hat mir gehört. Ich habe sie Jahre vor deiner Geburt be-

* Dass die Familie D'Mon über die Schattentänzer herrscht, ist nur insofern illegal, als diese Vereinigung regelmäßig das Gesetz bricht. Aber wenn es jemals herauskommen sollte, gäbe es sicher einen großen Skandal.

freit und bin nie auf die Idee gekommen, dass sie wissen könnte, was mit dir geschehen ist.« Er seufzte.

»Wo ist sie?«, fragte Kihrin.

»Das scheint niemand zu wissen. Ola ist in derselben Nacht verschwunden, in der Surdyeh getötet wurde. Ich glaube, sie ist abgehauen. Sie hatte schon immer einen gesunden Selbsterhaltungstrieb und wusste sicher, dass wir ihr ein paar unangenehme Fragen stellen würden, sobald wir herausfinden, dass sie dich versteckt hatte. Sie hätte kaum behaupten können, von allem nichts gewusst zu haben.«

»Ihr habt jahrelang nach mir gesucht?«

Therins Miene war undurchdringlich. »Ja.«

Kihrin wurde flau im Magen. Nun wusste er, weshalb Ola sein Treffen mit dem General so dringend verhindern wollte, dass sie sogar bereit gewesen war, ihn mit Drogen zu betäuben. Allerdings verstand er nicht, weswegen sie ihn angelogen hatte. Hatte sie ihn als Druckmittel für eine Erpressung einsetzen wollen?

Gerne hätte er geglaubt, es sei ihr nur darum gegangen, ihn vor einer Familie zu beschützen, die sie offensichtlich sehr gut kannte.

»Ist die Sache zwischen dir und Faris etwas Persönliches? Eine enttäuschte Freundschaft?«

Kihrin senkte den Blick. »Nein.«

»Um was geht es dann?«

»Er und seine Freunde haben Maus umgebracht, aber ich konnte es nicht beweisen. Mein Wort hätte gegen ihres gestanden.«

Therin hob eine Augenbraue. »Soweit ich weiß, wurde sie bei einem Einbruch getötet.«

»Wenn man es so nennen will.«

Therin überlegte. »Dann war dieser kleine Zwischenfall, bei dem Faris vor ein paar Jahren eine Hand verloren hat, wohl kein Zufall.«

»Ich hatte gehofft, sie würden ihn in die Minen stecken«, erwiderte Kihrin und ließ damit zum ersten Mal anklingen, dass er einen anderen Schattentänzer hingehängt hatte.

Therins Mundwinkel zuckten. »Irgendwie habe ich das Gefühl, dass du ganz gut zu uns passt.«

Ein unbehagliches Schweigen senkte sich über den Raum.

»Ihr hättet ihn nicht töten müssen«, flüsterte Kihrin schließlich heiser. Wenn Therin D'Mon der Meister der Schattentänzer war, hätte ein Befehl genügt, und Butterbauch hätte ihm alles erzählt, was er wissen wollte. Sein Tod war unnötig gewesen.

Der Hohe Lord sah ihn überrascht an. »Wen töten? Surdyeh? Das war ich nicht.«

»Butterbauch. Ihr hättet Butterbauch nicht ermorden lassen müssen.« Kihrin drehte sich zum Hohen Lord um. »Ihr habt Euch mit Butterbauch getroffen, um ihm diesen Tsali-Stein abzukaufen. Noch am selben Abend war er tot und der Tsali-Stein verschwunden. Wollt Ihr mir erzählen, dass Ihr nichts damit zu tun hattet?«

Der Hohe Lord sah ihn unverwandt an. »Wenn ich gewusst hätte, dass er einen Tsali-Stein verkauft, hätte ich mich sicherlich mit ihm getroffen. Aber ich hätte ihn anschließend nicht umgebracht.« Therin seufzte. »Er war ein hervorragender Hehler.«

»Wer hat es dann getan?«

»Einer von Darzins Agenten.« Therin tippte mit den Fingern auf die Schreibtischkante. »Ich glaube, mein Sohn hat seine Ermordung befohlen, um einen anderen Mord zu vertuschen, für den er verantwortlich ist. Mich besorgt allerdings, dass ich nicht weiß, warum er diesen Mord überhaupt begangen hat.«

»Braucht Darzin für so etwas wirklich einen Grund?«

Therin zuckte mit den Schultern. »Jeder hat seine Gründe für das, was er tut, selbst wenn sie nicht einleuchten. Wie hast du es so treffend ausgedrückt? Wir tun nichts, wenn nichts dabei für uns herausspringt.«

»Und was soll ich nun Eurer Meinung nach tun? Ich kann Darzin nicht mal dann besiegen, wenn er unbewaffnet ist.«

»Du scheinst für seine Pläne unverzichtbar zu sein. Deswegen möchte ich, dass du herausfindest, was er vorhat. Wenn ich mit meiner Vermutung richtig liege, könnte es sein, dass wir ihn aus dem Weg schaffen müssen. Ich erwarte aber nicht, dass du das tust. Wenn die Zeit kommt, kümmere ich mich selbst um meinen Sohn. Das Risiko ist zwar groß, aber vergiss nicht, dass ich dich zum Erblord machen werde, wenn du mir die nötigen Beweise lieferst. Und ich kann auch dafür sorgen, dass weder Faris noch irgendein anderer Schattentänzer dich jemals wieder behelligt.«

Kihrin musterte ihn skeptisch. *Na klar,* dachte er. *Du kümmerst dich um ihn. Aber er kann einen Dämonenprinzen beschwören. Was hast du dem entgegenzusetzen?* Doch er sagte nichts. Er vertraute Therin nur wenig mehr als Darzin – was überhaupt nichts bedeutete.

Therin zog ein unbeschriebenes Blatt vom Schreibtisch und nahm einen frischen Krähenfederkiel zur Hand. »Darzin erzählte mir, dass der Oberste General dir Valathea überlassen hat. Das ist ein großes Privileg.«

»Ihr wisst von Valathea?«

»Natürlich. Ich habe sogar schon mal jemanden auf ihr spielen hören. Es hat mir gar nicht gefallen, als ich hörte, dass sie sich nicht mehr in deinem Besitz befindet.«

»Sie ist in Sicherheit«, entgegnete Kihrin.

»Natürlich ist sie das. Sie ist in deinen Gemächern. Ich schlage vor, dass du sie in Zukunft sorgsamer behandelst. Jetzt geh und übe nicht zu viel. Dein Schlafzimmer liegt nämlich direkt neben meinem.«

39

AUF DER SUCHE NACH MUSIK

(Kihrins Geschichte)

Anstatt in mein Zimmer zurückzukehren, ging ich ins Dorf der Thriss und suchte nach Szzarus.

»Affe!«, begrüßte er mich auf Thriss. Ich verstand seine Sprache so gut wie gar nicht, aber dieses eine Wort hatte ich mir mittlerweile gemerkt.

»Szzarus«, erwiderte ich. »Ich weiß, dass dein Volk Trommeln hat, und ich habe euch auch schon mal Oboe spielen sehen. Aber gibt es bei euch auch Saiteninstrumente?«

Er ließ die Zunge herausschnellen und schmeckte die Luft, bevor er etwas sagte, das wie eine Frage klang.

»Du weißt schon … Saiten?« Ich tat, als würde ich welche zupfen. Es musste nicht unbedingt eine Harfe sein, aber vielleicht besaß jemand im Dorf ein Instrument, das als Laute durchgehen würde.

Er machte ein bestätigendes Geräusch und bedeutete mir, ihm zu folgen.

Das Dorf war klein und aufgeräumt. Hier wohnten die Thriss, die wegen ihrer Hingabe für Thaena auf der Insel lebten. So wie ich es verstand, betrachtete Szzarus' Volk diesen Ort als eine Art Kloster, weswegen es hier keine Kinder gab. Sobald ein Thriss fand, er sei lange genug hier gewesen, kehrte er in seine Heimat auf einer der anderen Inseln oder in den Urwäldern von Zherias zurück. Ein paar von ihnen, wie zum Beispiel Szzarus, verbrachten dagegen ihr gesamtes Leben hier.

Er führte mich in eines der Strohlehmhäuser. In einer Ecke standen ordentlich aufgereiht mehrere Trommeln, die fast so groß waren wie die Schlagzeuge, die sie im Tempel verwendet hatten. Außerdem sah ich Becken, ein Tamburin sowie eine erstaunliche Anzahl Rasseln. Szzarus ging auf ein Instrument mit langem Hals, einem klobigen Holzkorpus und einem Dorn am unteren Ende zu.

Ich hob es vorsichtig auf. Es hatte nur drei Saiten. Als ich sie zupfte, reichte Szzarus mir einen mit Seide bespannten Holzbogen. Die Seide war allerdings zu locker, um sie mit ausreichender Spannung über die Saiten zu streichen. Ich hatte keine Ahnung, ob der Bogen kaputt war oder ob man ihn nur richtig halten musste. Seufzend reichte ich ihm das Instrument zurück. »Es tut mir leid, mein Großer, aber ich glaube nicht, dass ich damit etwas anfangen kann. Zumindest nicht ohne einen Lehrer.« Szzarus zuckte mit den Schultern und hängte den Bogen an einen der Stimmwirbel.

»Nach was für einer Art Instrument suchst du?«, fragte Teraeth.

Vor Schreck hätte ich beinah einen Satz in die Luft gemacht. Er musste sich mithilfe von Magie an mich herangeschlichen haben.

»Was machst du hier?« Ich hob den Blick und sah ihn durchdringend an. »Wir sprechen nicht miteinander.«

Er lehnte sich mit einer Schulter gegen den Türrahmen. »Ich versuche nur zu helfen.«

»Nein, das tust du nicht«, fuhr ich ihn an. »Was soll das? Bist du mir gefolgt, weil ich nicht mit dir gegangen bin, wie Khaemezra es befohlen hat? Ich brauche keine Gesellschaft, also verzieh dich einfach.«

Teraeth grinste bloß und sagte etwas zu Szzarus, von dem ich wieder nur das Wort »Affe« verstand. Szzarus antwortete lachend und verließ den Raum.

»Was hast du zu ihm gesagt?«

»Die Wahrheit: dass du seine Hilfe nicht brauchst.« Teraeth richtete sich auf. »Shorissa hat eine Laute und Lonorin eine Zither. Zufällig findet Lonorin dich süß. Wenn du sie darum bittest, wird sie dir die Zither bestimmt leihen. Siehst du? Ich helfe dir.«

»Du bist ein Arschloch.«

»Ich glaube nicht, dass mich das eine davon abhält, das andere zu tun. Und beides ist immer noch besser, als sich wie ein *Kind* aufzuführen. So wie du gerade.«

»Ich führe mich …« Ich holte tief Luft, zählte bis drei und stieß sie mit einem Zischen wieder aus, zu dem jeder Thriss mich beglückwünscht hätte. »Ich habe mich der Situation sehr erwachsen und reif gestellt. Und was ist dann passiert? Zuerst schickt deine Mutter Kalindra fort, und dann holt sie anstelle des versprochenen Schwertmeisters diesen Doc hierher. Ich glaube, keiner von uns beiden würde jemanden mit seinem angeborenen Charme vor den Krokodilen im Senlay retten.«

Teraeth lachte zwar nicht, aber er verzog die Lippen auf eine Art, die ich inzwischen als ein Zeichen von Belustigung deutete. »Er hat mir ordentlich den Kopf gewaschen, was? Ich dachte eigentlich, es hätte dir gefallen.«

Ich schnaubte. »Vielleicht passt mir die Konkurrenz nicht.«

»Dann lass mich dir helfen.«

»Mir helfen?« Ich stieß ein bitteres Lachen aus. »Ich traue weder dir noch Khaemezra. Tyentso ist die Einzige hier, die ehrlich zu mir war. Was sagt einem das, wenn man bedenkt, dass sie die Hexe ist, die mich gegaescht hat?« Ich wandte mich wieder den Instrumenten zu. Ohne viel Übung würde ich keines von ihnen spielen können. »Vielleicht kann Szzarus mir Unterricht geben.«

Ich wollte mich an Teraeth vorbeischieben, doch er stellte sich mir in den Weg.

»Lass mich durch.«

»Ich bin ihr im Jenseits begegnet«, sagte Teraeth.

Seine Antwort verblüffte mich so sehr, dass ich im ersten Moment kein Wort verstand. Erst dann wurde mir klar, dass er über das Mädchen aus Jorat sprach.

Sein Blick schweifte einen Moment in die Ferne, dann ließ er den Arm sinken und trat in die Hütte. In diesem Moment stand es mir frei zu gehen. Wenn ich wollte … »Es war während eines Maevanos. Ich war im Jenseits, und … sie ebenfalls.«

»Dann ist sie tot. Du willst mir also sagen, dass sie tot ist?« Die Worte schnürten mir die Kehle zu, ich stieß zitternd den Atem aus. Ich wusste, dass es keinen Sinn ergab: Ich war besessen von einer Frau, die ich noch nie getroffen hatte und die mir womöglich nicht einmal sympathisch wäre, wenn ich ihr jemals begegnen sollte. Mir war klar, wie dumm das war.

Aber das änderte nichts an meinen Gefühlen.

Teraeth hob die Hände. »Streng genommen war ich das zu diesem Zeitpunkt auch. Aber nicht alle, die das Jenseits durchwandern, sind zum Land des Friedens unterwegs.« Er schien seine Worte mit Bedacht zu wählen. »Und nein, ich glaube nicht, dass sie tot war. Manche Wesen können nach Belieben durchs Jenseits streifen, ohne zu sterben. Wenn ich Wetten abschließen würde, dann würde ich sagen, dass sie dazugehört.«

»Sprichst du von den Dämonen? Aber sie kann kein …« Ich schmeckte Galle auf der Zunge. Ja, natürlich konnte sie einer sein. Immerhin war es Xaltorath gewesen, der sie mir gezeigt hatte. Trotzdem glaubte ich nicht daran. Xaltorath und alle anderen Dämonen, von denen ich je gehört hatte, waren furchterregende Geschöpfe und grässlich anzusehen, alles andere als schön.*

* Aber nur weil Dämonen uns lieber ängstlich als sehnsüchtig sehen. Es gibt keinen Grund, weshalb ein Dämon nicht schön sein sollte, wenn er das möchte.

»Ja, Dämonen können sich im Jenseits frei bewegen, aber Götter auch«, entgegnete Teraeth.

»Sie ist keine Göttin«, widersprach ich sofort.

»Und woher willst du das wissen? Bist du vielleicht ein Experte?«

»Wie auch immer. Das mag erklären, woher du sie kennst, aber nicht, wieso du wusstest, dass sie *mir* etwas bedeutet.«

Er räusperte sich und wich meinem Blick aus. »Das ist eine der Fragen, die du mir vielleicht besser nicht stellen solltest. Die Antwort könnte dir missfallen.«

»Teraeth …«

»Ich könnte dir irgendwas Poetisches über Wiedergeburt, das Schicksal und Seelen erzählen, die über mehrere Lebensspannen hinweg miteinander verbunden sind. Oder ich erinnere dich an die Nächte, die du im Bett meiner Exfreundin verbracht und dabei im Schlaf geredet hast.« Teraeth breitete die Hände aus. »Such dir die Antwort aus, mit der du dich wohler fühlst.«

Mein Magen rebellierte. »*Kalindra* hat es dir erzählt?«

»Ja, hat sie. Und ich habe die Beschreibung wiedererkannt. Hör mal, ich weiß, dass du keinen Grund siehst, uns zu vertrauen …«

»Dass du mir erklärt hast, nur ein Narr würde euch trauen, hat auch nicht gerade geholfen.«

Er lächelte. »Meine Mutter …« Teraeth unterbrach sich und betrachtete seine Hände. »Khaemezra war nie besonders gut darin, etwas zu erklären. Du kennst sie als Priesterin, aber tief in ihrem Herzen ist sie eine Soldatin, eine Generalin, die instinktiv immer nur so viel verrät, wie sie für nötig hält. Ich weiß, wie frustrierend das sein kann. Früher habe ich oft gegen ihre Verschwiegenheit rebelliert und Antworten verlangt. Mein Bedürfnis, mich gegen sie aufzulehnen, war so groß, dass ich …« Er verstummte und starrte geistesabwesend auf die gegenüberliegende Wand.

»Dass du was? Beende den Satz. Ich will wissen, was du getan hast.«

Teraeths Blick kehrte wieder in die Gegenwart zurück. »Ich

habe uns alle beinahe in den Untergang gestürzt. Mach nicht den gleichen Fehler wie ich damals. Wir sind hier, um dir zu helfen. Bitte nimm diese Hilfe an.«

»Selbst wenn diese Hilfe von einem *Kneipenwirt* kommt?«

Das Problem mit Zorn, besonders dem selbstgerechten Zorn, ist, dass man süchtig danach werden kann. Ich wollte mich nicht beruhigen, sondern ausrasten. Teraeths Mitgefühl machte mich unerklärlicherweise nur noch wütender.

Er schüttelte den Kopf. »Wer immer der Kerl sein mag, ich bin sicher, dass er mehr als ein Kneipenwirt ist. Andernfalls hätte er nie ungestraft so mit Khaemezra sprechen können.«

Ich überlegte. »Oder mit dir. Was ist das eigentlich für eine Sache mit deinem Vater?«

»Das geht dich nichts an.« Die Antwort kam ganz automatisch, dann wurde seine Miene verschlossen. Weder fügte er seinen Worten etwas hinzu, noch nahm er sie zurück.

Ich presste die Lippen aufeinander. Wenn wir genau darüber nicht gerade erst gesprochen hätten, wäre es mir vielleicht egal gewesen. Wahrscheinlich ging es mich ja wirklich nichts an. Aber ich war schon viel zu lange im Dunkeln gehalten worden und immer der Letzte gewesen, der etwas erfuhr. Sie wussten alles über mich und ich nichts über sie. Das konnte ich nicht länger hinnehmen.

»Du hast recht«, sagte ich. »Es geht mich nichts an. Aber du wirst es mir trotzdem sagen. Weil du mein Freund sein möchtest und mir das Gefühl geben willst, dass ich zu dir kommen kann, wenn ich Hilfe brauche. Mach es nicht genauso wie deine Mutter.«

Wir starrten einander an.

Teraeth warf die Arme in die Luft und ging. Nach ein paar Schritten drehte er sich wieder um. »Na schön. Du weißt, dass dein Familienname D'Mon lautet, weil das der Familienname deines Vaters ist.«

»Beantworte mir einfach die verdammte …«

»Das tue ich gerade. Lass mich ausreden.«

Ich riss mich zusammen. »Also gut. Sprich weiter.«

»Nun, wir Vané machen es genauso. Nur dass wir den Familiennamen eines Elternteils auswählen und ihn als erste Silbe vor unseren Namen stellen. Da es nicht sehr viele Vané gibt, nehmen wir unsere Abstammung sehr ernst und lassen sie bei keinem Gespräch unter den Tisch fallen. Mein Name beginnt mit ›Ter‹, genau wie der meines Vaters und der seiner Großmutter und so weiter. Das ist alles kein Geheimnis. Wenn du den Namen eines Vané hörst, weißt du ziemlich genau, aus welcher Familie er stammt.«

»Moment. Soll das heißen, du heißt gar nicht Teraeth, sondern … ›Aeth‹? Oder ›Raeth‹? Wie lauten diese Regeln genau?«

Er kniff sich in den Nasenrücken. »Deshalb wollte ich nicht darüber reden. Ich heiße Teraeth. Das ist mein Familien- und mein Rufname, die beiden lassen sich nicht voneinander trennen. Als ich noch nicht wusste, wer mein Vater war, begann mein Name mit dem ›Khae‹ meiner Mutter. Als ich es herausfand, änderte ich ihn. Aber ich habe seinen Namen nicht angenommen, um ihn zu ehren, sondern um mich an seine Sünden zu erinnern.«

Ich schaute ihn neugierig an. »Sünden? Ist das der Grund, wieso Doc reagiert hat, als hätte ich seine Kneipe angezündet?«

»Hat er das?«

»O ja.«

»Wer ist der berühmteste Vané, von dem du je gehört hast, dessen Name mit ›Ter‹ beginnt?«

»Ich kenne nicht viele Vané …«

»Aber den ganz bestimmt, das verspreche ich dir.«

Nach einigem Nachdenken fielen mir die Geschichten wieder ein, die Surdyeh mir erzählt hatte, als ich noch als kleines Kind auf seinen Knien gesessen hatte. »Augenblick mal … Prinz Terindel? Terindel der Schwarze? Der Kerl, der von den Bewohnern von Kirpis Menschenopfer verlangt hat? Es gibt ein Lied über ihn, ich glaube sogar ein Theaterstück …«

Teraeth lachte dünn. »Terindel hat keine Menschenopfer verlangt, das war nur eine Geschichte, die ich … Ach, vergiss es. Kirpis hat die größten Vorkommen von Ariala und Drussian auf dem gesamten Kontinent. Sie gehörten den kirpischen Vané. Die Quurer brauchten sie für ihren Krieg gegen die Gottkönige, also erfand Atrin Kandor einen Grund, das Land zu annektieren. Das war nicht schwer. Und ja, Terindel … Terindel ist mein Vater.«

»Du hast *seinen* Familiennamen Khaemezras vorgezogen?«

»Wie gesagt, als Gedächtnisstütze.« Er schüttelte den Kopf. »Und da gibt es doch tatsächlich Leute, die glauben, Thaena hätte keinen Sinn für Humor.« Er räusperte sich und ging zu den Musikinstrumenten hinüber. »Was spielst du denn normalerweise?«

»Eine Harfe«, sagte ich, nicht sicher, was ich von dem plötzlichen Themenwechsel halten sollte. »Aus irgendeinem Grund haben die Sklavenmeister sie mir weggenommen.«

»Wenn du eine Harfe brauchst, können wir von Zherias eine herbringen lassen«, sagte Teraeth.

»Danke, aber ich habe keine Lust, sechs Monate lang auf das nächste Schiff zu warten.«

Er lächelte. »Es würde keine sechs Monate dauern. Vielleicht ein oder zwei Stunden.«

Ich erstarrte und kniff die Augen zusammen. »Was?«

»Ynisthana liegt im Herzen eines alten magischen Torwegsystems, ganz ähnlich wie das System, das durch Quur verläuft, nur viel kleiner. Eine der Routen verbindet diese Insel mit Zherias. Aus Sicherheitsgründen hängen wir das nicht an die große Glocke und verwenden die Passage nur selten.« Er zuckte mit den Schultern. »Für dich würde Khaemezra aber sicher eine Ausnahme machen.«

Ich verschränkte die Arme vor der Brust. »Soll das heißen, Khaemezra hätte mich *die ganze Zeit* von dieser Insel wegbringen können?«

Teraeth wirkte angespannt. Vermutlich spürte er, dass ich ein weiteres Mal kurz davor war, die Beherrschung zu verlieren. »Ja, aber zu einem hohen Preis. Der Alte Mann würde vielleicht erst nach ein paar Tagen merken, dass du nicht mehr hier bist, aber dann wäre buchstäblich die Hölle los. Wenn wir Glück hätten, würde er nur den Vulkan in der Mitte der Insel zum Ausbruch bringen, aber vermutlich würde er außerdem Städte in Zherias und an der nahegelegenen Küste verwüsten. Vielleicht sogar bis hinunter nach Kishna-Farriga. Tausende würden sterben. Und dann würde er anfangen, nach dir zu suchen. Er kennt deine Aura, und er kann fliegen.«

Mein Mund wurde trocken. »Irgendwer sollte etwas gegen ihn unternehmen.«

»Wenn du das übernehmen willst, gern.«

Natürlich ignorierte ich diese Bemerkung. »Dann kannst du also von hier weg, wann immer du möchtest. Alle können das. Nur ich bin hier gefangen.«

Er neigte den Kopf. »Mhm. Guter Punkt. Wie es scheint, dreht sich alles um dich.«

Ich schloss die Augen und versuchte, meinen Atem zu beruhigen. Es fiel mir schwer, ihn nicht zu schlagen, aber er würde zurückschlagen, und mein Gesicht tat noch vom letzten Mal weh.

Ich ging an ihm vorbei zur Tür.

»Wozu möchtest du eigentlich eine Harfe haben?«, fragte Teraeth.

»Das geht dich nichts an«, fuhr ich ihn an und machte mich auf die Suche nach jemandem, der bereit war, mir eine aus Zherias zu holen.

40

ZWISCHENSPIEL IN EINEM SCHLACHTHAUS

(Klaues Geschichte)

Alshena D'Mon stieg die lange Treppe vom Prinzenhof in den Korridor hinunter, der zum Ostflügel des Palastes führte. Im Gehen klopfte sie mit ihrem Fächer einen erwartungsvollen Rhythmus gegen die geschnitzte Wandvertäfelung und die davor aufgehängten Teppiche.

Diener und Sklaven liefen in alle Richtungen davon, als sie Alshena kommen sahen. Sie ging eine weitere Treppe hinunter, die nur selten benutzt wurde. Hier war alles ruhig, auf den Stufen lag Staub. Am Ende der Treppe gelangte sie an eine schmucklose, unverputzte Wand und berührte den Mörtel auf eine ganz bestimmte Weise. Die falschen Stellen zu drücken, wäre tödlich gewesen, aber darüber machte sich die Adlige keine Sorgen. Sie kannte die Abfolge so gut, dass sie sie im Schlaf wiederholen konnte – allerdings schlief sie nie. Ein zotiges Seemannslied summend folgte die rothaarige Matrone aus dem Haus D'Mon dem dunklen Geheimgang. Er führte sie durch gewundene Tunnelabschnitte, die Therin D'Mon seit über einem Jahrzehnt nicht mehr benutzt hatte. Schließlich mündete er in einen schwach beleuchteten Raum.

Als Alshena die Kammer betrat, schrie zu ihrer Linken ein Mann auf. Sein an einen niedrigen Holztisch geketteter Körper bäumte sich auf, und er erbrach schwarzes Blut, das sich als ekelhaft stinkende Pfütze über den Boden ausbreitete. Die Zuckungen hörten auf, und das Gesicht des Mannes erstarrte zu einem obszönen Grinsen.

Alshena hob den Saum ihres Agolé und machte einen langen Schritt über die Lache hinweg.

»Du hast zu viel verwendet, mein Entlein«, sagte sie.

Auf ihre Bemerkung hin löste sich ein Schatten von der Wand, der sich als Darzin D'Mon entpuppte. Er seufzte. »Das weiß ich, meine Liebe. Ich schaffe es einfach nicht, die Formel ins Gleichgewicht zu bringen.« Er wirkte enttäuscht. Dann zuckte sein Blick zu Alshena, und seine Miene verfinsterte sich noch weiter. »Bei den Göttern, musst du unbedingt wie *sie* aussehen? Du weißt doch, dass ich diese Schlampe nicht ausstehen kann.«

»Dann hättest du sie vielleicht nicht heiraten sollen«, entgegnete die Matrone. »Ist dir eigentlich klar, dass sie sich nur so hergerichtet hat, um dich zu ärgern? Im Grunde ist sie recht hübsch.«

»Im Grunde ist sie recht tot«, berichtigte Darzin.

Die Frau beugte sich vor, tauchte einen Finger in die schwarze Flüssigkeit, die aus der Leiche floss, und schnupperte daran. Angewidert verzog sie das Gesicht und wischte den Finger an der Kleidung des Toten ab. »Bäh! Musst du sie denn vergiften? Das verdirbt den Geschmack.«

Darzin seufzte. »Ich habe ihn nicht getötet, um deinen Appetit zu befriedigen, Klaue.« Verärgert deutete er auf ihre Gestalt. »Und außerdem habe ich dir befohlen, meine Frau zu töten, damit ich sie nicht mehr sehen muss.«

»Na gut. Ich habe dir ohnehin etwas Neues mitgebracht.« Auf diese Ankündigung hin begann ihr Körper zu zittern, zu verschwimmen und zu zerfließen. Als sie ihre Arme senkte, war Alshena D'Mon verschwunden. An ihrer Stelle stand ein umwerfend hübsches junges Mädchen mit dunkler Haut und hüftlangen, zu kleinen Zöpfen geflochtenen Haaren. Sowohl die Haare als auch die Fingerspitzen waren mit Henna gefärbt.

Darzin lächelte. »Sehr niedlich. Hast du sie erst kürzlich vernascht?« Er stieg über die Leiche hinweg, die in der Mitte der Folterkammer lag, und ließ die Finger über die nackten Arme des Mädchens gleiten. Zärtlich wie ein Liebhaber streichelte er ihr über den Rücken und begann, an ihrem Hals zu knabbern.

Klaue nickte und blickte durch ihre langen Wimpern zu ihm auf. »Sie war so süß. Ich sollte mich bei deinem neuen ›Sohn‹ bedanken, weil er mich zu ihr geführt hat.«

Darzin sah ihr in die Augen und lachte. »Irgendeinen Vorteil muss es ja haben, in einem Bordell zu arbeiten.« Immer noch lachend löste er sich von ihr. »Wenigstens hat er Geschmack.«

Klaue beugte sich über den Tisch und strich mit den rot gefärbten Fingern über Darzins Arme. »Ich wette, er schmeckt auch gut. Ach, er ist so hübsch. Ich würde ihn so gerne fressen. Kann ich ihn haben, mein Liebster? Bitte?«

Kichernd schüttelte Darzin den Kopf. »Du machst wohl Witze, Klaue. Er ist mein Sohn.«

Stille breitete sich im Raum aus.

Klaue kratzte mit einem ihrer spitzen Nägel über die Kante des mit Blut besudelten Tisches und schnitt dabei eine tiefe Furche ins Holz. »Wenn dieser Junge dein Sohn ist, bin ich die jungfräuliche Herzogin von Eamithon«, brummte sie.

Darzin warf die Arme in die Luft. »Na schön, meine Liebe. Du hast recht. Er ist nicht mein Sohn, aber da sein wirklicher Vater nie den Mut haben wird, es zuzugeben, kann ich den Bengel nur kontrollieren, wenn ich mich als sein Vater ausgebe. Auf jeden Fall kannst du ihn nicht haben.« Er begann im Raum auf und ab zu gehen.

Klaue setzte sich auf die Tischkante und zog die Beine hoch. »Er ist so süß, Darzin. Fünfzehn Jahre alt und so reif wie ein saftiger

Pfirsich. Sein Gehirn schmeckt bestimmt nach Ingwermarmelade.«*

»Du kannst ihn nicht haben.«

Klaue dachte einen Moment lang darüber nach. »Du weißt …«

Darzin sah sie mit gerunzelter Stirn an, teils amüsiert und teils besorgt über ihren unersättlichen Appetit. »Da gibt es nichts zu verhandeln, meine Liebe. Möchtest du einen neuen Sklaven? Ich kaufe dir, wen du willst, aber ihn bekommst du nicht.«

»Unterbrich mich nicht«, fuhr Klaue ihn an. »Das war es nicht, was ich sagen wollte!«

»Entschuldige bitte, Süße«, sagte er mit gespielter Ernsthaftigkeit.

Klaue tat, als wäre sie damit beschäftigt, ihre Zehen zu zählen. »Dieses Mädchen, das er so gern gemocht hat. Diejenige, die ich gegessen habe, Morea. Sie hat eine Schwester. Der liebe Kihrin hat nach ihr gesucht. Ich glaube, er wollte den Helden spielen und sie vor ihrem bösen, bösen Sklavenmeister retten.«

»Wie ergreifend«, kommentierte Darzin. »Er will den Maevanos nachspielen.«

»Psst, unterbrich Nana nicht, während sie die Spielregeln erklärt«, sagte Klaue. »Obwohl Morea tot ist, möchte Kihrin vielleicht ja immer noch den Helden spielen, und da die Schwester genauso schön ist wie Morea, könnte sich der arme Junge vielleicht sogar in sie verlieben. Vor allem wenn sie vor einem tragischen Schicksal gerettet werden muss. Sie könnte den großen Jungen so weit bringen, dass er alles für sie tut …«

Darzin grinste. »Ich verstehe, worauf du hinauswillst.«

* Mimiker essen Gehirne offenbar, um sich die Erinnerungen und Fähigkeiten ihrer Opfer anzueignen. Obwohl es aus Klaues Teil dieser Transkriptionen klar hervorgeht, sollte ich betonen, dass sie eine Person nicht zwingend verschlingen müssen, um zumindest an einen Teil ihrer Erinnerungen zu gelangen.

»Wer weiß, vielleicht nimmt er ja sogar den Schellenstein für sie ab.« Ihr verzückter Blick, der unter anderen Umständen engelhaft ausgesehen hätte, war abgrundtief böse.

»Den Stein …?« Darzin hob überrascht die Augenbrauen.

»Spiel keine Spielchen mit mir, Mensch«, zischte Klaue mit der Stimme eines Dämons. »Auch wenn ich nicht so aussehe, bin ich Tausende Jahre älter als du und nicht dumm.«

»Ich wollte damit nicht andeuten …«

Mit dem kleinen Finger fuhr sie das Muster von Darzins Seidenhemd nach. »Habe ich dir nicht all die Jahre treu gedient und alles getan, was du von mir verlangt hast? Jeden verführt, den du mir genannt hast? Mit jedem geschlafen? Alle in winzig kleine Fetzen zerrissen?«*

»Immer«, bestätigte er, ohne sie aus den Augen zu lassen.

Klaue beugte sich heran, bis ihr Gesicht direkt vor seinem war. »Für mich und meinesgleichen ist der Stein, den er um den Hals trägt, genauso offensichtlich wie für euch Menschen ein Blitzschlag in einer sternenklaren Nacht«, flüsterte sie. »Ich spüre seine Macht mit meinem ganzen Körper. Er vibriert vor Magie. Er singt.«**

Darzin sah die Gestaltwandlerin erstaunt an. »Ich wusste gar nicht, dass du das kannst.«

Klaue wurde rot und wandte den Blick ab, in der perfekten Imitation einer klösterlichen Jungfrau. Als sie das Gesicht wieder hob, war ihre Miene ernst. »Deswegen hat es wohl auch so lange gedau-

* Mimiker sind so gute Spione und Attentäter, dass es schon beinahe zum Klischee geworden ist, auch wenn die meisten ihrer Auftraggeber nicht einmal bemerken, dass sie keine Menschen anheuern.

** Diese Fähigkeit ist für Mimiker ungewöhnlich. Daher frage ich mich, ob nur Klaue sie besitzt, oder ob es sich um eine Besonderheit der Mimiker-Physiologie handelt, die mir bislang verborgen geblieben ist. Allerdings könnte es auch sein, dass Klaue lügt. Letzteres erscheint mir am wahrscheinlichsten.

ert, bis du den Jungen gefunden hast. Weil der Stein ihn abschirmt.«

Darzin lachte verächtlich. »Es war reines Glück, dass ich über ihn gestolpert bin. Nachdem Lyrilyn mit dem Säugling weggelaufen war, hat sie ihn wahrscheinlich dieser Bordellschlampe überlassen, die meinem Vater gehört hat.«

»Der arme Therin. Er lässt Ola frei, und sie dankt es ihm, indem sie ihm den Sohn stiehlt, den er nicht als sein eigen Fleisch und Blut anerkennen wollte.« Sie überlegte. »Wissen wir eigentlich mit Sicherheit, dass Therin sie nicht erst auf die Idee gebracht hat? Es wäre eine schlaue Methode gewesen, seinen Sohn im Auge zu behalten, ohne zugeben zu müssen, dass er der Vater ist.«

Darzin zog die Stirn in Falten und betrachtete die gegenüberliegende Kerkerwand. Schließlich schüttelte er den Kopf. »Nein. Hätte er die ganze Zeit gewusst, wo Kihrin sich aufhält, wäre er todsicher aufgetaucht, als der Oberste General uns Bescheid gab, dass er einen unserer Ogenra im Unteren Zirkel gefunden habe. Du hast ja den Ziehvater des Jungen gegessen, diesen Musiker aus der Spaßmachergilde. Hat er denn nichts gewusst?«

Sie tat, als sei sie enttäuscht. »Ola war die Drahtzieherin hinter diesem Plan. Angeblich war sie eine zheriasische Hexe … Vielleicht stimmt das ja sogar.«*

»Das Ganze war von vorn bis hinten ein Desaster. Irgendwie ist sie an genügend Geld gekommen, um sich freizukaufen, und Therin hat es zugelassen. Wer tut so etwas? Er hätte ihr einfach das Geld abnehmen und sie auspeitschen lassen können, bis sie versteht, wo sie hingehört. Stattdessen hat sie sich den Jungen geschnappt und ihn direkt vor unserer Nase aufgezogen, ohne dass wir es gemerkt haben. Was für eine Schande. Und dann können wir sie nicht einmal finden, obwohl alle meine Leute nach ihr Aus-

* Offensichtlich trifft das vielmehr auf Klaue selbst zu. Ich finde es tröstlich zu wissen, dass sie ausnahmslos jeden angelogen hat.

schau halten. Vielleicht ist sie tatsächlich eine Hexe, wie du sagst. Ich frage bei der Akademie nach, ob sie uns einen Hexenjäger zur Verfügung stellen können.«

»Wenn du das tust, sag ihnen, sie sollen sämtliche Bäckereien und Süßwarenläden absuchen.«

Darzin grinste. »Wenn es nach mir ginge, würden wir diesen Rotzlöffel einfach töten und dir überlassen. Aber das geht nicht, weil diese Halskette ihrem Träger anscheinend Unsterblichkeit verleiht. Zumindest sieht es nach dem wenigen, was wir über den Schellenstein wissen, so aus. Und wie die meisten dieser verdammten Steine kann man ihn seinem Besitzer nicht einfach wegnehmen, er muss ihn aus freien Stücken ablegen.«*

»Na ja, das sollte nicht weiter schwierig sein. Wen müssen wir dafür foltern?«

Darzin blickte sie finster an. »Einen toten Musiker oder eine Bordellbesitzerin. Leider bringt Thaena den Musiker nicht zurück, und Ola kann ich nirgends finden.«

Klaue schaute frustriert drein und gab durch nichts zu erkennen, dass niemand anderes als sie selbst für Surdyehs Tod und Olas Verschwinden verantwortlich war. »Vielleicht kann ja jemand seinen Verstand verzaubern?«

»Selbst wenn sich ein geeigneter Zauberer finden ließe, würde es wahrscheinlich nicht funktionieren. Welch unglückliche und ironische Schicksalsfügung, wenn ausgerechnet Ola es könnte. Aber das würde einiges erklären.« Darzin schlang einen Arm um Klaues Taille und zog sie näher an sich. »Es überrascht mich, dass du Kihrins Gedanken lesen kannst.«

Sie zuckte mit den Schultern. »Dafür brauche ich keine Magie. Ich kann die Gedanken von jedem lesen. Es ist, als würde ich jemandem, der gerade ein Buch liest, über die Schulter blicken. Ob-

* Dank der Geheimniskrämerei der Vané weiß niemand genau, wie der Schellenstein funktioniert.

wohl es wesentlich schneller geht, wenn ich das ganze Buch auf einmal verschlinge.«

Darzin wich vor ihr zurück. »Die Gedanken von jedem?«

»Genauer gesagt, von allen Willensschwachen. Glaub bloß nicht, mir wäre entgangen, dass du einen Weg gefunden hast, mich auszusperren«, erwiderte sie mit gespieltem Ärger.*

Er drückte sich wieder an sie. »Nimm's nicht persönlich.«

»Natürlich nicht. Ich habe trotz allem meine eigenen Pläne mit dem Jungen. Er ist geistig völlig durcheinander, weißt du. Das wird ein Spaß.« Sie zögerte. »Du hast gesagt, ›wenn es nach mir ginge‹, und von ›wir‹ gesprochen. Arbeitest du mit jemandem zusammen, von dem ich nichts weiß?«

»Nur mit einer Gruppe Gleichgesinnter, die dieselben Ziele verfolgen. Zerbrich dir nicht den Kopf darüber.«

»Die anderen wollen also, dass er am Leben bleibt?«

Darzin nickte, während er mit den Händen über ihre Schultern strich. »Zumindest so lange, bis wir ihn überreden können, den Schellenstein aufzugeben.« Obwohl sie nur wenige Zoll von einer frischen Leiche entfernt waren, wich sein Blick nicht einen Moment lang von Klaues Körper. »Danach ist ihnen wahrscheinlich egal, was aus ihm wird.« Er hörte auf, sie zu streicheln. »Die Schwester dieses Sklavenmädchens … Wie heißt sie? Ich lasse sie von einem meiner Männer kaufen. Vielleicht haben wir mit ihr etwas gegen Kihrin in der Hand.«

Klaue streckte die Arme aus und zog Darzin auf ihren fast nackten Körper, während sie sich neben dem Toten auf den Tisch zurücksinken ließ. Sie lachte amüsiert. Genüsslich knöpfte sie die

* Ich gehe davon aus, dass es nur sehr wenige Mitglieder der Familie D'Mon und ihres Haushalts gibt, deren Verstand Klaue über die Jahre hinweg nicht genauestens unter die Lupe genommen hat. Darzin war dagegen genauso wenig immun wie alle anderen, auch wenn Klaue ihm fälschlicherweise das Gegenteil versichert.

Kleider des Erblords auf, ohne sich an dem Blut und den Fleischfetzen um sie herum zu stören. »Das ist das Beste daran, Liebling«, flüsterte sie. »Sie gehört dir bereits.«

41

WEIGERUNG

(Kihrins Geschichte)

Ich kann gar nicht mit Worten ausdrücken, wie sehr ich dich verabscheue.

Soll diese Scharade tatsächlich weitergehen?

Wieso, Klaue? Zu deiner Unterhaltung? Glaubst du wirklich, dass ich noch Lust auf diese Märchenstunde mit dir habe? Du hast mich gequält, betrogen und verfolgt, meine Freunde getötet und die ganze Zeit sämtliche Fäden in der Hand gehalten.

Nimm deinen verdammten Stein zurück.

Ich habe die Nase voll.

42

DER JÜNGERE SOHN

(Klaues Geschichte)

Mein lieber Kihrin, sei doch nicht so. Dass wir diese Märchenstunde, wie du sie nennst, abhalten, ist ein Zeichen meines Respekts.

Ich bin nicht auf deine Zusammenarbeit angewiesen. Glaubst du, ich hätte nicht bemerkt, dass die Kette an deinem Hals dein Gaesch enthält? Ich kann dich zwingen, mir alles zu erzählen. Oder ich schaue direkt in deinem Verstand nach. Es wäre nicht schwerer, als im KEULFELD *ein Getränk zu bestellen. Du kannst mich nicht aufhalten.*

Glaubst du wirklich, ich tue das alles nur zu meinem eigenen Vergnügen?

Sieh her. Dieser Stein, den wir abwechselnd in der Hand gehalten haben, mag aussehen wie ein ganz normaler Flusskiesel, aber dein Vater Surdyeh war ein ziemlich begabter Zauberer. Er hat mir ein paar Tricks beigebracht. Jedes Wort, das die Person spricht, die den Stein hält, wird darin aufbewahrt und kann später erneut angehört werden. Stell dir nur vor, wie Kaiser Sandus oder General Milligreest deiner Geschichte lauschen – von dir selbst erzählt! Das wäre doch mal eine Rache, die weit über den Tod hinausreicht.*

* Was Ihr lest, ist die Transkription dieser Aufzeichnungen. Also stand sie dieses eine Mal tatsächlich zu ihrem Wort. Ich würde nicht darauf zählen, dass sich dies wiederholt.

Sag mir nur, wem ich den Stein geben soll, dann sorge ich dafür, dass er ihn auch bekommt und alles erfährt, was er enthält.

Deine Feinde glauben zwar, du wärst keine Bedrohung mehr für sie, aber du könntest zu ihrem schlimmsten Albtraum werden – einer Stimme, die sich durch nichts zum Schweigen bringen lässt.

Also gut. Es ist deine Entscheidung, ob du weitermachen willst oder nicht. Denk einfach darüber nach. In dieser Runde setzt du erst mal aus. Ich kann problemlos weitererzählen. Mal sehen …

Ich werde dir von einem jungen Mann berichten, der nur ein Jahr jünger ist als unser armer, vom Schicksal gebeutelter Held, aber sonst liegen in jeder Hinsicht Welten zwischen den beiden …

Galen D'Mon war vierzehn Jahre alt, als Kihrin zum Haus D'Mon kam. Er konnte sich zwar an seine ersten Lebensjahre nicht erinnern, war aber ziemlich sicher, dass er jeden einzelnen Tag seiner bisherigen Existenz in Angst verbracht hatte. Die Furcht war wie ein Kleidungsstück, das er niemals vergaß und das nie aus der Mode geriet. Er lebte wie ein Frontsoldat, der ständig mit einem Hinterhalt rechnen musste und mit Schaudern an den nächsten Angriff dachte. Kein Straßenkind aus dem Unteren Zirkel war so schreckhaft wie Galen D'Mon.

Er war ein gutaussehender Junge, aber das wusste er nicht. Er war begabt und intelligent, aber auch das war ihm nicht klar. Er wusste nur, dass er eine Enttäuschung war. Dass seine Mutter Alshena ihn mit ihrer Verzärtelung weich und weibisch gemacht hatte und dass er niemals klug, stark, erbarmungslos oder tapfer genug sein würde, um seinem Vater zu gefallen. Ihm war klar, dass Darzin sich einen anderen Sprössling gewünscht hatte, und wusste aus erster Hand, dass sein Vater auf Enttäuschungen mit Gewalt reagierte. Er schonte Galen nicht, weil er sein Sohn war, sondern behandelte ihn ganz im Gegenteil deswegen noch grausamer als alle anderen. Dass die D'Mons stets von Heilern umgeben waren, hatte ironischerweise zur Folge, dass ein Mann wie Darzin keinen Grund sah, sich zurückzuhalten.

Alles konnte seinen Vater in Rage bringen: Wenn Galen eine Anweisung missachtete, schlug er ihn. Gehorchte er zu bereitwillig, schlug er ihn ebenfalls, weil er ein Schwächling war. Er verspottete Galen, wenn er sich zu modisch kleidete (obwohl er selbst immer nach der aktuellen Mode ging), ohrfeigte ihn aber auch, wenn er Galen im »Gewand eines Gemeinen« erwischte, und zwang ihn, sich umzuziehen. Er wurde gleichermaßen geschlagen, wenn er anmaßend und wenn er schüchtern war. Galen war immer ein guter Schüler, doch Darzin gab nicht viel darauf und verbot »seinem Erben«, an die Hofakademie in Kirpis zu gehen und dort Magie zu studieren.* Außerdem war er ein hervorragender Reiter und Fechter, aber nichts, was er tat, war gut genug für ein einziges lobendes Wort. Stattdessen musste er sich ständig anhören, dass von einem Erbe der D'Mon mehr erwartet werde und Darzin selbst im gleichen Alter in allem besser gewesen sei.

Als Galen erfuhr, dass ein bislang unbekannter Sohn Darzins ihn als Erben verdrängt hatte, reagierte er daher nicht mit Wut, Verbitterung oder Verzweiflung auf diese an sich grausame Wendung des Schicksals.

Stattdessen war er erleichtert.

Denn damit würden die Pflicht und Verantwortung, dem Namen D'Mon gerecht zu werden, fürderhin vielleicht jemand anderem aufgebürdet werden – wem, kümmerte ihn nicht. Galen mochte kein würdiger Erbe gewesen sein, aber die Rolle des zweiten Sohnes würde er sicher gut ausfüllen. Von Zweitgeborenen wurde nicht viel erwartet.

* Ich finde das erstaunlich und erkenne keinen Sinn darin, außer Darzin befürchtete, sein Sohn könnte mehr magisches Talent haben als er selbst. Schließlich ist es nicht klug, ein Kind zu misshandeln, das eines Tages lernen könnte, einen Dämon zu beschwören.

Am nächsten Morgen zitierte Darzin seinen Zweitgeborenen zum Frühstück in den Wintergarten und trieb ihm seine Naivität aus.

»Versuch, dich mit ihm anzufreunden und gewinne sein Vertrauen«, sagte Galens Vater, während er mit Messer und Gabel ein Stück gebratenen Schweinebauch bearbeitete. »Dabei darfst du nie vergessen, dass dieser Junge dein Feind ist.«

»Ich dachte, er wäre mein Bruder«, erwiderte Galen. Im Wintergarten war es wie immer so heiß, dass er schwitzte. In seiner Vorstellung war dieser Raum so untrennbar mit Hitze verbunden, dass er ihn nicht einmal an einem kühlen Abend betreten konnte, ohne sich benommen zu fühlen.

»Was hat das damit zu tun?«, fuhr Darzin auf und schlug Galen auf den Hinterkopf. »Er ist der Sohn einer Hure und ein Bastard, ein Dieb und Mörder. Gib dich bloß nicht der falschen Hoffnung hin, er könnte dir mit geschwisterlicher Zuneigung begegnen. Siehst du den Fleck dort?« Er deutete mit dem Messer auf den Fußboden.

Galen betrachtete die Stelle. Ein kleiner dunkelroter Punkt verunzierte den ansonsten makellosen Boden. Er glaubte nicht, dass es sich um Tomatensauce handelte. »Ja, Vater.«

»Dort hat er einen Mann getötet«, erklärte Darzin. »Wieselflink und ohne zu zögern.« Darzin machte ein paar schnell aufeinanderfolgende Stoßbewegungen mit dem Messer. »Mit mir hätte er dasselbe getan, wenn ich ihm eine Gelegenheit dazu gegeben hätte. Und mit dir würde er es auch machen.«

»Du musst stolz auf ihn sein«, sagte Galen, bevor er es verhindern konnte.

Darzin, der gerade seine Kaffeetasse zum Mund führte, hielt auf halbem Weg inne. »Sprich nicht in diesem Ton mit mir, Junge.«

»Sehr wohl«, erwiderte Galen und stocherte lustlos in seinem Essen herum: gebackene Weizenküchlein mit importierten, in Zimt gekochten Äpfeln, dazu kräftig gewürzte, gebratene Bauchspeckstreifen. Allein vom Anblick wurde ihm schlecht. Normalerweise hatte er nichts gegen solche Küchlein, aber im Zimmer war es zu heiß und das Schweinefleisch war zu fett. Lieber hätte er einfaches Brot mit frischem Obst und Minze gehabt, dazu vielleicht ein Glas Joghurt und Reismilch. Er war ziemlich sicher, dass er diese Dinge im Magen hätte behalten können, aber das waren die Speisen des gemeinen Volks, und sein Vater erlaubte ihm kein Straßenessen.

»Er ist ein Hitzkopf, das muss ich ihm lassen«, fuhr Darzin fort. »Wäre er nicht …« Er unterbrach sich und spießte einen Apfelschnitz auf. »Ohne Zweifel ein Hitzkopf. Man möchte meinen, ein Junge, der seine Kindheit in einem Samthaus verbracht hat, wäre mädchenhafter. Aber das trifft auf ihn nicht zu. Er hat diesen Wächter so selbstverständlich getötet, als hätte er ein Stück Brot mit Butter bestrichen. Mit ein wenig Ausbildung würde er einen hervorragenden Auftragsmörder abgeben.« Darzin kaute einen Moment lang versonnen, dann sah er Galen durchdringend an. »Mein Vater hat sich nie einen Dreck um seine Kinder geschert – bis heute nicht. Ich habe mir fest vorgenommen, es anders zu machen. Du weißt ja, dass ich nur deshalb so streng mit dir bin, oder? Weil ich mich um dich sorge. Ich möchte, dass etwas aus dir wird.«

»Ja, Vater.« Nur mit großer Mühe konnte Galen einen Seufzer unterdrücken und so tun, als höre er diesen Vortrag zum ersten Mal. Die Teilnahmslosigkeit seines Großvaters wäre ihm tausendmal lieber gewesen als die liebevolle Aufmerksamkeit seines Vaters.

»Im Moment brennt der Junge regelrecht vor Mordlust. Das verstehe ich zwar, aber er muss sich beruhigen. Was mit dem blinden Alten passiert ist, war ein Fehler, mehr nicht. Es war nichts Persönliches. Du kannst helfen. Deine Schwestern und Vettern sind noch zu jung, du bist der Einzige in der Familie, der annähernd so alt ist wie er. Nimm ihm die Befangenheit und sei nett zu ihm. Er kann ein freundliches Gesicht gebrauchen.«

»Ein freundliches Gesicht, das dir alles erzählt, was er sagt?«, fragte Galen.

Darzin lächelte ihn aufrichtig an, was so gut wie nie vorkam. »Braver Junge.«

43

DER HANDEL MIT DEM DRACHEN

(Kihrins Geschichte)

Dieser Stein? Ich gebe zu, das Tenyé-Muster ist verändert. Irgendwer hat sich daran zu schaffen gemacht.

Aber es kommt mir wie eine Verliererwette vor. Erst bedrohst du meine Eltern, und jetzt behauptest du, du wärst die ganze Zeit auf meiner Seite gewesen? Für wie dumm hältst du mich eigentlich?

Nein, beantworte diese Frage nicht.

Also gut, Klaue. Ich mache weiter. Aber nur, weil ich darauf setze, dass der kleine Teil von dir, der Surdyeh ist, immer noch zu mir hält.

Es mag eine faule Wette sein, aber was bleibt mir schon anderes übrig? Wo war ich?

Habe ich dir schon von meinem Handel mit dem Alten Mann erzählt? Nein? Na dann.

Damit machen wir weiter.

Da ich nie viel davon gehalten habe, nur halbe Dummheiten zu begehen, ging ich zum Strand hinunter, um den Alten Mann zu treffen.

Die neue Landzunge, die er geschaffen hatte, war ein zerklüftetes Durcheinander aus schwarzem Gestein und frisch dahinfließender Lava. Das Gestein wurde hart und brach immer wieder auseinander, wenn der Alte Mann seine Krallen im Boden versenkte, sich streckte und sich eine neue Position suchte. Als ich sah, wie groß die Insel inzwischen war, bekam ich einen trockenen Mund. Sie war nicht mehr bloß eine kleine Felsspitze, die von den Wellen aus dem Meer gehoben worden war und bald wieder abgetragen werden würde. Der Alte Mann machte sich ein neues Bett, das zu seinen Proportionen passte.

Am Rand der Insel hatte er einen bizarren Felsengarten aus Lavasteinsäulen errichtet, die in eigentümlichen Ansammlungen beieinanderstanden. Ich verstand nicht, wozu sie gut sein sollten. Sie waren weder als Unterschlupf noch als Mobiliar zu gebrauchen, und als Dekoration waren sie zu ungleichmäßig geformt.

Während ich mit der Harfe weiterging, die mir ein hilfreicher Jünger der Schwarzen Bruderschaft aus Zherias gebracht hatte, fiel ein dunkler Schatten auf den Strand. Ich musste den Alten Mann nicht erst auf mich aufmerksam machen, er hatte mich wohl schon längst gehört. Der gewaltige Drache richtete sich auf, den Kopf in meine Richtung gewandt. In seinen Augen brannte flüssiges Feuer.

Mir wurde bewusst, dass dies vielleicht meine allerletzte Dummheit war.

»Soll ich dich Alter Mann nennen?«, rief ich zu ihm hinüber und setzte die Harfe neben mir ab.

»Man kennt mich unter vielen Namen«, erwiderte der Drache mit dieser Stimme, die viel mehr zu seiner Kehle passte als zu Khaemezras. **»Schrecken der Erde und Bebenmacher, Felsenreißer und Nachtfeuer. Ich bin der Verrat an den Fundamenten, der Städteschleifer. Ich war dabei, als Kharolaen brannte und seine Bewohner an der glühenden Asche erstickten. Ich habe gelacht, als Ynalra in Lava versank.«** Der Drache gluckste. **»Ja, nenne mich Alter Mann.«**

Ich holte tief Luft. »Ich möchte dir einen Handel vorschlagen.«

Der Drache reckte den Hals, und sein Kopf zeigte genau auf mich. »**Möchtest du, dass ich dich in Magie unterweise? Oder dass ich deine Feinde vernichte? Soll ich dir zeigen, wie du ein Gott wirst?**«

Im ersten Moment wusste ich vor Überraschung nichts zu sagen. »Kannst du das denn?«

»**O ja**«, schnurrte der Drache. »**Früher kamt ihr Sterblichen dutzendweise, habt mich um einen Gefallen gebeten, um meinen Rat und meine Genialität, damit ich in meiner Weisheit eure Probleme für euch löse. Ist es das, was du willst?**« Seine Augen verengten sich zu Schlitzen, dicke Schwefelwolken sanken langsam von seinen Nüstern herab.

Die schlimmsten Betrugsmaschen kommen so übertrieben und verlockend daher, dass sie zu gut sind, um wahr zu sein. Ein Gott zu werden und alle meine Feinde vernichten zu können, klang wie die Lösung für viele meiner Probleme. Aber welchen Preis würde ich dafür bezahlen müssen? Ich war nicht so naiv zu glauben, der Alte Mann würde so etwas umsonst tun. Falls er es überhaupt konnte.

»Bei allem Respekt, ich möchte nur, dass du mich unversehrt von der Insel abziehen lässt. Im Gegenzug werde ich heute Abend für dich spielen. Ein Konzert ganz für dich allein. Ich spiele alles, was du möchtest. Morgen früh lässt du mich dann gehen. Was sagst du dazu?«

Der Drache ließ sich auf die Hinterbeine sinken. »**Spiel.**«

Irgendwann später spürte ich Teraeths Hand auf meiner Schulter. »Was tust du da, Kihrin? Du solltest im Moment nicht hier sein.«

Ich sah ihn blinzelnd an. In der Ferne hörte ich Möwen ihr Frühstück jagen. Ihr Geschrei bildete einen scharfen Kontrast zu den Wellen, die sich gleichmäßig am Ufer brachen. Der Himmel sah aus, als wäre er von einem grauvioletten Tuch verhangen, das sich am westlichen Rand, wo gerade die Sonne aufging, rosa verfärbte. Es roch nach Meerwasser, verrottendem Tang und brennenden Felsen.

»Ich …«, begann ich und räusperte mich. »Was …?« Ich erinnerte mich nur noch daran, dass der Alte Mann eingewilligt hatte, mich freizulassen, wenn ich ihm ein paar Lieder vorspielte.* Aber das war gestern gewesen.

Der Morgen graute.

»**Spiel**«, befahl die Stimme des Alten Mannes, und ich spürte, wie meine Finger nach den Saiten griffen. Die Wirkung war anders als bei Gaesch-Befehlen. Ihnen hatte ich gehorcht, weil mich andernfalls unerträgliche Schmerzen und der sichere Tod erwartet hätten. Doch im Gegensatz zu dem Kommando des Drachen hätte ich mich einem Gaesch-Befehl widersetzen können.

Teraeth fluchte, als der Alte Mann sprach. Ich glaube, dass er den Drachen vor der Küste erst bemerkte, als er sich plötzlich rührte.

Vermutlich hätten die meisten die schwarze Erhebung für einen Berg gehalten, da etwas so Riesiges nicht wie ein Lebewesen wirkt, solange es sich nicht bewegt.

Ich unterdrückte einen Schrei, als meine blutigen Fingerkuppen die Saiten berührten. Ich hatte die Harfe so lange und inbrünstig gespielt, dass meine Haut und die Fingernägel in Fetzen hingen.

Trotzdem spielte ich weiter.

»Teraeth«, begann ich und unterdrückte ein Wimmern, »hilf mir. Ich kann nicht aufhören.«

»Er hat dich mit einem Zauber belegt«, erwiderte Teraeth. »Und ich bin nicht stark genug, um ihn zu brechen. Ich hole Mutter.«

»Beeil dich.«

* Kihrin muss mehr darauf achten, was ihm andere tatsächlich versprechen, anstatt seine Wunschvorstellungen in ihre Worte hineinzuinterpretieren.

Doch als er loslief, stieg der Sandstrand in die Höhe, genau wie bei Tyentsos Kampf gegen den Alten Mann. Eine dicke Glaswand versperrte Teraeth den Weg. Wir sahen uns an. Ich konnte nicht aufhören zu spielen, und Teraeth konnte nicht weiter. Er sah sich suchend um, aber welche Waffe sollte ihm gegen dieses Ungeheuer etwas nützen?

»**Spiel**«, sagte der Drache. »**Sing und spiel für mich. Sing Lieder aus dem alten Kharolaen. Und etwas über die Meeresstädte von Sillythia und Cinaval den Schönen. Ich will die Ballade von Tirrin Holzhüters Ritt hören.**«

Ich kämpfte gegen meine Panik an. »Ich kenne diese Lieder nicht. Könntest du mir ein paar Takte vorsummen?«

»**Sing.**«

Ich knirschte mit den Zähnen. Mit welchem Fluch auch immer er mich belegt hatte, es war kein Gaesch. Aus dieser Erkenntnis versuchte ich so viel Kraft zu ziehen, dass ich mich ihm widersetzen konnte. »So war es nicht ausgemacht!«

»**Ausgemacht? Ausgemacht?**« Der Drache richtete sich auf und verdunkelte mit den gespreizten Flügeln den Himmel. »**Du bist nur ein jämmerlicher Sterblicher. Ein dümmlicher Soldat, der Befehle ausführt und die Welt um sich herum ohne Kritik oder Neugier hinnimmt. Ein ungebildeter Narr, gerade mal gut genug, um mich zu unterhalten. Mit Ameisen treffe ich keine Abmachungen.**«

Ich schaute ihn verblüfft an. Für eine Beleidigung waren seine Worte merkwürdig konkret gewesen. Und außerdem nicht wahr, da ich nie beim Militär gedient hatte. Ich musste an Relos Var denken und daran, wie sehr er mich gehasst hatte, obwohl er mich eigentlich überhaupt nicht kannte.

Der Drache machte einen Satz und schnappte nach Teraeth, doch der duckte sich weg, und die riesigen Kiefer fuhren ins Leere. Trotzdem reckte der Alte Mann den Kopf gen Himmel, schüttelte sich und schluckte …

Aber was?

Ich hob eine Hand, um meine Augen gegen die aufgehende Sonne abzuschirmen. Teraeth lag im Sand und hielt sich mit schmerzverzerrtem Gesicht einen Arm, aber er war am Leben. Und ich ebenfalls. Auch die geliehene Harfe schien unbeschädigt.

Was fraß der Alte Mann dann?

Ein Moment später beendete der Drache seine Phantommahlzeit und stieß ein wütendes Brüllen aus. Schließlich erhob er sich in einer weiten Spirale in die Luft und flog in Richtung einer der anderen Inseln davon. Stumm schauten wir ihm hinterher und wagten kaum zu atmen, aus Angst, er könnte uns hören und umkehren.

»Ich hätte dir *wirklich* nicht vorschlagen sollen zu singen«, sagte Teraeth schließlich.

Ich lachte matt und lehnte meinen Kopf an die Harfe. Meine Finger brannten, und ich fühlte mich, als wäre ich die letzten vierundzwanzig Stunden wach gewesen – was vermutlich der Wahrheit entsprach.

»Das war sicher nicht die beste Idee«, stimmte ich zu. »Aber mein Einfall, hierherzukommen und ihm etwas vorzuspielen, ist auch nicht gerade ein Geistesblitz gewesen.«

Die Wand, die der Drache aus geschmolzenem Glas errichtet hatte, verfärbte sich plötzlich schwarz und begann, in einzelne Sandkörner zu zerbröseln.

Teraeth und ich sprangen auf und fragten uns, womit wir es wohl nun zu tun bekommen würden.

Als die Wand eingestürzt war, sah ich Doc dahinter stehen. Er schäumte vor Wut.

»Du hast dich verspätet«, bellte er.

44

FECHTSTUNDE

(Klaues Geschichte)

Galen lernte Kihrin noch am selben Tag kennen. Als er im Übungsraum eintraf, waren sein Vater und sein neuer Bruder bereits dort. Beide trugen gepolsterte Übungsjacken. Die des neuen Jungen saß ein wenig zu eng an den Schultern. Galen sah, wie Darzin gegen Kihrins Schienbein trat und seine Armhaltung veränderte, um ihn in die korrekte Ausgangsposition zu bringen. Der junge Mann sah aus, als hätte er noch nie ein Schwert gehalten.

Was wahrscheinlich der Wahrheit entsprach.

»Galen. Gut.« Darzin nickte ihm zu. »Ich habe früher angefangen. Kihrin, das ist dein jüngerer Bruder, Galen.«

Der andere Junge hob grüßend die Hand. Seine Augen wirkten dunkel, er sah unglücklich aus. Dass Darzin sie miteinander bekanntmachte, gab Galen die Gelegenheit, seinen neuen Bruder genauer zu betrachten. Er war fast erwachsen, hatte feine Gesichtszüge und goldbraune Haut. Wenn er ins Sonnenlicht trat, das durch die Fenster hereinfiel, schimmerte sein Zopf golden. Galen fand, dass er wie jemand aussah, für den sich sowohl Frauen als auch Männer begeistern würden. Wer so schön war, wusste es bestimmt auch und konnte nur eingebildet sein. Das war also der Unruhestifter, Darzins hitzköpfiger Sohn, an dem sich Galen von nun an in jeder Hinsicht messen lassen musste.

Seine Erleichterung darüber, dass er jetzt einen Bruder hatte, der die Aufmerksamkeit von ihm ablenken würde, wurde von der schrecklichen Gewissheit verdrängt, dass Kihrin sicher nie so grausam behandelt werden würde wie er selbst. Dass er sowohl im buchstäblichen als auch im übertragenen Sinn der goldene Sohn war. Galen fühlte Hass in sich aufsteigen.

Er lächelte und winkte zurück.

»Dann fangen wir noch mal mit der grundsätzlichen Fuß- und Handhaltung an. Sobald du die zu meiner Zufriedenheit gelernt hast, gehen wir vielleicht zu Übungskämpfen über.« Galen beobachtete, wie sein Vater Kihrins Schultern in eine gerade Linie zog, bis der junge Mann über seine rechte Schulter hinwegblickte. »Aber natürlich noch nicht heute. Es wird Monate dauern, bis du so weit bist. Dir muss klar sein, dass du ziemlich spät anfängst, Kihrin. Es dauert Jahre, bis man ein guter Fechter ist, und ein Leben lang, wenn man ein Meister werden möchte. Das wirst du zwar niemals schaffen, aber da du mein Kind bist, wirst du es versuchen, und wenn es dich umbringt.«

»Wenigstens weiß ich, dass du mich liebst.« Die Stimme des jungen Mannes klang sarkastisch. In dem Blick, den er Darzin zuwarf, lag keinerlei Zuneigung.

Galen war erstaunt, als Darzin Kihrin schlug. Wenn er selbst es gewagt hätte, seinem Vater so eine Antwort zu geben, hätte er zwar mit genau dieser Reaktion gerechnet, aber Galen war davon ausgegangen, dass Kihrin mit mehr Nachsicht behandelt werden würde. Noch überraschter war er, dass der Schlag weit härter war als alles, was er selbst je hatte ertragen müssen. Darzin drosch Kihrin den Schwertknauf so fest ans Kinn, dass dessen Kopf nach hinten ruckte und seine Lippen aufplatzten.

Galen wartete darauf, dass der Junge stürzte und weinend davonlief, aber auch in dieser Hinsicht wurde er überrascht. Kihrin taumelte lediglich einen Schritt zur Seite und wischte sich mit einer Hand das Blut vom Mund. Der Blick, mit dem er ihren Vater bedachte, hätte Pflanzen zum Verwelken gebracht und Milch sauer werden lassen. Dann richtete er sich gerade auf und nahm erneut die Grundhaltung ein, als wäre nichts geschehen.

»Lektion Nummer eins, Sohn«, zischte Darzin. »Ich will niemals Widerworte von dir hören. Hast du mich verstanden?«

Kihrin starrte ihn an.

»Nun?«

»Soll ich etwas antworten, oder wären das Widerworte?«

Galen zuckte zusammen, als sein Vater erneut ausholte und Kihrin mit einem Schlag zu Boden schickte. Der drehte sich auf den Rücken und stützte die Ellbogen auf, während das Blut aus seiner Nase auf seine weiße Jacke tropfte. Galen tat so, als inspizierte er die geflieste Decke. Das erschien ihm am sichersten.

»Ah, eine Fangfrage«, sagte Kihrin. »Danke für die Klarstellung.«

»Du bist so dumm, dass du nicht einmal weißt, wann du aufhören musst, Junge«, knurrte Darzin.

»Ja, das höre ich nicht zum ersten Mal«, erwiderte Kihrin und fügte hinzu: »Vater.« Seine Stimme klang fröhlich.

Obwohl das genau die Antwort war, die Darzin normalerweise von Galen hören wollte, brachte ihn etwas an der Art, wie Kihrin sie betonte, aus der Fassung. Er hob die Hand, in der er noch das Übungsschwert hielt, als wollte er den Jungen ein weiteres Mal damit schlagen. Kihrin erwiderte seinen mörderischen Blick und rührte sich nicht. Allmählich fragte sich Galen, ob er seinen neuen Bruder gleich sterben sehen würde – nur wenige Stunden nachdem er von seiner Existenz erfahren hatte. Doch Darzin tötete Kihrin nicht und schlug noch nicht einmal zu.

Stattdessen warf er das Übungsschwert zu Boden. »Ich werde Milde walten lassen, weil du dich mit den Gepflogenheiten dieses Hauses noch nicht auskennst. Aber stelle meine Geduld nicht auf die Probe. Ich habe nicht sehr viel davon.« Darzin drehte sich um und fixierte Galen. »Tu einmal in deinem Leben etwas Nützliches und bringe deinen Bruder zur Vernunft.« Mit diesen Worten machte er auf dem Absatz kehrt und stolzierte aus dem Raum.

Danach herrschte einen Moment lang Ruhe. Kihrin rappelte sich hoch und wischte sich die blutige Nase am Ärmel ab. »Ich würde sagen, ich habe gewonnen.«

»Du solltest wissen … Ich meine, dass Vater …« Galen war sich nicht sicher, wie er anfangen sollte.

»Vergiss es«, erwiderte der ältere Junge. »Das gehört hier wohl einfach dazu.«

»Vater ist gar nicht so schlimm, wenn man ihn erst einmal …«

Sein Bruder grinste ihn höhnisch an. »Ehrlich? Und wie oft musst du mit Prellungen und Schnitten zu den Apothekern? Ich frage nur aus Neugier.«

Galen versuchte, Kihrins Blick standzuhalten. »Das ist … beim Fechten so. Manchmal passieren eben Unfälle.«

»Wenn ich nicht selbst erlebt hätte, wie dein Vater seine Zuneigung zeigt, würde ich dir das glatt abnehmen.«

Galen biss sich auf die Lippe. »Er ist auch dein Vater.«

»Das behauptet er.« Kihrin verschränkte die Arme. »Er macht keinen Hehl daraus, dass er mich gerne schlägt. Seit wann schlägt er dich denn schon?«

Darauf folgte bleiernes Schweigen, es dauerte eine ganze Weile, bis Galen es durchbrach. »Ein Vater hat das Recht, sein Kind zu züchtigen.«

»Er darf es auch töten oder in die Sklaverei verkaufen, aber ein Fiesling ist und bleibt ein Fiesling, auch wenn er das Gesetz auf seiner Seite hat.« Kihrin ging steifbeinig im Raum herum. Seine Sohlen schabten über den eingelegten Holzboden. »Hier oben ist es genauso beschissen wie unten. Mit dem Unterschied, dass sich im Oberen Zirkel keiner traut, jemandem wie deinem Vater die Stirn zu bieten, weil er zu reich und mächtig ist.« Er drehte den Kopf zur Seite und spuckte Blut.

Galen machte einen Schritt zurück. Dass sich ein Mitglied des Hochadels derart ungehobelt benahm, war schockierend.

»Er *ist* dein Vater«, wiederholte Galen. »Ich kann es dir beweisen.«

Kihrin drehte sich um und sah Galen wütend an. »Kannst du das?«

»Folge mir. Ich werde es dir zeigen.«

45

RISCORIA-TEE

(Kihrins Geschichte)

Mit blutenden Fingern umklammerte ich die Harfe und trat vor. »Ich habe … Ich wollte nicht …«

»Ist nicht deine Schuld«, beschwichtigte Doc. »Ich hab's gesehen. Wir können von Glück reden, dass der Alte Mann nicht in der Stimmung zum Feuerspucken war.« Er wandte sich Teraeth zu. »Wie schlimm sind deine Verletzungen?«

Teraeth inspizierte seinen Arm und zuckte zusammen. Die Haut darauf warf schwarze Blasen. »Es wäre ziemlich schlimm, wenn wir hier auf der Insel nicht Heiler hätten, die Schlimmeres kurieren können.«

»Dann solltest du besser zu ihnen gehen.«

Teraeth öffnete den Mund, als wollte er protestieren. Sein Blick sprang von mir zu Doc, und dann tat er etwas, womit ich in tausend Jahren nicht gerechnet hätte: Er riss sich zusammen.

»Wie du meinst.« Er verschwand, und ich blieb mit meinem neuen »Lehrer« allein am Strand zurück.

Doc winkte mich heran. »Komm, hier können wir nicht bleiben. Irgendwann wird der Alte Mann merken, dass er reingelegt wurde, und wenn es so weit ist, halten wir uns besser nicht mehr im Freien auf.«

»Reingelegt?« Ich schulterte die Harfe. »Hat er sich deshalb so seltsam benommen?«

»Ja. Jetzt folge mir. Es ist Zeit für deine erste Lektion.«

»Ich bin verletzt und habe nicht geschlafen.«

Doc sah mich durchdringend an. »Das wird auch noch eine Weile so bleiben. Wenn deine Feinde zuschlagen, warten sie auch nicht erst ab, bis du ausgeschlafen bist. Warum sollte ich es also tun?«

»Du machst Scherze.«

Er lächelte nicht. Und er machte keine Scherze.

Doc ging in Richtung der Höhlen los. Ich schaute ihm hinterher und drehte mich noch einmal zum Ozean und dem Vulkan um, den der Alte Mann dort aufhäufte. Doc hatte recht: Der Drache würde zurückkehren. Und wenn er es tat, hatte er bestimmt schlechte Laune. Außerdem war da noch die Frage, was genau Doc getan hatte, damit der Alte Mann sich auf die leere Luft stürzte statt auf uns. War *er* das gewesen? Wie hatte er diese Wand zum Einsturz gebracht? War Doc etwa ein Zauberer?

Es gab nur eine Möglichkeit, das herauszufinden.

Ich folgte ihm.

Doc führte mich an den Höhlen vorbei auf die andere Seite des Berges zu einer Stelle, an der das Buschwerk gerade erst geschlagen worden war und wo sich eine alte steinerne Tür befand. Hier war ich noch nie gewesen. Es schien mir überhaupt die erste Tür zu sein, die ich auf der Insel sah. Ich hatte schon geglaubt, es gäbe gar keine.

Für jemanden, der behauptete, nicht zur Schwarzen Bruderschaft zu gehören, schien Doc sich hervorragend bei ihnen auszukennen.

Er drückte gegen die Tür, und sie schwang wie von selbst auf, obwohl sie aus einem tonnenschweren Stück Basalt bestand. Ich rechnete damit, dass es dahinter stockfinster sein würde, doch Doc schien mich erwartet zu haben, denn überall brannten Laternen. Der Raum wirkte eher wie ein Tempel und ganz anders als die Höhlen, in denen die Bruderschaft schlief. Der Boden war spiegelglatt, und die Wände sahen aus wie aus dem nackten Fels gehauene Schuppen. Im Raum verteilt stand alles, was man zum Waffentraining brauchte: ein Ständer mit stumpfen Schwertern, Holzpuppen und ein Ring, auf dessen Boden die Fußpositionen markiert waren.

Auf einem Tisch lag ein knuspriger Brotlaib, daneben stand eine Kanne Tee. Als mir der Duft in die Nase stieg, fiel mir wieder ein, wie lange ich schon nichts mehr gegessen hatte.

Ich stellte die Harfe neben der Tür ab und deutete auf das Brot. »Darf ich?«

Doc nickte. »Bedien dich.«

Und das tat ich. Der Tee war nichts Ausgefallenes und das Brot aus grobem, dunklem Mehl, doch in diesem Moment schmeckte beides einfach nur köstlich.

Ich blickte auf. »Du bist kein Mensch, oder?«

Doc hob eine Augenbraue. »Na ja, manche behaupten, ich wäre recht hart zu meinen Schülern.«

»Nein, ich meinte …« Ich atmete einmal tief durch und versuchte es erneut. Mir war etwas schwindlig, wie nach einer durchzechten Nacht. »Du bist sehr groß und du trägst einen Tsali-Stein. Außerdem ist da diese Sache zwischen dir und Khaemezra, und du benimmst dich, als würdest du Teraeths Vater schon seit tausend Jahren hassen. Was, wenn ich darüber nachdenke, vielleicht sogar der Wahrheit entspricht. Ich schätze, du bist so eine Art Vané, der sich als Mensch verkleidet. Ist es dir in Manol zu langweilig geworden?«

»Das nenne ich mal eine Überraschung. Du bist gar nicht so dumm, wie du aussiehst. Trotzdem basiert deine Einschätzung auf ein paar falschen Annahmen. Zum einen ist Khaemezra keine Vané.«

Ich blinzelte ihn an. »Wie bitte?«

Doc zuckte mit den Schultern. »Sie ist keine Vané. Es gibt noch mehr Völker auf der Welt als Menschen und Vané. Ursprünglich waren es vier, alle unsterblich, aber dann sind sie eines nach dem anderen gefallen. Nur die Vané konnten sich ihre Unsterblichkeit bewahren. Die anderen? Die Voras wurden zu Menschen. Die Vordredd und die Voramer haben sich zurückgezogen und leben im Verborgenen. Khaemezra ist eine *Voramer.*«

Ich schnappte nach Luft. »Sterblich … *Deshalb* sieht sie so alt aus.«

»Sie sieht so alt aus, weil sie es möchte.«

»Moment. Was ist dann Teraeth?«

»Das ist eine berechtigte Frage.« Er lachte. »Und da behaupten manche noch, Thaena hätte keinen Sinn für Humor. Oder sollte ich mich bei Galava für diesen wunderbaren Witz bedanken?«

»Ich habe keine Ahnung, wovon du redest.« Irgendwie half das Essen nicht gegen mein Schwindelgefühl. Ich fühlte mich nach wie vor schwach.

»Hätte mich auch gewundert, wenn du es verstehst.«

Ich versuchte, meinen Blick zu fokussieren und meine Gedanken, doch keins von beidem wollte mir gelingen. »Warum … warum sind die Vané als Einzige noch unsterblich?«

Doc seufzte und betrachtete seine Hände. »Ach, das ist meine Schuld.«

»Was? Du persönlich bist dafür verantwortlich?«

»Ganz recht, ich persönlich. Eigentlich hätten die Vané ihre Unsterblichkeit verlieren sollen, nicht die Voramer. Jetzt wären wir an der Reihe, haben sie gesagt.« Er schlug auf den Tisch und erhob sich. »Alte Geschichten. Wichtig ist im Moment nur, dass du noch eine Menge zu lernen hast«, erklärte er. »Wie du gesehen hast, nehmen deine Feinde keine Rücksicht darauf, dass du noch so jung und unerfahren bist. Deshalb kann ich es genauso wenig tun.«

Meine Sicht begann zu verschwimmen. Ich starrte die Tasse an.

Zwischen den Teeblättern schwammen kleine Stückchen von getrocknetem Riscoria-Kraut.

Der Geschmack ließ sich am besten mit Wein übertünchen, aber ein starker Tee funktionierte beinahe genauso gut.

»Ich nehme zurück, was ich vorhin gesagt habe«, erklärte Doc unvermittelt. »Ein *schlauer* Mann wäre vorsichtiger gewesen, wenn ein Fremder ihm Essen und Trinken anbietet.«

»Du …« Ich wollte ihn mit üblen Schimpfwörtern überschütten, aber es gelang mir nicht. Ein Schwindelgefühl überkam mich.

Meine Sicht verschwamm und wurde zu einem weichen Schwarz, das mich umschlang und sanft zu Boden zog.

46

DIE GRUFT

(Klaues Geschichte)

»Eigentlich dürfen wir gar nicht hier sein«, flüsterte Galen. Sie kauerten in einem niedrigen Bediensteteneingang auf der Rückseite des Palasts. Mit feierlicher Miene hielt Galen einen Schlüssel aus dunkel angelaufenem Eisen in der Hand. Eigentlich hatte er seinem neuen Bruder die geheime Kammer nicht schon so bald zeigen wollen, aber die Aussicht, ein pikantes Geheimnis mit ihm zu teilen, war einfach zu verlockend.

Kihrin grinste. »Richtig. Gerade deshalb macht es ja solchen Spaß.«

»Ja, genau! Onkel Bavrin hat mir diese Kammer gezeigt. Er ist wiederum von einem seiner älteren Brüder – Sedric oder Doniran – auf sie aufmerksam gemacht worden. Hier verstecke ich mich, wenn ich nicht gefunden werden will.«

Er sperrte die Tür auf und stemmte sich dagegen. Obwohl Galen die Scharniere regelmäßig ölte, bewegte sich die Tür kaum, da der untere Rand über die groben Pflastersteine des Innenhofs schabte. Galen trat gegen die Tür, bis der Spalt gerade groß genug war, dass sie sich hindurchquetschen konnten. Mit zehn hatte er leichter durchgepasst.

Im Raum konnten sie wieder aufrecht stehen. Noch bevor Galen die Laterne entzündet hatte, die er immer neben den Türrahmen hängte, stieß Kihrin einen beeindruckten Pfiff aus. Galen war unendlich erleichtert. Es hätte ihn verärgert, wenn sein neuer Bruder den geheimen Rückzugsort seiner Kindheit lediglich mit einem Schulterzucken zur Kenntnis genommen hätte.

Im Schein der Laterne zeichneten sich die Gegenstände ab, die im Raum verteilt waren. In der Mitte ragte eine goldene Statue auf. Sie stellte eine Frau mit einer Krone aus kunstvoll geschmiedeten Rosen dar. Hals und Hüften zierte ein Gürtel aus Schädeln, und in den Händen hielt sie eine beeindruckende Anzahl von Klingenwaffen: Dutzende Messer, Dolche, Shivs, Keris und Stilette. Sie sahen aus wie tödliche Blüten. Das flackernde Licht ließ sie beinahe lebendig wirken.

»Wow.«

Galen nickte. »Thaena höchstpersönlich! Ich weiß zwar nicht, was die Statue hier verloren hat, aber …« Er zuckte mit den Schultern. »Das meiste wurde irgendwann hier abgestellt und dann einfach vergessen.«

Kihrin ging zu der Statue. »Das ist echtes Gold.«

»Aber ja. Nicht einmal die Schwarze Pforte hat eine solche Statue aus massivem Gold.«

Kihrin hob eine Augenbraue. »Wir auch nicht. Das hier ist Blattgold. Sonst würde sie unter ihrem eigenen Gewicht zusammenbrechen.«

Galen sackte zusammen. »Wie du meinst. Aber da ist getrocknetes Blut auf den Schädeln!«

»Du hast recht. Gruselig.« Kihrin musterte Galen kurz von der Seite, dann fügte er hinzu: »Du solltest Eintritt verlangen.«

»Niemand weiß von der Statue. Nun ja, niemand außer dir, mir und Onkel Bavrin.« Er lächelte kurz, dann bahnte er sich einen Weg durch das Durcheinander.

»Niemand außer dir, mir, Onkel Bavrin und den Leuten, die all das Zeug hier reingeschleppt haben, meinst du wohl.«

»Die sind wahrscheinlich längst tot«, widersprach Galen und winkte seinen Bruder zu sich her. »Was ich dir eigentlich zeigen will, ist hier drüben.«

»Wie ist die Statue überhaupt hier reingekommen?«, überlegte Kihrin laut. »Sie passt nie im Leben durch diesen kleinen Eingang.«

»Kihrin, hier«, beharrte Galen.

»Interessiert dich das denn gar nicht?« Kihrin hatte nach wie vor nur Augen für das Standbild. Immer wieder sprang sein Blick zwischen Thaena und dem Eingang hin und her, schließlich nahm er sogar die Hände zu Hilfe, um die Größe abzuschätzen. »Auf keinen Fall. Außer die Statue lässt sich zerlegen.«

»Wie ich dir bereits gesagt habe: Hier wurde alles Mögliche abgestellt.«

Kihrin biss sich auf die Lippe. »Aber warum … Na gut. Was wolltest du mir so unbedingt zeigen?«

Galen zog ein Samttuch von einem Gemälde und hielt es hoch.

Kihrin wurde blass. »Bei Taja …«

»Na?« Galen lehnte das Gemälde gegen die Wand und trat ein paar Schritte zurück. »Siehst du die Ähnlichkeit? Er sieht genau aus wie du.«

Galen wusste nicht, wann das Porträt entstanden war. Es zeigte einen Hohen Lord auf der Höhe seiner Macht. Er war schön, geradezu unglaublich hübsch, hatte goldenes Haar und saphirblaue Augen – das unverkennbare Merkmal der von den Göttern berührten D'Mons. Die Ähnlichkeit zu Darzin war ihm schon immer aufgefallen, aber noch viel mehr glich das Porträt seinem neuen Bruder. Es war, als hätte der Maler die Zeit nach vorne gedreht und Kihrin im fortgeschrittenen Alter porträtiert. Es gab nicht den geringsten Zweifel, dass Kihrin mit dem Mann auf dem Bild verwandt war.

Kihrin schwieg, doch sein Gesichtsausdruck war Antwort genug. Galen bekam ein schlechtes Gewissen. Er hatte ihm nur beweisen wollen, dass er zur Familie gehörte und aufhören sollte, den Namen D'Mon zu beschmutzen. Doch Kihrin sah nicht erschrocken oder beschämt aus. Er war todtraurig. Erst jetzt begriff Galen, dass sein Bruder weder auf einen Beweis gewartet noch nach einem gesucht hatte. Die Erkenntnis, dass er tatsächlich von den D'Mons abstammte, war für ihn nicht die Rettung, sondern eine Strafe.

Kihrin kniete sich vor das Gemälde und befühlte die goldene Namensplakette auf dem Rahmen. »Pedron D'Mon«, flüsterte er.

»Er war unser Urgroßonkel. Seine Mutter war diese Vané-Sklavin mit den goldenen Haaren, die von jemandem aus der Familie ermordet worden ist, nachdem sie Pedrons Schwester, Tishar, geboren hatte. Nicht wenige glauben, dass Pedron deshalb so böse geworden ist. Er hat das Haus D'Mon wegen des Mordes an seiner Mutter gehasst und wollte uns vernichten.«

»Er sieht aus wie ich. Es ist … gespenstisch.« Kihrin runzelte die Stirn. »Diese Vané-Sklavin hatte drei Kinder, oder? Pedron, Tishar und Therins Vater.«

»Nicht ganz. Pedrons Halbbruder war Therins Vater. Seine Mutter war keine Sklavin, sondern eine Adlige.«

»Das ergibt keinen Sinn.«

»Es kommt noch besser: Mein Bruder behauptet, deine Mutter, Lyrilyn, hätte Pedron gehört. Du weißt schon, bevor sie unseren Vater geheiratet hat.«

»Lady Miya hat so etwas erwähnt. Wie ähnlich ich Pedron sehe, hat sie allerdings verschwiegen.«

»Das ist alles sehr lange her. Deine Mutter hat Pedron verraten, musst du wissen. Sie hat sich auf die Seite seines Neffen Therin geschlagen, um Pedron – ihren Herrn – zu töten.« Galen lehnte sich gegen eine Kiste. »Niemand spricht über das, was damals passiert ist. Und wenn, dann nur im Flüsterton und mit wissendem Blick, als wären sowieso alle informiert. Nur ich habe leider nicht die geringste Ahnung. Sehr ärgerlich das alles.«

»Pedron …« Kihrin befühlte nach wie vor den Rahmen. Allerdings nicht bewundernd, sondern eher verängstigt. »Was steht da unten sonst noch?«

Galen blinzelte. »Sein Name natürlich.«

»Nein, da steht noch mehr. Hol mal die Laterne her.«

Galen tat, wie ihm geheißen, da sah er es auch: Unter der Namensplakette war etwas in den Rahmen geritzt.

»*Zauberer, Dieb, Ritter und König. Die Kinder werden die Namen ihrer Väter nicht wissen, die den Stimmen ihren Stachel entrissen.*« Kihrin las es und hob die Augenbrauen. »Ich würde mir ja was anderes auf mein Porträt schreiben lassen, aber was weiß ich schon über tote böse Lords?«

»Diese Inschrift ist mir noch nie aufgefallen. Was mag sie bedeuten?«

»Dass er einen schlechten Geschmack hat, was Poesie angeht?« Als Kihrin Galens finsteren Blick bemerkte, hob er entschuldigend die Hände. »Woher soll ausgerechnet ich wissen, was das bedeutet? Ich kann mir ja noch nicht mal erklären, wie die Statue hier reingekommen ist.«

»Es klingt wie eine Prophezeiung«, sagte Galen und beugte sich näher heran.

»Und was wird prophezeit? Ein richtig mieses Familienleben? Jede Menge Ogenras? Moment.« Kihrin starrte das Porträt kurz an, dann lachte er. »Jetzt verstehe ich. Pedron ist viel rumgekommen, oder?«

Galen blinzelte. »Wie meinst du das?«

»Ich meine die Stelle: ›Die Kinder werden die Namen ihrer Väter nicht wissen.‹ Das ist keine Prophezeiung, sondern er *prahlt*. Überleg doch mal: Du hast mich hergebracht, um mir zu beweisen, dass Darzin mein Vater ist, weil ich aussehe wie der Hohe Lord Pedron. Was du stattdessen bewiesen hast, ist, dass Pedron ganz bestimmt nicht unser Onkel war.«

»Wie bitte? Das verstehe ich nicht …«

Kihrin schüttelte seine Haare. »Merkst du was? Ich hätte wohl kaum diese Haarfarbe, wenn ich nicht mit Pedrons Vané-Mutter verwandt wäre. Wie war noch mal ihr Name?«

»Ähm … Hab ich vergessen. Irgendwas mit Val.«

»Wie auch immer, sie ist der Schlüssel. Therin ist doch unser Großvater, richtig? Ich habe die blauen Augen der D'Mons und die Haare von Pedrons Mutter. Das ist nur möglich, wenn Therin ebenfalls mit Pedrons Mutter verwandt ist. Also ganz egal, was sie dir erzählt haben, Pedron ist niemals unser Onkel. Wir stammen direkt von ihm ab.«

»Aber das würde bedeuten …« Galens Augen wurden tellergroß. »Das bedeutet, dass Pedron Therins Vater war. Und Therin hat Pedron *umgebracht*.«

»Therin hat also nicht gelogen, als er mir sagte, dass er seinen Vater verachtet. Scheint eine Familientradition der D'Mons zu sein, den eigenen Vater zu hassen. Ich kann das gut verstehen, schließlich gehöre ich auch zum Club.« Kihrin stand auf und sah sich ein wenig um. Dabei hob er dies und das auf und blätterte durch ein paar Bücher. Es gab Kisten und Kommoden, Schränke und Truhen, Gläser mit geheimnisvollen Pulvern darin und weitere Statuen, die um einiges anzüglicher aussahen als die Göttin in der Mitte der Kammer. »Eigentlich würde ich ja gerne in Selbstmitleid versinken, aber ehrlich gesagt bin ich einfach nur froh, nicht hier aufgewachsen zu sein. Ich glaube, es hätte mir nicht besonders gefallen.«

Als Galen sah, wie Kihrin ein in Leder gebundenes Büchlein zur Hand nahm, wurde sein Mund staubtrocken – und er konnte nicht einmal etwas sagen, denn wenn er es täte, wüsste Kihrin sofort, wie wichtig ihm dieses Buch war. Diesen Fehler würde er bestimmt nicht begehen. Mit immer größer werdendem Interesse blätterte Kihrin durch die Seiten. Er las und las, während Galen kaum noch Luft bekam.

»Ah«, machte Kihrin.

»Was ist?«, fragte Galen möglichst gelassen.

Sein Bruder hielt das Büchlein hoch. »Noch mehr Gedichte. Pedron scheint ein richtiger Kunstliebhaber gewesen zu sein.« Er klemmte sich das Buch unter den Arm.

»Du kannst das nicht einfach mitnehmen!«

»Warum nicht? Opa Pedron wird es wohl kaum vermissen«, entgegnete Kihrin. »Ich kann Gedichte wie die hier gut gebrauchen. Ein paar davon dürften hervorragende Liedtexte abgeben.«

Galen schluckte. »Liedtexte? Glaubst du wirklich?«

»Absolut. Wer immer die verfasst hat, wusste, wie man dichtet. Außerdem ist alles mit der Hand geschrieben, was höchstwahrscheinlich bedeutet, dass noch nichts davon veröffentlicht wurde. Ein ganz hervorragender Fund …« Kihrin verstummte mitten im Satz.

»Was ist?«, fragte Galen erfreut und unsicher zugleich.

Kihrin schlug das Buch noch einmal auf und schürzte die Lippen. »Das Papier ist noch ganz neu. Die Tinte ist kein bisschen verblasst.«

»Vielleicht hat Onkel Bavrin es hier hingelegt?« Die Lüge klang selbst für Galen mehr als dürftig.

Kihrin riss die Augen auf. »*Du* hast das geschrieben, nicht wahr?«

»Ich? Niemals!«, stammelte Galen.

»O doch«, widersprach Kihrin. »Aber Papa hält nichts von Gedichten, richtig?«

»Nicht davon, welche zu schreiben. Die Unterhaltungsbranche wird von den D'Jorax beherrscht, Vater hält sie für Trottel. Du verrätst es ihm doch nicht, oder?« Galen verfluchte sich innerlich. Jetzt hatte Kihrin etwas gegen ihn in der Hand, und er war nicht so naiv, zu glauben, sein neuer Bruder würde diesen Vorteil nicht nutzen.

»Es ihm verraten? Ich würde Darzin nicht einmal sagen, wenn ihm Vogelscheiße an der Wange klebt. Von mir aus kann er noch heute verrecken und verrotten.« Kihrin gab ihm das Buch. »Hast du sie schon mal jemandem gezeigt?«

Galen schüttelte den Kopf.

»Du solltest sie veröffentlichen. Natürlich unter einem anderen Namen. Du möchtest deinen alten Herrn ja nicht mit dem Talent seines Sohnes blamieren.«

»Ach was, so gut bin ich nicht.«

Kihrin blickte ihm fest in die Augen. »O doch, bist du. Hundertmal besser als ich es je sein werde, so viel ist sicher. Surdyeh hat immer gesagt …« Kihrin verstummte und schaute weg.

Galen blickte hoch. »Surdyeh?«

Kihrin schüttelte den Kopf, als versuchte er, böse Geister zu verscheuchen. »Er war mein Vater. Der Mann, der mich großgezogen hat. Er war Musikant, du weißt schon: ein Trottel. Er hat immer gesagt, es brächte nichts, wenn ich mich an Poesie versuche, weil ich noch nichts erlebt habe, das den Aufwand lohnt.«

»Was ist aus ihm geworden?«, fragte Galen.

»Darzin hat es dir nicht erzählt?«

Galen schüttelte den Kopf.

»Er hat ihn ermorden lassen. Einer von Darzins Attentätern hat ihm die Kehle durchgeschnitten.« Kihrins Stimme klang hart, wütend und scharf wie ein Dolch.

»Weißt du das mit Sicherheit? Oder …«

»Darzin streitet es nicht einmal ab«, fiel Kihrin ihm ins Wort. »Er hat Surdyeh, Morea und Butterbauch auf dem Gewissen. Und Lyrilyn auch, da gehe ich jede Wette ein, ganz egal, was er behauptet.«

Galen blickte zu Boden. »Das tut mir leid.«

»Du kannst nichts dafür.«

»Trotzdem tut es mir leid.« Galen schwieg eine Weile, dann fügte er hinzu: »Ich glaube, ich fände es schön, wenn du meine Gedichte als Liedtexte verwendest. Du bist doch Musikant wie dein Vater, oder?«

Kihrin nickte. Sein Gesicht sah feucht aus im Laternenschein. Da merkte Galen, dass sein Bruder weinte. Stumme Tränen strömten über seine Wangen. Galen war von dem Anblick genauso schockiert wie vorhin, als Kihrin ausgespuckt hatte. »Lass Vater niemals sehen, dass du weinst«, sagte er hastig. »Er hasst es und sagt, es macht dich schwach.«

Kihrin rieb sich schnaubend die Augen. Als er sich über den Mund wischte, platzte die Wunde vom Fechtunterricht wieder auf. »Darzin ist ein richtiges Arschloch, weißt du das? Jemand sollte ihm mal erklären, was einen Mann wirklich schwach macht: die eigenen Kinder zu schlagen und einem alten Mann und einem jungen Mädchen Attentäter auf den Hals zu hetzen.« Er ging zu der Thaena-Statue und befühlte eines der Stilette. »Wenn ich je Gelegenheit dazu bekomme, spieße ich ihn mit einem Schwert auf, das schwöre ich bei allem, was mir heilig ist – autsch!« Frisches Blut quoll aus seinem Finger. »Verflucht, die sind ja scharf!«

»Bei den Göttern, alles in Ordnung?«, keuchte Galen.

»Ja, der Kratzer ist mir zwar peinlich, aber es ist nur ein Kratzer.«

Galen biss sich auf die Lippe. Er war nicht sonderlich religiös erzogen worden – eigentlich überhaupt nicht –, doch der Schnitt schien ihm kein gutes Omen. Die Kammer wirkte düsterer als zuvor und irgendwie bedrohlich.

Kihrin inspizierte die Klingen. »Sieht mir nicht so aus, als wären sie vergiftet. Trotzdem werde ich auf dem Rückweg bei Lady Miya vorbeischauen, nur zur Sicherheit.« Er lachte. »Und ich dachte schon, die einzige Gefahr hier drinnen wäre, dass du mir ein Messer zwischen die Rippen stößt.«

»Ich? Das würde ich nie tun!«

»Ja, jetzt weiß ich das auch. Aber vorhin wusste ich es nicht. Du hast gesagt, wir gehen zu einem geheimen Ort, nur wir beide. Hätte ja sein können, dass du nach einer Gelegenheit suchst, wieder zum Sohn Nummer eins aufzusteigen.« Kihrin zuckte mit den Schultern. »Ich war mir nicht sicher.«

»O weh«, sagte Galen. Ihm wurde schlecht. Er wäre nie auf die Idee gekommen, dass Kihrin so denken könnte. Hätte sein neuer Bruder beschlossen, entsprechende Präventivmaßnahmen zu ergreifen, hätte es nicht einmal einen Zeugen gegeben. Galen kam sich unendlich dumm vor und hoffte, sein Vater würde nie davon erfahren.

»Mach dir keinen Kopf«, sagte Kihrin. »Ich finde dich ganz in Ordnung, obwohl du ein D'Mon bist. Jemand, der solche Gedichte schreibt, kann gar nicht durch und durch übel sein.«

»Ich wollte … Ich meine … Danke.«

Kihrin grinste. »Gehen wir Lady Miya suchen, bevor ich noch einem antiken Gift zum Opfer falle, in Ordnung?«

Galen merkte, wie er das Lächeln erwiderte. »In Ordnung.«

47

DIE MUTTER ALLER BÄUME

(Kihrins Geschichte)

»Euer Majestät?«

Ich erwachte und hob blinzelnd den Kopf. Dann blinzelte ich noch einmal und sah mich mit wachsender Bestürzung um.

Ich war nicht mehr in dem Übungsraum, wo ich Docs Betäubungstee getrunken hatte.

Doc war auch nicht da. Was schade war, da ich ihn gerne getreten hätte. Der Mann, der mich angesprochen hatte, war ein kirpischer Vané mit milchweißer Haut. An ihm sah sie allerdings nicht kränklich aus, sondern elegant. Seine wolkenweichen rosafarbenen Locken waren beinahe vollständig von einem glänzenden Kriegshelm bedeckt. Seine Augen waren ebenfalls rosa. Wäre da nicht die schwere Rüstung gewesen, hätte er mich glatt an ein Kaninchen erinnert. Nur dass Kaninchen einen nicht so anschauten, als würden sie am liebsten im Blut ihrer Feinde waten. Na gut, er erinnerte mich trotzdem an ein Kaninchen, aber im Moment war ich zu besorgt, um das lustig zu finden.

»Euer Majestät«, wiederholte der Vané, trat an den Tisch und breitete eine Pergamentrolle darauf aus. Es war eine detaillierte Karte, allerdings erkannte ich weder das Land, das darauf abgebildet war, noch konnte ich die Schrift entziffern. »Dies wird ein glorreicher Tag. Unsere Späher berichten, dass sich Königin Khaevatz innerhalb der Festung aufhält, und die letzte Rosenbarriere fängt gerade Feuer. Der Tag ist gekommen, an dem wir ihrer Herrschaft über die Manoler ein Ende machen.«

Er schaute mich erwartungsvoll an und schwieg.

Ich hatte keine Ahnung, was ich erwidern sollte. Ich wusste ja nicht einmal, wo ich war. Allem Anschein nach in einem Zelt, aber bestimmt nicht in dem eines Soldaten. Nein, dies hier war eine aufwendige Sonderanfertigung aus Seidentuch und seltenen Hölzern. Von der Decke baumelten juwelenbesetzte Laternen, aufgehängt an Drähten aus reinem Platin. Der Boden war von feinsten Teppichen bedeckt, in einer Ecke stand eine Feuerschale mit süßlich duftenden Kräutern. Daneben sah ich eine Holzpuppe, die wahrscheinlich als Rüstungsständer diente, daneben wiederum ein Regal voller Schwerter und Speere, außerdem mit so feinen Schnitzereien verzierte Bogen, dass ein quurischer Soldat sie nur anrühren würde, um sie an die Wand zu hängen und zu bewundern.

Sir Kaninchen wartete immer noch.

»Gut«, sagte ich und erkannte meine eigene Stimme nicht. »Das ist … gut.«

Er bemerkte mein Zögern, missverstand aber den Grund dafür. »Ich habe einen Boten geschickt, wie Ihr befohlen habt. Sollte etwas schiefgehen, werden Valathea und Valrashar in Sicherheit gebracht.«

Ich blinzelte. »Moment, Valathea?« Er meinte doch nicht meine Harfe, oder?

»Eure Frau, die Königin.« Sir Kaninchen wirkte verwirrt.

Ich räusperte mich und fuchtelte mit der Hand, als wäre ich nicht noch viel verwirrter als er. »Selbstverständlich. Danke. Das meinte ich nicht.« Ich überlegte, was ich noch sagen könnte. *Ich habe vollstes Vertrauen in Euch* vielleicht, aber je mehr ich sagte, desto eher würde ich auffliegen.

War das wieder eine von der Göttin gesandte Vision? Oder eine gewöhnliche, durch Drogen hervorgerufene? Die Szene war zu stimmig für eine Halluzination und zu konkret, als dass es sich um eine weitere von Tajas Allegorien handeln konnte. Passierte das jetzt jedes Mal, wenn ich das Bewusstsein verlor?

Sir Kaninchen riss mich aus meinen Gedanken, indem er sich über den Tisch beugte und mir mitten ins Gesicht starrte. »Ich weiß, diese Worte stehen mir nicht zu, Euer Majestät, aber Ihr dürft jetzt nicht zögern. Königin Khaevatz ist mit Voramer-Blut verunreinigt und hat kein Recht auf den Thron. Sie hat keinen Respekt vor unseren Vorfahren, und ganz gleich, welche Gefühle Ihr für sie hegt, sie hat sich mit den Quurern und deren Bastard-Kaiser Kandor verschworen. Ihr tut das Richtige für die kirpischen Vané.«

Moment, ich kannte diese Geschichte. Kandor. Atrin Kandor war der quurische Kaiser, der die einheimischen Vané aus Kirpis vertrieben hatte, um seine Eroberungsgelüste dann Richtung Süden bis nach Manol auszudehnen.

Der Überfall auf die manolischen Vané war weniger gut verlaufen. Kandor war erschlagen worden und das Schwert Urthaenriel verlorengegangen – was die teuerste Wiedergutmachung für Hausfriedensbruch in der quurischen Geschichte gewesen war.

Die meisten Quellen nannten die manolische Königin Khaevatz als Kandors Mörderin.

Kelindel, der König der geschlagenen Kirper, war vor der Invasion der Quurer geflohen und hatte seine Truppen mit denen der einst verfeindeten Königin Khaevatz vereint. Er hatte nicht versucht, sie zu töten. Ganz im Gegenteil: Er hatte sie geheiratet und die beiden Königshäuser zu einer Blutlinie vereint. Dass Khaevatz keine reinblütige Vané war, hatte ich noch nie gehört.

Es schien mir das Klügste, so lange mitzuspielen, bis ich verstand, was hier los war. Ich nickte. »Seid unbesorgt. Legen wir los.«

Er musterte mich noch einen Moment lang, wahrscheinlich,

weil ich mit nur fünf Wörtern geantwortet hatte, wo ein Vané mindestens doppelt so viele verwendet hätte. Schließlich nickte er ebenfalls und verließ das Zelt.

Ich vermutete, dass ich ihm folgen sollte, sah mich zuerst aber noch nach einem Spiegel um. Es gab keinen. Offensichtlich verschwendete König Kelindel keine Zeit auf solche Eitelkeiten. Dann entdeckte ich an einem der Waffenständer einen glänzenden Schild, der es ebenso tun würde. Ich betrachtete »mich«.

Es war keine Überraschung, dass ich einen kirpischen Vané erblickte. Mein bauschiges Seidengewand und der rosa General hatten mich entsprechend vorgewarnt.

Ich sah älter aus, mein Körper war kantiger, die Haut heller, und ich steckte in einer mir unbekannten Rüstung. Aber ich hatte immer noch mein goldenes Haar und dieselben blauen Augen.

Außerdem trug ich nach wie vor den Schellenstein um den Hals.

Hatte derjenige, dem ich diese Vision, oder was auch immer es war, zu verdanken hatte, diese Details etwa übersehen?

»Euer Majestät?« Sir Kaninchen streckte den Kopf herein, um zu sehen, wieso ich ihm nicht gefolgt war.

»Geht voraus«, sagte ich.

Wir traten hinaus in die Dunkelheit. Es dauerte ein paar Sekunden, bis sich meine Augen an die Lichtverhältnisse gewöhnt hatten. Ich machte einen Schritt und blieb sofort wieder stehen, um mich zu orientieren. Erstens befanden wir uns nicht auf dem Boden, zweitens hatte die Dunkelheit nichts mit der Tageszeit zu tun, sondern mit dem Blätterdach über uns, das so dicht war, dass kein einziger Sonnenstrahl hindurchdrang. Ich befand mich im tiefsten Urwald, einem Wald voller Wunder: Vögel mit so schillerndem Gefieder, dass es selbst bei diesem spärlichen Licht glänzte. Leuchtende Schmetterlinge und Blumen, die wie Edelsteine funkelten. Verschiedenste Düfte hingen in der Luft, so stark und betörend, als atmete ich Wein.

Der manolische Dschungel. Heimat von Teraeths Volk – und Rückzugsort der kirpischen Vané.

Offensichtlich hatten sie sich diesen Rückzugsort mit Gewalt erobert.

Denn im krassen Gegensatz zu all der friedvollen Schönheit ringsum fanden überall ganz und gar nicht friedfertige Kampfhandlungen statt. Viele der Hängebrücken zwischen den Bäumen standen in Flammen. Die meisten der kunstvollen Gebäude und Paläste ringsum brannten oder stürzten bereits ein. In der Ferne schwirrten Lichter umher, als würden dort Tausende Glühwürmchen übereinander herfallen. Ich hörte Schlachtrufe, Befehle, Schmerzensschreie und das Surren von Pfeilsalven.

»Schilde!«

Der gebrüllte Befehl ließ mich prompt zusammenfahren. Eine Gruppe von Männern und Frauen, die ich gar nicht bemerkt hatte, riss ihre Schilde hoch. Einige waren aus Metall, andere aus Holz, aber fast alle umgab ein geisterhaftes Schimmern aus magischer Energie. Die Energiefelder flossen ineinander und bildeten ein schützendes Dach über unseren Köpfen. Die anfliegenden Pfeile prallten harmlos daran ab und stürzten in den dunklen Abgrund zwischen den Bäumen. Einer der schwarzen Pfeile bohrte sich in die Hängebrücke vor uns, das Holz begann sofort zu zischen, als es mit der Flüssigkeit in Kontakt kam, mit der die Spitze bestrichen war.

»Bogenschützen bereit!« Der Befehl kam von einer großgewachsenen Frau mit weichen, narzissengelben Locken und selleriefarbener Haut.

Niemand erwartete von mir, dass ich auch nur einen Finger rührte. Ich musste nicht einmal Kommandos geben, was eine unendliche Erleichterung war, da ich keinen Schimmer hatte, wie ein solcher Befehl hätte aussehen sollen. Eine weitere Kirpin stürzte vor, ihre von einem schimmernden Sharantha-Harnisch gepanzerten Schultern umflatterte ein keramikblauer Umhang. Sie deutete auf die Kluft zwischen unserem und dem benachbarten Baum, da materialisierten sich aus dem Nichts glänzende Kacheln aus einem silbrigen Metall und bildeten eine Brücke. Sie sah aus wie ein architektonisches Meisterwerk aus unvordenklichen Zeiten, doch sie hatte weder Pfeiler noch Balken, geschweige denn Mörtel. Die einzig mögliche Erklärung hierfür war gleichzeitig die einzig richtige: Magie.

»Einnocken!«, ertönte der nächste Befehl.

Die Schützen sahen aus wie ein Regenbogen aus pastellfarbenen Blumen, ganz und gar nicht menschlich. Ihre helle Haut und das Haar schienen selbst im Schummerlicht des Urwalds zu leuchten, und manchmal taten sie es tatsächlich, wenn Angriffs- und Verteidigungszauber durch die Luft schwirrten. Unseren Feind konnte ich nirgendwo entdecken. Die manolischen Pfeile fielen einfach so vom Himmel, Angriffszauber prügelten auf uns ein, ohne dass ich gesehen hätte, woher sie kamen.

Ein Teil der Soldaten sammelte sich um die Bogenschützen und die Zauberin und schützte sie mit ihren Schilden. Der Rest ging auf Sir Kaninchens Kommando in Marschformation. Anscheinend wurde erwartet, dass ich mich ihnen anschloss: Wir rückten vor.

»Zielen!«

Sir Kaninchen legte mir eine Hand auf die Brust, um mir zu bedeuten, dass ich noch einen Moment abwarten sollte.

»Spannen!«

Der Wald hielt den Atem an.

»Lösen!«

Eine leuchtende Wand erhob sich in die Luft. Die Pfeile der Manoler waren vergiftet – unsere brannten.

Sir Kaninchen und meine Leibwache rannten los.

Sie nutzten die Salve als Deckung, um möglichst viel Strecke zurückzulegen, während der Feind sich gezwungenermaßen unter seinen eigenen Schilden zusammenkauerte. Der Weg vor uns war lang, und der Feind dachte nicht ans Aufgeben.

Ich merkte es nicht gleich, aber anscheinend zögerte ich zu lange. Das Vorrücken war ein eingeübtes Manöver, doch ich hatte nicht geübt. Stattdessen hinkte ich hinterher.

Die schwarze Spitze eines manolischen Pfeils durchschlug mein Kettenhemd und bohrte sich in meine Schulter. Der Schmerz war unglaublich, wie ein Lauffeuer breitete sich das Gift in meinem Körper aus. Mein Herz blieb stehen, und ich stürzte zu Boden, als hätte ein Pferd mich in die Brust getreten.

Es folgte ein heller Lichtblitz.

Ich stand wieder am Anfang der Brücke. Sir Kaninchen legte mir eine Hand auf die Brust, um mir zu bedeuten, noch einen Moment abzuwarten.

Was, verflucht noch mal, war hier los?

»Spannen!«

Ich sah mich um. Alle verhielten sich ganz normal, als wäre nichts Ungewöhnliches vorgefallen.

»Lösen!«

Die Pfeile schwirrten, meine Leibwache rannte.

Diesmal war ich bereit. Ich hielt Schritt und achtete sorgsam darauf, unter den Schilden zu bleiben. Die Manoler kämpften nicht in strikter Schlachtordnung so wie die Kirper. Einige streiften allein durch die Bäume, lautlos und tödlich, um zuzuschlagen, wenn sich die richtige Gelegenheit bot.

Wie Attentäter, überlegte ich. *Wie auch sonst?*

Als wir den anderen Baum erreichten, wurden wir von einem Trupp unserer Soldaten in Empfang genommen, auch wenn die meisten von ihnen eher tot als lebendig wirkten. Wie beabsichtigt hatten sie den Feind zurückgeschlagen und die Hängebrücke zerstört, doch die Position alleine zu halten hatte sie einen hohen Blutzoll gekostet. Sie hatten tapfer gekämpft und beinahe bis zum letzten Mann (oder der letzten Frau, so genau konnte ich das nicht erkennen).

Und ausnahmslos alle, egal wie schwer sie verletzt waren, beugten vor mir das Knie.

Ich wollte, dass sie sofort damit aufhörten. Wenn irgendein Manoler in der Nähe mich noch nicht erkannt hatte, dann tat er es spätestens jetzt.

Ein brennendes Knäuel aus Ranken, Ästen und Blättern vor uns explodierte förmlich, als jemand auf der uns abgewandten Seite mit irgendeiner Waffe dagegenschlug. Sir Kaninchen nickte in die Richtung, als müsste mir klar sein, was der Anblick zu bedeuten hatte.

Dann griffen die Manoler an.

Ich brauchte einen Moment, um zu begreifen, dass die überall umherhuschenden Schatten keine Waldtiere waren. Ihre dunkle Haut verschmolz perfekt mit der Umgebung, die grün, grau und in der Farbe von Bittersüßem Nachtschatten gemusterten Umhänge taten ein Übriges. Teraeth hatte mir einmal erklärt, dass die kirpischen Vané gesehen werden *wollten,* während die Manoler sich erst zu erkennen gaben, wenn es für den Angegriffenen bereits zu spät war. Ich fragte mich, wie meine Soldaten es mit ihren strikten Formationen, den leuchtenden Gewändern und ihrer Sichtbarkeit jemals bis zu der Festung schaffen wollten, in der Königin Khaevatz ausharrte.*

Dann sah ich es.

Die Manoler griffen zwar mit lautloser Präzision an, und jeder noch so kleine Kratzer, den ihre vergifteten Waffen verursachten, bedeutete den sicheren Tod. Aber dafür kamen sie nur selten nahe genug heran. Meine Soldaten hingegen waren Magier, jeder einzelne von ihnen. Sobald die Manoler kamen, beschworen sie wirbelnde Klingen aus violettem Feuer oder ließen Blitze regnen. Ein

* Eine gute Frage, die sich auch die Kirper hätten stellen sollen.

Angreifer stürmte auf mich zu und war nur noch wenige Schritte entfernt, als er sich plötzlich in eine Wolke aus leuchtend gelben Blütenpollen auflöste, die der Wind davontrug.

Doch die Attentäterin hinter mir sah ich nicht kommen. Als ein Schrei mich warnte, wirbelte ich herum, aber ich hatte noch nicht einmal mein Schwert gezogen. Dabei hatte ich eines umgeschnallt. Auf dem Weg über die Brücke war es mir bei jedem Schritt gegen das Knie geschlagen. Hektisch versuchte ich, das verfluchte Ding aus der Scheide zu zerren.

Und scheiterte.

Ich blickte gerade noch rechtzeitig auf, um in die weinroten Augen meiner Mörderin zu sehen, dann spürte ich die eisige Kälte des Stahls, der meine Kehle durchtrennte.

Ein Lichtblitz.

Ich stand wieder auf der Plattform, nur Sekunden bevor die Manoler zuschlagen würden.

»Ein Hinterhalt!«, brüllte ich und zog mein Schwert.

Diesmal konnte ich meine Angreiferin abwehren. Ihr Schwerthieb verfehlte mich, und während sie noch um ihr Gleichgewicht rang, schlug ich ungeschickt nach ihrem Bauch. Ich entlockte ihr immerhin einen Schmerzensschrei, was sie allerdings nicht davon abhielt, mir im Gegenzug ihren Dolch durch den Panzerhandschuh hindurch in meinen Daumenballen zu rammen. Feuer zuckte meinen Arm hinauf, dann Dunkelheit, dann der Blitz, und alles fing wieder von vorne an.

Ich brauchte drei Versuche, um es an der Attentäterin vorbei zu schaffen, und weitere fünf, um den Hinterhalt zu überleben. Auf jeden meiner tödlichen Fehltritte folgte ein greller Lichtblitz, der mich genau so weit in der Zeit zurücktransportierte, dass ich Gelegenheit hatte, mir zu überlegen, was ich falsch gemacht hatte. Ein Schwertschlag hier, ein Schritt zur Seite da und die Erkenntnis, dass zu langes Zögern genauso tödlich sein konnte wie zu ungestümes Vorpreschen.

Ich lernte, indem ich starb, und jeder Tod brachte mich ein Stückchen vorwärts.

Dann waren wir endlich durch. Im Laufschritt trieben wir den Feind mit Magie, Schwert und Pfeil vor uns her und erreichten schließlich eine Plattform zwischen zwei besonders großen Bäumen.

Vor uns ragte die Mutter aller Bäume auf.

Im ersten Moment verstand ich nicht, was ich da sah. Es war schlichtweg zu groß, um es zu begreifen. Der Baum sah aus wie eine gigantisch hohe, mit Pavillons, Veranden und ganzen Palästen verzierte grüne Mauer. Buntglasfenster glitzerten wie Edelsteine. Erst als ich den Kopf drehte und schließlich in den Nacken legte, sah ich, wie weit die Äste und das Blätterwerk dieses Baums reichten. Er hätte die gesamte Welt tragen können. Es war die Art Baum, in dem Galava leben würde, hätte sie einen ihr geweihten Ort gehabt. Er wirkte unsterblich, vollkommen zeitlos, als wäre er schon immer gewesen und würde immer sein.

Wir steckten ihn in Brand.

Ich schluckte, als ich sah, wie die Flammen über seine Rinde leckten und rohe Gewalt alle Schönheit verschlang. Die Hängebrücke, die die Manoler in einem letzten verzweifelten Verteidigungsversuch zerstört hatten, wurde von unserer Zauberin durch eine aus silbernem Metall ersetzt.

Unser Vormarsch war unaufhaltsam.

Fragen stiegen in mir auf. Ich wollte etwas sagen. Konnte ich meinen Soldaten den Rückzug befehlen? Wer war hier eigentlich im Recht? Möglicherweise niemand? Meine Sympathien lagen eher bei den Manolern, ganz einfach weil ich es nicht ertragen konnte, ihre wunderschöne Heimat zerstört zu sehen. Ich hatte keine Ahnung, was diese Khaevatz getan haben mochte, um den kirpischen König derart gegen sich aufzubringen. Soweit ich von Surdyeh wusste, hatte sie niemals für Quur Partei ergriffen oder Kaiser Kandor auch nur unterstützt. Sie hatte ihn *erschlagen.*

Was hier passierte, war himmelschreiendes Unrecht.

Meine Begleiter teilten meine Bedenken jedoch nicht und machten alles nieder, was sich ihnen in den Weg stellte. Ich sah noch ein paar Lichtblitze und fing wieder von vorne an, wenn ich einen Angreifer nicht abwehren konnte, mit dem der echte König der Kirper bestimmt keine Schwierigkeiten gehabt hätte. Mir war gar nicht bewusst gewesen, wie wenig ich in Darzins Fechtunterricht gelernt hatte. Auch sechs Monate Training mit Kalindra und Szzarus hatten nicht gereicht, um die Zeit wiedergutzumachen, in der ich ein Schwert höchstens berührt hatte, um es zu stehlen.

Meine Soldaten stießen eine riesige Doppeltür auf. Sie war mit Schnitzereien von Dschungeltieren und Jagdvögeln verziert, die um einen Baumriesen herumschwirrten. Ich musste nicht erst überlegen, was das reale Vorbild für dieses Motiv war. Der Saal hinter der Tür war leer, denn die Manoler, die ihn hätten bewachen können, hatten sich alle zurückgezogen, um den Palast zu verteidigen. Wir trafen auf keinerlei Widerstand.

Schließlich erreichten wir einen Saal tief im Inneren des Baums. Am gegenüberliegenden Ende waren Äste zu einem Stuhl geflochten. Darauf saß eine Frau, vollkommen ruhig und gefasst.

Ihre Haut war so dunkel, dass sie an einigen Stellen bläulich schimmerte, ihr dunkelgrünes Haar war wie ein seidener Vorhang. Der Anblick erinnerte mich an die Unterseite eines Farnwedels. Ihre Augen reflektierten sämtliche Farben des Saals – hauptsächlich jedoch Grün und Braun. Ihr Gewand bestand aus Federn und grüner Seide. Der Stoff sah aus, als wäre er aus Träumen gewoben.

»Khaevatz«, sagte ich, ohne es zu wollen, und mit solcher Inbrunst, dass ich im ersten Moment glaubte, jemand anderes hätte gesprochen. Diese Frau war eine lebende Legende. In Quur wurde ihr Name stets nur geflüstert, und selbst das mit einer Mischung aus Ehrfurcht, Bewunderung und Angst. Sie war so alt wie die

Welt selbst, hatte den Aufstieg jeder Nation, jedes Gottkönigs und jedes Ungeheuers mit eigenen Augen bezeugt.

Surdyeh hatte mir immer erzählt, die ganze Welt habe geweint, als Königin Khaevatz schließlich starb.*

Sie neigte den Kopf, erhaben und schmerzhaft schön. »Terindel. Wollen wir es endlich zu Ende bringen?«

Um ein Haar hätte ich laut nach Luft geschnappt. Terindel, Teraeths Vater? Unmöglich. Das war der falsche Name …

Sir Kaninchen gab einen gurgelnden Laut von sich, als ein Manoler sich aus dem Nichts auf ihn stürzte und ihm die milchweiße Kehle durchtrennte.

Einen letzten Hinterhalt hatten sie also noch in petto.

Brüllend schlug ich nach dem Attentäter, aber der war viel zu schnell. Ein Zweikampf mit ihm wäre Selbstmord gewesen, doch es gelang mir, ihn mit einem Messerwurf abzulenken. Der Dolch traf ihn zwar mit dem Griff voraus, die kurze Ablenkung genügte einem meiner Magier dennoch, um den Kerl mit einem Zauber zu erledigen. Weitere Verteidiger tauchten auf und opferten sich für ihre Königin. Die Zahl der toten Manoler stieg beständig, aber sie nahmen so viele von uns mit, wie sie nur irgend konnten.

Ich hätte niemals überlebt und bin tatsächlich ein gutes Dutzend Tode gestorben. Jedes Mal, wenn ich von Neuem begann, war die tödliche Verletzung zwar verheilt, aber die körperliche Anstrengung, das ständige Ducken und Zustechen spürte ich bis in die Knochen. Ich war erschöpft. Nein, das stimmt nicht. Ich war am Ende.

Schließlich waren nur noch Khaevatz und ich übrig. Während

* Was in gewissem Sinne sogar stimmt. In jenem Jahr gab es ein eigenartiges Wetterphänomen, das große Teile des Kontinents mit einem außergewöhnlich heftigen Sturm heimsuchte. Es könnte tatsächlich sein, dass der Sturm nicht natürlichen Ursprungs war und die Welt somit »geweint« hatte.

der ganzen Zeit hatte sie sich nicht einen Fingerbreit in ihrem Stuhl bewegt.

»Ergebt Euch!«, rief ich. Das waren doch die richtigen Worte, oder? Jedenfalls war Khaevatz nicht *hier* gestorben. Das wusste ich mit Sicherheit. Es würde noch Jahrhunderte dauern, bis sie ihren letzten Atemzug tat.

»Armer kleiner König«, höhnte eine männliche Stimme. »Wie bitter muss die Niederlage schmecken, nachdem Ihr so weit gekommen seid und so viele Eroberungen gemacht habt.«

Ich blinzelte. Khaevatz verschwamm wie ein Spiegelbild in einem Teich, in den jemand einen Stein geworfen hatte, und verschwand. Bei dem fraglichen Stein handelte es sich um einen Manoler, der durch das Trugbild trat und nun über die Stufen auf mich zu schlenderte.

Es war Teraeth.

»Ter…« Der Name erstarb mir auf den Lippen. Nein, das war nicht Teraeth. Der Kerl hätte sein Bruder sein können, das schon, aber die Stimme war anders, die Haltung, sein ganzes Auftreten. Dieser Mann hatte die graugrünen Augen eines Wirbelsturms und Haare, so schwarz wie die Tiefen des Ozeans. Er war lediglich mit einem Schwert bewaffnet, und unter dem offenen Hemd konnte ich denselben smaragdgrünen Tsali-Stein erkennen, den ich zuletzt an Doc gesehen hatte.

»Die Königin bittet um Verzeihung, dass sie nicht selbst hier sein kann. Sie bespricht sich gerade mit Eurem Bruder, Prinz Kelindel – dem zukünftigen König Kelindel, soweit ich weiß –, wie mit Kaiser Kandor verfahren werden soll. Kandor scheint fest entschlossen, uns Vané restlos auszulöschen, um Eure Verbrechen zu vergelten.« Mit einem boshaften Lächeln auf dem Gesicht kam er seelenruhig näher. »Ich habe die Ehre, dafür zu sorgen, dass niemand sich Prinz Kelindels Anspruch auf den Thron entgegenstellt. Meinen Glückwunsch. Ihr habt unsere verfeindeten Völker endlich vereint, wenn auch nicht so, wie Ihr es im Sinn hattet.«

Mir blieb keine Zeit zu protestieren oder eine Frage zu stellen. Wozu auch immer diese bizarre Wiederaufführung einer uralten Episode in der Geschichte der Vané gut sein sollte – dieser Kerl war bewaffnet.

Und er meinte es ernst.

Er schlug nach mir, und ich riss mein Schwert hoch. Ich spürte ein rasiermesserscharfes Brennen, als seine Klinge über meinen gepanzerten Unterarm glitt und an der ungeschützten Innenseite des Ellbogens kurz eindrang. Normalerweise hätte das genügen müssen, um den Kampf wieder von vorne beginnen zu lassen, denn ich war sicher, dass auch diese Klinge vergiftet war.

Nichts passierte.

Ich stürzte vor in der Hoffnung, ihn damit etwas zurückzudrängen. Mein Gegner wich seitlich aus und hob erneut sein Schwert. Da sah ich die Lücke.

Ich stach zu und merkte zu spät, dass es eine Finte gewesen war. Sein Blick war verächtlich, als mich seine Klinge durchbohrte. Um mich wurde es schwarz.

Kein Lichtblitz diesmal.

48

FAMILIENESSEN

(Klaues Geschichte)

Tante Tishar (genauer gesagt Kihrins Urgroßtante) musterte ihn über die Tafel hinweg. »Darzin sagte, du seist Musikant.«

Sie sah jünger aus als Therin, bestimmt nicht älter als Mitte zwanzig. Kihrin rief sich ins Gedächtnis, dass sie alt genug war, um Surdyehs Großmutter zu sein. Das Vané-Erbe war ihr deutlich anzusehen. Höchstwahrscheinlich war ihre Mutter reinen Blutes gewesen. Ihr Haar funkelte golden, ihre Augen waren von einem so intensiven Blau, dass es unnatürlich wirkte.

Sie sah Kihrin sehr, sehr ähnlich.

Die Ähnlichkeit war zwar nicht so frappierend wie bei dem Porträt ihres Bruders Pedron, aber sie war eindeutig da. An Tishar erkannte Kihrin den Ursprung seiner eigenen blauen Augen und seines gelben Haars. Neben ihrem schon lange toten Bruder Pedron war sie ein weiterer Beweis, dass Kihrin ein D'Mon war.

Das Abendessen wurde in einem Prunksaal eingenommen, der groß genug für ein ganzes Heer war. Es war die einzige Mahlzeit, bei der die gesamte Familie zusammenkam. Mit Bestürzung stellte Kihrin fest, wie groß seine neue Familie war. Im Saal befanden sich bestimmt hundert Leute, die alle rechtmäßig den Namen D'Mon trugen. Sie saßen an einem Dutzend Tische verteilt, deren Position anzeigte, wie hoch sie in der Gunst standen und wie nahe sie dem Machtzentrum der Familie waren.

Kihrin hätte lieber an einem der hinteren Tische gesessen, wo er vor Darzins stechendem Blick sicher gewesen wäre, doch seine Glücksgöttin Taja ließ ihn wieder einmal im Stich. Es wurde erwartet, dass er an der gleichen Tafel wie sein Vater, sein Großvater – der Hohe Lord Therin – und die nächsten Verwandten Platz nahm. Nicht einmal von der Hälfte der Leute am Tisch kannte er den Namen, Onkel und Tanten, die er – wenn überhaupt – kaum je gesehen hatte.

Kihrin aß und nickte. »Ja, edle Dame. Aber ich singe besser, als ich spiele.« Er stocherte in dem Essen auf dem Teller mit Goldrand herum. Die Küche hier war immer noch ungewohnt für ihn: Der momentane Gang, einer von einem halben Dutzend, bestand aus einem kleinen Stück Lachs in pikanter Sahnesauce. Es schmeckte nicht schlecht, aber irgendwie langweilig. Kihrin wünschte, er hätte eine Pfeffersauce oder Vorakresse als Beilage gehabt.

»Wie drollig.« Alshena D'Mon leerte kichernd ihr drittes Glas Wein. »Aber vermutlich immer noch besser als alles, was du da, wo du aufgewachsen bist, mit deinem hübschen Gesicht sonst hättest lernen können.«

Kihrin warf ihr einen finsteren Blick zu, und Alshena gackerte, als hätte sie gerade einen Volltreffer gelandet.

»Mutter, bitte …«, flüsterte Galen direkt neben ihr.

»Ach, mein Sohn findet mein Betragen also ungebührlich«, zog sie Galen grinsend auf. Der runzelte nur kurz die Stirn und stierte auf seinen Schoß.

»Öfter mal was Neues …«, kommentierte Onkel Bavrin.

Alshena lachte und fächelte sich kühle Luft zu.

»Du wirst uns doch beim Neujahrsmaskenball etwas vorspielen, nicht wahr?«, fuhr Tishar fort, ohne weiter auf die beschwipste Matrone einzugehen.

»Auf keinen Fall!«, fuhr Darzin auf. »Ein D'Mon, der auf einer

Vergnügungsveranstaltung spielt, als gehöre er zur Dienerschaft? Ausgeschlossen.«

»Ich bin sowieso nicht besonders gut, Tante Tishar«, warf Kihrin ein.

»Qoran erwähnte in einem Brief, du seist der beste Harfner, den er je gehört habe«, widersprach Therin. Bis zu diesem Zeitpunkt hätte Kihrin schwören können, dass der Hohe Lord nicht einmal zuhörte. »Der Oberste General hat sich bereits für den Maskenball angekündigt. Du wirst ihm auf der Harfe, die er dir geschenkt hat, etwas vorspielen.«

»Vater …« Darzin war außer sich.

»Er wird spielen. Das ist mein letztes Wort.«

Kihrin beobachtete, wie die beiden sich über den Tisch hinweg mit Blicken erdolchten.

Schließlich gab Darzin nach. »Ja, Vater.«

»Damit hast du drei Monate Zeit zum Üben.« Tishar beugte sich ein Stück näher heran, dann flüsterte sie: »Ich wette, all die Adelstöchter werden sich die Finger nach dir lecken.«

Darzin hatte alles gehört. Er stieß ein bellendes Lachen aus. »Jetzt weiß ich, worauf du hinaus willst, Tish. Du willst ihn unter die Haube bringen! Lass gut sein, der Junge ist erst fünfzehn.«

»Alshena und du waren auch nicht viel älter, als ihr geheiratet habt«, entgegnete Tishar.

»Ist ja auch eine glückliche Ehe geworden«, sagte Onkel Devyeh leise.

Darzin war entweder so gnädig, den Kommentar zu ignorieren, oder – was wahrscheinlicher war – er hatte ihn schlichtweg nicht gehört. Alshena allerdings schon. Wenn Blicke töten könnten, wäre ihrem Schwager auf der Stelle das Herz stehen geblieben.

»Ich würde noch etwas warten«, erklärte Darzin. »Zuerst sollen die Leute vergessen, dass seine Mutter eine bürgerliche Hure war.«

»Du meinst ein bürgerliches Flittchen, Vater«, berichtigte Kihrin.

Alle Gespräche am Tisch erstarben.

Darzin funkelte ihn an. »Was hast du da gerade gesagt?«

»Ich sagte, sie war ein bürgerliches Flittchen. Lyrilyn war eine Sklavin, oder etwa nicht? Ihr Körper hat ihr nicht mal gehört, also konnte sie ihn wohl schlecht verkaufen. Somit war sie keine Hure. Aber sie war willig – es blieb ihr ja kaum was anderes übrig. Und eine Bürgerliche war sie auf jeden Fall. Also war meine Mutter ein bürgerliches Flittchen.« Kihrin überlegte kurz. »Aber du musstest ihr die Freiheit schenken, bevor du sie heiraten konntest, oder?«

Darzin schäumte. »Ja.«

»Dann entschuldige ich mich hiermit, Vater. Du hast recht: Sie war eine bürgerliche Hure.«

Es folgte ein tiefes Schweigen. Alle am Tisch starrten Kihrin mit offenem Mund an. Alshena war starr vor Schock, und Darzins Gesicht hatte sich zu einem unschönen Violett verfärbt.

Lady Miya begann zu lachen.

Ihr Lachen hatte etwas Magisches, wie ein sich langsam aufbauender, kristallklarer Glockenklang. Jede aufbrausende Erwiderung oder Drohung, die Darzin auf der Zunge gehabt haben mochte, wurde davon einfach hinweggespült. Alle am Tisch schauten sie an, dann begannen sie selbst zu lachen. Therin warf seiner Seneschallin einen erstaunten Blick zu und gestattete sich schließlich selbst die seltene Ehre eines Lächelns.

Nur Darzin spießte Kihrin weiterhin mit seinen Blicken auf.

Bavrin schaute grinsend zu Onkel Devyeh hinüber und sagte: »Damit wäre das wohl geklärt.«

Devyeh nickte. »Zweifelsohne.«

»Was geklärt?«, fragte Alshena mit drohendem Unterton.

Bavrin deutete mit dem Daumen in Kihrins Richtung. »Dass er einer von uns ist.«

Tishar hob eine Augenbraue. »Gab es daran je einen Zweifel? Der Junge ist Pedron wie aus dem Gesicht geschnitten.«

Lord Therin schnaubte. »Hoffen wir, dass er nicht genauso von Sinnen ist.«

Darzin ließ sein Besteck mit einem so lauten Klappern auf den Teller fallen, dass selbst der Hohe Lord aufblickte. »Sohn«, begann er, »für dich ist der heutige Abend zu Ende. Geh auf dein Zimmer.«

Das neueste Mitglied der Familie D'Mon schaute Darzin verdattert an. »Wie bitte? Was habe ich denn …«

»JETZT! Auf dein Zimmer.«

»Du hast sie eine Hure genannt, nicht ich«, protestierte Kihrin.

Darzin stand auf. Sein Gesicht war feuerrot, seine Nasenflügel bebten vor Wut.

»Schön!« Kihrin erhob sich ebenfalls und stolzierte aus dem Saal. Niemand versuchte, ihn aufzuhalten, oder sagte auch nur ein Wort – weder zu ihm noch zu sonst jemandem.

Kihrin hatte den Flur halb durchquert, da hörte er Schritte hinter sich – ein schnelles, wütendes Klappern auf den Marmorfliesen. Er drehte sich genau in dem Moment um, als Darzin ihm mit wutverzerrtem Gesicht einen Kinnhaken verpasste.

»Tu. Das. Niemals. Wieder.« Er schlug erneut zu. Diesmal hatte Kihrin eine Hand zum Schutz erhoben, sodass er nur seinen Arm traf. »Wenn du mir noch einmal vor der versammelten Familie Widerworte gibst, bringe ich dich um. Hast du das verstanden, Junge? Ich bringe dich verflucht noch mal um.« Darzin holte wieder aus, doch diesmal traf er die Messingvase, die Kihrin sich vors Gesicht hielt. Er heulte auf vor Schmerz, und Kihrin taumelte zurück. Sein Kiefer war geschwollen, und die Lippe blutete, was ihn aber nicht davon abhielt, seinen Vater erneut zu verhöhnen. »Wie war das noch? Ich soll auf meine Ausdrucksweise achten?«

Darzin hielt inne und schaute ihn mit einer Mischung aus Wut und Unglauben an. »Willst du mich provozieren, Bursche? Bist du wirklich so dämlich?«

Kihrin lachte voll spöttischer Freude. Seine Augen waren glasig wie bei jemandem, den man so weit getrieben hatte, dass ihn die Konsequenzen seines Tuns nicht mehr kümmerten. »Sieht ganz so aus. Scheint in der Familie zu liegen.«

Einen Moment lang starrte Darzin den jungen Mann mit stumpfen, toten Augen an. »Warum begehen wir dann nicht gemeinsam eine Dummheit? Das wird uns verbinden. Ich frage mich, wie du für diesen stinkenden, fetten General die Harfe spielen willst, wenn du keine Daumen mehr hast.« Er zog seinen Dolch aus der Gürtelscheide.

Aller Humor und Sarkasmus ließen Kihrin im Stich, als er den Wahnsinn in Darzins Augen sah. Er würde es wirklich tun! Ganz langsam ging er noch weiter zurück. Sein Vater folgte ihm.

Kihrin schluckte und versuchte, an Darzins Vernunft zu appellieren. »Der Hohe Lord wünscht diesen Auftritt …«

»Mein Vater sollte mittlerweile daran gewöhnt sein, nicht immer zu bekommen, wonach er verlangt«, entgegnete Darzin. »Außerdem bezweifle ich, dass er überhaupt zu dem Ball kommen wird.«

»Wenn du das tust, bringst du mich besser gleich um«, knurrte Kihrin. »Sonst wirst du nicht mehr lange genug leben, um es zu bereuen.«

»Leere Versprechungen.« Darzin versuchte, ihn zu packen, doch Kihrin duckte sich unter seiner Hand weg, wirbelte herum und rannte los. Der Erblord stellte ihm ein Bein, und als der Junge stolperte, packte er ihn am Hemd. Der Stoff zerriss, da packte Darzin Kihrins Schopf.

Kihrin schrie und schlug mit dem Ellbogen aus, landete aber keinen Treffer. Ihm war allzu bewusst, dass sein Vater in der anderen Hand den Dolch hielt und gerade überlegte, wie er ihn am besten einsetzen könnte.

»Warum verpasse ich dir nicht ein paar Schnitte im Gesicht?«, flüsterte er. »Dann haben die Heiler etwas zum Üben.«

Kihrin warf sich nach vorn und spürte, wie ganze Haarbüschel ausrissen, doch der leicht vergrößerte Abstand verschaffte ihm Gelegenheit, seinem Vater mit der Ferse zwischen die Beine zu treten. Darzin ließ ihn einen Moment lang los, was Kihrin nutzte, um durch einen Seiteneingang zu verschwinden. Er hatte genauso viel Angst wie damals, als er noch ein Schlüssel gewesen war und vor den Wächtern fliehen musste.

Wenige Sekunden später kam Darzin durch die Tür gestürmt und blieb stirnrunzelnd stehen. Der kleine Salon war leer und dunkel. Nur das fahle Licht der Drei Schwestern fiel durch die Fenster herein. Darzin ging ein paarmal auf und ab und blieb schließlich vor einem offenen Fenster stehen. Er beugte sich über das Sims und nahm die erstaunliche Strecke bis nach unten in den Hof zur Kenntnis, aber auch das Rankgerüst an der Wand, an dem ein ausgebildeter Dieb mühelos hinunterklettern konnte. Er fluchte.

»Mit ihm kannst du nicht so umspringen wie mit Galen«, sagte eine strenge Stimme in seinem Rücken.

»Ich kann mit ihm machen, was immer ich will«, widersprach Darzin und drehte sich zum Hohen Lord Therin um, der soeben hereingekommen war.

»So wie ich mit dir machen kann, was ich will, mein Sohn. Dein Verhalten ist vollkommen inakzeptabel. Wenn du jemanden zum Quälen brauchst, dann schaff dir einen Sklaven an. Nachdem du aber beschlossen hast, diesen Jungen als deinen Erben in unsere Familie einzuführen, wirst du ihn angemessen behandeln.«

Darzin blickte seinem Vater fest in die Augen. »Habe ich am Ende des Satzes etwa ein ›sonst‹ gehört?«

»Du hast wirklich gute Ohren.«

»Sonst *was?*«, fragte Darzin gehässig. »Du scheinst es nicht bemerkt zu haben, aber ich verteidige nur den guten Namen und den Rang unserer Familie.«

»Ah, du verteidigst etwas«, erwiderte Therin. »Ich bezweifle allerdings, dass es sich dabei um die Ehre des Hauses D'Mon handelt.«

Darzins Augen verengten sich zu Schlitzen. »Lass die Drohungen. Vergiss nicht, ich weiß Dinge über dich, die niemand je erfahren darf.«

Therin lächelte. »Mach schon, erzähl's der ganzen Welt. Dann haben all die erlesenen Gesprächsrunden endlich wieder frischen, schlüpfrigen Klatsch, um ihre kalten, geizigen Herzen ein wenig zu wärmen. Meine Geheimnisse sind lediglich beschämend – Hochverrat gehört nicht dazu.«

»Pedron war dein Vater«, blaffte Darzin. »Wo war da deine viel gerühmte Loyalität?«

»Pedron war das Schwein, das dem Mann, der mich aufgezogen hat, Hörner aufgesetzt hat«, berichtigte Therin. »Ich habe ihm genau so viel Loyalität entgegengebracht, wie er verdiente.«

»Das weißt du …«

»Zur Zeit der Stimmen-Affäre magst du noch ein Kind gewesen sein und wurdest deshalb nicht verdächtigt, aber glaube nicht für eine Sekunde, ich wüsste nicht, womit du damals deine Nächte verbracht hast. Mein eigener Sohn. Ich habe Pedron aus freien Stücken und mit voller Überzeugung ausgeliefert, aber nicht mein Kind – was du mich seither bei zahlreichen Gelegenheiten hast bereuen lassen.«

»Du wärest genauso schuldig«, sagte Darzin nach einer langen und schockierten Pause. »Weil du mich deckst.«

»Mag sein«, räumte Therin ein. »Der Unterschied zwischen uns ist jedoch, dass ich leicht an den Punkt zu bringen bin, an dem mir die Konsequenzen egal sind. Du hingegen denkst immer nur an dich selbst. Wenn du unbedingt bluffen willst, dann tu's. Ich gewinne trotzdem, ganz einfach weil ich niemals bluffe.«

Darzins Kiefermuskeln zuckten. »Ich hätte die Schlampe umbringen sollen, als ich merkte, dass sie schwanger war.«

Therin verpasste seinem Sohn eine Ohrfeige. »Geh mir aus den

Augen«, zischte er. Sein Zorn war der eines echten D'Mon: kalt und tödlich.

Selbst Darzin erschrak. Er starrte seinen Vater einen Moment lang an, dann machte er auf dem Absatz kehrt und verschwand durch die Tür.

Der Hohe Lord schaute ihm eine Weile hinterher und ging dann zu einem Beistelltisch. Dort goss er sich einen Sasabim-Branntwein ein und starrte eine Weile das Glas an, dann setzte er sich und schaute, ohne zu trinken, in den kalten Kamin.

»Du kannst jetzt rauskommen. Ich weiß, dass du da bist«, sagte er schließlich.

Kihrin schlüpfte hinter den Vorhängen hervor, unsichtbar wie ein Schatten. Er hielt sich ein Taschentuch auf die geschwollene und blutende Wange gepresst. »Woher?«, fragte er.

Der Hohe Lord zuckte mit den Schultern. »In jungen Jahren war ich einmal mit einem Mann befreundet, der ein ähnliches magisches Talent besaß. Seither merke ich es, wenn mein Blick von einer bestimmten Stelle im Raum abgestoßen wird. Nicht zu vergessen die Hunde.«

»Die Hunde?«

»Ja.« Therin deutete mit seinem Glas auf das offene Fenster. »Hunde. Sie patrouillieren unten. Du bist noch nicht lange genug hier, als dass sie deinen Geruch erkennen würden. Wenn du tatsächlich durchs Fenster geklettert wärst, hätten sie gebellt.«

»Um was ging es bei dieser Stimmen-Affäre?«, fragte Kihrin.

Therin seufzte. »Das ist alles lange vor deiner Geburt passiert.«

»Ich glaube trotzdem, dass ich es wissen sollte.«

Therin musterte ihn, schließlich nickte er. »Die Familien des Hochadels bilden zusammen den Hof der Edelsteine. Wir würden uns ja gerne königlich oder kaiserlich nennen, aber wir haben keine Herrschergewalt – schon seit der Reichsgründung nicht mehr. Wir haben uns etwas zuschulden kommen lassen, niemand weiß mehr genau, was. Die Antwort ging irgendwann in den Tiefen der Geschichte verloren.* Man weiß nur noch, dass es etwas Schreckliches war. So schrecklich, dass die Acht Unsterblichen einen Fluch über uns verhängt haben: Sie verfügten, dass kein Adliger je über Quur herrschen darf, außer er erringt die Kaiserkrone. Die Götter haben geschworen, vom Himmel herabzusteigen und jede Familie, die gegen dieses Tabu verstößt, bis auf den letzten Säugling auszulöschen. Deshalb herrscht der Hof der Edelsteine über Bevollmächtigte, über Ogenras, denen wir Ländereien und Titel schenken und ihnen damit Macht verleihen, und über die Repräsentanten, die wir als unsere Stimmen erwählen. Wir sind Kaufleute, unsere Stärken liegen in der Wirtschaft und unserer republikanischen Gesinnung. Den meisten genügt das, aber einige sehnen sich zurück in die längst vergangenen Zeiten, als wir noch die Gesetze machten und darüber entschieden, wer lebt und wer stirbt. Vor etwas mehr als zwanzig Jahren entstand eine Geheimgesellschaft mit dem Ziel, den alten Status Quo wiederherzustellen. Sie glaubten, damit eine Prophezeiung zu erfüllen, die das Ende des Kaiserreichs vorhersagte.« Therins Mundwinkel zuckten. »Wahrscheinlich, um es in neuem Glanz wiederauferstehen zu lassen. Die Menschen sind allzu leicht bereit, einen in voller Blüte stehenden Acker umzupflügen und ganze Nationen auszulöschen, nur weil sie glauben, damit den Samen für etwas Besseres zu säen.«

»Zauberer, Dieb, Ritter und König. Die Kinder werden die Namen ihrer Väter nicht wissen, die den Stimmen ihren Stachel entrissen. Meint Ihr diese Prophezeiung?«

Therin runzelte die Stirn und beugte sich näher heran. »Wo hast du das gehört?«

* Nicht ganz. Der Hochadel hat sich gegen Kaiser Simillion verschworen und ihn ermordet. Darüber waren die Götter sehr erzürnt, da er gerade dabei war, etwas Wichtiges für sie zu erledigen.

»Irgendein Reicher hat das irgendwann mal geschrieben. Welcher davon war Pedron? Der Zauberer?«

Therins Blick wurde hart. »Nein. Der Dieb. Pedron ist nicht im Oberen Zirkel aufgewachsen. Seine Mutter hat ihn aus dem Palast geschmuggelt, bevor sie starb. Er wurde im Unteren Zirkel groß. Als das Haus D'Mon ihn wieder zu sich holte, hatte er bereits die Schattentänzer gegründet.« Er wedelte abschätzig mit der Hand. »Gadrith D'Lorus glaubte, die Prophezeiung bezöge sich auf Ogenras, die von ihren Adelshäusern in den Schoß der Familie zurückgeholt und legitimiert werden. Er glaubte, das sei mit den Kindern gemeint, die die Stimmen stürzen und ihnen den Stachel entreißen.«

Kihrin stieß einen Pfiff aus. »Gadrith D'Lorus? Gadrith der Krumme gehörte auch dazu?«

»O ja. Er war der Zauberer. Es gab noch ein paar andere, mittlerweile sind sie alle tot. Ich war nie einverstanden damit, wie Gadrith die Leute in Rollen zwängte, die zu der Prophezeiung passten. Aber jemand, der sich für auserwählt hält, lässt nun mal nicht mit sich reden.« Er seufzte. »Dass Darzin an dieser widerlichen kleinen Intrige beteiligt war, macht mich krank.« Er starrte weiter in den Kamin, und da fiel Kihrin etwas in seinem Gesicht auf, das er bei einem D'Mon noch nie gesehen hatte: Scham.

Er selbst empfand keinerlei Scham. Stattdessen sagte er zu seinem Großvater: »Und wie lange wollt Ihr Darzin noch decken?«

Therins Blick zuckte zu Kihrin zurück. »Bisher habe ich dich mit Nachsicht behandelt. Fordere dein Glück nicht heraus.«

»Irgendjemand muss es tun«, gab Kihrin zurück. Er wischte sich wieder Blut vom Gesicht. »Ich bin neugierig: Was muss noch alles passieren, bevor Ihr etwas unternehmt? Wartet Ihr auf noch mehr Beweise, dass er das göttliche Gesetz gebrochen hat? Wie viele Menschen muss er noch foltern und töten? Allmählich glaube ich, wenn die Leute von einem Schicksal sprechen, das schlimmer ist als der Tod, meinen sie damit jemanden, der das Pech hat, als

Sklave Eures Sohnes zu enden. Habt Ihr irgendeine Vorstellung davon, was er ihnen antut?«

»Sie gehören ihm. Von Rechts wegen kann er mit ihnen tun, was immer er will.«

»Klar, so wie ihm auch seine Kinder gehören. Deshalb stört es Euch auch nicht, wenn Darzin sie prügelt, wann immer ihm gerade danach ist. Im Unteren Zirkel gibt es jede Menge Strolche, die nicht gebildeter sind als Fische und sich trotzdem schämen würden, ihr eigen Fleisch und Blut so zu behandeln. Welche Grenze muss Darzin noch überschreiten? Es interessiert mich wirklich. Folter und Mord haben wir schon. Vergewaltigung?«

»Genug!«, schrie Therin und zerschmetterte sein Glas auf dem Boden. »Wage es nie wieder, so mit mir zu sprechen.«

Kihrin verzog höhnisch den Mund. »Was habt Ihr jetzt vor, alter Mann? Wollt Ihr mich schlagen wie Euer Sohn?«

Therins Kiefer mahlten, während er Kihrin stumm anstarrte.

Der junge Mann schüttelte den Kopf. »Anscheinend komme ich mehr nach Euch als nach Darzin, denn genau wie Euch kann man mich an einen Punkt bringen, an dem mir alles egal ist. Dieses Schwein hat mir alles genommen, was ich geliebt habe. Alles. Also klopft Euch nicht auf die Schulter, weil Ihr mich vorhin beschützt habt. Denn *Ihr* wart es, der all das zugelassen hat.«

»Ich habe niemals …«

»Doch, habt Ihr!«, brüllte Kihrin. »Er beschwört einen Dämon, er mordet und begeht Hochverrat, und Ihr deckt ihn … Was lernt ein Mann wie Darzin anderes daraus, als dass er mit allem davonkommt, weil Ihr für ihn die Scherben zusammenkehrt? Ihr sitzt hier voller Selbstmitleid wegen der ach so noblen Nachsicht, mit der Ihr Euren tollwütigen Sohn behandelt. Aber wisst Ihr was? Ihr habt diesen tollwütigen Hund erst zu dem gemacht, was er ist! Genau deshalb ist auch nichts Nobles daran, wenn Ihr Euch weigert, ihn einzuschläfern.«

Therin reagierte nicht. Er sah zutiefst verletzt aus und versank, den Blick zu Boden gerichtet, tiefer in seinem Stuhl.

Kihrin wurde nur noch wütender. Er war noch nicht fertig.

»Ich hoffe, Ihr seid stolz auf Euren Sohn«, fauchte er. »So wie ich die Sache sehe, habt Ihr einander verdient.«

Nachdem Kihrin gegangen war, starrte Therin noch mehrere Stunden lang in den kalten Kamin. Nur einmal verließ er den Salon, um ein neues Glas und eine volle Flasche Branntwein zu holen. Es war Lady Miya, die ihn schließlich fand und in sein Schlafgemach brachte.

49

WICHTIGE LEKTIONEN

(Kihrins Geschichte)

Als ich aufwachte, lag ich sabbernd und mit dem Gesicht nach unten auf dem schwarzen Steinboden des Übungsraums. Alles tat mir weh. Meine Arme, mein Hals, meine Schultern, die Oberschenkel und Waden. Mein ganzer Körper fühlte sich an, als wäre ich wieder auf der Ruderbank der *Kummer*. Stöhnend hob ich den Kopf. Doc saß ein Stück von mir entfernt. Neben der Teekanne stand eine Flasche Wein, aus der er sich gerade einen Becher voll eingoss. Sein Blick ruhte auf meiner geliehenen Harfe, doch seinem Gesichtsausdruck nach zu urteilen, sah er sie nicht einmal.

Als ich ein Geräusch machte, schaute er mich an und stand auf. Er sah nicht glücklich aus.

»Das war erbärmlich«, sagte er und stellte sich vor mich, ohne Anstalten zu machen, mir aufzuhelfen. »Wie oft bist du draufgegangen? Drei Dutzend Male? Vier? Was hat Darzin dir eigentlich beigebracht? Wie du dich am schnellsten in das Schwert deines Gegners stürzt?«

Um ein Haar hätte ich Darzin verteidigt, konnte mir aber gerade noch rechtzeitig auf die Zunge beißen. Mein sogenannter Vater hatte mir nur Fechtunterricht erteilt, um mich zu verprügeln, weil ich nicht schnell genug Fortschritte machte. »Du hast mich mit diesem Tee betäubt! Reden wir erst einmal darüber!«

»Ich habe dir gesagt, dass ich dich hart rannehmen werde.«

Ich nahm einen tiefen Atemzug und kämpfte den Drang nieder, laut loszubrüllen. Der Betäubungstee war gar nicht das Entscheidende gewesen. »Ich weiß, wie Riscoria wirkt. Visionen bekommt man davon jedenfalls nicht. *Was* hast du mit mir gemacht?«

Doc wirkte erfreut, weil ich den Unterschied bemerkt hatte. Er tippte auf den grünen Tsali-Stein an seinem Hals. Es war der gleiche, den der Manoler getragen hatte – der Vané, der mir in der Vision schließlich das Licht ausgeblasen hatte.

Exakt derselbe.

»Kettensprenger«, sagte Doc.

Ich blinzelte. »Entschuldigung. Wie bitte?«

Meine Verwirrung amüsierte ihn. »Du trägst den Schellenstein. Ich habe seinen Bruder, den Kettensprenger. Du und ich, wir gehören zu einem sehr kleinen und erlesenen Kreis mit nur acht Mitgliedern auf der gesamten Welt.«

Ich befühlte den Anhänger an meinem Hals. »Acht? Es gibt insgesamt acht davon?«

»Ja. Und jeder bringt seine eigenen Kräfte, Gaben und Flüche mit sich.« Er schürzte die Lippen. »Sprechen wir über deine Ausbildung.«

»Nein. Ich möchte über meinen Stein und diesen Kettensprenger reden. Und über die Illusion, die du mir in den Kopf gepflanzt hast.«

Doc verdrehte seufzend die Augen Richtung Decke. Dann war er plötzlich nicht mehr da.

Ich spürte die Spitze seines Schwerts an meinem Hals. Er hatte sich so schnell bewegt, dass ich ihm mit den Augen nicht folgen konnte. »Du möchtest über die wahren Dinge reden? Das hier ist wahr, junger Mann.« Ein Blutstropfen quoll aus meinem Hals, genau über dem Schellenstein. Er war eiskalt – nur für den Fall, dass ich an der Entschlossenheit meines Lehrers zweifelte. »Wahr ist, dass du eine Welt betreten hast, die dich hasst und dich liebend gerne als verwesende Leiche auf den Misthaufen der Geschichte werfen würde. Wahr ist, dass du weder die Ausbildung noch die Fertigkeiten besitzt, um auch nur bis zu deinem nächsten Geburtstag zu überleben. Wahr ist, dass ein Leben auf einer Insel, auf der du dich vor Ungeheuern wie Relos Var versteckst, überhaupt kein Leben ist.«

»Ich kann hier nicht weg!«, bellte ich. Wegen der Schwertspitze unterließ ich es allerdings, mich nach vorn zu beugen, um meinen Worten Nachdruck zu verleihen. »Sobald ich versuche, die Insel zu verlassen, bringt er mich um.«

Doc lachte kalt. »Der Alte Mann wird dich nicht umbringen. Du trägst den Schellenstein.«

»Das weiß ich! Aber das wird ihn nicht davon abhalten …« Ich verstummte.

»Du weißt nicht mal, was das bedeutet, oder?«

Ich blinzelte ihn an. »Es würde ihn töten. So viel weiß ich immerhin.«

Eigentlich hatte ich angenommen, dass der verfluchte Klunker Drachen nichts anhaben konnte. Dass sie immun gegen die Macht des Steins waren. Ich starrte meinen Anhänger an. Wenn sich nun herausstellen sollte, dass ich die ganze Zeit von hier hätte verschwinden können, würde ich schreien. Glaubte ich zumindest. Es gab nur eine Möglichkeit, das herauszufinden: fragen.

»Was bewirkt der Stein?«

»Wenn ich dich töte, während du ihn trägst, würde dein Körper sterben, aber der Schellenstein würde unsere Seelen vertauschen. Meine Seele, nicht deine, würde vor Thaenas Thron treten, während du die Freuden eines neuen Körpers genießen könntest. In diesem Fall die Freuden *meines* Körpers. Das möchtest du nicht unbedingt erleben, außer du kannst es nicht erwarten, ein paar Jahrzehnte zu altern und einen Bauchansatz zu bekommen.« Er kicherte. Ganz offensichtlich fand er das alles viel amüsanter als ich.

Mir war, als würde der Boden zu meinen Füßen erschüttert. Hunderte Mosaiksteine fügten sich plötzlich zusammen: Warum Klaue mich nicht getötet hatte. Warum Miya Lyrilyn diesen Stein gegeben hatte. Warum es nach außen hin so ausgesehen hatte, als hätte der Schellenstein Lyrilyn nicht vor dem Tod gerettet.

Denn so funktionierte der Stein nicht. Lyrilyn starb, doch ihre Seele lebte weiter – im Körper der Mimikerin, die sie ermordet hatte.

Noch ein paar andere Rätsel lösten sich ebenfalls auf.

Ich ergriff die Schwertklinge mit beiden Händen und drückte sie vorsichtig zur Seite. Dann rückte ich mir einen Stuhl zurecht und setzte mich. Lange konnte ich nicht bewusstlos gewesen sein, auch wenn es mir so vorkam, als wären mehrere Lebensspannen verstrichen. Es war zwar etwas weniger Öl in den Tanks, aber die Laternen brannten noch. Der Tee war kalt, aber das Brot duftete noch immer frisch. Eine Stunde. Höchstens.

»In dieser Vision«, begann ich, »war ich Terindel – *König* Terindel. Ich trug den Schellenstein, als ein Manoler mich tötete, der Teraeth zufälligerweise mehr als nur ein bisschen ähnlich sah.«

Doc hob eine Augenbraue und bedeutete mir fortzufahren.

Ich streckte den Zeigefinger in seine Richtung. »Du hast Teraeths Vater als Trottel bezeichnet.«

Doc-Terindel leerte kichernd seinen Weinbecher. »Nun ja, ich muss es wissen, oder? Ich hatte fast fünfhundert Jahre Zeit, darüber nachzudenken, wie mich meine Arroganz zu Fall gebracht hat und mich schließlich die kirpische Krone kostete. Ich war ein Trottel und ein Narr, und deswegen habe ich alles verloren.« Er schnippte mit dem Daumen gegen den Kettensprenger. Ein Glockenton erklang. »Ich kann mit diesem Ding inzwischen so gut umgehen, manchmal vergesse ich ganz, dass ich in eine Illusion gehüllt bin.«

Und dann verschwand die Illusion.

Doc sah genauso aus wie der Manoler in meiner Vision, der mich am Ende niedergestreckt hatte. Er trug zwar andere Kleider, aber das war auch schon alles. Er sah kein bisschen aus wie Terindel, der König von Kirpis, der seine Truppen gegen Manol geführt hatte.

Trotzdem wusste ich, dass er es war.

Terindel war von einem schwarzhäutigen manolischen Vané getötet worden. Aber da er im Moment seines Todes den Schellenstein getragen hatte, war seine Seele in den Körper seines Mörders übergegangen.

»Als mir das Juwel gegeben wurde, das du da um den Hals trägst, hatte ich nicht vor, es je zu benutzen«, erklärte Terindel. »Zwar würde es mir das Leben retten, aber auf Kosten meines Throns. Das ist das Problem mit uns ›Hochgeborenen‹: Unsere angebliche Überlegenheit fußt auf der lächerlichen Vorstellung, unser Körper und unsere Abstammung wären mehr wert als unsere Fertigkeiten, unser Intellekt und unsere Seele. Aber dem Schellenstein ist deine Abstammung egal. So wurde ich buchstäblich zu dem, was mir am meisten verhasst war: zu einem dreckigen manolischen Vané.«

»Wow. Ähm, also … Glaubst du immer noch … Ich meine …« Meine Stimme versagte.

»Ob ich immer noch ein verabscheuungswürdiger Rassist bin? Nein, ich denke doch, meine Weltsicht ist inzwischen etwas differenzierter geworden.« Er stellte den leeren Becher ab und steckte sein Schwert zurück in die Scheide. »Unmittelbar nachdem die Seele in den Körper des Mörders wechselt, ist man am verwundbarsten. In diesem Moment hat man den Stein nicht mehr – den trägt die eigene Leiche. Und viele der Fertigkeiten, von denen unser Überleben abhängt – vom Umgang mit dem Schwert bis zu unseren Zauberkünsten –, sind in unserem Körper verhaftet, der die entsprechende Ausbildung erhalten hat. Als ich merkte, was passiert war, nahm ich die Beine in die Hand. Ich hatte nicht mal Zeit, den Schellenstein wieder an mich zu nehmen. Aber mein neuer Körper trug seinen Bruder, den Kettensprenger. Das ist eine wichtige Lektion: Du bist nicht immun gegen die Ecksteine, nur weil du einen davon am Hals trägst.«

Ich nickte. Auch das klang logisch. Lyrilyn hatte den Schellenstein in ihrer Eile ebenfalls nicht mitgenommen. Oder hatte ihn jedenfalls nur rasch in meine Windel gestopft. »Aber was ist mit Valathea?«

Er musterte die Harfe. »Ich weiß nicht, was du meinst.«

»Deine Königin. Deine Frau. Sie sollte doch in Sicherheit gebracht werden.«

Terindel presste die Kiefer zusammen. »Ich wurde hintergangen. Man hat sie zu einem Verrätermarsch verurteilt.« Er verstummte kurz. »Ich glaube, für heute sind wir hier fertig. Du solltest dich ausruhen.«

»Ich glaube, ich schaue noch auf ein Pläuschchen bei unserem Drachen vorbei.«

Doc blinzelte mich an. »Das wäre unklug.«

Ich stand auf und wandte mich Richtung Ausgang.

»Du kannst nicht weg«, erklärte Doc.

»Ach ja?«, blaffte ich. Dann ließen mich meine Kräfte im Stich. Das Universum neigte sich zur Seite, schlug einen Salto und schleuderte mich auf den glatten Steinboden.

50

DIE FRAU DES ERBLORDS

(Klaues Geschichte)

Als Kihrin sein Gemach betrat, schäumte er vor Wut. All der Verdruss und all der schwelende Zorn, der monatelang in ihm gegoren hatte, quollen nun über. Wie konnte jemand so kaltherzig sein? Therin kümmerte sich um alles einen Dreck. Er war ein gefühlloses Ungeheuer, dem seine sogenannte Familie vollkommen egal war. Dass die D'Mons keine wirkliche Familie waren, hatte Therin bereits gesagt, doch bis zum heutigen Abend hatte Kihrin das für eine Übertreibung gehalten. Jetzt glaubte er es. Solange Therin Darzin gestattete, alle zu terrorisieren, brauchte er sich nicht selbst die Hände schmutzig zu machen.

Kihrin spürte eine mörderische Zerstörungswut in sich. Leider war der Raum von vornherein gegen solche Anwandlungen abgesichert: Es gab keine Stühle, und die Vorhänge waren keine befriedigenden Opfer. Die Vasen und Statuen verschafften ihm etwas Erleichterung, aber sie gingen allzu schnell zur Neige.

Da fiel sein Blick auf die Harfe.

Sie stand immer noch genau da, wo sie von Therins Dienern abgestellt und von Kihrin seither ignoriert worden war. Wie ein hinterhältiger Geier kauerte sie in der Ecke und beobachtete all den Tod, den Schmerz und den Hass um sich herum. Der Oberste General hatte gesagt, ihr Name bedeute »Leid«. Sehr treffend, immerhin war sie der Auslöser für die schlimmsten Leiden in Kihrins bisherigem Leben gewesen. Er machte ein paar Schritte, packte die Harfe und hob sie hoch über den Kopf …

»Auf was willst du dem General etwas vorspielen, wenn du sie jetzt kaputtmachst, Schatz?«, erklang Alshena D'Mons Stimme hinter ihm. Kihrin drehte sich um und sah sie mit ihrem Fächer näher kommen. Alshena fächelte sich ständig kühle Luft zu, damit ihr die daumendicke Schminke nicht vom Gesicht rann. »Nicht dass es mich sonderlich interessieren würde, Entlein, aber ich glaube, morgen früh würdest du es bereuen.«

Kihrin atmete einmal tief durch und stellte die Harfe wieder ab. Alshenas Stimme hatte die Spitze seines Zorns gekappt wie ein Messer. Er fühlte sich schlapp. »Ich habe Euch gar nicht klopfen gehört, edle Dame.« Kihrin schaute weg. Er war nicht in der Stimmung, sich mit seiner beschwipsten Stiefmutter und ihren scharfzüngigen Witzeleien auseinanderzusetzen.

Alshena lächelte. »Das habe ich auch nicht. Ich bin eine furchtbar unhöfliche Person, aber ich glaube, gehört zu haben, wie jemand hier drinnen Vasen zerschmettert.«

Kihrins Blick wanderte zu den Häufchen feuchter Erde und zerbrochenen Porzellans. »Ähm, ja, ich wollte nur … das Zimmer etwas umgestalten. Es ist alles in Ordnung. Ich glaube, ich möchte im Moment keine Gesellschaft.«

Sie hob ihre dick bemalten Augenbrauen. »Das verstehe ich. Ich bin nur hier, um mich bei dir zu bedanken.«

»Bei mir bedanken?« Kihrin lehnte sich gegen einen der Baumstämme, die die Säulen seines Himmelbetts bildeten. Sein Gleichgewichtssinn drohte, ihn im Stich zu lassen.

Alshena nickte. »Aber ja. Ich war ein wenig besorgt, als Darzin dir aus dem Speisesaal gefolgt ist …« Zu seinem größten Erstaunen sah sie beschämt aus. »Deine Unterhaltungen mit meinem Gatten und meinem Schwiegervater waren recht laut, muss ich gestehen.

Ich habe jedes Wort vom Flur aus gehört. Ich hoffe, Darzin hat dich nicht allzu schwer verletzt.«

Kihrin betrachtete seine Füße. »Keine Sorge. Nur eine aufgeplatzte Lippe. Ich habe eine Salbe dafür.«

»Danke.« Alshena klang, als bereitete es ihr körperliche Schmerzen, das Wort auszusprechen. »Es ist nicht leicht, meinem Mann die Stirn zu bieten. Du musst entweder sehr mutig sein oder sehr dumm. Ich bin zwar noch nicht sicher, welches von beidem, aber ich mag dich.«

Ihre Augen waren glasig von all dem Wein, den sie beim Abendessen getrunken hatte.

Kihrin setzte sich aufs Bett. Seine Zunge fühlte sich schwer an, wie gelähmt. Ihm fiel keine Erwiderung ein, die nicht vollkommen banal geklungen hätte.

Alshena nickte und wandte sich zum Gehen. In der Tür blieb sie noch einmal stehen. »Bis zum heutigen Abend hätte ich nicht geglaubt, dass du tatsächlich Darzins Sohn bist.«

Kihrin schaute sie mit weit aufgerissenen Augen an. »Und warum glaubt Ihr es jetzt?«

Sie blickte sich im Zimmer um. »Darf ich hereinkommen? Ich weiß, du willst eigentlich gerade keine Gesellschaft, ich dafür umso mehr.«

»Nun ja, jemand scheint hier drinnen … ähm, das ein oder andere fallen gelassen zu haben. Es ist ein bisschen unordentlich.« Er sah sich erneut erfolglos nach einem Stuhl um. Der Raum war offensichtlich nicht dazu gedacht, Gäste zu empfangen.

Kihrin wollte gerade vorschlagen, in den Innenhof zu gehen, da deutete Alshena auf die Matratze. »Ich setze mich einfach aufs Bett.«

»Was wird der Rest der Familie dazu sagen?«

»Nichts, außer du verrätst es irgendwem«, erwiderte sie. »Aber du kommst mir nicht wie jemand vor, der gerne klatscht.«

Sie setzte sich auf das seidene Bettzeug und schob ihr Agolé zurecht. Kihrin hätte ihr beinahe erklärt, dass es sich für eine Dame gehörte, die Beine mit ihrem Agolé zu bedecken, wenn sie sich setzte, nicht sie zu entblößen. Doch der Anblick ihres nackten Oberschenkels hatte ein unangenehm intensives Bild in ihm heraufbeschworen, wie der Rest ihres Körpers wohl aussehen mochte – er hatte immer noch mit den Szenen zu kämpfen, die der Dämon in seinem Geist hinterlassen hatte.

»Hast du etwas zu trinken hier?«, fragte Alshena, nachdem sie alles zu ihrer Zufriedenheit arrangiert hatte. »Ich könnte dringend etwas Starkes gebrauchen.«

Kihrin stutzte kurz, dann zuckte er beschämt mit den Schultern. »Bedaure, aber das weiß ich nicht. Doch ich bin sicher, dass hier irgendwo ein Weinschränkchen versteckt ist.«

»Dann geh nachsehen, Entlein. Ich warte so lange.«

Er schaute sie einen Moment lang fragend an, aber Alshena zeigte keinerlei Anzeichen, als wollte sie das Zimmer wieder verlassen. Seine Meinung in dieser Sache war ihr offensichtlich egal. Mit einem langen, rot lackierten Fingernagel kratzte sie an einem der Bettpfosten.

Kihrin blickte sich seufzend nach etwas um, das er ihr geben konnte, damit sie bald wieder ging. Nach ein paar Momenten kehrte er mit einer Flasche Wein und zwei Gläsern zurück. »Ich habe das hier gefunden«, sagte er und füllte ein Glas. Als er das Gleiche mit dem zweiten machen wollte, hob Alshena die Hand, noch bevor es überhaupt zu einem Viertel mit der glitzernd goldenen Flüssigkeit gefüllt war.

»Ich bin alt genug, um Alkohol zu trinken«, brummte Kihrin.

Alshena lächelte scharfsinnig. »Das mit Sicherheit, aber lies doch mal das Etikett des hervorragenden Getränks, das du da aufgetrieben hast.«

Kihrin inspizierte die Flasche. Die Schrift darauf erinnerte ihn an Spinnenbeine. Solche Buchstaben hatte er noch nie gesehen. »Ich kann es nicht lesen.«

Alshena nickte. »Das ist Vané.« Sie nahm das weniger volle Glas und betrachtete kennerhaft den Inhalt. »In dem hier ist mehr als genug, um mich – wie sagen deine Freunde im Unteren Zirkel? – aus den Schuhen zu hauen.«

Kihrin starrte den Wein an, als wäre es Schlangengift. Dann, als er das leicht spöttische Grinsen auf dem Gesicht seiner Stiefmutter sah, zuckte er mit den Schultern und nahm einen Schluck.

Der Wein war pures Feuer, gefolgt von einem berauschenden Kribbeln. Eine euphorische Empfindsamkeit breitete sich in Kihrin aus und ließ ihn jeden Zentimeter seines Körpers mit einer nie gekannten Intensität fühlen, als spürte er zum ersten Mal das Leben selbst. Er roch die Erde aus den zerbrochenen Blumentöpfen, die Hagebutten und Zitronenschalen in Alshenas Parfüm. Als er das Glas wieder absetzte, ließ das Gefühl nach.

»Wow«, keuchte er.

Alshena strahlte. »Ja, das ist starkes Zeug. Ich glaube, ich sollte mich bei Lady Miya bedanken, wenn ich sie das nächste Mal sehe.«

Kihrin riss seinen Blick von dem Weinglas los. »Lady Miya? Sie hat diese Flasche hier deponiert?«

Alshena zuckte mit den Schultern. »Sieht ganz so aus. Schließlich war das hier einmal ihr Gemach.«

Kihrin zog die Stirn kraus und schüttelte den Kopf. »Dieses Zimmer wurde von der verstorbenen Frau des Hohen Lords bewohnt.«

»Lady Norá? Aber ja, sie haben beide hier gewohnt.« Alshena hüstelte. »Miya war Norás Zofe. Als Norá starb, hat Miya die Suite übernommen, und deine Mutter Lyrilyn wurde *ihre* Zofe. Sieh dir mal das Bett an und dann sag mir, das wäre nicht eine typische Vané-Schlafstatt.« Sie schaute ihn an, als spreche sie mit einem Fünfjährigen.

»Aber warum ist sie dann wieder ausgezogen? Warum gehört das Zimmer nicht immer noch ihr?«

»Das, mein junger Stiefsohn, ist ein weiterer der vielen Skandale des Hauses D'Mon.« Sie nippte an ihrem Wein und erbebte in offensichtlichem Entzücken. »Als Lady Norá starb, muss Darzin etwa, hm, zehn Jahre alt gewesen sein. Das ist jetzt weit über fünfundzwanzig Jahre her. Wie dem auch sei, Lady Norá starb, als sie Darzins Bruder Devyeh zur Welt brachte, und Thaenas Priester haben sich geweigert, sie zurückzuholen.«

»Das ist nicht ungewöhnlich«, warf Kihrin ein. »Sie schicken ständig Bittsteller wieder weg.«

»Das wohl, aber Therin war einmal einer von ihnen gewesen – bis er zusehen musste, wie acht Familienmitglieder, die vor ihm in der Erbfolge standen, auf mysteriöse Weise starben.* So wurde er zum Hohen Lord. Hast du das gewusst? Wie dem auch sei, da stand er also, der Hohe Lord der Heilergilde, dessen Gattin gerade im Kindbett gestorben war, und seine Göttin weigerte sich, ihm die einzige Frau zurückzugeben, die er je geliebt hatte. Noch am selben Tag brach er alle Verbindungen zu Thaenas Priestern ab und verkroch sich in sein Schneckenhaus, um seine Wunden zu lecken.«

»Das passierte während der Stimmen-Affäre?«

»Kurz danach«, berichtigte Alshena. »Das Haus wäre beinahe daran zugrunde gegangen. Wir standen kurz vor der völligen Auslöschung des Geschlechts der D'Mon.«

Kihrin kicherte. »Oh, welch Tragödie. Was hat die Familie gerettet?«

»Nicht was, sondern wer: Miya. Sie bezog dieses Zimmer gleich neben Therins und fing an, allen Befehle zu erteilen, angeblich im Namen des Hohen Lords selbst. Die meisten Heiler wussten, dass das gelogen war, aber in ihrer Verzweiflung spielten alle mit.« Alshena verstummte mitten in ihrer Erzählung, dann fügte sie hinzu:

* So mysteriös waren diese Todesfälle nicht. Die Familienmitglieder, die Pedron nicht bei seinen Dämonenbeschwörungen geopfert hat, starben während der Stimmen-Affäre. Es waren gewalttätige Zeiten.

»Jetzt denk mal genau nach, mein Lieber. Lady Miya erscheint allen wie ein fleischgewordener Engel, aber sie hat die Geschicke dieser Familie zwei Jahre lang gelenkt wie ein General, und wir sind in dieser Zeit beträchtlich aufgestiegen. Ich würde diese Frau auf keinen Fall unterschätzen. Heilige bringen es nicht weit in einer Stadt wie dieser.«

»Ihr habt behauptet, sie wäre ein harmloses Schäfchen.«

»Ich lüge viel. Das gehört zu meinem Charme.« Sie zwinkerte dem jungen Mann zu.

Er lachte und schüttelte den Kopf. »Sie hat dieses Zimmer so einrichten lassen?«

»Ich weiß es nicht genau. Das war vor meiner Hochzeit mit Darzin. Vielleicht ja, vielleicht hat es aber auch Therin veranlasst, als eine Art Dankeschön für ihre Hilfe. Als ich meinen Auftritt hatte, war die Suite allerdings schon wieder frei.«

»Wisst Ihr, weshalb?« Kihrin zog die Beine an und setzte sich auf die gegenüberliegende Ecke des Betts.

»Darzin behauptet gern, Therin wäre endlich wieder zur Besinnung gekommen und hätte gemerkt, dass er die Führung des Hauses einer Sklavin überlassen hatte – einer Frau. Also holte er sich die Macht zurück und verwies sie auf ihren Platz. Ich persönlich kann mir allerdings kaum vorstellen, dass Therin Miya zu seiner Seneschallin gemacht hat, um sie dafür zu bestrafen, dass sie es gewagt hatte, das Haus D'Mon vor dem Untergang zu bewahren.«*

Kihrin verengte die Augen zu Schlitzen. »Ihr glaubt, es gab einen anderen Grund.«

Alshena klappte ihren Fächer zusammen und legte ihn aufs Bett. »Ich glaube, es gab einen Streit wegen deiner Mutter.«

Kihrin musterte sie zutiefst erstaunt. »Wegen Lyrilyn?«

* Ganz recht: Therin D'Mon hat nicht nur eine Khorvescherin geheiratet, alle seine Töchter erhielten Privatunterricht und dienten im Heer. Ganz offensichtlich teilt er Darzins übertriebenen Frauenhass nicht.

Alshena nickte. »Ja. Die beiden waren Freundinnen, doch Miya gefiel nicht, wie viel Aufmerksamkeit Darzin Lyrilyn widmete. Also sagte sie zu Therin, er solle dem ein Ende machen. Doch Therin weigerte sich.«*

Kihrin schaute weg. »Natürlich.«

»Danach ist Lyrilyn weggelaufen. Das führte zu einem tiefen Bruch zwischen Miya und Therin. Lady Miya ist ausgezogen, und die Eingangstür dieses Zimmers wurde zugenagelt. Im folgenden Jahr heiratete ich Darzin im Zuge eines Arrangements zwischen den Häusern D'Mon und D'Aramarin. Miya führte jetzt den Haushalt, und Therin …«

»Führte das Haus D'Mon«, vervollständigte Kihrin den Satz.

»Ich hätte ja gesagt, er verkroch sich in seinen Gemächern, aber so kann man es wohl auch ausdrücken.«

»Wie alt wart Ihr damals?«, fragte Kihrin. »Ihr wisst schon, als Ihr meinen … als Ihr Darzin geheiratet habt.«

Alshena schürzte die Lippen. »Sechzehn.« Sie lachte. »Darzin war damals ganz anders. Er war schön, charmant und rücksichtslos. Ein sturer junger Lebemann, dem es völlig egal war, wie hochgestellt die Leute waren, mit denen er sich anlegte. Er sagte jedem ins Gesicht, was er von ihm hielt, und pfiff auf die Konsequenzen.« Sie schaute ihn direkt an. »Genau wie du, mein Lieber.«

Kihrins Miene verfinsterte sich. Er nahm noch einen Schluck Wein. »Ich möchte mit keinem dieser Schweine verwandt sein. Ich weiß nicht mal, wen ich mehr hasse: Darzin oder seinen Vater.«

Alshena erhob sich und ging eine Weile im Zimmer auf und ab. Schließlich stellte sie sich direkt hinter Kihrin. Sie streichelte sein Haar, nahm es zwischen die Hände und breitete die goldenen Locken über seine rechte Schulter. Dann beugte sie sich über die an-

* Ich halte nichts davon für wahr, außer dass sich Lyrilyn und Miya nahestanden.

dere und flüsterte: »Weißt du, warum Darzin Galen ständig schlägt?«

Kihrin drehte den Kopf, hielt aber sofort inne, als er merkte, wie aufreizend nah sich ihrer beider Gesichter damit kamen. »Weil er ein Tyrann ist?«

»Nein«, entgegnete sie und streichelte weiter sein Haar. »Er tut es, weil er möchte, dass Galen so wird wie er. Skrupellos. Klug. Hart. Alles Dinge, die Galen niemals sein wird. Ich liebe meinen Sohn, aber ich kenne seine Schwächen. Er wird nie so sein, wie sein Vater es will. Wie könnte er auch? Darzin hat all das aus ihm herausgeprügelt.«

Kihrin hörte, wie sie scharf einatmete, dann ein Keuchen, das klang wie ein abgehackter Seufzer.

Alshena weinte.

Kihrin reagierte sofort und aus purem Instinkt. Er drehte sich um und legte die Arme um sie. Die körperliche Nähe ließ zwar immer noch unangenehme Bilder in ihm aufsteigen, doch er bemühte sich nach Kräften, sie auszublenden. Nach ein paar Sekunden des Zögerns erwiderte Alshena seine Umarmung und begann haltlos an seiner Schulter zu schluchzen. Er ließ sie und tätschelte mit der einen Hand ihren Hinterkopf, während er sich mit der anderen ins Bettzeug krallte. Beinahe sein gesamtes Bewusstsein war erfüllt vom Rosen- und Zitrusduft ihrer Haut, vom Druck ihres Körpers, den er durch ihr allzu dünnes Kleid spürte.

Kihrin rief sich mehrmals ins Gedächtnis, dass sie Galens Mutter war, doppelt so alt wie er, und dass er sie nicht mochte. Doch leider fühlte sich ihr weicher, warmer Körper genau richtig an, und leider war auch Kihrin mittlerweile mehr als nur ein bisschen betrunken.

Schließlich machte Alshena sich los. »Verzeih. Es tut mir leid. Ich … Manchmal ist alles so schwierig.«

»Ich kann mir nicht einmal vorstellen, wie es sein muss, mit diesem Ungeheuer verheiratet zu sein«, erwiderte Kihrin.

»Es ist nicht so, dass ich eine Wahl gehabt hätte. Ach, Liebes, du zitterst ja!« Sie schniefte und tupfte sich mit dem Saum ihres Agolé die Tränen von den Wangen. Der Stoff glitt dabei so weit auseinander, dass Kihrin ihr juwelenbesetztes Unterhöschen sehen konnte.

Er nutzte die kurze Atempause und stand auf. Dann verschränkte er die Arme vor der Brust und atmete einmal tief durch. »Ich zittere nicht wegen Euch«, erklärte er.

Alshena wischte sich ein letztes Mal übers Gesicht. Eigenartigerweise hatte die Schminke sie älter gemacht. Jetzt, da sie größtenteils abgewischt war, wirkte sie um einiges jünger. Der Anblick schockierte Kihrin. Er war daran gewöhnt, an Alshena als eine unattraktive, groteske Karikatur zu denken. Doch jetzt sah sie jünger und hübscher aus als viele der durchaus beliebten Huren im ZERRISSENEN SCHLEIER.

»Mhm«, erwiderte sie. »Ein kleiner Rat an dich, mein Lieber: Wenn eine Frau sieht, wie ein Mann in ihrer Gegenwart derart die Fassung verliert, will sie ganz bestimmt nicht hören, sie sei nicht der Grund dafür.«

»Ich hatte eine Begegnung mit einem Dämonenprinzen«, versuchte Kihrin, sich zu erklären. »Er hat etwas getan … Dinge in meinen Geist gepflanzt … Ich kann sie nicht …«

Alshena blinzelte ihn an. »Du machst Witze. Das muss ein Witz sein.«

»Es ist …« Kihrin wurde rot und schaute weg.

»Ich habe mich schon gewundert, warum du mit keinem der Sklavenmädchen schläfst.«

Kihrin fuhr herum. »Ihr überwacht mich?«

Sie schniefte. »Selbstverständlich. Der erste Schritt, dich an eine junge Dame von angemessenem Rang und mit ebenso angemessenen politischen Verbindungen zu vermitteln, ist, festzustellen, ob du überhaupt auf Damen stehst.« Sie hielt kurz inne. »Tishar und ich waren uns nicht sicher.«

»Nun ja …« Er rieb sich über die Unterarme. »Ihr könnt Euch

entspannen. Ich mag Frauen. Normalerweise. Ich meine …« Kihrin erschauerte. »Ach verflucht …«

»Ja, hört sich ganz so an.« Sie wischte sich den Rest der Schminke vom Gesicht. »Was für ein angenehmer Stimmungswechsel. Jetzt müssen wir nicht mehr ständig betreten schweigen, während wir über meinen grässlichen Gatten sprechen. Stattdessen können wir betreten schweigen, während wir über deine Sexprobleme reden.« Sie hob eine Augenbraue. »Ich gehe davon aus, dass dein Geschlechtsteil funktioniert. Ich meine, du bist doch nicht …?«

Er funkelte sie an. »Daran liegt es nicht.«

»Ah, gut. Sehr gut.« Alshena lächelte. »Dann weiß ich genau, was zu tun ist.«

»Wirklich?«

»Aber ja.« Alshena D'Mons Blick wanderte zu der Weinflasche. Sie füllte beide Gläser bis zum Rand wieder auf. »Du solltest noch etwas trinken.«

51

DER FELSENGARTEN

(Kihrins Geschichte)

Nein. Halt, sofort, Klaue. Ich bin wieder dran. Und ich warne dich: Sobald du versuchst, den Rest des Abends zu schildern, spiele ich nicht mehr mit. Da kannst du mir drohen, so viel du willst.

Ist das klar? Gut.

Wie dem auch sei, ich wachte auf und hörte, wie Doc und Khaemezra miteinander stritten.

»Wie oft willst du noch den gleichen Fehler machen, Khae?«, blaffte Doc. »Du kannst nicht alle behandeln wie Rekruten und erwarten, dass sie deinen Befehlen blind folgen.«

»Ich erwarte nicht von ihm, dass er meine Befehle blind befolgt«, widersprach Khaemezra. »Und von dir auch nicht. Ich möchte nur, dass ihr beide dafür sorgt, dass er bereit ist.«

»Er hat dich nicht darum gebeten.«

»Doch, hat er.«

Doc seufzte. »Ich hoffe, du weißt, wie schwierig diese Aufgabe für mich ist. Er ist Pedron wie aus dem Gesicht geschnitten. Und du kennst meine Gefühle gegenüber Pedron.«

Aha. Nun wusste ich, dass sie nicht über Teraeth, sondern über mich sprachen. »Du meintest wohl, er ist König Terindel wie aus dem Gesicht geschnitten.« Das Gift in ihrer Stimme hätte selbst Granit zum Schmelzen gebracht.

Darauf herrschte Stille. Mit diesem Kommentar hatte Khaemezra eine Grenze überschritten. Doc brauchte Zeit, um sich von dem Angriff zu erholen. »Teraeth hätte sich nach dir nennen sollen«, sagte er schließlich.

»Teraeth glaubt, den Namen reinwaschen zu können.« Es folgte eine kurze Pause. »Halte ihn nicht für dumm, nur weil du anderer Meinung bist.« Ich hörte das Geräusch von raschelndem Stoff. Es wurde leiser. Khaemezra ging Richtung Tür.

»Sei vorsichtig, Khae. Mach bei ihm nicht den gleichen Fehler wie beim letzten Mal.«

Sie lachte. »Als hätte ich den Fehler erst einmal gemacht.«

Wieder herrschte Stille, lediglich unterbrochen von den leisen Schritten der kleingewachsenen Voramerin, die den Übungsraum verließ.

Ich spürte eine Stiefelspitze an meiner Schulter. »Wie viel hast du mitgehört?«

Ich rollte mich auf die Seite und betrachtete meine Hände. Die Verletzungen waren längst verheilt. Wahrscheinlich hatte ich das Khaemezra zu verdanken.

»Valathea wurde also zu einem Verrätermarsch verurteilt. Was ist danach mit ihr passiert?«

»Dann hast du also das meiste gehört, wenn nicht alles.« Seine Miene verfinsterte sich. »Steh auf. Es ist Zeit, mit deinen Lektionen fortzufahren.«

»Beantworte mir zuerst meine Frage.«

»Das ist nicht meine Aufgabe. Ich bin hier, um dir das Kämpfen beizubringen.«

Ich tat, als hätte ich ihn nicht gehört. »Du bist nicht hier, um Therin oder Khaemezra einen Gefallen zu tun, sondern weil ich von Terindel abstamme. Nicht von dir im eigentlichen Sinn, weil du nicht mehr in Terindels ursprünglichem Körper steckst. Aber ich schätze …« Ich verstummte und schürzte die Lippen. »Wie hieß deine Tochter noch mal, Valrashar? Ich schätze, sie wurde in die Sklaverei verkauft. Wahrscheinlich sollte sie zusammen mit deiner Frau hingerichtet werden, doch dann hat irgendjemand beschlossen, sich nebenbei ein bisschen was zu verdienen, und Valrashar ist bei den D'Mons gelandet, wo sie Pedron und Tishar zur Welt brachte. Kommt das ungefähr hin?«

Ich rechnete nicht mit einer Antwort. Doc nahm den Laib Brot vom Tisch und ließ ihn neben mir fallen. Dann setzte er sich auf den Steinboden und zog die Füße auf seinen Schoß.

»Sie haben mir weisgemacht, Valrashar wäre im Kampf gestorben«, erklärte er. »Ich habe nie nach ihr gesucht. Meine Frau …« Er verzog das Gesicht. »Ich bin tief in die Korthaenische Öde gereist, bis nach Kharas Gulgoth. Aber ich kam zu spät, um sie zu retten.«

Meine Kehle schnürte sich zusammen, als ich hörte, wie tief seine Trauer nach all den Jahrhunderten noch immer saß. »Das tut mir leid.«

»Danach wusste ich nicht, wohin. Mittlerweile hatte sich herumgesprochen, wer ich in Wirklichkeit war. Kein Vané wollte etwas mit mir zu tun haben. Dann traf ich eine Frau.« Er hielt inne und lachte – wohl über etwas, das nur er verstand. »In Kharas Gulgoth. Elana Milligreest. Sie war eine Zeit lang mit Valathea gereist und war gut zu ihr gewesen, also verschonte ich sie, obwohl sie Quurerin war und ein Mensch. Stattdessen habe ich ihr geholfen. Sie war Witwe und schwanger. Es schien mir nur recht und billig, sie zu beschützen. Vielleicht wollte ich auch nur einmal in meinem Leben das Richtige tun.«

»Was … was ist passiert?« Ich nutzte die Gelegenheit, um den Rest Brot zu verspeisen.

»Als Elana nach Khorvesch zurückkehrte, begleitete ich sie. Jahrelang lebten wir nebeneinander her. Wir waren beide nach wie vor in Trauer. Aber ich half ihr, ihren Sohn großzuziehen, sie wurden wie eine zweite Familie für mich. Leider eine sterbliche. Elana starb und ging ins Land des Friedens, während ich mich um ihre Kinder und *deren* Kinder kümmerte. Ich wurde zu einem dieser Onkel, die immer an den Feiertagen auftauchen und Geschenke von ihren Reisen mitbringen. Offiziell hieß ich Nikali, als Qoran Milligreests Mutter mich bat, ein Auge auf ihren missratenen Sohn zu haben, der in die Hauptstadt gehen wollte.«

Ich blinzelte. »Nikali Milligreest? *Du* bist Nikali Milligreest, der Schwertkämpfer? Surdyeh hat viele Geschichten über dich erzählt. Wie du hinter dem Tempel des Khored gegen all die Männer gekämpft und« – ich hielt kurz inne und räusperte mich – »Gadrith den Krummen besiegt hast.«

Doc kicherte. »Sehr schön, dieses ergriffene Räuspern. Wen interessiert schon ein mehrere tausend Jahre alter König der Vané? Aber ein Tunichtgut aus Khorvesch, der ein paar betrunkene Trottel erschlagen hat, das ist doch mal was!«

»Nun ja … ich meine … es gibt ein paar unglaubliche Geschichten über dich. Was ist danach passiert? Du hattest die Nase voll, hast deinen Namen geändert und eine Kneipe aufgemacht?«

»Irgendwann ist man die Heldenverehrung leid. Und ich habe eine Tochter adoptiert.«

»Tauna. Ich kenne sie. Eine Khorvescherin, oder?«

»Natürlich. Sie ist eine Milligreest, eine von Qorans Cousinen zweiten Grades. Ehrlich gesagt hatte ich mit Qoran eine Menge Spaß. Ein paar Scharmützel, ein paar gute Taten, aber dann …« Er schüttelte den Kopf. »Die ganze Zeit über habe ich nicht gemerkt, dass meine Valrashar ihr Dasein als Sklavin in der Hauptstadt fristet. Dann begegnete ich Therin. Als ich ihn sah, wusste ich sofort, wie sich alles zugetragen hatte, aber es war zu spät. Valrashar war schon seit mindestens zehn Jahren tot und mittlerweile kurz vor ihrer Wiedergeburt.«

»Weiß Therin Bescheid?«

»Bei den Göttern, nein. Was hätte ich ihm sagen sollen? He, Kumpel, weißt du eigentlich, dass ich mal dein Urgroßvater war?

Jetzt aber nicht mehr, weil ich mit meinem Mörder Körper getauscht habe. Ach, und außerdem ist deine Tante Tishar eigentlich die verschollene kirpische Thronerbin. Sollte ihr was zustoßen, rückst du an ihre Stelle. Aber verrate niemandem was davon, man würde dich nur schief anschauen, vor allem die Kirper.«

»Ich kann mir gut vorstellen, dass der momentane König von Kirpis nicht begeistert wäre über Konkurrenz.«

»Wieso Konkurrenz? Tishar könnte ihren Thron jederzeit besteigen. Die Quurer wären bestimmt begeistert.« Er verdrehte die Augen.

Ich rappelte mich hoch, ohne auf die Schmerzen überall in meinem Körper zu achten. Es war kaum zu fassen, wie sehr mir alles wehtat. »Wenn du mich jetzt entschuldigen würdest, ich muss noch etwas erledigen.«

Doc verschränkte die Arme vor der Brust. »Vergiss es. Die Märchenstunde ist hiermit vorüber. Jetzt geht es mit dem Training weiter.«

»Tut mir leid, wenn du den falschen Eindruck bekommen hast, aber das sollte keine Bitte um Erlaubnis sein.« Ich grinste und ging rückwärts Richtung Tür.

Doc starrte mir ausdruckslos hinterher. »Sobald du den Alten Mann lange genug vergebens angebettelt hast, dich zu verspeisen, bewegst du deinen Arsch wieder hierher. Wir haben eine Menge aufzuholen.«

Ich nickte, drehte mich um und rannte.

Ich war überrascht, dass er mich tatsächlich gehen ließ. Ich hatte gedacht, er würde versuchen, mich aufzuhalten. Ich hätte keine Ahnung gehabt, was ich dagegen hätte tun sollen. Und das war nur eine der vielen Fragen, auf die ich keine Antwort wusste.

Aber zumindest hatte ich einen Plan. Oder so was Ähnliches. Wenn man nicht allzu genau hinschaute.

Mein Herz schlug, als wollte es mir aus der Brust springen, während ich zurück zum Strand rannte. War das klug? Nein, klug nicht, aber ich wollte von dieser Insel verschwinden, und laut Docs Aussagen konnte ich das auch. Der Alte Mann würde mich nicht umbringen. Er würde es nicht wagen, außer er wollte unbedingt sterben und mich zu einem gemeingefährlichen Drachen machen. Ich würde ihm sagen, dass ich seinen Bluff durchschaut hatte, und dann … von hier verschwinden, sobald mir danach war.

Als ich den Strand erreichte, war bis auf den Lärm der Brandung alles ruhig. Keine Vögel, nichts. Die Möwen waren anderswo auf Jagd, die Geräusche des Dschungels und das Trillern der Draken drangen nicht bis hierher.

Ich fühlte mich schwach und zittrig, kurz davor, auf dem schwarzen Sand zusammenzubrechen. Dabei hatte ich bestimmt einige Stunden geschlafen, denn mittlerweile war es Abend und hinter Tyas Regenbogenschleier glitzerten die ersten Sterne.

Der Alte Mann war inzwischen zurückgekehrt. Als er sich regte, wurde mein Puls sofort wieder schneller.

»**Du hast deine Harfe nicht dabei**«, flüsterte der Drache. »**Wie auch immer. Sing für mich.**«

Ich spürte, wie der Wille des Drachen an mir zerrte, fühlte die unglaubliche Gewalt, mit der sein Befehl in meine Gedanken drang.

»Nein. Ich will mit dir reden.«

»**Sing für mich!**«, blaffte der Drache.

Seine Stimme hätte mich beinahe umgeblasen.

»Reden«, beharrte ich.

Der Drache wickelte seinen Schwanz um den Körper und schlug mit den Flügeln. Der Wind war so stark, dass die Brandungswellen plötzlich in der entgegengesetzten Richtung brachen. »Reden?« Er neigte das Haupt wie ein Papagei oder einer dieser Jagd-Draken der Thriss. »**Die Malkath-Vordredd unterhalten sich mit Klopfgeräuschen, die sich in ummantelten Kupfer-**

drähten meilenweit ausbreiten. Der Vorfelané-Klan der Esiné unterhält sich mit Fingerzeichen. Die Voramer geben einen tiefen Gesang von sich, der unter Wasser Hunderte Meilen weit trägt. Die Vorarras benutzen verzauberte Kristalle, die das Bild des Sprechers wiedergeben. Welche Art von Unterhaltung hättest du denn gern?«

Ich räusperte mich. »Ich möchte mich mit dir über den Schellenstein unterhalten.«

Der Drachen regte sich erneut, die Schlingen seines gigantischen Körpers erhoben sich wie eine sich aufrichtende Kobra. **»Rolumars Juwel, der Schellenstein, Seelenbinder, die Krone von Kirpis. Er warnt den Träger vor körperlicher Gefahr, er kann Seelen vertauschen und einem Menschen sein Gaesch entreißen. Nichts davon interessiert mich, kleiner Mann.«**

Ich straffte die Brust. »Aber ich bin derjenige, der ihn trägt. Und das bedeutet, dass du mich nicht töten wirst.«

Der Drache streckte den langen Hals in meine Richtung. **»Ich hatte nie vor, dich zu töten, du närrischer Zwerg. Und jetzt sing.«**

Ich schüttelte den Kopf. »Du kannst … du kannst mich nicht beherrschen. Das hat einmal funktioniert, aber jetzt nicht mehr.«

Der Drache streckte sich wieder auf seinem Fels aus und stützte in einer äußerst menschlichen Geste das Haupt auf eine Vorderpranke. **»Sing ›Der Ritt des Tirrin Holzhüter‹. Ach, nein, warum singst du mir nicht von der schönen Sirellea und Kinoraths tragischem Ehrgeiz? Oder kennst du ›Der Niedergang von Dimea‹? Das ist neuer …«**

Ich schüttelte den Kopf. »Ich verschwinde, Alter Mann, du kannst mich nicht aufhalten.«

Ein entsetzliches Rumpeln und Poltern lief durch die gesamte Insel, erschütterte das Wasser und ließ sich den Sand zu Wellen auftürmen. Felsen brachen aus den umliegenden Hügeln.

Der Alte Mann lachte.

»Ah«, gurrte er. **»Er kennt diese Lieder nicht? Ist so viel Zeit**

vergangen? Nun gut. Mein Garten, singt für den Neuen im Bunde! Singt für ihn, damit er lernt.«

Und dann begannen zu meinem Entsetzen die Säulen zu singen.

Hätte es sich lediglich um verzauberte Felsen gehandelt, hätte es mich nicht weiter verwundert, aber so war es nicht. Die Säulen begannen, sich zu bewegen, wie jemand, der versucht, aus einem Moor zu entkommen. Formen schälten sich heraus, von schwarzem Gestein bedeckt, aber nur ganz dünn, sodass ihre Gestalt erkennbar wurde, sie aber nicht entfliehen konnten. Lediglich die Gesichter gab das Gestein frei, damit sie Augen und Münder öffnen konnten. Sie schrien nicht, obwohl der Schrecken in ihren Mienen deutlich machte, dass sie genau das und nichts anderes wollten.

Diese Säulen waren Menschen.

Ich sah, wie sie voller Grauen die Augen verdrehten, sah die panische Verzweiflung, die sie packte, weil sie für einen Moment die Freiheit erblickten, während sie zum Vergnügen des Drachen sangen. Das Schlimmste waren ihre Stimmen: Sie waren makellos. Ein wunderschöner Sonnenaufgang, ein Frühlingsspaziergang durch einen gut gepflegten Garten, das Lachen eines geliebten Menschen. Ich hätte ihnen stundenlang voller Verzückung lauschen können, hätte ich nicht genau gewusst, was ihnen angetan worden war.

Und da begriff ich, was der Alte Mann mit mir vorhatte. »Niemals«, stammelte ich. Meine anfängliche Abscheu wurde von überwältigender Furcht verdrängt. Ich spürte einen instinktiven und grenzenlosen Schrecken, wie jemand mit Platzangst, der in einen Sarg gesperrt wird. Das Schlimmste daran war, wie vertraut mir dieses Gefühl vorkam. Ich wusste genau, wie es war, eingesperrt dazuliegen und sich nicht bewegen zu können, wie ein Gefangener im eigenen Körper.

Ich hatte es selbst schon einmal erlebt. Ich wusste nicht wo, wusste nicht wann oder wie. Doch ich hatte all das schon einmal durchgemacht und würde eher tausend Tode sterben, als diesen Zustand noch einmal ertragen zu müssen.

Dann war ich nicht mehr am Strand. Sondern im Dschungel. Irgendwann musste ich losgelaufen sein, Blätter schlugen mir ins Gesicht, ich rannte und rannte und rannte.

Noch stundenlang dröhnte mir das Gelächter des Alten Mannes in den Ohren, bevor es endlich aufhörte.

52

DUNKLE SEITEN

(Klaues Geschichte)

Schön, dann springen wir eben vor. Der nächste Morgen hat mir sowieso besser gefallen.

Darzin D'Mon war blendender Laune, als er die Stufen im Südturm des Blauen Palasts hinaufging. Er pfiff vor sich hin und dachte über etwas nach, das er stets nur an seiner Abwesenheit erkannte: Langeweile.

Darzin D'Mon war kein in sich gekehrter Mensch. Sogar er selbst räumte ein, dass Selbsterforschung nicht gerade zu seinen Stärken gehörte. In den meisten Fällen fand er diese Eigenschaft eher positiv als hinderlich. Er war niemand, der sich über seine Situation beklagte oder sich in Selbstmitleid erging wie sein Vater, der ständig von Schuldgefühlen und Zweifeln geplagt wurde. Wenn Darzin etwas nicht passte, dann änderte er es. Wenn er es nicht ändern konnte, ließ er sich davon nicht herunterziehen. Doch es gab Feinde, die selbst er nur ungern herausforderte. Feinde, die ihm weder heimlich noch mit Magie zu Leibe rückten, sondern durch Erfolg, Reichtum und blühende Geschäfte.

Der Sieger zu sein, machte Spaß, aber danach … was dann? So oft wie einfach, so schnell wie langweilig: In letzter Zeit hatten seine Siege einen schalen Beigeschmack. Darzin merkte, wie er sich immer mehr streckte auf der Suche nach einer wirklich lohnenden Herausforderung. Seine Streifzüge in das Schattentänzer-Kartell seines Vaters waren dieser Motivation entsprungen. Er sehnte sich danach, seine Nächte mit etwas anderem zu füllen als den immer gleichen Vergnügungen und Ablenkungen.

Und das hier, ja, das hier war etwas anderes. Beim Gedanken an seinen neuen »Sohn« wurde ihm ganz warm ums Herz. Fürwahr eine Herausforderung. Knifflig. Doch er würde ihn schon brechen. Nur wenige waren stark genug, um all dem Übel und den Qualen standzuhalten, die Darzin über sie bringen konnte, wenn er wollte. Nein, er zweifelte nicht eine Sekunde daran, dass er Kihrins Willen schließlich zertreten würde wie eine Blume auf den Pflastersteinen, bis nur noch ein leicht süßlich duftender Schmierfleck davon übrig war. Sein Ziel war jedoch nicht, den Charakter des Jungen restlos zu zerstören. Das würde es sogar unmöglich machen, sein Ziel zu erreichen. Wenn der Junge die Kette mit dem Stein nur freiwillig hergeben konnte, dann musste Darzin eben dafür sorgen, dass er diese Torheit freiwillig beging.

Subtiles Vorgehen war gefragt. Etwas, womit Darzin herzlich wenig Erfahrung hatte, das er aber genau aus diesem Grund als überraschende – und höchst willkommene – Herausforderung empfand. Er musste Kihrin in die Verzweiflung treiben, todunglücklich musste er sein, aber nicht so todunglücklich und verzweifelt, dass er seinem jungen Leben gleich ein Ende machte. Sobald er Kihrin in aller messerscharfen Klarheit gezeigt hatte, dass es im Hause D'Mon weder Glück noch Zuflucht für ihn gab, dann, und erst dann, durfte Darzin ihm einen Ausweg bieten …

Für den lächerlichen Preis einer Saphirhalskette. Und wenn der Junge seinen einzigen Schutz erst einmal hergegeben hatte?

Darzin lächelte. Ihn vor den Augen seines Vaters zu töten, wäre schön. Zu gerne würde er Therins Gesichtsausdruck dabei sehen – und auch, wie er kurz darauf schauen würde, wenn die blutverschmierte Klinge aus *seinem* Bauch ragte.

Darzin lächelte immer noch, als er den Schlüssel ins Schloss steckte und unangekündigt in Kihrins Zimmer trat.

Sein Lächeln verschwand.

Einen Moment lang vergaß er, wo er war. Er vergaß, wer er war. Am wichtigsten aber: Er vergaß, wer *sie* war. Für ein paar Sekunden, nicht länger als einige hämmernde Herzschläge lang, betrachtete Darzin die Szene mit den Augen eines Mannes, der seine Frau in den Armen eines anderen ertappte.

Diese paar Sekunden hätten beinahe gereicht, um alles zu zerstören.

Aus purer Gewohnheit hatte Darzin die Suite leise betreten. Er fand seinen »Sohn« schlafend in diesem lächerlichen Bett, doch er war nicht allein. Alshena lag neben ihm, ihr nackter Körper war nur teilweise vom Laken bedeckt. Ihr rotes Haar breitete sich in Wellen über die Brust des Jungen aus. Einen Arm hatte sie besitzergreifend um seinen Bauch geschlungen.

Neben dem Bett lag eine leere Weinflasche, daneben Kleider – Alshenas Agolé und ihre Unterwäsche, Kihrins Stiefel, Kef und Hemd. Die Halskette, der verfluchte Saphir, lag aufreizend ungeschützt in dem Grübchen zwischen Kihrins Schlüsselbeinen. Es gab keinen Zweifel, konnte keinen Zweifel geben, was hier passiert war.

Der Bengel hatte mit *seiner Frau* geschlafen.

Erst als er die Faust noch fester ballte, merkte Darzin, dass er sein Schwert bereits gezogen hatte. Er machte drei Schritte und hob den Arm, um den widerlichen kleinen Bastard niederzustrecken, der es gewagt hatte, ihm so etwas anzutun.

Dann sah er die Flecken auf Alshenas Körper.

Sie trug alle Anzeichen eines gewalttätigen Stelldicheins: Kratzer auf dem Rücken, blaue Flecken auf den Oberschenkeln und sogar Bissspuren. Die beiden hatten es nicht miteinander getrieben, sie hatten miteinander gerungen, und Kihrin hatte sich als rücksichtsloser Gegner herausgestellt. Vielleicht erklärte das den Streifen blauer Seide, mit dem eine seiner Hände an einen Bettpfosten gefesselt war. Selbst jetzt noch, im Schlaf.

Aber Klaue bekommt keine blauen Flecken …

Erst jetzt fiel dem Erblord wieder ein, dass nicht seine Frau neben dem Jungen im Bett lag und auch nie gelegen hatte. Die echte Alshena D'Mon war schon seit Wochen tot. Ihr Körper und ihr Geist waren von der immer hungrigen Mimikerin verschlungen worden, die ihren Platz eingenommen hatte. Darzin hatte Alshenas Seele Xaltorath geopfert, als er ihn beschwor. Denselben Xaltorath, den Darzin dazu benutzt hatte, den Schellenstein aufzuspüren – und seinen Träger.

Er wusste, wie gut Klaue im Improvisieren war. Wenn sie eine Gelegenheit sah, wartete sie nicht erst auf seine Erlaubnis. Aller Zorn verpuffte, als Darzin ihre Absicht begriff: *Klaue machte ihm ein Geschenk.*

Die Mimikerin hob den Kopf und schaute ihn an. Sie lächelte. Ihre grünen Augen leuchteten hell und glänzend im sanften Morgenlicht. Sie nickte: *Tu es.*

Darzin hatte sie noch nie so schön gesehen.

Er nahm einen tiefen Atemzug und machte sich bereit. Dann packte er ihr wunderschönes rotes Haar und zerrte sie aus dem Bett. Sie schrie.

»WIE KANNST DU ES WAGEN? DU HURE!« Darzin tobte und schlug ihr mit dem Handrücken so heftig ins Gesicht, dass sie rückwärts von ihm wegtaumelte. »Du setzt mir mit MEINEM EIGENEN SOHN Hörner auf?« Er schlug sie wieder, diesmal platzte ihre Unterlippe auf, Blut spritzte auf ihre samtige Haut.

Kihrin wurde wach. »Lass sie in Ruhe!«, schrie sein »Sohn«.

»Bitte, Liebster, bitte, ich kann alles erklären«, schluchzte seine »Frau«.

Darzin schlug sie ein drittes Mal, ein Fausthieb mitten ins Gesicht, der seine Fingerknöchel aufplatzen ließ und ihr höchstwahrscheinlich den Kiefer gebrochen hätte, wäre sie eine gewöhnliche Sterbliche gewesen.

Alshena stürzte zu Boden und rang schluchzend nach Atem. Sie bettelte, weinte und flehte um Vergebung.

Ein makelloser Auftritt.

»Hör auf!«, brüllte Kihrin. »Wenn du deine Wut an jemandem auslassen willst, dann an mir. Es bereitet dir ja sonst auch größtes Vergnügen!« Der Junge zerrte an der seidenen Fessel, doch mit seinem wütenden Gezappel zog er den Knoten an seinem Handgelenk nur noch fester.

»Zeit für deine nächste Lektion, Sohn«, fauchte Darzin. »Niemand nimmt, was mir gehört. Eher töte ich sie, als sie in den Armen eines anderen zu sehen.« Er hob sein Schwert und hoffte, Kihrin würde rechtzeitig dazwischengehen. Natürlich konnte er so tun, als würde er Klaue töten, aber er war noch nicht bereit.

»NEIN!«, brüllte Kihrin. »*Vater, bitte.* Sie trifft keine Schuld. Ich war es! Ich habe sie vergewaltigt.«

Darzin hielt inne.

»Ich habe sie vergewaltigt«, wiederholte Kihrin. »Ich war betrunken und … dann sind mir die Gäule durchgegangen.«

Es folgte Stille. Kihrins – wie auch Darzins – Blick wanderte zu seiner gefesselten Hand. Der Erblord hob eine Braue und schaute ihm dann wieder in die Augen.

Alles war ruhig, selbst Alshena hörte einen Moment lang auf zu schluchzen.

Kihrin seufzte. »Nun ja … wahrscheinlich wäre es überzeugender, wenn ich beide Hände frei hätte, was?«

Darzin lächelte. »O ja, sehr wahrscheinlich.«

»Dachte ich mir.«

»So zugerichtet wie sie ist, hätte ich dir beinahe geglaubt«, merkte Darzin an.

»Ach ja? Gut zu wissen für das nächste Mal, wenn ich mir selbst eine Vergewaltigung in die Schuhe schieben will.« Die Augen des jungen Mannes waren voller Selbstverachtung und verzweifeltem Flehen. »Bitte lass sie am Leben, Vater. Ich tue alles, was du willst.«

Darzin starrte seinen angeblichen Sohn an. Er überlegte, ihn jetzt sofort zur Herausgabe seines Anhängers aufzufordern. Möglich, dass er es tun würde, nur um Alshenas Leben zu retten. Welch köstliche Ironie, wenn Darzin bedachte, dass Kihrin nur hier war, weil er die echte Alshena Xaltorath geopfert hatte. Der Junge hatte sie ganz schön zugerichtet. Ein Frischling machte so etwas nicht, schon eher ein hartgesottener Wüstling.

Genau wie er selbst nahm Kihrin seine Spielzeuge hart ran.

Darzin konnte es nicht riskieren. Wenn er diese Karte spielte, durfte Kihrin keine andere Wahl haben, gar keine, nicht einmal im Traum.

Er beugte sich über Alshena, und sie zuckte zurück. »Scher dich in unsere Räume, Miststück. Wenn ich dich noch einmal erwische oder irgendjemand je hiervon erfährt, lasse ich deine unersättliche Fotze von meinen Leuten zunähen.« Er ohrfeigte sie noch einmal.

Alshena nickte, dann krabbelte sie wimmernd und auf allen vieren wie ein Tier zur Tür. Ihre Hände hinterließen Blutspuren auf dem Boden.

Darzin blickte ihr mit einem kleinen Lächeln hinterher, dann widmete er sich wieder Kihrin. Der Junge versuchte nach wie vor, den Knoten an seinem Handgelenk aufzubekommen.

»Ich kannte mal einen Adligen, der seiner Frau die Beine amputieren ließ. Er meinte, das wäre nichts anderes, als wenn man einem Papagei die Flügel stutzt. Jetzt könnte sie ihm wenigstens nicht mehr davonfliegen.« Darzin ging zum Tisch und goss sich ein Glas Wasser ein. »Für das, was er von ihr wollte, brauchte sie ohnehin keine Beine, hat er gesagt.«

»Das ist krank«, zischte Kihrin.

»Nein, es war dumm. Er ist eines Nachts in seinem Bett verblutet, nachdem sie ihm die Eier abgebissen hatte. Jeder hat seine

Grenze. Eine Sklavin brechen? Jederzeit. Sie auf ihren Platz verweisen? Selbstverständlich. Aber nur ein Narr bringt eine Sklavin so weit, dass sie nichts mehr zu verlieren hat, wenn sie ihren Herrn tötet – und gibt ihr dann auch noch Gelegenheit dazu.«

»Ich dachte, sie war seine Frau.«

»Mal ganz unter uns: Das macht kaum einen Unterschied.« Darzin steckte sein Schwert zurück, zog einen Dolch aus seinem Stiefel und warf ihn. Die Spitze bohrte sich in den Bettpfosten und durchtrennte den um Kihrins Handgelenk gewickelten Seidenschal.

Der Junge rieb sich die von seinen Befreiungsversuchen wundgescheuerte Haut. Er musterte Darzin misstrauisch. »Warum bist du nicht wütend auf mich?«

Darzin tat, als wäre er überrascht. »Wütend auf dich? Götter im Himmel, Junge, ich bin *stolz* auf dich!«

Sein »Sohn« schaute ihn entsetzt an.

Darzin unterdrückte das in ihm aufsteigende Lachen und machte eine ausladende Geste. »Das war alles sehr geschickt gemacht. Mit der Frau eines anderen zu schlafen, ist ein Zeichen von Stolz und gesellschaftlichem Rang – natürlich nicht für den Gehörnten. Du fängst endlich an, dich zu benehmen wie ein echter Adliger. Bei jeder anderen Frau hätte ich dir auf die Schulter geklopft und dich für deine Umsicht gelobt. Du hast viele beliebte Fehler klug umschifft: Zum Beispiel bist du nicht zu *ihr* gekommen, was normalerweise das Risiko, von ihrem Mann überrascht zu werden, beträchtlich minimiert. Und diese kleinen Liebesbisse, die du auf ihr hinterlassen hast – selbst wenn ihr Mann nie herausfindet, von wem sie stammen, weiß er, dass sie entweder vergewaltigt oder verführt wurde. So oder so ist seine Ehre befleckt.« Er überlegte kurz. »Das Fesseln war eigenartig. War das die Idee meiner Frau?«

Kihrin schüttelte den Kopf. »Meine.«

»Wozu?«

Der Junge zuckte mit den Schultern. »Manchmal mag ich es so.«

»Nun ja. Jedem das Seine. Aber ich empfehle dir, diesen Fetisch abzulegen. Es ist nie gut, sich so verwundbar zu machen. Fessle die Frau, nie umgekehrt.« Darzin nahm noch einen Schluck Wasser, während sein Sohn aus dem Bett krabbelte. »Da wir gerade davon sprechen: Wie ich sehe, haben wir einen ähnlichen Frauengeschmack. Das ist nicht weiter überraschend, aber du solltest in Zukunft ein paar Vorsichtsmaßnahmen ergreifen.«

Kihrin kniff die Augen zusammen. »Ich bin kein Trottel. Schließlich trage ich den Ring eines Blauen Hauses …«

Darzin rollte die Augen. »Ich meinte Maßnahmen, dass du sie nicht umbringst.«

Das Entsetzen auf dem Gesicht des jungen Mannes war wieder da. »Umbringen …?«

»Ich habe gesehen, was du mit Alshena gemacht hast. Nun, sie mag es gern ein bisschen härter, und ich bin sicher, sie wollte es auch. Aber versuche nicht, abzustreiten, dass du eine dunkle Seite in dir trägst. Dass du Schmerz nicht genauso genießt wie Vergnügen.«

Kihrin drehte sich weg. »Nein! Ich …« Sein Widerspruch schien ihm in der Kehle stecken zu bleiben.

»Wenn du zu weit gehst, kannst du gehörigen Ärger bekommen«, erklärte Darzin freundlich. »Ich weiß es. Habe es am eigenen Leib erlebt. Damit kannst du dich ganz schön in die Klemme bringen. Sei sanft zu den Frauen anderer Männer und spar dir deine wahre Leidenschaft für die Sklavinnen auf. Niemand kümmert, was du mit ihnen machst. Weißt du was, ich tu dir einen Gefallen: Heute Nachmittag geht ein Kontingent zum Weiterverkauf an das Oktagon. Die meisten sind schon etwas abgenutzt für meinen Geschmack, aber sie sind alle hübsch und gut ausgebildet. Ich schicke dir ein paar vorbei, dann kannst du dir eine aussuchen.«

Kihrin schaute ihn an, so voller Hoffnung und Verzweiflung zugleich, dass Darzin beinahe laut gelacht hätte. Der Junge machte es ihm wirklich fast schon zu leicht.

Dann sah er, wie die blauen Augen kalt und hart wie Eis wurden: »Die Verflossenen eines anderen Mannes interessieren mich nicht, Vater. Nur die Ehefrauen.«

Darzin war hin- und hergerissen. Wieder hätte er laut lachen können – oder ihn schlagen. Kihrin war so ein mieser, kleiner … D'Mon. Er ähnelte Darzin so sehr, dass er manchmal glaubte, in den Spiegel zu blicken. *Nein,* korrigierte er sich. *Er ist nicht wie ich. Sondern wie Pedron. Der wiedergeborene Pedron.* Ihm wurde kalt. Ein Schauder lief ihm über den Rücken, doch er verscheuchte die dunklen Erinnerungen.

Er lächelte. »Wie du meinst. Anscheinend lernst du lieber auf die harte Tour.« Er ging an der Blutlache auf dem Boden vorbei zur Tür.* »Oh«, sagte er und blieb noch einmal stehen. »Es versteht sich zwar von selbst, aber ich sage es noch mal dazu: Wenn du Alshena noch einmal anrührst, bringe ich nicht dich um, sondern sie.« Er grinste. »Wird ohnehin Zeit, dass ich mir eine jüngere Frau nehme. Die Ausrede käme mir höchst gelegen.«

Er ließ seinen Sohn stehen, der ihm einen Blick hinterherwarf, der so trüb und kalt und unbewegt war wie die Oberfläche eines Sees in der Ferne.

Genau wie Pedron. Darzin musste aufpassen bei diesem Jungen.

Eine dunkle Seite, wie wahr.

* Ich frage mich schon lange, wie sie das gemacht hat. Mimiker bluten praktisch nie.

53

SCHNELLTRAINING

(Kihrins Geschichte)

Ich nahm mein Training mit Doc wieder auf. Eine Jahreszeit nach der anderen verging, während ich in den von Kettensprenger erzeugten Illusionen tausendmal starb und wiederauferstand. Und während der ganzen Zeit suchte ich vergeblich nach einem Weg, an dem Alten Mann vorbeizukommen. Nun wusste ich, dass er mich gar nicht töten musste, sondern ein weit schlimmeres Schicksal als den Tod für mich bereithielt. Ganz egal wie große Fortschritte ich in Docs Unterricht machte, kein Schwert der Welt konnte mir den Drachen vom Hals schaffen.*

»Wenn ich nur besser zaubern könnte«, beklagte ich mich eines Tages bei Tyentso, als wir gemeinsam Mittag aßen. Ich sah sie, wenn überhaupt, praktisch nur noch zu den Mahlzeiten. Ich hatte immer weniger Unterricht bei ihr, dafür mehr bei Doc. »Ich bin einfach nicht begabt.«

Tyentso schnaubte. »Wenn das so wäre, könntest du nicht ein-

* Stimmt nicht, doch man kann wohl mit Fug und Recht sagen, dass keines der Schwerter, die Kihrin zur Verfügung standen, dazu in der Lage gewesen wäre.

mal hinter den Ersten Schleier blicken, Leichtfuß. Den meisten geht das so.«

Das Jahr auf Ynisthana hatte Tyentso gut getan. Nach den langen Jahren auf See war ihre Haut ledrig geworden, nun sah sie glatter und weicher aus. Die von der salzigen Gischt trockenen und brüchigen Haare waren mittlerweile voll und glänzend. Infolge ihrer täglichen Verrichtungen auf der Insel aß sie regelmäßiger. Sie hatte etwas zugenommen und von den körperlichen Anstrengungen sogar ein paar Muskeln bekommen. Ihr Gesicht zeigte einen Hauch von Farbe, den ich an Bord der *Kummer* nie an ihr bemerkt hatte.

Ihre Nase war zwar immer noch so kantig, dass man sich daran schneiden konnte, und ihr Kinn so spitz wie ein Speer, aber die Falten auf ihrer Stirn waren größtenteils verschwunden. Ich glaube, niemand war so überrascht von dieser Verwandlung wie Tyentso selbst. Erstaunt nahm sie zur Kenntnis, dass Mitglieder der Bruderschaft sie nicht nur aufsuchten, um von ihr zu lernen.

»Ich kenne genau einen Zauberspruch. Einen einzigen! Und der funktioniert beim Alten Mann nicht. Ich hab's versucht. Er kann mich trotzdem sehen.«

Tyentso rührte in ihrer Schüssel und runzelte die Stirn. »Bei Magie geht es nicht nur darum, Zaubersprüche auswendig zu lernen, Leichtfuß. Du musst die Art verändern, wie du siehst, wie du denkst. Du zwingst dem Universum deinen Willen auf. Von tausend Leuten kann nicht mal einer auch nur den simpelsten Zauber wirken.« Sie ließ den Löffel in die Schüssel fallen. »Allerdings ist ein Drache kein Wesen, das Magie beherrscht, er *ist* Magie. Schlimmer noch, Drachen sind Strudel aus magischem Chaos. Sie mit Magie hinters Licht zu führen, dürfte schwierig sein.«

»Doc hat es getan.«

»Mithilfe seines Steins. Deiner würde auch funktionieren, aber das Resultat dürfte dir kaum gefallen.«

»Falls du mich aufheitern willst, machst du deine Sache verdammt schlecht, Ty.« Ich schob meine Schüssel weg. »Wie hast du's gelernt? Jahrelang eine Kerzenflamme angestarrt? Oder ein Blatt, bis es sich bewegt hat?«

Ich sah erstaunt, wie Tyentso bleich wurde und einen Moment nach Atem rang. Schließlich schaute sie weg. »Nein.«

»Und? Wie dann?«

Sie stand auf. »Die Methode wäre nichts für dich, Leichtfuß. Ich kann sie dir nicht empfehlen.«

Ich neigte den Kopf. In all der Zeit, die wir uns kannten, hatte sie kein einziges Mal eine meiner Fragen ohne Erklärung abgetan. Stattdessen hatte sie mir immer lang und breit dargelegt, warum es ungemein töricht von mir war, sie zu stellen.

Ich griff nach ihrem Hemdsaum. »Ty, habe ich was Falsches gesagt?«

Sie machte sich los und öffnete den Mund zu einer bissigen Erwiderung, schloss ihn aber wieder. Als sie schließlich doch noch antwortete, klang ihre Stimme matt. »Lass gut sein.«

Tyentso nahm ihr Geschirr und trug es zum Abspülen in die Küche.

Eine Woche später kam sie nach Einbruch der Dunkelheit in mein Zimmer. Es war nicht so, wie es sich anhört. Tatsächlich hatte ich bereits weibliche Gesellschaft – von einer Vané namens Lonorin.

Tyentso schob sie entschlossen und alles andere als höflich durch die Tür nach draußen. »Hast du also doch noch beschlossen, dir die Nächte mit diesen hübschen Vané-Blümchen zu versüßen?«

Ich seufzte und zog die Bettdecke über meinen nackten Körper. »Ich dachte, wir hätten uns darauf geeinigt, dass ich nicht dein Typ bin, Tyentso.«

»Du bist nicht nur nicht mein Typ, sondern auch noch jung genug, um mein Sohn zu sein – eine erschreckende Vorstellung, glaub mir. Diese unsterblichen Vané mögen keine moralischen Prinzipien kennen, aber ich habe welche.« Sie zeigte mir einen mit einem schwarzen Tuch abgedeckten Korb. »Ich habe dir Tee mitgebracht. Er ist nicht vergiftet, versprochen.«

»Wenn du mich töten wolltest, hättest du bereits ausreichend Gelegenheit dazu gehabt.« Ich deutete auf die kleine Sitzgruppe aus Korbmöbeln neben meiner Matratze. »Was verschafft mir die Ehre? Es ist schon ein wenig spät, und ich habe gerade recht wenig an.«

»Ich weiß, wie du deine Zauberblockade überwinden kannst.«

Ich hob die Augenbrauen. »Also gut … ich bin ganz Ohr.«

Tyentso nahm einen Teekessel und zwei Tassen aus dem Korb. »Das Problem ist, die Methode ist gefährlich. Und extrem unangenehm. Eigentlich wollte ich sie dir niemals vorschlagen, aber …« Sie verzog das Gesicht und goss den Tee ein. »Ich will ganz ehrlich zu dir sein, Leichtfuß: Ich habe ein schlechtes Gewissen wegen deines Gaesch.«

Ich schmunzelte und griff nach meiner Tasse. »Du hast in deinem Leben doch bestimmt tausend Leute gegaescht, Ty.«

»Aber ich wusste nicht, dass es sich nicht rückgängig machen lässt. Und noch viel weniger wusste ich, dass dein Gaesch dich, sobald du dich jenseits des Zweiten Schleiers befindest, direkt weiter in die Hölle ziehen wird.«

Ein entsetztes Schaudern durchlief mich. »Was?«

Sie runzelte die Stirn. »Wenn du eines Tages stirbst, kommst du nicht ins Land des Friedens. Bei allen Gegaeschten scheint das so zu sein. Jetzt endlich verstehe ich, was die Dämonen davon haben, Menschen für uns zu gaeschen, und warum sie sich überhaupt je von uns haben beschwören lassen.«

Ich starrte sie an, bis sie rot wurde und sich fluchend abwandte.

»Ich habe es nicht gewusst, verdammt noch mal! Dass eine Beschädigung der äußeren Seele den Übergang in Thaenas Reich erschwert, wusste ich. Aber dass Gaeschen genau diesen Effekt hat, wusste ich nicht. Glaubst du, ein Dämon nimmt sich die Zeit, uns Sterblichen zu erklären, was mit der Seele von den Leuten passiert, die sie für uns gaeschen? Dass sie sich am Ende jede dieser Seelen einverleiben und dadurch stärker werden? Vergiss es! Ich habe es erst hier herausgefunden – an der Akademie bringt uns das keiner bei.«*

Ich kämpfte gegen die in mir aufsteigende Übelkeit an. All das war mir bisher nicht klar gewesen. Ich hatte keine Ahnung gehabt, was das Gaeschen in seiner vollen Tragweite bedeutete. Damit würde es Xaltorath leichter fallen, mich zu holen, wenn die Zeit reif war, und nicht einmal der Tod konnte mich vor ihm retten. Ich spürte die gleiche Enge, hatte das gleiche hässliche, bohrende Gefühl, in der Falle zu sitzen, das mich überkommen hatte, als der Alte Mann mir die bedauernswerten Seelen zeigte, die er in seinem sogenannten Garten gefangen hielt.

»Dann …« Ich verstummte und nahm einen Schluck Tee. »Was bringt dich auf einmal dazu zu glauben, du könntest mir das Zaubern beibringen?«

Tyentso starrte lange ihre Hände an, bevor sie aufblickte. »Das Eklige an der Zauberei ist, dass Worte allein nicht genügen. Um einen Zauber zu wirken, reicht es nicht, die Formeln auswendig zu lernen oder geheimnisvolle Schriftzeichen auf den Boden zu malen. Ein Zauberer muss als Erstes die richtige Art zu *denken* lernen. In keiner Sprache, nicht einmal in der der alten Voras, lässt sich der Bewusstseinszustand beschreiben, den du erreichen musst, um auch nur den einfachsten Zauber zu wirken.«

Ich schluckte und lehnte mich zurück. »Na gut. Dann also zurück zu meiner ursprünglichen Frage: Wie willst du's mir beibringen?«

* Dass Gaeschen die Seele beschädigt, wird in der Tat nicht gelehrt und ist auch für mich eine beunruhigende Neuigkeit. Man geht vielmehr davon aus, das Gaesch sei so etwas Ähnliches wie die magischen Talismane eines Zauberers und nur gefährlich, wenn ein Feind es in die Hände bekommt und gegen den Gegaeschten einsetzt.

Tyentso hob den Kopf, ihre Augen blitzten. »Auf die gleiche Weise, wie ich es gelernt habe: von Bewusstsein zu Bewusstsein. Du wirst einen Geist von dir Besitz ergreifen lassen, und dann …«

»Moment.« Ich richtete mich wieder auf. »Ich soll bitte *was?*«

Tyentso räusperte sich. »Ein Geist. Ein Geist wird von dir Besitz ergreifen«, wiederholte sie. »Dadurch tretet ihr beide in denkbar engen Kontakt miteinander. So eng, dass du in der Lage sein müsstest, das Wesen der Zauberei intuitiv zu begreifen. Bei mir hat es funktioniert, und ich sehe keinen Grund, warum es bei dir nicht auch klappen sollte.«

Ich schluckte schwer. »Nur damit wir uns richtig verstehen: Ich soll also einen Geist von meinem Körper Besitz ergreifen lassen, damit er mir Magie beibringt. Angenommen, es funktioniert, und angenommen, ich wäre verrückt oder verzweifelt genug, um mitzumachen, wo sollen wir hier einen Geist auftreiben?«

Tyentso hob die Hand. »Ich. Ich werde der Geist sein.«

54

DIE KUTSCHFAHRT

(Klaues Geschichte)

»Ich will nicht abhauen, ich brauche nur eine Kutsche! Frag den Hohen Lord.« Kihrin D'Mons wütende Worte hallten laut und deutlich über den Innenhof. Er war feuerrot im Gesicht, als würde er jeden Moment vor ohnmächtiger Wut aus der Haut fahren.

»Gibt es ein Problem?«, fragte Tishar D'Mon. Sie kam gerade die Stufen hinunter und winkte. »Meine Kutsche, bitte.«

Der neueste Sohn des Erblords hielt mitten in seinem Streit inne, der Stallmeister ging um Kihrin herum und verneigte sich vor Tishar. »Meine Dame, ich habe strikte Anweisung, den jungen Mann nicht ohne eine Eskorte vom Palastgelände zu lassen.«

»Ah«, sagte Tishar. »Kein Problem also, aber danke für deine Wachsamkeit.« Sie streckte Kihrin eine Hand hin. »Bedaure, dass ich mich verspätet habe. Wollen wir?«

Der junge Mann begriff sofort und gab Tishar einen Handkuss. »Es war meine Schuld, Tante Tishar. Ich hätte dir sagen sollen, dass ich hier auf dich warte.«

»Siehst du, Hosun?« Sie lächelte dem Stallmeister zu. Sie hatte ihn schon gekannt, als er noch ein kleiner Junge mit einer Faszination für Pferde gewesen war und der alte Stallmeister ihn anlernte.

Hosun ließ sich zwar nicht täuschen, aber er spielte mit. »Selbstverständlich, meine Dame«, erwiderte er mit einem trockenen Lächeln und einer Verbeugung. »Die Kutsche!«, rief er in Richtung der Stallungen und verschwand.

Kihrin atmete auf. »Danke«, flüsterte er Tishar zu.

»Gern geschehen«, flüsterte sie zurück. »Und wo wollen wir heute hin?«

»Zum Oktagon.«

Die Antwort überraschte sie. »Dort gibt es nichts, was zu sehen sich lohnen würde, mein Lieber. Nur jede Menge arme Seelen und Geier, die sich an ihrem Unglück weiden.«

»Bitte.« Es lag so viel Gefühl in diesem einen Wort, dass Tishar schon glaubte, der Junge würde jeden Moment vor ihr auf die Knie fallen.

Sie musterte ihn nachdenklich. Er war gewaschen und ordentlich gekleidet, doch ein paar Nachlässigkeiten verrieten seine Eile: Die Haare hatte er sich hastig mit einer Goldspange zusammengebunden, und am Handgelenk war eine Abschürfung zu erkennen, die offensichtlich weder von einem Heiler noch mit einer Salbe behandelt worden war.

Hosun kehrte mit der Kutsche zurück und riss sie aus ihren Gedanken.

»Wo hast du *die* denn her?« Kihrins Kiefer klappte nach unten. Er starrte das Gefährt mit unverhohlener Bewunderung an.

Tishar lächelte. Als sie die Kutsche vor über einem Vierteljahrhundert zum ersten Mal zu Gesicht bekommen hatte, war ihre Reaktion ähnlich gewesen. Es handelte sich weniger um ein Gefährt als um ein fahrendes Schmuckstück. Von fähigen Händen aus seltenen Hölzern gefertigt und mit Juwelen verziert, die keinen Zweifel daran ließen, welcher Schicht die Insassen angehörten. Allerdings waren die Zauber, die jedes Schlagloch und jede Bodenunebenheit ausglichen, noch um einiges teurer gewesen als die Kutsche selbst. Im Lauf der Jahre hatten nicht wenige Leute versucht, sie zu kaufen. Und mindestens genauso viele hatten sie durch irgendeine Intrige an sich bringen wollen.

Doch sie gehörte immer noch Tishar.

Hosun hatte vier goldbraune Pferde angeschirrt und nicht nur den Kutscher namens Sironno aufsitzen lassen, sondern auch noch ein halbes Dutzend Mitglieder der Palastwache in den Farben des Hauses D'Mon.

Er schien kein Risiko eingehen zu wollen. Vielleicht hatte er guten Grund dazu.

»Ein Geschenk meines Bruders Pedron«, erklärte Tishar, als Sironno ihnen die Tür aufhielt. »Kurz bevor er mich an den Erblord des Hauses D'Evelin verheiratete.« Sie nickte dem Kutscher zu. »Bring uns zum Oktagon. Über die Nordroute.«

»Ja, edle Dame.« Er verneigte sich und wartete, bis sie beide eingestiegen waren, dann schloss er die Tür.

»Danke«, sagte Kihrin, wenn auch etwas unkonzentriert, weil er gerade die weichen Samtpolster befühlte.

»Ich bin neugierig: Weshalb bist du so wild darauf, den Sklavenmarkt zu besuchen? Erzähl mir nicht, dass du dir einen kaufen willst.« Sie versuchte gar nicht erst, die Missbilligung in ihrem Ton zu verbergen.

Kihrin zuckte zusammen und schaute weg. Der nachdenkliche Gesichtsausdruck des jungen Mannes erinnerte sie ein wenig an Pedron.

Und an Therin.

»Falls du gerade überlegen solltest, ob du mir das Geheimnis anvertrauen kannst, das dich so sehr beschäftigt«, sagte Tishar, als Sironno mit einem Peitschenknall die Pferde antrieb, »die Antwort lautet Nein.«

Kihrin schaute sie schockiert an.

»Du kannst niemals sicher sein, ob ich es nicht weitererzähle oder es sonstwie gegen dich verwende«, fuhr sie fort. »Jede Garantie, es nicht zu tun, ist kaum mehr wert als der Atem, mit dem ich sie ausspreche.« Sie beugte sich näher heran. »Nichts bleibt ohne Risiko, junger Mann. Früher oder später wirst du dich jemandem anvertrauen müssen.«

Er runzelte die Stirn und starrte seine Hände an. »Vielleicht nicht ausgerechnet in diesem Haus.«

»Es ist eine Schlangengrube, da gebe ich dir recht.« Tishar lächelte ihn an, dann zog sie mehr aus Gewohnheit denn aus Notwendigkeit die Blenden herunter und entzündete ein magisches Licht. »Falls es dich tröstet, ich war beinahe fünfundzwanzig Jahre mit Pharoes D'Evelin verheiratet. Ich habe ihn überlebt und ich habe unsere Söhne überlebt. Ich mag jung aussehen, aber ich bin alt und müde und habe die Machtspielchen satt. Das ist immer noch kein Grund, mir zu vertrauen, dennoch ist es unwahrscheinlich, dass es irgendetwas gibt, für das ich dich erpressen würde.«

Er lächelte, aber sie sah, dass es nicht von Herzen kam. »Ich will eine Sklavin zurückkaufen, die Darzin heute ins Oktagon geschickt hat. Ihr Name ist Talea.«

»Na siehst du, das ist doch schon mal ein Anfang.« Sie hob die Hände. »Allerdings gilt es zu bedenken, dass du vor dem Gesetz noch nicht erwachsen bist, mein junger Neffe. Sondern erst im nächsten Jahr. Wenn wir diese Talea kaufen, kann Darzin sie einfach von dir zurückverlangen, so wie er alles für sich beanspruchen kann, was dir gehört, da du nach wie vor sein Eigentum bist.«

Seine Augen wurden tellergroß, dann presste er die Lider zusammen und schlug den Hinterkopf gegen die Rückwand der Kabine. »Ich bin so ein Trottel.«

»Unwissenheit ist nicht gleich Dummheit, junger Mann. Du bist nur noch nicht daran gewöhnt, einen Vater zu haben, dem dein Wohl herzlich egal ist.« Sie wedelte mit der Hand. »Meine Empfehlung wäre, sie nicht für dich selbst zu kaufen. Kauf sie für deinen Großvater Therin. Er mag zwar etwas irritiert reagieren, wenn du sein Geld ausgibst, aber ich bin sicher, ihr werdet euch über die Rückzahlungsmodalitäten einigen können.«

»Das könnte funktionieren.« Er kaute auf seiner Unterlippe herum. »Ich habe genug Geld, um für sie zu bezahlen. Das ist nicht das Problem.«

»Du musst sie wirklich sehr ins Herz geschlossen haben.«

Kihrin schüttelte den Kopf. »Ich kenne sie nicht mal.«

Tishar hob die Augenbrauen und wartete auf eine Erklärung.

»Ich kannte ihre Schwester. Sie hat im ZERRISSENEN SCHLEIER gearbeitet. Und wurde wegen mir ermordet.« Er schluckte schwer. »Ich habe gesehen, wie Talea weggebracht wurde. Darzin hatte mir gerade erst angeboten, mir eine von seinen Sklavinnen auszusuchen. Ich hätte es tun können und sie nehmen, aber ich habe das Angebot ausgeschlagen.« Er lachte bitter. »Er hätte sie nur getötet, sobald er merkt, wie wichtig sie mir ist.«*

»Es gefällt mir, wie schnell du die Gepflogenheiten des Hauses D'Mon durchschaut hast«, erwiderte Tishar. »Du hast absolut recht, daran zweifle ich keine Sekunde.« Sie prostete ihm mit einem imaginären Weinglas zu. »Damit bleibt wohl nur noch die Angelegenheit, die ich von Anfang an mit dir besprechen wollte.«

Kihrin blinzelte. »Moment. Du *wolltest* zu mir?«

»Ja. Ich bin es, die ein Geheimnis loswerden will, und zwar an dich. Weißt du, wie ich es geschafft habe, so lange in dieser Stadt zu überleben?« Sie wartete nicht auf Kihrins Antwort. »Weil ich nie vergessen habe, dass meine Mutter eine Sklavin war. Ohne die Anstrengungen, die meine Brüder für mich unternommen haben, hätte mich wahrscheinlich das gleiche Schicksal ereilt.«

Er schaute sie fragend an. »Sklaverei wird nicht vererbt.«

»Das nicht, aber welcher Adlige würde die Kinder seiner Sklaven zuerst mit seinem eigenen Geld großziehen, um sie dann in die Freiheit zu entlassen? Streng genommen können nur die El-

* Hätte er nicht, aber lediglich deshalb, weil sie einen so hervorragenden Köder abgab. Andererseits, wer weiß? Darzin hätte durchaus dumm genug sein können, es zu tun.

tern ihre Kinder verkaufen, aber wenn die Eltern selbst Sklaven sind, gibt es hervorragende Möglichkeiten, ihre Einwilligung durch entsprechenden … *Druck* zu erreichen. Nicht gerade legal, aber in meiner Zeit beim Haus D'Evelin war das gang und gäbe.«

Sie hielt lange genug inne, um zu bemerken, wie grün Kihrin im Gesicht geworden war. *Du bist wohl doch noch nicht ganz so abgestumpft, wie du dachtest, junger Mann …* »Vergiss nicht, dass wir dieses Kaiserreich auf den Rücken von Sklaven und Dienern errichtet haben, die verzichtbar sind – jeder von ihnen. Die Leute hassen meinen Bruder Pedron, weil er versucht hat, etwas daran zu ändern, wie die Dinge hier laufen, doch ich frage dich: Wäre das wirklich so schlimm gewesen?«

Kihrin schluckte. »Ähm, ich meine … was ist mit dem Zorn der Götter? Der Gefahr, den Fluch über uns zu bringen …«

Sie winkte ab. »Pedron glaubte, ihn abwenden zu können. Er selbst hielt sich nicht für böse. Er glaubte, dass richtig war, was er tat – sogar notwendig für das Wohl des Kaiserreichs. Das Tragische daran ist, dass er sich dabei mit Leuten eingelassen hat, die seinen Idealismus für ihre eigenen Zwecke ausgenutzt haben. Und als sie dann aufgeflogen sind, haben sie alles ihm in die Schuhe geschoben.«

»Du willst sagen, er war selbst ein Opfer der Stimmen-Affäre?«

Sie seufzte. »Wahrscheinlich nicht. Ich verüble Therin nicht, was er getan hat. Hätte er es nicht getan, hätte der Fluch der Götter uns alle getötet. Manchmal kann ich allerdings nicht anders, als mich zu fragen, was passiert wäre, wenn Pedron sein Ziel erreicht hätte. Er wollte so vieles verändern, was er wegen seiner gesellschaftlichen Stellung nicht verändern konnte. Wie anders würde die Welt nun aussehen, wer weiß?«

»Anders heißt nicht unbedingt besser, meine Dame.«

»Hmm.« Sie schürzte die Lippen und schüttelte den Kopf. »Ich habe viel von ihm gelernt. Von seinen Fehlern genauso wie von seinen Erfolgen. Ich habe versucht, so viel Gutes zu tun, wie meine

Stellung und mein Geschlecht es zulassen. In einem Haus, in dem jemand wie Darzin D'Mon sein Unwesen treibt, sind die Diener dankbar, jemanden zu haben, der sie vor ihm schützt. Und sie erzählen mir das ein oder andere. Zum Beispiel, dass Alshena deine Gemächer heute Morgen auf allen vieren verlassen hat, über und über mit Blut beschmiert, ohne danach zu den Heilern zu gehen.«

Es war ein Tiefschlag, ein Überraschungsangriff. Der fassungslose Blick, den Kihrin ihr daraufhin zuwarf, war herzzerreißend. Scham und Verzweiflung mischten sich darin mit Furcht und Selbsthass.

»Es war … So war es nicht.«

»Das weiß ich. Du hast ihr das nicht angetan. Kurz darauf kam Darzin aus deiner Suite. Er muss die Verletzungen, die er ihr zufügte, selbst behandelt haben, damit die Heiler nicht darüber tuscheln. Und was den Grund für seinen Ausraster betrifft – der offen gesagt selbst für Darzin etwas übertrieben war: Die Dienerinnen, die dein Bettzeug gewechselt haben, sagten, es sei offensichtlich.«

Sein eben noch grünes Gesicht wurde leichenblass. »Was willst du?«, fragte er schließlich resigniert.

Der Junge lernte schnell. Natürlich rechnete er damit, dass Tishar ihn erpressen wollte. Sie seufzte. »Ich möchte eine Antwort auf eine einzige Frage.« Sie hob eine Hand. »Hör mir zuerst zu. Ich glaube, ich war selbst schon einmal in deiner Lage, aber vielleicht täusche ich mich ja. Auch ich kann mich an solche Abende erinnern. Es beginnt mit Wein und einem guten Grund, ihn zu trinken. Jemand, dem du vertraust, schenkt dir immer wieder lächelnd nach. Der Abend wird länger, und irgendwann verschwimmt alles. Gar nicht einmal unangenehm, um ehrlich zu sein. Bis auf den Moment, wenn dein Gegenüber sich nicht darum schert, dass du Nein sagst, und die Kleider verschwinden und die Hände an Orte wandern, wo sie nicht hingehören.« Sie tippte sich mit dem

Finger an die Nasenspitze. »Meine Frage an dich, mein lieber Junge, lautet: *Wolltest* du, dass es passiert?«

Kihrin schaute weg. »Es war ein schrecklicher Fehler. Eins führte zum andern. Ich würde alles rückgängig machen, wenn ich könnte. Als er uns am nächsten Tag fand, dachte ich, er bringt sie um. Vielleicht tut er es noch.«

»Kihrin«, begann Tishar und wollte seine Hand nehmen, ließ es aber bleiben, als sie sah, wie er zusammenzuckte. »Kihrin«, wiederholte sie, »ich weiß, wie naheliegend es ist, dir die Schuld dafür zu geben, was passiert ist, oder zu behaupten, niemand wäre schuld. Aber du darfst nicht vergessen, dass von den Beteiligten nur einer bereits volljährig war.«

Er schnaubte und verdrehte die Augen. »Ich bin fast sechzehn.«

»Bloß weil du bis zu einem bestimmten Datum überlebst, hast du noch lange nicht die Erfahrung, mit so einer Situation umzugehen. Du bist *fast* sechzehn. Sie ist doppelt so alt. Bedenke: Wenn es eines gibt, in dem wir Adligen uns alle mit großem Fleiß üben, dann ist es das Trinken. Alshena könnte einen Morgag unter den Tisch trinken. Wenn gestern Abend also eines zum anderen geführt hat, dann nur, weil sie es so wollte. Meine Frage an dich lautet daher: Wolltest du es auch? Wenn ja, dann sag es, und wir müssen nie wieder hierüber sprechen.«

Er konnte ihr nicht in die Augen schauen. Stattdessen betrachtete er seine Hände, den Saum ihres Agolé, die mit Juwelen und Brokat ausgekleideten Innenwände der Kutsche.

Tishar wartete.

»Nein«, flüsterte Kihrin schließlich. »Nein, ich wollte es nicht.« Er räusperte sich und hob die Stimme. »Ich glaube, sie wollte mir helfen.«

»Und, hat sie?«

Er verzog das Gesicht. »Bei den Göttern, nein.«

»Dann sollte ich ihr einen Besuch abstatten, denke ich. Sie benimmt sich schon seit Monaten eigenartig. Es ist längst überfällig, dass ich sie deshalb zur Rede stelle.«

»Mach ihr keinen Ärger«, protestierte Kihrin. »Sie hat schon genug gelitten.«

Tishar schnaubte. Die Kutsche schaukelte weiter Richtung Oktagon. »Warte, bis ich mit ihr fertig bin.«

55

DER RICHTERSPRUCH DER BLEICHEN DAME

(Kihrins Geschichte)

Ich bin beeindruckt, dass du alles wahrheitsgetreu wiedergegeben hast, Klaue.

Andererseits, was kümmert's dich? Du hast weit Schlimmeres auf dem Kerbholz, als einen Minderjährigen zu verführen.

Wie dem auch sei, Tyentsos Plan … Nun, er funktionierte nicht so, wie wir gehofft hatten.

Es fing schon mal damit an, dass Khaemezra sich weigerte, uns zu helfen.

Wir gingen am nächsten Morgen zu ihr. Ich war sicher, dass sie zustimmen würde, wie ich gestehen muss. Warum auch nicht? Sie war die Hohepriesterin der Todesgöttin, und das, worum wir sie baten, war auch nicht bizarrer als alles, was Khaemezra sonst so in Ausübung ihres Amtes trieb. Tyentso sollte sterben und ich eine Zauberstunde erhalten, danach würde Khaemezra Tyentso wieder zurückholen. Ganz einfach.

Aber so einfach war es dann anscheinend doch nicht.

Tyentso räusperte sich und warf mir einen entschuldigenden

Blick zu, dann wandte sie sich wieder an die geheiligte Mutter der Schwarzen Bruderschaft. »Es handelt sich nur um eine kleine Abwandlung des Maevanos-Rituals. Alles, worum ich dich bitte, sind ein paar Stunden als Geist, bevor ich wiederkehre, mehr nicht.«

»Ty glaubt, es könnte funktionieren«, fügte ich hinzu.

Die alte Frau schien schon allein über die Bitte erbost und durchbohrte Tyentso mit ihren Blicken. »Es geht um Phaellen, oder?«

Ich hatte keine Ahnung, wer das war, aber Tyentso wurde blass. »Wer ist Phaellen?«, fragte ich.

Tyentso verschränkte die Arme vor der Brust. »Phaellen D'Erinwa ist … Er war der Geist, der mich unterrichtet hat.« Sie atmete einmal tief durch. »Spielt keine Rolle.« Dann wandte sie sich wieder Khaemezra zu. »Ich wusste nicht, dass du ihn kanntest.«

Khaemezras Augen blitzten. »Ich kenne *jeden*, der stirbt.«

»Ich finde das nicht gruselig«, warf ich ein. »Der Gedanke, von einem Geist besessen zu werden, gefällt mir zwar nicht, aber vom Alten Mann auf dieser Insel festgehalten zu werden, ist noch viel schlimmer. Wenn es also einen Grund gibt, warum wir das nicht tun sollten – außer dass es ein Verstoß gegen die Regeln des Maevanos ist –, dann sag es mir bitte, damit ich mir schon mal den nächsten haarsträubenden Fluchtplan ausdenken kann.« Ich schnippte mit den Fingern. »Ich hab's: Weiß jemand, wo ich hier auf der Insel fünf Kisten Igel kaufen kann?«

»Du solltest noch nicht gehen. Deine Ausbildung ist noch nicht beendet.«

Ich schnaubte und verkniff mir eine spitze Erwiderung. »Ich mag keine Käfige. Und noch viel weniger gefällt mir, was der Alte Mann mit mir vorhat.«

Khaemezras Nasenflügel bebten. »Ein Geist ist mehr als nur die Seele eines Toten. Wenn sie erst einmal von dem Körper getrennt wurde, der sie einst nährte, sollte sie nicht diesseits des Schleiers verharren. Wenn du stirbst, reist du ins Nachleben jenseits des Zweiten Schleiers. So wie jeder, auch die, die den Maevanos durchlaufen. Um ein Geist zu werden, der auf dieser Seite des Schleiers bleibt, musst du tot sein, aber zu schwach oder wütend oder auf eine andere Weise an diese Welt gebunden, um den Übertritt zu schaffen. Das ist gefährlich, denn die untere Seele entweicht bereits. Wer zu lange in diesem Zustand bleibt – in diesem Fall Tyentso –, kann weder zurückkehren noch ins Land des Friedens eingehen, um eines Tages wiedergeboren zu werden.« Ihre Augen blieben hart, als sie auf Tyentso deutete. »Vergessen wir nicht: Du hast den Maevanos noch nicht durchlaufen. Es gibt keine Garantie, dass du zurückkehren wirst.«

»Ich habe ihn noch nicht durchlaufen, weil …« Tyentso leckte sich über die Lippen.

»Weil du fürchtest, nicht für würdig befunden zu werden«, beendete Khaemezra den Satz für sie. »Und was, wenn du recht hast? Du hast nicht gerade ein vorbildliches Leben geführt, mein Kind.«

»Ich weiß, was ich getan habe.« Tyentso blickte mich an. »Aber das hier ist wichtig.«

Ich zuckte zusammen. Ich wusste, sie nahm das alles nur auf sich, weil sie ein schlechtes Gewissen wegen meines Gaesch hatte. Und ich gab ihr nicht gerade das Gefühl, ich hätte ihr verziehen. Wollte ich wirklich Tyentsos Blut an meinen Fingern kleben haben, falls etwas schiefging? »Ty, ich möchte deinen Tod nicht.«

»Mein Tod ist genau das, worum es bei dem Ganzen hier geht, Leichtfuß. Dich in Magie zu unterrichten, bis dir die Augen zufallen, hat nicht geklappt, also probieren wir etwas anderes. Bei mir hat die Methode gut funktioniert. Und bei dir sollte es das besser auch, denn ich habe nicht vor, das hier zweimal zu machen.«

»Bist du sicher, dass du das willst?«, fragte Khaemezra sie noch einmal. »Wenn du tot bist, werden alle deine Geheimnisse enthüllt. Wer du bist, was du bist, es kommt alles ans Licht.« Ihr silbrig funkelnder Blick wanderte zu mir weiter. »Das gilt auch für ihn.«

»Spar dir deine Versuche, mich ins Bockshorn zu jagen, alte Frau«, erklärte ich. »Ich zieh's durch.«

Ein Lächeln umspielte ihre Mundwinkel. »Sieht ganz so aus.« Sie zog einen Dolch und hielt ihn Tyentso hin.

»Moment«, keuchte ich. »Du meinst doch nicht etwa jetzt gleich, oder?« Ich blickte mich um, ob Khaemezra vielleicht zwei Thriss mit Trommeln mitgebracht hatte. Selbst Tyentso wirkte erschrocken.

»O doch, jetzt gleich. Euer Vorhaben ist so anmaßend, dass ich unseren Tempel nicht damit entweihen will. Hier kann ich euch zumindest meine volle Aufmerksamkeit widmen, wenn es Schwierigkeiten gibt.« Sie sagte das, als wären diese Schwierigkeiten viel weniger eine Möglichkeit als eine Gewissheit.

Mein Mund wurde trocken.

Tyentso nahm den Dolch. »Braucht es gar keine Zeremonie?«

»Nein. Alles, was du tun musst, ist Thaena gegenüberzutreten.«

Ich hob die Hand. »Ähm, nur eine Minute. Warum atmen wir alle nicht erst einmal tief durch und ...«

Tyentso rammte sich den Dolch in die Brust.

Ein hellroter Fleck breitete sich ganz langsam über ihr weißes Hemd aus, dann brach sie mit einem anklagenden Blick in Khaemezras Richtung zusammen. Klein, zerbrechlich und leblos.

Khaemezra stand da, als wäre nichts geschehen.

»Und jetzt?«, fragte ich.

»Wir warten.«

»Das ist alles? Warten?«

Die Hohepriesterin neigte den Kopf. »Sie muss sich durch das Nachleben zurück in diese Welt kämpfen. Das ist keine leichte Aufgabe.«

»Und wenn sie es nicht schafft?«

»Dann wirst du heute keinen Magieunterricht von einem Geist erhalten.«

»Verstehe.« Ich fing an, ruhelos auf und ab zu gehen. Ich wusste nicht, was ich sonst tun sollte. Schließlich blieb ich stehen. »Kann ich ihr nicht irgendwie helfen?«

Khaemezra starrte wortlos in die Ferne.

Ich seufzte und ging weiter auf und ab. Schließlich ließ ich mich im Schneidersitz neben Tyentsos Leiche nieder und legte eine Hand auf ihre Schulter. Dann blickte ich hinter den Ersten Schleier.

Der Erste Schleier war Magie, der Zweite war der Tod. Insofern war es nur logisch, dass ich als Sterblicher nicht dahinterblicken konnte. Aber wenn Tyentso ohnehin versuchte, ihn in meine Richtung zu überwinden, musste ich das vielleicht auch gar nicht. Ich konnte hinter den Ersten Schleier sehen und möglicherweise *fast* bis zum Zweiten. Vielleicht konnte ich eine Art Leuchtfeuer für sie sein, damit sie den Rückweg leichter fand.

Meine Logik war nicht gerade wasserdicht, aber was hatte ich schon zu verlieren?

Hinter den Ersten Schleier zu sehen, war einfach. Ich konnte es schon, als ich noch ein Kind war. Ich strengte mich einfach etwas mehr an als sonst, konzentrierte meinen Blick und noch etwas anderes, jenseits des Blicks. Ohne mich zu bewegen, mühte ich mich ab, hinter die oberflächlichen Auren zu sehen. Es war, als würde ich ein Muster anstarren, bis ich vor Konzentration schielte und die Intensität des Blicks meine tatsächliche Sicht verschwimmen ließ.

Ich streckte meine Sinne aus. Ich richtete sie nach innen. Ich verzweifelte.

Da spürte ich eine Hand auf meiner Schulter. Ich musste nicht hinsehen, um zu wissen, dass die mit Goldstaub bedeckten Finger, die sich wie Eisenklauen in mein Fleisch gruben, Khaemezra gehörten.

Mein Blick auf das Universum veränderte sich schlagartig.

Im Vergleich kam mir meine bisherige Sicht auf alles Magische in etwa so scharf vor wie der Blick eines Neugeborenen. Zum einen sah ich die stoffliche Welt immer noch mit absoluter Klarheit, aber ich erblickte auch Energie, und zwar überall. Außerdem sah ich so etwas wie Schall, als würde jede Materie ein Geräusch erzeugen. Jedes Objekt, ob lebendig oder tot, existierte gleichzeitig als eine Art Musik, als Rhythmus, als Schwingung, als Akkord. Überall war Musik und Licht, alles pulsierte, Wellen breiteten sich in alle Richtungen aus, stießen einander an, vergrößerten sich oder löschten sich gegenseitig aus.

Ich hob den Blick und merkte, dass es doch nicht Khaemezra war, die neben mir stand.

Die Hand auf meiner Schulter gehörte einer Fremden. Ihre Haut war weich und glatt und dunkler als der Boden des manolischen Dschungels. Auf ihren hohen Wangenknochen und der Stirn tanzten bläuliche Lichtreflexe. Ihr Haar oder besser gesagt das, was statt Haaren auf ihrem Kopf wuchs, erinnerte mich an Schmetterlingsflügel, zart und durchschimmernd, grün und blau und violett. Ihr Mund war schmal, aber die Lippen voll, ihre Nase klein, und die Nasenlöcher wirkten seltsam flach. In ihren großen, schräg stehenden Augen konnte ich weder eine Iris noch eine Pupille oder irgendeine Farbe erkennen. Sie reflektierten lediglich das goldene Schimmern ihres Kleides.

Als Nächstes fiel mir der von einem kleinen Totenschädel zusammengehaltene Rosengürtel an ihrer Hüfte auf, außerdem das zugehörige Rosendiadem auf ihrem Haupt. Da merkte ich, dass ich die Frau doch schon einmal gesehen hatte.

Oder zumindest Statuen von ihr aus Onyx und Blattgold. Ein Teil meines Bewusstseins fragte sich, warum sie die Bleiche Dame genannt wurde.

Thaena blickte mir in die Augen.

Furcht durchzuckte meine Seele. Ich spürte nicht etwa meine Sterblichkeit oder die unerbittliche Leere meines kurz bevorstehenden Endes. Nein, ich fühlte mich nur unfassbar nackt. Thaena sah mich nicht an, sie sah in mich *hinein,* bis in den letzten Winkel meiner Seele. Sie kannte mich besser, als ich mich selbst je kennen würde, hatte mich schon immer gekannt, bereits vor meiner Geburt. Nun wartete sie einfach, bis ich zu ihr zurückkehrte.

Ich sah weg.

Thaenas Griff wurde fester. Die Todesgöttin wandte sich der anderen Frau im Raum zu.

Einer Frau, die, wie ich bemerkte, überhaupt nicht wie Tyentso aussah.

Sie war jung, älter als ich, aber nicht alt genug, um meine Mutter zu sein. Eine spindeldürre Quurerin mit einem scharf geschnittenen Gesicht. Ihr Haar war ein Knoten aus lavendelgrauen, weichen Locken, die ihren Kopf umtosten wie ein aufziehender Sturm. Das Auffälligste aber waren die Augen, groß und schräg und schwarz: das endlose Labyrinth der von den Göttern berührten Mitglieder des Hauses D'Lorus.

Auf der Vorderseite ihres Hemds leuchtete ein großer Blutfleck. Sie sah echt und stofflich aus und kein bisschen wie ein Geist.

Doch ich wusste es besser.

»Tyentso«, begann die Todesgöttin, »einst genannt Raverí, Tochter von Rava.* Ich habe deine Seele gesehen. Du wurdest gerichtet.«

Tyentso erschrak. »Hätte es nicht eine Prüfung geben müssen?«

»Dein Leben war die Prüfung«, erwiderte Thaena. »Du hast sie nicht bestanden. Du bist eine Mörderin und Dämonenbeschwörerin, eine arrogante Lügnerin, die Leute verrät, die ihr vertrauen, und Hunderte Seelen in die Hölle geschickt hat. Kein Opfer war dir zu groß, um es auf deinem Rachealtar darzubringen. Was hast du in deinem Leben je anderes getan, als Leid über andere zu bringen?

* Der Name folgt den Gebräuchen der Vané, und ich frage mich, ob das Zufall oder Absicht war. Gerüchten zufolge (allesamt selbstverständlich unbestätigt) gibt es im kirpischen Wald nach wie vor eine Enklave der Vané. In der Tat zeigen manche Einwohner der Provinzen Kirpis und Kazivar typische Merkmale der Vané wie wolkig-lockiges Haar, meist in Pastellfarbtönen.

Was hinterlässt du, das die Welt auch nur ein winzig kleines bisschen besser machen würde, als sie es ohne dich war? Du kannst Kihrin unterrichten, so lange du möchtest – vorausgesetzt, er will überhaupt noch etwas mit dir zu tun haben. Doch du wirst nicht ins Land der Lebenden zurückkehren.«

Mit diesen Worten schritt die Todesgöttin aus dem Raum.

56

DAS OKTAGON

(Klaues Geschichte)

Die Kutsche kam an ihrem Zielort an, Sironno hielt Tishar und ihrem Neffen die Tür auf, während die Eskorte ein Ehrenspalier bildete.

Tishar hatte sich Sorgen gemacht, ihr Gespräch könnte Kihrin so sehr mitgenommen haben, dass er den Rest des Tages womöglich nicht mehr durchstehen würde. Doch ihre Sorge war unbegründet: Sironno hatte kaum die Tür geöffnet, da hüpfte Kihrin schon voll gelangweilter Unbekümmertheit aus der Kutsche.

»Wollen wir?«, fragte er und hielt ihr den Arm hin.

»Aber natürlich. Es wird nicht lange dauern.«

»Alle hier tragen Orange«, flüsterte er ihr zu.

»Das ist die Farbe des Hauses D'Erinwa«, erläuterte Tishar. »Während meiner Zeit bei ihnen hat es mir nie an etwas gemangelt, aber ich hasse diese Farbe. In Orange sehe ich grauenhaft aus.«

Der Eingangsbereich des Oktagon war nicht aus schnöden Ziegeln gemauert, sondern aus Marmor und Raenena-Stein, wie man es eher von einem Kunstsalon im Oberen Zirkel erwartete als von einem Sklavenhaus. Die Innenräume hingegen unterschieden sich ein wenig von einem Salon: Statt schönen Gemälden und Statuen gab es für das abgebrühte adlige Publikum schöne Körper aus Fleisch und Blut zu bewundern.

Im mit Hängepflanzen, Kunstgegenständen und Brunnen dekorierten Eingangssaal stand eine Tafel aus schwarzem Schiefer, sonst nichts. Die Besucher studierten sie eingehend, bevor sie tiefer in den Komplex vordrangen.

Tishar ging zu der Tafel.

»Normalerweise informiert man sich hier über das Angebot«, erklärte sie Kihrin. »Es wechselt täglich, je nach Saison. Raum 1: Arbeiter. Raum 3: Unterhalter. Raum 4: Bedienstete. Raum 7: Lustsklaven. Raum 8: Exoten. Die Liste ließe sich noch um einiges fortsetzen, aber was wir brauchen, ist ein persönlicher Ansprechpartner. Glücklicherweise weiß ich, wo wir einen finden.«

Mit strahlendem Gesicht machte Tishar auf dem Absatz kehrt und stolzierte mit geübt furchterregender Zielstrebigkeit auf einen Mann zu, bei dem es sich offensichtlich um den Hausmeier handelte. Als sie ihm die Hand hinhielt, lächelte er, als gäbe es nur sie auf der Welt. Sie flüsterte ihm etwas ins Ohr, und wenige Momente später öffnete sich die Tür eines Seitengangs.

»Ihr dürft hier auf uns warten«, sagte Tishar zu ihrer Eskorte. Der Hauptmann, der das alles kannte, nickte, dann gingen die Wachen in Position.

Tishar nahm Kihrins Arm und führte ihn in einen langgestreckten Korridor, der im krassen Gegensatz zur Eingangshalle kaum breit genug für sie beide war.

»Ist das ein Bedienstetengang?«, erkundigte sich Kihrin.

Sie schenkte ihm ein geheimnisvolles Lächeln. »So etwas in der Art.«

Am Ende des Gangs gelangten sie in ein kleines, rundes Zimmer. Es gab zwei Türen mit je einer Treppe dahinter, die eine führte nach oben, die andere nach unten. Acht weitere Gänge zweigten von dem Zimmer ab wie die Speichen eines Wagenrades. Zwölf

Wachsoldaten standen an den Wänden, in der Mitte saß ein kleines verrunzeltes Männchen an einem Schreibtisch.

»Humthra!«, rief Tishar.

Der Schreiber blickte nicht einmal auf.

Tishar baute sich vor den Papierstapeln auf und beugte sich zu dem Greis hinunter. »Humthra!«

»Hmmm?«, machte der alte Mann und schrieb weiter in sein Register.

»Ich muss dich etwas fragen, Humthra«, erklärte Tishar.

»Was?« Der greise Sklavenmeister hob den Kopf. Sein Blick wanderte zu Kihrin. »Ah. Jugendlich, hervorragende körperliche Verfassung. Gelbes Haar und blaue Augen, sehr selten. Vané-Abstammung, zweite Generation. Ich würde das Anfangsgebot auf …«

»Humthra!«, schrie Tishar.

»Was?«, wiederholte er erschrocken.

»Ich muss einen Blick in das Register werfen.« Sie deutete auf ihren Neffen. »ER steht nicht zum Verkauf.«

Der alte Mann schnaubte. »Warum nicht, du dummes Huhn? Mit dem kannst du ein Vermögen machen …« Er verstummte und schaute blinzelnd zwischen Tishar und Kihrin hin und her. »Ach so, er ist dein Sohn? Dann würde ich das Anfangsgebot verdoppeln auf …«

Tishar warf Kihrin, der sich sichtlich unwohl fühlte, einen entschuldigenden Blick zu. »Es tut mir sehr leid, aber Humthra ist manchmal etwas … begriffsstutzig.« Sie wandte sich wieder an den greisen Schreiber. »Das Register, Humthra.«

»Ach ja, selbstverständlich. Hier.« Er drehte das aufgeschlagene Buch in Tishars Richtung.

»Nein …« Tishar blätterte durch die Seiten. »Das hier ist das Register von heute Vormittag, mein werter Humthra. Ich brauche das für den Nachmittag.«

»Ah, das wäre dann dieses hier.«

»All diese Sklaven werden heute Nachmittag hier verkauft?«, fragte Kihrin verblüfft.

»Ja«, antwortete Tishar und blätterte weiter. »Da haben wir's ja schon ... Ein Kontingent von Darzin D'Mon ... Oh, die sind aber schnell weggegangen.«

»Sie waren in guter Verfassung«, erklärte Humthra. »Ich musste sie nicht erst in Form bringen.«

»Du Glückspilz.« Ihr behandschuhter Finger fuhr Zeile für Zeile über das Pergament, bis er plötzlich innehielt. »Thron, Chance und Kelch ...«, murmelte sie. »Er ist schon wieder zurück? Ich dachte, er wäre noch an der Akademie. Haben sie ihn rausgeworfen?«

Humthra blinzelte. »Wen?«

Tishar deutete auf die entsprechende Zeile.

»Ah!« Humthra schüttelte den Kopf. »Aber nein. Er hat seinen Abschluss früher gemacht als der Rest seines Jahrgangs. Hat es allen gezeigt, die glaubten, er könnte seinem Vater nicht das Wasser reichen. Der Hohe Lord Cedric hat ihn auf direktem Weg hierhergeschickt, damit er sich etwas Schönes kaufen kann.«

Tishar merkte, dass sie auf der Unterlippe herumkaute. »Zweifellos etwas Schönes, Weibliches.«

»Gibt es ein Problem?«, fragte Kihrin.

Seine Tante warf ihm einen mitfühlenden Blick zu. »Ach, Liebes. Es tut mir unendlich leid, aber ich fürchte, es könnte schwierig werden, Talea zu kaufen.«

»Wie meinst du das? Wurde sie schon verkauft?«

»So gut wie«, warf Humthra ein. »Der Käufer ist noch hier.«

»Wer ist es? Können wir ihn nicht überbieten? Gibt es irgendeine andere Möglichkeit?« Kihrin stotterte beinahe, so schnell sprach er. Der arme Junge sah aus, als würde sein Herz bluten.

Tishar seufzte. Sie hatte ein wenig Angst davor, seine Fragen zu beantworten. »So einfach ist das leider nicht. Dieses Auktionshaus bietet jedem, der bereit ist, das Doppelte des anvisierten Verkaufspreises zu bezahlen, ein Vorkaufsrecht. Laut dem Register will Cedrics Sohn mindestens eine von Darzins Sklavinnen kaufen. Wenn wir Glück haben, kauft er keine einzige oder wenigstens nicht die, die du im Sinn hast. Es kann aber auch sein, dass er sie alle nimmt.«

»Können wir wirklich überhaupt nichts tun?«

Tishar wandte sich wieder an Humthra. »Dürften wir es uns eine Weile in der Südloge bequem machen, mein Lieber? Du weißt, wie sehr ich den hervorragenden Tee hier vermisse.«

Humthra war bereits wieder in das Register vertieft. Er murmelte etwas, das wie »nur zu« klang, und winkte sie fort.

Die beiden machten sich auf den Rückweg durch den schmalen Gang. »Lass uns zu meiner Lieblingsloge gehen und etwas wunderbaren zheriasischen Tee genießen. Es wäre ein Verbrechen, die Gelegenheit ungenutzt verstreichen zu lassen.«

Kihrin hob eine Augenbraue. »Aber Tante …«

»Die Loge ist perfekt gelegen, mein werter Neffe. Von dort aus hat man die gesamte Haupthalle im Blick. Man sieht jeden, der hereinkommt … oder wieder geht.« Sie zwinkerte.

Als er begriff, was seine Tante vorhatte, riss Kihrin kurz die Augen auf, dann nickte er. »Eine Tasse Tee wäre toll.«

Sie tätschelte seine Hand. »Kluger Junge.«

Kihrin richtete sich auf und zischte: »Das ist sie!«

Tishar spähte durch den Sichtschirm vor der Loge und sah, wie eine junge Frau an ihrer Halskrause aus Metall weggeführt wurde. Sie musste gestehen, dass das Mädchen wirklich außergewöhnlich schön war. Tishar wusste zwar nicht, wer ihr diese Zopffrisur geflochten hatte,* wäre aber nicht überrascht gewe-

* Ich schon. Bis zu diesem Zeitpunkt hatte Talea ihr Haar immer offen getragen, doch Klaue wollte sichergehen, dass Kihrin sie auf jeden Fall als Moreas Schwester erkannte, also ließ sie Taleas Frisur entsprechend än-

sen, wenn sie bald in Mode käme, so umwerfend wie die Sklavin damit aussah.

Als Nächstes konzentrierte Tishar sich auf den Mann, der sie führte. Er trug eine dicke schwarze Robe mit silbern eingefassten Säumen. Und wenn der Kerl keine Magie benutzte, um sich die mörderische Hitze vom Leib zu halten, wollte sie eine Halb-Morgagin sein. Auf der Robe prangte das Wappen des Hauses D'Lorus.

Tishar runzelte die Stirn. Sie hatte ihn sich anders vorgestellt.

Er war groß und breitschultrig, seine Kopfhaut glänzte wie bei jemandem, der nicht rasiert, sondern von Natur aus kahl war. Nur der Kopf und die feingliedrigen Hände lugten aus der Robe hervor, seine Haut war von einem warmen Olivbraun, das neben all dem Schwarz und Silber allerdings etwas blass wirkte. Sein einziger Schmuck war eine Mondsteinbrosche am Kragen seines Mantels. Er hatte ein markantes Gesicht, hohe Wangenknochen, eine gerade Nase und einen ausdrucksstarken Mund. Soweit Tishar wusste, war er noch sehr jung, höchstens zwanzig, und unverheiratet. Doch angesichts seiner strengen Züge fragte sie sich, ob er nicht vielleicht doch älter war.*

Unter anderen Umständen könnte ich ihn mir glatt ins Bett holen, überlegte sie gerade, als der Mann plötzlich aufblickte, direkt zu ihrer Loge. Seine bemerkenswerten Lippen verzogen sich zu einem ironischen Lächeln. Tishar wusste, dass das vollkommen unmöglich war, doch einen Sekundenbruchteil lang schienen sich ihre Blicke zu begegnen. Seine komplett schwarzen Augen – das unver-

dern. Da es sich um ein zheriasisches Flechtmuster handelte, gehe ich davon aus, dass sie ursprünglich von Ola stammte.

* Es ist schon eigenartig, eine Beschreibung seines Äußeren zu lesen, die nicht aus der eigenen Feder stammt. Ich muss gestehen, dass die vorliegende durchaus schmeichelhaft ist. Tishar hatte einen guten Blick fürs Detail, oder besser gesagt: Klaue lässt es in ihrer Version der Geschehnisse so erscheinen. Es überrascht mich, dass Klaue mich in einem so positiven Licht darstellt. Wir waren nicht gerade beste Freunde.

kennbare Merkmal des Hauses D'Lorus – wirkten wie ein bodenloser Abgrund. Dann schritt er mit seinem Gefolge unter der Loge hindurch Richtung Eingangshalle und verschwand außer Sicht.

Tishar lehnte sich fassungslos in ihren Sessel zurück.

Er konnte unmöglich gemerkt haben, dass sie hier war. Unmöglich. Fantasie … Bestimmt war ihre Fantasie mit ihr durchgegangen …

»War das der Käufer?«, fragte Kihrin.

»Ja«, antwortete sie. »Und er hat nur sie gekauft.« Tishar nahm noch einen Schluck von dem köstlichen Tee.

»Und was tun wir jetzt? Ich könnte versuchen, sie ihm abzukaufen. Aber bei Taja! Hast du seine Kleider gesehen? Nur Zauberer laufen so rum …«

»Ich rate dir, sie zu vergessen.«

Kihrin fuhr ruckartig zu ihr herum. »Wie meinst du das?«

»Das war der Erblord D'Lorus. Wenn du klug bist, hältst du dich von ihm fern. Es gibt Männer, die geben sich gern gefährlich, aber es gibt auch welche, die gefährlich *sind* und sich einen Dreck darum kümmern, was andere von ihnen denken. Er gehört zur zweiten Kategorie.«*

Kihrin kniff die Augen zusammen und verzog angewidert das Gesicht. »Haus D'Lorus? Er ist mit Gadrith dem Krummen verwandt?«

»Verwandt? So könnte man es nennen. Thurvishar D'Lorus ist Gadriths einziger Sohn.«**

* Eine weitere Schmeichelei. Und außerdem unwahr. Was andere von mir denken, kümmert mich sehr. Denn wer mich für gefährlich hält, wird es sich zweimal überlegen, mich beim Lesen zu stören.

** Es gab stets auch anderslautende Gerüchte. Wahrscheinlich hielten mich die meisten für einen Ogenra, den der Hohe Lord Cedric D'Lorus nach der Stimmen-Affäre zu sich geholt hat. Aber niemand fragte allzu genau nach: Im Oberen Zirkel bestimmen die Hohen Lords, was die Wahrheit ist.

57

GEISTERSPAZIERGANG

(Kihrins Geschichte)

Ich starrte die Tür an, durch die Thaena soeben verschwunden war, als könnte ich sie mit meinem Blick zurückholen. Neben mir ertönte ein unartikulierter Laut. Ich wandte mich um und sah Tyentsos Geist. Tränen strömten ihr über die Wangen, ihr Blick war immer noch genauso schockiert wie in dem Moment, als sie sich das Leben genommen hatte.

»Tyentso …« Ich streckte die Hand nach ihr aus, griff zu meiner Überraschung aber einfach durch sie hindurch. Eine verschwommene Leuchtspur erschien an der Stelle, wo ich sie »berührte«.

Ich hatte vergessen, dass sie nicht mehr unter den Lebenden weilte und damit nicht mehr in derselben Welt existierte wie ich.

Sie zuckte trotzdem zusammen. Schließlich schüttelte sie den Kopf und wischte sich mit dem Handrücken die Tränen ab. »Dann fangen wir mal an.«

Ich blinzelte. Sie meinte doch nicht allen Ernstes meinen Zauberunterricht? »Ty«, begann ich, »es ist genau das passiert, was ich auf keinen Fall wollte. Aber du bist noch nicht lange tot, vielleicht können wir es rückgängig machen, deinen Körper irgendwie wiederbeleben? Kannst du mich nicht anleiten, und ich heile dich?«

Sie stieß ein bitteres Lachen aus. »Du könntest meinen Körper heilen, ja, aber was dann? Wie willst du meine Seele ohne Thaenas Erlaubnis zurückholen? Das wäre kein Leben, Leichtfuß. Sondern eine grässliche Karikatur davon. Meine untere Seele würde trotzdem weiter abfließen.* Was getan ist, ist getan. Ich kannte das Risiko.«

Ich schluckte. »Was Thaena über dich gesagt hat …«

Tyentso hob eine Augenbraue. »Du willst wissen, ob es stimmt?«

»Sag mir einfach, du hattest gute Gründe.«

»Das kann ich nicht, Leichtfuß. Jede verdammte Kleinigkeit, die sie über mich gesagt hat, ist wahr. Ich bin ein verflucht schlechter Mensch. Ich habe all das getan und noch mehr. Aber weißt du was? Ich wusste von Anfang an, dass das hier eine Einbahnstraße sein würde. Ich bin nur wütend auf mich selbst, weil ich tatsächlich geglaubt habe, sie könnte mir verzeihen.« Tyentso schüttelte den Kopf. »Aber ein Glückspilz war ich noch nie.«

»Ich kann mir nicht vorstellen …« Ich suchte nach den richtigen Worten. »Ich glaube einfach nicht, dass du so böse bist.«

Tyentso schnaubte. »Wie herrlich naiv. Bei meinem ersten Mord war ich noch nicht mal so alt wie du. Ich wurde nie erwischt.«

»Na und? Vor ein paar Jahren habe ich das Gleiche versucht, ich habe mich nur dümmer angestellt als du. Darzin hätte ich jederzeit getötet, wenn ich geglaubt hätte, damit durchzukommen. Aber ich habe noch Schlimmeres getan: Menschen, die ich geliebt habe, mussten wegen mir sterben.« Ich presste Lippen und Lider zusammen, bevor ich ihr noch eine komplette Lebensbeichte ablegte.

»Bei der Göttin, halt jetzt den Mund.«

Ich öffnete die Augen wieder.

Tyentso funkelte mich an. »Das ist kein Wettbewerb, du Trottel. Wir sind nicht hier, um unsere Sünden voreinander auszubreiten

* Zufällig entspricht das genau dem, was mit Gadrith dem Krummen passiert ist.

und zu sehen, wer von uns beiden der schlimmere Mensch ist. Es spielt ohnehin keine Rolle. Glaubst du, Mutter Tod würde eines ihrer Lieblingsbälger aus den Prophezeiungen im Nachleben verrotten lassen? Wohl kaum. Ich bin verzichtbar. Du nicht.« Ihr Ton klang vorwurfsvoll, aber an ihrer Stelle wäre ich auch nicht gerade bester Laune gewesen.

Ich wollte schon protestieren, ließ es jedoch bleiben. Ich hätte versuchen können, ihr zu erklären, was mir die Glücksgöttin zu exakt diesem Thema gesagt hatte. Andererseits hätte Tyentso mir wohl kaum abgenommen, dass eine der Acht Unsterblichen mir eigens eine Vision geschickt hatte, um mir zu beweisen, dass ich eben *nichts* Besonderes war. Tyentso hatte viel für mich geopfert – weit mehr, als ein Mensch für einen anderen opfern sollte –, und sie hatte jedes Recht, über das Resultat bestürzt zu sein.

»Wenn du willst, dass ich gehe, verstehe ich das«, erwiderte ich.

Sie hielt mitten in einem Seufzer inne und kniff die Augen zusammen. »Du kannst mich sehen.«

»Richtig. Und?«

»Ist das dein Werk oder Thaenas?« Ihre Worte brannten vor Neugier.

»Ich habe versucht, hinter den Zweiten Schleier zu …«

»Sterbliche können das nicht«, fiel sie mir ins Wort.

»Dann ist es wohl Thaenas Werk.«

Tyentso schürzte die Lippen, schließlich nickte sie. »Nimm meine Hand.«

»Das wird nicht klappen.«

»Nimm sie!«

In vollem Wissen, dass ich gleich wieder durch sie hindurchgreifen würde, streckte ich die Finger nach Tyentso aus.

Doch diesmal verschwanden sie, kaum dass ich sie berührt hatte, als hätten sie sich in Luft aufgelöst.

Dann wurde die Welt um mich herum schwarz.

Vollkommen schwarz, und das nicht, weil ich plötzlich mein

Augenlicht oder das Bewusstsein verloren hätte. Tyentso war nicht mehr da. Ich befand mich in einer Höhle, die aussah wie Khaemezras Zuhause, nur ohne Möbel. Die Wände wirkten irgendwie weich. Wurzeln hingen von der Decke herab und ragten aus dem Boden, die Luft war zum Schneiden dick und roch nach fauliger Erde.

Und da war noch etwas anderes, ein Gefühl von Auflösung und Verfall wie in einer seit Jahrhunderten ungestörten Grabkammer.

Ich wollte zum Höhlenausgang gehen, um einen Blick nach draußen zu werfen. Da merkte ich, dass ich mich nicht bewegen konnte.

»Bleib ganz ruhig, Leichtfuß.« Ich konnte Tyentso zwar nicht sehen, aber ich hörte sie. »Was siehst du?«

»Wo bist du?«, fragte ich zurück. »Was ist das hier? Hör auf damit.«

Meine Hände bewegten sich ohne mein Zutun. Ich drehte sie vor meinem Gesicht hin und her, als sähe ich sie zum ersten Mal. Dabei wollte ich sie gar nicht bewegen.

Da wusste ich, wo Tyentso steckte: in mir. Sie steuerte meinen Körper.

»Keine Sorge, dir passiert nichts.«

»Hör sofort auf damit«, wimmerte ich. »Bitte, hör auf.«

Was gerade geschah, war genau das, was der Alte Mann mit mir vorhatte. Dass Tyentso die Urheberin war und ich sie um Hilfe gebeten hatte, spielte nicht die geringste Rolle. Ich hatte genau gewusst, was auf mich zukam, mir aber nicht ausgemalt, was für ein Gefühl es sein würde, besessen und voll und ganz unter der Kontrolle eines anderen zu sein. Da ich mich körperlich nicht wehren konnte, begann meine Seele zu rebellieren. Ich konnte nicht davonlaufen, mich nicht einmal bewegen oder auch nur verstecken. Ich saß in der Falle.

Panik überkam mich.

Rein äußerlich war keinerlei Veränderung zu bemerken. Ich

konnte ja nicht mal die Augen aufreißen vor Schreck, da sie mir nicht mehr gehorchten. Doch innerlich schrie ich. Abscheu und Widerwillen türmten sich in mir auf wie eine Flutwelle. Vergebens mühte ich mich, nicht darin zu ertrinken. Doch mit jeder innerlichen Zuckung versank ich nur noch tiefer. Das Universum selbst drückte auf mich herab, und etwas in mir hielt dagegen. Einen entsetzlichen Moment lang spürte ich neben meinem eigenen Bewusstsein noch ein anderes. Weit weg und doch so nah, als wäre es mit mir in dieser Höhle, unter meiner Haut, in meinem Herzen, gefangen und wütend. Entsetzlich, voller Hass und Hunger.

Etwas in mir zerbrach.

Und einen Wimpernschlag später war ich nicht mehr auf Ynisthana.

58

DER PREIS DER FREIHEIT

(Klaues Geschichte)

Als feststand, dass sie Talea nicht kaufen konnten, ließ Tishar Kihrin mit zwei Wachen in der Eingangshalle zurück und suchte noch einmal die kleineren Salons des Oktagon auf.

Im Eingangsbereich befand sich die Haupt-Auktionsbühne. Verkäufer mit Bauchläden boten süße Teigtaschen und gekühlte Tees feil. Kihrin beobachtete, wie die Gänge gewischt wurden, obwohl noch Kunden anwesend waren, und folgerte daraus, dass diese Halle rund um die Uhr geöffnet hatte. Das Versteigerungspodest hier war nie leer. Außerdem fiel ihm auf, dass kaum Adlige anwesend waren. Die Sklavenmeister in der Halle traten nicht mit der gleichen nüchternen Würde auf wie in den Salons – möglicherweise weil die meisten Käufer hier Händler oder Bürgerliche waren.

Einer dieser zwielichtigen Händler bemerkte Kihrin und seine Leibwache und heftete sich sogleich als ungebetener Fremdenführer an seine Fersen.

»Möchten Euer Hoheit die Zellen besuchen? Man bekommt nicht oft Gelegenheit, die Ware zu sehen, bevor sie auf die Auktionsbühne gebracht wird.«

»Ich brauche nichts«, erwiderte Kihrin.

»Wirklich nicht? Hier gibt es alles, Euer Hoheit! Eine Maid fürs Bett gefällig oder ein Diener fürs stille Kämmerlein? Unsere Spezialität sind Exoten: Zheriasos, Doltari, alt, jung, Rothaarige aus Marakor und Gescheckte vom See Jorat. Ich habe eine halb-morgagische Jungfrau aus Khorvesch, faszinierend fremd und wunderschön zugleich …«

Kihrin blieb stehen. »Wie sieht's mit Unruhestiftern aus?«, fragte er den Sklavenmeister.

»Unruhestifter?«

»Ja, Störenfriede. Diebe und dergleichen. Leute, die als Strafe für ihre Vergehen in die Sklaverei verkauft werden.«

Der Sklavenmeister hob eine Augenbraue. Etwas in seinem Blick veränderte sich. »Ah, Ihr braucht *Gladiatoren!*«

»Jemand, der billig und leicht zu ersetzen ist«, berichtigte Kihrin.

Der Sklavenmeister schnippte mit den Fingern. »Da habe ich etwas für Euch. Wenn Ihr so gütig wärt, mir zu folgen, mein Lord.«

Merit seufzte und verlagerte seine Beine, so weit es die Ketten zuließen.

Ansonsten hatte er nicht viel zu tun, außer einen Moment lang das Schicksal zu verfluchen, das ihn hierher verschlagen hatte: vor allem die Leute, die daran beteiligt gewesen waren. Er hatte die Götter gebeten, etwas mit ihren Genitalien anzustellen. Das schilderte er jetzt noch mal ganz genau. Schließlich spuckte er aus.

Dem anerkennenden Schmunzeln seines Mitinsassen entnahm Merit, dass er seine Sache gut gemacht hatte. Wenn er etwas besonders Lustiges sagte, lachte Stern manchmal sogar.

Seinen echten Namen kannte Merit nicht, also nannte er ihn einfach Stern. Wegen des weißen Flecks auf seiner Stirn. Sterns Körper war scheckig wie ein Pferdefell, aber es waren keine Tätowierungen, sondern die angeborene Färbung seiner Haut. Der Spitzname schien ihm zu gefallen, und Merits Ganovenschläue sagte ihm, dass er seinen Zellengenossen besser bei Laune hielt. Auf keinen Fall wollte er derjenige sein, an dem Stern seine schlechte Laune ausließ. Man musste nicht die Akademie besucht haben, um zu sehen, dass er in der Arena eine gute Figur abgeben würde.

Eine Zeit lang zumindest.

Merits Überlebenschancen als Gladiator standen weitaus schlechter. So schlecht, dass er wünschte, man hätte ihm stattdessen eine Hand abgehackt.

Die Eingangstür des Gangs schwang auf. Überall erhob sich Lärm, als die Gefangenen und zukünftigen Sklaven versuchten, einen Blick auf die Neuankömmlinge zu erhaschen. Bestimmt kam jemand, um die Ware zu inspizieren. Für die Essensration war es noch zu früh. Merit reckte den Hals. Als er Venaragi mit einem Adligen im Schlepptau näher kommen sah, stieß er ein ungehaltenes Brummen aus und zog sich wieder in seine Ecke zurück. Ein Adliger hier unten verhieß nichts Gutes: Adlige brauchten keine Gladiatoren und würden jemandem aus diesem Block niemals eine Waffe anvertrauen, um ihn als Leibwächter oder dergleichen anzustellen. Er zog den Kopf ein, um möglichst unbemerkt zu bleiben. Nur Stern saß noch genauso da wie zuvor, als kümmerte ihn all das nicht. Selber schuld, sagte sich Merit.

Wären sie in einem Gefängnis, hätte es Pfiffe und Gejohle gegeben, aber nicht hier. Auf diese Weise die Aufmerksamkeit auf sich zu lenken war, als hielte man um Thaenas Hand an. Das konnte nur zu einem raschen, unangenehmen Tod führen.

Die Schritte hörten genau vor seiner Zelle auf, und Merit hielt den Atem an.

»He, Merit«, sagte eine altbekannte Stimme. »Wie geht's deinem Arm?«

Er blickte überrascht auf. Der junge Mann auf der anderen Seite der Gittertür war in blaue Seidengewänder gehüllt, die Juwelen und Stickereien darauf ließen Merit beinahe die Augen aus den

Höhlen treten. Einen Moment lang war er davon so abgelenkt, dass er ganz vergaß, dem Mann ins Gesicht zu schauen. Schließlich tat er es doch.

»Krähe?« Merit erhob sich und machte zwei Schritte auf das Gitter zu, bis die Ketten ihn zurückhielten. »Bei Thaenas Titten! Du bist es wirklich.«

Einer von Krähes Mundwinkeln bog sich nach oben wie zu einem Lächeln. »Ich hatte gehofft, hier unten vielleicht auf einen alten Freund zu treffen. Stattdessen treffe ich dich.«

»Verflucht«, erwiderte Merit, »besser als gar nichts, würde ich meinen. Faris sagte, du hättest dich als Lustknabe an irgend so einen alten Gecken verkauft! Ich hab's ja nicht geglaubt, aber wenn ich dich jetzt so sehe …«

Krähe blickte über die Schulter. »He, Barus.« Er winkte einen der in Blau gekleideten Wächter heran, die ihn begleiteten. »Bin ich der Lustknabe eines adligen Gecken?«

Der Wächter schüttelte den Kopf. »Nein, mein Lord. Ihr seid Kihrin D'Mon, ältester Sohn des Erblords D'Mon.«

Kihrin wandte sich wieder Merit zu und zuckte mit den Schultern. »Ich wusste selber nichts davon.«

Merit blinzelte. »Du verfluchter Glückspilz.«

Kihrin lachte spöttisch. »So sieht es wohl aus.« Seine Stirn legte sich in Falten. »Ziehst du immer noch mit Faris' Bande durch die Straßen?«

Merit drehte den Kopf zur Seite und spuckte aus. »Wegen dieser Ratte bin ich hier. Ich musste für ihn den Kopf hinhalten – der Schweinehund meinte, ich könnte noch eine Hand entbehren, er nicht.«

»Hm.« Kihrin musterte ihn von oben bis unten, dann drehte er sich zu dem Sklavenmeister um und bellte: »Wie viel willst du für den hier haben?«

Venaragi, der während des Gesprächs so getan hatte, als hörte er nicht zu, kam herbeigeeilt. »Der hier, mein Herr? Er ist für die

Arena bestimmt … wahrscheinlich lassen sie ihn gegen Leoparden antreten oder so etwas. Bei einer Auktion würde er mindestens fünftausend Throne einbringen.«

»Fünftausend Throne für dieses nutzlose Stück Müll? Er sieht aus, als wüsste er nicht einmal, wie man ein Schwert in der Hand hält!«

»Oh, der ist einer von der ganz gerissenen Sorte. Ich bin sicher, er wird schnell …«

Kihrin stieß einen verzweifelten Seufzer aus. »Was ist mit dem anderen? Ich breche hier mein Taschengeld an, verstehst du? Ich will weder eine Jungfrau noch eine Bettgespielin.«

»Den kann ich Euch für fünfhundert Throne überlassen«, bot Venaragi an.

Merit und Kihrin blinzelten. Merits Blick wanderte zu Stern hinüber, der gerade auf einem kleinen Stück Holz herumkaute. Das Gespräch, bei dem es immerhin um seinen eigenen Verkauf ging, schien ihn nicht zu interessieren.

»Warum so billig?«, hakte Kihrin nach.

»Der Herr wollten doch etwas Billiges, oder etwa nicht?«, erwiderte Venaragi. »Wir werden ihn einfach nicht los, das senkt den Preis. Es kommt noch so weit, dass wir jemanden bezahlen, damit er ihn mitnimmt.«

Kihrin wandte sich an Stern. »Wie lautet deine Geschichte?«

Stern blickte auf, seine dunklen Augen glänzten im Fackelschein. Er rollte das Holzstück auf der Lippe hin und her und klemmte es sich schließlich in den Mundwinkel. »Meine Geschichte?«

»Ja, deine Geschichte. Wie hat es dich hierher verschlagen?«

»Junger Lord, es besteht keine Notwendigkeit …«

Kihrin hob zwei Finger, und der Sklavenmeister verstummte.

Merits Augen wurden tellergroß. *Junge, Junge, er hat sich wirklich schnell an seinen neuen Stand gewöhnt,* sagte sich der Straßendieb.

Kihrin wandte sich wieder an Stern. »Also, schieß los.«

Das Holzstück hüpfte auf und ab. »Pferdediebstahl.«

»Mehr nicht? Dein Preis ist auf fünfhundert Throne gesunken, und das Oktagon ist kurz davor, dich zu verschenken, weil du ein Pferdedieb bist? Warum verkaufen sie dich nicht als Gladiator?«

Stern lachte heiser. »Das haben sie schon. Zweimal.«

Kihrin neigte ungläubig den Kopf. Als Stern weiterhin stumm blieb, wanderte sein Blick zurück zu Venaragi.

Die Miene des Sklavenmeisters verfinsterte sich. »Er ist sehr gut im … Abhauen. Ihr sagtet, Ihr wolltet einen Unruhestifter …«

»Du willst mir einen Sklaven verkaufen, der schon zweimal aus der Arena geflohen ist?« Ein drohender Unterton hatte sich in Kihrins Stimme gestohlen.

Merit lehnte sich gegen die feuchte, moosige Wand in seinem Rücken und wartete mit undurchdringlicher Miene, was als Nächstes passieren würde. Manchmal machte es einfach Spaß, einem Profi bei der Arbeit zuzusehen.

»Aber nein, ich wollte Euch gerade warnen …«

»Den Teufel wolltest du. Du hättest ihn mir verkauft und mich in mein Verderben rennen lassen, nur damit du ihn los bist. Wenn meine Tante Tishar hiervon erfährt, erzählt sie es Humthra, und der …«

»Bitte nicht!«, rief Venaragi mit weit aufgerissenen Augen. »Ich werde Euch andere Ware besorgen, in Ordnung? Stark und gut trainiert und … Ich habe Höhlenmenschen hier, wie Ihr sie noch nie gesehen habt.«

»Nein«, unterbrach ihn Kihrin. »Ich nehme den hier.« Er deutete auf Stern. »Zum doppelten Preis. Den zweiten gibst du mir umsonst dazu als Entschuldigung, weil du versucht hast, mich übers Ohr zu hauen. Er wird genauso ausbrechen wie der andere, und das weißt du. Ich tue dir sogar noch einen Gefallen, wenn ich dir die beiden vom Hals schaffe.«

Venaragi betrachtete Merit und seinen Zellengenossen kurz. Schließlich nickte er. »Sehr wohl, mein Lord. Abgemacht.«

Die Sklavenmeister des Oktagon waren unbeschreiblich froh, die drei los zu sein, und warfen Merit und Stern regelrecht aus ihrer Zelle. Sie waren kaum durch einen Nebenausgang auf die Straße getreten, da sagte Merit grinsend: »Verfluchte Scheiße, ich kann nicht glauben, was du da eben abgezogen hast! Krähe, ich …«

Kihrin packte ihn am Arm – genau an der Stelle, wo Butterbauch ihn vor ein paar Monaten mit dem Armbrustbolzen erwischt hatte – und drückte ihn in eine Mauernische. Merit biss die Zähne zusammen. Die Narbe war immer noch schmerzempfindlich.

»Damit das klar ist«, zischte Kihrin, »ich werfe dich nur deswegen nicht sofort den Krokodilen im Fluss zum Fraß vor, weil du erst letztes Jahr bei Faris angefangen hast. Danke Taja für dein Glück, denn hättest du zu seiner alten Garde gehört, hätte ich dich lediglich gekauft, um zuzusehen, wie meine Wachen dir die Gedärme aus dem Bauch schneiden.«

»Wenn ich zu seiner alten Garde gehört hätte«, knurrte Merit, »hätte Faris mich nicht den Stadtwächtern überlassen.«

Kihrin lockerte seinen Griff etwas, schaute kurz seine Wachsoldaten an und dann wieder Merit. »Du wirst mir einen Gefallen tun.«

»Ich habe mich schon die ganze Zeit gefragt, welchen Preis du verlangst.«

Kihrin grinste. »Nichts im Leben ist umsonst. Du wirst zum ZERRISSENEN SCHLEIER in der Samtstadt gehen. Kennst du die Adresse?«

»Ja, aber der ZERRISSENE SCHLEIER wurde geschlossen. Niemand weiß, warum.«

»Spielt keine Rolle. Du gehst in das Haus auf der Rückseite. Im zweiten Stock ist ein kleines Zimmer. Ich möchte, dass du mir alles bringst, was du dort findest. Alles. Stell das ganze Zimmer auf den Kopf. Ich bezahle dir jedes einzelne Stück – und zwar besser als unsere Hehler.«

»Ähm, Krähe«, flüsterte Merit. »Es heißt, du hättest Butterbauch umgebracht. Wenn irgendjemand merkt, dass ich in deinem Auftrag …«

»Das ist meine Versicherung, dass du schön die Klappe halten wirst. Wenn du auch nur einer Seele von unserer Begegnung erzählst, sorge ich dafür, dass Klinge erfährt, für wen du seit Neustem arbeitest. Er wird kein Verständnis dafür haben, glaub mir. Überhaupt keines.«

Merit schluckte. Ihm war nur zu bewusst, wie übel die Sache für ihn ausgehen konnte. »Schon gut, du kannst dich auf mich verlassen. Falls ich etwas finde, wo soll ich es hinbringen? Ich kann es ja wohl schlecht an der Pforte des Blauen Palasts abgeben, oder?«

»Nein, wir …« Kihrin überlegte einen Moment.

»Wie wär's mit dem KEULFELD?«, schlug Merit vor. »Dort können wir beide hin, und die Rausschmeißerin schuldet mir noch einen Gefallen. Bei ihr könnte ich ein Paket für dich hinterlassen.«

Kihrin überlegte kurz, dann nickte er. »In Ordnung. Du sagtest, der Rausschmeißer ist eine *Sie?*«

»Ja, sie heißt Tauna. Sehr hübsch. Das KEULFELD ist nicht umsonst meine Lieblingskneipe. Wird aber ein paar Tage dauern … Ich hinterlege das Päckchen Ende der Woche für dich, in Ordnung?«

Kihrin zog Merit aus der Mauernische. »Abgemacht. Hier sind hundert Throne für neue Klamotten und dergleichen, und, Merit …«

Er lächelte. »Ja?«

»Zwing mich nicht, dich zu suchen. Es gibt nicht einen Ort in dieser Stadt, wo du dich vor mir verstecken könntest. Ich kenne alle Unterschlupfe, und du möchtest bestimmt nicht, dass ich mit einem Trupp Soldaten dort auftauche.«

Merit wollte Kihrin schon fragen, ob er ihn für vollkommen beschränkt hielt, da sah er seinen kalten Blick: Der ehemalige Schlüssel gab nichts mehr auf die Regeln der Schattentänzer und seine Ehre als Straßendieb. Er hielt sich jetzt für was Besseres. All die

Macht und seine angeblich adlige Herkunft waren ihm zu Kopf gestiegen.

Oder, flüsterte eine Stimme irgendwo in Merits Bewusstsein, er hatte wie bei einem Einbruch einfach nur die Lage abgeschätzt und seine Entscheidung getroffen. Die Adligen spielten ein anderes Spiel als Merit, für das andere Regeln galten.

Also nickte er nur und erwiderte: »Wie du meinst, Boss.«

Kihrin beobachtete, wie Merit verschwand, und hoffte, dass er keinen Fehler gemacht hatte. Er wusste so gut wie gar nichts über ihn, außer dass Faris ihn in seinen Schlägertrupp aufgenommen hatte. Kihrin hatte keine Ahnung, ob er ihm vertrauen konnte oder nicht.

Es war so oder so ein Schuss ins Blaue. Er wusste nicht, ob Surdyeh irgendetwas von Interesse in dem Zimmer aufbewahrt hatte. Falls ja, hatten es Darzins Leute wahrscheinlich längst mitgenommen. Oder Therins.

Er wandte seine Aufmerksamkeit dem anderen Sklaven zu. »Hast du einen Namen?«

Das Grinsen des Kerls entblößte Zähne, die dringend einmal geputzt werden mussten. »Klar.«

Kihrin verdrehte die Augen. »Und der lautet?«

Sein Gegenüber ließ den Zahnstocher von einem Mundwinkel zum anderen wandern. »Stern.«

»Stern?«

Der Sklave zuckte mit den Schultern. »Ja, was dagegen?«

Kihrin musterte ihn. Er stammte eindeutig aus dem Osten und war – abgesehen von ein paar Ausnahmen wie Kihrin selbst – größer als die Einheimischen hier. Die fleckige Färbung seiner Haut war gelinde gesagt bizarr. Doch irgendetwas an seiner Erscheinung kam Kihrin bekannt vor.

»Du bist Jorater, oder? Von den Ebenen.«

Stern zog kurz den Kopf ein, was wohl so viel wie Ja bedeuten sollte. Sein Blick zuckte zu Kihrin, dann zu den beiden Wachen, dann wieder zurück zu Kihrin. Ganz offensichtlich schätzte er gerade seine Fluchtchancen ab.

Kihrin dachte daran, was Morea über die Jorater gesagt hatte: dass man sich nie einen als Sklaven anschaffen sollte.

Stern musterte die Tore des Oktagon und fragte: »Du wolltest nicht mich, sondern den Dieb. Was möchtest du jetzt mit mir anstellen?«

»Weiß nicht. Was kannst du denn?«

»Hmm«, meinte Stern. »Pferde stehlen?«

59

KHARAS GULGOTH

(Kihrins Geschichte)

Du hast Merit umgebracht? Merit gehört zu deiner Sammlung?
Wann hattest du …? Egal, ich erzähl einfach weiter.

Wir waren im Freien. Ein dunkler Wolkenwirbel, der aussah wie ein Himmelsvetter des Schlundes, drehte sich über unseren Köpfen. Die Luft war feucht und stank nach Schwefel, vermischt mit einem Hauch von Säure, die bei jedem Atemzug in meinem Rachen brannte.

Nein, das hier war nicht Ynisthana.

»Was zum Teufel hast du da gerade gemacht, Leichtfuß? Etwas Derartiges habe ich noch nie gespürt.«

»*Ich?* Ich war das nicht!«

»Und ich war es ganz bestimmt nicht! Portale waren noch nie meine Stärke. Wer sollte es sonst gewesen sein?« Tyentso schwebte neben mir, die Füße eine Handbreit über dem Boden. Ich hatte gar nicht mitbekommen, dass sie meinen Körper verlassen hatte.

Wir waren zwar im Freien, befanden uns aber inmitten der Ruinen einer zerstörten Stadt. Stein und Metall ringsum wirkten vom Alter gezeichnet, aber auch von der beißenden Luft. Die Umrisse der Gebäude waren von silbrigen Lichtfäden umgeben, selbst an den Stellen, wo die Mauern längst nicht mehr standen. Es sah aus, als wäre die gesamte Stadt einst von einem magischen Schutzgitter umgeben gewesen, das nach wie vor bestand, lange nachdem die Gebäude selbst verfallen waren.

Die Stadt musste einmal sehr schön gewesen sein. Ich konnte die Überreste von ausladenden Balkonen, prachtvollen Plätzen, hohen Säulen und eleganten Brunnen erkennen. Aber inzwischen war nur noch ein halb verwestes Skelett von ihr übrig.

»Wo sind wir?« Tyentsos Stimme war jetzt leiser. Ich kam nicht auf die Idee, dass sie eine Antwort auf ihre Frage erwarten könnte. »Irgendwo in der Korthaenischen Öde.«

»Wie bitte? Bestimmt nicht!«

»Aber mit Sicherheit, Leichtfuß.« Sie verschränkte die Arme vor der Brust. »Musstest du dir unbedingt die Heimat der Morgags aussuchen? Hervorragende Arbeit. Wenigstens bin ich schon tot.«

»Ich war das nicht.« Ich schluckte und blickte mich um, halb in der Erwartung, hinter dem nächsten Steinhaufen eine Bande Morgags zu entdecken. Zum Glück konnte ich mich unsichtbar machen.

Direkt vor uns stand ein Gebäude, das noch vollkommen intakt war. Seine Außenmauern erhoben sich stolz, die Steine hatten weder Risse, noch bröckelten sie. Ich konnte mir nicht recht vorstellen, wozu es einmal gedient haben mochte. Vielleicht war es ein Tempel, ein Palast, eine große Universität oder irgendein Regierungsgebäude.

Ein Stall war es jedenfalls nicht.

Der höchste Punkt des Gebäudes wurde von acht Lichtstrahlen angeleuchtet, jeder in einer anderen Farbe und jeder aus einer anderen Himmelsrichtung kommend. Ihre Quellen waren zu weit entfernt, um sie mit bloßem Auge zu erkennen. Sie alle vereinigten sich in einer sanft leuchtenden Kristallstange auf dem Dach. Eigentlich ein wunderschöner Anblick. Wenn er mich nicht mit solch entsetzlicher Furcht erfüllt hätte.

»Ich war schon einmal hier«, flüsterte ich.

Tyentso starrte mich an. »Wann?«

Ich schüttelte den Kopf und ging auf das Gebäude zu. »Das weiß ich nicht.« Ich kämpfte gegen meine Furcht an. Tyentso hatte meinen Körper verlassen. Gut. Außerdem saß ich nicht mehr auf der Insel fest, was sogar noch besser war. Zugegeben, wenn wir uns tatsächlich im Reich der Morgags befanden, war das ein Problem. Doch ich konnte mich jederzeit unsichtbar machen, und Tyentso konnten sie ohnehin nichts tun. Sie war ja schon tot. Alles also halb so wild. Nur eine Frage des Blickwinkels.

Alles würde gut werden.

Ich betrat das Gebäude und blieb stehen.

Wie der Rest der Stadt musste auch die Eingangshalle einst sehr schön gewesen sein. Ich sah Steinmosaiken und anmutige Statuen, allerdings in einem ganz anderen Stil, als ich ihn aus Quur kannte.

Die Mitte der Halle wirkte eigenartig: Sie war ein gähnendes Nichts. Wände, Decken, Böden und Säulen fehlten, als hätte jemand eine gigantisch große Kugel aus der Palast-Tempel-Universität herausgeschnitten. Dieses Nichts hatte einen Durchmesser von etwa hundert Fuß.

In seinem Zentrum schwebte eine Gestalt.

Ich erschauerte und trat noch ein Stück näher. Tyentso warnte mich, bloß vorsichtig zu sein, aber ich musste einfach noch dichter heran. Ich musste es wissen. Musste diesen Kerl sehen.

Ich konnte kaum etwas erkennen. Es war nur eine Silhouette, das schwärzeste Schwarz, das ich je gesehen hatte. Die Gestalt hatte kein Gesicht, sie trug keine Kleider und schien alles Licht zu verschlucken, sodass keinerlei Tiefe oder Form zu erkennen waren. Der Mann war weder groß – eigentlich sogar kleiner als ich – noch sonderlich breit oder muskulös. Aber ich kannte ihn, kannte diesen Körper. Als hätte ich ihn schon einmal gesehen, als müsste ich mich nur konzentrieren, um sofort zu wissen, wo wir uns schon einmal begegnet waren und weshalb er mich hergerufen hatte.

Der Mann öffnete die Augen und sah mich an.

Ich weiß, gerade habe ich ihn noch als das denkbar schwärzeste Schwarz beschrieben, das Gegenteil des Lichts, das durch den Kristallstab von oben durch die Decke strömte und ihn schwebend in der Luft hielt. Wie wollte ich in diesem Schwarz Augen erkennen? Geschweige denn, dass er sie eben geöffnet hatte? Nun, ich weiß es selbst nicht, aber es war eben so. Sein Hass schlug mir entgegen, heißer als der Feueratem des Alten Mannes. Er kannte mich. Ich kannte ihn. Die Furcht, die mich unter seinem Blick erfasste, war schlimmer als alles, was ich je verspürt hatte. Noch nie zuvor oder seitdem hatte ich vor etwas oder jemandem solche Angst gehabt.

Und dann fühlte ich, wie sein Wille mich zu ihm befahl. Ich spürte ein überwältigendes Bedürfnis, zu ihm zu gehen, mich mit ihm zu vereinen, ein Teil von ihm zu sein.

Gemeinsam wären wir ein Ganzes. Wir wären frei. Nichts könnte uns mehr aufhalten. Nichts. »Ty …«, stammelte ich. »Ich brauche deine Hilfe.«

»Bei der Göttin«, flüsterte sie. »Ich glaube, ich weiß, wer das ist. Ich …« Blinzelnd verstummte sie für einen Moment. »Kihrin, wir müssen hier weg.«

»Ergreif Besitz von mir«, sagte ich durch zusammengebissene Zähne und machte unfreiwillig einen Schritt auf das Ding zu. »Sofort.«

Ich muss Tyentso zugutehalten, dass sie keinerlei weitere Erklärungen forderte und ganz einfach die Kontrolle über meinen Körper übernahm.

Die folgenden Momente waren heikel. Ich glaube, ich schrie oder versuchte es zumindest. Vielleicht habe ich auch geweint. Ich weiß nur, dass ich versucht habe, zu der Gestalt zu rennen.

Glücklicherweise kam es nicht dazu.

Tyentso ließ mich in die entgegengesetzte Richtung laufen, hinaus aus dem Gefängnis und bis an den äußersten Rand der Stadt. Dort ließ sie ihre Kontrolle etwas lockerer, sodass ich sprechen und mich wieder selbständig bewegen konnte, doch ich spürte, dass sie bereit war, jederzeit einzugreifen, sollte dieses Ding mich immer noch in seinen Bann geschlagen haben.

Ich würgte und erbrach mich über die Pflastersteine.

»Leichtfuß«, begann Tyentso, »ich glaube, das war Vol Karoth.« Sie klang wie betäubt. »Du hast uns nach Kharas Gulgoth gebracht.«

Mir wurde wieder schlecht. Diesmal würgte ich, bis mein Magen ganz leer war. Ich wusste weder, wer Vol Karoth war, noch worum es sich bei Kharas Gulgoth handelte. Als Sohn eines Barden hätte ich wahrscheinlich wenigstens ein Lied über den Untergang eines ganzen Volkes kennen sollen, aber dem war nicht so. Doch es spielte keine Rolle, denn ich kannte diesen Ort und dieses Geschöpf auf andere Weise: in meiner Seele. Tyentso hatte recht.

»Gadrith hat ständig von diesem Ort gesprochen«, fuhr sie fort. »In Kharas Gulgoth befindet sich das Gefängnis des Dämonenkönigs Vol Karoth. Die Götter selbst haben ihn dort eingesperrt. Gadrith wollte ihn benutzen. Der Scheißkerl hat davon geträumt, eines Tages herzukommen, hatte aber nie den Mut dazu.«

Bilder flackerten am Rand meines Gesichtsfelds auf, Phantome, heraufbeschworen aus Tyentsos Erinnerungen. Eines davon, ein großgewachsener Mann in einer schwarzen Robe, schritt die Straßen entlang, das Gesicht im Schatten seiner Kapuze verborgen.

Da verstand ich die volle Bedeutung ihrer Worte. »*Gadrith?* Was hattest du mit Gadrith dem Krummen zu schaffen?«

Ich spürte ihre Überraschung. Das Phantom aus dem Haus D'Lorus schien ebenso überrascht und drehte den Kopf in meine Richtung.

Ich kannte den Kerl: Es war der Tote Mann.

»Was ich mit ihm …?« Tyentso lachte. »Ich dachte, du hättest es mittlerweile begriffen, Leichtfuß: Wir waren verheiratet.«

»Der Tote Mann war dein …« Hätte sich noch irgendetwas in meinem Magen befunden, hätte ich mich erneut übergeben. Die Erkenntnis brach über mich herein: Thaena hatte gesagt, Tyentsos richtiger Name sei Raverí. Das bedeutete, dass sie Raverí D'Lorus war – Thurvishars Mutter, die ganz offensichtlich doch nicht wegen ihrer Rolle in der Stimmen-Affäre hingerichtet worden war. Wahrscheinlich kannte sie Gadriths Beweggründe und Methoden besser als jeder andere außer seinem gegaeschten Adoptivsohn.

Wie groß war die Wahrscheinlichkeit, dass unsere Begegnung an Bord der *Kummer* Zufall gewesen war?

Mittlerweile war ich erfahren genug, um zu merken, wenn Taja die Finger im Spiel hatte. Nur dass ich diesmal ausnahmsweise nichts dagegen hatte.

»Er lebt noch?« Tyentso war meinem Gedankengang gefolgt, als wäre es ihr eigener. Ich spürte ihr Entsetzen, ihre Abscheu, ihren Schock. Sie hasste Gadrith mit einer Inbrunst, wie ich selbst sie noch nie verspürt hatte. Ich glaube, sie war kurz davor, uns durch ein Portal zu ihm zu bringen, um die Welt ein für alle Mal von diesem Scheusal zu befreien. Das Einzige, was sie davon abhielt, war die unpraktische Tatsache, dass sie selbst nach wie vor tot war.

Außerdem gehörte das Öffnen von Portalen nicht zu ihren Stärken.

»Wir müssen zurück zu Khaemezra.« Ich fühlte mich so schwach, dass ich mich an einer Mauer abstützen musste. Als hätte allein Vol Karoths Gegenwart mir einen Teil meiner Lebenskraft ausgesaugt. Da spürte ich etwas unter meinen Fingern, ebenmäßige Vertiefungen in den Mauersteinen.

Ich blickte auf und sah, dass jemand mit Hammer und Meißel ein Relief in die Mauer geschlagen hatte. Es war wunderschön, wollte aber nicht recht zum sonstigen Baustil der Stadt passen. Neugierig geworden, betrachtete ich das Relief genauer. Es stellte aufeinanderfolgende Schlachtszenen dar und zog sich die gesamte Straße entlang. Im ersten Bild standen acht Gestalten, vier Männer und vier Frauen, um einen Kristall versammelt, der Lichtstrahlen in alle Richtungen aussandte. Das nächste Bild zeigte dieselben acht, diesmal jeder mit einem Gegenstand in der Hand: einem Totenschädel, einer Münze, einem Schwert, einem Schleier, einer Kugel, einem Rad, einem Blatt und einem Stern. Ich ging weiter, sah, wie die acht gegen Ungeheuer mit Stierköpfen und Klauen an den Händen kämpften, gegen Geschöpfe mit Schlangenschwänzen anstelle von Beinen und Tentakeln statt Armen. Dann die nächste Szene: Die Figur mit dem Stern verließ den Kampfplatz, begleitet von einer neunten Gestalt. Darauf folgte wieder ein Ring aus acht Leuten, alle hielten einen Kristall in der Hand. In ihrer Mitte stand der Mann mit dem Stern. Der Neuankömmling war ebenfalls dabei und hielt ein gezogenes Schwert erhoben. Das folgende Bild zeigte, wie er dieses Schwert dem Sternträger in die Brust rammte.

Die nächste Szene …

Ich schluckte. Der Sternträger lag tot am Boden, gezackte Linien strahlten von der Leiche aus wie Zorneswellen. Die anderen krochen als verschwommene Schemen in acht verschiedene Richtungen davon. Auf dem Boden lagen acht geborstene Kristalle und ein Schwert mit verbogener Klinge. Darauf folgten Bilder von sterbenden Menschen, überall wimmelte es von Dämonen, Feuer regnete vom Himmel.

Die Geschichte schien nicht gut ausgegangen zu sein.

»Wer hat dieses Relief gemacht?« Ich befühlte die feinen Linien und sah mich mit wachsendem Erstaunen um: Die gesamte Länge der Straße war mit der immer gleichen Abfolge von Bildern geschmückt, als hätten Generationen von Künstlern all ihre Energie darauf verwendet, dieses eine schauerliche Ereignis hier zu verewigen.

Das Geräusch von Trommeln erfüllte die Luft.

»Soweit ich weiß, ist diese Stadt den Morgags heilig«, erwiderte Tyentso. »Du musst dich verstecken, und zwar sofort.«

Ich hörte Schritte, die sich rasch näherten.

Mit dem Rücken zur Wand begann ich, mein Unsichtbarkeitsmantra aufzusagen. Eine Sekunde später kamen ein Dutzend Morgag-Krieger die Straße entlanggetrabt. Sie waren die größten Männer, die ich je gesehen hatte. Und es bestand nicht der Hauch eines Zweifels, dass sie keine Menschen waren. Ihre Haut war gelb, braun und schwarz gescheckt, über ihren Nasenlöchern wuchsen tentakelähnliche Riechfühler, die links und rechts des Mundes herabbaumelten, was sie aus der Entfernung beinahe wie Schnurrbärte aussehen ließ. Die Augen waren durchgehend silbrig und hatten weder eine Iris noch eine erkennbare Pupille. Auch die berüchtigten Stacheln an den Unterarmen fehlten nicht. Giftige Stacheln, wie Roarin im ZERRISSENEN SCHLEIER seinerzeit gerne betont hatte. Nicht alle Halbblute hatten welche. Er war unendlich stolz auf seine gewesen.

Doch das hier waren keine Mischlinge, sondern reinblütige Morgags, das gleiche Volk, das einst über Khorvesch hergefallen war. Quur hatte sich nur deshalb zu der allseits gefürchteten Militärmacht hochgerüstet, um diesen Kriegern die Stirn zu bieten. Bis heute sind sie die Einzigen, die regelmäßig in Quur einfallen.

Die Morgags kamen näher, ihre Köpfe drehten sich im Laufen mal in die eine, mal in die andere Richtung.

Sie waren auf der Jagd.

Ich war sicher, dass sie mich nicht sehen konnten, doch dann bemerkte ich, wie ihre Riechfühler zuckten. Sie blieben stehen. Die Fühler zuckten erneut.

Einer von ihnen beugte sich über die Stelle, an der ich zuvor mein Frühstück von mir gegeben hatte.

»Lauf«, flüsterte Tyentso.

Ich schluckte und rührte mich nicht von der Stelle. »Wenn ich laufe«, entgegnete ich, »entdecken sie mich.«

Die Krieger gerieten sichtlich in Aufregung. Einer redete auf den anderen in einer Sprache ein, die ich nicht verstand, aber der Klang ihrer Stimmen erinnerte mich unangenehm an Khaemezra.

»Dann schlage ich vor, du betest, Leichtfuß.«

Ich hatte schon schlechtere Vorschläge gehört. Vielleicht würde Taja sogar darauf reagieren. Ich sprach weiter stumm mein Mantra und überlegte, ob ich womöglich laut beten musste. Konnte Taja meine Gedanken hören? Gute Frage. Ich dachte an die Glücksgöttin und an Rettung in höchster Not, so intensiv es mir möglich war, ohne mein Mantra zu unterbrechen.

Nichts passierte.

Eine weitere Gestalt tauchte auf. Die Krieger stoben auseinander, um Platz für sie zu machen. Sie war klein und trug eine gelbe Robe mit schwarzen Streifen wie ein Tigerfell. Einer der Morgags deutete auf mein Erbrochenes.

»Bei Laaka«, flüsterte Tyentso. »Das ist eine Frau.«

»Das sehe ich.« Ich verstand nicht, was daran so besonders sein sollte. Die Robe verbarg zwar ihre Körperformen, aber an der Größe war eindeutig zu erkennen, dass es sich entweder um eine Frau oder um ein Kind handeln musste. »Und?«

Ich spürte Tyentsos Verzweiflung über meine Begriffsstutzigkeit. »Hast du je einen weiblichen Morgag gesehen? Nur ein einziges Mal? Einer meiner Professoren an der Akademie war der Überzeugung, dass es bei ihnen keine Frauen gibt und sie sich ungeschlechtlich über so etwas wie Knospen fortpflanzen. Wenn ich bedenke, wie sehr sie unsere Frauen hassen, glaube ich eher, dass sie die ihren irgendwo wegsperren.«

»Aber die da ist keine Gefangene. Sie erteilt ihnen Befehle.«

Während Tyentsos Erklärung hatte die Neue ihre Kapuze zurückgeschlagen. Darunter kam ein eindeutig weibliches Gesicht mittleren Alters zum Vorschein. Sie besaß die gleichen pupillenlosen Augen und Riechfühler wie ihre Kumpanen, aber ihre Haut war durchgehend schwarz, bis auf einen Streifen silbriger Schuppen auf der einen Gesichtshälfte, der am Haaransatz begann. Nein, das stimmt nicht ganz, denn sie hatte keine Haare auf dem Kopf, sondern Stacheln. Die Männer neigten respektvoll das Haupt vor ihr, während einer von ihnen immer wieder auf den Fleck Erbrochenes deutete.

Ich konzentrierte mich und blickte hinter den Ersten Schleier. »Das ist eine Zauberin, Ty«, keuchte ich.

»Selbstverständlich ist sie eine. Wir müssen sie irgendwie ablenken«, erwiderte Tyentso.

Wie auf ein Stichwort hin flog ein Drache übers Firmament.

Die Morgags reagierten sofort. Sie schienen nicht glücklich über den Besucher. Ich konnte es ihnen nicht verdenken, denn ich war es genauso wenig. Im ersten Moment war ich fassungslos, wie schnell der Alte Mann uns gefunden hatte. Dann merkte ich, dass der Drache die falsche Farbe hatte: Weiß mit einem regenbogenfarbigen Schimmer. Seine Haut sah aus, als hätte jemand eine Alabasterstatue mit Öl übergossen.

Also doch nicht der Alte Mann.

Die Morgags brüllten und deuteten zum Himmel, dann rannten sie los, ganz offensichtlich in der Absicht, ihre Verteidigung zu organisieren.

»Jetzt!«, rief Tyentso in meinem Kopf.

Ich gehorchte und hörte sogleich Schreie hinter mir. Ich glaube nicht, dass sie mich sehen konnten, aber der Lärm oder auch der Geruch, der von mir ausging, schien mich zu verraten. In vollem Sprint zog ich meinen Dolch und schlug blindlings nach hinten aus, als ich die Schritte der Verfolger immer näher kommen hörte. Einer stürzte sich auf die Stelle, wo ich eben noch gewesen war. Ich konnte zur Seite ausweichen und stach erneut zu. Ich erwischte den Kerl am Rücken, doch leider schien ich nicht mehr damit zu erreichen, als mich endgültig zu verraten und den Morgag zu erzürnen. Auf jeden Fall machte ihn der Kratzer kein bisschen langsamer.

»Wenn du mir helfen möchtest, Ty, nur zu!«

»Hast du vor, ausgerechnet jetzt die Nerven zu verlieren?«, bellte Tyentso.

»Eigentlich nicht.« *Hoffe ich zumindest …*

Mindestens fünf weitere Morgags hatten sich der Verfolgung angeschlossen. Ich erschauerte, als Tyentso wieder die Kontrolle über meinen Körper übernahm. In gewisser Weise machte sie unsere Lage dadurch nur noch schlimmer, denn ich wurde sichtbar. Die Morgags stießen ein triumphierendes Heulen aus, und der Schellenstein an meinem Hals wurde zu Eis.

Tyentso stimmte einen langen, unaussprechlichen Gesang an, doch gleichzeitig spürte ich, wie sich meine Wahrnehmung veränderte. Ich konnte fühlen, was sie tat und wie sie ihren Zauber wirkte. In weniger als zwei Sekunden erhielt ich mehr Zauberunterricht als zuvor in meinem ganzen Leben.

Der Morgag, der mir am nächsten war, verlangsamte sein Tempo und griff sich röchelnd an den Hals. Seine Augen traten hervor. Tyentso hatte ihm alle Feuchtigkeit aus den Lungen gesogen. Ohne sie fielen seine Atemwege einfach in sich zusammen, als hätte er einen Asthmaanfall. Einer seiner Kumpane blieb stehen, um ihm zu helfen, während die anderen weiter vorrückten – wenn auch vorsichtiger als zuvor.

Da fuhr ein entsetzlicher Schmerz in mein Bein. Einer der Krieger hatte mir seinen Speer in den rechten Oberschenkel geschleudert. Die Spitze ging durch und bohrte sich in den Boden, sodass ich wie festgenagelt war. Der Schwung, den ich vom Laufen hatte, trug mich noch ein Stück weiter, bevor ich hinfiel. Der Schmerz war höllisch, und überall war Blut. Mein eigenes.

»Tyentso!«, brüllte ich.

»Ich arbeite daran!« Der nächste Speer schlug gegen eine unsichtbare Mauer und zersplitterte. Dann merkte ich, wie ich unter Tyentsos Anleitung eine Flammenwand aus dem Boden schießen ließ, um uns die anderen Verfolger vom Hals zu halten.

Durch das Feuer hindurch sah ich, wie die gegnerische Zauberin auf uns zukam. Ich hatte nicht den Eindruck, als würden die Flammen sie lange aufhalten.

»Konzentrier dich!«, bellte Tyentso.

Sie hatte recht. Eins nach dem anderen. Im Moment hatten wir drängendere Probleme.

»Kümmer dich zuerst um den Speer«, befahl sie und legte meine Hand auf den Schaft. Ich spürte, wie sie das Tenyé des Holzes so veränderte, dass es trocken und brüchig wurde.

»Ty, wenn der Speer eine Schlagader verletzt hat und wir ihn jetzt rausziehen …«

»Glaubst du, ich hätte noch nie eine Fleischwunde gesehen, Leichtfuß? Reiß dich zusammen, es wird gleich wehtun.«

Ein neuerlicher Schmerz tobte in meinem Oberschenkel: Tyentso brannte die Wunde aus, um sie zu sterilisieren. Die Ränder meines Gesichtsfelds wurden schwarz.

»Bleib bei Bewusstsein, Leichtfuß! Wir haben es noch nicht überstanden.«

Ich blinzelte gegen die heraufziehende Dunkelheit in meinem Bewusstsein an. Trotzdem musste ich kurz weggetreten gewesen sein, denn ich hatte den Speer bereits herausgezogen. Ich war sicher, dass er den Oberschenkelknochen angeritzt hatte. Auf jeden Fall hatte er jede Menge Muskeln und Adern zerfetzt. Das Bein musste geschient und verbunden werden und die Wunde gesäubert. Außerdem brauchte ich ein Mittel gegen das Gift, mit dem die Morgags ihre Speere zweifellos präparierten.

Für nichts von alledem hatten wir Zeit.

»Du kannst nicht zufällig fliegen, oder?«, fragte ich und humpelte weiter.

»Die Landung würde dir nicht gefallen …«

»Nicht mehr lange, dann würd ich's drauf ankommen lassen.« Ich machte mich wieder unsichtbar, auch wenn das bei der Blutspur, die ich hinter mir herzog, einigermaßen sinnlos war.

Ich hörte den leisen Gesang der Zauberin in meinem Rücken, begleitet vom Gebrüll ihrer Krieger, und sah mich nach einer Nische irgendwo zwischen den Trümmern um, in der wir uns vielleicht verstecken konnten.

Da flammte das Leuchtgitter, das die Ruinen umgab, plötzlich auf und bildete einen Käfig um mich. Ich prallte mit voller Wucht gegen das Energienetz. Neuerlicher Schmerz durchzuckte meinen Körper.

Dann sah ich eine Rauchkugel. Sie flog direkt auf mich zu, doch sie kam weder aus den Ruinen noch von den Morgags, sondern von irgendwo außerhalb der Stadt. Die Kugel kam näher, streckte und verdichtete sich zu einer dunklen Silhouette.

»Du bist weit weg von zu Hause, kleiner Bruder«, sagte der Rauch.

Panik durchflutete mich. Einen entsetzlichen Moment lang glaubte ich, es sei Darzin. *Er muss es irgendwie geschafft haben, mich aufzuspüren.*

Aber ich hatte mich getäuscht.

Der Mann, der aus dem Rauch trat, war Relos Var.

60

DIE EINLADUNG

(Klaues Geschichte)

Die beiden Halbbrüder saßen im Schneidersitz auf einer Decke, die sie behelfsmäßig in Galens Versteck über den Boden gebreitet hatten. Eine Talgkerze am Fuß der Thaena-Statue warf etwas Licht auf ihre Mahlzeit.

»Ins KEULFELD?«, rief Galen. »Warum willst du ausgerechnet dorthin?«

Kihrin hatte einen Korb mit frischem Salbeibrot, Fruchtaufstrichen und Würzfleisch gestohlen, der eigentlich für die Dienerschaft bestimmt gewesen war. Dann hatte er vorgeschlagen, damit in Galens Versteck zu gehen, damit ihr Vater sie nicht dabei erwischte, wie sie »gewöhnliches Essen« zu sich nahmen. Galen war aus vielen Gründen begeistert gewesen, nicht zuletzt weil ihr Vater zurzeit noch übler gelaunt war als sonst. Je schwerer es Darzin fallen würde, seine Söhne zu finden, desto besser.

Der Lagerraum mochte bis oben hin mit allem möglichen Krempel vollgestopft sein, aber hier unten wurde es zumindest nie heiß, egal wie sehr die Sonne draußen brüllte. Galen vermutete, dass eine beträchtliche Menge Stein zwischen ihnen und der Außenwelt als Isolierung fungierte. Hier unten gab es keine Fenster, weshalb er nur eine vage Vorstellung davon hatte, wo genau der

Raum sich befand. Der Tunnel, der hierher führte, machte zahlreiche Biegungen. Vielleicht, so stellte er sich gerne vor, befanden sie sich sogar außerhalb des Familiengrundstücks.

Sein Bruder bestrich eine Scheibe Salbeibrot mit Mangocreme. »Warum nicht ins KEULFELD? Die Kneipe ist eine Legende. Ich hatte nie genug Geld, um einmal hinzugehen. Ich möchte ein Duell sehen.«

»Aber wir sind noch zu jung. Vater wird es niemals erlauben.«

Kihrin grinste. »Hat er schon.«

Galens Kiefer klappte nach unten. »Er … Nie im Leben! Wie hast du das gemacht?«

»Ich habe ihm etwas geschenkt.«

»Wie bitte?«

»Du weißt doch von dieser joratischen Feuerblut-Stute, die er schon die ganze Zeit von einem seiner Hengste decken lassen will?«

Galen nickte. Und ob er davon wusste. Ihn beschlich der Verdacht, dass sie der Grund für Darzins schlechte Laune war. Er hatte das Pferd eigens aus Jorat herbringen lassen, wo er es zu einem Schnäppchenpreis von einer alteingesessenen Pferdezucht gekauft hatte, die gerade harte Zeiten durchmachte. Doch dann hatte er feststellen müssen, dass die Stute zu groß und wild war und jeden, der ihr zu nahe kam, übel zurichtete. In der einen Woche, die sie nun hier war, hatte sie bereits fünf Knechte getötet und war zweimal ausgebrochen. Darzin traute sich nicht einmal in ihre Nähe. Galen vermutete, er würde das Ganze schon in wenigen Tagen als Verlustgeschäft abschreiben und das Pferd töten lassen.

»Nun ja, ich habe einen joratischen Reitlehrer aufgetrieben. Ich habe ihn im Oktagon gekauft. Wenn der das Vieh nicht zähmen kann, dann weiß ich mir auch keinen Rat mehr.« Kihrin strahlte und biss in sein Brot. »Darzin war so dankbar, dass er uns die Erlaubnis erteilt hat.«

»Wow.« Galen blinzelte überrascht, dann wurde sein Gesicht plötzlich ernst. »Aber du weißt, wenn dein Sklave versagt, wird er ihn umbringen.«

»Er ist nicht mein Sklave. Ich habe ihn für den Hohen Lord gekauft. Wenn Darzin glaubt, einen von Therins Sklaven töten zu müssen …« Kihrin zuckte mit den Schultern.

»Hört, hört! Ausgesprochen schlau.« Galen grinste. »Das muss ich Mutter erzählen.«

Kihrins Miene wurde säuerlich, als Galen seine Mutter erwähnte. »Ja. Sicher.« Dann fragte er: »Ist sie, ähm … Geht es ihr gut? Ich habe sie seit ein paar Tagen nicht mehr beim Abendessen gesehen.«

»Was? Ja. Sie hatte Fieber«, sagte Galen ernst, obwohl die Ausrede in einer Familie, die sich so gut auf magische Heilmittel verstand, bestenfalls fadenscheinig war.

»Aha.« Nach einer unbehaglichen Pause fügte Kihrin hinzu: »Also, gehen wir hin?«

Galen verdrehte die Augen. »Natürlich gehen wir hin! Vater lässt mich sonst nie raus.«

Die Aussage machte seinen Bruder nachdenklich. »Nie?«

Galen schüttelte den Kopf. »Er sagt, ich würde ihm nur Schande machen.«

»Aber«, begann Kihrin, »du musst doch irgendwelche Freunde haben.«

Galen merkte, wie er rot wurde. »Klar habe ich Freunde. Ich sehe sie mehrmals im Jahr bei gesellschaftlichen Anlässen. Kavik D'Laakar zum Beispiel und meinen Vetter Dorman D'Aramarin.*

* In einer Adelsfamilie aufzuwachsen, kann entsetzlich einsam sein, vor allem für den Erben. Kinder anderer Adelsfamilien werden entweder als Saboteure oder als Spione betrachtet und Geschwisterkinder als potenzielle Rivalen. In manchen Häusern kaufen die Eltern zwar Sklaven als Freunde für ihre Kinder, aber solche Beziehungen können wohl kaum als gesund gelten.

Das nächste Mal treffe ich sie bei den Feierlichkeiten zum Neujahrsfest. Außerdem habe ich meine Lehrer und unterhalte mich manchmal mit den Kindern der Dienerschaft, solange Vater es nicht mitbekommt.«

Sein älterer Bruder sprang auf und streckte Galen die Hand hin. »Dann nichts wie los. Sehen wir uns die Taverne an, von der mein Vater immer erzählt hat.«

»Jetzt?«

Kihrin nickte. »Jetzt sofort. Bevor Darzin seine Meinung ändert …«

Ein metallisches Krachen hallte durch den Raum, und beide Jungen erstarrten. Kihrin deutete hektisch auf die Talgkerze, Galen löschte sie, und der Raum versank in völliger Dunkelheit.

So verharrten sie mehrere Minuten lang. Galen fand die Dunkelheit unangenehm und beunruhigend. Und – obwohl er es niemals zugegeben hätte – beängstigend.

Als er spürte, wie jemand ihm die Hand auf die Schulter legte, hätte er beinahe geschrien. Gerade noch rechtzeitig merkte er, dass es Kihrin war, der ihn endlich gefunden hatte. Er zupfte Galen am Hemd und flüsterte: »Sieh dir das Licht an …«

Galen wollte seinem älteren Bruder gerade erklären, er solle keinen solchen Unsinn reden, da merkte er, dass Kihrin recht hatte. Da war ein Licht. Es bildete eine feine Linie, die hinter all dem aufgestapelten Gerümpel kaum zu sehen war. Die Linie verlief waagrecht direkt über dem Boden, von dort hinauf bis zur Decke, dann entlang der Decke und wieder hinunter zum Boden. Verblüfft betrachtete Galen das leuchtende Rechteck. Es musste sich um eine Tür handeln! Im Hellen war sie ihm noch nie aufgefallen, obwohl sie groß genug schien, dass die Thaena-Statue hindurchpassen würde.

Dann hörte er die Stimmen.

»Einmal gründlich abstauben könnte nicht schaden«, sagte jemand. Etwas an dem Tonfall ließ die Härchen in Galens Nacken zu

Berge stehen. Selbst Kihrins Griff an seiner Schulter wurde fester – entweder als Warnung oder vor Angst.

»Ich kann im Moment schlecht einen Diener herbeirufen«, kam die Erwiderung.

Galen kannte die Stimme: Es war die seines Vaters, Darzin. Er legte eine Hand auf die seines Bruders und erwiderte den Druck.

Da erklang eine dritte Stimme, ein volltönender, samtiger Bariton. »Selbstverständlich könnt Ihr das. Ihr hättet nur bald keine Diener mehr.« Dann fragte dieselbe Stimme: »Was war das hier ursprünglich?«

»Ein Mausoleum«, antwortete der erste Mann mit seiner tonlosen, wie toten Stimme. »Saric D'Mon VIII. hat es für sich und die vier Dutzend Konkubinen bauen lassen, die auf seinen Befehl hin getötet wurden, als er starb.* Vor einem Vierteljahrhundert hat der Hohe Lord Pedron in dem Raum Dämonen beschworen. Die Türen in den Alkoven und in diesem Gang führen zu den Grabkammern von Sarics Ehefrauen. Pedron hat sie als Zellen für seine Gefangenen genutzt, bevor sie geopfert wurden. Danach war das Mausoleum für kurze Zeit eine Thaena geweihte Kapelle, aber nur so lange, bis Therin sich von ihrer Kirche abwandte.«

»Und ich habe die Kammer verwendet, um die Wirkung von Giftmischungen zu testen«, fügte Darzin hinzu.

* Der Wahn, Dutzende Menschen zu töten, damit sie die eigene Grabkammer bewachen, kam außer Mode, als man merkte, dass die hingeschlachteten Unschuldigen denkbar schlechte Wächter abgaben, selbst wenn Thaena den Seelen gestattete, als Untote in dieser Welt zu verharren. Es heißt, Saric D'Mons vier Dutzend Konkubinen seien eines Tages aus der Grabkammer ausgebrochen und hätten ein Massaker verübt, dessen erstes Opfer Sarics Erbe war, der die Hinrichtung der Konkubinen veranlasst hatte. Nachdem etwa fünfundzwanzig Soldaten und weitere fünf Familienmitglieder das Zeitliche gesegnet hatten, brachen die Konkubinen (erneut) tot zusammen.

»Das passt zu Eurem Ruf«, erklärte der Dritte. Es klang nicht wie ein Kompliment.

Es folgte eine kurze Stille, dann sagte Darzin: »Ihr solltet ein Auge auf Euren Schüler haben. Er scheint wild entschlossen, sich sein eigenes Grab zu schaufeln, bevor Ihr so weit seid, ihn selbst zu töten.«

Die erste, grässliche Stimme lachte kalt. »Er kann durchaus auf sich aufpassen.«

»D'Mon«, erklärte die dritte Stimme unfreundlich, »ich verstehe, weshalb wir auf Euch angewiesen sind, aber begeht nicht den Fehler zu glauben, ich müsste deshalb nett zu Euch sein. Ihr seid ein engstirniger, kleinlicher Tyrann, der keine Ahnung hat, was wahre Macht ist. Könnte mein Meister auf Euch verzichten, würde ich Euch mit größtem Vergnügen in die Muttermilch zurückverwandeln, die Euren Körper einst wachsen ließ. Es wäre ein Dienst am Gemeinwohl.«

Wieder folgte eine Pause.

»Dann weiß ich also Bescheid. Danke für die Klarstellung«, erwiderte Darzin schließlich.

»Es war mir ein Vergnügen«, kam die Antwort. »Obwohl ich eigentlich gehofft hatte, Ihr wärt dumm genug, mich anzugreifen.«

»Schluss mit den Spielchen«, bellte die tote Stimme. »Ist dir bewusst, dass deine Eltern sich genau hier kennengelernt haben, Bursche?«, fuhr sie an die dritte Stimme gewandt fort. »Pedron hielt deine Mutter hier fest, um sie als Jungfrau zu opfern. Dein Vater Sandus hat sie befreit.«

»Aus dieser Kammer hier?«

Galen hätte um ein Haar laut aufgekeucht, als der Lichtschimmer um den Rand der Tür dunkler wurde. Es gab nur eine einzige Erklärung dafür: Der dritte Mann stand direkt vor der Öffnung, möglicherweise war er nur noch wenige Schritte von ihnen entfernt. Wenn Galen jedes Wort hören konnte, das gesprochen wurde, musste das Gegenteil ebenso zutreffen.

»Falls mich meine Erinnerung nicht täuscht, ja.«

»Hier hat sich der Dämon Pedron geholt, nachdem der ihn beschworen hatte? Kein Wunder, dass Ihr mir den Ort zeigen wolltet.«

Darzin konnte nicht länger an sich halten. »Ja, ja, hier trieft es nur so vor rührseliger Geschichte. Aber die viel wichtigere Frage lautet: Können wir das Ritual hier durchführen?«

»Selbstverständlich«, erklärte die dritte Stimme. »Der Raum ist ideal. Die Schwingungen sind unverkennbar. Dieser Ort ist der Hölle so nahe, dass wir wahrscheinlich nicht einmal ein Opfer brauchen, um Xaltorath auf uns aufmerksam zu machen.«

»Das Opferritual wird durchgeführt«, warf Darzin ein. »Ich bestehe darauf.«

»Keine Sorge, das steht außer Frage. Ich sagte nur, wir brauchen es nicht, um seine Aufmerksamkeit zu erregen. Was wir brauchen, um ihn unter Kontrolle zu halten, bleibt davon unberührt. Das hier ist nichts für Anfänger. Unser Schoßdämon würde die ganze Stadt vernichten, wenn wir nicht verflucht aufpassen, und mit uns würde er anfangen.«

»Wie wir bereits gesehen haben«, ergänzte die erste Stimme. »Das letzte Opfer war vollkommen ungeeignet. Er wäre uns beinahe entwischt. Dieses Mal brauchen wir Blut.«

»Davon habe ich mehr als genug«, erklärte Darzin.

»Gut. Diese Aufgabe überlasse ich dir«, erwiderte die tote Stimme.

Galen hörte Schritte. Es klang, als ginge jemand auf und ab.

»Entweder machst du selbst hier sauber oder du beauftragst jemanden damit und lässt ihn danach verschwinden. In diesem Keller stinkt es nach Schweiß und Angst.«

»Ja, mein Lord«, sagte Darzin so ehrerbietig, wie Galen es noch nie gehört hatte.

Es folgten weitere Schritte. Sie entfernten sich, und Galen machte Anstalten, sich zu erheben. Seine Stiefel schabten über den Steinboden, da hielt Kihrin ihn an der Schulter zurück. Zu spät wurde Galen bewusst, dass die Gefahr noch nicht gebannt war. Der Türrahmen war jetzt vollständig verdunkelt. Beinahe hätte Galen geschrien, als die dritte Stimme erneut erklang.

»Kommt nicht wieder her. Das nächste Mal wird er euch finden.« Die tiefe Stimme war so leise und klar, dass Galen beinahe glaubte, sie spräche in seinem Kopf. Der Kerl musste seine Lippen direkt auf die Tür gepresst haben. Kihrins Griff an seiner Schulter wurde so stark, dass Galen einen Schmerzensschrei unterdrücken musste.

»Kommt Ihr?«, rief Darzin bereits aus einiger Entfernung. »Oder wollt Ihr noch ein bisschen bleiben und im Dunkeln an Euch herumspielen?«

»Dunkel ist es hier nur für Euresgleichen«, korrigierte der Bariton und entfernte sich ebenfalls.

Galen hörte, wie der Stoff einer schweren Robe über die Steinfliesen glitt. Kurz darauf ertönte abermals das metallische Krachen, das Galen nun als das Geräusch eines Eisenriegels identifizierte, der vor eine Tür geschoben wurde.

Ein Rascheln, als Kihrin ihr Picknick in der Mitte der Decke zusammenschob und sie sich als Sack über die Schulter hängte.

»Schnell, nimm meine Hand«, flüsterte Kihrin.

Galen zuckte bei jedem Geräusch zusammen, während sie durch den Tunnel zurück nach draußen eilten. Er hatte so große Angst, dass er den Tränen nahe war. Als sie wieder im Dienstbotenraum waren, musste Kihrin ihn festhalten, damit er nicht auf und davon lief. Ohne Galens Hand loszulassen, legte Kihrin die Decke mit den Essensresten auf einen Servierwagen, schritt zum Ausgang auf den Haupthof und rief nach einer Kutsche samt Eskorte. Äußerlich wirkte Kihrin einigermaßen gefasst. Einzig am Druck seiner Finger merkte Galen, dass er zitterte.

Genau wie er selbst.

61

DIE WÄCHTER DES KÄFIGS

(Kihrins Geschichte)

Relos Var sah noch genauso aus wie ich ihn in Erinnerung hatte. Seit unserer letzten feindseligen Begegnung waren Jahre vergangen, doch die Zeit hatte keinerlei Spuren an ihm hinterlassen. Er trug nach wie vor ein einfaches Gewand. Für jemanden, der nicht aurensichtig war, sah er geradezu unscheinbar aus.

Moment ... Kleiner Bruder?

Ich mochte alles Mögliche sein, aber bestimmt nicht das. Vielleicht verwendete er das Wort in etwa so, wie Darzin mich gerne »Junge« nannte.*

»Raverí?« Relos Var beäugte mich ungläubig. »Was hast du da drin verloren?«

»O verflucht. Er kann in mich hineinseh...«

Relos Var winkte mit zwei Fingern. »Komm raus da.«

Ich spürte ein Ziehen und Zerren, dann stand Tyentso neben mir. Sie starrte ihre Hände an, das leuchtende Gitter um uns herum, und stieß einen Fluch aus, der die Ruinen ringsum über-

* Eine schlechte Angewohnheit, die Darzin höchstwahrscheinlich von Gadrith übernommen hat.

raschenderweise nicht endgültig zum Einsturz brachte, auch wenn es ein guter Versuch war.

Relos Var lächelte entzückt. »Ich bin ja so froh, dass du die Unannehmlichkeiten in der Hauptstadt überlebt hast, Raverí. Ich hoffe, du arbeitest nicht immer noch mit deinem Vater zusammen. Es gibt nur eines, das schlimmer ist als ein machthungriger Narr: ein machthungriger Narr, der sich für schlauer als alle anderen hält.«*

Tyentsos Augen waren kalt wie Eis. »Ich nehme das als Bestätigung, dass er tatsächlich noch am Leben ist.«

»Ach, am Leben würde ich das nicht nennen«, widersprach Relos.

»Wovon redet ihr da, Tyentso?« Bis das Wort Vater gefallen war, hatte ich geglaubt, sie sprächen von Gadrith.

»Von Gadrith«, antwortete Tyentso. »Er meint Gadrith.«

»Wie bitte? Gadrith ist dein Ehemann«, widersprach ich.

»Ja, das auch.« Ihre Miene verfinsterte sich. »Schau mich nicht so an, Leichtfuß. Ich hätte ihn niemals geheiratet, wenn er Interesse an Sex mit mir – oder mit irgendjemandem – gehabt hätte.«

»Hör auf, dir was vorzumachen, Raverí. Natürlich hättest du«, mischte sich Relos Var ein. »Ich bewundere Frauen, die bereit sind, jedes notwendige Opfer zu bringen, um zu bekommen, was sie wollen. Vielleicht werden wir uns ja einig. Du dienst mir, und dafür gebe ich dir dein Leben zurück. Wie wär's?«

Tyentso schüttelte den Kopf. »Das geht nicht. Du kannst mich nicht zurückholen.«

Relos Var ließ sich nicht aus der Ruhe bringen. »Wie du noch feststellen wirst, gibt es nur wenig, was ich nicht kann.«

Ich betrachte Tyentsos Geist. »Kannst du uns hier rausholen?«

»Nur, wenn ich Besitz von dir ergreife«, antwortete sie. »Aber das geht im Moment nicht. Schau mal deine Hände an.«

* Das Gleiche könnte man selbstverständlich über ihn selbst sagen.

Ich tat es. Sie waren von dem gleichen Lichtgitter umhüllt wie die Ruinen ringsum, aus dem auch unser Käfig bestand. Ich konnte sie zwar bewegen, doch anscheinend verhinderte dieses Gitter, dass Tyentso von mir Besitz ergriff.

»Wenn du mich umbringen willst«, fauchte ich Relos Var an, »dann mach schon.«

Er kicherte. »Dich umbringen? Warum um Himmels willen sollte ich das tun? Du wirst uns alle retten. Was haben dir deine neuen Freunde eigentlich beigebracht?«

Ich war nicht sicher, ob er das als Witz meinte.

»Leider bist du zwar am richtigen Ort«, fuhr Relos fort, »aber zur falschen Zeit. Meine Pläne für dich sind noch nicht ausgereift. Warum bringen wir dich nicht von hier weg und heilen deine Oberschenkelwunde, bevor diese lästigen Morgags uns wieder das Leben schwermachen?«

Ein Speer krachte gegen meinen Käfig und zersplitterte. Ein zweiter landete knapp vor Relos' Füßen.

»Zu spät«, seufzte er und ließ die Holzsplitter mit einer Geste zurück in die Richtung fliegen, aus der sie gekommen waren.

Die Morgags waren bereit. Alle hoben ihre Schilde (bis auf die Zauberin – sie spannte einen Energieschirm auf) und wehrten den Gegenangriff mühelos ab.

»Ihr wisst doch hoffentlich, wie das hier ausgehen wird!«, rief Relos Var ihnen zu. Als er die Faust ballte, ging einer der Morgag-Krieger schreiend in Flammen auf. »Lasst uns gehen, dann könnt ihr euch wieder ungestört euren Pflichten widmen.«

Die Zauberin öffnete den Mund. Zu meiner Überraschung sprach sie lupenreines Guarem. »Ausgeschlossen, Verräter. Du bist weder willkommen in den Landen, die du verheert hast, noch werden wir dir gestatten mitzunehmen, was uns gehört.«

Mich beschlich das Gefühl, dass sie damit mich meinte.

Um ehrlich zu sein: Ich hatte es langsam satt, herumgereicht zu werden wie eine Nachspeise.

»Ach, beim Schleier!«, fluchte Relos Var. »Kaum geht mal ein Experiment schief, halten sie es dir dein Leben lang vor.« Wieder ballte er die Faust, und der nächste Morgag ging in Flammen auf.

Die Morgags blieben, wo sie waren. Zwei von ihnen waren mit größter Sicherheit tot und weitere würden folgen, doch sie wichen nicht eine Handbreit zurück.

Ich suchte verzweifelt nach etwas, das ich tun konnte. Mein Bein schmerzte entsetzlich, und der Stein an meinem Hals war eisig kalt: Ich war alles andere als in Sicherheit. Relos Var schien zwar seine ganze Kraft darauf zu verwenden, die Morgag-Zauberin in ein Duell zu verwickeln, doch mein magisches Gefängnis blieb davon unberührt. Und Tyentso konnte nicht in meinen Körper zurückkehren, um mich möglicherweise zu einem Gegenzauber anzuleiten.

Wenn ich etwas unternehmen wollte, dann besser schnell.

»Liebe Taja«, flüsterte ich und hoffte, der Kampflärm würde meine Worte übertönen. »Erhöre mein Gebet. Ich stecke wirklich tief in Schwierigkeiten und brauche deine Hilfe. Relos Var ist hier und …«

Meine Stimme versagte.

»Lass das«, bellte Relos. Mit einer Geste fesselte er meine Arme an meinen Oberkörper. »Ich versuche nur, zu helfen. Jetzt ist keine Zeit für Diskussionen.«

»Wohl wahr«, sagte eine Frau. Mein Herz machte einen Sprung, als ihre Stimme erklang, obwohl ich sie nur ein einziges Mal zuvor gehört hatte. Und das in einem Traum. »Genauso wahr, wie deine Behauptung, du wolltest nur helfen, lächerlich ist.«

Taja materialisierte sich mitten auf der Straße. Anscheinend hatte sie doch zugehört.

Diesmal sah sie nicht aus wie ein Kind, aber ihr Haar war immer noch silbern, die Augen violett und ihre Haut weiß. Ich erkannte sie sofort.

Taja hob die Hand, und mein Gefängnis verschwand. Ihre Aufmerksamkeit war jedoch voll und ganz auf den Zauberer gerichtet. »Verschwinde von hier, sonst sorge ich dafür.«

Relos Var neigte den Kopf und musterte die Göttin. »Von hier? Aus meinem Allerheiligsten? Es gibt keinen Ort auf dieser Welt, an dem ich stärker wäre und du schwächer. Du wirst keinen offenen Kampf mit mir riskieren.«

Ich blinzelte.

Mein Plan hatte darauf basiert, dass kein Zauberer töricht genug wäre, sich mit einer Göttin anzulegen – zumal sie nicht irgendeine Göttin war, sondern eine der Drei Schwestern. Vor Khaemezra hatte Relos den Schwanz eingezogen, und daraus hatte ich gefolgert, dass er es bei einer leibhaftigen Göttin erst recht tun würde.

Musste er schließlich. Oder?

Aber offenbar wollte Relos nicht mitspielen. Tatsächlich erweckte er den Eindruck, als fühlte er sich ihr ebenbürtig. Er schien durchaus bereit zu einer gewalttätigen Auseinandersetzung, obwohl er niemals so mächtig sein konnte wie sie. Und doch …

»Mag sein, dass du an diesem Ort eine von uns besiegen kannst, aber nicht alle«, sagte eine andere weibliche Stimme, die mir weitaus vertrauter war, weil ich sie schon so oft gehört hatte.

Thaena gesellte sich hinzu, doch die Todesgöttin kam nicht allein. Sie wurde begleitet von einer dritten Göttin, bei deren Anblick ich beinahe laut aufgeschrien hätte. Ich hatte nicht erwartet, sie wiederzuerkennen, doch genau das tat ich.

Sie hatte rotbraune Haut und flammendes Haar, volle Lippen und hohe Wangenknochen, kurz gesagt: eines der schönsten Gesichter, die ich je gesehen hatte. Sie war keine Joratin – dann hätte sie keine Haare gehabt und außerdem gescheckte Haut –, trotzdem ähnelte sie dem Mädchen, das Xaltorath mir gezeigt hatte. Und das viel zu sehr, als dass es sich um einen Zufall handeln konnte. Um die Schultern trug sie ein wallendes Tuch aus rot-grün-violettem Licht.

Das also war Tya, die Göttin der Magie.

Alle Morgags, die nicht gerade damit beschäftigt waren, ihre brennenden Kumpane zu löschen, warfen sich ehrerbietig zu Boden. Ich vermutete, dass die Geste Thaena galt, aber wer weiß? Vielleicht genügte es auch, eine Göttin zu sein, egal welche. Zumindest gehörte es sich eigentlich so. Außerdem waren sie ganz besondere Göttinnen. Wenn die Drei Schwestern leibhaftig erschienen, reichte das, um Kaiser und ganze Reiche zu Fall zu bringen. Es wäre nicht das erste Mal gewesen.

»Alle? Mag sein.« Relos Var schüttelte den Kopf. »Aber es fehlen noch welche. Wir hingegen sind zu neunt und damit vollzählig.«

Die drei Frauen tauschten einen Blick aus. »Du bluffst«, sagte Taja.

»Möglicherweise. Aber selbst wenn. Für wie wahrscheinlich haltet ihr es, dass *er* einfach weiterschläft, wenn wir hier und jetzt miteinander kämpfen?« Relos seufzte lang und theatralisch. »Ich habe euch erschaffen. Glaubt ihr, ich könnte euch nicht ebenso gut wieder vernichten, wenn ich es will?«

Thaena schnaubte. »Das versuchst du seit Jahrtausenden. Wenn es so einfach ist, was hält dich zurück?«

Eines fiel mir sofort auf: Thaena widersprach nicht. Relos Var hatte die Götter erschaffen? Was für eine lächerliche Vorstellung. Ausgeschlossen. Wie sollte das gehen?

Mein Blick fiel auf eines der Wandreliefs. Acht Figuren und acht Symbole. Thaenas Symbol war ein Schädel, Tajas Symbol eine Münze, Tyas ihr Regenbogenschleier. Ich musste sie nicht alle aufzählen, um zu wissen, dass alle Acht Unsterblichen vertreten waren, die wahren Götter, die Nebengottheiten lediglich tolerierten. Aber die neunte Gestalt …

Mein Blick sprang zurück zu Relos Var.

Tya nickte in meine Richtung, und da wusste ich auch ohne Worte, dass der Zauber, der meine Stimme gebannt hatte, ebenfalls aufgehoben war. Sogar der Schmerz in meinem Bein war weg.

»Du bekommst ihn nicht«, erklärte Taja. »Wir erlauben es nicht.«

»Ihr hättet ihn nicht zurückholen sollen«, entgegnete Relos. »Das war grausam.«

»Weit weniger als das, was du getan hast«, entgegnete Thaena.

»Ich bin nicht euer Feind«, beharrte Relos.

»O doch«, erklärte die Göttin der Magie. »Unsere einzige Sünde ist, dass wir so lange gebraucht haben, um es zu merken.«

Sie starrten einander an, Tya und Relos Var. Es war wie ein stummer Austausch. Tya musterte ihn, wie man einen einst geliebten Menschen anschaut, der einen zutiefst verletzt hat: mit einer Mischung aus Bedauern, Trauer und nicht wenig Hass. Die beiden waren keine Freunde, aber möglicherweise waren sie es einmal gewesen. Vielleicht sogar mehr als das.

Und weil ich nie weiß, wann ich besser die Klappe halte, mischte ich mich ein. »Eigentlich möchte ich nur wissen, wer der Gefangene in diesem Gebäude ist.«

Taja kam zu mir und legte mir eine Hand auf die Schulter. »Das ist nicht wichtig. Verschwinden wir von hier.«

»Ich glaube schon, dass es wichtig ist«, widersprach ich. »Er hat vorhin die Augen geöffnet.«

Alles hielt inne.

Alle hielten inne. Selbst Relos Vars Kiefer klappte nach unten. Nur ein paar Morgag-Krieger schienen kein Guarem zu verstehen, oder sie waren zu sehr in ihre Götterverehrung versunken. Aber Relos Var, Tya, Taja und Thaena schauten mich alle mit dem gleichen Gesichtsausdruck an:

Angst.

»Er sagt die Wahrheit«, erklärte die Morgag-Zauberin und erhob sich. »Der Hungrige rührt sich. Er ist ruhelos, und es wird nicht mehr lange dauern, bis er erneut erwacht.«

»Der Hungrige?«, wiederholte ich. »So nennt ihr ihn? Was ist das für ein Wesen?«

Relos Var drehte den Kopf in meine Richtung. »Sie haben es dir nicht gesagt?«

»Mir was nicht gesagt?«

Er grinste. »Sie glauben wahrscheinlich, es ginge dich nichts an.« Er strich seine Mischa glatt und machte eine angedeutete Verbeugung vor den drei Frauen, dann wandte er sich wieder an mich. »Wenn du die Nase voll hast von ihren Ausflüchten und Halbwahrheiten, die noch täuschender sind als jede Lüge, dann komm zu mir. *Ich* werde dich nicht hinters Licht führen.«

Taja schnaubte.

Relos Var bedachte sie mit einem genauso tadelnden wie herablassenden Blick.

In diesem Moment hätte ich ihn beinahe abgestochen. Ich hatte mein Messer schon gezogen, spürte sein Gewicht in der Handfläche. Wie ich mittlerweile wusste, konnten Talismane allein einen Zauberer nicht vor einer Klinge schützen. Erwischte man ihn im richtigen Moment, dann war ein Zauberer genauso verwundbar wie jeder Normalsterbliche.

Aber ich tat es nicht. Var hatte seine Worte gut gewählt. Ich konnte gar nicht anders, als den Köder zumindest halb zu schlucken. Außerdem war ich schlau genug, um zu merken, dass die Drei Schwestern mir nicht einmal einen Bruchteil der ganzen Wahrheit verraten hatten.

Meine Hand blieb, wo sie war.

Relos Var wandte sich wieder mir zu. Seine Augen wanderten zu meinem Messer. »Bis zum nächsten Mal«, sagte er und verschwand ganz einfach.

Thaena widmete sich den Morgags und erteilte ihnen in ihrer Muttersprache Befehle, die sie eilig befolgten. Tya zog sich ihren Schleier übers Gesicht und ging mit ausgebreiteten Armen langsam die Straße entlang. Das Leuchtgitter um die Ruinen wurde heller, als sie an ihnen vorbeikam.

»Wer bist du, Leichtfuß?«

Ich schaute Tyentso verdutzt an. »Komm schon, Ty. Du weißt genau, wer ich bin.«

Sie schüttelte den Kopf. »Nein, weiß ich nicht. Und du anscheinend auch nicht.« Sie deutete auf die Stadt, die Ruinen, die Morgags. »Etwas so Verrücktes passiert keinem Ausreißerkind aus einer viertklassigen Adelsfamilie.«

Erst als Taja sich räusperte, merkten wir, dass wir die Gegenwart einer Göttin vollkommen ignoriert hatten. »Ich glaube, es wäre das Beste, wenn ich euch beide wegbringe. Hier ist es nicht sicher.«

Sie blickte Richtung Stadtzentrum, und ich fragte mich, für wen genau es hier nicht sicher war.

»Taja«, begann ich, »wie hat Relos Var mich gefunden? Woher wusste er, dass ich hier bin? Warum hat er mich seinen kleinen Bruder genannt? Und was meinte er mit der Behauptung, er hätte euch erschaffen? Er wollte gegen dich kämpfen. Wie kommt er auf die Idee, er könnte es mit einer Göttin aufneh…?«

Sie legte mir einen Finger auf die Lippen. »Dafür haben wir jetzt keine Zeit.«

»Oh, solltet ihr aber, und zwar sehr bald.« Die Göttin warf Tyentso einen vernichtenden Blick zu, doch die zuckte nur mit den Schultern. »Womit willst du mir noch drohen? Ich bin schon tot.«

»Nein, du machst lediglich eine Verschnaufpause«, widersprach Taja und legte uns beiden eine Hand auf die Schulter. Obwohl Tyentso nur ein körperloser Geist war, gelang der Glücksgöttin die Berührung mühelos.

Die Welt um mich herum verschob sich.

62

DER GREIF-RING

(Klaues Geschichte)

»Ich weiß einfach nicht, wem ich trauen kann«, sagte Kihrin zu Galen, als sie mit der Kutsche zum Arenapark fuhren. »Therin wird Beweise wollen. Was soll ich ihm sagen? Dass ich gehört habe, wie Darzin mit jemandem gesprochen hat, von dem ich *glaube*, dass er ein Dämonenbeschwörer ist? Wer dieser Komplize ist, weiß ich nicht, aber es gibt noch einen Dritten. Den kenne ich zwar auch nicht, aber er hat uns nicht verraten, obwohl er genau wusste, dass wir sie belauscht haben. Und das ist mir ein Rätsel.« Kihrin verstummte und kaute auf seinem Daumennagel herum. »Ich kapier's nicht. Wer auch immer der Kerl ist, er gehört zu ihrer Verschwörung. Warum hat er den anderen nichts gesagt?«

»Vielleicht tut er nur so, als ob er dazugehört?«, überlegte Galen. »Vielleicht ist er ein Doppelagent. Oder vielleicht … Auf jeden Fall schien er Vater nicht besonders zu mögen. Womöglich hofft er, dass wir Darzin Schwierigkeiten machen.« Galens Augen wurden immer größer, während er über diese Möglichkeit nachdachte.

»Kann sein. Aber sein Meister könnte es herausfinden, und das wäre verdammt riskant für ihn. Ich jedenfalls würde mir nur sehr ungern den Zorn des Toten Mannes zuziehen.«

»Des Toten Mannes?«

»Richtig. So nenne ich den Kerl mit der unheimlichen Stimme. Glaub mir, er sieht noch schlimmer aus, als er sich anhört. Er ist ein Zauberer, und zwar nicht so wie Darzin, der sich mit dem ein oder anderen Trick über Wasser hält. Der Tote gehört zur richtig unheimlichen Sorte. Ich habe gesehen, wie er jemandem die Seele aus dem Körper gesaugt und die Leiche dann restlos skelettiert hat.«

»Du bist ihm schon mal begegnet?«

»Nicht direkt begegnet«, gestand Kihrin. »Ich habe ihn belauscht. Auf jeden Fall möchte man sich mit so jemandem nicht anlegen. Du kannst dir das sicher nicht vorstellen, aber glaub mir: Er ist schlimmer als Darzin.«

»O weh. Aber irgendjemandem *müssen* wir davon erzählen.«

»Wem?«

»Miya vielleicht. Sie würde dir glauben. Sie mag dich.« Galens Stimme klang schwermütig. Er fand die Seneschallin nett und attraktiv, aber sie nahm sich nie so viel Zeit für ihn wie für Kihrin.

»Großartige Idee«, erwiderte Kihrin. »Und was, glaubst du, kann eine gegaeschte Sklavin in der Sache unternehmen?«

»Hm.« Galen kaute auf seiner Unterlippe. »Da hast du wohl recht.«

»Ich könnte es General Milligreest erzählen, aber dann wird er wissen wollen, warum ich nicht schon vor Monaten was gesagt habe, als ich bei ihm war. Wahrscheinlich würde er glauben, ich hätte mir die Geschichte nur ausgedacht, weil ich die D'Mons nicht mag. Und dann übergibt er die Angelegenheit in die Hände des Hohen Lords. Ob Therin etwas dagegen unternimmt oder das Ganze einfach vertuscht, steht in den Sternen, das wissen wir beide.«

»Was ist mit Tante Tishar?«

Kihrins Miene hellte sich auf, aber nur kurz. »Eher nicht. Ich meine, sie würde uns wahrscheinlich glauben, aber ich bin nicht sicher, was sie ausrichten könnte, ohne sich selbst in Lebensgefahr zu bringen. Sie braucht nur anzufangen, die falschen Fragen zu stellen, dann wird Darzin sie töten. Und selbst wenn nicht, werden die Leute ihr glauben? Ich meine, sie ist schließlich Pedrons Schwester.«

»Mutter sagt, sie war mehr als das …«

Kihrin schaute Galen ungläubig an. »Du machst Witze.«

»Ganz und gar nicht! Genau das hat Mutter gesagt. Dass die beiden … du weißt schon. Pedron hat Mutter immer wieder mit Geschenken bestochen, damit sie den Mund hält. Und sie sagt, Meister Lorgrin musste einen Spezialzauber anwenden, damit Tishar bei ihrer Hochzeit wieder Jungfrau war.«*

Kihrin sah blass aus. »Kein Wunder, dass sie …« Er schüttelte den Kopf. »Wenn es so war, dann hat sie bestimmt nicht freiwillig mitgemacht.«

Galen zuckte mit den Schultern. »Keine Ahnung. Was, wenn schon? Sie waren beide Halb-Vané und müssen es ziemlich schwer gehabt haben. Sie wurden ständig wegen ihrer Abstammung geschnitten, und ihre Mutter wurde deswegen sogar getötet. Warum sollten sie sich nicht gegenseitig getröstet haben? Ich finde die Vorstellung fast romantisch.«

»Du hättest also kein Problem damit, deine kleine Schwester Saerá flachzulegen?«

»DOCH. Bei den Göttern. Das ist etwas vollkommen anderes.«

Kihrin lachte. »Ja, ganz bestimmt.« Eine Minute lang kehrte Stille ein, dann schlug Kihrin plötzlich verärgert auf die Polsterbank. »Wenn ich nur irgendwie an Kaiser Sandus herankommen könnte. Er würde die Angelegenheit ernst nehmen.«

»Der Kaiser? Hast du den Verstand verloren?«

»Nein.« Kihrin fixierte seinen Bruder. »Weißt du noch, wie der

* Angesichts der Tatsache, dass die Vané kein gesetzliches Verbot gegen Inzest haben, erscheint dies durchaus möglich. Ich halte es allerdings für wahrscheinlicher, dass es nur ein bösartiges Gerücht ist.

Tote Mann sagte, der dritte Verschwörer wäre Sandus' *Sohn*? Ich bin sicher, dass Sandus die Sache ernst nehmen würde. Außerdem hat er damals den Dämon gebannt und mich geheilt. Er ist ein echter Held im Kampf gegen die Dämonen. Er würde es wissen wollen, und er würde mir glauben. Nur leider kann ich schlecht zu seinem Palast gehen und um eine Audienz bitten, verstehst du?«

»Auf keinen Fall«, stimmte Galen zu. »Dort halten sie ohnehin nur ihre Feierlichkeiten ab. Er wohnt nicht mal dort, das weiß ich mit Sicherheit. Wie ich gehört habe, lebt er in einem riesigen Palast aus Diamant auf einer Insel mitten im Regenbogensee, die von zwei Drachen bewacht wird.«

Kihrin stöhnte. »Galen, jedes Kind weiß, dass es im Regenbogensee gar keine Insel gibt.«

»Natürlich«, erwiderte Galen mit einem wissenden Zwinkern. »Sie ist ja auch unsichtbar.«

Kihrin hob eine Augenbraue. »Das glaube ich erst, wenn ich es sehe.«

Sie lachten immer noch, als die Kutsche vor dem KEULFELD anhielt.

Kihrin war mit zahllosen Geschichten über das KEULFELD aufgewachsen, aber selbst nie dort gewesen. Surdyeh hatte sich geweigert, ihn mitzunehmen, weil Kihrin sich dort zu viele Möglichkeiten geboten hätten, in Schwierigkeiten zu geraten. Nun wusste er, was Surdyeh mit Schwierigkeiten gemeint hatte: als D'Mon erkannt zu werden. Natürlich hatte ein Besuch im KEULFELD ganz oben auf Kihrins Wunschliste gestanden, aber aus zwei Gründen war es nie dazu gekommen: Erstens weil er dazu in den Oberen Zirkel musste, und zweitens weil die Kneipe direkt am Fuß der Zitadelle lag und bei den Wächtern beliebt war. Man traf dort praktisch zu jeder Tages- und Nachtzeit welche an. Die meisten Schattentänzer, Kihrin eingeschlossen, mieden die Taverne wie die Pest.

Was auch der Grund war, warum Merit das KEULFELD als Treffpunkt vorgeschlagen hatte: In der ganzen Hauptstadt gab es keinen anderen Ort, an dem die Wahrscheinlichkeit geringer war, von einem anderen Schattentänzer gesehen zu werden.

Kihrin half seinem Bruder aus der Kutsche und sah, dass es sich weniger um eine Schenke als um ein ausgewachsenes Wirtshaus handelte. Das Gebäude war drei Stockwerke hoch und bestimmt doppelt so groß wie der ZERRISSENE SCHLEIER. Die oberen Räume wurden sogar vermietet. Im Gegensatz zum ZERRISSENEN SCHLEIER (und jedem anderen Gebäude in der Samtstadt) stand das Wirtshaus mutterseelenallein am Rand einer weitläufigen Wiese. Gepflasterte Wege führten in und um den angrenzenden, bewaldeten Park.

Das musste die berüchtigte Arena sein, wo die Möchtegern-Kaiser um die Krone kämpften. Die Arena sah nicht direkt so aus, wie Kihrin sie sich vorgestellt hatte. Er hatte ein Amphitheater erwartet, stattdessen sah er lediglich eine kreisrunde, von Bäumen und Gestrüpp umgebene Fläche. Die paar kleinen Gebäuderuinen am Rand wirkten, als könnten sie jeden Moment aus Altersschwäche einstürzen. Die Bäume direkt am Rand der Arena bildeten eine Art Kuppel über dem Gelände, als wären sie eigens zurechtgestutzt. Die wenigen, die in der Arena selbst wuchsen, sahen bizarr aus. Ihre Farben und Formen wirkten unnatürlich. Dazwischen lagen alte Waffen, Harnische und Schädel inmitten von Gras und herabgefallenem Laub verteilt.

Seit der Gründung des Reichs duellierten sich hier die Anwärter um die Kaiserkrone. Hier war Kihrins Mutter (falls sie tatsächlich seine Mutter war) Lyrilyn gestorben. Und Ola hatte ihn als Neugeborenes gefunden. Welche von all den Geschichten, die Ola und Surdyeh ihm über seine Herkunft erzählt hatten, stimmte, war nicht mehr die Frage. Sondern warum beide ihn belogen und die Wahrheit als ein Märchen abgetan hatten.

Galen zupfte ihn am Ärmel. »Komm. Der Eingang ist da drüben. Im Moment gibt es hier keine Duelle, sonst wären Zuschauer da.«

»Hast du nicht gesagt, du wärst noch nie hier gewesen?«, entgegnete Kihrin.

»War ich auch nicht«, erwiderte Galen. »Aber Vater hat mir viel erzählt. Er duelliert sich oft hier.«

»Überrascht mich nicht.«

Die Eingangstür war offen, daneben stand ein riesiger Kerl, bei dem nur noch das Umhängeschild mit der Aufschrift »Rausschmeißer« fehlte. Er nickte ihnen beim Eintreten zu. Kihrin merkte sofort, dass hier ein anderes Regiment herrschte als in den sonstigen Tavernen: Das große Fenster mit Blick auf die Arena hätte in einer normalen Kneipe keine Viertelstunde überlebt. Außerdem konnte sich kein einfacher Wirt die Unmenge an magischen Lichtern leisten, die den Innenraum erhellten.

Auch das Publikum war ungewöhnlich: Leute jeden Alters, Geschlechts und gesellschaftlichen Rangs standen dicht an dicht, ohne sich an Alter, Geschlecht und gesellschaftlichem Rang ihres Nebenmanns zu stören. Nur ab und zu fiel es ihnen wieder ein – und dann kam es zu einem der berüchtigten Arenaduelle.

»Wir suchen eine weibliche Türsteherin namens Tauna«, flüsterte Kihrin.

»Ach ja?«, fragte Galen überrascht.

»Folge mir einfach.« Kihrin betrat den Schankraum, als wäre er schon oft hier gewesen und wüsste genau, wo die besten Plätze waren. Ein unscheinbarer Wirt – glatzköpfig, großgewachsen und hager, aber mit einem kleinen Bauch – schenkte die Getränke aus. Er schaute den beiden mit einer hochgezogenen Augenbraue hinterher.

»Merkst du, dass wir hier drinnen die Jüngsten sind?«, raunte Galen.

»Unser Geld ist dafür umso älter.«

Kihrin suchte Sitzplätze an einem Tisch aus und bestellte zwei

Pfefferbiere bei der Kellnerin, dann sah er sich ausgiebig um. Es waren mehrere Frauen anwesend, aber die sahen entweder wie Bedienstete oder wie reizende Zechgesellschaft aus. Nicht eine wirkte auch nur im Entferntesten, als hätte sie das Zeug zur Rausschmeißerin.

Galen zupfte erneut an seinem Ärmel, hektisch diesmal. »Kihrin, was ist das?«

»Hmmm? Was? Wer?«

»Da drüben in der Ecke. Sieh ihn dir an! Nie und nimmer ist das ein Mensch.«

Kihrin folgte Galens Blickrichtung. Der Kerl war nicht sonderlich gut zu erkennen, denn er verschmolz beinahe mit der Wand in seinem Rücken. Nicht ein einziges Haar wuchs auf seinem Kopf, dafür lange, dornige Stacheln, und seine Nase sah nicht aus wie eine Nase. Aus der Spitze ragten tentakelartige Fühler, die sich ständig bewegten. Auf seinen Armen waren weitere Stacheln zu erkennen, und statt Fingernägeln hatte er Klauen. Am schlimmsten waren jedoch seine Augen: Sie leuchteten wie von einem inneren Feuer. Der Kerl war groß und mit dicken Muskeln gepackt.

»Ach«, sagte Kihrin, »das ist ein Morgag. Reinblütige wie ihn sieht man nicht oft.«

»So sehen Morgags aus?« Galen hatte die Stimme zu einem Flüstern gesenkt. »Kein Wunder, dass wir solche Schwierigkeiten mit ihnen haben.«

»Normalerweise bekommt man nur Halbblute zu Gesicht, die sie auf ihren Raubzügen zeugen. Die einzige Arbeit, zu der sie taugen, ist Knochen brechen und dergleichen. Er ist bestimmt einer der Rausschmeißer hier.«

»Bestimmt. Wer würde sich mit so etwas wie *dem* anlegen?«

»Du würdest staunen. Wahrscheinlich haben sie hier sogar Magier angestellt.« Noch während er sprach, sah Kihrin, dass am Nebentisch ein lebhaftes Kartenspiel im Gang war. Eine in der Runde war eine Frau, sie trug eine Kefhose und eine Mischa wie ein Mann. Ihre Füße, die sie auf einem Stuhl abgelegt hatte, steckten in schweren Stiefeln. Mit triumphierendem Grinsen präsentierte sie den stöhnenden Mitspielern ihre Karten.

»Das muss sie sein«, sagte Kihrin und deutete mit dem Kinn auf die Frau. Er winkte eine Kellnerin herbei und legte ihr eine Silberchance aufs Tablett. »Bring der Frau dort drüben was zu trinken. Sag ihr, es sei von ihrem alten Freund Merit.«

Die Frau nahm das Geld, nickte und machte sich auf den Weg.

»Wer ist das?«, fragte Galen. »Was hast du vor?«

»Ich möchte ein paar Erkundigungen einholen.« Kihrin schenkte seinem jüngeren Bruder ein selbstsicheres Lächeln. »Vertrau mir.«

Galen wurde rot und schaute weg. »Ich dachte, wir wollten uns amüsieren.«

»Sieh sie dir doch mal an! Glaub mir, das wird lustig.«

Kihrin lehnte sich zurück und versuchte, möglichst gelassen zu wirken, während er beobachtete, wie die Kellnerin das Bier und seine Nachricht überbrachte. Kurz darauf entschuldigte sich die Frau bei ihren Mitspielern und schob sich durch die Menge. Sie kam nicht einmal in die Nähe ihres Tisches, stattdessen verschwand sie über die Hintertreppe außer Sicht.

»Moment, sie sollte doch …!«

»Euer Getränk, junger Lord«, sagte die Kellnerin und stellte Kihrin das nächste Glas hin.

»Aber wir haben noch nicht einmal unsere Pfefferbiere ausgetrunken!«, protestierte Galen.

Kihrin warf ihm einen genervten Blick zu und schüttelte den Kopf. »Danke«, sagte er zu der Kellnerin und gab ihr ein Trinkgeld. Sie hatte sich kaum umgedreht, da fischte er grinsend einen Schlüssel aus dem Bierglas.

»Sind wir nur hergekommen, damit du dich mit diesem Mädchen treffen kannst?«, fragte Galen entrüstet.

Kihrin blinzelte seinen Bruder an. »Bist du eifersüchtig?«

»Was? Nein.« Galens Gesicht wurde noch röter. »Warum sollte ich wegen einer Tavernenhure eifersüchtig sein?«

Kihrin beugte sich über den Tisch. »Wir sind hier, weil das, was ich tun werde, eventuell nicht ganz legal ist. Auf jeden Fall möchte ich nicht, dass Darzin davon Wind bekommt. Bist du noch dabei? Wenn nicht, dann warte einfach hier auf mich, bis ich meine Geschäfte erledigt habe.«

Galen schluckte. »Klar. Natürlich bin ich noch dabei.«

»Gut.« Kihrin winkte mit dem Schlüssel. »Dann gehen wir jetzt mal zu meinem Mädchen.«

Das Hinterzimmer war verschlossen, aber dafür hatte sie Kihrin ja auch den Schlüssel zukommen lassen. Er scheuchte Galen nach drinnen und schloss die Tür hinter sich.

»Wenn ihr etwas aus der Samtstadt wollt, dann muss ich euch enttäuschen«, erklärte Tauna den beiden. Sie saß auf einem Stuhl in der Ecke und schaute durchs Fenster hinüber zum Arenapark. »Ich akzeptiere keine Kinder, egal für wie viel Geld.«

Galen verschränkte die Arme vor der Brust, sichtlich verärgert, weil er gerade als Kind bezeichnet worden war. Kihrin nickte lediglich und schob sich einen Stuhl zurecht. »Merit sagte, er würde ein Geschenk für mich bei dir abgeben.«

Die Frau hob eine Augenbraue. »Ein Geschenk? So nennst du das?«

»Sicher, warum nicht?« Kihrin überlegte. »Außer er hat nichts gefunden …«

Tauna griff unter die Matratze, zog ein kleines Bündel hervor und warf es aufs Bett. »Das habe ich nicht gesagt.«

Kihrin streckte die Hand nach dem Bündel aus, doch sie wackelte mit dem Zeigefinger. »Ah, ah, ah. Zuerst die Bezahlung, mein Herr. Merit hat gesagt, du bekommst es nicht umsonst.«

»Wie viel?«, fragte Kihrin.

»Eintausend Throne«, antwortete sie, als würde sie lediglich die Zeche kassieren.

»Wie bitte?« Galen wirkte entsetzt.

Tauna lächelte. »Im Vertrauen zwischen dir, mir und dem Grünschnabel da drüben: Merit hat keine Ahnung, was er da gefunden hat, sonst würde er das Zehnfache verlangen. Tausend Throne sind ein Schnäppchenpreis.«

Kihrin neigte den Kopf und musterte sie skeptisch. Tauna gab sich vollkommen ruhig und gelassen, als kümmerte es sie nicht, wie das Feilschen ausging. »Wie wär's, wenn ich dir zweitausend Throne gebe und du mir verrätst, was du Merit verschwiegen hast?«

»Einigen wir uns auf fünfzehnhundert, damit ich mir nicht vorwerfen muss, ich würde Minderjährige ausnehmen.« Sie griff nach dem Päckchen und legte es auf ihren Schoß. Nachdem Kihrin ihr das Bündel Schuldscheine vom Tempel der Tavris überreicht hatte, öffnete sie das Päckchen. Eine Pergamentrolle, mehrere kleine Ballen Seide für eine Harfe, ein paar alte Kleidungsstücke und ein goldener Ring mit einem Intaglio-Rubin kamen zum Vorschein.

Kihrin stockte der Atem, als er den Ring sah.

Tauna grinste. »Sieh an, du weißt also, was das ist?«

Kihrin berührte den Rubin. »Ja, weiß ich.«

Galen kam heran und betrachtete den Stein. Sein Gesichtsausdruck blieb unverändert. »Schmuck. Na und?«

»Nicht ganz. Gib mir ein bisschen Zeit.« Kihrin nahm den Ring und inspizierte ihn eingehend. »Es ist nicht derselbe wie der, den ich schon einmal gesehen habe. Er sieht nur genauso aus. War er wirklich bei den Sachen meines Vaters?«

Tauna blinzelte. »Ach, Herzchen, die Einzelheiten hat Merit mir nicht verraten. Er hat nur gesagt, dass du ihm einen Auftrag erteilt hast, und der ist jetzt erledigt. Mehr weiß ich nicht.« Sie beugte sich nach vorn. »Aber auch ich habe diese Ringe schon einmal gesehen, an Händen, wo ich es nie für möglich gehalten hätte. Und in jeden waren diese Krone und der Greif geschnitten. Es scheint sich um eine Art Club zu handeln, eine Geheimgesellschaft, bei der Herkunft, Geschlecht und Rang keine Rolle spielen.* Ich habe solche Ringe an Fingern von Lords aus dem Rat gesehen und an Halsketten von Sklaven – oder zumindest von Leuten, die sich als Sklaven ausgaben.«

Kihrin runzelte die Stirn und drehte den Ring zwischen den Fingern hin und her. Sein unglücklicher Gesichtsausdruck gefiel Galen überhaupt nicht. »Bei all dem geht es also … um deinen Vater Surdyeh?«

Kihrin nickte, dann wandte er sich wieder an Tauna. »Wärst du bereit, für mich mehr über diese Leute herauszufinden?«

Sie erhob sich. »In tausend Jahren nicht. Tut mir leid, ich weiß zu gut, wie man in dieser Stadt überlebt, um mich in solche Dinge einzumischen. Aber ich sag dir was: Ich werde meinen Vater fragen. Vielleicht kann er dir weiterhelfen.«

»Wer ist dein Vater?«, fragte Galen.

»Doc«, antwortete Tauna.** »Ihm gehört dieses Wirtshaus.« Sie ging Richtung Tür. »Wenn ihr mich jetzt entschuldigen würdet, ein Tisch voller Trottel wartet darauf, von mir übers Ohr gehauen zu werden.«

* Die Greifen. So nenne ich sie zumindest. Wie sie sich selbst bezeichnen, weiß ich nicht. Viele Gruppierungen interessieren sich aus den verschiedensten Gründen für die alten Prophezeiungen, aber allmählich glaube ich, dass ich die Greifen unterschätzt habe. Ihre Ziele sind mir nach wie vor unbekannt, doch können wir angesichts des Rings davon ausgehen, dass Kihrins Adoptivvater, Surdyeh, zu ihnen gehörte sowie mindestens einer der Kaiser.

** Sie ist adoptiert. Ich habe es überprüft.

63

EINE UNTERHALTUNG MIT DEM TOD

(Kihrins Geschichte)

Eine Zeit lang nahm ich das Geschehen um mich nur noch verschwommen wahr. Ich bekam zwar alles mit, gleichzeitig fühlte ich mich aber weit weg von allem. Eine Art Keuchen, als Tyentso nach Luft schnappend zu den Lebenden zurückkehrte. Stimmen, die über sie sprachen und wahrscheinlich auch über mich. Eine der Stimmen gehörte Doc, eine weitere Teraeth. Schließlich war auch Tyentso zu hören. Rufe. Alle schienen aufgeregt, was wohl nicht weiter überraschend war.

Dann Stille. Alle gingen.

Ich spürte eine Hand auf meiner Schulter, einen Moment später setzte sich Khaemezra mir gegenüber hin. »Was ist passiert, Kihrin? Wie hat es dich nach Kharas Gulgoth verschlagen?«

Ich starrte sie wortlos an. Ihr Äußeres war eine Lüge, genauso eine Illusion wie ihre Erscheinung damals in Kishna-Farriga. Ihr Name war eine Lüge. Alles an ihr war gelogen. Sie war nicht Khaemezra, Hohepriesterin der Thaena.

Sie *war* Thaena. Das wusste ich jetzt.

Ich fragte mich, ob Kalindra eingeweiht war. Sie hatte behauptet, Thaena existiere lediglich im Nachleben. Hatte sie mich belogen, oder war sie genauso von Khaemezra belogen worden wie ich?

»Kihrin?«

Ich mahlte mit den Zähnen und schaute weg.

Einen Wimpernschlag später sah ich sie doch an und fing ihren Blick auf, obwohl es dumm war und sie mir Angst machte. »Wie kann Relos Var die Acht Unsterblichen erschaffen haben? Die Acht haben die Welt erschaffen …« Meine Stimme versagte. »*Ihr* habt die Welt gemacht. Aber als er behauptete, er hätte euch gemacht, habt ihr nicht widersprochen.«

Khaemezra seufzte. »Wären meine Eltern noch am Leben, würden sie sagen, dass weder Relos Var mich erschaffen hat noch ich die Welt. Die Acht haben keine eigene Macht. Sie wurde uns gegeben.«

»Von Relos Var?«, krächzte ich.

»Damals hieß er noch nicht so, aber ja, von Relos Var.«

Ihre Abneigung gegen das Thema war nicht zu überhören, doch das war mir inzwischen vollkommen egal. Ich sprang auf. »Ich bete zu den Acht, seit ich ein Kind bin! Zu Taja! Und du« – ich deutete mit dem Zeigefinger auf sie – »du hast mir noch Vorträge über den rechten Glauben gehalten! Dabei wart ihr nie Götter?«

»Setz dich wieder, Kihrin.«

»Nein. Die Acht haben den Gottkönigen den Garaus gemacht, weil sie falsche Götter waren. Und du erzählst mir, dass ihr kein bisschen besser seid als diese dreckigen Sklavenhal…«

»Kein einziges Wort mehr!« Diesmal sprach sie mit Thaenas Stimme, nicht mehr mit der einer alten Frau. Ihr Zorn ließ die Illusion für einen Moment zusammenbrechen, sie war wieder der Tod, mit einer Haut wie Ebenholz. »Setz dich!«

Ich gehorchte.

»Wärst du *irgendjemand* anderes, du frecher, kleiner Geck, hätte ich dich längst niedergestreckt.« Nun war sie es, die aufsprang.

»Wenn es nach uns ginge, gäbe es weder Tempel noch Altäre, und *niemand* würde uns Götter nennen. *Keine* von uns wollte je eine Gottheit sein. Wir haben auch keinerlei Interesse daran, die Menschen zu versklaven, für deren Rettung wir alles geopfert haben.«

»Geopfert? Was habt ihr denn geopfert? Var hat euch zu GÖTTERN gemacht.«

Sie hob drohend den Finger, und ich schloss den Mund wieder.

»Stell dir vor, du wärst Soldat«, begann Thaena. »Stell dir vor, du stecktest in einem endlosen Krieg gegen einen Feind fest, den du nicht einmal sehen kannst. So ging es uns im Kampf gegen die Dämonen. Wir kämpften und verloren. Und jetzt stell dir vor, jemand – ein sehr, sehr kluger Mann – kommt und sagt, er kann dir die Waffen geben, die du brauchst, um die Dämonen zurückzuschlagen und Millionen Leben zu retten. Im Gegenzug musst du dich nur an eine kosmische Kraft binden lassen. Du hättest Macht jenseits aller Vorstellung, aber du müsstest dafür alles hinter dir lassen: dein Volk, deine Familie, deine Freunde und alle, die dir am Herzen liegen. Und das ist noch nicht einmal das Schlimmste. Das Schlimmste ist, dass die Aufgabe *nie endet*. Du wirst bis ans Ende aller Zeiten Wache halten und die beschützen, die sich nicht selbst schützen können. Du *kannst* nicht sterben und wirst dienen, bis das Universum selbst endet. Du wirst deine Bürde nie ablegen oder an jemand anderes übergeben können, um in dein gewöhnliches Leben zurückzukehren. Würdest du dich *dazu* bereit erklären?«

Aus irgendeinem Grund nahm ich die Frage ernst. Ich hatte das eigenartige, kribbelnde Gefühl, dass sie nicht rein hypothetisch gemeint war. Ich biss mir auf die Unterlippe. »Ich glaube, das würde ich ... Solange ich wüsste, worauf ich mich einlasse, und ich die Wahl hätte: definitiv Ja.«

Thaena nickte und murmelte etwas Unverständliches.

»Was hast du gesagt?«

Sie sah mich an. »Ich sagte: Genau das hast du beim letzten Mal auch gesagt.«

Ich blinzelte sie an, mein Mund wurde staubtrocken. Ich wusste nicht, wie ich darauf reagieren sollte. Ganz bestimmt wollte ich nicht vorschnell davon ausgehen, sie meine tatsächlich das, wonach es sich anhörte. »Du …« Ich musste mich erst einmal räuspern. »Soll das bedeuten, ich bin …?«

»Ja?« Ein kleiner, verbitterter Anflug von Belustigung trat auf ihr Gesicht.

»Also gut, wer mich jetzt für größenwahnsinnig hält, liegt womöglich richtig, aber, ähm, soll das heißen, dass ich mal ein solcher Soldat war? Einer von den Acht?« Ich lachte nervös. »Ich meine, das ist unmöglich. Erstens fehlt keiner aus eurer Gruppe, alle Acht Unsterblichen sind wohlauf. Zweitens würde ich es wohl merken, wenn ich ein Gott wäre! Diese ganze Geschichte mit Darzin und dem Toten Mann wäre weit einfacher gewesen, auch wenn Relos Var wahrscheinlich trotzdem ein Problem wäre. Außerdem, hast du nicht gerade gesagt, die Acht *können* gar nicht sterben? Oder war das auch gelogen?«

»Keiner der Acht wurde je getötet«, bestätigte Thaena. »Wir sind an die kosmischen Kräfte gebunden. Man müsste die Kraft selbst vernichten – das Glück, den Tod, Magie, Natur –, um einen von uns zu vernichten.«

Ich atmete auf. »Gut.«

»Damit Relos Var nicht behaupten kann, ich würde dich hinters Licht führen«, fuhr Thaena mit leiser, giftiger Stimme fort, »solltest du allerdings wissen, dass wir schon seit Langem nicht mehr zu acht sind.«

»Was?«

»Wenn du in der Hauptstadt fragst, wer der achte Unsterbliche ist, werden alle sagen, es sei Grizzst. In Eamithon halten sie jeden für einen Trottel, der nicht weiß, dass Dina das achte Mitglied ist. In Jorat nennen sie den Achten den Namenlosen, seine Statue hat kein Gesicht und ist stets von einem Tuch verhüllt. Die Vishai beten ihn als Selanol an, den Sonnengott, und behaupten, er sei tot.

Sie alle liegen falsch. Der Wahrheit am nächsten kommen noch die Vishai, auch wenn sie den Namen dessen, den sie anbeten, reichlich verballhornt haben. Was sie allerdings nicht verstehen, ist, dass S'arric nie wirklich gestorben ist.«

»Und wo steckt er dann?«

»Du bist ihm heute begegnet, eingesperrt im Zentrum von Kharas Gulgoth. Er hat die Augen geöffnet, als du hereinkamst.«

Ich nahm einen tiefen Atemzug, um mein Herz wieder in Gang zu setzen. »Der Kerl war ein Gott?« Allerdings muss ich gestehen, dass ich auch ein wenig erleichtert war. Denn wenn es sich bei dem Gefangenen um den achten Unsterblichen handelte, war Thaenas Frage eben doch rein hypothetisch gewesen.

Warum ich das so viel besser fand, weiß ich allerdings auch nicht.

»Ja«, antwortete Thaena. Ein Zittern stahl sich in ihre Stimme. »Die Dämonen haben ihn in Vol Karoth umbenannt.«

Ich versuchte, den Schauder zu unterdrücken, den allein der Name mir bescherte. »Aber wieso bin ich ausgerechnet *dorthin* gegangen? Ich wusste ja nicht mal, dass der Ort überhaupt existiert.«

»Willst du es wirklich wissen?«, fragte sie mit bohrendem Blick.

»Ich hab doch gerade gefragt. Ich habe die Lügen satt.«

Thaenas Nasenflügel bebten. »Ich habe dich nie belogen.«

»Aber du verschweigst mir jede Menge. Was ist mit den Prophezeiungen? Sind die überhaupt echt oder nur ein Haufen Lügen, mit denen sich eine Seite einen Vorteil verschaffen will?«

Thaena trat hinter mich, umfasste mein Haar und legte es über eine meiner Schultern. »Sehr lange Zeit hielten wir sie für ein Verwirrspiel der Dämonen, aber dann trafen immer mehr davon ein, und das ziemlich genau. Jetzt versuchen wir hauptsächlich herauszufinden, ob es sich um Vorhersagen des Unvermeidlichen handelt, getroffen von Wesen, die eine andere Zeitwahrnehmung haben als wir. Oder ob sie eher als Anweisungen zu verstehen sind, wie sich ein bestimmtes Ergebnis herbeiführen lässt. Schildern sie die Zukunft, oder sind sie in Gleichnisse gehüllte Kochrezepte?«

»Zu welcher Ansicht tendierst du?«

»Ich vermute, es sind Kochrezepte«, antwortete Thaena. »Außerdem scheint Relos Var der gleichen Ansicht. Schon allein deshalb müssen wir diese Möglichkeit ebenfalls in Betracht ziehen.«

»Also zinkt ihr die Karten, um am Ende möglichst alle Trümpfe in der Hand zu halten. Genau wie sie.« Ich versuchte, Thaena in die Augen zu sehen, doch sie stand direkt hinter mir, so nahe, dass ich die glitzernde Kälte ihres Kleides auf meiner Haut spürte.

»Ja. Und da sich bestimmte Umstände nur schwer ein zweites Mal herbeiführen lassen, könnte es sein, dass diese Chance nie wiederkommt. Selbst jetzt halten wir nicht alle wichtigen Karten in der Hand. Bevor Xaltorath dich fand, hat er anderswo weit schlimmeren Schaden angerichtet, und du hast ja selbst gesehen, was Gadrith aus seinem ›Adoptivsohn‹ Thurvishar gemacht hat. Gut möglich, dass wir ihm nicht mehr helfen können.«*

Ich dachte an den Erblord des Hauses D'Lorus und erschauerte. »Er hat die Finger ebenfalls im Spiel?«

Thaena nickte. »Traurigerweise.«

»Und ich habe gehofft, der Kerl wäre nicht mein Problem.«

»Nein, ich fürchte, das wird er eines Tages sein.«

Ich spürte ihre Finger in meinem Nacken und zuckte zusammen. Thaenas Nägel spielten an meiner Halskette. »Ich habe das Gefühl, dass du mir immer noch etwas verschweigst«, beharrte ich.

»Das kommt daher, dass ich es tatsächlich tue«, stimmte sie zu und öffnete den Verschluss der Kette. »Du bist jung. Mit den Dingen, die zu wissen du noch nicht bereit bist, ließe sich die Große Bibliothek in Quur füllen. Ich habe meine Gründe und halte sie

* Wenigstens hat sie mich nicht als hoffnungslos abgeschrieben. Ich finde dieses ›möglich‹ sehr beruhigend.

für richtig. Aber so wie ich dich kenne, bist du erst zufrieden, wenn du über alles Bescheid weißt. Relos Var könnte das als Möglichkeit nutzen, dich auf seine Seite zu ziehen, und das darf ich nicht zulassen. Also vergiss nicht: Du wolltest es so.« Sie seufzte. »Ich weiß nicht genau, wie du nach Kharas Gulgoth gekommen bist, aber ich glaube nicht, dass eine außenstehende Macht dich dorthin transportiert hat. Du warst es selbst – aus einem instinktiven Reflex heraus, als Tyentso von dir Besitz ergriffen hatte.«

Ich hörte Thaenas Stimme, aber ich konnte sie nicht sehen, und das machte mich unfassbar nervös. »Ja. Das ist gut möglich. Ich bin … einfach in Panik geraten.«

»Es war meine Schuld. Ich habe nicht bedacht, dass angesichts deiner Vorgeschichte mit genau dieser Reaktion zu rechnen war. Außerdem hätte ich mir denken können, dass dein Mitgefühl dich in die Korthaenische Öde führen würde.«

Ich runzelte die Stirn. In meinen Augen rechtfertigte nichts an meiner Vorgeschichte eine solche Reaktion. Und ich kannte mich mit Magie gut genug aus, um zu wissen, was Thaena eigentlich meinte: Gleich und Gleich gesellt sich gern. Es gibt viele Zauber, die auf diesem Phänomen beruhen. Weshalb ich Mitgefühl für einen gefallenen und gefangen gehaltenen Gott empfinden sollte, wusste ich trotzdem nicht.

Ich schloss die Augen. Doch, ich wusste es. Ich konnte mir tausendmal das Gegenteil einreden, aber in gewisser Weise wusste ich es. Ich konnte es nur nicht zugeben. Konnte nicht über meinen Schatten springen und es laut aussprechen.

»Ich habe einen Vetter namens Saric«, überlegte ich laut und schüttelte den Kopf. »S'arric war derjenige, den ich auf den Reliefs in Kharas Gulgoth gesehen habe. Jemand – ich nehme an, es war Relos Var – hat einen der Acht von den anderen weggeführt und ein Ritual mit ihm vollzogen. Danach brach Chaos aus, und S'arric war nur noch ein dunkler Umriss. Ich nehme an, die Morgags haben dieses Relief geschaffen. Es stellt dar, wie S'arric zu Vol Karoth wurde, richtig?«

»Richtig.«

»Na gut, aber warum S'arric? Ich glaube, Relos Var hat gelogen, was die damaligen Ereignisse angeht. Ihr habt euch benommen, als hätte er euer Lieblingsschoßtier umgebracht. Dieses Schoßtier war dann wohl S'arric: mutig, treu und nicht besonders schlau. Ich habe gesehen, wie Tya und Relos Var sich angeschaut haben. Ihr alle kanntet ihn, er hätte jede von euch zu diesem Ritual überreden können. Warum hat er S'arric ausgewählt?«

»Kihrin ...« Ihr Tonfall war beschwichtigend und ein wenig tadelnd.

»Nein«, beharrte ich. »Ich muss es wissen.«

»Liegt das nicht auf der Hand? Als Relos Var das Ritual ersann, mit dem er die Acht Götter schuf, ging er davon aus, ebenfalls ein Gott zu werden. Als das nicht passierte, glaubten wir, er würde das Urteil unserer Regierung akzeptieren. Aber wir haben uns getäuscht, alle.« Sie verstummte kurz. »Er hat S'arric aus dem schlimmsten aller niederen Beweggründe ausgewählt: Eifersucht. S'arric war sein jüngerer Bruder.«

Du bist weit weg von zu Hause, kleiner Bruder, hatte Relos Var gesagt. *Ihr hättet ihn nicht zurückholen sollen. Das war grausam.*

Thaena schien zu spüren, wie ich am ganzen Körper erstarrte. »Er hat dich kleiner Bruder genannt, nicht wahr?«, fragte sie.

»Und du hättest mich weiter über alles im Dunkeln gelassen, oder?« Ich sprang auf und wirbelte herum. »Siehst du, genau daher kommt unser Vertrauensproblem! Relos Var hasst mich, weil ich in einem früheren Leben sein Bruder war und er mich ermordet hat? Ist das dein Ernst?«

Erst jetzt fiel mir auf, dass sie die Halskette mit dem Silberfalken – mein Gaesch – in der Hand hielt. Und nicht nur die: In der anderen Hand hielt sie noch eine zweite Kette, eine, die ich seit Jahren nicht mehr gesehen hatte: die mit den Sternentränen.

Ich schluckte.

»Hast du mir nicht zugehört?«, fuhr Thaena auf. »Er hat dich nicht ermordet. Hätte er dich nur getötet, hätte ich es rückgängig machen können. Aber er hat etwas viel Schlimmeres getan.« Sie schüttelte den Kopf. »Var behauptet immer, er hätte nicht gewollt, wie alles gekommen ist, aber das glaube ich ihm nicht. Er war so eifersüchtig auf dich, wie ein Fluss auf das Meer eifersüchtig ist. Zuerst dachten wir, er hätte dich erschlagen. Erst als Vol Karoth uns eine nach der anderen aufspürte wie ein Hai einen Fischschwarm, dämmerte uns die Wahrheit.«

»Und die wäre?«, flüsterte ich.

»Relos Var hat deinen früheren Körper nicht getötet, er hat ihn verändert. Das Ungeheuer, das er daraus erschuf – Vol Karoth –, braucht uns gar nicht zu töten, stattdessen ernährt es sich von unserer Energie und damit von den kosmischen Urkräften, die wir verkörpern. Irgendwann wird dieses Ungeheuer das gesamte Universum vernichten, aber … Var hat mit S'arric angefangen, und S'arric bezog seine Kraft aus der Sonne. Die Sonne hat sehr viel Energie. Zwar ist sie jetzt schon in eine aufgedunsene rote Riesenkugel verwandelt und weit stärker gealtert, als es eigentlich sein dürfte, aber bis Vol Karoth sie ganz vernichtet hat, wird es noch lange dauern. Noch ist die Sonne da, daher wussten wir, dass auch deine Seele noch da sein musste, gefangen in deinem ursprünglichen Körper, der nicht mehr dir gehört. Aber keine von uns hat je gewagt, Vol Karoth entgegenzutreten, um dich zu befreien.«

Was mich am härtesten von allem traf, war die Tatsache, wie logisch ihre Worte klangen, wie gut sich alle Puzzleteile plötzlich ineinanderfügten. Ich durfte auf keinen Fall zu genau darüber nachdenken, was für ein Gefühl es sein musste, in einem Körper gefangen zu sein, der sich voll und ganz unter der Kontrolle eines anderen befindet, während der Zahn der Zeit den eigenen Verstand über Jahrhunderte und Jahrtausende hinweg zu Staub zermalmt …

»Aber irgendjemand muss es schließlich gewagt haben«, sagte ich, »sonst wäre ich wohl kaum hier.«

Thaena lächelte. »Während Kaiser Atrin Kandor in Manol einfiel und den Großteil der Khorvescher in den Tod führte, reiste seine Frau Elana in die Öde, um dort mit den Trockenen Müttern zu verhandeln. Ihre Friedensgespräche mit den Morgags waren nur teilweise erfolgreich, aber sie konnte deine Seele befreien – eine Leistung, mit der absolut niemand gerechnet hatte.«

»Moment. Elana Milligreest? Docs Elana?«

Sie grinste. »Genau die.«

»Ich hoffe, du hast dich bei ihr bedankt.«

»Selbstverständlich«, erwiderte Thaena. »Und dann habe ich getan, was jeder gute General tut, wenn er einen endlosen Krieg gegen einen unbesiegbaren Feind führt: Ich schickte sie zurück an die Front.«

Ich dachte über Thaenas Worte nach. »Und mich auch?«

»Ja. Falls es dich tröstet: Du hast dich freiwillig gemeldet.«

Ich seufzte. »Ja, wahrscheinlich habe ich das.« Ich zog eine meiner Locken in ihre Richtung. »Trotzdem muss ich dich fragen …«

»Ja?« Ihre gerunzelten Augenbrauen verrieten mir, dass ihre Geduld für heute so gut wie aufgebraucht war.

»Hättest du Tyentso auch zurückgeholt, wenn all das heute nicht passiert wäre? Hast du gelogen, als du sagtest, sie hätte die Prüfung nicht bestanden?«

Mit dieser Frage hatte Thaena offenbar nicht gerechnet. Ein Hauch von ihrem früheren Humor umspielte die Fältchen um ihre Augen. »Die eigentliche Prüfung war ihre Reaktion darauf, dass sie nicht bestanden hatte. Doch dann hat sie selbst in ihrer dunkelsten Stunde das Ziel nicht aus den Augen verloren, den Grund, warum sie überhaupt hier ist.«

»Also hast du gelogen.«

»Ja, habe ich.« Sie ließ die Ketten hin- und herschaukeln. »Manchmal lüge ich, und manchmal schicke ich Kinder unvorbereitet in den Kampf gegen die Dämonen. So ist die Welt nun mal.«

Das Schaukeln rief mir wieder ins Gedächtnis, was sich in einem der Anhänger dieser Ketten befand. Ich konnte die Augen nicht mehr von meinem Gaesch nehmen. Thaena sah es und lächelte mitfühlend, dann …

Schön, ich erzähl's dir. Aber nur, weil ich es dir so oder so nicht verheimlichen kann. Es hat keinen Sinn, wenn ich versuche, es geheim zu halten.

Sie nahm die Kette mit meinem Gaesch in die rechte Hand und hielt sie über die linke. Der Silberfalke begann zu leuchten, zuerst nur ganz leicht, dann immer stärker, bis das Leuchten zu einem Glühen wurde, das aus dem Falken in Thaenas linke Handfläche tropfte und sich dort sammelte. Wie ein Glühwürmchen-Schwarm stieg es auf und strömte in die Sternentränen – direkt in die Diamanten hinein – und ließ sie noch heller erstrahlen. Dann gab sie mir einen Kuss auf die Wange und hängte mir die Sternentränen um. Ein Schauder, wie man ihn verspürt, wenn man eine kalte Grabkammer betritt, lief über meinen Rücken.*

»Warum hast du das …?« Ich konnte die Frage nicht zu Ende sprechen.

»Das Gaesch eines Sklaven ist leicht zu erkennen für jemanden, der weiß, worauf er achten muss. Besser, deines steckt in etwas, dessen Wert außer Frage steht. Niemand wird sich darüber wundern, dass du so gut auf diese Kette aufpasst, und niemand wird sie mutwillig zerstören, denn sie ist so viel wert wie ein ganzes Königreich. Genau wie du.«

* Ich selbst könnte niemals tun, was Thaena da gemacht hat. Selbst Gadrith mit seiner besonderen Affinität zu Tsali-Steinen hat nie angedeutet, er könne spirituelle Energie, nachdem sie einmal übertragen wurde, in ein neues Gefäß umfüllen.

»Aber wenn du …« Ich atmete einmal kurz durch. »Was du gerade gemacht hast, kannst du da nicht auch …?«

»Ach, Kihrin.« Sie tätschelte mir die Hand, als wäre sie meine Großmutter. »Nur weil ich eine Rose von einer Vase in eine andere gesetzt habe, kann ich sie noch lange nicht wieder an ihrem Strauch befestigen. Diese Wunde wird erst heilen, wenn du stirbst, nicht vorher. Ich würde dich ja gerne töten und wieder zurückholen, aber ich fürchte, Xaltorath wartet nur auf die Gelegenheit, dich für sich zu beanspruchen. Das Risiko ist einfach zu groß.«

»Warum sollte er? Er hat mich schließlich nicht gegaescht.«

Thaena schnaubte. »O doch, hat er. Ich erkenne seinen Gestank, wenn ich ihn rieche. Welche Rolle er in all dem spielt, ist mir noch nicht ganz klar, deshalb bin ich vorsichtig und werde dich nicht töten.«

Ich schüttelte den Kopf. »Ich hätte nicht gedacht, dass sich eines Tages mal jemand bei mir entschuldigt, weil er mich nicht umbringen will.«

»Leider mache ich die Regeln für dieses Spiel nicht. Die Menschen sterben, gehen auf die andere Seite und werden irgendwann wiedergeboren, das war schon immer so, auch lange bevor ich auf die Welt kam. Es ist der ewige Kreislauf. Ich bin nur eine Soldatin, die am Übergang zwischen den Reichen Wache hält, mehr nicht.« Sie tippte auf meine neue Halskette. *»Und der Prinz der Schwerter wird seine Seele in den Sternen aufbewahren.«* Sie zuckte mit den Schultern. »Ich habe keine Ahnung, ob die Prophezeiung so gemeint ist, aber einen Versuch ist es wert.«

Dann deutete sie auf den Ausgang. »Jetzt geh. Ich habe viel zu tun, und du auch.«

64

DAS FEST DER D'LORUS

(Klaues Geschichte)

Darzin verstärkte seinen Griff an Kihrins Arm, als sie aus der Kutsche stiegen, die sie zum Palast der D'Lorus gebracht hatte. »Blamier mich nicht«, flüsterte er.

Kihrin versuchte, sich loszumachen, schaffte es aber nicht. »Wenn du glaubst, dass ich dich blamieren werde, warum nimmst du mich dann mit?«

Darzins Lippen zuckten, doch er erwiderte nichts.

Ihre Eskorte folgte ihnen auf dem Fuß, die in ihrer eintönig blauen Kleidung im prächtigen Dunklen Saal allerdings ein wenig fehl am Platz wirkte. Mit einiger Überraschung stellte Kihrin fest, dass der Palast der D'Lorus nicht einfarbig war (was in diesem Falle Schwarz gewesen wäre). Zwar gab es Schwarz, von den dunklen Marmorstufen vor dem Festsaal bis hin zu den Fensterrahmen aus Ebenholz, doch schien jemand bedacht zu haben, dass Schwarz als einzige Farbe die Bewohner unweigerlich wahnsinnig machen würde, weshalb praktisch jede verfügbare Fläche mit Kunstwerken verziert war. Der Dunkle Saal war so voller Zeichnungen, Malereien und Gemälde jeden Genres und mit jeder erdenklichen Stimmung, dass die Farbe der Wände kaum noch zu erkennen war.

Während Kihrin sich von Darzin hinterherziehen ließ, dachte er an seine Lektionen: Die D'Lorus herrschten über die Buchbinder, ihre Farbe war Schwarz, ihr Symbol eine Blume. D'Lorus war ein Haus mit nur wenigen Mitgliedern, Lord Cedric war sein Oberhaupt und dessen Enkel Thurvishar der Erblord. Außerdem leiteten die D'Lorus die Zauberakademie in Alavel, der alle Magier zumindest so etwas wie akademische Treue schuldeten. Das Haus D'Lorus – klein und schwindend, aber nur von Narren übersehen.

Im Inneren des Dunklen Saals lenkte ein Wirbel aus farbigen Gemälden, Lichtern und den bunten Gewändern der Gäste den Blick in alle möglichen Richtungen gleichzeitig. Kihrin wäre staunend stehen geblieben, hätte ein Ruck am Arm ihn nicht zurück ins Hier und Jetzt geholt.

»Was habe ich gerade zu dir gesagt?«, knurrte Darzin.

Kihrin bekam keine Gelegenheit zu einer provokanten Antwort, da in diesem Moment ein volltönender Bariton sie willkommen hieß. »Der Erblord D'Mon, wie ich annehme. Ich bin überglücklich, dass Ihr heute hier sein könnt.«

Kihrin erkannte die Stimme: Sie gehörte dem dritten Verschwörer. Dem, der mit dem Toten Mann und dem Schönling bei den Grabkammern gewesen war, ihn und Galen bemerkt, aber nicht verraten hatte. Kihrin unterdrückte ein Schlucken, einen nervösen Blick, ein verlegenes Fußscharren.

Es war derselbe Mann, den er im Oktagon gesehen hatte.

Thurvishar D'Lorus kam die niedrigen Stufen herunter, die vom oberen Stockwerk in den Saal und zu den Gästen führten. Er war praktisch genauso gekleidet wie im Oktagon, als Kihrin und seine Tante Tishar ihn bei einer Tasse Tee beobachtet hatten. Nur dass er sich diesmal die Hände an einem weißen Tuch abwischte, als käme er gerade aus seinen Gemächern oder vom Essen. Als er fertig war, warf er das Tuch einem Diener zu und gesellte sich zu Darzin.

Das Tuch war rot von Blut.

»Gab es Probleme?«, erkundigte sich Darzin. Auch ihm war das Blut nicht entgangen.

»Nein, gar nicht«, antwortete Thurvishar. Er hielt inne und betrachtete seine Hände. »Ach so, aber ja.« Der Zauberer zuckte mit den Schultern. »Einer der Leute meines Großvaters hat versucht, mich zu bestehlen. Später, wenn das Fest vorbei ist, werde ich seine Leiche zur Abschreckung aufknüpfen lassen.«* Er lächelte selbstironisch. »Ihr verzeiht, wenn ich Euch nicht die Hand reiche?«

Darzin musterte ihn mit widerwilliger Anerkennung. »Gewiss. Ich schätze angemessene Disziplinarmaßnahmen, vor allem in Form von abschreckenden Exempeln. Dürfte ich Euch meinen erstgeborenen Sohn vorstellen? Dies ist Kihrin D'Mon. Kihrin, vor dir steht Thurvishar D'Lorus, Erblord des Hauses D'Lorus. Er ist gerade erst von der Akademie zurückgekehrt.«

Kihrin verneigte sich, wie es ihm beigebracht worden war. »Es ist mir eine Ehre, Erblord.«

»Du bist recht groß, nicht wahr?«, erwiderte D'Lorus anstelle einer formellen Begrüßung. »Nenn mich Thurvishar. Erblord ist der Titel meines Vaters.« Er lächelte, als wollte er die beiden D'Mons zu dem Fauxpas verleiten, den Namen seines verbrecherischen Vaters, Gadrith des Krummen, zu erwähnen.

Doch Kihrin wusste, dass das nicht stimmte. Gadrith war nicht Thurvishars Vater. Er erwiderte das Lächeln. »Es *war* der Titel Eures Vaters, wie Ihr gewiss meintet.«

Darzin hüstelte, um sein Lachen zu übertönen, gleichzeitig wurde sein Griff wieder fester – als Warnung, so etwas nicht noch einmal zu tun.

Der Erblord D'Lorus lächelte lediglich. »Aber ja, genau das. Nun, ich hoffe, Ihr amüsiert Euch. Ich glaube, mein Großvater tummelt sich bereits unter den Gästen, um ihre neugierigen Fragen zu beantworten, wie böse ich denn nun wirklich bin.« Er warf

* Ja, das ist tatsächlich passiert. Ich hatte meine Gründe.

Kihrin einen bedeutungsvollen Blick zu. »Wenn Ihr mich jetzt entschuldigen würdet … Ah, Hoher Lord Kallin. Ich bin überglücklich, dass Ihr …« Er verschwand mit einem Flattern seines schwarzen Samtumhangs und begrüßte das ganz in Rot gekleidete Oberhaupt des Hauses D'Talus.

Darzin drückte noch einmal Kihrins Arm. »Gerate mir nicht in Schwierigkeiten.«

»Du willst mich allein lassen?« Der junge Mann versuchte gar nicht erst, seine Überraschung zu verbergen.

»Ich muss mit ein paar Leuten sprechen«, erklärte Darzin. »Die Weintafel ist da drüben.« Er deutete auf einen gut mit Gästen gefüllten Bereich des Saals, in dem junge, in elegante schwarze Gewänder gehüllte Männer und Frauen Wein in kannelierte Kristallgläser gossen. Kaum hatte der Erblord D'Mon zu Ende gesprochen, da tauchte er auch schon in die Menge ein und begrüßte lächelnd einen teuren Freund.

Kihrin war nicht besonders traurig, ihn gehen zu sehen. Im Dunklen Saal gab es genug Interessantes, mit dem er sich beschäftigen konnte. Die anwesenden jungen Frauen waren bezaubernd, was er nicht weiter überraschend fand: Die reichen und mächtigen Häuser des Hochadels würden wohl kaum zulassen, dass sich in ihren sorgsam gepflegten Gärten etwas Hässliches zeigte. Aber nüchtern über derlei Dinge nachzudenken war das eine. Eine wohlgeformte Brünette vorbeiflanieren zu sehen – in einem Kleid, das selbst die Mädchen im ZERRISSENEN SCHLEIER zum Erröten gebracht hätte –, war etwas vollkommen anderes. Die Brünette fing Kihrins Blick auf, lächelte und musterte ihn mit unverhohlenem Wohlwollen. Vielleicht war das Leben als Adliger doch nicht so schlecht.

»Kihrin? Kihrin, bist du das?«

Er hörte eine vertraute Stimme und drehte sich um. Vor ihm stand Jarith Milligreest, ein Glas Wein in der Hand. An diesem Abend trug er keine Ausgehuniform, sondern eine weiße Mischa mit einer bestickten roten Weste darüber, dazu eine schwarze Kefhose, die er in die Stiefel gesteckt hatte. Hätte er es bei einer einzigen Farbe belassen, wäre er womöglich sogar als Adliger durchgegangen.

Der Mann klopfte Kihrin grinsend auf die Schulter. »Mein Vater hat mir gesagt, du wärst ein D'Mon. Ich muss gestehen, ich habe es nicht geglaubt … Aber dich nun hier zu sehen!« Er senkte die Stimme. »Mein Beileid zum Tod deines Vaters. Es ist eine Tragödie.«

In diesem Moment hätte Kihrin beinahe die Kontrolle verloren. Es war das erste Mal, dass jemand ihm wegen Surdyehs Tod sein aufrichtiges Beileid aussprach – ohne gleichzeitig darauf anzuspielen, dass Surdyeh ein Ganove gewesen war und es sicher nicht anders verdient hatte. Das erste Mal, dass Kihrin sich mit jemandem unterhielt, der seinen Verlust verstand. Jarith war Surdyeh begegnet. Er hatte die Sorge in seinem Gesicht gesehen und die in Kihrins, als der Dämon nach dem Überfall mitten auf der Straße gebannt worden war. Kihrin schnürte es die Kehle zu, und er spürte die Tränen, die sich in seinen Augenwinkeln zu sammeln drohten. Schließlich schüttelte er den Kopf und stammelte: »Danke.«

»Komm später zu mir. Ich muss noch ein wenig umherstolzieren und überall einen guten Eindruck machen, dabei wirst du mich kaum begleiten wollen. Aber danach spiele ich mit ein paar Freunden in einem der oberen Räume Karten. Halte Ausschau nach einer Tür mit einer Vase voller Pfauenfedern darauf. Du bist jederzeit willkommen mitzumischen.«

Kihrin nickte knapp. »Danke. Das ist sehr freundlich von Euch.«

Jarith lachte und schüttelte Kihrins Hand. »Freundlich? Ich suche lediglich jemanden, der kein durch und durch verdorbener Adliger ist. Wir Außenseiter müssen zusammenhalten. Je mehr wir sind, desto besser, nicht wahr?« Er zwinkerte Kihrin freundschaftlich zu, dann tauchte er ebenfalls in der Menge unter.

Kihrin blickte sich um. Die Brünette mit den violetten Augen konnte er nirgendwo mehr entdecken, was wahrscheinlich auch gut war. Schließlich wollte er auf keinen Fall einen Zwischenfall auslösen.

Die meisten Gäste waren ein Jahrzehnt oder mehr über ihren Zenit hinaus. In einer Ecke entdeckte er zwar eine Gruppe Jugendlicher, doch er sah ihnen an, dass sie eine geschlossene Gesellschaft bildeten. Sie würden ihn nur spüren lassen, was sie von ihm hielten – wenn sie ihn wegen seiner empörenden Herkunft nicht ohnehin sofort wieder wegschickten.

Seine Ausbildung zum Schlüssel machte sich bemerkbar. Beinahe alle hielten sich im großen Saal auf, wo es Essen, Wein und Unterhaltung gab, ein paar wenige zogen sich zu vertraulichen Besprechungen in die oberen Räume zurück. Und doch hatte der Saal noch weitere Ausgänge, die weder in die Küche noch zum Bedienstetentrakt zu führen schienen.

Kihrin vergewisserte sich, dass niemand herschaute, vor allem nicht Darzin, dann verschwand er klammheimlich aus dem Dunklen Saal.

Er wusste nicht, warum es ihn überraschte, im Hause D'Lorus eine prachtvolle Bibliothek zu entdecken. Der Eingang war nicht verschlossen gewesen, die durchgetretenen Mahagoni-Dielen und der Abnutzungsgrad der verzierten Klinke deuteten auf häufige Benutzung hin. Kihrin war eingetreten und hatte den Raum minutenlang bestaunt – er war beinahe so groß wie der Speisesaal im Blauen Palast, aber ausschließlich Büchern, Schriftrollen, Tafeln und Karten gewidmet.

Und er war hoch. Es gab keine Treppe, die höher gelegenen Galerien waren nur über Leitern zu erreichen. Beinahe jedes Fleckchen Wand war von Regalen bedeckt, und die Regale quollen über vor Büchern. Kihrin war kein Buchliebhaber – der riesige Medizinwälzer, den Lady Miya ihm zum Auswendiglernen gegeben hatte, war ihm mittlerweile verhasst –, dennoch konnte er gar nicht anders, als die schiere Menge an Gedrucktem zu bewundern. Manche Bände befanden sich hinter Glas, andere lagen auf ihrem eigenen Podest oder waren mit Ketten an den Lesepulten befestigt, damit niemand sie mitnahm. Kihrin sah Kartentische und Karten, die in vergoldeten Rahmen an den Wänden hingen.

An einer der wenigen Freiflächen befand sich ein Gemälde, das Porträt einer eleganten jungen Frau mit langem, glänzendem Haar und glühenden schwarzen Augen. Sie mochte nicht so hübsch sein wie viele derer, die er während seines bisherigen Aufenthalts im Oberen Zirkel gesehen hatte, aber sie war auf eine trotzige Art schön. Wie sie leicht eine Hand auf die Hüfte legte und das Kinn ein wenig vorreckte, sagte jedem Betrachter, dass diese Frau sich von niemandem etwas vorschreiben ließ. Kihrin mochte sie sofort.

»Meine Mutter Raverí«, erklärte Thurvishar D'Lorus. »Sie wurde wegen ihrer Rolle in der Stimmen-Affäre zu einem Aufschub verurteilt.«

Kihrin machte lediglich einen Satz in die Luft. Den Schrei verkniff er sich, wenn auch nur knapp. Er drehte sich um und tat, als hätte er schon die ganze Zeit gewusst, dass der Erblord hier war. »Zu einem Aufschub verurteilt? Was bedeutet das?« Er hatte Thurvishar nicht kommen hören und nicht die geringste Ahnung gehabt, dass er nicht allein war. Das verunsicherte ihn.*

»Ach ja, im Unteren Zirkel dürfte der Begriff kaum bekannt sein. Wird eine Adlige, von der erwartet wird, einen Erben zur Welt zu bringen, eines Kapitalverbrechens überführt, bleibt sie so lange im Gefängnis, bis das Kind geboren ist, und wird erst *danach* hingerichtet. Auf diese Weise bleibt das Adelshaus bestehen.«**

* Ich habe Magie benutzt. Von Natur aus bin ich nicht sonderlich gut in der Kunst der Tarnung.

** Ich denke, der Hohe Lord Cedric D'Lorus musste ein Vermögen an Bestechungsgeldern bezahlen, um die Fiktion aufrechtzuerhalten, Raverí

Kihrin erschauerte. »Das ist …«

»Ich glaube, das Wort, nach dem du suchst, lautet *abscheulich*«, sagte Thurvishar. »Wie dem auch sei, es überrascht mich, dich hier zu finden. Die meisten Leute würden sich eher auf die Suche nach dem Weinkeller machen.«

Kihrin überlegte. Er hatte nicht daran gedacht, dass er womöglich einen verbotenen Bereich betreten hatte, und machte einen Schritt Richtung Tür. »Oh, ähm, ich wusste nicht, dass der Raum tabu ist. Ich wollte nur …« Er deutete auf die Regale. »Ich habe nichts angerührt.«

»Du interessierst dich für Bücher?«, erkundigte sich Thurvishar.

Kihrin konnte gar nicht anders, als das Säuseln in seiner Stimme als Drohung aufzufassen. »Sicher, warum nicht?« Er verschränkte die Arme vor der Brust und bewegte sich weiter auf den Ausgang zu. »Ich kann lesen.«

»Sehr zur Überraschung deiner neuen Familie, wie ich meinen würde«, stimmte Thurvishar zu. »Hast du etwas Bestimmtes gesucht?«

»Nein. Ich wollte nicht herumschnüffeln. Ich sollte jetzt wieder zur Feier gehen.« Als Kihrin nach der Klinke griff, schwang die Tür von selbst auf.

Morea trat ein.

Ihm wurde einen Moment lang schwindlig. Er wusste, dass es nicht Morea war, gar nicht sein konnte. Es war Talea, ihre Zwillingsschwester, die Thurvishar gekauft hatte. Aber die Ähnlichkeit war frappierend, wie ein Dolch an seiner Kehle. Der Dolch wanderte weiter zu seinem Herzen, als er sah, wie sie vor ihm zurückzuckte und die Augen aufriss, als würde sie jeden Moment in Panik geraten.

sei hingerichtet worden. Wir alle wussten, dass das nicht stimmte, aber die Exekution der Ehefrau eines Erblords ist immer noch besser als das Eingeständnis, dass die Hexenjäger versagt haben.

Thurvishar streckte ihr die Hand entgegen. »Es ist alles gut, Talea. Ich bin hier.«

Die junge Frau schob sich an Kihrin vorbei wie eine Katze an einem Jagdhund und eilte zu Thurvishar D'Lorus. Thurvishar legte ihr einen Arm um die Hüfte und zog sie an sich, dann küsste er sie auf den Scheitel. »Du musst meiner Sklavin verzeihen. Ihr letzter Besitzer hat sie schlecht behandelt, sie muss sich erst noch davon erholen.«

Kihrin schluckte. »Selbstverständlich.«

Talea blickte zu Thurvishar auf. »Mein Herr, Ihr habt mich gebeten …« Ihr Blick huschte verunsichert zu Kihrin, als wüsste sie nicht, ob sie in seiner Gegenwart das Wort ergreifen durfte.

»Sprich nur, Liebes«, sagte Thurvishar besänftigend.

»Ihr habt mich gebeten, Euch zu holen, wenn das Kartenspiel beginnt«, sagte sie.

»Aber ja! Das habe ich.« Thurvishar schnippte mit den Fingern und wandte sich dann lächelnd an Kihrin. »Als Bücherfreund würde ich der Leidenschaft eines Gleichgesinnten niemals im Wege stehen wollen. Bleib und lies, wenn das dein Wunsch ist. Bedauerlicherweise wird meine Anwesenheit unterdessen anderswo erwünscht.«

Kihrin biss sich auf die Lippe. »Geht es um Jarith Milligreests Kartenspiel?«

Thurvishar legte die Stirn in Falten. Er nickte knapp.

»Ich bin auch eingeladen«, erklärte Kihrin. »Die Tür mit der Vase voll Pfauenfedern, richtig?«

»In der Tat«, bestätigte Thurvishar. »Folge mir, ich zeige dir den Weg.«

65

KATERMITTEL

(Kihrins Geschichte)

»Warte! Gadrith!«, rief ich und setzte mich schnell auf.

Zu schnell. Mein Kopf drehte sich, und ich kämpfte gegen meinen Brechreiz an.

»Schrei nicht so«, brummte Tyentso nur ein kleines Stück von mir entfernt. »Ich will diesen Namen nicht hören, wenn ich verkatert bin. Und sonst auch nicht. Überhaupt nicht, wäre am besten.«

Teraeth presste sich stöhnend ein Kissen übers Gesicht.

Wir lagen auf dem mit Ziegeln ummauerten Innenhof gleich neben den Feuergruben. Eigentlich hatte ich nur nach Tyentso sehen wollen, ob es ihr auch gut ging nach dem Ritual, doch als ich sie schließlich fand, war Teraeth bereits bei ihr. Er hatte mehrere Flaschen Vané-Wein geköpft, weil »eine Rückkehr vom Maevanos ordentlich gefeiert werden muss«. Dann war Doc mit einem ganzen Fass voll starkem Kokosrum, den die Thriss brannten, zu uns gestoßen.

Danach wurden die Ereignisse etwas verschwommen.

»Oh, mein Kopf.« Ich presste mir die Daumen an die Schläfen. »Nein, ich meinte, bei allem, was passiert ist … Autsch! Meine Augen tun weh.« Was hatte ich noch mal sagen wollen? Ich war ziemlich sicher, dass es sich um etwas Wichtiges handelte.

Jemand ließ direkt neben meinem Kopf eine Kiste voller Zimbeln fallen. Zumindest fühlte es sich für mich so an, als das Tablett abgestellt wurde. Ich schwöre, ich habe die Erschütterung bis in meine Knochen gespürt. Den ungehaltenen Lauten nach zu urteilen, die Tyentso und Teraeth von sich gaben, war ich damit nicht der Einzige.

»Erbärmlich«, kommentierte Doc mit amüsiertem Lächeln. »Eigentlich hätte ich von einem D'Mon erwartet, dass er das Familiengetränk besser verträgt. Habt ihr keinen Gegenzauber?«

»Sechs Monate«, protestierte ich. »Ich habe nur sechs Monate im Blauen Palast gelebt. Miya hatte keine Gelegenheit, mir beizubringen, wie man einen Kater bekämpft. Ist das Tee?«

»Und Reisbrei«, sagte Doc. »Wacht auf, meine Turteltäubchen. Es gibt Frühstück, danach werdet ihr euch wieder besser fühlen.«

Ich sah mich blinzelnd um. Jeder von uns war in einem anderen Stadium der Trunkenheit neben den Feuergruben eingeschlafen, auf die Kissen gebettet, die die Bruderschaft genau zu diesem Zweck hier deponiert hatte. Das Wichtigste aber war: Wir alle steckten noch von Kopf bis Fuß in denselben Kleidern, die wir bereits am Vorabend getragen hatten. Somit war es unwahrscheinlich, dass wir irgendwelche sinnlichen Spielchen miteinander getrieben hatten.

Gut.

»Sehr witzig«, erwiderte ich und ließ mich von Doc auf die Beine ziehen. »Wie viel haben wir getrunken?«

»Alles«, antwortete er. »Es war ein beeindruckendes Schauspiel.«

»Könntest du bitte die Klappe halten«, stöhnte Tyentso. »Ich hasse dich.«

Ich stolperte in ihre Richtung, setzte mich aber unterwegs erst noch auf ein kleines Mäuerchen und atmete ein paarmal durch, bis die Welt endlich aufhörte, sich zu drehen.

»Du glaubst, dir geht's nicht gut?«, kommentierte Tyentso. »Warte nur, bis du so alt bist wie ich. Mein Körper kommt bei Weitem nicht mehr so gut mit Alkohol zurecht wie früher.« Sie warf Doc einen missbilligenden Blick zu. »Warum bist du nüchtern? Du hast genauso viel getrunken wie wir, du Schweinehund.«

»Ich war über zwanzig Jahre Besitzer eines Schankhauses und kenne meine Grenze.«

»Gadrith«, wiederholte ich.

Teraeth seufzte und zog sich das Kissen vom Gesicht. »Was ist mit ihm?«

»Es ist so viel passiert …« Ich verstummte und verzog das Gesicht. Alles war viel zu laut und zu hell, es war schrecklich. »Merke: Rum auf Vané-Wein, das lasse sein.«

»Merke: Vané-Wein, den lass im *ganzen Leben* sein.« Teraeth stand langsam und vorsichtig auf, als hätte auch er Gleichgewichtsprobleme. »Konzentrier dich«, sagte er. »Was wolltest du über Gadrith loswerden?«

»Dass er nicht tot ist.«

»Doch, ist er«, entgegnete Doc. »Du bist immer noch betrunken. Komm, flößen wir dir ein wenig Tee ein und etwas zu essen, falls du es bei dir behalten kannst. Es wird dir gut tun.«

»Nein, Nikali, der Kleine hat recht«, mischte sich Tyentso ein. »Gadrith hat alle ausgetrickst.«

Also hatte sie Doc *doch* schon gekannt, als er noch Nikali Milligreest gewesen war. Ich prägte mir diese Erkenntnis gut ein.

Doc/Terindel/Nikali hob eine Augenbraue. »Diesen Namen habe ich abgelegt, zusammen mit einer ganzen Liste weiterer. Ich heiße jetzt Doc.« Er runzelte die Stirn. »Wovon redest du überhaupt? Ich habe Gadrith eigenhändig getötet. Er ist tot und seine Seele in Thaenas Reich.«

»Nein, ist er nicht«, widersprach Tyentso. »Die verfluchte Ratte hat uns reingelegt. Reisbrei klingt fantastisch.«

»Ich wünsche eine Erklärung.«

»Du bekommst deine verfluchte Erklärung«, erwiderte sie, »wenn ich mein verfluchtes Frühstück gegessen habe.«

Doc lachte. »Wie Ihr wünscht, Euer Majestät.« Er half Tyentso beim Aufstehen und führte sie zu dem Tisch, auf dem er die Schüsseln abgestellt hatte.

Eine für jeden von uns, wie mir auffiel, auch für Teraeth. Trotzdem war ich nicht so naiv zu glauben, Doc hätte seine Meinung über seinen »arroganten« Sohn geändert. *Wusste* Teraeth, dass Doc sein Vater war? Ich zermarterte mir das Hirn in dem Versuch, mich zu erinnern, ob das Thema während unseres Trinkgelages zur Sprache gekommen war. Ich wusste es nicht. Wir hatten über eine Menge Dinge geredet. Ich erinnerte mich dunkel daran, dass Teraeth stundenlang davon erzählt hatte, wie Atrin Kandor den Fluss Zaibur zum Jorat-See aufgestaut hatte und welch strategischer Geniestreich das gewesen sei.

Teraeth starrte die Schüssel vor ihm an.

»Richtig«, kommentierte Doc. »Der Brei ist mit einem von mir erfundenen Katermittel vergiftet. Zumindest musst du dir dann keine Sorgen mehr wegen deiner Kopfschmerzen machen.« Er nahm die Schüssel und füllte sie mit Reisbrei, gemischt mit Ingwer, Schildkrötenei, Entenfrikassee und Wildpilzen. Ich muss gestehen, es roch köstlich. Auf einem Tablett stand eine in glänzendem Kirpischblau glasierte große Kanne mit noch mehr Ingwer in Teeform.

»Ich würde es dir zutrauen«, murmelte Teraeth und nahm die volle Schüssel.

Ich schleppte mich zu einem der Stühle. Eine ganze Weile waren wir vollauf darauf konzentriert zu essen, nicht wieder zu erbrechen, was wir gerade gegessen hatten, und uns ansonsten so still wie möglich zu verhalten, während wir mit dieser Aufgabe kämpften.

Teraeth rührte in seinem Brei herum. »Hast du da was reingetan?«

»Wie ich bereits sagte: ein Katermittel. Geht's dir besser?«

»Überraschenderweise.« Teraeth nahm einen kräftigen Schluck

Tee und stürzte sich dann mit wachsender Begeisterung wieder auf seinen Reisbrei.

Ich konzentrierte mich aufs Essen. Wahrscheinlich hätte ich den Unterschied ohnehin nicht bemerkt, aber die Tatsache, dass es hervorragend schmeckte, war eine willkommene Dreingabe.

Dann, als Doc wieder anfing, Tyentso und mir ungehaltene Blicke zuzuwerfen, sagte ich: »Also gut, in der Hauptstadt hockt dieser Zauberer, der gemeinsam mit Darzin versucht, den Schellenstein aufzuspüren. Wahrscheinlich ist er derjenige, der Darzin beigebracht hat, Xaltorath zu beschwören. Weil ich seinen Namen nicht kannte, und weil er überaus gruselig ist, nannte ich ihn einfach den Toten Mann. Aber dank Tyentso weiß ich jetzt, wer er ist: Gadrith D'Lorus.«

»Gadrith D'Lorus ist tot«, beharrte Doc.

»Das ist zumindest nicht ganz falsch«, erklärte Tyentso. Sie sah Docs Gesichtsausdruck und wedelte mit der Hand. »Lass gut sein, niemand weiß mehr über Gadrith als ich.«*

»Nun, was das betrifft …«, begann ich.

Tyentso deutete mit dem Zeigefinger auf mich. »Richte nicht über mich, junger Mann. Keiner hier am Tisch ist ein Unschuldslamm.«

»Ach ja? Wenigstens habe ich nicht *meinen Vater* geheiratet.«

»Tja, ich tat es aus dem ältesten Grund, den es gibt.«

»Gier?«, fragte Teraeth mit hochgezogener Augenbraue.

Tyentsos Miene verfinsterte sich. »Nein, Rache.« Dann kicherte sie. »Das Komische daran ist: Es war nicht mal meine Rache. Ich hatte endlich einen Geist gefunden, der bereit war, mich in Magie zu unterrichten. *Ich* wollte mich an dem Akademievorsteher rächen, der meine Mutter als Hexe hatte hinrichten lassen. *Er* wollte sich an Gadrith D'Lorus rächen, der ihn ermordet hatte, also trafen wir eine Übereinkunft. Einen Rache-Austausch, sozusagen.

* Bei allem Respekt, da bin ich anderer Meinung.

Wie dem auch sei, mein Plan funktionierte, doch dann stellte ich fest, dass ich diesen Geist erst wieder loswerden würde, wenn auch mein Teil der Abmachung erfüllt und sein Mörder ebenfalls tot war.«

Ich gab einen mitfühlenden Laut von mir. Ich wusste aus eigener Erfahrung, dass selbst kurze Besessenheit alles andere als lustig ist. Aber *jahrelang?*

Doc schien das alles sehr zu amüsieren. »Aber ihn gleich heiraten, Ty? Das letzte Mal, als ich mich mit dem Thema beschäftigt habe, fandet ihr Menschen das noch empörend.«

»Ich bitte dich. Bei einem Mordgeständnis zuckst du nicht mal mit der Wimper, aber Inzest? Bloß nicht! Was sollen die Kinder denken?« Sie verdrehte die Augen. »Du musst eines verstehen: Ich hatte keine Möglichkeit, nahe genug an Gadrith heranzukommen, um ihn zu töten. Er verließ nie seine Bibliothek, und wenn, dann nur, um seine Beschwörungskammer aufzusuchen. Die meisten seiner Diener waren wiederbelebte Leichen. Ich dachte mir, sein Vater, der Hohe Lord Cedric, würde mich als eine Ogenra in den Familienkreis aufnehmen, womit das Problem mit den Palastwachen schon mal gelöst gewesen wäre.« Sie holte einmal tief Luft. »Ich hätte nie damit gerechnet, dass Cedric mir befiehlt, seinen Sohn zu heiraten. Eine Weigerung hätte bedeutet …« Sie hustete. »Sagen wir einfach, eine Weigerung kam nicht infrage.«

Sie wedelte mit der Hand. »Der Punkt ist der: Ich habe mich ausgiebig mit Gadrith beschäftigt. Seine Hexengabe – der erste Zauber, den er überhaupt je gewirkt hat – war, jemandem die obere *und* untere Seele vollständig aus dem Körper zu reißen und sie in einen Tsali-Stein zu verwandeln.«

Teraeth stieß einen Pfiff aus.

Ich hob den Kopf. »Moment. Ich habe ihn einmal dabei beobachtet!«

Tyentso ignorierte mich. »Ich kann mir nicht vorstellen«, fuhr sie fort, »dass es besonders schwierig war, vom Steinesammeln dazu überzugehen, lediglich die untere Seele zu stehlen und sie in sich aufzunehmen. Als Gadrith Kaiser Gendal ermordete, tötete er den armen Kerl nicht nur, sondern stahl auch seine Zauberkräfte und fügte sie seinen eigenen hinzu. Das machte er sich zur Gewohnheit, und ich kann mich erinnern …« Sie verstummte und befeuchtete ihre Kehle. »Ich kann mich daran erinnern, wie Gadrith sich damit gebrüstet hat, diese Fähigkeit würde ihm ewiges Leben verleihen, mit ihr würde er Thaena ein Schnippchen schlagen. Ich hielt es für Angeberei, aber was, wenn es stimmt?«

»Ausgeschlossen«, erklärte Doc.

»Nein«, widersprach Tyentso. »Er war ein Meister darin, Seelen zu manipulieren. Was, wenn er auf seinen eigenen Tod vorbereitet war und alles geplant hat? Wenn er, als du ihn getötet hast, den Großteil seiner oberen Seele bereits irgendwo in Sicherheit gebracht hatte? Er könnte einen Teil davon – so etwas Ähnliches wie ein Gaesch – oder auch seine gesamte untere Seele bereits ins Nachleben geschickt haben. Vielleicht glaubte Thaena zumindest eine Zeit lang, er sei tot. Und wenn Thaena das glaubte, glaubte Therin es wohl auch.«

Ich hob die Hand. »Aber wäre er dann nicht tatsächlich tot? Ohne untere Seele kann man nicht existieren.« Ich hielt inne.

Wie ich gelernt hatte, lebte ein guter Teil MEINER unteren Seele derzeit im Körper eines in Kharas Gulgoth gefangenen Dämonenkönigs.

»Doch, das geht, solange man nur weiß, wie man anderen die untere Seele raubt, um sich von ihr zu nähren«, erklärte Tyentso. »Und wenn du gut zugehört hast, weißt du, dass Gadrith genau das tut.«

»Verflucht«, schnaubte Teraeth. »Das … würde funktionieren.«

»Und was ist mit seiner Leiche?«, hakte Doc nach.

Tyentso zuckte mit den Schultern. »Was soll damit sein? Er ist der Erblord des Hauses D'Lorus. Die Leiche wurde gut einbalsamiert an seinen Vater übergeben, den Hohen Lord Cedric, damit er sie in der Familiengruft bestatten kann. Alles, was Gadrith tun musste, um wieder ins Spiel zu kommen, war, von seiner Leiche Besitz zu ergreifen. Eine armselige, traurige Existenz irgendwo zwischen Leben und Tod, aber trotzdem eine *Existenz*.«

»Bei Taja!« Ich stellte meinen Becher ab und umklammerte den blauen Anhänger an meinem Hals. »Versteht ihr nicht? Das ist es! Das ist der Grund, warum er hinter dem Schellenstein her ist. Wenn Gadrith ihn in die Finger bekommt, braucht er nur irgendeinen Narren dazu zu bringen, ihn zu töten, und peng, hat er einen neuen Körper! Schluss mit der Existenz in einem wandelnden Leichnam. *Deshalb* will er den Stein haben.«

Ich war entzückt. Nicht einmal mein Kater konnte meine Stimmung trüben. Endlich so etwas wie eine Antwort gefunden zu haben und vielleicht zu wissen, was zum Teufel hier eigentlich vorging, war ein unbeschreibliches Gefühl. Ich strahlte in die Runde.

Teraeth musste mir natürlich einen Strich durch die Rechnung machen.

»Falsch«, sagte er. »Hättest du recht, hätte Gadrith einen Weg gefunden, dir die Kette zu stehlen. Die Tatsache, dass du immer noch hier bist, am Leben und in dem Körper, in dem du geboren wurdest, bedeutet, dass er nicht weiß, wie der Stein funktioniert.«

»Nicht unbedingt«, widersprach Doc. »Wahrscheinlich weiß er sogar, dass der Stein die Seelen von Mörder und Ermordetem vertauscht, aber es würde mich überraschen, wenn er begriffen hat, dass der Schellenstein im Moment des Tausches *bei seinem ursprünglichen Besitzer bleibt*. Als Therin mit Khaeriel auftauchte, trug sie noch ihre Kette, obwohl ihre Seele bereits im Körper ihrer Mörderin, Miya, steckte. Gadrith muss also glauben, der Anhänger würde *mit* der Seele auf den neuen Körper übergehen.«

Meine Kehle schnürte sich zu. »Was hast du gerade gesagt?«

»Khaeriel?«, wiederholte Tyentso mit einer hochgezogenen Augenbraue. »Khaeriel, die Vané-Königin? Die ist seit Jahrzehnten tot.«

»Nun, das ist zumindest nicht *ganz* falsch«, räumte Doc ein und grinste, weil er ihr soeben ihre eigene Erwiderung um die Ohren gehauen hatte. »Ihr Körper ist gestorben, das mit Sicherheit, aber ihre Seele ist nie im Nachleben angekommen.«

Ich starrte ihn an. »Meine Mutter …« Ich atmete einmal tief durch. »Bist du sicher?«

»Todsicher. Sag nicht, du hättest nicht selbst schon mal daran gedacht.«

»Aber ich wollte es nicht glauben …« Wie so vieles wusste ich es längst, hatte mich bisher jedoch geweigert, den letzten Schritt zu gehen und mir die Wahrheit einzugestehen. Miya war meine Mutter. Trotzdem … »Moment. Khaeriel? Hast du gerade gesagt, Miya wäre Königin Khaeriel?«

Doc seufzte. »Benutz dein Hirn. Ich weiß, es tut weh, aber versuch's einfach.«

Teraeth kicherte, und ich schäumte. »Ich hasse euch. Gib mir einfach eine klare Antwort.«

»Wie du weißt, hatte Miya den Schellenstein, und sie hat ihn dir gegeben, als sie versuchte, dich aus Quur hinauszuschmuggeln. Was glaubst du, wo *sie* ihn herhatte?«

Ich ließ mich gegen die Stuhllehne sinken. Vor langer Zeit, bei meiner ersten Begegnung mit Gadrith und Darzin – dem Toten Mann und dem Schönling –, hatten sie genau dieselbe Frage gestellt. Über den Schellenstein. *Ihre Dienstmagd ist mit ihm durchgebrannt,* hatte Gadrith gesagt.

Seit Jahren hat niemand mehr Miyathreall gesehen.

Miya.

»Miya war Königin Khaeriels Dienerin«, sagte ich. »Und dann auch wieder nicht, denn in Wahrheit war sie Khaeriels Attentäterin.«

Doc strahlte. »Exakt. Aber da Khaeriel den Schellenstein trug, ging ihre Seele auf Miyas Körper über. Genau wie es mir passiert ist. So wiederholt sich die Geschichte.«

Teraeth stützte die Ellbogen auf den Tisch, seinen Becher in der Hand. »Gleich nach dem Tausch muss sie vollkommen schutzlos gewesen sein. Magie ist genauso im Geist wie im Körper verhaftet. Ein neuer Körper bedeutet, dass man alle Zauber wieder von vorn lernen muss.«

Doc warf ihm ein schmutziges Grinsen zu. »Du musst es ja wissen.«

Teraeths Augen verengten sich. »Das sagt der Richtige.«

»Dass Doc seine ganz eigenen Erfahrungen mit diesen Dingen gemacht hat, weiß ich«, warf ich ein, »aber du, Teraeth? Du hattest den Schellenstein doch nie?«

Teraeth gab keine Antwort.

»Frag ihn, wer er in seinem letzten Leben war«, schlug Doc gut gelaunt vor. »Mach schon, frag.«

»Das ist doch vollkommen egal«, erklärte Tyentso. »Versuchen wir, beim Thema zu bleiben.«

Ich räusperte mich und hob die Hand. »Tyentso, du hast doch gestern einen Zauber gewirkt, während du von meinem Körper Besitz ergriffen hattest. Du konntest es ohne Probleme.«

»Absolut nicht, das hat nur so ausgesehen«, entgegnete sie. Erst als sie die reihum hochgezogenen Augenbrauen sah, erklärte sie es uns. »Es ist nicht so leicht, wie einen Elefantenbullen zu melken, aber wenn man weiß, wie man es anstellen muss, und viel Zeit darauf verwendet hat zu lernen, wie der Besessene denkt, kann man ein paar Anpassungen vornehmen. Ich beschäftige mich schon seit unserer Ankunft mit Kihrins Charakter und versuche, ihm einen einfacheren Zugang zur Magie zu verschaffen.«

Doc verdrehte die Augen. »Die wenigsten Opfer haben genug Zeit, ihre Mörder ausreichend zu studieren, bevor der Tausch vonstattengeht. In Khaeriels Fall bedeutet das, dass sie sich plötzlich in Miyas Körper wiederfand, in dem sie sich leider nicht dagegen wehren konnte, gegaescht und in die Sklaverei verkauft zu werden. Das ist jetzt fünfundzwanzig Jahre her. Inzwischen hat sie den Bogen wahrscheinlich raus.«

»Meine Mutter ist eine Vané-Königin?« Irgendwie kam ich mit dem Teil der Geschichte noch nicht ganz zurecht.

»Nein, deine Mutter ist eine Vané-Sklavin, deren Körper von der Seele einer Vané-Königin besessen ist«, berichtigte Doc. »Eine andere Sichtweise wäre, dass du der Sohn einer Verräterin und Mörderin bist, die versucht hat, ihre Königin zu töten. Da sie aber wahrscheinlich auf Befehl von Khaeriels Bruder, König Kelanis, gehandelt hat, bist du gleichzeitig auch der Sohn einer Patriotin. Die politischen Verhältnisse bei den Vané sind kompliziert. Am besten, du malst es dir auf.«

»Halt die Klappe, Doc«, bellte Tyentso. »Vergreifst du dich gerne an Wehrlosen? Lass ihn, er hat gestern schon genug durchgemacht.«

Ich hob die Hand. »Schon gut, Ty.«

»Dir geht es ganz und gar nicht gut, Leichtfuß. Niemand säuft sich besinnungslos, weil es ihm gut geht. Ich weiß, wovon ich rede. Ich habe mehr getrunken als du, weil es mir eben *nicht* gut geht.« Sie trank ihren Tee aus und stellte den Becher verkehrt herum auf den Tisch. »Was machen wir also mit Gadrith?«

»Nichts«, antwortete Teraeth. »Kihrin kann die Insel nicht verlassen, und so lange es uns gelingt, den Schellenstein vor Gadrith zu verstecken, ist er zu einer traurigen, verfluchten Existenz verurteilt. Lassen wir ihn schmoren. Er hat es verdient.«

»Nur dass er töten muss, um zu überleben«, merkte ich an. »Er muss die untere Seele von Unschuldigen verschlingen, um weiter zu existieren.« Teraeth warf mir einen finsteren Blick zu. »Du weißt, was unschuldig bedeutet?«, fragte ich ihn.

»Unschuldig?«, wiederholte er. »Das ist nur ein anderes Wort für *naiv*, oder? Das ist nicht dein Problem. Soll der Juwelenhof sich um seinen abtrünnigen Geisterbeschwörer kümmern. Sie haben ihn verdient.«

Ich schüttelte den Kopf. »Es ist nur eine Frage der Zeit, bis er Xaltorath das nächste Mal beschwört und ihn mir auf den Hals hetzt.« Ich erschauerte. »Ich weiß nicht, wie ich reagieren werde, wenn das passiert.«

»Es wird nicht passieren«, widersprach Teraeth. »Sie haben es schon versucht.«

»Wie bitte?« Die Welt um mich herum begann zu schwanken. »Sie haben *was* schon versucht?«

Teraeth ließ seinen Zeigefinger kreisen. »Vor etwa einem Jahr haben Gadrith und Darzin Xaltorath beschworen, um den Schellenstein aufzuspüren. Mutter hat es mir erzählt. Du hast – besser gesagt: hattest – einen Cousin zweiten Grades, der spurlos verschwunden ist. Sie haben ihn geopfert. Es hat nicht funktioniert. Xaltorath kann sich dieser Insel nicht nähern. Sie wissen nicht, wo der Stein ist, und deshalb wissen sie auch nicht, wo du bist.«

»Und in der Zwischenzeit sitze ich hier … fest.« Ich nickte in die Runde. »Auf dieser Insel, zusammen mit euch. Nichts für ungut.«

»Kein Problem«, erwiderte Teraeth.

»Ich kann nicht das Geringste tun«, murmelte ich und begann, mit dem Fuß zu wippen. Hass kochte in mir hoch. Ich hasste es festzusitzen. Ich hasste Gadrith, weil er machen konnte, was er wollte, mit wem er wollte, und damit durchkam. Sogar die Todesgöttin persönlich konnte er ungestraft austricksen. Ich hasste ihn für das, was seine dumme Fixierung auf diesen dummen Stein aus meinem Leben gemacht hatte. Ich hasste Darzin, weil er Darzin war, und weil er so viele Menschen ermordet hatte – auch meinen Vater Surdyeh –, oft nur deshalb, weil er es konnte. Ich hasste, was er all den Menschen um ihn herum angetan hatte, Galen, mir. Ich hasste es, dass weitere Leute sterben würden, um Gadriths Hunger zu stillen, und ich hasste Teraeths Behauptung, das alles wäre nicht mein Problem.

Moment …

Ich blickte auf und sah, wie Teraeth mich anstarrte. Das tat er schon eine ganze Zeit lang, sein Gesicht war eine undurchdringliche Maske. Aber so undurchdringlich dann auch wieder nicht, denn allmählich konnte ich seine Launen deuten. Ich begann zu merken, wenn er versuchte, seine Meinung durchzudrücken, nur um zu sehen, ob ich mich wehren würde. Wie oft er eine Meinung vertrat, nicht weil es seine eigene war, sondern weil er wissen wollte, ob es mir gelingen würde, die meine zu verteidigen.

»Was will Gadrith?«, fragte ich laut.

»Ich dachte, das hätten wir gerade geklärt«, antwortete Doc. »Den Schellenstein.«

Teraeth drehte das Gesicht weg und lächelte still in sich hinein.

»Nein«, sagte ich. »Ich meine, ja, natürlich will er den Schellenstein. Was sonst? Wer will schon ewig als Leiche leben? Er hat schon Ränke geschmiedet, lange bevor er seinen eigenen Tod vorgetäuscht hat. Die Stimmen-Affäre. Er hat Kaiser Gendal getötet, aber nicht einmal versucht, seinen Platz einzunehmen, sondern die Krone Sandus überlassen …«

»*Überlassen* ist wohl kaum das richtige Wort«, warf Doc ein.

»Was *will* er?«, beharrte ich. »Die Jagd nach dem Schellenstein ist nur ein kleiner Abstecher. Wenn das erledigt ist, wird er sich wieder seinen eigentlichen Zielen widmen. Welche sind das?«

»Die Prophezeiungen«, antwortete Tyentso. »Er will die Prophezeiungen erfüllen. Er will die Götter stürzen und sich selbst an ihre Stelle setzen. Ein Universum erschaffen, das so funktioniert, wie er es sich vorstellt. Die Welt umkrempeln, sie besser machen, was auch immer *besser* in seinen Augen bedeuten mag.«

»Schön, was wird laut den Prophezeiungen als Nächstes geschehen?«

Stille.

Mein Blick wanderte von einem zum anderen. »Kommt schon …«

Tyentso seufzte. »*Asche wird vom Himmel fallen, während die Große Stadt brennt, und das Heulen der Sünder wird sich vermischen mit den*

Schreien der Gerechten, denn der Seelendieb ist gekommen. Wenn die Dämonen frei sind, wird nur der die Krone tragen, der zuerst den Tod geschmeckt.« Sie räusperte sich. »Eine Passage aus Sephis' Weissagungen. Ich könnte noch aus den Devoranischen Prophezeiungen zitieren, aber die sagen mehr oder weniger das Gleiche.«

»Sehr schön«, meinte Doc, »aber das kann alles Mögliche bedeuten.«

Teraeth schnaubte. »Klar, solange dabei nur möglichst viel Blut vergossen wird und die Hauptstadt niederbrennt.«

Trotz Schwindelgefühl stand ich auf, trat gegen den Stuhl, auf dem ich gesessen hatte, und ging weg.

»Kihrin …«, rief Tyentso mir hinterher.

»Bis zu meiner Entführung«, ich wirbelte herum, »habe ich nur in der Hauptstadt gelebt, und ich habe es gehasst. Alles daran. Ich wünschte mir nichts mehr, als von dort wegzukommen. Ich wollte frei sein, frei von meinem Vater Surdyeh, frei von Ola, frei von dieser Art Leben. Ich wollte weglaufen und woanders leben. Irgendwo. Aber jetzt, da ich *irgendwo* lebe …« Meine Stimme versagte. Ich dachte an Miya und Galen, Tishar und Lorgrin, an Stern und Skandal. Hätte ich einen guten Tag gehabt, vielleicht auch an Therin. An Menschen in der Hauptstadt, die ich immer noch liebte. Menschen, die immer noch zu Schaden kommen konnten. »Bedeutet die Prophezeiung das, wonach es sich anhört? Wird Gadrith die Stadt zerstören?«

»Wahrscheinlich wird er einen Höllenmarsch heraufbeschwören«, antwortete Tyentso. »Die Hauptstadt wurde noch nie von einem heimgesucht. Er nennt sich ja selbst den Seelendieb, und wenn die Dämonen erst frei sind, wird es ab da steil bergab gehen.« Sie wackelte mit dem Finger. »Wenn du mit deiner Vermutung richtig liegst, wird er all das gar nicht erst versuchen, solange er den Schellenstein nicht hat.«

»In der Stelle, die du gerade zitiert hast, deutet nichts darauf hin, dass er auf den Stein warten müsste«, merkte Teraeth an.

»Und doch tut er es«, sagte ich. »Schon sehr lange. Wann hat all das angefangen, vor ungefähr achtzehn Jahren? Auf was lauert er so lange, wenn nicht auf den Stein? Was immer er im Schilde führt, er hätte es schon vor Jahren tun können. Wir wissen, was er will. Verwenden wir es gegen ihn.«

Teraeth beugte sich nach vorn. »Du willst, dass wir dich als Köder benutzen?«

»Warum nicht? Ich bin der, um den es Gadrith geht, und ich bin der, den er nicht einfach so töten kann. Der Schellenstein lässt seinen Träger nicht sterben, wenn der Mörder keinen brauchbaren Körper hat, und Gadrith ist eine *Leiche*. Er kann mir weder die Seele rauben, noch kann er mir das Fleisch von den Knochen reißen. Er kann mich buchstäblich nicht töten.«

»O Leichtfuß, er könnte dir so einiges antun, was nicht tödlich ist.« Tyentso verzog das Gesicht. »Glaub mir, niemand würde lieber sehen als ich, wie Gadrith der Gerechtigkeit zugeführt wird, aber du hast deine Ausbildung noch nicht beendet …«

»Seine Ausbildung ist so gut wie fertig«, mischte Doc sich ein. »Ein paar Jahrhunderte mehr würden zwar nicht schaden, aber er hat gute Fortschritte gemacht.«

»Und ich bin ohnehin nur der Köder«, ergänzte ich. »Es geht nicht darum, dass ich Gadrith töte, sondern darum, ihn herauszulocken, damit Kaiser Sandus ihn töten kann. Ich bin sicher, wenn wir ihm das Problem erklären, wird er uns liebend gerne helfen.«

»Ihr vergesst, dass Kihrin nicht von der Insel kann«, sagte Teraeth. »Nichts von alledem spielt irgendeine Rolle, solange dieses Problem nicht gelöst ist.«

Doc kicherte. »Wenn du einen Vorschlag hast, dann immer raus damit.«

Ich streckte mich, verschränkte die Hände hinter dem Kopf und sah mich um. Ynisthana war wunderbar. Die Schönheit der Insel ließ einem beinahe das Herz bluten. Es gab die Farmen der Thriss, Fisch in Hülle und Fülle und Schiffslieferungen aus Zherias, weshalb die Essensversorgung nie ein Problem war. Die Frauen waren umwerfend, und es gab keinerlei sinnliche Tabus. Eine Menge Leute würden einen solchen Ort nie wieder verlassen wollen, und ich konnte es ihnen nicht verübeln.

Aber ich konnte nicht hierbleiben.

Ich wandte mich wieder an die anderen. »Wann hört ein Gefängniswärter auf, nach einem entflohenen Sträfling zu suchen?«

Doc überlegte eine Weile. »Wenn der Sträfling gefunden wurde?«

»Oder wenn er tot ist«, schlug Tyentso vor. »So hat Gadrith es gemacht.«

»Genau. Ein Wärter jagt keinen Entflohenen, den er bereits getötet hat.«

»Worauf willst du hinaus, Leichtfuß?«

Ich grinste. »Der Alte Mann wird nicht nach mir suchen, wenn er bereits zu wissen glaubt, warum ich nicht mehr da bin. Vor allem wenn er glaubt, er selbst sei schuld daran.« Ich schaute Teraeth an. »Was, denkst du, würde deine Mutter davon halten, diese Insel zu vernichten?«

66

DAS SPIEL

(Klaues Geschichte)

»Die komplette Dunkle Straße«, sagte Morvos D'Erinwa und legte die Bleiche Dame, die Schwarze Pforte, den Jäger und den Blutkelch auf den Tisch. »Seht und weinet um Eure Kinder, die fortan auf der Straße betteln müssen.«

»Nicht so hastig«, entgegnete Kihrin und drehte seine Karten um: Die Krone von Quur, das Zepter von Quur, die Arena und den Kaiser. »Mein Blatt ist höher, würde ich meinen.« Alle am Tisch stöhnten, der junge Mann grinste.

Jarith Milligreest rieb sich die Stirn und musterte Kihrin. Es war noch nicht lange her, da war der Junge lediglich der Sohn eines Musikanten gewesen. Ihn nun wiederzusehen, als Mitglied des Hauses D'Mon – und als Jariths Vetter zweiten Grades – war irritierend. Jarith freute sich über die Begegnung, aber der gesellschaftliche Rang des Jungen hatte sich erschreckend schnell verändert. Um ein Haar hätte er ihn nicht erkannt, und die Vorstellung, dass Kihrin Darzins Sohn war, verwirrte Jarith. »Ist das dein zweites Kaiserliches Flush heute Abend?«

Kihrin nickte und nahm das Geld, das in der Mitte des Tisches lag. »So in etwa, ja.«

Thurvishar schob angewidert sein Blatt weg. »Niemand hat so

viel Glück.« Der Erblord des Hauses D'Lorus schwenkte ein Weinglas in der Hand, während Talea ihm die Schultern massierte.

Er hatte eine Menge Geld verloren.

»Und niemand mag schlechte Verlierer«, erwiderte Kihrin. »Ihr werdet Euer Geld später zurückgewinnen, da bin ich sicher.«

Jarith schüttelte den Kopf. »Es ist schon etwas ungewöhnlich, Kihrin. Vielleicht solltest du jetzt besser aufhören.« Ihm gefiel der Ausdruck auf Thurvishars Gesicht nicht, genauso wenig wie das gierige Blitzen in Kihrins Augen.

Jarith war kein Narr. Er hatte Talea erkannt, als sie hereinkam, er wusste, dass sie das Sklavenmädchen war, das einst Darzin D'Mon gehört hatte. Mit dem jüngeren D'Mon wollte sie ganz offensichtlich nichts zu tun haben. Den ganzen Abend über war sie ihm aus dem Weg gegangen, als hätte sie eine starke Abneigung gegen die Farbe Blau entwickelt. Sie hatte nur Augen für Thurvishar und Kihrin nur Augen für sie. Und dass Kihrin immer weiter den Einsatz erhöhte, konnte bloß einem einzigen Zweck dienen: dass Thurvishar sich schließlich gezwungen sah, Talea zu setzen.

Und das, da war Jarith sicher, musste zwangsläufig in einer Katastrophe enden.

Der Hauptmann seufzte innerlich, als Kihrin seinen gutgemeinten Rat ignorierte. »Und den anwesenden Lords die Chance verwehren, ihr Geld zurückzugewinnen? So etwas gehört sich nicht unter Freunden.«*

»Ich habe eine Idee«, erklärte Thurvishar. Seine Stimme war ein gefährliches, feindseliges Schnurren. Er nahm die Karten, mischte sie und hielt den Stapel Jarith hin. »Zieht eine.«

Jarith zuckte mit den Schultern und zog Bertok, den Gott des Krieges. »Soll ich sie herzeigen?«

* Ganz im Ernst: Tretet beim Kartenspiel nie gegen Kihrin D'Mon an. Oder beim Würfeln. Oder irgendeinem anderen Glücksspiel. Taja hält ihre Hand über ihn. Buchstäblich.

»Bitte.«

Jarith drehte die Karte um.

Thurvishar hielt den Stapel Kihrin hin. »Jetzt du.«

Kihrin runzelte die Stirn. »Was soll das werden?«

»Tu mir einfach den Gefallen.«

Kihrin zog eine Karte und drehte sie um. Es war Khored, der Gott der Zerstörung. Eine höhere Karte als Bertok.

»Noch mal«, sagte Thurvishar.

Jarith zog die Zwei Münzen, Kihrin den Gottesschlächter. Alle am Tisch hoben die Augenbrauen.

Thurvishar begann, die Karten zu verteilen. »Eine für Euch, eine für Euch, für Euch und Euch und Euch, und für Kihrin …« Die Spieler zeigten ihre Karten. »Kihrin gewinnt.« Er fing wieder von vorne an. »Eine für Euch, Euch, Euch und Euch und Kihrin – gewinnt. Noch einmal …« Er verteilte die Karten erneut. »Und wieder heißt der Sieger Kihrin.« Er starrte den jungen Mann an. »Du betrügst.«

Jarith erhob sich. »Immer mit der Ruhe. Ich gebe ja zu, dass er Glück hat, aber das bedeutet nicht, dass er betrügt.«

Kihrin stotterte. »Ihr habt die Karten gemischt und verteilt! Wie könnte ich da betrügen?«

Die Karten flogen in einer Spirale auf und landeten in Thurvishars Hand. Er schob den Stapel Jarith hin. »Es gibt genug Möglichkeiten, dem Glück auf die Sprünge zu helfen. Möglichkeiten, die Chancen zu manipulieren. Vielleicht hat das kleine blonde Rennpferd des Hauses D'Mon seine Hexengabe entdeckt und kann das Glück, wenn auch unbeabsichtigt, zu seinen Gunsten wenden? Aber wisse dies: Jede Glückssträhne geht einmal zu Ende.«

»Was schlagt Ihr also vor?«, fragte Jarith in dem Bemühen, einen Streit zu verhindern.

»Ich schlage vor, er gibt das Geld zurück, das er gewonnen hat, und geht«, antwortete Thurvishar.

Kihrin schüttelte den Kopf. »Ich werde nichts dergleichen tun. Ihr habt mein Wort, Thurvishar: Ich habe *nicht betrogen.*«

Thurvishar zuckte mit den Schultern und rieb sich die Schläfen, als hätte er leichte Kopfschmerzen. »Und wer gibt etwas auf das Wort eines Hurensohns?«*

Stille.

Jarith blickte in die Runde. Alle blinzelten schockiert, doch ein paar grinsten auch. Es gefiel ihnen, wie der verschwenderische Thurvishar D'Lorus den jüngsten und allzu glücklichen Neuzugang des Hauses D'Mon zerlegte.

Jarith schüttelte den Kopf. »Zu den üblichen Bedingungen, nehme ich an?«

Thurvishar musterte ihn verständnislos. »Wie darf ich das verstehen?«

»Verzeihung. Erlaubt mir, meinen Standpunkt zu verdeutlichen.« Jarith erhob sich und gab Thurvishar eine Ohrfeige. »Ihr habt meinen Vetter gerade einen Hurensohn genannt, und er selbst ist noch zu jung, um Satisfaktion zu verlangen.«

Thurvishar fiel aus allen Wolken. Mit leerem Blick berührte er die geohrfeigte Wange.

Kihrin fasste den Hauptmann am Arm. »Was *tut* Ihr da? Ich wurde schon weit schlimmer beschimpft.«

Jarith wandte sich ihm zu. »Es ist eine Frage der Ehre. Tut mir leid. Eines Tages wirst du es verstehen.«

»Was zur Hölle geht hier vor?«, schallte Darzins Stimme von der Eingangstür. Jarith war nicht sonderlich überrascht, ihn zu sehen, er war lediglich verblüfft, wie schnell Darzin aufgetaucht war. Möglicherweise hatte jemand sogleich nach ihm geschickt, als Thurvishar die Glückssträhne des Jungen infrage gestellt hatte.

»Nun«, erklärte Thurvishar tonlos, »wie es scheint, hat der Sohn

* Ja, das habe ich wirklich gesagt. Aber zu meiner Verteidigung muss ich anführen, dass es mir auch darum ging, mich danebenzubenehmen.

des Obersten Generals mich soeben zu einem Duell herausgefordert.«*

Am nächsten Tag standen Galen und Kihrin auf dem Pflasterweg, der um die Arena herumführte, außerdem ihr Vater Darzin, ihre Mutter (oder Stiefmutter) Alshena, und eine erschütternd große Anzahl Mitglieder der engeren Familie. Unter ihnen waren Onkel Bavrin, Großtante Tishar und ihr Großvater, der Hohe Lord Therin. Selbst Lady Miya, die den Blauen Palast normalerweise nie verließ, war dabei.

»Ich hätte nicht gedacht, dass wir so bald schon wieder hier sein würden«, sagte Galen leise.

Der Grund, aus dem sie beim Keulfeld waren, wurde durch die anderen Anwesenden schmerzhaft deutlich: Neben dem Obersten General, dessen Sohn Jarith, Thurvishar D'Lorus und dem Hohen Lord Cedric D'Lorus waren auch jede Menge Zuschauer erschienen. Alle wollten dieses Duell sehen.

Kihrin wirkte nicht besonders erfreut. »Es hätte nie dazu kommen dürfen.«

»Dieses eine Mal«, erklärte Darzin D'Mon, »sind wir sogar einer Meinung.« Er warf Kihrin einen unfreundlichen Blick zu, dann sagte er zu Galen: »Vergiss nie: Die Ehre des Hauses sollte immer von einem Familienmitglied selbst verteidigt werden, nicht von einem Außenstehenden, und sei er auch ein entfernter Verwandter. Unser Ruf wird leiden, egal, wie das hier ausgeht.« Darzin machte eine Bewegung, als wollte er Kihrin eine Ohrfeige verpassen, tat es aber nicht – wegen der Zuschauer.

»Wer ist das?«, fragte Kihrin und deutete auf einen Mann in einer einfachen hellbraunen Mischa und einer schmucklosen Kefhose. Sein Kopf war vollkommen kahl bis auf eine Strähne über seiner rechten Schläfe, die ihm zu einem langen Zopf geflochten bis über die Schultern hing.

* Nein, das war ganz und gar nicht Teil des Plans.

»Das ist Caerowan«, erklärte Darzin. »Er ist eine der Ratsstimmen und hier, um das Duell zu überwachen.«

»Können wir es nicht noch irgendwie verhindern?«, stöhnte Kihrin.

»Nein.«

Galen hörte seinen Bruder einen frustrierten Laut ausstoßen und zupfte ihn am Ärmel. »Ich bin sicher, Jarith wird nichts passieren. Er ist bestimmt ein hervorragender Schwertkämpfer, beim Erblord D'Lorus hingegen würde es mich überraschen, wenn er allzu viel Zeit darauf verwendet hat, sich in der Fechtkunst zu üben.«

Ihr Vater schnaubte, und die beiden jungen Männer schauten ihn an. »So schwer es mir auch fällt, mich zu entscheiden, wer dieses kleine Duell überleben soll, ich fürchte, es spricht alles für Thurvishar D'Lorus. Vergesst nicht, ein Schwert ist nichts gegen einen fähigen Zauberer.«

Kihrin runzelte die Stirn. »Aber das hier ist ein Duell. Sie werden keine Magie einsetzen.«

Darzin kaute auf seinem Daumen herum und beobachtete, wie die zwei Duellanten zu der Ratsstimme gingen, wo sie ihre Sache vortrugen. Er schnaubte erneut. »Innerhalb der Arena gibt es kein Gesetz. Keine Regeln und keine Konsequenzen. Außerhalb können sie versprechen, was sie wollen. Sobald sie das Tor durchschritten haben, hat es keinerlei Bedeutung mehr.«

Galen sah, wie Kihrin zusammenzuckte und besorgt den Kopf reckte, um den kurz bevorstehenden Kampf zu beobachten. Er fragte sich, wie es kam, dass Kihrin und der junge Milligreest einander so nahestanden, da sie sich doch an ebenjenem Abend erst kennengelernt hatten. Jarith schien ein netter Kerl zu sein, und er war ein Vetter. Galen wusste, wie gerne Darzin ihn mit Jariths jüngerer Schwester verheiraten würde.

Die meisten Gäste aus der Schenke waren mittlerweile nach draußen gekommen, um dem Spektakel beizuwohnen. Die Kellnerinnen pendelten zwischen Theke und Arena hin und her, brachten Getränke und nahmen Bestellungen auf, während die Reichen draußen an den Tischen saßen und plauderten. Die Arena selbst sah aus wie ein Park, in dem jedoch eigenartig verkrüppelte Bäume wuchsen. Es gab auch ein paar alte, verfallene Gebäude mit gähnenden Löchern anstelle von Fenstern und Türen. Wie es hieß, waren sie verzaubert und töteten jeden, der sich hineinwagte. Das idyllisch hohe Gras war eine Täuschung: Darunter lagen Schädel und Knochen verborgen, die Leichen ganzer Generationen von Zauberern, Kriegern und Hexern, zusammen mit ihren Waffen und Geheimnissen. Hier und da waren noch die verblichenen Überreste zu erkennen, ein Schädel hier, ein Oberschenkelknochen da, dort ein verrostetes Schwert, das wie ein Mahnmal an alle, die sich innerhalb der Arena versuchen wollten, aus dem Grün ragte.

Kihrin wandte sich an Darzin. »Was meinst du damit, dass es in der Arena kein Gesetz gibt? Wie soll das gehen?«

Darzin zuckte mit den Schultern. »Duelle sind verboten. Genauso wie bestimmte Zauber verboten sind und du deinen Nebenmann nicht erschlagen darfst, um Krone und Zepter an dich zu reißen und dich Kaiser zu nennen. Hier stand einst der kaiserliche Palast – es heißt, den Gottkönig Ghauras hätte hier sein Schicksal ereilt. Seither gilt dieser Ort als gesetzlos. Man kann in der Arena keine Verbrechen begehen, weil dort alles erlaubt ist, egal wie niederträchtig.« Er lächelte. »Theoretisch kann ein Duellant alles Mögliche mit einem Gegner aushandeln – dass nur so lange gekämpft wird, bis der erste Tropfen Blut fließt beispielsweise – und dann seine Meinung ändern, sobald er die Arena betritt.«

Kihrin war entsetzt. »Und niemand kann etwas dagegen tun?«

»Es gibt Konsequenzen«, warf Therin ein, der die ganze Zeit über zugehört hatte. »Sobald jemand in dem Ruf steht, dass er in Duellen sein Wort bricht, wird niemand mehr etwas auf sein Wort geben. Die Leute werden fortan gegen ihn arbeiten.«

»Ganz recht«, stimmte Darzin zu. »Selbst ich halte mich bei Duellen an die Abmachung.« Er machte eine kurze Pause. »Normalerweise.« Er nahm sich ein Glas Wein von einer der Kellnerinnen und deutete. »Schau hin, der Kampf um deine Ehre beginnt.«

Galen beobachtete, wie die beiden Kontrahenten ihre Vorträge beendeten und die Ratsstimme ein Medaillon hochhielt. Auf die Geste hin zeichnete sich der golden leuchtende Umriss einer Tür in der Luft ab. Jarith und Thurvishar traten hindurch, und das Leuchten verlosch.

Galen zupfte seinen Bruder am Ärmel. »Hast du gesehen? Thurvishar hatte kein Schwert.«

Kihrin legte die Stirn in Falten und schaute ihn kurz an, dann konzentrierte er sich wieder auf die beiden Männer in der Arena. Jarith trug ein Schwert – einen langen khorveschischen Krummsäbel. Thurvishar schien gänzlich unbewaffnet.

Kihrin biss sich auf die Unterlippe. »Jarith wird ihm nie und nimmer erlaubt haben, Magie zu benutzen. So dumm kann er nicht sein …«

Galen war nicht so sicher.

Das Duell begann, sobald die beiden Kontrahenten das Tor passiert hatten, was Thurvishar allerdings nicht zu bemerken schien. Er stand einfach da, groß und stolz und ein wenig gelangweilt.

»Ihr habt gesagt, Ihr würdet eine Waffe herbeizaubern!«, brüllte Jarith. »Tut es, Zauberer, oder nehmt das verrostete Schwert dort hinter Euch. Ich greife keinen Unbewaffneten an.«

Thurvishar lächelte. »Das habe ich bereits. Es ist nicht meine Schuld, wenn Ihr meine Waffe nicht als solche erkennt.«

»Ihr fangt an, mir auf die Nerven zu gehen. Ich werde nicht …« Jarith machte einen Schritt auf Thurvishar zu, stolperte und fiel mit dem Gesicht voraus ins Gras. Sein Säbel bohrte sich in die weiche Erde und ragte harmlos aus dem Boden wie so viele andere Waffen auf der Lichtung.

»Was meine Waffe betrifft, wähle ich … *Euch*«, verkündete Thurvishar mit einem vernichtenden, selbstzufriedenen Grinsen.

Darzin stieß einen leisen, eher anerkennenden als entsetzten Pfiff aus.

»Was soll …?« Jarith rutschte erneut aus. Diesmal fiel er auf den Rücken und schrie auf, als ein im Gras verborgener spitzer Gegenstand ihm in die Schulter schnitt. Die Menge schnappte nach Luft.

»Das Glück gehört nicht Taja allein«, erklärte Thurvishar. »Glück kann manipuliert und gelenkt werden. Es lässt sich als Waffe verwenden.«

Jarith rührte sich nicht. »Ich habe Euch nicht herausgefordert, weil Ihr den Jungen des unverschämten Glücks oder Betrugs bezichtigt habt. Ich sagte, er …« Mehr war nicht zu hören.

Galen beugte sich näher heran. »Was ist passiert? Warum hören wir ihn nicht mehr?«

Darzin zog die Stirn kraus. »Thurvishar hat den Schall unterbrochen … Interessant.«

Kihrin ignorierte Darzins Versuch, ihn zu packen, und schob sich durch die Menge. Der kleinere und flinkere Galen duckte sich unter den Armen der Zuschauer hindurch und folgte ihm mühelos. Als sie das Ratsmitglied und den Rand der Arena erreichten, war der Oberste General ebenfalls schon dort – ein brodelnder Vulkan, kurz vor dem Ausbruch.

Qoran Milligreest bedachte die beiden D'Mon-Söhne mit einem knappen Nicken. Doch er war auf etwas anderes konzentriert: auf den kleinen, ganz in Weiß gekleideten Caerowan und den Erblord des Hauses D'Lorus, vor allem aber auf seinen einzigen Sohn.

Sie warteten, bis die beiden Duellanten ihr Gespräch beendet hatten und Thurvishar Jarith eine Hand hinhielt. Jarith nahm sie, dann verließen sie gemeinsam die Arena. Sie mussten nicht durch eine goldene Tür gehen, das Gelände zu verlassen, schien zu genügen.

Jarith sah nicht aus wie jemand, der gerade erniedrigt und besiegt worden war. Er verneigte sich vor Caerowan und erklärte: »Mit Verlaub, das Duell ist beendet und alle beteiligten Parteien sind zufrieden.«

»Es sind *nicht* alle beteiligten Parteien zufrieden«, widersprach der General.

Jarith schaute ihn überrascht an.

Thurvishars Miene blieb ungerührt.

»Dieses Duell«, erklärte Qoran Milligreest, »war unangemessen und falsch. Du bist kein Adliger, und es steht dir nicht zu, dich als solcher zu gebärden.«

Jarith blinzelte. »Vater …«

»General«, korrigierte Milligreest.

Der junge Mann wurde rot und nahm Haltung an. »Sehr wohl, General.«

»Deine Befehle wurden geändert. Du wirst dich am Steintor-Pass einfinden und dort weitere Anweisungen entgegennehmen. Unverzüglich. Wegtreten.« Der Zorn des Generals war nicht zu übersehen, er glühte wie ein Schmiedeofen. Mit einer kurzen, wütenden Verbeugung wandte er sich an Thurvishar. »Mein Bedauern wegen der Unannehmlichkeiten, Erblord. Ich hoffe, der Ausgang des Duells ist zu Eurer Zufriedenheit.«

»Aber ja«, antwortete Thurvishar. »Wenn Ihr mich jetzt entschuldigen würdet …« Er erwiderte die Verbeugung, dann verschwand er in der Menge, vermutlich um die zahllosen Glückwünsche entgegenzunehmen und vielleicht auch ein Getränk zu bestellen.

Der General wandte sich an Kihrin. Einen Augenblick lang sah es so aus, als würde er genauso über ihn herfallen wie soeben über seinen Sohn. »Kihrin.«

Kihrin schluckte. »Oberster General.«

»Ich könnte sagen: Schön, dich wiederzusehen. Doch ich möchte nicht lügen. Lass mich dir stattdessen erklären, dass ich dir sehr verbunden wäre, wenn du es in Zukunft unterlassen könntest, meine Familie in deine Machenschaften hineinzuziehen. Noch besser wäre, du föchtest deine Duelle in Zukunft selbst aus.«

Kihrin nickte und drehte den Kopf in die Richtung, in die Thurvishar verschwunden war. »Ich wollte nicht … Ja, Oberster General. Danke. Ich werde Eure Worte beherzigen.« Er wandte sich wieder Milligreest zu. »Euer Sohn wollte mir nur beistehen.«

»Du darfst jetzt gehen«, sagte der General, seine Stimme war wieder hart wie Stein.

Galen sah, wie Darzin und Therin durch die Menge auf sie zugingen. »Komm, Kihrin«, begann er. »Kihrin? Wo …?« Galen D'Mon blickte sich um.

Kihrin war nicht mehr da.

67

DIE ZERSTÖRUNG VON YNISTHANA

(Kihrins Geschichte)

Wir schritten nicht sofort zur Tat. Genau genommen nahm die Umsetzung meines Plans weitere zwei Jahre in Anspruch. Das hört sich nach einer langen Zeit an, doch trotz Khaemezras ständiger Sorge, ich könnte die Insel überhastet verlassen, hatte ich erkannt, dass es klug war, zuvor meine Ausbildung abzuschließen. Ich hatte noch viel über Magie von Tyentso zu lernen, außerdem Schwerttricks von Doc, und ich musste von einem der Thriss im Dorf lernen, die Saymisso* zu spielen.

Ich brauchte nun mal ein Saiteninstrument, das einfacher zu transportieren war als eine Harfe.

Erst als es mir gelang, Docs Lektionen ohne »Neustarts« zu durchlaufen, und Tyentso widerwillig einräumte, dass ich so viel

* Ein traditionelles Musikinstrument der Thriss, bestehend aus drei Seidensaiten, die über einen kurzen Resonanzkörper mit langem Hals gespannt sind und durch einen Bogen mit veränderlicher Spannung in Schwingung versetzt werden. Die khorveschische Stachelfiedel hat sich vermutlich aus dieser Vorform entwickelt.

von ihr gelernt hatte, wie sie mir angesichts unserer unterschiedlichen Charaktere beibringen konnte, ging ich zu Khaemezra und bat sie um Erlaubnis.

Zu meiner Überraschung stimmte sie sofort zu und bezeichnete das Ganze gar als »unvermeidlich«. Damit konnte endlich der spaßige Teil beginnen.

Wir entschieden uns für einen sonnigen Vormittag gleich nach einem Maevanos. Nach einem solchen Ritual war es nicht ungewöhnlich, wenn sich kaum ein Bewohner der Insel blicken ließ – die meisten schliefen ihren Kater aus oder erholten sich von den Liebesabenteuern der vorangegangenen Nacht. Kein Draken ging im Dschungel auf Jagd, und die Fischer warfen ihre Netze nicht aus – alles Kleinigkeiten, die ein riesenhafter, selbstsüchtiger und narzisstischer Drache kaum bemerken würde.

Ich zog mir eine schwarze Kefhose und Sandalen an, das Haar band ich mir mit einem Stück weißer Kordel zusammen, die ich von der Robe eines Novizen stibitzt hatte. Mein Gaesch steckte ich sicher in meine Tasche. Um den Hals trug ich den Schellenstein, schimmernd wie ein Stück toter Himmel.

Ich wollte gar nicht erst die Frage aufkommen lassen, ob ich das verdammte Ding trug oder nicht.

Waffen nahm ich keine mit. Sie wären ohnehin nutzlos gewesen. Die Sternentränen mit meinem Gaesch gaben hervorragende Talismane ab, die mein Tenyé vor Magie und Feuer schützten – Letzteres war ein Spezialzauber, den ich gemeinsam mit Tyentso ausgearbeitet hatte. Ich war zwar ziemlich sicher, dass mir auch das keinen hundertprozentigen Schutz vor dem Zorn des Alten Mannes bot – so mächtig war ich schlichtweg nicht –, doch ich hoffte, es würde mir ein paar kostbare Sekunden verschaffen, falls etwas schiefging. Die einzigen Gegenstände, die ich sonst noch dabeihatte, waren meine Saymisso und der Bogen, den ich mir unter den Arm geklemmt hatte.

Ich ging über den vollkommen unbelebten Strand. Den Alten

Mann konnte ich nirgendwo entdecken. Ich sah nur seine Insel draußen vor der Küste und die in Lavasäulen gefangenen Sänger, seinen sogenannten »Felsengarten«. Beim Anblick der sechsunddreißig Säulen spürte ich, wie sich mir die Kehle zuschnürte.

»Es tut mir leid«, flüsterte ich und ließ mich im Schneidersitz auf dem Strand nieder. Den Stachel meiner Saymisso bohrte ich in den Sand. »Es tut mir sehr leid.«

Schließlich zog ich den Bogen über die Saiten.

Ich hörte ein Brüllen. Wenige Momente später erhob sich eine riesenhafte Silhouette von einer nahe gelegenen Insel, ihre Schwingen so groß, dass dahinter kaum noch Himmel zu sehen war. Einfach sitzen zu bleiben und weiterzuspielen, statt auf und davon zu rennen, gehört zu den schwierigsten Dingen, die ich je im Leben getan habe. Alle meine Instinkte drängten mich, schreiend die Flucht zu ergreifen. Ich spielte ein Schlaflied und hielt die Bespannung des Bogens schön straff, was der Saymisso einen langgezogenen Klagelaut entlockte, der wie ein Echo in der Luft schwebte. Ein sengender Wind fegte über mich hinweg, doch ich ignorierte ihn.

Der Drache landete auf seiner Insel und stieß ein Brummen aus, das wie ein Erdbeben klang. Er war immer noch beeindruckend, furchterregend und ganz und gar unmöglich: eine Verkehrung der kosmischen Ordnung, und das in einem Ausmaß, welches das menschliche Vorstellungsvermögen bei Weitem überstieg.

»Hast du dich entschlossen zu sterben? Dich zu ergeben und mir auszuliefern?«

»Nein«, ließ ich den Drachen wissen. »Heute nicht. Aber ich bin neugierig: Warum hast du deine Mutter verraten? Aus Eifersucht? Sie wurde zu einer der Acht erwählt, du nicht. Hast du geglaubt, du könntest die Dinge besser regeln als sie? Oder war dein Verrat ein fehlgeleiteter Versuch, sie stolz auf ihren Sohn zu machen?«

Der Alte Mann breitete die Flügel aus und zischte: **»Was für ein Narr du bist.«**

»Das höre ich nicht zum ersten Mal. Wahrscheinlich stimmt es sogar. Aber wie dem auch sei, vor einiger Zeit habe ich mich von der Insel geschlichen, als du gerade nicht aufgepasst hast, und in Kharas Gulgoth vorbeigeschaut. Vielleicht sagt dir der Name ja was. Ist eine ziemlich große Stadt, ein bisschen heruntergekommen, aber mit jeder Menge Magie und außerdem einem schlafenden Riesendämon im Zentrum. Schon mal davon gehört?«

»Du erinnerst dich also.« Es lag eine tödliche Drohung in seiner Stimme, die schlimmer war als sein Wahnsinn.

»Nein«, gestand ich, »aber ich kann ein Buch lesen, wenn ich es nur lange genug anstarre. Die ganze Stadt war voller Reliefs, die alle immer wieder dieselbe Geschichte erzählten. Es hat eine Weile gedauert, doch schließlich habe ich begriffen, dass die gezackten Linien im letzten Relief keine Strahlen darstellen sollten und auch nicht das Chaos, sondern Drachen.* Acht Männer und Frauen, die sich davonstahlen, um zu Göttern aufzusteigen, und stattdessen zu Monstern wurden.« Ich deutete auf den Alten Mann. »Du warst einer von ihnen, Sharanakal. Du warst einmal ein Mensch.«

»Wir wollten lediglich das Kräftegleichgewicht wiederherstellen. Wir wussten, dass es nur eine Frage der Zeit war, bis die Acht Wächter korrumpiert würden. Die Trottel hatten sich ausgerechnet Krieger, Soldaten und Heiler ausgesucht – die Aaskrähen des Schlachtfeldes, blinde Befehlsempfänger, die sie kontrollieren konnten, und dann verliehen sie ihnen unbeschreibliche Macht.« Der Drache erhob sich auf die Hinterläufe, viel zu groß für die Insel, auf der er saß, und brüllte. Seine donnernde Stimme ließ den Himmel erzittern, das Meer und die Felsen, alle anderen Geräusche auf der Insel erstarben. Die Lavaaugen in seinem schwarzen Schlangenkopf fixierten mich.

* Beides schließt sich nicht gegenseitig aus.

»Klingt, als hättest du gute Absichten gehabt. Als wäre das alles nicht deine Schuld gewesen.«

»Nein, es war deine. Deine!« Sein Hals schwang nach vorn, der gigantische Kopf raste auf mich zu. **»Du. Du warst ein vertrauensseliger NARR. Wie konntest du auf seine Lügen hereinfallen?«**

Mit dieser Reaktion hatte ich gerechnet, aber das heißt nicht, dass sie leicht zu ertragen war. »Es war Relos Vars Schuld«, berichtigte ich und nahm einen tiefen Atemzug, um nicht vor dem riesigen Haupt davonzulaufen, das auf mich zujagte.

Ganz knapp vor mir hielt der Alte Mann inne – so knapp, dass er sogar Khaemezras Verbot verletzte, die Insel zu betreten. So knapp, dass ich spürte, wie der Zauber, der mich vor seinem Feuer schützen sollte, erwachte, damit ich nicht verbrannte. Seine Augen waren zu groß, als dass ich in beide gleichzeitig hätte blicken können, also begnügte ich mich mit einem. Ich sah die tobende Glut von tausend Feuern darin.

»Wir, die wir rein waren, glaubten, unsere Reinheit könnte dem Bösen trotzen. Welch Torheit, denn der Soldat weiß, dass es keine Reinheit gibt, dass das Böse nicht vernichtet werden kann, sondern lediglich abgemildert und umgeleitet. Der Soldat weiß, dass er ein Werkzeug ist, und lässt sich nicht von seinen Feinden benutzen. Wir in unserer Arroganz glaubten, wir seien über solchen Missbrauch erhaben. Anmaßung!«

»Relos Var hat das Ritual ersonnen«, erwiderte ich. »Er hat dir eingeredet, dass es ein Fehler war, acht andere für den Kampf gegen die Dämonen auszuwählen und nicht dich. Du hast von Anfang an geglaubt, dass diese Aufgabe dir gebührt und keinem anderen, richtig? Du hast geglaubt, du würdest ein Gott werden, doch Relos Var hat dich in ein Ungeheuer verwandelt. Und dafür gibst du mir die Schuld, doch er hat auch mich belogen. Er hat uns beide benutzt. Wir haben etwas gemeinsam, du und ich: Wir sind beide seine Opfer.«

Das Auge wurde größer. »**Nichts haben wir gemeinsam. Du bist etwas weit Schlimmeres als ich: Du bist Vol Karoths Eckstein.* Du bist ein Riss in der Welt, ein unstillbarer Hunger, der frisst und frisst wie ein Stern, der unter seinem eigenen Gewicht zusammenbricht und sich alles ringsum einverleibt. Du bist der letzte Rest, der noch von seiner Seele übrig ist, und wenn er erwacht, wird er dich zurückfordern. Lass mich dich retten. In meinem Garten bist du vor diesem Schicksal sicher.**«

Ich erschauerte und vermied es, allzu lange über die Bedeutung seiner Worte nachzudenken, um nicht vor Entsetzen laut loszubrüllen. »Das ist sehr freundlich von dir, aber ich muss dein großzügiges Angebot leider ablehnen. Trotzdem will ich nicht undankbar sein, ich habe sogar ein Lied für dich komponiert. Möchtest du es hören?«

Der Alte Mann legte die Schwingen an und musterte mich stumm und durchdringend. Ich begann schon, mir Sorgen zu machen, er könnte ablehnen oder einfach wegfliegen. »**Ja.**«

Erleichtert atmete ich auf. »Ich habe gehofft, dass du das sagen würdest.«

Mein Blick wanderte zu meiner Saymisso, ich zog den Bogen über die Saiten. Das Lied hatte keinen Text, die Obertöne waren leise und eindringlich, darum herum entspann sich eine Melodie aus hohen Bogen und langanhaltenden, schwebenden Noten. Es dauerte nicht lange, da befahl der Alte Mann seinem Garten, mich singend zu begleiten.

* Das ist unmöglich. Eine Seele in einen Tsali-Stein zu verwandeln ist das eine. Der Tsali-Stein wiederum lässt sich in eines jener Artefakte verwandeln, die wir die Ecksteine nennen – so ist es mit Kettensprenger und dem Schellenstein geschehen. Aber Kihrins Seele gehört eindeutig *nicht* zu den acht bekannten Ecksteinen. Doch selbst wenn der Drache es nur im übertragenen Sinn gemeint hat, deuten seine Worte dennoch auf eine starke Verbindung zwischen Kihrin und Vol Karoth hin, und das ist beängstigend.

Es lässt sich nicht abstreiten: Der Gesang war wunderschön.

Ich zog die Töne in die Länge, gab ihnen Zeit, sich aufzubauen. Und hoffte, der Alte Mann würde nicht merken, dass ich mehr tat, als nur Musik zu machen.

Ich wirkte einen Zauber.

Die Ausarbeitung hatte Monate gedauert, Tyentso war sogar der Meinung, dass etwas Derartiges noch nie versucht worden sei. Zum Üben hatten wir uns durch das Tempelportal von der Insel stehlen müssen, nie länger als eine Stunde am Stück. Ich versuchte mich an jedem Stein und jedem Fels, den ich nur finden konnte, bis ich schließlich eine ganz bestimmte Art Onyx entdeckte, die ideal war.

Die Gartenstatuen sangen mit so ergreifender Inbrunst, dass ich glaubte, sie wüssten, was kommen würde, und hießen es willkommen. Unter der Melodie verborgen erhob sich eine tieferliegende Resonanz. Der Sand bewegte sich in Ringen von mir weg. Die Wellen verloren ihren Rhythmus und fielen in sich zusammen. Ton für Ton baute ich die Schwingung behutsam auf. Selbst die chaotische Aura des Drachen konnte die Resonanz nicht unterdrücken, die mit jeder Note stärker wurde …

Dann barsten die Statuen, sie zerfielen zu kleinen Brocken, nicht größer als meine Faust, und der Gesang endete abrupt.

Sechsunddreißig gefangene Männer und Frauen starben binnen eines Wimpernschlags, waren endlich frei und konnten ins Nachleben eingehen. Ich fühlte mich schuldig – selbst jetzt, in diesem Moment. Es war unmöglich festzustellen, ob es wirklich das Schicksal war, dass sie sich gewünscht hatten. Ob sie den Tod und eine spätere Wiedergeburt tatsächlich der Unsterblichkeit in ihrem Steingefängnis vorzogen.

Ich war mir nur sicher, dass ich mich an ihrer Stelle so entschieden hätte. Ob Elana Milligreest, die mich in einem anderen Leben aus meinem Gefängnis in Vol Karoth befreit hatte, sich ebenfalls gefragt hatte, ob sie das Richtige tat?

Ich wünschte mir, ich könnte sie nur einmal treffen, um ihr zu sagen, wie gut ihre Entscheidung gewesen war.

Da erstarrte der Alte Mann einen Moment lang selbst zur Statue – vor Wut.

Ich rannte bereits um mein Leben.

Das Gebrüll, das sich hinter mir erhob, ließ den Boden so stark erzittern, dass es mich von den Füßen fegte. Wie als Echo kam vom Berg ein Rumpeln, als sein Gipfel in einer gigantischen Wolke aus Rauch, Asche und Lava explodierte.

»**Wie kannst du es wagen?**«, polterte der Alte Mann. »**Die Lava wird dich verschlingen, das geschmolzene Gestein wird dein Grab sein, bis in alle Ewigkeit wirst du schreien vor Verzweiflung und Schmerz und niemals Frieden finden.**«

Scheint, als hätte es funktioniert, dachte ich, sprang auf und rannte weiter.

Ich war den Abhang bereits halb hinauf, da öffnete sich vor mir eine klaffende Spalte. Eine Lavafontäne schoss in die Luft und hätte mich fast zu Asche verbrannt.

»Kihrin!«, schrie Teraeth und riss mich zu Boden, als eine der Lavabomben drohte, meinen Plan zu einem unerwartet schnellen Ende zu führen. Die Lebensgefahr war echt, denn der Schellenstein an meinem Hals brannte wie Feuer, während er verzweifelt versuchte, mich vor dem Tod zu bewahren – schließlich gab es niemanden, der für mein Ableben verantwortlich gewesen wäre und dessen Körper ich hätte übernehmen können.

Das war allerdings nicht, was der Alte Mann sah.

»Nein!«, brüllte er.

Der Alte Mann sah, wie Teraeth mich mit einem beherzten Sprung vor der Lavabombe rettete. Er sah, wie ich stolperte und stürzte, und zwar genau in die Erdspalte. Ich versuchte noch, mich an der Kante festzuhalten, schreiend vor Schmerz, als das glühende Gestein mir das Fleisch von den Fingern brannte. Dann fiel ich. Wahrscheinlich wäre ich bis in den darunter liegenden Lavasee gestürzt und dort verbrannt. Doch die Eruption war noch in vollem Gang, und so endeten meine Schreie, als mein Körper in der Gluthitze verdampfte.

Teraeth begann zu schwanken, genau wie man es von jemandem erwartete, dessen Körper soeben von der Seele des Unglücksraben übernommen wurde, den er gerade versehentlich getötet hatte. Er betastete seine Brust, fand dort aber statt des Schellensteins nur die Kette mit der schwarzen Pfeilspitze vor. Ungläubig starrte er seine Hände an, dann seinen Körper, und riss entsetzt die Augen auf.

»So theatralisch bin ich nun auch wieder nicht«, protestierte ich.

»Psst«, machte Teraeth. »Doch, bist du.«

Wir mussten uns bedeckt halten. Die Luft wurde allmählich zu heiß zum Atmen, und hoffentlich würden die Götter in ihrer Gnade verhindern, dass sich ein Erdrutsch oder eine Aschewolke in unsere Richtung bewegte.

Still beobachteten wir, wie der imaginäre Teraeth versuchte, einem ebenso imaginären Lavastrom auszuweichen. Vergebens. Er wurde augenblicklich verschlungen, und diesmal – ohne atembare Luft und ohne Schellenstein, der ihn am Leben erhielt – schien der Ausgang allzu offensichtlich: Kihrin, jetzt in Teraeths Körper, wurde zu Asche verbrannt und starb einen schnellen, wenn auch schmerzhaften Tod.

»**Verfluchter Narr.**« Die Stimme des Drachen war so laut, dass ich sie trotz der weiter tobenden Eruption hörte. »**Komm zu mir und lass mich dich retten.**«

»Das ist unser Stichwort«, sagte ich und nahm Teraeths Hand. »Komm.«

Nur ein Stück von uns entfernt schlug der Drache seine Klauen in die Bergflanke, um von dem nicht existenten Teraeth zu retten, was noch zu retten war. Die Lava hingegen, die der Alte Mann zutage förderte, war echt. In alle möglichen Richtungen flog sie durch die Luft und rann ihm übers Gesicht wie Tränen. Er sah aus, als weinte er.

Vielleicht tat er es tatsächlich.

Wir mussten zur Seite springen, als ein riesiger Basaltbrocken genau dort aufschlug, wo wir uns versteckt hatten. Ich sah, wie der Brocken zerfloss und sich ausbreitete, und blickte mich um.

Tyentso wartete ein Stück weiter oben auf uns. Sie winkte. »Kommt schon, worauf wartet ihr noch? Uns fliegt gleich der ganze Berg um die Ohren.«

»Zu spät«, erwiderte Teraeth und schaute zur Mitte der Insel.

Ich folgte seinem Blick und schnappte nach Luft: Ein Aschestrom, diesmal ein echter, kam vom Krater genau in unsere Richtung. Aus der Ferne sah er beinahe langsam aus, elegant sogar, hätte ich es nicht besser gewusst.

»Lauft!«, brüllte Tyentso.

Ich befolgte ihren Rat. Das Portal, das wir zur Flucht benutzen wollten, befand sich im Herzen des alten, nun Thaena geweihten Tempels von Ynis, und das bedeutete, dass wir auf die tödliche Aschewolke *zu*laufen mussten, um von hier wegzukommen.

»Unmöglich«, sagte Teraeth. »Wir schaffen es niemals rechtzeitig.«

Ich hatte aufgepasst, all die Male, wenn der Alte Mann ähnliche Wolken ausgestoßen hatte, und wusste genau, was Teraeth meinte: Die Chance, dass wir schneller liefen als die Luftbewegung, war gleich null. Um Doc machte ich mir keine Sorgen, denn Khaemezra war bei ihm, und die war locker in der Lage, sie beide zu beschützen.

Aber wir? Da war ich weniger sicher. Selbst wenn die heiße Asche uns nicht tötete, der Berg spuckte glühendes Gestein, das rings um uns herabregnete. Ein einziger Treffer genügte.

Tyentso drehte sich um, als wollte sie jeden Moment losrennen. Das entschlossene Leuchten in ihren Augen sagte mir, dass sie etwas Verrücktes im Schilde führte. Wahrscheinlich beabsichtigte sie, die Wolke mit purer Willenskraft zu bremsen. Ich hielt zwar viel von ihren Zauberkünsten, aber so viel dann doch wieder nicht.

Ich war nicht einmal sicher, ob Relos Var es gekonnt hätte.

»Du musst Ty aufhalten!«, schrie ich Teraeth an. »Ich brauche ihre Hilfe!«

Teraeth war zwar auch nicht schneller als ich, aber vielleicht konnte er sie mit einer seiner Illusionen ablenken.

»Leichtfuß, wir müssen hier *weg*!«, rief Tyentso.

»Wir können der Wolke nicht davonlaufen«, schrie ich zurück, »aber wir könnten sie umlenken!« Ich zog meine Saymisso hervor und ließ den Bogen über die Saiten streichen. »Der Berg besteht größtenteils aus Basalt, richtig?« Auf der Suche nach Bestätigung schaute ich Teraeth an, aber der zuckte nur mit den Schultern, als hätte er gar nicht zugehört.

»Basalt und Obsidian«, warf Tyentso ein. »Die Wolke selbst dürfte aus Bimsstein-Staub bestehen.«

»Ich muss die Zusammensetzung gar nicht hundertprozentig erwischen, nur genau genug, um einen Felsrutsch in Gang zu setzen.« Ich überlegte fieberhaft, was ich über die Geographie von Ynisthana wusste. Die beste Stelle musste bei den Höhlen sein, die (vorausgesetzt, sie füllten sich nicht bereits mit flüssigem Magma) praktischerweise hohl waren. Der Trick bestand nun darin, uns alle lange genug am Leben zu erhalten, bis ich den Zauber gewirkt hatte.

Als wollte er die Bedeutung dieser Tatsache unterstreichen, wurde der Schellenstein glühend heiß. Ich blickte auf und sah gerade noch, wie Tyentso eine Lavabombe ablenkte, die genau auf uns zugerast war.

»Was soll ich tun?«, fragte Teraeth. Ich hatte ihn noch nie so nervös und verunsichert gesehen. Andererseits nutzten seine Illusionen herzlich wenig gegen die Bedrohung, mit der wir es hier zu tun hatten. Vergiften oder durchbohren war ebenfalls keine Option.

»Führe uns«, antwortete ich. »Ich spiele, während Tyentso auf uns aufpasst. Wir werden keine Zeit haben, auf unsere Schritte zu achten. Wir müssen so nahe an die Höhlen heran, dass wir sie gerade sehen können, aber nicht ein Stück näher.«

Es kam mir vor, als blieben nur noch Sekunden, bis die Wolke uns verschlingen würde. Aber der Weg die Bergflanke hinauf war weit, und die Größe des verfluchten Dings machte es schwer, die tatsächliche Entfernung abzuschätzen.

Ich murmelte ein Stoßgebet an Taja, denn diesmal brauchte ich alles Glück, das sie mir schenken konnte.

Dreimal musste Teraeth mich zur Seite ziehen, und Tyentso rettete uns mit ihren Zaubern immer wieder vor Lavafontänen und umherfliegenden Gesteinsbrocken. Wir waren immer noch nicht am Ziel. In all den Jahren meiner Ausbildung hatte ich das hier kein einziges Mal geübt, aber theoretisch musste es funktionieren: Wenn es mir gelänge, die Felswand so einstürzen zu lassen, dass sie den Tempel nicht unter sich begrub, würde die Aschewolke einen anderen Weg einschlagen, und wir wären in Sicherheit.

Falls etwas schiefginge, würden wir entweder alle drei erschlagen, oder der Tempel läge unter glühender Asche begraben, und wir würden das Portal nie erreichen.

Schließlich blieb Teraeth stehen. Vor uns ragte die Felswand mit den Wohnhöhlen der Schwarzen Bruderschaft auf, an ihrem Fuß und ein Stück seitlich versetzt der Tempel. Nur noch wenige Sekunden, dann würde die heiße Asche zuerst den Tempel und anschließend uns verschlingen.

Der Zauber, den ich nun wirkte, war um einiges grober als der erste. Um ihn aufwendig zu tarnen, blieb schlichtweg nicht genug Zeit. Ich hoffte nur, dass Doc mit Kettensprenger nach wie vor die Aufmerksamkeit des Alten Mannes ablenkte, denn wenn der Drache merkte, dass ich den gleichen Zauber noch einmal einsetzte, wüsste er sofort, dass ich noch am Leben war, und alles wäre umsonst gewesen.

Rücksichtslos bearbeitete ich die Saiten, um ihnen die notwendige Disharmonie zu entlocken, und das in der nötigen Lautstärke. Ich ermunterte den Fels dazu zu tun, was er ohnehin wollte: zerbröckeln und wieder zu Sand werden. Man möchte meinen, das Gegenteil wäre der Fall, aber das stimmt nicht.

Alles bröckelt irgendwann.

»Verflucht«, keuchte Teraeth. Nur Tyentso blieb stumm, da sie viel zu sehr darauf konzentriert war, die giftigen Gase von unseren Lungen und die glühenden Gesteinsbrocken von unserer Haut fernzuhalten.

Der Lärm des Vulkans war so laut, dass wir nicht einmal hörten, wie ein großer Teil der Felswand sich zu lösen begann, abrutschte und als Lawine Richtung Dschungel walzte. Die Aschewolke verhielt sich unterdessen wie ein Fluss, der soeben ein neues Bett entdeckt hatte: Sie bog nach rechts ab und ließ ihre zerstörerische Kraft der vorauseilenden Gesteinslawine folgen.

Wir rannten weiter zum Tempel.

68

IN DER HÖHLE DES LÖWEN

(Klaues Geschichte)

Thurvishar D'Lorus hob eine Augenbraue, als Kihrin D'Mon sein Separee im KEULFELD betrat.

»Ihr hättet ihn nicht demütigen müssen«, sagte Kihrin und setzte sich an den Tisch. »Ich bin froh, dass Ihr ihn nicht getötet habt, aber Ihr hättet ihn nicht wie einen Narren aussehen lassen sollen.«

Thurvishars Mundwinkel zuckten, als er Kihrin freundlich betrachtete. »Aber er ist ein Narr. Voll und ganz. Versteh mich nicht falsch, er scheint ein netter Kerl zu sein, aufrecht und tapfer und loyal gegenüber seinen Freunden. Dennoch: Nur ein Narr fordert jemanden wie mich zum Duell in der Arena, ohne damit zu rechnen, dass ich ihm die Wirbelsäule verflüssige.« Er nahm die eisgekühlte Flasche Raenena-Wein vom Tisch und goss sich ein Glas voll ein. »Sei froh, dass auch ich ein netter Kerl bin und lediglich ein Exempel statuiert habe.«

»Ganz recht. Ihr mögt Exempel, nicht wahr?« Kihrin dachte an Thurvishars blutverschmierte Hände von letzter Nacht.

Der Erblord des Hauses D'Lorus schwenkte die blaue Flüssigkeit in seinem Glas, dann wanderte sein Blick zurück zu Kihrin.

»Ja, das tue ich. Unter anderen Umständen wäre ich womöglich ein guter Lehrer geworden. Weshalb bist du hier?«

»Ihr wolltet, dass alle sehen, wie Ihr das Glück manipuliert, aber wenn Ihr wirklich dazu in der Lage wärt, hättet Ihr gestern Nacht nicht verloren.« Kihrin hielt inne. »Außer Ihr *wolltet* verlieren. Ich bete schon sehr lange zu Taja, aber eine solche Glückssträhne habe ich noch nie gehabt. Kein einziges Mal in meinem Leben. Ich habe nicht gewonnen, weil ich betrogen habe, sondern weil *Ihr* betrogen habt. Ihr wolltet dieses Duell – nur nicht mit Jarith.«

Thurvishar lächelte. »Du bist klüger, als du aussiehst, Bursche.«

»Mit wem wolltet Ihr Euch in Wirklichkeit duellieren? Mit Darzin?«

»Hätte ich gegen Darzin gekämpft, wäre das Duell anders ausgegangen«, erklärte Thurvishar. »Darzin mag vieles sein, aber er ist bestimmt kein Narr.« Er setzte ein schiefes Lächeln auf und erhob sich.

»Warum hasst Ihr meinen Vater so sehr?«

Thurvishar blieb stehen, eine Hand am Vorhang des Separees. »Ich hasse ihn kein bisschen. Ich halte sogar sehr viel von ihm. Immerhin war er einer der engsten Freunde meines Vaters.«

»Aber Ihr habt doch gerade gesagt …« Kihrin runzelte die Stirn. Er erinnerte sich noch gut an die wüsten Drohungen, die die beiden ausgetauscht hatten, an ihren unverkennbaren, beiderseitigen Hass. Wie konnte Thurvishar ihm jetzt in die Augen sehen und das Gegenteil behaupten? »Mein Vater …«, begann er noch einmal und hielt inne. Es war ein Wortspiel. Thurvishars Vater war nicht Gadrith, sondern Sandus. »Moment. Ihr hasst Darzin D'Mon?«

»Aus tiefstem Herzen«, bestätigte der Erblord. »Ich werde dir noch etwas mit auf den Weg geben, junger D'Mon: Eine interessante Eigenschaft der Arena ist, dass sie sich jeglicher Wahrsagerei und Hellseherei entzieht. Ein recht simpler Trick, kann ich dir versichern, aber keine Macht im Universum ist in der Lage, ein Gespräch zu belauschen, das dort geführt wird. Es ist eine Schande, dass du noch nicht alt genug bist und ich dich nicht zu einem Duell provozieren konnte. Welch interessante Unterhaltung wir hätten führen können.«

Der Zauberer stellte sein Glas ab und legte so viel Geld auf den Tisch, dass es für mehrere Nächte im ZERRISSENEN SCHLEIER samt Bettgespielinnen gereicht hätte, dann verließ er das Separee. Kihrin schaute ihm mit offenstehendem Mund hinterher.

Kihrin versteckte sich in den Stallungen.

Der Ort mag denkbar schlecht geeignet erscheinen, um sich vor dem notorischen Pferdenarren Darzin D'Mon zu verbergen, doch in den Stallungen ließ der sich nur selten blicken. Das Ausmisten und Füttern überließ er den Knechten, er selbst ritt die Pferde lediglich oder prahlte mit ihnen vor seinen Gästen. Und wenn Darzin sich erst einmal ein Pferd geholt hatte, konnte Kihrin sich darauf verlassen, dass er während der nächsten Stunden nicht zurückkehren würde. Somit war er hier vollkommen ungestört, vorausgesetzt er lenkte nicht von sich aus die Aufmerksamkeit auf sich.

Indem er beispielsweise auf Valathea spielte wie jetzt im Moment.

Dazu muss gesagt werden, dass Kihrin kaum woanders üben konnte. Spielte er in seinem Gemach, beschwerte der Hohe Lord sich über den Lärm. Übte er woanders, dauerte es nicht lange, bis Darzin ihn fand, und die Vorstellung, dass Kihrin beim Neujahrsball auftreten würde, war ihm zutiefst verhasst. Seit dem Duell zwischen Thurvishar und Jarith wollte Darzin, dass Kihrin sich tunlichst bedeckt hielt, bis der Oberste General ihn schließlich vergaß.

Wie Therin darüber dachte, wusste Kihrin nicht. Er wusste nur, dass der Hohe Lord seine Meinung zu Kihrins Auftritt nicht ändern würde, solange er ihn nicht an die Harfe oder das Versprechen erinnerte. In Wirklichkeit war es Therin, vor dem der junge Mann sich versteckte.

Damit sein Spiel nicht durch den ganzen Stall schallte, hatte er sich auf dem Heuboden eine Trutzburg aus Strohballen gebaut. Innerhalb dieses Schutzwalls übte er und trauerte um all die Menschen, die er verloren hatte. Er wünschte, Morea wäre noch am Leben. Und Surdyeh. Kihrin hatte so viele Fragen und nicht eine Antwort außer einem geheimnisvollen Intaglio-Rubinring.

Seine Finger hielten mitten im Strich inne, als das Wiehern eines Pferdes ihn aus seinen Gedanken riss. Im Stall war Kihrin natürlich von Pferden umgeben, doch das Geräusch kam nicht aus einer der Boxen. Dafür war es viel zu nah. Er reckte den Kopf und spähte nach unten.

»Ah, Skandal«, sagte er mit einem Lächeln. »Bist du mal wieder aus deiner Box ausgebrochen?«

Das joratische Feuerblut, Darzins wertvollstes und nie gerittenes Pferd, schaute zu Kihrin hinauf. Das Vieh war riesig, sein Fell blaugrau, nur die Fesseln, die Mähne und der Schwanz waren weiß. Kihrin war gesagt worden, die enorme Größe sei für diese Rasse typisch, doch das Pferd schien zu groß, als dass ein Mensch es hätte reiten können. Nicht dass Skandal das zugelassen hätte. Die meisten, die es versuchten, bezahlten mit dem Leben dafür. Außerdem war die Stute eine wahre Ausbruchskünstlerin, auch wenn ihre Versuche etwas halbherzig wirkten, seit Stern hier war.

Skandal schüttelte ihre Mähne und schnaubte, als wollte sie Ja sagen, dann senkte sie das Haupt und stampfte mehrmals mit dem Vorderhuf auf.

Kihrin lächelte. Es sah aus, als applaudierte sie ihm.

»Sie mag es, wenn du spielst. Sobald sie dich hört, hält sie nichts mehr in ihrer Box«, erläuterte Stern, der gerade um die Ecke kam.

Galen war überrascht gewesen, dass Darzin das Pferd nicht töten ließ, doch Kihrin kannte den Grund: Darzin wollte damit angeben, wie gefährlich das Biest war, wie groß und von welch göttlicher Abstammung. Immerhin war Skandal das vierbeinige Äquivalent eines von den Göttern berührten Adligen. Wenn jemand fragte, warum niemand auf ihr ritt oder warum Darzin sie nicht als Zuchtstute verwendete, konnte er das Ganze mit einem Lachen abtun, ohne sich seinen Ärger anmerken zu lassen. Tötete er sie, blieb ihm nichts anderes übrig, als den Fehlschlag einzugestehen. Außerdem hatte es keine Toten mehr gegeben, seit Stern bei ihnen war, und Skandal blieb das Objekt des allgemeinen Neides und der Bewunderung. Für Darzin ging die Rechnung somit auf.

Kihrin griff in seinen Beutel, fischte einen Apfel hervor und warf ihn der Stute zu. Skandal mochte Äpfel. Sie waren eine seltene Kostbarkeit, denn in der Gegend um die Hauptstadt wuchsen keine, aber was kümmerte es Kihrin, wenn er das Geld der D'Mons ausgab? »Für dich, meine Dame«, sagte er mit einer Verbeugung. »Soll ich weiterspielen?«

Die Stute fing den Apfel gekonnt auf und nickte eifrig.

Kihrin zog seine Harfe nach vorn, setzte sich auf die Kante des Heubodens und spielte. Das war nicht ganz ohne Risiko, denn Darzin würde ihn sicher hören, falls er in die Nähe der Stallungen kam. Andererseits wagte er sich nie auch nur in die Nähe des Feuerbluts, was die Gefahr wiederum verringerte. Kihrin stimmte das Vané-Lied an, das er schon die ganze Zeit für den Neujahrsball übte, und ließ sich einmal mehr von den silbrigen Akkorden verzaubern.

Stern lehnte an einem Pfosten und lauschte mit halb geschlossenen Augen. Ein Strohhalm hatte das Stück Holz abgelöst, das er bisher als Zahnstocher benutzt hatte. Skandal bewegte das mächtige Haupt hin und her wie ein Mensch, der die Musik mit seinen Händen begleitet.

»Was sind Feuerblüter eigentlich?«, fragte Kihrin, als das Lied zu Ende war.

»Pferde«, antwortete Stern.

Kihrin seufzte. »Aber keine gewöhnlichen.«*

»Wohl wahr«, sagte Stern mit einem Achselzucken. »Keine gewöhnlichen. Komm, Skandal. Wir sind hier fertig. Gehen wir, bevor all die kleinen Männer noch vor Angst davonlaufen.« Er kicherte, und das Feuerblut ebenso, wie es schien.

»Warum nennst du sie Skandal?«, erkundigte sich Kihrin und blickte dem Pferd hinterher.

Stern ließ den Strohhalm vom einen Mundwinkel in den anderen wandern. »Weil du sie Skandal nennst.«

»Aber das ist nicht ihr Name.«

Stern zuckte mit den Schultern. »Er gefällt ihr.« Dann zwinkerte er und folgte der Stute zurück zu ihrer Box.

Kihrin lächelte versonnen und verstaute Valathea in ihrer Kiste.

»Da bist du ja«, sagte Lady Miya.

Kihrin hob den Kopf und sah die Seneschallin in der Tür stehen, durch die Stern soeben verschwunden war.

»Lady Miya? Stimmt etwas nicht?«

Die elegante Frau hob das Kinn. »Der Hohe Lord wünscht dich zu sprechen.«

»Du gehst mir in letzter Zeit aus dem Weg«, erklärte Therin D'Mon, nachdem Lady Miya ihn mit Kihrin alleingelassen hatte.

Kihrin verschränkte die Arme vor der Brust. »Wie kommt Ihr darauf, mein Lord?«

Therin hob die Augenbrauen, und Kihrin musste den Drang niederkämpfen, nervös herumzuzappeln, oder schlimmer noch: sich zu entschuldigen. Stattdessen sah er sich im Schreibzimmer

* Sie haben in etwa so viel mit Pferden gemein wie die Thriss mit den Menschen. Der Gottkönig von Jorat, der sie einst erschuf, hat sie so stark verändert, dass sie als eigene Spezies gelten müssen. Sie sind intelligent und verstehen sogar Guarem, auch wenn sie es selbst nicht sprechen können.

des Hohen Lords um. Es hatte sich nicht viel verändert, seit er das letzte Mal hier gewesen war – außer dem Papierstapel auf dem Pult seines Großvaters vielleicht.

Falls Großvater überhaupt noch die richtige Bezeichnung war.

»Wir genießen das Privileg, mit dem Obersten General und seiner Familie befreundet zu sein«, begann Therin, tunkte seinen Federkiel in das Tintenfass und unterzeichnete das nächste Papier. »Und das aus dem einfachen Grund, dass wir dieses Privileg nicht missbrauchen und den anderen Adligen unsere Vorzugsbehandlung nicht unter die Nase reiben. Doch wenn Milligreests Sohn dich in einem Duell vertritt … Wie, denkst du, sieht das für die anderen aus?«

Stille senkte sich über den Raum, nur das Schaben des Federkiels war zu hören.

Therin blickte auf. »Nun?«

»Als ob wir gute Verbindungen haben und man sich besser nicht mit uns anlegt?«

»Jarith Milligreest hat sich vor allen zum Trottel gemacht. Was sollte die anderen Häuser auf die Idee bringen, er würde nach dieser Blamage jemals wieder für uns in die Bresche springen?«

Kihrin atmete einmal tief durch. »Es war nicht meine Schuld. Ich habe ihn nicht darum gebeten, sich für mich zu duellieren.«

Therin lehnte sich auf seinem Stuhl zurück und musterte den jungen Mann. »Du scheinst mich mit jemandem zu verwechseln, den es interessiert, ob es deine Schuld war oder nicht. Das ist nicht der Fall. Es geht nicht darum, wer schuld war, sondern darum, wie sich das Ganze auf den Ruf unserer Familie auswirkt. Verstanden?«

Kihrin verkniff es sich, die Augen zu verdrehen. »Ja, mein Lord.«

Therin neigte den Kopf. »Du bist anderer Meinung?«

»Wie kommt Ihr darauf, mein Lord?«

»Raus damit. Wo liegt der Fehler in meiner Einschätzung?«

»Ihr habt Darzin vergessen. Er führt etwas im Schilde.«

»Ich weiß, dass Darzin etwas im Schilde führt. Ich habe dich gebeten, Genaueres herauszufinden, nicht den Ruf unseres Hauses zu beschmutzen. Das nächste Mal wirst du dir eine bessere Ausrede einfallen lassen müssen.« Er wedelte mit der Hand. »Du stehst unter Hausarrest. Hiermit verfüge ich, dass du deine Gemächer bis zum Neujahrsball nicht mehr verlassen wirst.«

Kihrins Augen wurden groß. »Das könnt Ihr nicht tun.«

»Ich habe es bereits getan. Da ich mich nicht auf dich verlassen kann, nehme ich dir hiermit die Möglichkeit, mich ein weiteres Mal zu enttäuschen.«

Kihrin zupfte an seiner Lippe, schließlich stieß er einen langgezogenen Seufzer aus. »Darzin und Thurvishar stecken unter einer Decke. Ich habe ein Gespräch zwischen ihnen belauscht. Es war noch jemand dabei, ich nenne ihn den Toten Mann. Seinen richtigen Namen kenne ich nicht. Sie planen etwas, eine weitere Dämonenbeschwörung. Was sie vorhaben, weiß ich nicht, doch sie haben eine unterirdische Kammer für den Zweck ausgekundschaftet. Pedron hat sie einst als Folterkammer benutzt, und ich habe gehört, wie einer der drei sagte, sie hätte Euch einmal als Tempel der Thaena gedient. Außerdem soll Thurvishars Mutter dort gefangen gehalten worden sein, bevor sie geopfert wurde.«

Der Hohe Lord schaute ihn an. Unglauben stand in seinen Augen.

Kihrin kämpfte die in ihm aufwallende Wut nieder. »Ich habe es gesehen! Nun ja, gehört. Aber es *war* Thurvishar D'Lorus, das weiß ich mit Sicherheit. Ich habe seine Stimme erkannt.«

Therin rammte seinen Kiel in das Tintenfass, blaue Farbe spritzte auf das Papier, das er soeben unterzeichnet hatte. »Belüge mich nie wieder. Wenn du glaubst, deine Herkunft als Sohn eines Musikanten wäre eine Entschuldigung für solch dreiste Erfindungen, täuschst du dich gewaltig.«

»Ich lüge nicht!«, protestierte Kihrin.

Therin trat an das einzige Fenster des Raumes und blickte hinaus über die Dächer des Blauen Palasts. »Ein Teil deiner Geschichte ist wahr«, räumte er ein und drehte sich zu Kihrin um. »In einer Kammer hier im Palast, die nur mein Onkel Pedron benutzte, wurde einst eine Dame entdeckt. Einer meiner Freunde hat sie später geheira …«

»Sandus. Dieser Freund war Kaiser Sandus, nicht wahr?«

»… und dann wurde sie ermordet, genau wie ihr Sohn. Ich glaube kaum, dass Kaiser Sandus von der Vorstellung begeistert wäre, dass der Erblord des Hauses D'Lorus in Wahrheit sein längst verstorbener Sohn ist.«

»Aber Thurvishar sagte …«

»Wie alt ist Thurvishar? Zwanzig? Cimillion wäre jünger als du, würde er noch leben. Thurvishar ist viel zu alt, ganz abgesehen davon, dass er Sandus kein bisschen ähnlich sieht.« Therin zuckte mit den Schultern. »Allerdings ähnelt er Gadrith genauso wenig. Wir hegen schon lange den Verdacht, dass Cedric D'Lorus irgendeinen namenlosen Ogenra einfach zu seinem Enkel erklärt hat. Aber Thurvishar ist eindeutig ein D'Lorus, man muss nur seine Augen sehen, um das zu erkennen.«

»So etwas lässt sich fälschen. Wenn die vier Häuser, die in den Hochadel erhoben wurden, ihre Augenfarbe mit Magie verändern können, warum sollte es dann mit Magie nicht auch möglich sein, wie ein D'Lorus auszusehen?«

»Man hat damals die Leichen gefunden, Kihrin.«

Für einen Moment verschlug es Kihrin die Sprache, aber nur für einen Moment. »Habt Ihr überprüft, ob es auch die richtigen Leichen waren? Habt Ihr Thaena danach befragt?«

Therin wandte den Blick ab. »Nein. Aber weshalb hätte Gadrith Sandus' Sohn am Leben lassen sollen? Und selbst wenn, welchen Grund hätte der Hohe Lord Cedric gehabt, die Lüge selbst nach Gadriths Tod noch aufrechtzuerhalten?«*

* Ganz einfach: weil er sich vor Gadrith fürchtete. Der Hohe Lord Cedric wusste sehr wohl, dass sein Sohn noch am Leben war. Wahrscheinlich

Kihrins Gesicht verzerrte sich zu einer Maske trotziger Wut. »Das weiß ich nicht. Trotzdem haben Thurvishar und Darzin sich getroffen und etwas ausgeheckt. Ihr wolltet doch, dass ich herausfinde, was Darzin vorhat.«

»Dann finde es heraus«, bellte Therin. »Ich brauche mehr als Spekulationen und Anspielungen.«

»Entscheidet Euch. Von meinen Gemächern aus werde ich das kaum bewerkstelligen können.«

Therin zog die Stirn kraus und überlegte. Schließlich wedelte er mit der Hand. »Nun gut. Betrachte deinen Hausarrest als aufgehoben. Für den Moment.«

»Bitte kontaktiert Kaiser Sandus, damit er etwas unternimmt ... bevor sie diesen Dämon beschwören.« Kihrin konnte nicht fassen, dass Therin eine Katastrophe in Kauf nahm, nur weil er nicht an die in Pedrons Kerker begrabenen Erinnerungen rühren wollte.

»Vielleicht werde ich das. Sobald du mir etwas Überzeugenderes lieferst«, erwiderte Therin. »Fühlst du dich dieser Aufgabe gewachsen?«

»Ja«, antwortete Kihrin. Dann fügte er hinzu: »Aber dafür brauche ich mehr Geld ...«

hoffte er, wenn er die Situation ignorierte, würde sie sich irgendwann von selbst lösen.

69

DER MISSRATENE SOHN

(Kihrins Geschichte)

Ein dichter Ascheregen ging über dem Hafen nieder, bedeckte die Kisten und überzog den Pier mit einer Schicht aus schwarzem Schnee. Der Horizont im Osten leuchtete immer noch rot von dem Vulkanausbruch auf Ynisthana. In den Bäuchen der turmhohen Wolken, die den Nachthimmel erstickten, zuckten Blitze.

Der Ausgang des Portals von Ynisthana führte zu einer heruntergekommenen Hafenstadt in Zherias, die Fischern, Händlern und Piraten auf der Suche nach Käufern für ihre Waren als Zwischenhalt diente. Kaum jemand wohnte hier, die meisten kamen mit ihren Schiffen und blieben für ein paar Wochen, um dann den nächsten Hafen anzulaufen.

Somit war die Stadt bestens geeignet für die Schwarze Bruderschaft, denn niemand bemerkte ihr Kommen und Gehen. Die meisten Mitglieder hatten sich in sichere Unterschlupfe verkrochen. Später würden sie von dort zu einem von Khaemezra zum neuen Stützpunkt auserkorenen Ort weiterreisen.

Ich saß auf einer Kiste und beobachtete, wie ein mir wohlbekanntes Schiff beladen wurde. Es hatte schwarze Segel, über ein halbes Dutzend Mal hatte ich es in Ynisthana anlegen sehen. Doch diesmal war der Anblick um ein Vielfaches schöner.

Denn diesmal würde das Schiff mich mit nach Quur nehmen.

»Du weißt hoffentlich, was für ein Trottel du bist, oder?«

Ich blickte über die Schulter und funkelte Teraeth an. »Und du weißt hoffentlich, wie wenig mich deine Meinung interessiert.«

Er ignorierte meine Erwiderung und setzte sich auf eine Kiste mir gegenüber. »Warum bestehst du darauf, dass du der Einzige bist, der Gadrith und Darzin aufhalten könnte? Glaubst du, ihresgleichen sind eine Seltenheit? Sind sie nicht. Das einzig Besondere an ihnen ist, dass du sie kennst. Am Juwelenhof wimmelt es nur so von Männern und Frauen ihres Schlages, genauso niederträchtig und genauso böse. Das ganze System ist eigens auf Leute wie sie zugeschnitten. Willst du sie *alle* aufhalten? Den Hof und den Hohen Rat stürzen?«

»Selbstverständlich nicht …«

»Warum nicht? Wäre doch eine lohnende Aufgabe.«

Teraeth überraschte mich. Er hatte mich kalt erwischt. Eine ganze Weile lang ging mein Mund auf und zu, ohne dass ein Laut über meine Lippen kam.

Er beugte sich näher heran und stützte die Ellbogen auf die Knie. »Das Problem ist nicht, dass du dumm wärst. Denn das bist du nicht. Aber du glaubst, das Böse wäre wie der Alte Mann, wie Relos Var, wie das Ding, das sie in Kharas Gulgoth gefangen halten. Du stellst dir das Böse als etwas vor, das du einfach so töten kannst.«

Ich schnaubte. »Dürfte ich dich darauf hinweisen, dass ich nicht einen aus deiner Aufzählung einfach so töten kann?«

»Richtig, aber du würdest es versuchen, oder? Doch das Böse ist weder ein Dämon noch ein abtrünniger Zauberer. Das Böse ist wie Quur, es ist wie ein Reich, das sich von den Armen und Unterdrückten nährt, wie eine Mutter, die ihre Kinder frisst. Bei Dämonen und Ungeheuern liegt die Lösung auf der Hand, gegen sie werden wir uns immer verbünden und sie zurückschlagen. Aber das weit weniger offensichtliche, wahre Böse ist immer dann am

Werk, wenn wir die Augen vor dem Leid anderer verschließen, als ginge es uns nichts an.«

Ich dachte ein paar Jahre zurück, an meinen Einbruch in die Villa Kazivar, wo dieser Mann gefoltert wurde und ich mir dachte: Geht mich nichts an. Ich verscheuchte die Erinnerung. »Was, verflucht noch mal, ist eigentlich los mit dir, Teraeth? Willst du, dass ich nach Quur segle oder nicht? Im einen Moment erklärst du mich zum Vollidioten, weil ich in die Hauptstadt zurückkehre, und im nächsten schlägst du vor, ich soll Revolutionär werden und die Regierung stürzen. Entscheide dich gefälligst.«

»Ich mache mir Sorgen um dich und will sichergehen, dass du das nicht nur tust, um dein schlechtes Gewissen zu beruhigen, weil du dich vier Jahre lang nicht bei deiner Familie hast blicken lassen. Du warst ein Sklave und außerdem die Geisel eines Drachen und hattest keine andere Wahl. Aber jetzt hast du eine. Gadrith ist nicht dein Problem.«

»O doch …«

»Nein, ist er nicht«, fiel Teraeth mir ins Wort. »Ja, er ist böse, und ja, noch mehr Leute werden leiden und sterben, wenn er weiter frei herumläuft, aber er hat keinen Grund, den D'Mons zu Leibe zu rücken. Geht es um Darzin? Wenn das der Grund ist, kann ich ihn beseitigen lassen. Kein Problem. Man wird die Leiche nie finden, und wir können uns auf unseren eigentlichen Feind konzentrieren: auf Relos Var.«

»Wir können Darzin nicht umbringen«, murmelte ich. »So gerne ich es auch täte, wir brauchen ihn, damit er uns zu Gadriths Versteck führt.«

»Thurvishar …«

»Ist viel zu schlau, als dass wir ihn dazu benutzen könnten.« Ich warf Teraeth einen finsteren Blick zu. »Und ich habe die Berichte von euren Agenten gelesen. Weißt du überhaupt, wo Thurvishar sich seit dem letzten Anschlag auf ihn aufhält?«

Teraeth legte sich eine Hand aufs Herz. »Damit hatten wir nichts zu tun. Dem Haus D'Lorus mangelt es nicht an Feinden. Es gibt genügend Leute, die sich einen Vorteil davon versprechen, wenn sie seinen Erblord aus dem Verkehr ziehen. Außerdem versuchst du gerade, vom Thema abzulenken.«

»Warum ich Gadrith unbedingt persönlich umbringen will?« Ich stand auf. »Hast du nicht zugehört? Das will ich gar nicht. Ich bin nur der Köder. Du bist es, der Darzin zu Gadriths Versteck folgen und dann Tyentso in Kenntnis setzen wird. Sie nimmt Kontakt zu Kaiser Sandus auf und sagt ihm, wo er zuschlagen muss. Sandus wird derjenige sein, der Gadrith ein für alle Mal unter die Erde bringt, kapiert? Keine Einzel-, sondern eine Gemeinschaftsleistung.«

Teraeth stand ebenfalls auf. Sein Blick verfinsterte sich. »Das meine ich nicht.«

»Ich weiß, was du meinst. Nämlich, warum ich das tue. Weil jemand es tun *muss*. Weil ich das Ganze schon hätte beenden können, als ich vor vier Jahren Zeuge wurde, wie Gadrith und Darzin diesen Vané gefoltert haben, wenn ich damals nur gewusst hätte, an wen ich mich wenden muss. Jetzt weiß ich es, und ich will verflucht sein, wenn ich diese Schweine weiter ihr Unwesen treiben lasse, obwohl ich sie aufhalten kann. Es geht mir nicht um Relos Var oder Vol Karoth und auch nicht um die Prophezeiungen. Sondern um Galen. Um Talea. Um Thurvishar.« Ich hätte noch mehr Leute aufzählen können. Vor allem Miya. In diesem Moment wusste ich, dass ich, egal wie die Sache ausging, mit Therin ein Wörtchen über die Freiheit meiner Mutter zu reden hatte.

Bei dem letzten Namen schaute Teraeth mich überrascht an. »Thurvishar? Ich glaube nicht …«

Ich schnippte mit dem Daumen gegen das Gaesch an meinem Hals. »Ich erkenne einen Gegaeschten, wenn ich ihn sehe. Gadrith trägt irgendwo am Körper einen Anhänger, in dem er ein Stück von Thurvishars Seele aufbewahrt, da gehe ich jede Wette mit dir ein. Das ist auch der Grund, warum er sich nie die Mühe gemacht hat, Thurvishar seine wahren Eltern zu verheimlichen: weil er weiß, dass Thurvishar es niemandem verraten kann. Thurvishar mag der Erblord des Hauses D'Lorus sein und obendrein ein mächtiger Magier, aber er ist und bleibt ein Sklave. Genau wie die anderen Leute, die ich aufgezählt habe.« Ich schüttelte den Kopf. »Der Tod von Gadrith und Darzin wird nicht Tausende Leben retten, nicht einmal hundert, aber er wird diesen Leuten die Freiheit schenken. Du fragst mich also, warum ich das tue? *Weil ich es kann.*«

Mein leidenschaftlicher Vortrag ließ Teraeth zusammenzucken, dann lachte er.

Ich atmete einmal tief durch. *Zur Hölle mit ihm.* Als ich mich zum Gehen wandte, hielt Teraeth mich fest.

»Moment, warte bitte. Es tut mir leid. Ich schwöre, ich habe nicht über dich gelacht.« Er ließ meine Hand los und setzte sich wieder. Er grinste immer noch, allerdings vor Scham, wie es schien. »Haben Khaemezra oder Doc dir je verraten, wer ich früher war? In meinem letzten Leben?«

Ich hielt inne. Diese Gelegenheit würde so schnell nicht wiederkommen. »Nein«, antwortete ich.

Teraeth nickte. »Die Erinnerung daran kam während meiner Pubertät. Vollständig, und nicht nur an mein letztes Leben. Ich konnte mich auch an die Zeit dazwischen, im Land des Friedens erinnern.« Er warf mir einen kurzen Blick zu. »Es ist schön dort.«

»Und was hat das mit …?«

Teraeth sprach einfach weiter. »Ich kann mich entsinnen, wie die Acht Unsterblichen aufgetaucht sind und nach Freiwilligen gesucht haben: vier Seelen, die ihnen dabei helfen, die Prophezeiungen zu erfüllen. Aber die Sache hatte einen Preis. Die Freiwilligen mussten bereit sein, das Paradies zu verlassen, wiedergeboren zu werden und all den Schmerz und die Leiden der Welt erneut zu ertragen. Weißt du, wer der erste Freiwillige war? Wer sich sofort gemeldet hat?«

»Du?«

Er kicherte. »Nein. *Du.*«

Mein Herz setzte einen Schlag lang aus. »Teraeth …«

»Du bist kurz nach mir im Land des Friedens aufgetaucht. Etwa fünfhundert Jahre lang hast du nicht gesprochen, nicht ein einziges Wort. Zu niemandem. Du hast einfach ins Leere gestarrt, als wäre das Paradies die Hölle für dich. Die Göttinnen haben nie und nimmer damit gerechnet, dass ausgerechnet du dich melden würdest. Ich sehe ihre Gesichter jetzt noch vor mir. Eine hat dich gefragt, warum du es tust, und du hast gesagt …« Er bedeutete mir mit einer Geste, den Satz für ihn zu Ende zu sprechen.

Meine Stimme drohte zu versagen, aber ich schaffte es. »Weil ich es kann.«

»Weil du es kannst. Und im gleichen Moment wurde mir klar …« Er verstummte.

»Ja?«

Teraeth antwortete eine ganze Weile lang nicht. Sein Schweigen zog sich in die Länge, dann sagte er: »Im gleichen Moment wurde mir klar, dass ich gleichziehen muss.« Er schaute weg. »Sonst hätte ich neben dir wie ein Feigling ausgesehen.«

»Du willst mir jetzt nicht sagen, dass du dich wegen deines Egos freiwillig gemeldet hast.«

»O doch«, antwortete er. »So bin ich nun mal: die Eitelkeit in Person. Außerdem hat meine Frau ebenfalls die Hand gehoben, als sie deine Meldung sah. Ich konnte euch zwei auf keinen Fall miteinander allein lassen.«

Ich blinzelte ihn an. »Bei den Göttern, du willst mich veralbern, oder?«

Teraeth grinste nur und wischte sich die Asche von der Nase.

»Bereit zum Aufbruch?« Tyentso tauchte hinter uns auf. »Ich habe alle Wetterzauber vorbereitet, damit wir genau im richtigen Moment in der Hauptstadt ankommen.«

Ich seufzte innerlich. Die Gelegenheit, mehr über Teraeth zu erfahren, hatte sich damit wohl erledigt.

»Bereit«, bestätigte ich und stand auf. »Wir sind noch im Zeitplan?«

»Es ist alles arrangiert.« Sie deutete auf das Schiff mit den schwarzen Segeln. »Wer als Letzter an Bord ist, zahlt die erste Runde im KEULFELD.«

70

DIE RÜCKKEHR DES RABEN

(Klaues Geschichte)

Faris beobachtete das Gedränge auf den Straßen des Unteren Zirkels. Während der Monsunmonate flohen die meisten Bewohner aus der Hauptstadt und überschwemmten das Umland, wo sie ihre Höfe und Felder bewirtschafteten, um sich eine Kleinigkeit nebenher zu verdienen, bei der Saat zu helfen oder einfach nur, um dem Regen zu entgehen. Zum Neujahrsfest, dem offiziellen Ende des Monsuns, explodierte die Hauptstadt förmlich. Die Wanderarbeiter kehrten zurück, und die Bevölkerung stieg auf beinahe eine Million an. Und alle feierten sie eine Woche lang auf der Straße ein Dankesfest für die Götter. Der Adel gab sich demütig und dankbar, verteilte Geschenke und großzügige Gesten. Die Händler strömten zurück in die Stadt, um ihre neuen Waren zur Schau zu stellen. Die Straßen waren überfüllt und in Aufruhr, wie es nun einmal so ist, wenn zu viele Menschen sich zu wenig Platz teilen.

Für einen Ganoven wie Faris war es das Paradies. Ein Selbstbedienungsladen, in dem er sich ganz entspannt die fetteste Beute aussuchen und die Quoten der Schattentänzer locker erfüllen konnte. Umgeben von seinem Schlägertrupp beobachtete er von einem Hausdach aus die vorbeidrängenden Massen wie eine

Schleiereule eine Wiese voller Mäuse. Es gab Opfer im Überfluss, er hatte alle Zeit der Welt, sich das am besten geeignete auszusuchen.

Ein goldenes Blitzen erregte seine Aufmerksamkeit. Er beugte sich nach vorn.

»He«, murmelte Faris, wandte sich Dovis zu und boxte ihn in den Arm. »He!«

»Was ist?«, fragte der Jüngere und rieb sich den schmerzenden Arm.

»Sieh dir den Kerl in Blau an«, antwortete Faris. »Der mit der Leibwache und dem Jungen gleich daneben.«

»Und? Sieht aus wie ein Adliger.« Dovis bewunderte kurz die reich bestickten Kleider der beiden und zuckte mit den Schultern.

»Das ist Krähe«, erklärte Faris. »Die gottverfluchte Krähe. Ich fass es nicht. Es ist tatsächlich Krähe!«

»Was? Auf keinen Fall!« Sein Schlägertrupp blieb skeptisch.

»Das ist unsere Chance. Schnappen wir ihn uns!«

Dovis legte Faris eine Hand auf den Arm. »Bist du sicher, Boss? Sie haben eine bewaffnete Leibwache. Suchen wir uns was Leichteres.«

Faris gab ihm mit seiner verbliebenen Hand eine Ohrfeige. »Halt dein Maul, Ratte. Das hier ist mein Trupp. Wir tun, was ich sage.« Er deutete nach unten. »Wir folgen ihm. Wir folgen ihm und warten eine gute Gelegenheit ab. Bestimmt gibt es eine. Es gibt immer eine.«

Kihrin hob ein fein gearbeitetes, mit Hämatit verziertes Silberschmuckstück hoch. »Kannst du das auch größer machen?«, fragte er den Verkäufer.

»Aber selbstverständlich, mein Herr. Wie viel größer wäre Euch genehm?« Der Händler nickte mit ausgesuchter Höflichkeit. Er konnte das Geld bereits riechen.

»Etwa so …« Kihrin hob die Hände und hielt sie zwei Ellen weit auseinander. »Es ist für ein Pferd«, erklärte er dem verdutzten Mann, der ihn mit großen Augen anschaute.

Galen blinzelte. »Wie bitte?«

Kihrin nickte. »Ich bin sicher, es wird ihr gefallen«, sagte er mit undurchdringlicher Miene, nur in seinen blauen Augen blitzte der Schalk. Er konzentrierte sich wieder auf das Schmuckstück. »Lass mich wissen, wenn du es fertig hast, und schick es zum Blauen Palast. In Ordnung?«

»Ja, mein Herr. Ähm, für ein Pferd?« Der Händler hatte seinen Schock immer noch nicht ganz verdaut.

»Für ein ganz besonderes Pferd«, antwortete Kihrin mit einem Zwinkern. Innerlich lachte er sich kaputt darüber, wie der Händler die Geste möglicherweise missverstehen würde.* Irgendwie machte es das sogar noch lustiger.

Kihrin inspizierte weiterhin demonstrativ die Auslage, hielt sich und Galen die ein oder andere Brosche an die Brust, betrachtete die Gürtelschnallen und die mit Juwelen bestickten Schultertücher. Aus dem Augenwinkel beobachtete er, wie die Soldaten ihrer Leibwache sich unterdessen einer nach dem anderen nach draußen verdrückten und lieber vor dem nicht allzu großen Zelt in Position gingen.

Schließlich tippte er Galen auf die Schulter und bedeutete dem jüngeren Mann mit gekrümmtem Zeigefinger, ihm zum Hinterausgang des Zeltes zu folgen. Als sie ganz hinten angelangt waren, gab er dem Händler mehrere Throne Trinkgeld und kaufte zwei dunkle Sallí-Umhänge, wie reiche Kaufleute sie trugen, dann schlüpften sie durch den Hinterausgang hinaus. Den einen Umhang gab Kihrin seinem Bruder, den anderen breitete er sich selbst über die Schultern, um das verräterische Blau des Hauses D'Mon zu verbergen. »Lauf«, flüsterte er seinem Bruder zu.

* Es wäre nicht das erste derartige Gerücht über einen Adligen, nur dass es in Kihrins Fall ausnahmsweise keinerlei wahren Kern hätte.

Galen zögerte, doch Kihrin zog ihn schon an seinem Agolé durch die Menge hinter sich her. Lachend ergriffen die beiden die Flucht vor ihren Aufpassern und verschwanden im Gedränge des Straßenmarkts. Irgendwann blieben sie grinsend stehen, schnappten nach Luft und hielten sich die stechenden Seiten.

»Glaubst du, wir haben sie abgehängt?«, fragte Galen.

Kihrin nickte. »Zumindest für eine Weile. Lange genug, glaube ich, damit wir uns inzwischen ein bisschen …« Er verstummte, sein Blick sprang zu den Häuserdächern.

Die Leute hatten einen kleinen Kreis um sie herum freigemacht, als sagte ihnen ein angeborener Überlebensinstinkt, dass sie in Kihrins und Galens Nähe nicht sicher waren. Eine vertraute Gestalt betrat die freie Fläche. Kihrin stöhnte.

»Sieh mal einer an«, sagte Faris. »Wenn das nicht die gute alte Krähe ist. Hübsch hast du dich zurechtgemacht. Zeigst du deiner Freundin den Markt?«

»Weißt du, Faris, selbst bei deiner Laufbahn könnte das der schlimmste Fehler sein, den du je gemacht hast.«*

Faris schien anderer Meinung. »Nicht doch. Das wird großartig.«

Kihrin sah sich um. Nirgendwo ein Hinweis, dass ihre Leibwache sie bald finden würde, auch kein Zeichen von Soldaten eines anderen Hauses, die vielleicht dazwischengehen könnten. Und keine Stadtwächter, die sie zu Hilfe rufen konnten.

Faris setzte ein hässliches Lächeln auf. Er hatte seinen ganzen Trupp dabei, alle mit Messern, Knüppeln und kleinen Keulen bewaffnet, die sie unter ihren Kitteln versteckt trugen.

»Was sollen wir tun?«, fragte Galen, eine Hand auf seinem Schwertgriff.

»Das Gleiche wie gerade eben«, antwortete Kihrin. »Laufen!« Er

* Ich denke, Faris' schlimmster Fehler war, was er Kihrins Lehrerin Maus angetan hat. Von da an ging es konstant bergab mit ihm.

zog ein Messer aus seinem Gürtel und warf es. Der Griff traf einen von Faris' Kumpanen an der Hand, die anderen duckten sich von dem anfliegenden Projektil weg, was Kihrin und seinem Bruder eine Lücke verschaffte.

Kihrin sprang auf einen Kistenstapel vor einer Mauer, kletterte auf das Rankgitter dahinter und daran entlang aufs Dach. Erst jetzt merkte er, dass Galen nicht mehr bei ihm war. »Galen, komm schon!«

Sein jüngerer Bruder hielt den soeben gekauften braunen Sallí in der einen Hand, in der anderen das gezogene Schwert. Als Faris' Bande die Verfolgung aufnehmen wollte, warf er ihnen den Umhang entgegen und durchbohrte einen mit seinem Schwert. Dann sprang er zur Seite und schlitzte einem anderen die Leiste auf. Es folgte ein kurzes, entsetztes Schweigen, als die Straßendiebe merkten, dass sie es mit einem ausgebildeten Schwertkämpfer zu tun hatten und zwei aus ihren Reihen bereits den Preis dafür bezahlt hatten.

»Vergesst ihn!«, brüllte Faris. »Ich will Krähe!«

»Mittlerweile solltest du an Enttäuschungen gewöhnt sein!«, schrie Kihrin zurück. Er hatte nur noch wenige Messer in seinem Gürtel, aber die genügten, um seine Verfolger noch einmal über ihr Vorhaben nachdenken zu lassen. Er schleuderte ein weiteres Messer, dann noch eines. Der zweite Wurf wurde ein Volltreffer.

Faris blickte sich um und merkte, dass ihm zusehends die Bandenmitglieder ausgingen. Außerdem kam Galen auf ihn zu.

»Ich bin noch nicht fertig mit dir, Krähe!«, schrie er und suchte sein Heil in der Flucht.

Als Kihrin vom Dach herunterkletterte, wischte Galen gerade sein Schwert an seinem abgelegten Umhang ab. »Wir sollten auf unsere Leibwache warten«, sagte er.

»Auf keinen Fall«, widersprach Kihrin. »Wir verschwinden von hier, und zwar sofort. Komm mit. Warst du schon mal in einem Bordell? Denn glaub mir, wir müssen sofort runter von der Straße.«

»Aber bis zur Samtstadt ist es viel zu weit …«

Kihrin lächelte gelassen, als hätte ihn die Begegnung mit Faris nicht genauso erschüttert wie Galen. Er hatte beinahe vergessen, wie viele Schattentänzer ihn nur zu gerne erdolchen würden, sobald sie ihn sahen. Und dann gab es noch Leute wie Faris, die ihm ans Leder wollten, ohne Butterbauchs Ermordung als Vorwand zu benutzen. Dass er Galen in Gefahr gebracht hatte, gefiel Kihrin ganz und gar nicht. Allerdings musste er zugeben, dass Galen seine Rettung gewesen war.

Er sah das handgemalte Schild eines Massagezelts und duckte sich in den Eingang, die Finger um Galens Handgelenk geschlossen. Sein Bruder schien ein wenig in Panik zu geraten, deshalb flüsterte er: »Entspann dich. Es ist nur eine Massage. Hier drinnen passiert nichts, was du nicht willst.«

»Wenn du es sagst …« Galen schien sich ein wenig zu beruhigen.

Ein kleingewachsener, fetter Kerl musterte sie kurz, kam schnell zu dem Schluss, dass ihre Münzen aus dem richtigen Metall bestanden, und scheuchte sie in zwei durch hängende Stoffbahnen voneinander getrennte Kabinen. Kihrin hatte nicht vor, sich eine Massage zu gönnen, und auch keinen anderen der zweifellos erstklassigen Dienste, die in der mobilen Einrichtung angeboten wurden. Der Besuch war lediglich eine Sicherheitsmaßnahme für den Fall, dass Faris mit Verstärkung zurückkam, und das Zelt das perfekte Versteck.

Genau das wollte er der verhüllten Frau erklären, die in diesem Moment sein Separee betrat – dass er sie bezahlen würde, ohne dass sie auch nur einen Finger dafür krümmen musste –, da schlug sie ihre Kapuze zurück.

»Ola!« Kihrin machte zwei schnelle Schritte auf sie zu und blieb ruckartig wieder stehen. »Ola?«

Sie hatte abgenommen. So sehr, dass er sie kaum wiedererkannte, nur ihr Teint hatte sich nicht verändert. Ola hatte so schnell so viel Gewicht verloren, dass ihr die Haut in schlaffen Falten vom Körper hing. Ihr Blick wirkte gehetzt.

»Ja«, sagte sie. »Ich bin es.«

Kihrin rührte sich immer noch nicht. »Da war eine Mimikerin …«

Die Frau nickte. »Ich kenne sie. Es war nicht leicht, aber ich konnte ihr entwischen. Ach, Blauauge. Mein Junge.« Sie streckte die Hände nach ihm aus, und Kihrin kam ihr entgegen.

Aber nicht zu nahe. »Wie hast du mich gefunden?«

»Ich habe gewartet, bis du den Palast verlässt. Ich kenne dich gut genug, um zu wissen, dass du den Hinterausgang des Schmuckhändler-Zeltes nehmen würdest. Danach musste ich nur noch dem Geschrei folgen. Du hast immer noch ein Talent, in Schwierigkeiten zu geraten, nicht wahr?«

Kihrin runzelte die Stirn. All das war möglich. Sich nicht von der Palastwache erwischen zu lassen, dürfte weit einfacher gewesen sein, als den scharfen Augen der Schattentänzer zu entgehen.

»Ola … Ola, was ist mit dir passiert?«

Sie verzog das Gesicht. »Ist das nicht offensichtlich? Ich bin auf der Flucht vor den Schattentänzern, auf der Flucht vor allen. Da bekommt man nicht gerade viel Gelegenheit zum Essen. Dich zu finden, war auch nicht einfach …«

Kihrin blickte an sich hinab. Sein Kef war mit kostbaren Stickereien verziert, und die Juwelen auf dem Rest seiner Kleidung waren ein Vermögen wert. Er schaute wieder die Frau an, die er einst für seine Mutter gehalten hatte. »Warum hast du es mir nicht gesagt? *Hättest* du es mir gesagt? Wenn ich gewusst hätte, dass meine Familie …«

Die Zheriasa schüttelte den Kopf. »Ich habe nur getan, was für dich das Beste war, Kind …«

»Das war noch nie deine Art.«

Ola blies die Luft durch ihre bebenden Nasenflügel aus und nickte. »Möglich, dass du damit nicht ganz unrecht hast, Kind.

Aber das ändert nichts an unserer Situation. Ich muss aus der Hauptstadt verschwinden.« Sie deutete mit einem knorrigen Finger auf Kihrin. »Vielleicht möchtest du mich sogar begleiten. Du und ich, wir wissen beide, dass es für dich in dieser Stadt nichts anderes gibt als Schmerz.«

Kihrin blickte zur Seite, in Richtung des Separees, wo sein Bruder Galen vermutlich gerade massiert wurde und es hoffentlich genoss. »Ich kann nicht …«

»Möchtest du ihn mitnehmen?«, fragte Ola. »Es macht mir nichts aus, weißt du. Aber nur wenn es ihm wirklich ernst damit ist, all seinen Reichtum hinter sich zu lassen. Sobald wir hier weg sind, wird er keine Möglichkeit mehr haben, seine Meinung noch einmal zu ändern.«

»Woran hast du gedacht?«, fragte Kihrin.

»An Doltar. So weit südlich von Quur, dass sie uns niemals finden. Wir können uns niederlassen, ein neues Leben beginnen und nie wieder zurückschauen.«

Kihrin hob eine Augenbraue. »Wann? Jetzt?«

»Nein, erst wenn die Feierlichkeiten vorbei sind«, antwortete Ola. »Bis dahin verlässt kein Schiff den Hafen. Komm mit mir, bitte!«

Kihrin dachte an Galen und dann an noch jemanden. »Wenn du zwei mitnimmst, nimmst du dann auch drei mit?«

Ola umklammerte seine Schulter. »Ja.«

71

HEIMREISE

(Kihrins Geschichte)

Die Schiffspassage verlief vollkommen ereignislos. Dank Tyentso hatten wir beständig gutes Wetter, und niemand griff uns an.

Ich hatte alle Zeit der Welt, um mir Sorgen über die Zukunft zu machen.

Während der ersten paar Tage schmiedeten wir Pläne, wobei wir uns allerdings einig waren, dass das wenig bis gar nichts nützte, da wir die aktuelle politische Lage nicht ausreichend kannten. Wir waren aber auch nicht vollkommen unvorbereitet. Dank der Erkenntnisse aus dem Netzwerk der Bruderschaft wussten wir, dass Therin noch am Leben war, ebenso meine Mutter Miya und meine Großtante Tishar. Das Haus D'Mon war um zwei Ränge abgestiegen und befand sich nun an sechster Stelle. Jarith Milligreest war vom Steintor-Pass in die Hauptstadt zurückgekehrt, aber nur, um ein paar kleinere Dinge zu erledigen und dann mit seiner neuen Frau und dem gemeinsamen Sohn zu seinem Vater, dem Obersten General, zu stoßen, der gerade in Khorvesch auf Familienbesuch war. Thurvishar und Darzin lebten – leider – ebenfalls noch.

Was Gadrith und Darzin während der vergangenen vier Jahre ausgeheckt haben mochten, wussten wir nicht. Wir wussten nur, dass sie nach wie vor nach mir suchten. Während meiner Abwesenheit hatte die Bruderschaft hin und wieder Agenten geschickt, die so verkleidet waren, dass sie ungefähr aussahen wie ich – einmal fuhr Teraeth persönlich –, nur um zu sehen, ob jemand es zur Kenntnis nahm.

Die Antwort? Es wurde zur Kenntnis genommen, und wie. Die Agenten, die nicht sofort unter fadenscheinigen Vorwänden von der Stadtwache verhaftet worden waren, wurden umgehend von den (wahrscheinlich den Schattentänzern verpflichteten) Hafenspionen verraten. In beiden Fällen dauerte es nie länger als eine Stunde, bis Darzin persönlich auftauchte, um zu sehen, ob ich zurückgekehrt war.

Deshalb kam ich nun in Verkleidung in die Stadt.

So wie wir alle. Tyentso hatte guten Grund, sich nicht als die verurteilte Hexe und Verräterin Raverí D'Lorus zu erkennen zu geben, und Teraeth … Nun, ein manolischer Vané tat vermutlich schon aus Prinzip gut daran, sich nicht in der Hauptstadt blicken zu lassen.

Ich nahm mir die Zeit, über meine Lage nachzudenken, darüber, was ich hinter mir ließ, und darüber, was mich erwartete. Ich hatte Zeit, an meine Eltern zu denken und mich zu fragen, wer sie sein mochten. Dank Doc/Terindel wusste ich über Miya zweifelsfrei Bescheid, aber mein Vater? Wer war er?

Es kam nur einer infrage. Nein, nicht Darzin. Sondern jemand, der sich seiner Verbindung zu Miya so sehr schämte und gleichzeitig so sehr an ihr hing, dass er von allen verlangte, sie mit »Lady« anzusprechen, als wäre sie ganz offiziell seine Frau. Das würde auch erklären, warum ich Pedron D'Mon so ähnlich sah, der in Wahrheit weder mein Urgroßonkel noch mein Urgroßvater war, sondern mein Großvater. Kihrin, Sohn von Therin, Enkel von Pedron. Auch dank meiner Mutter, die eine reinblütige Vané war, hatte sich das goldene Haar nach einer Generation Unterbrechung wieder durchgesetzt. Nur die blauen Augen waren stets geblieben.

Wie Therin mir einmal versichert hatte, war nie angezweifelt worden, dass ich ein D'Mon war.

Mir wurde eng um die Brust, als das Schiff in die Bucht einfuhr, in der die Hauptstadt lag. Der Grund war mir zunächst nicht klar, er entzog sich einfach meinem gedanklichen Zugriff. Schließlich erkannte ich ihn als verspätete Sentimentalität. Bevor ich entführt und in die Sklaverei verkauft worden war, hatte ich die Stadtgrenzen nicht einmal verlassen.

Überrascht stellte ich fest, wie sehr ich die Stadt vermisst hatte. Die spiralförmigen weißen Türme, die die Stadt aus der Ferne aussehen ließen, als wäre sie einem Gottkönigmärchen entsprungen, das Gedränge und die blendend helle Mittagssonne, die sich im Senlay spiegelte. Die erdrückende Hitze, die einem von den weißen Pflastersteinen mit mörderischer Wucht entgegenschlug. Der Geruch der Khilins beim Brotbacken und Fleischbraten, und das Geschrei der Händler, die ihre Waren auf der Straße anpriesen.

Vier Jahre lang hatte ich Heimweh gehabt und merkte es erst jetzt.

Die gemauerten Wellenbrecher des künstlichen Hafens streckten sich hinaus in die Bucht wie die Klauen eines hungrigen Dämons. Es war Frühsommer, bis der Herbstmonsun alles Leben zum Stillstand brachte, würde es noch Monate dauern. Der Hafen brummte vor hektischer Betriebsamkeit. Handelsschiffe aus Kazivar brachten Getreide und Wein. Kirpische Frachter legten an, die Bäuche voller Harthölzer und Zedern. Kähne aus Khorvesch löschten ihre Ladung aus Teppichen, Tüchern, Kräutern und Farbpulvern. Kapitäne aus Zherias und Doltar wickelten vor dem beträchtlichen Hintergrundlärm ihre Export-Import-Geschäfte ab. Am stärksten aber zog es meinen Blick zu den bauchigen Sklavenschiffen, die ganz am Rand des Hafenbeckens ihre grausige Lebendware ausspuckten. Ich merkte, wie ich mich bei dem Anblick an der Reling festklammerte, und streckte die Finger.

Während meiner Abwesenheit hatten sich die Sicherheitsvorkehrungen gehörig verändert. Das berühmte drachenförmige Jadetor, eines der Wunder der bekannten Welt, war zum ersten Mal, seit ich mich erinnern konnte, geschlossen. Jemand hatte sich die Mühe gemacht, direkt daneben ein großes hölzernes Wachhaus mit umso kleinerer Eingangstür zu errichten, die nun als einziger hafenseitiger Zugang zur Stadt diente. Noch nie hatte ich so viele Wächter an den Anlegestellen gesehen, und es erschreckte mich, dass dieser Anblick nun vollkommen alltäglich zu sein schien. Die meisten von ihnen waren damit beschäftigt, die Sklavenschiffe und den Verbleib von deren Ladung zu kontrollieren. Die Luft über den Kais war drückend und angespannt, die Atmosphäre von Misstrauen und Feindseligkeit mit Händen zu greifen.

»Seit wann ist das hier so?«, fragte ich Kapitän Norrano, als wir uns unserer Anlegestelle näherten.

Norrano zuckte mit den Schultern. »Seit ein paar Jahren. Irgendein Prinz wurde entführt. Seitdem sind die Quurer nicht mehr gut auf Fremde zu sprechen und haben die alten, laxeren Gesetze außer Kraft gesetzt.«

Ich unterdrückte einen nervösen Seufzer. »Ach so.«

Der Kapitän kicherte. »In ein paar Jahren ist der Spuk wieder vorbei, da bin ich sicher. Bis dahin lassen sie Fremde nur bis ins Händlerviertel und die angrenzenden Teile des Unteren Zirkels.«

»Klar. Man darf den Besuchern schließlich nicht die Samtstadt vorenthalten.«

»Dann gäbe es einen Aufstand, junger Mann«, stimmte mir der Kapitän zu und zupfte an seinem Diamantohrring. »Wenn du mich jetzt entschuldigen würdest, auf mich wartet eine Menge Arbeit mit den Hafenformalitäten. Die verfluchten Zollbeamten verlangen doppelt so viel Schmiergeld, seit die neuen Gesetze in Kraft sind.« Er murmelte weiter vor sich hin und stapfte davon.

Ich gesellte mich zu Teraeth, während die Matrosen den Hafenarbeitern unten auf dem Kai die Anlegeleinen zuwarfen. Er sah kein bisschen aus wie ein manolischer Vané, sondern wie ein ganz normaler Quurer. Genauer gesagt wie ein Quurer aus Khorvesch. Seine Mischa, die in die Stiefel gesteckte Hose und die Schärpe an seiner Hüfte wirkten so authentisch, dass ich mich während der Reise mehrmals gefragt hatte, wann Jarith Milligreest sich an Bord geschlichen hatte.

Er musterte die schillernde Silhouette der Stadt mit kaum verhohlenem Zorn.

»Warum ist dir Quur eigentlich so verhasst?« In all den Jahren, die ich ihn nun kannte, hatte Teraeths Verachtung für meine Heimat nicht ein Jota nachgelassen. Ola war nicht halb so schlimm gewesen wie er, dabei hatte sie ihr Dasein hier jahrzehntelang als Sklavin gefristet.

Er schnaubte. »Weil ich Augen im Kopf habe? Frag die Marakorer, wie gut ihnen die quurische Unterdrückung gefällt. Frag die Yorer. Frag irgendeinen Sklaven. An der Oberfläche mag eine Leiche noch ganz gesund aussehen, aber sobald du an der Haut kratzt, siehst du nur noch Verwesung und Würmer.«

»Ein charmanter Vergleich.« Ich schüttelte den Kopf. »Es ist etwas Persönliches, oder?«

Teraeth lachte. »Ein bisschen vielleicht.«

»Aber selbst du musst zugeben, dass die Kanalisation hier fantastisch ist.« Ich lehnte mich gegen die Reling. »Sind alle bereit für die anstehende Unternehmung?«

»Kein bisschen«, antwortete Tyentso im Vorübergehen.

Auf ihren eigenen Wunsch hin war sie als einfache Dienstmagd verkleidet. Sie trug eine Nickelbrille auf der Nase und hatte das Haar zu einem strengen Knoten gebunden. Keine zusätzlichen Illusionen, die nur Verdacht erregen würden. Sie sah aus wie jemand, der effizient zupackte, und kein bisschen wie eine Frau, die ein Adliger sich in sein Bett wünschen könnte. Weder hatte sie ihren Stab dabei noch ihre Talismane. Wir alle waren uns einig gewesen, dass es das Beste war, wenn Tyentsos Aura sie nicht als Zauberin verriet.

»Es wird schon klappen«, sagte ich zu den beiden, vor allem um mich selbst zu beruhigen.

Vier Jahre war ich fort gewesen.

In dieser Zeit kann sich eine Menge verändern.

Wir alle drehten uns um, als das Geräusch ertönte, mit dem die Laufplanke ausgefahren wurde. Kurz darauf hörten wir Schritte. Ein dünner, geschäftig aussehender Mann mit verkniffenem Gesicht und mehreren quurischen Soldaten im Schlepptau betrat das Deck.

»Kapitän …« Mit zusammengekniffenen Augen blickte er auf das Stück Pergament in seiner Hand. »Norrino?« Seine Lippen bewegten sich, als wäre der Name ein obszönes Schimpfwort.

»Norrano«, korrigierte der Kapitän unwillkürlich.

»Habe ich doch gesagt«, bellte der Dünne. »Ich bin Meister Mivoli vom Büro des Hafenmeisters. Ich muss die komplette Fracht- und Passagierliste sehen.«

»Aber gewiss doch.« Der Kapitän mit den lockigen Haaren überreichte ihm mehrere Pergamentrollen. »Was immer Euch anmacht.«

Der Inspektor ging die Liste durch und rief schnell und effizient jeden Namen auf. An Teraeths und Tyentsos falschen Identitäten schien ihm nichts aufzufallen, doch der nächste Eintrag ließ ihn blinzeln und blass werden. Ich konnte mir gut denken, welcher es war.

Meister Mivoli hob den Kopf und ließ den Blick über Besatzung und Passagiere schweifen. Als er bei mir angelangt war, hielt er ruckartig inne und schluckte.

Ich lächelte, auch wenn er es nicht sehen konnte, denn mein Gesicht war von einer Maske verdeckt.

»Hexenjäger Fromm?«

Ehrlich gesagt wusste ich nicht recht, warum er sich überhaupt die Mühe machte. Nervosität wahrscheinlich. Wer ich war, stand außer Frage. Ich trug das Schwarz des Hauses D'Lorus, komplett mit ausladender Kapuze und – nur für den Fall, dass immer noch Zweifel bestanden – der hölzernen Totenschädelmaske eines hauptberuflichen Hexenjägers. Die Augenlöcher waren von einem Stück Gaze verdeckt, was es unmöglich machte, meine Augenfarbe zu erkennen. Der Rest meiner Aufmachung entsprach ganz dem Klischee: ein Mantel voller Talismane, der zusätzlich mit so vielen achteckigen Münzen behängt war, dass er aussah (und funktionierte) wie ein Kettenhemd. Dazu ein Gürtel mit Dolchen aus verschiedenen Metallen und Legierungen.*

»Ja.« Ich trat einen Schritt vor. Der Inspektor machte einen Schritt zurück.

Die Berufsbezeichnung Hexenjäger kam nicht von ungefähr. Selbst wenn Mivoli eine Lizenz hatte und immer pünktlich seine Gebühren an das Haus D'Laakar bezahlte, wirkte ich immer noch wie eine Erscheinung aus einem Albtraum. Ich sah, wie der Inspektor sich zusammenriss und eine gewisse Entschlossenheit auf sein Gesicht trat. Sein Blick wurde unscharf, und da wusste ich, dass er hinter den Ersten Schleier blickte …

Er fand an meiner Aura nichts auszusetzen. Ich hatte es von vornherein gewusst, denn ich hatte Wochen damit verbracht, all die verfluchten Talismane zu präparieren. Es waren so viele, dass ich meine magischen Kräfte vollkommen erschöpft hatte. Weder konnte ich hinter den Ersten Schleier blicken, noch den kleinsten Zauber wirken. Nicht einmal unsichtbar konnte ich mich mehr machen, was immerhin meine Hexengabe war. Mivoli sah eine vielschichtige Aura, so stark und intensiv, dass selbst Relos Var ein wenig beeindruckt gewesen wäre.

* Streng genommen braucht ein Hexenjäger keine Metallwaffen bei sich zu tragen (beim quurischen Militär sind sie die Standardabwehrmaßnahme gegen magische Sabotage). Die Dolche werden so nahe am Körper getragen, dass das ohnehin vorhandene Aurafeld sie ebenso abdeckt wie den Körper. Aber wahrscheinlich hat es sich einfach als Tradition durchgesetzt.

Zumindest solange er nicht merkte, dass ich nicht zaubern konnte.

»Ich muss Euren Ausweis sehen«, sagte Mivoli und streckte mir seine erstaunlich wenig zittrige Hand entgegen.

Auch darauf war ich vorbereitet und gab ihm eine angeblich fälschungssichere, aus den verschiedensten Metallen geprägte und mit unfassbar komplizierten Gravierungen versehene Scheibe.

Wir hatten uns nicht die Mühe gemacht, sie zu fälschen. Der echte Hexenjäger Fromm war ein Mitglied der Schwarzen Bruderschaft (und im Moment auf wohlverdientem Urlaub in Zherias).

Meister Mivoli verglich die Scheibe mit seinen Aufzeichnungen, sah, dass sie echt war, und erklärte mit einem Winken in Richtung der Hafenwache, dass ich an Land gehen durfte. Er fragte mich weder, was ich in der Hauptstadt zu tun gedachte, noch wohin ich gehen würde.

Die Antwort war auch so bekannt: was auch immer und wohin auch immer ich wollte.

Als wir von Bord gingen, stellte ich fest, dass uns bereits eine Kutsche der Schwarzen Bruderschaft erwartete. Ich muss gestehen, ich war fast ein wenig enttäuscht, dass sie nicht in extravagantem Schwarz lackiert war. Teraeth und ich stiegen ein, Tyentso ging allein ihrer Wege. Wenn alles nach Plan verlief, würde sie ein paar Straßenecken weiter ihre eigene Kutsche besteigen.

Teraeth und ich hielten uns nicht damit auf, dem Fahrer eine Adresse zu nennen, die jemand mithören könnte. Er wusste ohnehin, wohin wir wollten. Sobald wir eingestiegen waren, zog ich Maske und Umhang aus und warf sie Teraeth zu. »Glaubst du, jemand hat uns gesehen?«

Teraeth zog ein seidenes Agolé aus seinem Gepäck und reichte es mir. Die eine Seite des Stoffs war blau, die andere golden. »Unwahrscheinlich. Unsere Leute unterrichten uns sofort, wenn ihnen etwas Verdächtiges auffällt.«

Ich zog einen Dolch aus meinem Gürtel und machte mich daran, die Münzen von meinem Mantel zu schneiden. Bei jeder hielt ich einen Moment lang inne, um ihre magische Energie wieder in mich aufzunehmen, dann warf ich sie aus dem Fenster. Irgendein Gossenkind dieser Stadt würde heute einen ganz hervorragenden Tag haben.

Hexenjäger mochten beeindruckend aussehen, aber auch sie waren nicht vollkommen gegen Magie gefeit, nur gegen bestimmte gegen den Körper gerichtete Zauber. Solange ich genug Talismane am Leib trug, konnte mir jemand wie Gadrith zwar nicht das Fleisch von den Knochen reißen oder mich in einen Fisch verwandeln, aber er konnte mich immer noch mit einer elektrischen Entladung töten oder die Luft um mich herum in Flammen aufgehen lassen. Die Hexenjäger, die vom Haus D'Lorus auf Tyentso angesetzt worden waren, hatten nie lange durchgehalten. Alles in allem war es mir lieber, selbst wieder zaubern zu können.

»Ich bin trotzdem noch der Meinung, dass es besser wäre, mit dem Obersten General persönlich zu sprechen«, erklärte Teraeth. An seiner Verkleidung musste er nichts mehr ändern, aber er trug gerne Dolche bei sich. Also streckte er mir die Hand entgegen, damit ich ihm welche von meinen abgab.

»Vielleicht.« Ich hielt in meiner Beschäftigung inne und reichte ihm eine Handvoll. »Aber es gibt keine Garantie, dass General Milligreest mich nicht einfach wie eine Jagdtrophäe beim Blauen Palast abliefert. Ich werde das Gefühl nicht los, dass er mich immer noch für Therins missratenen Balg hält, den man nicht allein zu Hause lassen kann.« Ich überlegte kurz. »Nun, den am zweitschlimmsten missratenen, wenn man Darzin mitrechnet.«

Teraeth nahm die Dolche und reichte mir sein Schwert samt Scheide. »Du glaubst, er weiß, dass Therin dein richtiger Vater ist?«

Ich verdrehte die Augen. »Sie *alle* wussten es: Qoran, Sandus … Auch Doc hätte es mir sagen können, wäre ich ihm begegnet, solange er noch hier war. Kaiser Sandus hat mal zu mir gesagt, mein Vater sei ein guter Freund von ihm. Er hat bestimmt nicht Surdyeh gemeint.« Ich gürtete mir das Schwert um und hängte mir das Agolé mit der goldenen Seite nach außen über die Schultern, dann widmete ich mich wieder den Talismanen an meinem Mantel. Ein paar ließ ich allerdings dran, denn so dumm bin ich auch wieder nicht.

»Ich könnte dich beglei…«, begann Teraeth.

»Nein, wir halten uns an den Plan.« Die Kutsche blieb stehen, und ich blickte aus dem Fenster. Ich war da. »Triff dich mit Tyentso. Ich stoße zu euch, sobald ich hier fertig bin.«

Teraeth zog einen langen, silbrig glänzenden Dorn aus seinem Gürtel, ließ ihn einmal zwischen seinen Fingern herumwirbeln und steckte ihn wieder zurück. »Okay. Legen wir los.«

72

DER NEUJAHRSBALL

(Klaues Geschichte)

Galen betrachtete sich im Spiegel und stöhnte. »Was soll das sein?«

Kihrin verdrehte die Augen und rückte die vergoldete, mit Juwelen besetzte Ledermaske auf dem Gesicht seines Bruders zurecht. »Die Sonne. Siehst du? Du stellst die eine Hälfte des D'Mon-Wappens dar und ich die andere, den Falken.« Dann war Kihrin an der Reihe, sich stirnrunzelnd im Spiegel zu begutachten. »Sei ehrlich, ich sehe aus wie ein Huhn, oder?«

»Aber nein, überhaupt nicht«, widersprach Galen, legte seinem Bruder eine Hand auf die Schulter und schaute ihre Spiegelbilder an. Er verzog keine Miene, dann machte er leise: »Gack-Gack-Gack!«

Kihrin holte zu einem Ellbogenstoß aus, was die an seinen Ärmeln befestigten Federn nur umso deutlicher hervortreten ließ. Galen wich dem Stoß seines Bruders lachend aus. »Okay, vielleicht ein bisschen wie ein Huhn.« Er nahm Kihrins Maske vom Tisch und warf sie ihm zu. »Zum Glück gehen wir in Verkleidung.«

»Seid ihr fertig?«, ertönte Darzins Stimme, dann kam er auch schon zur Tür herein. Darzin war weder als Falke noch als Sonne verkleidet. Er trug einen dunklen Anzug, grün und schwarz, wild und ungezähmt, dazu einen von einem Hirschgeweih gekrönten Helm.*

Darzin inspizierte seine beiden Söhne und schnippte mit den Fingern. »Kommt, wir werden gemeinsam unsere Aufwartung machen und uns dann in die Begrüßungsreihe stellen. Sobald alle ihre Plätze eingenommen haben, seid ihr euch selbst überlassen.«

Die beiden jungen Männer wussten, dass sie besser nicht widersprachen, und nickten. Als sie sich an ihrem Vater vorbeischoben, musterte Darzin Kihrin kopfschüttelnd. »Erinnere mich daran, unseren Schneider auspeitschen zu lassen«, murmelte er. »Du siehst aus wie ein Huhn.«

Jedes Haus hielt zu den Neujahrsfeierlichkeiten sein eigenes Fest ab. Da es insgesamt zwölf Häuser gab, aber nur sechs Nächte infrage kamen (niemand wagte, am Tag des Todes zu feiern, und der Tag der Sterne war dem kaiserlichen Ball vorbehalten), wurden die Termine per Losentscheid verteilt. Die Verlierer mussten sich damit zufriedengeben, ihre Bälle während des Tages und mit entsprechend weniger Gästen abzuhalten, da die meisten sich nach der Feierei vom Vorabend erst einmal ausschlafen mussten. Am liebsten war den Adelsfamilien ein Termin zu Beginn der Neujahrsfeierlichkeiten – um den anderen Häusern einen Standard vorzugeben, den sie ebenfalls zu erfüllen hatten – oder am Ende. Denn dann konnten sie bei den trunkenen und beeinflussbaren Gästen am ehesten einen bleibenden Eindruck hinterlassen, bevor die Ratsmitglieder gewählt wurden.

Der Ball der D'Mons fand am vorletzten Abend statt, es war ein großer Maskenaufzug. Therin hatte den gesamten Dritten Hof

* Er ging als Jäger der Thaena verkleidet auf den Ball der D'Mons? Darzin hat in der Tat ein außergewöhnliches Talent, anderen die Haare zu Berge stehen zu lassen. Ich kann mir kaum vorstellen, wie Therin auf diese ganz besondere Lästerung reagiert haben mag.

räumen und alle Zugangswege mit magischen Lichtern dekorieren lassen. Auf den gepflegten Rasenflächen hatte es nur so gebrummt vor Geschäftigkeit. Wochenlang hatten die Gärtner aus dem manolischen Dschungel importierte Pflanzen aufgestellt. Die eigens zu dem Zweck angestellten Spezialisten hatten sie zu enormer Größe anwachsen lassen, in Formen und Farben, die es nirgendwo in der Natur gab. Der Duft blauer Orchideen vermischte sich mit dem Geruch exotischer Spirituosen und seltener, gewürzter Weine, dazwischen schwirrten Paradiesvögel mit fantastischen Federkämmen auf dem Kopf umher. Mitglieder der Spaßmachergilde balancierten auf Hochseilen und führten ihre Akrobatiken vor.

In der Begrüßungsreihe zu stehen, war todlangweilig. Kihrin schafft es gerade so, die Augen offen zu halten. Er schüttelte zahllose Hände und vollführte eine Verbeugung nach der anderen.

Und dann sah er das Mädchen.

Sein Herz hätte beinahe aufgehört zu schlagen. Ein Gefühl, das er kaum benennen konnte, drohte ihm die Luft abzuschnüren. Sie trug ein Kleid aus roten, einander überlappenden Metallschuppen, das aussah wie die Haut eines Drachen. Ein langer Schwanz schleifte über den Boden, aus dem Rücken ragten zierliche Fledermausflügel aus Metall. Ihr Haar war schwarz, doch hatte sie es mit einer Tönung behandelt, die ihm einen purpurroten Schimmer verlieh. Die Augen in ihrem zur Hälfte von einer Drachenmaske verdeckten Gesicht waren rot.

»Wer bist du?«, fragte Kihrin, bevor er sich eines Besseren besinnen konnte. Kichernd drehte sie den Kopf zur Seite. »Du Dummerchen! So was fragt man nicht, das ist schließlich ein Maskenball.«

Kihrin wusste sofort, dass er einen Fehler gemacht hatte. Ihr Haar verlief nicht in einem schmalen, von der Stirn bis in den Nacken reichenden Streifen, sondern bedeckte den Kopf vollständig. Ihre Haut war zu hell und die Augen waren einfarbig. Sie glommen nicht gelb, orange und rot wie ein brüllendes Feuer.

Trotzdem, was er von ihr erkennen konnte, war schön, von den vollen Lippen bis hin zu dem prall gefüllten Ausschnitt ihres eng anliegenden Raisigi. Kihrin beugte sich näher heran und flüsterte: »Wozu ist ein Maskenball gut, wenn nicht dazu, das ein oder andere Geheimnis zu lüften?«

Jemand räusperte sich, und da merkte Kihrin, dass er die gesamte Schlange aufhielt.

»Sheloran«, flüsterte Galen ihm zu. »Letztes Jahr hat sie dasselbe Kostüm getragen.«

»Was?«

»Sheloran D'Talus«, wiederholte Galen. »So heißt sie. Sie ist die jüngste Tochter des Hohen Lord D'Talus.«

Kihrin lächelte. »Ah. Gut zu wissen.«

Ein Schatten fiel über die beiden Brüder, und Kihrin blickte auf. Therin D'Mon stand vor ihnen. Er trug ein Kostüm aus kunstvoll gepunztem Leder, das einer metallenen Rüstung zum Verwechseln ähnlich sah. Er wirkte wie ein Ritter oder ein General, komplett mit dem Kaiserlichen Wappen, das einen in acht Felder unterteilten Kreis und einen Drachen zeigte. »Komm mit«, befahl der Hohe Lord. »Es ist Zeit für deinen Auftritt.«

Kihrins Magen schlug einen Purzelbaum. Er war nicht sicher gewesen, ob Therin noch daran dachte oder überhaupt noch wollte, dass er spielte.

»Viel Glück!«, sagte Galen.

Kihrin konnte seinem Bruder gerade noch zunicken, da fasste Therin ihn schon am Arm und brachte ihn zur Bühne. Seine Harfe, Valathea, stand dort, daneben ein Schemel. Während Therin ihn abführte wie einen Gefangenen auf dem Weg zum Galgen, bemerkte Kihrin die zahllosen hochgestellten Adligen im Publikum. Unter ihnen der Oberste General und Ratsstimme Caerowan, der das Duell zwischen Thurvishar und Jarith überwacht hatte. Lady Miya beobachtete das Geschehen von einem schattigen Urwaldbaum aus, dessen Äste mit den blühenden

Zweigen eines Rankengewächses zu einer Bank verflochten waren.

Praktisch alle sahen zu.

Die Musiker der Spaßmachergilde kündigten einen ganz besonderen Überraschungsgast an, dann betrat Kihrin die Bühne. Er redete sich ein, er sei immer noch ein Musikant, der mit seinem Vater auftrat: alles wie gewohnt, lediglich ein weiterer Auftritt.

Er legte die Hände auf die Saiten und fragte sich, ob er jeden Moment erstarren oder in Ohnmacht fallen würde oder, schlimmer noch: schlecht spielen. Doch nichts dergleichen geschah – Valathea ließ es nicht zu. Kihrin spielte mit all seiner Kunst auf, und der Spaßmacher-Zauber sorgte dafür, dass sein Spiel bis in den letzten Winkel des Dritten Hofes zu hören war. Sogar die Spaßmacher selbst, die nur sehr ungern zugaben, wenn jemand genauso gut musizierte wie sie, applaudierten widerwillig, nachdem er geendet hatte. Kihrin überließ es den Dienern, Valathea in seine Gemächer zu bringen, dann verließ er die Bühne und mischte sich, die Maske immer noch über dem Gesicht, unter die Gäste.

Anstand und Ehre der Häuser D'Jorax und D'Mon wurden durch die Tatsache gewahrt, dass niemand Kihrin zweifelsfrei hatte identifizieren können. Natürlich hatten alle ihn erkannt, doch sie konnten so tun, als wäre ihnen die Identität des Harfners ein Rätsel. Vielleicht würde das Haus D'Jorax sogar behaupten, einer seiner eigenen Musikanten hätte in Verkleidung gespielt.

Therin wandte sich um und verschwand ohne ein Wort. Darzin war nicht einmal im Publikum gewesen. Kihrin wusste zwar, dass das eigentlich keine Überraschung war, trotzdem schnürte es ihm Magen und Kehle zusammen. Er hatte geglaubt, zumindest Therin würde ein freundliches Wort an ihn richten …

»Ich glaube, Lord D'Mon hat dein Auftritt gefallen«, sagte Lady Miya und kam heran. Leiser fügte sie hinzu: »Allerdings würde er es niemals zugeben.« Die Vané beugte sich vor und küsste Kihrin auf die Wange, die nur halb von der Maske verdeckt war. Dann blickte sie über seine Schulter und sagte: »Oberster General, Ihr tatet wohl mit Eurem Geschenk. Die Harfe ist gut aufgehoben in diesen fähigen Händen.«

Zu Kihrins Überraschung verneigte sich Qoran Milligreest vor Lady Miya. »Ich bin froh, das zu hören. Caerowan, was meint Ihr?« Sein Blick wanderte zu der Ratsstimme, jenem seltsamen, kleingewachsenen Mann, der sich als Bauer verkleidet hatte.

»Er hat sehr gut gespielt«, stimmte Caerowan zu. »Diese Harfe ist überaus interessant. Kennst du ihre Geschichte?« Die Frage war an Kihrin gerichtet.

Kihrin schluckte und überlegte, wie er sich am besten aus der Affäre ziehen konnte. »Ähm, nein. Sie ist ein Erbstück der Familie Milligreest, oder?« Er deutete auf den General. »Ihr könntet diese Frage besser beantworten.«

»Das Falkenkostüm, das du trägst …« Caerowan wandte sich an Milligreest. »Der Falke spielt eine wichtige Rolle in den Prophezeiungen über den Höllenkrieger.«

»Das soll ein Falke sein?« Kihrin sah, dass sich der Oberste General nach Kräften bemühte, nicht die Augen zu verdrehen. »Ich halte nicht allzu viel von diesen Geschichten.«

»Was ist ein Höllenkrieger?«, warf Kihrin ein und ignorierte den bösen Blick, den Milligreest ihm zuwarf.

Seine Frage schien die Ratsstimme zu verwirren. Caerowan runzelte die Stirn, als überlege er, ob Kihrin sich über ihn lustig machte. Schließlich lächelte er dünn und neigte den Kopf. »Nun, es gibt gewisse Prophezeiungen.«

»Bei den Göttern, ich glaube nicht, dass wir den jungen Mann mit solchen Belanglosigkeiten belästigen sollten«, blaffte Qoran.

»Im Gegenteil, das Thema interessiert mich sehr«, beharrte Kihrin – nicht weil es tatsächlich so gewesen wäre, sondern weil es dem Obersten General so offensichtlich auf die Nerven ging.

»Es gibt eine Reihe von Prophezeiungen, die das Ende der Welt vorhersagen«, flüsterte Lady Miya Kihrin ins Ohr, »eingeleitet von einem Herold, der Kriegskind genannt wird, wahlweise auch Dämonenkönig, Gottesschlächter oder eben Höllenkrieger. Der Endbringer, der die Vernichtung der Welt ankündigt.«

»Geschichten«, brummte Milligreest finster. »Gottkönigmärchen. Wahnhafte Fantasien verrückter Männer und Frauen, die sich vor der Wirklichkeit verstecken. Schon seit Anbeginn des Kaiserreichs sagen Propheten, Seher und geistesschwache Mönche das Ende der Welt voraus. Es steht kurz bevor, es muss dringend etwas unternommen werden.«

Kihrin wandte sich an den General. »Dann sind die Prophezeiungen so etwas wie eine Verkaufsstrategie?«

Milligreest stieß ein bellendes Lachen aus. »Eine Verkaufsstrategie? O ja, fürwahr.« Er kicherte und schlug dem jungen Mann so fest auf die Schulter, dass der ins Taumeln geriet, dann stierte er verzweifelt in seinen Kelch. »Mein Becher ist leer, genau wie es prophezeit wurde. Es muss dringend etwas unternommen werden.« Mit diesen Worten verschwand er in der Menge.

Caerowan rührte sich nicht und starrte Kihrin unverwandt an.

»Können wir Euch irgendwie behilflich sein, Ratsstimme?«, fragte Lady Miya.

»Ich habe noch ein paar Fragen an den jungen Mann«, erklärte Caerowan.

»Ihr seid kein Quurer, nicht wahr?«, erkundigte sich Kihrin. All die Aufmerksamkeit begann ihn nervös zu machen.

Der kleingewachsene Mann blinzelte ihn an wie eine Eule. »Ich bin ein devoranischer Priester«, antwortete er. »Devor liegt zwar außerhalb der Grenzen des Kaiserreichs, aber es gehört zu ihm.« Er machte eine kurze Pause. »Also bin ich Quurer.«

»Wie könnt Ihr der Priester einer Insel sein? Ich dachte, man ist stets Priester einer Gottheit«, hakte Kihrin nach.

»Wir sind keine Priester im gewöhnlichen Sinn«, erläuterte Caerowan mit ruhiger Stimme. »Weißt du, was ein Greif ist?«

Die Frage kam so unerwartet, dass Kihrin einen Moment zögerte. Sein Blick wanderte zu Lady Miya, die Caerowan mit zornig zusammengekniffenen Augen anstarrte. Kihrin konzentrierte sich wieder auf die Ratsstimme. »Ja«, sagte er. »Ich habe die Geschichten gehört. Es ist ein Ungeheuer, halb Adler und halb Löwe.« Dann fügte er hinzu: »In Wirklichkeit gibt es sie gar nicht.«*

Der kleingewachsene Mann lächelte. »Wusstest du, dass der Name Therin Löwe bedeutet?«**

»Wollt Ihr mit Euren Fragen auf etwas Bestimmtes hinaus, Ratsstimme?« Lady Miya legte Kihrin beschützerisch eine Hand auf die Schulter.

»Der Oberste General, obgleich ich ihm den größtmöglichen Respekt entgegenbringe, sieht manchmal nur, was er zu sehen wünscht – statt der Realität, die das Reich womöglich an der Kehle gepackt hält«, erklärte Caerowan. »Wir beobachten die Vorzeichen genau, meine Dame. Es mag angenehm sein, die Gefahr als der Fantasie eines Geschichtenerzählers entsprungen abzutun, doch sie ist nah.«

»Kihrin D'Mon«, sagte Miya entschlossen, »hat weder mit irgendeiner Prophezeiung etwas zu tun, noch mit den Greifen oder diesem sogenannten Höllenkrieger. Euer geschätzter Seelendieb starb, als Nikali Gadrith D'Lorus tötete.« Sie sprach mit einer Würde und Autorität, die keinen Widerspruch zuließ.

Seelendieb …

Kihrin erinnerte sich, wie Xaltorath sich selbst so genannt hatte. Er verbarg ein Schaudern.

Die Ratsstimme schien noch etwas hinzufügen zu wollen, legte

* Es gibt sie sehr wohl, sie leben hoch oben in den Drachenspitzen, doch glaube ich, dass ihre Erwähnung in den Prophezeiungen eher metaphorisch zu verstehen ist.

** Der Wortstamm von »Therin« bedeutet auf Alt-Guarem so viel wie Löwe, wurde aber auch als gewöhnlicher Vorname verwendet – mein eigener Name ist eine Variation davon. Genau das hasse ich an Prophezeiungen: Alles, was alt ist, wird auf einmal furchtbar wichtig.

sich dann aber nur eine Hand auf die Brust und verneigte sich. »Selbstverständlich, meine Dame. Verzeiht mir.«

Bei der Verbeugung bemerkte Kihrin den Ring an Caerowans Finger: Es war ein in Gold gefasster Intaglio-Rubin. Kihrin konnte sich gerade noch einen entsetzten Aufschrei verkneifen. Stattdessen nickte er mit einem Lächeln und sah zu, wie der devoranische Priester sich verabschiedete.

»Ein seltsamer kleiner Mann«, sagte er zu Miya. »Warum fragt er mich, ob ich weiß, was ein Greif ist?«

»Ich habe keine Ahnung«, antwortete Lady Miya, während sie beide beobachteten, wie Caerowan in der Menge verschwand.

Doch Kihrin merkte genau, dass sie log.

73

RÜCKKEHR ZUM HAUS DES ROTEN SCHWERTS

(Kihrins Geschichte)

Mit wütendem Blick trat Hauptmann Jarith auf den Innenhof des Milligreest-Palasts. Der Hof hatte sich kein bisschen verändert, seit ich mit fünfzehn das letzte Mal hier gewesen war, auch das verfluchte Wandgemälde, das Kaiser Kandors Tod in Manol zeigte, war noch da. Nur Jarith wirkte älter. Er würde nie zu einer körperlich so beeindruckenden Erscheinung wie sein Vater heranwachsen, dennoch wirkte er wie jemand, der es gewohnt war, Befehle zu erteilen und diese auch durchzusetzen. »Darzin«, begann er, »ich bin ein vielbeschäftigter Mann und habe keine Zeit für Eure …« Erst jetzt merkte er, wer ihm seine Aufwartung machte. »*Kihrin?*«

Ich stand auf. »Habt Ihr mich vermisst?«

Der Hauptmann der Zitadelle legte die letzten Schritte zurück, warf mir die Arme um den Hals und klopfte mir auf den Rücken. »Kihrin, du Teufel! Sieh dich an … Wo warst du die ganze Zeit? Hast du irgendeine Vorstellung davon, wie viele Leute nach dir gesucht haben?«

»Ich habe die Veränderungen im Hafen bemerkt.«

Jarith seufzte und ließ mich los. »Ja. Wir haben alles auf den Kopf gestellt. Bitte entschuldige die Begrüßung. Die Wachen sagten, ein D'Mon wollte mich sehen. Ich dachte, es wäre dein Vater, der mal wieder Ärger machen will.« Er bedeutete mir, ihm zu folgen. »Woher weißt du, dass ich hier bin? Normalerweise wäre ich in der Zitadelle, aber ich bin auf dem Weg nach Khorvesch und muss noch ein paar Vorbereitungen treffen.«

»Ah, dann habe ich wohl großes Glück gehabt, genau den richtigen Zeitpunkt zu erwischen?«

»Und ob! Ich habe gerade noch etwas Papierkram erledigt. Begleitest du mich in mein Büro? Möchtest du irgendetwas? Ich habe zwar nur schwarzen Maridon da, aber ich kann dir auch etwas Stärkeres aus der Küche holen, wenn dir das lieber ist.«

»Nein, nur keine Umstände«, erwiderte ich. »Tee ist mir gerade recht.«

Jarith führte mich durch die Gänge, die mir immer noch vertraut waren, obwohl ich nur einmal hier gewesen war. Sein Büro war ein Durcheinander aus Befehlsschreiben, Schriftrollen und mit Zetteln versehenen Landkarten an den Wänden. Er machte einen Stuhl frei, der als Ablage für einen Stapel Berichte diente, damit ich mich setzen konnte. Offensichtlich nahm Jarith seine Arbeit gerne mit nach Hause. Er ließ den Blick durchs Zimmer schweifen. »Verflucht, ich war sicher, dass ich hier irgendwo Tee habe … Warte hier, ich bin gleich wieder da.« Jarith stürmte aus seinem Büro und ließ mich allein.

»Wo sollte ich schon hin?«, fragte ich die leere Luft und kämpfte das bohrende Gefühl nieder, dass Jarith sich nur eine fadenscheinige Ausrede überlegt hatte, um einen Trupp mit Hellebarden und Speeren bewaffneter Soldaten zu holen. *Konzentrier dich,* schärfte ich mir ein. Jarith war nicht mit Darzin verbündet, und sein Vater war in Khorvesch. Er war froh, mich zu sehen.

Um mich von meiner Paranoia abzulenken, betrachtete ich die Wände. Die Karte zeigte hauptsächlich das jenseits der Drachenspitzen gelegene Jorat. Einige Städte waren mit Stecknadeln markiert. Weshalb, konnte ich nicht sagen. Außerdem sah ich ebenfalls mit Nadeln befestigte Zettel und kleine Pergamentstücke. Es waren Zeichnungen, alle mit demselben Motiv:

Einem Drachen.

Nicht der Alte Mann, wie ich mit großer Erleichterung feststellte, aber dennoch ein Drache. Dann merkte ich, dass es sich bei den Markierungen um verwüstete Städte handelte, und erschauerte. *Die armen Leute.*

In der Mitte all der Drachenzeichnungen prangte ein letztes Stück Papier: ein in auffallend ebenmäßiger Schrift verfasster Steckbrief. Azhen Kaen, der Herzog von Yor, bot eine unfassbare Menge Geld für den Tod eines Joraters, der sich der Schwarze Ritter nannte und dessen Person offensichtlich keiner weiteren Beschreibung bedurfte. Auf der Zeichnung sah der fragliche Ritter aus, als wäre er einem Albtraum entsprungen. Allerdings fiel mir bei dem Anblick spontan eine gewisse Gruppe von Berufsattentätern ein, die seiner Kleiderwahl bestimmt Beifall gezollt hätten.

Was dieser Schwarze Ritter mit dem Drachen zu tun hatte, wollte sich mir nicht erschließen, nur eines wusste ich sofort: Jemand, den Relos Vars Marionette, Herzog Kaen, tot sehen wollte, war für mich von größtem Interesse.

Ich nahm den Steckbrief von der Wand und schob ihn in meine Manteltasche.

»Tut mir leid«, sagte Jarith, als er mit einem Tablett zurückkam, auf dem eine Teekanne und zwei Tassen standen. Dann goss er den Tee ein, bei dem es sich tatsächlich um eine Maridon-Mischung zu handeln schien, genau wie er gesagt hatte.

»Nun ja, ich kann nicht gerade behaupten, dass ich mich angekündigt hätte«, erwiderte ich, nahm eine Tasse und kehrte zu meinem Stuhl zurück. »Ihr empfangt mich mit mehr Gastfreundschaft, als ich verdient habe.«

Jarith schob einen Papierstapel beiseite und lehnte sich mit der Hüfte an den Schreibtisch. »Bei Khored, was ist dir widerfahren?«

»Ach, das Übliche: entführt, in die Sklaverei verkauft und von einem Drachen gefangen gehalten. Die alte Geschichte.«

Jarith schüttelte verwundert den Kopf (und ging davon aus, dass ich scherzte). »Du hast keine Ahnung, wie gut es tut, dich wieder hier zu haben. Wir hätten mehrere Male beinahe einen Krieg vom Zaun gebrochen, weil wir uns nicht davon abbringen ließen, alle Schiffe nach Gefangenen mit goldenen Haaren zu durchsuchen. Meine Agenten sind jeder noch so kleinen Spur nachgegangen.«

»Ihr habt jetzt Eure eigenen Agenten? Da seid Ihr aber beträchtlich aufgestiegen.«

»Tja, es ist nicht besonders schön, am Steintor-Pass stationiert zu sein, aber gut für die Karriere.« Er nahm einen großen Schluck Tee und musterte mich. »Weiß deine Familie, dass du wieder hier bist?«

»Noch nicht«, gestand ich. »Mit Euch zu sprechen, war mir wichtiger.«

Jarith runzelte die Stirn und stellte seine Tasse ab. »Wichtiger als deine eigene Familie? Was ist los?«

Ich räusperte mich und zog mehrere Briefe aus meinem Mantel. »Ich dachte, das hier würde Euch interessieren. Es geht um Thurvishar D'Lorus.«

Die Falten auf Jariths Stirn blieben. Sie wurden sogar noch tiefer. »Er ist nicht gerade mein bester Freund, aber wir lassen einander in Ruhe. Ich habe nichts gegen ihn.«

»Ich schon«, erklärte ich. »Er war an meiner Entführung beteiligt.« Streng genommen stimmte das, auch wenn ich sicher war, dass Thurvishar sie nicht veranlasst hatte. Bevor Jarith etwas erwidern konnte, warf ich ihm eines der gefalteten Pergamente zu. »Das hier ist ein Brief von Raverí D'Lorus, in dem sie versichert, dass sie nie Kinder hatte. Weder von Gadrith D'Lorus noch von sonst jemandem. Thurvishar D'Lorus ist *nicht* ihr Sohn.«Jarith nahm den Brief und öffnete ihn. Die Falten auf seiner Stirn wurden zu ausgewachsenen Gräben. »Das mag einmal gestimmt haben, aber ich kann mir nicht vorstellen, dass das Haus D'Lorus ihr gestattete, während ihres Aufschubs Briefe zu schreiben …«

»Es gab nie einen Aufschub.«

Jarith blinzelte mich an. »Was?«

»Sie lebt.« Ich beugte mich nach vorn. »Auf meiner Flucht vor den Sklavenhändlern und auf dem Weg hierher habe ich sie aufgespürt. Der Hohe Lord Cedric D'Lorus hat gelogen, als er sagte, sie befände sich in seinem Gewahrsam. Er hat gelogen, was den Aufschub betrifft, und als er behauptete, er hätte sie danach hinrichten lassen. Raverí hatte einen Verbündeten im Rat, er hat sie rechtzeitig vorgewarnt, damit sie den Hexenjägern entkommen konnte.«

Jarith schaute mich ungläubig an. »Welcher Narr wäre töricht genug, seine gesamte Karriere aufs Spiel zu setzen, indem er einer verurteilten Verräterin bei der Flucht hilft?«

Ich hüstelte. »Euer Vater. Was glaubt Ihr, warum ich als Erstes zu Euch gekommen bin?«

Zu beobachten, wie alle Farbe aus seinem Gesicht wich, war beeindruckend. Immerhin hatte ich gerade behauptet, Qoran Milligreest hätte sich eines Verbrechens schuldig gemacht, für das man *bestenfalls* zu lebenslanger Sklaverei verurteilt wurde. »Warum sollte mein Vater …«

»Weil er ein guter Mensch ist und genau wusste, dass sie nicht verdient hatte, was der Rat und das Haus D'Lorus ihr antun wollten.« Ich deutete auf die Rückseite des Briefs. »Außerdem waren sie ein Liebespaar. Steht alles da drin.«

Jarith starrte mich an. Allerdings sagte er nicht, das sei vollkommen unmöglich und dass sein Vater so etwas niemals tun würde. Wahrscheinlich wusste er es besser. Die Affäre der beiden wäre nicht einmal ein allzu großer Skandal gewesen, wenn man bedachte, dass die Khorvescher es mit der Treue nicht allzu genau nahmen – sehr zum schadenfrohen Entzücken des gesamten Reichs. Einer Hexe zur Flucht vor den Hexenjägern zu verhelfen allerdings …

Jarith setzte sich und trank den Rest seines Tees, während er den Brief von hinten bis vorne noch einmal las. »Also gut«, sagte er schließlich und überlegte. »Also gut.«

Ich riss ihm den Brief aus den Händen und ließ ihn mit einem Zauber in Flammen aufgehen.

»Warte, was …« Er stand auf.

»Ich habe nicht vor, Euch zu erpressen, Jarith. Ihr könnt jetzt auf zwei Arten reagieren: Die Reaktion eines Adligen wäre, mich zu töten, Raverí zu finden und Euer Möglichstes zu tun, alles zu vertuschen. Aber ich möchte wetten, dass Ihr Euch für Möglichkeit zwei entscheiden werdet.«

Jarith neigte den Kopf. »Wie lautet Möglichkeit Nummer zwei?«

»Wenn ich richtig liege, braut sich gerade ein weit größeres Problem zusammen. Sobald wir es aufdecken, wird niemand mehr Zeit haben, sich den Kopf darüber zu zerbrechen, wer vor zwanzig Jahren einem Mädchen geholfen hat, unbemerkt die Stadt zu verlassen.«

»In Ordnung. Ich höre.« Jarith klang nicht, als wäre er in Panik. Gut. Ich brauchte ihn bei klarem Verstand.

»Dass der Hohe Lord Cedric den Rat über Raverís Schicksal belogen hat, ist für ihn genauso problematisch, wie es für Euren Vater wäre, aber bleiben wir realistisch: All das ist jetzt zwanzig Jahre her. Ich glaube eher, der Rat würde die Angelegenheit als vergangen und vergessen betrachten. Doch Thurvishar ist kein Ogenra. Er ist nicht von den Göttern berührt. Seine Augenfarbe ist gefälscht, genauso wie seine Testergebnisse. Würdet Ihr Thurvishar jetzt testen, würdet Ihr nicht die kleinste Spur blauen Blutes bei ihm finden. Dafür eine Hälfte Vordreth-Blut und eine verflucht stark ausgeprägte Begabung für Magie.«

»Wie …« Jarith blinzelte. »Wo hätte der Hohe Lord Cedric einen Halb-Vordreth auftreiben sollen? Der einzige Vordreth, von dem ich je gehört habe, ist …« Sein besorgter Gesichtsausdruck wurde von einem entsetzten verdrängt. Er dachte wohl gerade über all die Geschichten nach, die sein Vater ihm wahrscheinlich über Kaiser Sandus und dessen Frau Dyana erzählt hatte – einer Vordreth.

»Was mich zu dem zweiten Brief bringt«, sagte ich und legte das noch versiegelte Schriftstück vor ihn auf den Tisch. »Um die Sache zu beschleunigen, lasst mich Euch zusammenfassend erklären, dass er von Thaenas Hohepriesterin persönlich ist. Sie versichert, dass weder Kaiser Sandus' Frau noch ihr Sohn tot ist, da keine der beiden Seelen je den Zweiten Schleier passiert hat. Und wer, glaubt Ihr, hat sich ebenfalls nie jenseits des Zweiten Schleiers blicken lassen? Gadrith D'Lorus. Ich kann es bezeugen, denn ich habe ihn mit eigenen Augen gesehen.«

»Wie bitte?«

»Gadrith D'Lorus hat seinen Tod nur vorgetäuscht. Ein beträchtlicher Teil von Lord Cedrics verrücktem, unerklärlichem Verhalten erscheint um einiges logischer, sobald man weiß, dass er auf Befehl seines Sohns Gadrith handelt. Aber Gadrith ist nicht perfekt, und diesmal ist ihm ein Fehler unterlaufen.«

»Es ist vollkommen ausgeschlossen, dass Gadrith noch …«

Ich hob die Hand. »Hört mich bis zum Ende an. Thurvishar ist nicht Gadriths Sohn. Sondern der Sohn von Kaiser Sandus. Warum Gadrith gelogen hat, weiß ich nicht. Vielleicht wegen der Prophezeiungen, von denen er und Relos Var so besessen sind. Vielleicht aber auch, weil Gadrith dachte, Thurvishar sei damals noch zu jung gewesen, um Messer und Gabel in der Hand zu halten.*

* Sein Gedankengang ist zu kompliziert. Soweit ich es herausfinden konnte, wollte Gadrith mich ursprünglich für rituelle Zwecke haben. Erst später verfiel er auf den Gedanken, ich gäbe einen hervorragenden Wirtskörper ab, wenn er erst den Schellenstein hätte. Nur deshalb machte

Glücklicherweise lässt sich die Wahrheit leicht herausfinden, denn wenn ich recht habe, ist Thurvishar nicht nur ein Halb-Vordreth, sondern auch gegaescht. Beides lässt sich ganz leicht überprüfen.«

Jarith musterte mich aus schmalen Augen. Dann ging er zu einem Wandschrank und strafte sich selbst Lügen, indem er eine Flasche Branntwein daraus hervorholte. »Und woher willst du wissen, wie Gadrith aussieht?«

»Raverí hat ihn mir gezeigt.«

Er goss sich einen Becher voll ein. Mir bot er keinen an. »Woher weißt du, dass sie wirklich Raverí D'Lorus ist?« Er rümpfte die Nase. »Nicht dass ich mir vorstellen könnte, dass sich irgendjemand freiwillig als gesuchte Hexe und Verräterin ausgeben würde.«

Ich grinste und hielt den dritten Brief hoch. »Dieser hier ist von Eurem Onkel Nikali.« Ich ließ den Brief über den Tisch gleiten, sodass er direkt neben dem zweiten zum Liegen kam. »Er sagte, Ihr würdet seine Echtheit sofort erkennen.«

Jarith leerte den Becher Branntwein und kehrte an den Schreibtisch zurück. »Du fängst allen Ernstes an, mir Angst zu machen, Kihrin. Was zur Hölle hast du während deiner Abwesenheit getrieben?«

»Dafür fehlt uns leider die Zeit.« Ich deutete auf das Stück Pergament. »Glaubt Ihr mir? Zumindest so weit, dass Ihr Thurvishar einbestellt und die Tests durchführt? Denkt daran, dass er nicht freiwillig herkommen wird, wenn er merkt, was Ihr vorhabt. Ich bin sicher, ihm wurde befohlen, Gadriths Geheimnisse um jeden Preis zu schützen.«

Jarith antwortete nicht gleich. Stattdessen brach er das Wachssiegel und las den Brief. Ich wusste nicht, was Doc geschrieben hatte, aber seine Wortwahl schien überzeugend zu sein. Jarith legte den Brief weg und nickte. »Ich kümmere mich darum.«

er mich zum Erblord: um seinen alten Rang wieder einzunehmen, sobald er mit mir Körper getauscht hätte.

74

DIEBSTAHL UND MORD

(Klaues Geschichte)

»Was tun wir hier?«, fragte Sheloran D'Talus Kihrin etwas später.

Er deutete von dem Turm, auf dem sie standen, nach unten. »Von hier aus hat man mit den besten Ausblick im gesamten Blauen Palast«, antwortete Kihrin und spähte durch eines der Fernrohre, die die Wachen im Turm aufbewahrten. »Wir beobachten einen Spion.«

»Einen Spion?« Sheloran rote Augen wurden groß. »Wie gefährlich! Wer ist er?«

»Er? Vielleicht ist es eine Sie …«, entgegnete Kihrin.

Ihre Flügel hatten sie beide in einer Ecke des Wachturms abgelegt, wo sie ihnen nicht im Weg waren. Kihrin hatte außerdem sein gefiedertes Hemd ausgezogen.

»Ist es eine Sie?«, hakte Sheloran kokett nach. »Ist sie wahnsinnig verführerisch?«

Kihrin schüttelte den Kopf. »Nein. Leider nicht.« Er deutete nach unten. »Der kleine Mann in den schlichten Kleidern. Der mit der rasierten Glatze.«

Sheloran warf einen Blick durch das Fernrohr. »Ist das nicht eine der Ratsstimmen?«

»Das macht ihn ja so gefährlich«, bestätigte Kihrin.

»Also, er geht gerade«, verkündete die junge Dame enttäuscht, weil es nun doch keinen spannenden, gefährlichen Geheimspaß geben würde.

Kihrin nahm das Fernrohr wieder an sich. Caerowan sprach nacheinander mit mehreren Adligen, dann traf sich die Ratsstimme mit einer Gruppe Diener und führte sie von den Feierlichkeiten weg.

Er hielt auf den privaten Innenhof zu, der ausschließlich Familienmitgliedern vorbehalten war. Kihrin schob das Fernrohr zusammen und half Sheloran beim Aufstehen. »Ich fürchte, unser Spiel ist gerade um einiges ernster geworden. Könntest du mir den Gefallen tun und die Wachen herholen?«

Die Frau hob das Kinn. »Was soll ich ihnen sagen?«

»Jemand versucht, in den Prinzenhof einzudringen.«

Als Kihrin wieder unten auf dem Hof war, entdeckte er keinerlei Hinweis auf Caerowan oder einen der Männer, mit denen er ihn zuvor gesehen hatte. Der junge D'Mon-Prinz hüllte sich in Schatten und hielt Ausschau nach den Eindringlingen. Ganz egal, welch hohen Rang die Ratsstimme bekleiden mochte, in diesem Teil des Palasts hatte Caerowan fraglos nichts zu suchen.

Er hörte ein Schlurfen, dann einen unterdrückten Fluch, und ging in die Richtung, aus der die Geräusche gekommen waren. Als er um die nächste Ecke bog, sah er, dass eine Wand des Blumensaals mithilfe von Magie aufgebrochen worden war. Vor dem Loch flimmerten leuchtend grüne Energiebahnen, ein Kreis aus Siegeln und Schriftzeichen, durch den Kihrin in einen aus unverputzten Ziegelsteinen gemauerten Gang mit Kopfsteinpflaster blicken konnte.

Zwei Männer trugen einen in Tuch gehüllten dreieckigen Gegenstand durch das Loch, während ein dritter Wache hielt. Grüne Leuchtfäden strömten aus den Fingerspitzen des Wächters, die das magische Portal offen hielten. Als Letzter kam Caerowan hinterdrein.

Der dreieckige Gegenstand. Kihrins Herz setzte einen Schlag

lang aus, als er begriff, worum es sich dabei handelte. Eine Harfe. *Seine* Harfe.

Die Kerle stahlen Valathea.

»He!« Der Schrei hallte über den Hof, und Kihrin rannte.

Die beiden Männer mit der Harfe verschwanden binnen eines Wimpernschlags durch das magische Tor.

»Bleib«, wies Caerowan den Torwächter an.

Der devoranische Priester blieb ebenfalls, während der junge Mann auf die beiden zurannte. »Du Mistkerl. Die Harfe gehört dir nicht!« Jeder Gedanke an Heimlichkeit war dahin.

Caerowan streckte den Arm aus, packte die Hand, in der Kihrin das gezückte Schwert hielt, und drehte sie herum. Kihrin flog über Caerowans Kopf hinweg und landete krachend auf dem gefliesten Boden. Caerowan presste dem jungen Mann ein Knie auf die Brust und beugte sich hinab. »Ihr werdet sie zurückbekommen, Euer Majestät.* Ich schwöre es.«

»Ihr seid wahnsinnig«, presste Kihrin hervor, während er um Luft rang.

»Bedauerlicherweise nicht.«

Der Druck auf Kihrins Brust verschwand, und Caerowan stürmte durch das Portal. Der Magier, der es offen gehalten hatte, folgte ihm.

Kihrin rollte sich auf die Füße, doch das Portal war verschwunden. Er hörte Schritte, die schnell näher kamen, und wandte sich in die entsprechende Richtung. »Wache zu mir! Es gab einen Diebstahl …!«

Die Soldaten blieben stehen und musterten ihn mit eigenartigem Blick. Der Anführer verneigte sich. »Mein Lord, Eure Anwesenheit ist sofort erforderlich. Es geht um Eure Mutter.«

* Die korrekte Anrede lautet »Euer Hoheit«, Caerowan weiß das. Aus der falschen Anrede könnte man folgern, dass er seine Zweifel hatte an Lady Miyas Versicherung, Kihrin habe nichts mit den Prophezeiungen zu tun.

Kihrin war verunsichert. Wen meinte der Kerl? Ola? Dann wurde ihm klar, dass er von seiner Stiefmutter, Alshena D'Mon, sprechen musste.

»Bring mich zu ihr«, sagte er.

Alshena D'Mon war vergiftet worden.

Davon gingen alle aus, denn die Frau des Erblords hatte gerade von einem Wein unbekannter Herkunft getrunken, als die Krämpfe begannen. Danach war der Tod auf schnellen Schwingen über sie gekommen. Das Gift ließ sie als Leiche mit geröteter Haut und einem festgefrorenen Grinsen auf dem Gesicht zurück. Die Heiler brachten sie weg und erklärten, dass sie nichts mehr für sie tun konnten.

Niemand glaubte, dass Therin oder Darzin bei der Schwarzen Pforte um ihre Rückkehr bitten würden.

Galen hatte sie kaum erblickt, da war er schon auf seine Gemächer geschickt worden, weil es sich für einen Angehörigen des Hauses D'Mon nicht gehörte, so haltlos in der Öffentlichkeit zu weinen. Darzin wirkte nicht gerade erfreut, und Kihrin fand, dass seine Miene zu vieldeutig war, um ihn des Mordes an seiner Frau zu verdächtigen. Dass er sie nie geliebt hatte, spielte keine Rolle – Alshenas Ermordung verletzte seinen Stolz.

Tishars Gesicht sah aus wie aus Eisen gegossen.

Galen war immer noch verweint, als Kihrin zu ihm kam. Wortlos ging er auf seinen jüngeren Bruder zu, schloss ihn in die Arme und ließ ihn schluchzen.

»Ich hasse diesen Ort, ich hasse diesen Ort, ich hasse diesen Ort«, sagte Galen immer wieder. »Er hat sie umgebracht. Er hat meine Mutter umgebracht.«

»Das weißt du nicht ...«

»Wer sollte es sonst gewesen sein? Sie war nicht wichtig. Du bist jetzt hier, ich bin nicht länger der Erbe, und es bestand auch keine Aussicht mehr, dass sie einen Erblord, geschweige denn einen Hohen Lord zur Welt bringen würde.« Er schniefte und wischte sich mit dem Ärmel über die Nase. »Wer außer Darzin? Wer außer meinem Vater? Ich weiß, dass er sie geschlagen hat, und wie sehr er sie gehasst hat. Gehasst, weil er ihr die Schuld für meine Schwäche gab.«

»Du bist nicht schwach«, widersprach Kihrin.

»Doch, bin ich«, beharrte Galen, dem weiter die Tränen über die Wangen strömten. »Ich bin schwach, ich bin falsch, und ich wünschte, ich wäre es nicht. Ich finde einfach keinen Gefallen an den Dingen, die mir laut unserem Vater gefallen sollten, egal, wie sehr ich es versuche.«

»Du bist ein fantastischer Schwertkämpfer«, sagte Kihrin in dem Versuch, ihn irgendwie zu trösten.

»Aber nicht gut genug, wie es scheint.« Galen schüttelte den Kopf. »Es ist nie genug, ich bin nicht stark genug, nicht grausam genug, um ihm zu gefallen. Jetzt wird er mich wieder schlagen, weil ich es gewagt habe, über dem Leichnam meiner Mutter zu weinen.«

»Galen, du bist erst vierzehn. Vollkommen gleichgültig, was er behauptet, ich wette, mit vierzehn war Darzin auch nicht großartiger.« Kihrin nahm die Hand seines Bruders und drückte sie.

Galen saß da, seine Augen leuchtend blau wegen der Tränen. »Ich fühle mich nicht zu Mädchen hingezogen«, gestand er.

Kihrin biss sich auf die Lippe. »Weiß ich.«

»Du weißt es?« Galen runzelte verwirrt die Stirn.

»Ich bin sicher, alle wissen es«, sagte Kihrin. »Ist nicht so schwer zu erraten. Du schaust den hübschen Mädchen ja nicht mal hinterher, wenn sie so gut wie gar nichts anhaben. Tante Tishar und …« Er geriet ins Straucheln, weil er Alshenas Namen nicht aussprechen wollte. Die beiden hatten einige Energie darauf verwendet, Kihrins sexuelle Neigungen herauszufinden. Bestimmt hatten sie es bei Galen genauso gemacht. »Aber das ist nicht wichtig. Im Zerrissenen Schleier haben auch Männer gearbeitet, sie konnten sich nicht über mangelnde Kundschaft beklagen. Manche Männer lieben eben … Männer.«

»Es ist schwach«, murmelte Galen.

»Drachenscheiße«, beharrte Kihrin. »Die Leute tratschen eine Weile, danach kümmert es niemanden mehr.«

»Das stimmt nicht.« Galen wischte sich über die Augen. »Du weißt, dass das nicht stimmt.«

Kihrin seufzte. »Ja, du hast recht. Es stimmt nicht. Sollte es aber.« Eine unbehagliche Stille senkte sich über die beiden.

»Hast du jemals …«, begann Galen und verstummte. Er wurde rot im Gesicht und drehte sich weg.

»Ja«, antwortete Kihrin leise.

Galen blickte auf. »Wie bitte? Du hast?«

»Es hat mir nicht gefallen«, gestand Kihrin. »Und ich …« Er zuckte mit den Schultern. »Ich glaube, ich steh einfach auf Mädchen.«

»Ah.« Galen räusperte sich. »Ich meine, klar, klingt logisch.« Die drückende Stille kehrte zurück.

»Ich verschwinde von hier«, erklärte Kihrin. »Du kannst mitkommen. Dort, wo ich hingehe, kümmert es wirklich keinen.« Der Gedanke erschien ihm plausibel. Wo niemand einen kannte, interessierte sich auch niemand dafür, ob man heiratete und Kinder zeugte.

»Du willst abhauen? Das schaffst du nie.«

»O doch. Ich werde es tun. Ich weiß auch schon, wie.« Er drückte Galens Hand noch einmal. »Kommst du mit?«

Galen starrte ihn an, schließlich nickte er.

75

KONFRONTATIONEN

(Kihrins Geschichte)

Den Weg vom Rubinviertel zum KEULFELD legte ich unsichtbar zurück, schlug aber zur Sicherheit auch noch meine Kapuze hoch.

Als ich die Schenke betrat, fiel mir als Erstes auf, dass sie genauso voll war wie bei meinem letzten Besuch. Das Zweite, was mir auffiel, war Teraeth, der an der Theke lehnte und Tauna Milligreest in ein Gespräch verwickelt hatte. Doc hatte gesagt, er hätte Tauna etwas gegeben, womit wir im Notfall Kontakt zu Sandus aufnehmen konnten. Wir alle waren der Meinung, dass ein solcher nun eingetreten war.

Dass Teraeth eine Schwäche für Khorvescherinnen hatte, wusste ich. Trotzdem fragte ich mich, ob er ahnte, dass er da gerade mit seiner Stiefschwester anbandelte.

Als ich auf ihn zuging, entdeckte ich Tyentso. Sie hatte sich an einem der großen Rundtische niedergelassen. Das normalerweise dort ruhende Inventar hatte sie weggeräumt und den gesamten Tisch mit kleinen Wassergläsern in Beschlag genommen. Zumindest vermutete ich, dass die Gläser mit Wasser gefüllt waren.

Neben ihr saß ein Marakorer in einem Flicken-Sallí. Sein Haupt zierte ein schlichter Kupferreif, und obwohl ich es im Moment nicht sehen konnte, war ich sicher, dass er irgendwo auch einen kupfernen Stab bei sich trug. Niemand in der Schenke schien sich an seiner Anwesenheit zu stoßen oder sich auch nur dafür zu interessieren, er sah wirklich nicht besonders wichtig aus. Obendrein wirkte er sehr jung. Denn im Gegensatz zu seinen Freunden Qoran, Therin und Nikali würde er nie altern, solange er in Besitz von Krone und Zepter war.

Wie hätte jemand auf die Idee kommen sollen, dass dies der Kaiser von Quur war? Mein Mund fühlte sich mit einem Mal sehr trocken an.

Ich ging zu dem Tisch und schob mir einen Stuhl zurecht.

Tyentso nickte mir zu, ohne die Wassergläser aus den Augen zu lassen. »Ich würde euch einander vorstellen, aber …«

»Wir kennen uns bereits«, sagte Kaiser Sandus. »Auch wenn es schon ein paar Jahre her ist. Tyentso erklärt mir gerade die Lage.« Er sah nicht glücklich aus, was ich ihm auch nicht verübeln konnte.

Hätte ich soeben erfahren, dass mein Todfeind all die Jahre meinen leiblichen Sohn für seinen eigenen ausgegeben hatte, wäre ich wahrscheinlich auch nicht gerade erfreut.

Ich betrachtete den Tisch. Wenn man die Gläser genau anschaute, oder besser gesagt: die Flüssigkeit darin, fiel auf, dass die Reflexionen auf der Oberfläche nicht zur Einrichtung der Schenke passten. Bestimmt glaubten die meisten Gäste, Ty wäre gerade mit einem berauschenden Trinkspiel beschäftigt. Was sie aber tatsächlich tat, war nach Veränderungen in der Hauptstadt Ausschau zu halten, die auf den Beginn eines neuerlichen Höllenmarschs hindeuteten. Sie hatte geschworen, sie sei dazu in der Lage. Es hatte etwas damit zu tun, dass Dämonen Hitze absorbierten, was wiederum Auswirkungen auf die Umgebungstemperatur hatte, die sich nachweisen ließen wie Veränderungen des Wetters.

»Gut«, erwiderte ich. »Das bedeutet wohl, dass Ihr uns helfen werdet, oder?« Ich merkte, wie er mich anschaute. »Ihr habt natürlich recht. Die Frage war dumm. Wenn Ihr Teraeth und mich begleiten könntet …«

Kaiser Sandus lächelte angespannt. »Unter einer Illusion, einem Unsichtbarkeitszauber oder einer anderen Täuschung verborgen, nehme ich an? Ich glaube jedoch, ich habe eine bessere Idee, wenn du offen für einen Vorschlag bist.«

Ich breitete die Hände aus und versuchte, mir nicht anmerken zu lassen, wie nervös er mich machte. »Selbstverständlich.«

Er legte drei Ringe auf den Tisch. »Jeder von euch nimmt sich einen davon. Sie sind verzaubert. Wenn ihr euch auf euren Ring konzentriert, könnt ihr direkt mit mir sprechen. Auf diese Weise vermeiden wir das Risiko, dass jemand mich zu früh bemerkt und etwas Unüberlegtes tut. Ich garantiere, dass sowohl Gadrith als auch Darzin genau wissen, wie ich aussehe. Bedauerlicherweise habe ich …«, er presste die Lippen aufeinander, »Thurvishar nie kennengelernt.«

Meine Hand zitterte, als ich einen der Ringe nahm.

Ein Intaglio-Rubin prangte darauf.

Ich hörte Tyentso erfreute Laute von sich geben, denn die Kommunikation war einer der Schwachpunkte unseres ursprünglichen Plans gewesen. Die Leute in der Schenke tranken und lachten und stritten unverändert weiter als Auftakt zum nächsten Duell. Sie ließen die Gläser klirren, gaben Trinksprüche aus und warfen einander mehr oder weniger giftige Beleidigungen an den Kopf. All das klang gedämpft, wie unter Wasser, nicht wichtig.

Ich dachte an den Vané, den Gadrith und Darzin gefoltert und getötet hatten und der einen solchen Ring besessen hatte. Ich dachte an meinen Vater, Surdyeh, der einen solchen Ring besessen hatte. Und an Caerowan, der mir Valathea gestohlen hatte und einen solchen Ring besaß.

Ich fing Sandus' Blick auf. »Wenn wir mit allem fertig sind«, begann ich, »werden Ihr und ich ein sehr langes Gespräch führen müssen, Euer Majestät.«

Er lächelte traurig. »Ja. Das glaube ich auch.«

Ich nahm einen zweiten Ring für Teraeth, dann ging ich ohne ein weiteres Wort. Bis jetzt lief alles genau nach Plan. Nun kam der schwierige Teil: nach Hause zu gehen.

Lady Miya kam die Treppe förmlich heruntergeflogen und fiel mir um den Hals. »Kihrin!«

Sie vergrub ihr Gesicht in meinem Agolé, um ihre Tränen zu verbergen. Ich strich ihr übers Haar und berührte ihre Wange.

Das Weinen endete mit einem entsetzten Schluchzer, dann schob meine Mutter den Stoff meiner Mischa beiseite und starrte die Kette aus Sternentränendiamanten an, die ich darunter trug.

»Ist eine lange Geschichte«, sagte ich. »Ich verspreche, ich erklär's dir später.«

Meine Mutter riss den Blick von der Kette los und konzentrierte sich auf mich. »Wo bist du die ganze Zeit gewesen? Wir erhielten eine Nachricht, du seist in Sicherheit, wussten aber nicht, woher sie kam.«

»Ich weiß«, erwiderte ich. »Ich hoffe, die Nachricht war ein gewisser Trost. Es tut mir leid, dass ich nicht früher zurückkehren konnte. Wir sollten besser nach drinnen gehen, findest du nicht?« Ich blickte auf und sah Therin am oberen Ende der Stufen zum Ersten Hof stehen. Er musterte mich mit undurchdringlicher Miene.

»Großvater«, log ich und nickte meinem Vater zu.

»Kihrin.« Therin nickte zurück. Seine Stimme klang angespannt. »Ich hatte erwartet, dass man dich eines Tages in Einzelteilen herbringt.«

»Ich auch«, bestätigte ich mit spöttischem Grinsen. »Schön, zu sehen, dass du während meiner Abwesenheit das Vertrauen in mich nicht verloren hast.« Ich ging an Therin vorbei, meinen Arm um meine Mutter geschlungen.

Unterdrückter Zorn blitzte in Therins Gesicht auf. »Wurdest du entführt oder bist du weggelaufen?«

»Ich wäre weggelaufen«, gestand ich. »Ich möchte nicht abstreiten, dass ich es vorhatte, aber Ersteres ist geschehen, bevor ich Letzteres tun konnte.«

Ich merkte, dass mein Vater einige Fragen an mich hatte. Ich erkannte es an seinem finsteren Blick und der Härte in seinen blauen Augen. Ich sah außerdem, dass sein Zorn, so gewaltig er auch sein mochte, gegen ihn selbst gerichtet war.

Was nicht bedeutete, dass ich ihm verzieh.

»Komm in mein Arbeitszimmer«, befahl der Hohe Lord. »Ich möchte unter vier Augen mit dir sprechen. Sobald sich die Kunde deiner Rückkehr verbreitet hat, wird es eine Woche lang nichts außer Festen und Wiedersehensfeiern geben.«

»Therin«, sagte Darzin und trat auf den Hof. »Kalovis meinte, du erwartest jemanden, und ich ...« Sein Blick erfasste mich und hielt mich fest wie eine Fußangel.

»Guten Abend, Darzin«, sagte ich. Mein Lächeln war echt, allerdings nur, weil ich mich darauf freute, wie der Rest des Abends verlaufen würde.

So weit, so gut.

Volle zwei Sekunden lang war Darzins Gesicht ein regloses Schaubild der Überraschung. Dann brach er in ein breites Grinsen aus. »Ich fass es nicht, du Mistkerl!«, sagte er. »Ich wusste doch, dass ich dich wiedersehen würde.« Er schien sich tatsächlich zu freuen, was auf verdrehte Weise Sinn ergab: Jetzt, da ich wieder hier war, konnte er seine Pläne endlich umsetzen.

Darzin trat auf mich zu, als wollte er mich vor lauter Überschwang umarmen. Ich wich elegant einen Schritt zurück, gerade außerhalb seiner Reichweite. Sein Lächeln erstarb unter der Wucht meines kalten, starren Blicks.

»Vorsicht, Sohn. Wenn du mich noch lange so anschaust, glaube ich noch, du liebst mich nicht mehr.«

»Nicht mehr? Das würde voraussetzen, dass ich es einmal getan habe. Warum sollte ich jetzt damit anfangen?« Ich legte eine Hand auf den Griff meines Schwerts.

Darzin sah die Bewegung. »Ich wette, du hast immer noch nicht den geringsten Schimmer, wie man damit umgeht.«

Ich hielt seinen Blick fest. »Die Wette gilt.«

Das selbstgefällige Grinsen auf seinem Gesicht veränderte sich. Der Hass in seinen Augen war nackt und brutal, während wir einander anstarrten. In vier Jahren hatte er kein bisschen nachgelassen. Der Schellenstein an meinem Hals fühlte sich eiskalt an.

Ich bewegte mich als Erster.

Vielleicht habe ich mich sogar schneller bewegt als er, aber Darzin zu töten, war nicht mein Ziel. Außerdem hatte ich Lady Miya vergessen.

Noch während ich mein Schwert zog und meinen Bruder angriff, worauf er das Gleiche tat und auf meinen Angriff reagierte, schoss zwischen uns eine hohe Mauer aus Luft empor und schleuderte uns beide zurück. Das Schwert wurde mir aus den Händen gerissen und fiel klappernd auf den Marmorboden. Darzins Schwert flog zur Seite und bohrte sich in die Wand.

Lady Miya ließ die Hand sinken. »Wenn ihr kämpfen wollt, tut ihr es am besten, wenn ich nicht dabei bin.«

Ich lachte. Das Gaesch. Natürlich. Waren zwei D'Mons miteinander allein, konnten sie sich alle nur erdenklichen Gewalttaten antun. Aber wenn Miya dabeistand, war sie gezwungen einzugreifen.

Und ich hatte mir noch Sorgen gemacht, ich könnte Darzin möglicherweise nicht glaubhaft zurückschlagen. Mit höhnischem Grinsen ging Darzin hinter der Mauer auf und ab. Er wischte sich mit dem Handrücken über den Mund. »Ich muss gestehen, ich hätte nicht gedacht, dass du den Mumm hast, mich tatsächlich anzugreifen. Zu deinem Glück ist Miya hier und beschützt dich.«

»Sie hat nicht *mich* beschützt. Warum schicken wir sie nicht weg, damit wir diese Unterhaltung anständig zu Ende führen können?«

»Genug, von euch beiden«, sagte Therin. »Ich werde nicht dulden, dass ihr euch in meinem Haus duelliert.«

Darzin ließ mich nicht aus den Augen. »Das hier ist schon seit Jahren nicht mehr dein Haus, alter Mann.« Er ging zu der Stelle, wo sein Schwert zitternd in der Wand steckte, und zog es heraus.

Ich merkte, dass er gehen wollte. Genau das wollte ich auch, doch zuerst musste ich mich versichern, dass Teraeth seine Position eingenommen hatte. Da ich ihn nicht sehen konnte, hielt ich es für angebracht, noch ein wenig Zeit zu schinden.

»Du läufst schon weg, großer Bruder?«

Darzin hielt inne. »Großer Bruder?« Er sah überrascht aus. »Hat unser Vater dir endlich die Wahrheit gesagt? Es erstaunt mich, dass er das Rückgrat dazu hatte.«

»Ich bin selbst dahintergekommen.« Ich streckte den Arm aus und ließ mein Schwert zurück in meine Hand fliegen. Darzin sah die offenkundige Demonstration meiner Zauberkraft und runzelte die Stirn. Wahrscheinlich gefiel ihm der Gedanke nicht, dass ich Magieunterricht erhalten hatte. »Ich bin dahintergekommen, dass du nichts weiter bist als ein aufgeplusterter Trottel, gerade einmal schlau genug, um zum Lakaien eines Geisterbeschwörers zu taugen. Verrate mir, was hat Gadrith dir versprochen? Dass du das Oberhaupt des Hauses D'Mon wirst? Oberhaupt des Rats? Oder tust du das nur, um unseren Vater zu ärgern?«

Darzin setzte tatsächlich zu einer Antwort an. Dann lächelte er. »Du passt besser auf deinen Kleinen auf, Therin. Er scheint den Verstand verloren zu haben.« Damit drehte er sich um und rannte los.

»Nein. Haltet ihn auf!« Ich versuchte, es so echt wie möglich klingen zu lassen.

Darzin eilte zurück in den Palast.

Therin machte keinerlei Anstalten, die Verfolgung aufzunehmen. »Was geht hier vor? Du hast eine Menge zu erklären, Kihrin.«

Ich beachtete ihn nicht.

Jetzt mussten wir nur noch hoffen, dass Darzin dumm genug war, direkt zu Gadrith zu laufen.

Denn sobald er das täte, wäre alles vorbei.

Darzins erstaunte Frage, ob Therin mir die Wahrheit gesagt habe, hing zwischen uns. Mein Vater ignorierte sie. Er erkundigte sich nicht, was Darzin oder ich gemeint hatten. Er versuchte nicht abzustreiten, dass wir Brüder waren.

Weil er wusste, dass das eine Lüge gewesen wäre.

»Was hat das eigentlich alles zu bedeuten?«, fuhr Therin auf.

»Ich kann dich wahrscheinlich nicht dazu überreden, Lady Miya von ihrem Gaesch zu befreien?« Ich sah den Ausdruck auf Therins Gesicht und hob die Hand. »Macht nichts. Wir haben nicht viel Zeit. Wahrscheinlich nicht mehr als eine halbe Stunde. Darzin ist weg, um Gadrith zu warnen, dass ich wieder da bin. Ich weiß wirklich nicht, was Gadrith tun wird, wenn er es erfährt, aber wir werden für ihn bereit sein.«

»Gadrith ist tot«, sagte Miya ohne große Überzeugung.

»Ist er nicht.« Ich schob den Kragen meiner Mischa nach unten, darunter kamen der Schellenstein und die Kette mit den Sternentränendiamanten zum Vorschein. Von Letzterer wusste Lady Miya bereits, aber mein Vater hatte sie noch nicht gesehen.

Er zuckte zusammen. »Wo …?«

»Du erinnerst dich doch noch, wo diese Sternentränen gelandet sind, nachdem du Miya damit gekauft hast, oder? Bei einer alten Vané-Hexe, die zufällig Hohepriesterin der Thaena ist.« Ich ließ den Stoff meiner Mischa wieder zurückgleiten. »Gadrith hat die Reise hinter den Zweiten Schleier nie angetreten, das weiß ich mit Sicherheit, du kannst dich auf mein Wort verlassen. Er hat einen Weg gefunden, sowohl dich als auch Thaena zu täuschen.«

Therin blinzelte. Nach einem Moment schien er seine Erstarrung abzuschütteln. »Wir sprechen uns unter vier Augen. Sofort.«

»Nein«, sagte ich. »Dafür haben wir keine Zeit. Ich habe Darzin gerade dazu gebracht, etwas Unbedachtes zu tun, außerdem hat eine Mimikerin das Haus unterwandert. Ich muss sie finden, bevor er zurückkommt.«

»Eine Mimikerin?« Welche Neuigkeiten Therin auch immer von mir erwartet haben mochte, diese bestimmt nicht.

Ich wandte mich an Lady Miya. »Lyrilyn trug den Schellenstein, als sie von einer Mimikerin ermordet wurde. Deine ehemalige Zofe hat das Haus nie verlassen, aber sie hat die Seiten gewechselt. Sie arbeitet jetzt für Darzin.«

Mir war klar, dass ich ihnen eine ganze Menge Neuigkeiten auf einmal zumutete, trotzdem durfte ich meinem Vater keine Gelegenheit geben, Beweise zu verlangen. Wir mussten als Erste handeln. Die Beweise würden bald genug folgen.

»Ach, das arme Mädchen«, sagte Lady Miya.

Therin sah aus, als wäre er geohrfeigt worden. Wie gut sein Netzwerk aus Kontaktleuten auch sein mochte, ich hatte ihm gerade erklärt, dass Darzins weit besser war, und auch warum.

»Gibt es im Haus irgendjemanden, der sich in letzter Zeit seltsam oder widersprüchlich verhält?«

»Eine Mimikerin lässt sich nicht so leicht enttarnen«, meinte Therin. »Es könnte jeder sein.« Er musterte mich durchdringend.

»Dein Verdacht kommt ein bisschen spät. Bitte vergiss nicht, dass *ich* es war, der dich überhaupt erst vor der Mimikerin gewarnt hat.«

»Nein, du bist es nicht«, warf Lady Miya ein. »Und es ist auch nicht irgendwer, sondern Ola. Es muss Ola sein.«

Ich zuckte zusammen. »Wie bitte? Ola ist hier?«

»Ja«, bestätigte Therin. »Wir haben sie gefangen genommen. Nach deinem Verschwinden war ich so wütend, dass ich drauf und dran war, sie von Darzin töten zu lassen. Aber Lady Miya sagte, falls du je wieder zu uns zurückkehren würdest, könntest du es mir nie verzeihen, wenn ich die Hinrichtung der Frau zuließe, die dich großgezogen hat. Deshalb ist sie nun unser ›Gast‹.«

»Das ist die Mimikerin«, stimmte ich zu. »Wo ist sie?«

»In deinen Gemächern«, antwortete Lady Miya.

Therins Blick verfinsterte sich. »Wir können immer noch nicht sicher sein, dass sie die Mimikerin ist.«

Ich seufzte. »Doch, können wir, weil Ola tot ist. Ola Nathera weilt im Land des Friedens. Ich habe es direkt aus Thaenas Mund. Und das bedeutet, dass die Ola, die ihr kennt, eine Fälschung ist.« Ich tastete unter meinem Agolé nach einem weiteren Brief, den ich eingesteckt hatte. »Lady Miya, bitte geht zu Tante Tishar. Der hier ist für sie. Darin wird erklärt, was los ist und was sie für mich erledigen soll.«

Miya nahm den Brief und ging.

»Kihrin, ich muss wissen …«

»Dieses eine Mal musst du tun, was ich sage«, unterbrach ich ihn und drehte mich zu ihm um. »Evakuiere den Palast. Das Einzige, was ich nicht genau vorausplanen konnte, war Gadriths Reaktion, sobald er merkt, dass ich wieder da bin, und Zaubererduelle sind eine unschöne Angelegenheit. Schaff alle hier raus.«

»Denk nach, Kihrin. Wo hätte Gadrith D'Lorus sich all die Jahre verstecken sollen?«

Ich hob eine Augenbraue. »Es gibt eine ganze Zauberergilde, die darauf spezialisiert ist, Portale zu entfernten Orten zu öffnen. Ich weiß nicht, warum alle glauben, es wäre so schwer, sich zu verstecken.« Ich ging los.

»Hat Khaemezra es dir gesagt? Ich meine, dass …« Welche Frage auch immer Therin hatte stellen wollen, sie blieb ihm im Halse stecken.

Ich hielt inne. »Was gesagt? Dass du mein Vater bist?«

Er starrte mich mit gehetztem Blick an. »Nein«, widersprach er. »Ganz entschieden nein. Darzin ist dein Vater.«

Ich schnaubte. »Das ist nicht wahr, und du weißt es.«

»Es ist wahr. Es ist wahr, und du wirst es nicht infrage stellen.«

Ich kniff die Augen zusammen. »Soll ich dir sagen, wieso ich mir sicher bin, dass du lügst? Ich meine, ich weiß kaum, wo ich anfangen soll, aber beginnen wir doch einfach damit: Miya ist meine Mutter. Sie hasst Darzin nicht aus persönlichen Gründen, sondern aus Prinzip, wegen dem, was er den Menschen um sich herum antut. Aber sie würde ihn noch viel mehr hassen, wenn er sich ihr aufgezwungen hätte. Und ehrlich gesagt, hättest du ihn – auch wenn er dein Sohn ist – umgebracht, wenn es so gewesen wäre. Ihre Gefühle für dich hingegen« – ich deutete auf ihn – »sind etwas komplizierter. Außerdem hast du ihr Gaesch, weshalb sie selbst deinen kleinsten Launen nachgeben muss. Also, befriedige meine Neugier: Es *war* Vergewaltigung, oder?«

Therin versetzte mir einen Schlag.

Einen Moment lang rührte sich keiner von uns beiden. Die Stelle, wo mir sein Siegelring die Lippe aufgerissen hatte, brannte. Er weigerte sich, mir in die Augen zu sehen.

Erneut wandte ich mich zum Gehen.

»Wo willst du hin?«, fragte mein Vater.

»Die anderen erfüllen gerade ihren Teil des Plans. Und ich? Ich muss eine Mimikerin töten.«

Offen gesagt weiß ich bis heute nicht, ab welchem Punkt es schiefgelaufen ist.

Ich habe in Gedanken tausendmal durchgespielt, was hätte sein können, wenn ich ein bisschen weiser gehandelt hätte oder alles nur ein Training im Bann von Kettensprenger gewesen wäre. Wenn ich einen Diener gebeten hätte, Tishar den Brief zu überbringen, und Miya geblieben wäre. Wenn ich mich nicht mit Therin gestritten hätte und wir dir gemeinsam gegenübergetreten wären. Wenn Tyentso mitgekommen wäre, statt im KEULFELD *zu bleiben, um nach Anzeichen für einen Höllenmarsch Ausschau zu halten. Wenn ich darauf bestanden hätte, dass Kaiser Sandus mich persönlich begleitet, statt auf ein Signal von seinem verfluchten Zauberring zu warten.*

Wie dem auch sei, ich tat nichts dergleichen. Ich ging allein zu Olas Zimmer.

76

VERRAT

(Klaues Geschichte)

Nur Geduld, mein Lieber. Wir sind fast fertig, Kihrin. Oder so fertig meine Geschichte eben sein kann.

Aus dem Blauen Palast zu entkommen stellte sich als erschütternd einfach heraus.

Jetzt, da Kihrin begriffen hatte, dass seine Begabung für Tarnung magischen Ursprungs war, nutzte er sie, um sich selbst und Galen zu verbergen, während sie sich aus dem Oberen Zirkel davonstahlen. Ohne diese Gabe wären sie nicht entkommen, weil der Hohe Lord nach Alshenas Ermordung den gesamten Palast wegen Trauer hatte abriegeln lassen.

»Wohin gehen wir?«, flüsterte Galen.

»Ins STEHENDE FASS. Das ist eine Schenke im Kupferviertel«, antwortete Kihrin. Sie waren mit Sallí-Umhängen und braunen Kefhosen bekleidet aufgebrochen und trugen nichts am Körper, das auch nur an Blau erinnerte. Außerdem hatten sie auf alle Wertgegenstände verzichtet, die sich hätten zurückverfolgen lassen. Kihrin hatte lediglich seine Schuldscheine vom Tavris-Tempel eingesteckt, dann hatten sie sich auf den Weg ins Kupferviertel gemacht. Kihrin brauchte das Haus D'Mon nicht. Er hatte so viel angespart, dass er gut davon leben konnte. Genug für ihn selbst und Galen.

Das STEHENDE FASS war weitgehend leer, die meisten Leute hielten sich im Moment eher bei den Ständen des Neujahrsfestes und in den Weingärten auf. Kihrin ließ sich nicht anmerken, dass er in der ältlichen Zheriasa, die die Getränke brachte, Ola erkannte. Er und Galen setzten sich an einen Tisch, dann gestattete sich Kihrin, sich zumindest ein wenig zu entspannen. Der erste Schritt war getan.

»Auf wen warten wir?«, fragte Galen.

»Du wirst es gleich seh…« Kihrin wurde unterbrochen, als die Tür aufging und Thurvishar hindurchtrat, begleitet von seiner Sklavin Talea.

Kihrin winkte sie heran.

Thurvishars Gegenwart erregte einige Aufmerksamkeit. Er war kein Mann, den man leicht übersah. Er ragte vor den Jungen auf, dann nahm er sich einen Stuhl und setzte sich.

»Ungewöhnlich«, sagte Thurvishar zu den beiden. »Aber ich muss gestehen, ich bin fasziniert. Mein Beileid wegen deiner Mutter.« Die letzten Worte waren an Galen gerichtet.

»Danke«, sagte Galen mit hölzerner Stimme.

»Es ist ganz einfach«, begann Kihrin. »Ich biete Euch ein Geschäft an.« Die alte, dunkelhäutige zheriasische Kellnerin kam heran, und Kihrin hielt inne. Er tat immer noch so, als wäre Ola ihm fremd, und winkte sie an den Tisch. »Ähm, ich glaube, wir sollten etwas bestellen.« Sein Blick wanderte zu Thurvishar.

Der Glatzkopf hob eine Augenbraue. Er sah sich in der Schenke um, als hätte ein Ort wie dieser bestimmt nichts anzubieten, das einen geschulten Gaumen wie den seinen erfreuen würde. »Was ist euer bestes Getränk?«

»Kirpischer Traubenwein, mein Herr, aus den Weinbergen am Regenbogensee«, erwiderte Ola. »Er ist ganz frisch. Von diesem Jahr.«

Er seufzte. »Eine Flasche davon und vier Becher.«

Die Kellnerin schaute die drei Männer an. »Vier?«

Thurvishar wirkte amüsiert. »Sieh noch einmal hin, Frau. Wir sind zu viert.« Er nickte in Taleas Richtung.

Ola räusperte sich. »Ach, richtig. Entschuldigt, mein Herr. Ich bringe Euren Wein sofort.« Sie ging.

»Fühlst du dich in Thurvishar D'Lorus' Obhut wohl?«, fragte Kihrin an Talea gewandt.

Das Sklavenmädchen beäugte Kihrin, als wäre sie noch nicht ganz sicher, ob er nicht eine Schlange war. »Tue ich. Sehr sogar.«

»Aber wärst du nicht lieber frei?«

Die Augen der Sklavin weiteten sich in unverhohlenem Entsetzen.

»*Sehr* unangemessen«, murmelte Thurvishar.

Kihrin wandte sich ihm wieder zu. »Ich weiß, dass Ihr nicht gerade ein Freund von Darzin D'Mon seid. Und ich weiß, dass Ihr gemeinsam mit ihm und einem dritten Mann etwas ausheckt. Ihr seid derjenige, der uns gewarnt hat. Ihr wusstet, dass wir an der Tür gelauscht haben.« Er beugte sich nach vorn. »Ich möchte nur, dass Talea ihre Freiheit bekommt. Das habe ich ihrer Schwester versprochen …«

»Meiner Schwester? Was ist mit meiner Schwester?«, fiel Talea ihm ins Wort.

»Wie bedauerlich«, sagte Thurvishar. »Möchtest du es ihr erklären, oder soll ich?«

Kihrin nahm einen tiefen Atemzug und sagte zu Talea: »Ich kannte deine Schwester, bevor sie ermordet wurde. Es tut mir wirklich sehr leid.«

Talea starrte ihn so schockiert und schmerzerfüllt an, als hätte er ihr ein Messer in den Bauch gerammt. Offenbar hatte ihr noch niemand erzählt, dass ihre Schwester tot war.

Kihrin sagte zu Thurvishar: »Ich weiß, mein Geld bedeutet Euch nicht viel, aber Ihr könntet Darzin eins auswischen, wenn Ihr sie gehen lasst, und ich wette, das bedeutet Euch durchaus etwas.«

Ola kam zurück und entkorkte die Flasche vor Thurvishar, dann füllte sie vier Zinnkelche mit dem dunklen Rotwein. Thurvishar bedankte sich bei ihr, trank jedoch nicht.

Kihrin verdrehte die Augen. »Seid Ihr nicht ein wenig zu argwöhnisch?« Er nahm einen langen Schluck aus seinem Becher und bedeutete Galen, das Gleiche zu tun.

»Ich habe Feinde, die mich nur zu gerne allein wegen meines Potenzials töten würden«, erwiderte Thurvishar. »Aber erlaube mir, deine Beweggründe zu erforschen. Du möchtest, dass ich Talea freilasse und sie dir übergebe – wozu? Weil es Darzin möglicherweise ärgert?« Er lachte, nahm einen Schluck Wein und zuckte zusammen. »Talea, Liebes, trink das besser nicht. Es ist die Berührung deiner Lippen nicht wert.«

Die Grimasse, die das Sklavenmädchen schnitt, ließ erkennen, dass die Warnung zu spät kam.

»Ich kann Euch Geld geben. Ich weiß, wie viel Ihr für sie bezahlt habt. Ihr würdet keinen Verlust machen.«

Kihrin ignorierte die giftigen Blicke, die Talea ihm zuwarf. Es war nicht wichtig, ob sie ihn mochte, sondern nur, dass er sie befreite, und sei es bloß um Moreas willen.

»Wie du bereits sagtest, Geld bedeutet mir nichts.« Thurvishar überlegte. »Wie wäre es mit der Harfe, die du gestern Abend so schön gespielt hast? Die magische Aura, die sie wie ein Seidengespinst umgab, war nicht zu übersehen.«

Kihrin wurde schwer ums Herz. »Sie wurde gestern Nacht gestohlen.«

Thurvishar schüttelte den Kopf und trank noch einen Schluck. »Wie unangenehm für uns beide.« Er musterte Talea mit seinen komplett schwarzen Augen, ehe er seine Aufmerksamkeit wieder Kihrin zuwandte. »Dann nehme ich eben deine Kette.«

Kihrin fasste sich an den Hals. »Die kann ich Euch nicht geben …«

»Doch, kannst du.« Thurvishar griff in seine Robe und zog zwei Talismane hervor, aus Silber geschmiedete Drachen mit Emailleverzierungen. »Diese hier werden dich vor Hellsehversuchen schützen.* Sie sind nicht so mächtig wie das, was du am Hals trägst, aber sie reichen, damit deine Familie dich nicht aufspürt. Du kannst Talea haben, diese Halsketten und mein Stillschweigen – aber dafür gibst du mir den Tsali-Stein.«

Kihrins Miene wurde hart. »Das kann ich nicht, und woher wusstet Ihr überhaupt …?«

Thurvishar lächelte. »Du scheinst mich falsch zu verstehen. Dies ist kein Geschäft mehr, von dem du dich zurückziehen könntest. Dein Plan sieht nicht vor, in den Blauen Palast zurückzukehren und die junge Dame mit einem Lächeln und etwas finanzieller Unterstützung in die Freiheit zu entlassen, während du dein nobles, verwöhntes Leben wiederaufnimmst. Du hast vor, zu verschwinden. Und um das zu tun, musst du mein Schweigen erkaufen, da ich dich zwar nicht mit Hellsicht aufspüren kann, *ihn* aber schon.« Er deutete auf Galen, der rot anlief und aussah, als wäre er den Tränen nahe.

»Das würdet Ihr nicht …«, begann Kihrin.

Thurvishar hob eine Augenbraue. »Glaubst du?«

Kihrin starrte ihn an. »Warum wollt Ihr die Kette so unbedingt haben?«

»Weil du keine Ahnung hast, was du da am Hals trägst«, antwortete Thurvishar. Seine Stimme klang traurig.**

Kihrin griff nach dem Verschluss in seinem Nacken – den er in

* Sie hätten tatsächlich funktioniert, bei jedem außer mir. Genauer gesagt: bei jedem außer mir und Gadrith.

** Selbstverständlich war ich traurig, denn allmählich hatte ich den Eindruck, dieser Plan könnte funktionieren.

seinem gesamten Leben noch nicht geöffnet hatte. Er wusste nicht, ob er überhaupt noch funktionierte, und während er an dem Häkchen zog, fühlten sich seine Finger dick und ungeschickt an. Allein seine Hände bis an den Hals zu heben, kostete ihn seine ganze Kraft.

Kihrin stand auf. »Ich kann nicht.« Er schwankte.

»Du meinst, du willst nicht«, korrigierte Thurvishar.

»Nein, ich meine …«

In diesem Moment brach Galen zusammen, Wein spritzte auf, als dem jungen Mann der Zinnkelch aus der Hand fiel und sein Kopf auf die hölzerne Tischplatte schlug. Kihrin sank auf die Knie. Er schnappte nach Luft und sah sich nach Ola um. »Du … Du …«

»Es tut mir leid, Blauauge«, murmelte Ola. »Er hätte es gemerkt, wenn ich das Betäubungsmittel nicht in alle vier Becher gemischt hätte.« Ihr geflüstertes Geständnis wurde von dem Geräusch unterstrichen, mit dem Talea bewusstlos in sich zusammensank. »Es tut mir leid.«

Dunkelheit überkam Kihrin, und Thurvishar brüllte: *»Eine Falle!«* Es folgte ein lautes Krachen, ein Lichtblitz und der Geruch von Ozon.*

Alles war still.

Talea öffnete die Augen – um der Gerechtigkeit Genüge zu tun, wäre es wohl richtiger zu sagen: Klaue öffnete die Augen. Ein Teil der Schenke stand in Flammen. Leute schrien in Panik, doch alles, was Klaue interessierte, war der kränklich süße Geruch von brennendem Fleisch. Sie rannte zu der Stelle, wo Ola, von einem Stromstoß getötet, am Boden lag.

Thurvishar hatte Ola nicht treffen wollen, aber sein blindlings ausgeführter Schlag hatte sie trotzdem erwischt. Der Zauberer war widerstandsfähiger gewesen, als Klaue erwartet hatte – bei ihm hatte das Betäubungsmittel langsamer gewirkt als bei den

* Leider bin vermutlich ich derjenige, der für Olas Tod verantwortlich ist.

anderen.* Klaue musste den Drang niederkämpfen, ihn umzubringen. Sie wünschte sich nichts sehnlicher, als ihn für Olas Tod bezahlen zu lassen. Doch sie wusste, das durfte sie nicht.

Stattdessen weinte Klaue über Olas Leiche. »Du wirst nicht sterben«, flüsterte sie ihrer ehemaligen Geliebten zu. »Wir werden gemeinsam ewig leben, du und ich. Surdyeh hat dich vermisst. Wir werden zusammen sein, du wirst sehen. Ich muss vorher nur noch eine Kleinigkeit erledigen.«

Klaue kehrte zu Kihrin zurück und verwandelte sich im Gehen. Als sie über ihm aufragte, sah sie aus wie Kihrins alter Feind Faris, komplett mit fehlender Hand und finsterem Blick. Es war besser so. Die Zeugen würden sich an Faris erinnern, und er gehörte zu den Leuten, von denen man leicht behaupten konnte, sie hätten sich zu heftig gewehrt, um sie lebend zu überbringen – vorausgesetzt, er wurde je gefunden.

Was nicht geschehen würde.**

Klaue beugte sich herab und berührte Kihrins Gesicht. »Dein Vater Surdyeh und ich haben uns unterhalten, Entlein«, erklärte sie ihm, obwohl sie wusste, dass er sie nicht hören konnte. »Er hat all das in Gang gesetzt, weißt du. Dich Ola gegeben und dafür gesorgt, dass du bestimmte Fertigkeiten erlernst. Er hatte nichts mit dem Einbruch in der Villa Kazivar zu tun, wo du Darzin das erste Mal gesehen hast – wenn ich Geld darauf setzen müsste, würde ich sagen, die Glücksgöttin ist schuld. Aber er arbeitet für Kaiser Sandus, und er hat mich von seiner Sicht der Dinge überzeugt. Wir haben beschlossen, dass es so das Beste ist. Ich weiß, es wird nicht

* Weil ich nur zur Hälfte ein Mensch bin und die Vordreth eine beeindruckende Immunität gegen die Wirkung der meisten Alkoholika und Drogen aufweisen. Ich vermute, Klaue wäre das aufgefallen, wenn sie meine Gedanken gelesen hätte, doch nicht einmal einer Mimikerin fällt es leicht, in meinen Verstand einzudringen.

** Bis zum heutigen Tag ist ein Kopfgeld auf seine Ergreifung ausgesetzt. Es wurde nie eingefordert.

angenehm, aber das eigene Kind fort und in die Lehre zu schicken, ist nie angenehm. Glaub mir: Es wird uns weit mehr wehtun als dir.« Sie hielt inne. »Aber ich muss ehrlich zugeben, dass es auch dir sehr wehtun wird.« Sie tastete Kihrins Körper ab, bis sie den Ring mit dem Intaglio-Rubin gefunden hatte. Lächelnd betrachtete sie ihn. »Der Greif muss fliegen«, zitierte sie versonnen, fädelte den Ring auf eine Kette und hängte sie sich um den Hals.*

Sie warf sich Kihrin über die Schulter und machte sich auf den Weg zum Hafen, wo die Sklavenschiffe lagen.

* Dass Therin sich danach an die Kirche der Thaena wandte, zeigt, wie verzweifelt er Kihrin wiederhaben wollte. Doch da die Todesgöttin in dieser Angelegenheit eigene Interessen verfolgte, kann ich nachvollziehen, warum sie ihm nur sehr vage antwortete. Darzin versuchte ebenfalls, Kihrins Aufenthaltsort zu ermitteln – mit seinen eigenen Methoden, die unter anderem auf Klaues Fähigkeit basierten, sich Zugang zu den Erinnerungen derer zu verschaffen, die sie verspeist. Anscheinend versagte auch sie, und die Erklärung, die sie Darzin als Rechtfertigung für ihr Versagen auftischte, half ihm nicht weiter. Ich glaube jedoch, mit einiger Überzeugung sagen zu können, dass die Greifen nun eine Mimikerin in ihren Reihen haben. Ob das etwas Gutes ist oder etwas Grauenvolles, weiß ich nicht.

77

GADRITH

(Kihrins Geschichte)

Ich schätze, ab jetzt bin nur noch ich dran, oder, Klaue?

Nun gut. Bringen wir's hinter uns.

Die Tür zu meinem alten Zimmer war mit einem großen eisernen Vorhängeschloss verriegelt, bei dessen Anblick ein Schlüssel aus dem Unteren Zirkel leise fluchend erblasst wäre und anschließend an alle den Rat ausgegeben hätte, sich besser eine leichtere Beute zu suchen. Ich hätte wahrscheinlich zwanzig Minuten oder länger gebraucht, um das verfluchte Ding zu knacken.

Zum Glück hatte ich den Schlüssel.

Der Raum dahinter sah beinahe noch genauso aus, wie ich ihn in Erinnerung hatte. Die Vorstellung, dass mittlerweile vier Jahre vergangen waren, erschien mir eigenartig. Auf leisen Sohlen ging ich zum Bett, ich war nicht sicher, ob meine magische Tarnung genügen würde, mich zu verbergen, und ich wollte die Schläferin nicht wecken. In der einen Hand hielt ich einen dünnen Metallspieß, in der anderen mein Schwert.

Das Bett war leer. Klaue war fort. Ich befühlte das Bettzeug und fluchte. Der Stoff war noch warm. Ich hatte sie um wenige Minuten verpasst.

»Kihrin?«

Ich drehte mich um und sah Galen in der Tür stehen, den Mund staunend aufgerissen.

Ich blickte hinter den Schleier und sah mir Galen genau an. Ich hoffte nur, dass Mimiker nicht in der Lage waren, ihr Tenyé zu verbergen.* Von dieser Annahme ausgehend kam ich zu dem Schluss, dass Galen er selbst war, nicht die gestaltverwandelte Klaue. Ich steckte den Spieß unter meinen Gürtel und hielt einen Finger an meine Lippen. Dann ging ich zurück zu der bronzenen Tür, zog sie hinter mir zu und hängte das Schloss wieder davor.

Ich legte meinem Bruder – nun, wohl eher meinem Neffen – die Hände auf die Schultern. »Galen!«

Er sah älter aus, weit über die Volljährigkeit hinaus. In seinem Haar zeigte sich das Rot seiner Mutter, aber er sah auch seinem Vater sehr ähnlich. Galen trug, was vermutlich gerade die neueste Mode war: eine blaue Mischa, deren Farbe an den Ärmeln und am Saum in Schwarz überging, darunter einen dunklen Kef, der zu den Stiefeln hin wieder blau wurde. An seiner Hüfte hing ein Schwert, auf seine Brust waren der Falke und die Sonnenscheibe des Hauses D'Mon gestickt.

Er schaute mich weiter in fassungslosem Erstaunen an, dann erwiderte er die Umarmung. »Kihrin! Du bist es wirklich … einen Moment lang dachte ich, du wärst ein Geist.«

»Ich habe das Gleiche gedacht«, erwiderte ich lachend. »Öfter, als mir lieb ist. Und meine Flucht war knapper, als ich mir gewünscht hätte. Aber bis jetzt lebe ich noch.«

Galen ließ sich von meinem Lachen nicht anstecken. Er ließ die

* Leider war diese Hoffnung falsch. Mimiker sind durchaus dazu in der Lage. Ob sie es aber auch schaffen, sich vor dem äußerst scharfen Blick zu verbergen, den sich Kihrin während seiner Zeit auf Ynisthana aneignete, kann ich dagegen nicht sicher sagen.

Arme sinken. »Klingt, als hättest du großartige Abenteuer erlebt.« Er versuchte nicht, seine Verbitterung zu verbergen.

»So war es nicht«, widersprach ich.

»Ach nein?«, fragte Galen. »Hast du mir nicht versprochen, wir würden gemeinsam abhauen? Und war es nicht so, dass du mich stattdessen im Stich gelassen hast? Denn genau so sieht es für mich aus.«

Ich atmete kurz und flach ein und musste alle Kraft aufbringen, um nicht die Stimme zu heben. »Würdest du gerne hören, wie die Sklavenmeister mich ausgepeitscht haben? Dass ich lange Zeit Ketten an den Knöcheln trug, die sich tief in mein Fleisch schnitten? Dich im Stich gelassen? Du weißt, dass es nicht so war.«

Der Galen, den ich von früher kannte, wäre zusammengezuckt. Er hätte einen Rückzieher gemacht und den Schwanz eingezogen, aber er war härter geworden. Seine Nasenflügel bebten, und die blauen Augen verengten sich zu Schlitzen. »Soll ich Mitleid mit dir haben? Sollen wir unsere Verletzungen gegeneinander aufwiegen?«

»Das ist kein Wettbewerb«, blaffte ich.

»Alles ist ein Wettbewerb«, erwiderte er. »Ich habe diese Lektion spät gelernt, aber besser spät als nie.«

Mir wurde schwer ums Herz, während ich ihn mit erhobenem Kinn anschaute. »Es tut mir leid, Galen. Ich wollte dich nicht zurücklassen.«

»Du sagst das, als würde es irgendetwas ändern.«

Ich seufzte. »Ich bin nicht hier, um zu versuchen …«

Ein Schrei hallte durch den Flur und schnitt mir das Wort ab.

Wir verstummten beide.

Schreie waren im Blauen Palast nichts Ungewöhnliches. Sklaven wurden ausgepeitscht, und manchmal wurden Leute gefoltert, sei es im Verhör oder zum Vergnügen. Und noch allgegenwärtiger waren die Heiler, die hier im Palast ihre Patienten behandelten. All das wären mögliche Erklärungen für den Schrei gewesen. Auf den ersten Schrei folgte jedoch ein zweiter und dann noch einer. Galen und ich eilten beide zu einem Fenster am Ende des Korridors. Wir blickten hinunter auf den Prinzenhof und sahen mehrere Diener in der blauen Tracht des Hauses, die von Soldaten verfolgt und niedergemacht wurden. Doch die Soldaten gehörten zum Haus D'Mon. Die Wachen gingen sehr langsam und mit seltsam abgehackten Schritten, aber ihre Schwerthiebe trafen.

»Was …?« Galen reagierte entsetzt.

Eine hohle Furcht erfüllte mich. »Nein«, sagte ich, »das ist zu früh. Das ist viel zu früh. Wie konnte er so schnell hier sein?«

Es war erst wenige Minuten her, dass ich Darzin gesehen hatte. Ich hatte geglaubt – *wir alle hatten geglaubt* –, wir hätten mehr Zeit. Denn während ich im Oberen Zirkel gewesen war, hatte Gadrith stets mit äußerster Zurückhaltung agiert. Er war geduldig und vorsichtig geblieben und hatte sich *immer* im Schatten gehalten.

Ich konzentrierte mich auf meinen Rubinring. Nichts passierte. Mir blieb nicht die Zeit, mir zu überlegen, ob ich es falsch machte oder ob Kaiser Sandus mir einen kaputten Ring gegeben hatte. »Galen, du musst verschwinden. Raus aus dem Palast. Lauf zur Zitadelle.« Ich schüttelte den Kopf. »Ich bin ein Narr. Nie im Leben hätte ich gedacht, dass er so schnell zuschlagen würde.«

»Wer? Was?« Galens Augen wurden schmal. »Das hier ist deine Schuld?«

»Galen.« Ich fasste ihn am Arm. »Die Wachen dort unten sind tot. Tot, verstehst du? Aber sie bewegen sich noch. Das ist das Werk des Toten Mannes. Erinnerst du dich an ihn?« Ich hätte auch Gadrith sagen können, aber das hätte nur Verwirrung gestiftet.

Galen blinzelte, dann nickte er. »Thaena …«

»Wenn er sich so aus seiner Deckung wagt«, erklärte ich ihm, »haben wir keine Zeit mehr zum Streiten.«

Am anderen Ende des Flures klatschte jemand langsam in die Hände. Mir gefror das Blut in den Adern. Ich drehte mich um und umklammerte den Schellenstein an meinem Hals: Er war lauwarm, denn der Mann, dem ich mich gegenübersah, hatte nicht die Absicht, mich zu töten.

Gadrith D'Lorus stand am anderen Ende des Flurs, der Stoff seiner schwarzen Robe breitete sich um ihn herum über den Marmorboden aus. »Gut gesprochen, junger Mann. Euch bleibt keine Zeit zum Streiten. Oder für irgendetwas anderes.« Sein Lächeln war entsetzlich. »Ich glaube, wir hatten noch nicht das Vergnügen, Euer Hoheit, aber es ist längst überfällig, dass wir uns leibhaftig begegnen.«

»Lauf«, sagte ich zu Galen und zog mein Schwert.

Gadrith neigte den Kopf und starrte mich an. Das Schwert in meiner Hand begann rot zu glühen. Die Stahlummantelung des Drussiankerns schmolz und tropfte zu Boden, weshalb ich umso froher über meine Schutzzauber gegen Feuer war. Das Schwert selbst blieb größtenteils unbeschädigt, weil ... nun ... ich hatte damit gerechnet, dass er genau das tun würde. Einzig und allein aus diesem Grund hatte ich den Aufwand betrieben, mir ein Schwert zu beschaffen, das so aussah, als wäre es aus quurischem Stahl.

»Ich ...« Galen drehte sich um und rannte.

Doch seine Beine wurden aneinandergepresst, als würden sie von einem Seil umwickelt, dann wurde er von den Füßen gezogen und schlug mit lautem Bums zu Boden.

Ich erinnere mich noch, wie ich dachte, *damit wäre die Frage, ob er Klaue ist, wohl erledigt,* was aber nur ein schwacher Trost war.

»Bleib«, sagte Gadrith. »Ich bestehe darauf.«

Gadrith allein entgegenzutreten, war nie Teil meines Plans gewesen. Aus der Nähe betrachtet, von Angesicht zu Angesicht, war Gadriths Ähnlichkeit mit seinem angeblichen Sohn, Thurvishar, ein fadenscheiniges und alles andere als überzeugendes Trugbild. Seine Haut war blass, und die Wangen waren so eingefallen, dass sein Gesicht aussah wie ein Totenschädel. Das schwarze Haar hing ihm in strähnigen Locken ins Gesicht, wie abgestorbenes, vertrocknetes Moos. Er sah auch jetzt noch aus wie ein Gehenkter, genau wie damals, vor über vier Jahren, als ich ihn zum ersten Mal erblickt hatte.

Ich starrte ihn an und fragte mich, ob ich es mit ihm aufnehmen konnte. Ich trug so viele Talismane, dass ich mehr Hexenjäger als Magier war, was mein Zauberrepertoire für den Moment auf simple Tricks beschränkte, wie den, mein Schwert zurückzuholen.

Wahrscheinlich nicht.* Das war mehr oder weniger genau der Grund, warum wir alle darauf bestanden hatten, Kaiser Sandus die Ehre zu überlassen, Gadrith den Garaus zu machen.

Allerdings blieb mir nicht viel anderes übrig. Wenigstens trug ich nach wie vor den Schellenstein. Gadrith würde es nicht wagen, mich an Ort und Stelle zu töten.

Doch als ich auf ihn zurannte, begann der Boden unter meinen Füßen zu schmelzen und zu zerfließen, der Marmor wurde flüssig und erst wieder hart, als ich bis zu den Waden darin eingesunken war. Der Boden erhob sich, umschlang meine Arme und das Schwert und hielt mich fest. Da der Zauber sich nicht direkt auf mich auswirkte, halfen auch meine Talismane nichts.

Thurvishar trat hinter seinem Stiefvater auf den Flur. »Bring die beiden her«, sagte Gadrith zu ihm. »Wir haben viel zu besprechen.«

Wir bildeten eine triste Gesellschaft. Galen war bewusstlos oder tat zumindest so, und Gadrith schien nicht geneigt, Konversation zu betreiben. Während wir gingen, zog Thurvishar Dutzende kleiner Nadeln aus seiner Robe und murmelte etwas, dann steckte er sie in meine Mischa.

Talismane, schoss es mir in den Kopf. Er machte Talismane *für mich*, weit mehr, als bei meiner magischen Begabung sinnvoll war, was wiederum dafür sorgte, dass ich kein bisschen mehr zaubern konnte.

»Wie konntet Ihr so schnell herkommen?«, fragte ich ihn, um

* Zumindest schätzte er seine Chancen realistisch ein.

Zeit zu schinden. Teraeth war irgendwo da draußen. Sandus ebenfalls. »Es können nicht mehr als fünf Minuten vergangen sein, seit Darzin Euch informiert hat.«

Er warf mir einen mitfühlenden Blick zu, antwortete aber nicht.

Thurvishar brachte uns beide in den großen Ballsaal, wo auch der Rest der Familie zusammengetrieben wurde. Viele von ihnen wussten nicht einmal, dass ich wieder da war, als ich neben ihnen auf dem Boden landete. Meine Arme und Beine wurden von einem umgeformten Stein festgehalten. Ich konnte mich nicht bewegen, nicht laufen und nicht kämpfen. Ich konnte nur an den Fesseln aus massivem Marmor zerren, die meinen Körper nahtlos umschlossen. Untote Soldaten in der Uniform des Hauses standen an den Wänden Wache und konzentrierten ihre leeren Blicke auf die Gefangenen. Ich sah meine Onkel Bavrin und Devyeh – ich meine: meine Brüder –, außerdem meine Großtante Tishar. Auch alle Cousins und Cousinen, bei denen es sich nun wohl um Nichten und Neffen handelte, waren hier. Allerdings niemand, der aussah wie Teraeth, was bedeutete, dass er noch auf freiem Fuß war. Ein unangenehmer Kloß zwang sich meinen Hals hinunter, als ich Lady Miya und Therin D'Mon reglos nebeneinander auf dem Boden liegen sah.

»Ihr *Hundesöhne*. Wenn ihr …«

»Sie schlafen«, erklärte Gadrith. »Ich habe keine Lust, mich mit Zauberern herumzuschlagen.«

Darzin betrat den Ballsaal und führte mehrere junge Frauen herein. Eine davon war, wie ich flüchtig bemerkte, Sheloran D'Talus, nun ganz in Blau gekleidet.* Sie lief zu Galen und beugte sich zu ihm hinab. Ihre Augen wurden groß, als sie mich entdeckte.

»Sind das alle?«, fragte Gadrith.

* Sie heiratete Galen, als der Knabe sechzehn wurde. Es war eine schöne Hochzeit, wenn auch ohne jede Liebe. Das ist bei Adelshochzeiten allerdings nichts Ungewöhnliches.

Darzin zuckte mit den Schultern. »So ziemlich. Ein Knecht in den Stallungen macht noch Ärger, aber das wird uns nicht von unserem Vorhaben abhalten.«

»Darzin, du Schwein, das ist deine Familie!«, schrie ich ihn an.

Er sah zu mir herüber und lächelte. »Wenn wir hier fertig sind, bin ich Oberhaupt meiner eigenen Familie.« Er nickte Gadrith zu. »Habt Ihr alles, was Ihr braucht?«

»Nicht ganz.« Gadrith schnippte mit den Fingern nach zwei Zombies. »Bringt diesen Tisch hierher.«

Ich beobachtete, wie die Untoten den Befehl ausführten, und wog meine Optionen ab. Teraeth war immer noch irgendwo da draußen. Wenn sie ihm bereits begegnet wären und ihn getötet hätten, sagte ich mir, hätte Darzin aus Schadenfreude damit geprahlt. Sobald Teraeth oder Tyentso merkten, dass etwas nicht stimmte, würden sie Kaiser Sandus hinzurufen.

Leider wusste ich nicht, wie lange es bis dahin noch dauerte. Und was auch immer sich hier gleich zutragen würde, es würde mir bestimmt nicht gefallen. Der Trick war, herauszufinden, was ich dagegen unternehmen konnte. Meine Zauberfähigkeiten waren im Moment stark eingeschränkt, und selbst wenn ich nicht all die Talismane bei mir getragen hätte, gegen zwei Zauberer vom D'Lorus-Kaliber wäre ich nur schwerlich angekommen. Dann war da noch der Umstand, dass sich meine gesamte Familie im Raum befand, was das Risiko, Unschuldige zu treffen, beträchtlich erhöhte.

Ich konnte nur dankbar sein, dass zumindest Tyentso und Teraeth nicht erwischt worden waren. Es sah sogar so aus, als wüssten meine Feinde nicht einmal, dass sie überhaupt existierten.

Dieser Gedanke war beinahe tröstlich.

»Der hier sieht stark aus«, sagte Gadrith und deutete auf meinen Bruder Bavrin. »Bringt ihn her.«

Bavrin schlug wild aus und wehrte sich, als die wandelnden Leichen ihn auf die Beine zogen und auf den Tisch zuschoben. Auch er war offenkundig sicher, dass ihm nicht gefallen würde, was auch immer nun geschehen mochte. Devyeh sprang auf, um seinen Bruder zu verteidigen.

Gadrith warf Devyeh einen verärgerten Blick zu und deutete auf ihn.

Ich erkannte die Geste wieder und schrie, doch es war zu spät.

Mein Bruder fiel als Skelett zu Boden, sein Fleisch bildete auf der anderen Seite des Tisches einen unansehnlichen Haufen.

Gleich darauf brach die Hölle los, die Leute schrien und schluchzten. Doch Gadriths Stimme erhob sich über den Tumult. »Still!«, rief er. »Jetzt wisst ihr, was jedem passiert, der sich auflehnt. Seid still.« Mit gekränkter Miene wandte sich der Geisterbeschwörer an Thurvishar. »Tu doch etwas.«

Dieser nickte, straffte die Schultern und neigte konzentriert das Haupt. Stille senkte sich über die Gefangenen.

Thurvishar hatte sie nicht beruhigt, wie mir klar wurde – er schirmte lediglich den Schall ab. Es war der gleiche Trick, den er auch vor all den Jahren bei seinem Duell mit Jarith benutzt hatte.

Gadrith wandte sich wieder seiner Aufgabe zu, während ich den Blick über meine Mitgefangenen schweifen ließ. Niemand trug irgendwelche für mich sichtbaren Waffen bei sich. Und ich glaubte nicht, dass mir etwas entging, denn ein Zauberer konnte mit Leichtigkeit feststellen, ob jemand etwas Metallenes am Körper trug. Ein abrupt endender Schrei lenkte meine Aufmerksamkeit zu Gadrith zurück, der mittlerweile Bavrin über den Tisch gelegt hatte. Eine Hand hielt er zur Faust geballt über Bavrins Brust – auch diese Geste erkannte ich von damals wieder, als ich Gadrith das erste Mal gesehen hatte. Dünne Lichtfäden erhoben sich aus Bavrins Brust und verdichteten sich in Gadriths ausgestreckter Hand zu einer Kugel. Mein Bruder begann zu zucken, dann wurde sein Körper ruhig und rührte sich nicht mehr.

Gadrith schob die Leiche vom Tisch und legte stattdessen einen kleinen, ungeschliffenen blauen Kristall auf ein schwarzes Samttuch: einen Tsali-Stein.

»Nein«, sagte ich. »Nein …«

»Bringt mir den da.« Gadrith deutete auf Meister Lorgrin.

Ich dachte an das, was Tyentso mir über Gadriths Hexengabe erzählt hatte: Er konnte jemandem die Seele aus dem Körper reißen und deren Kraft seiner eigenen hinzufügen. »Ihr könnt nicht alle hier im Raum umbringen, verflucht. Glaubt Ihr, der Kaiser merkt nicht, was Ihr tut?«

Darzin kam heran und trat mir ins Gesicht. Ich sah weiße Blitze, als der Schmerz mich durchzuckte, dann drehte ich den Kopf zur Seite und spuckte Blut. Als ich wieder aufblickte, sah ich, dass Gadrith Lorgrin bereits getötet hatte und einen gelben Stein zu dem blauen legte.

»Er hat recht«, sagte Gadrith im Plauderton zu Thurvishar, der seinen Vater mit so unbewegter Miene beobachtete, als lauschte er gerade einem Vortrag über das beste Saatgut für den kommenden Frühling. »Nicht jeder hier ergibt einen guten Tsali-Stein.« Er hielt inne und hob den Stillezauber um Tishar auf. »Sei gegrüßt, werte Tishar. Hattest du Gefallen an deiner Kutsche? Ich habe sie für deinen Bruder gemacht, eigens wegen dir.«

Die Frau, in deren Adern Vané-Blut floss, sah erschüttert aus. »Sie gefällt mir weit weniger, seit ich weiß, dass deine dreckigen Hände im Spiel waren.«

»Oh, es stimmt mich traurig, das zu hören.« Er wedelte mit der Hand. »Sie ist die Nächste.«

»Gadrith, bitte, ich flehe dich an!«, bettelte Tishar, als die Untoten sie an den Armen nahmen.

»Ach, solch Flehen bewirkt wenig«, versicherte er ihr.

»Gadrith, hört auf damit«, sagte ich.

Darzin schlug mich. »Halt den Mund.«

Tishar spuckte Gadrith an, während die Zombies sie auf den

Tisch zuschleppten. Sie schaute sich verzweifelt um, auf der Suche nach einem Ausweg, einer Möglichkeit zur Flucht. Unsere Blicke begegneten sich. »Bitte«, formte sie mit den Lippen, aber ich weiß nicht, ob sie damit Gadrith meinte oder mich.

Es tut weh, daran zu denken. Mich daran zu erinnern. Ich sah sie sterben.

Sah, wie das Schwein Tishar die Seele aus dem Körper riss.

Der blaue Stein mit ihrer Seele war wunderschön. Natürlich war er das.

»*Aufhören!*«, brüllte ich. Es war mir egal, wenn Darzin mich noch einmal schlug oder mir Schlimmeres antat. Ich wusste, er würde mich nicht töten. Nicht, solange ich den Schellenstein trug. »Was wollt Ihr?«

Gadrith hielt inne und wandte sich mir zu. »Ah! Ich hatte gehofft, dass du das fragen würdest, obgleich du keine Fragen stellen solltest, junger Mann, deren Antwort du bereits kennst. Du weißt, was ich will.«

Ich blickte auf mein Hemd, unter dem sich die Umrisse des Schellensteins abzeichneten. »Ihr wollt den hier.«

»Ganz recht«, bestätigte Gadrith.

»Um Himmels willen«, rief Galen dazwischen. »Gib ihm, was er will!«

»Dein Sohn ist weise«, beglückwünschte Gadrith Darzin.

Dessen Mund verzog sich zum Anflug eines Lächelns. »Danke.«

»Er ist der Nächste.« Gadrith befahl seinen Untoten, Galen herzubringen.

Darzins Lächeln verblasste. »Was? Der Tod meines Erben war nie Teil unserer Abmachung.«

Gadrith antwortete nicht und hob lediglich eine Augenbraue.

»Er ist mein *Sohn*«, beharrte Darzin. Er durchquerte den Saal und stellte sich vor Galen, den die Tatsache, dass sein Vater ihn verteidigte, mehr zu erschrecken schien als die toten Familienmitglieder.

»Zeuge noch einen«, schlug Gadrith vor. »Du hast gesagt, er liegt Kihrin am Herzen.«

»Macht nur«, warf ich ein. Oh, es tat weh, diese Worte auszusprechen. Es tat weh, weil ich wusste, dass Gadrith nicht bluffte, ich hingegen schon.

Gadrith neigte den Kopf und schaute mich an. »Was war das?«

Ich zuckte mit den Schultern. »Tötet ihn. Tötet sie alle, wenn Ihr wollt. Damit beraubt Ihr Euch nur aller Druckmittel. Ihr könnt mich nicht töten. Ich weiß es. Ihr könnt mich verstümmeln, foltern, vergewaltigen, was auch immer – wir wissen beide, es ist nicht für immer. Lasst Ihr es von einem Eurer Zombies tun, wird der Stein mich nicht sterben lassen. Ich gebe Euch den Schellenstein nicht, und nichts, was Ihr tun könntet, wird mich von meinem Entschluss abbringen. Wie lange wollt Ihr dieses Spiel noch weitertreiben? Bis der Oberste General auftaucht? Der Kaiser? Ich habe den Kaiser bereits benachrichtigt, das Überraschungsmoment ist dahin.«

»Du meinst mit einem seiner kleinen Spielzeugringe?« Gadrith deutete in Richtung meiner gefesselten Hände. »Das glaube ich kaum.«

»Ich habe ihm schon vorher gesagt, dass Ihr noch am Leben seid«, höhnte ich. »Er ist bereits auf dem Weg hierher.«

Gadrith lächelte. »Sehr hilfsbereit von dir. Ich hätte deine Unterstützung zwar nicht gebraucht, dennoch bin ich mir nicht zu fein, sie anzunehmen.«

Ich bemühte mich, meinen höhnischen Gesichtsausdruck beizubehalten und Galen nicht anzuschauen – meinen Gegnern keinerlei Hinweis zu geben, dass es mich sehr wohl kümmerte, was mit ihm passierte.

Gadrith wandte sich an Thurvishar. »Sagt er die Wahrheit, was seine Familie betrifft? Gibt es hier niemanden, dessen Tod ihn berühren würde?«

Thurvishar zuckte zusammen, als wäre das die einzige Frage

auf der Welt, von der er gehofft hatte, dass Gadrith sie nicht stellen würde.* Er schaute seinen Vater mit unverhohlener Wut an.

»Sag es mir«, beharrte Gadrith. »Jetzt!«

Das nächste Zucken kannte ich nur zu gut: Er verbot sich im letzten Moment, einen Gaesch-Befehl zu missachten. Seufzend deutete er auf Lady Miya. »Sie.«**

»Sie ist mir egal«, widersprach ich mit ruhiger, verächtlicher Stimme. »Was kümmert mich eine Vané-Sklavin? Sie ist ein Nichts.«

Darzin rieb sich seufzend das Kinn. »Junge, nicht einmal ich kaufe dir das ab.«

»Bringt sie her«, sagte Gadrith.

Ich konnte kaum atmen, während ich beobachtete, wie sie die bewusstlose Miya hochhoben und zu dem Tisch schleppten. »Seht, es besteht wirklich keine Notwendigkeit …«

Gadrith hielt eine Hand über ihr Herz und krümmte die Finger.

»Aufhören!«, schrie ich. »Hört auf. Bitte hört auf. Wenn ich Euch den Stein gebe, lasst Ihr dann die anderen am Leben?«

Ich wusste es. Selbst in diesem Moment wusste ich, dass er mich niemals leben lassen würde.

Gadrith hielt inne und ließ die wenigen Lichtfäden zwischen seinen Fingern zurück in Miyas Körper fallen. »Sie interessieren mich nicht, junger Mann. Alles, was ich will, ist das, was du am Hals trägst. Diese Leute hier töte ich nur, um es mir zu verschaffen.«

Ich leckte mir über die Lippen. »Lasst mich frei. Damit ich Euch geben kann, was Ihr wollt.«

* Was ziemlich genau der Wahrheit entspricht. Ich konnte nicht lügen, wie Ihr wisst.

** Weshalb ich das wusste? Aus dem gleichen Grund, aus dem ich viele weitere Geheimnisse kenne. Das ist *meine* Hexengabe, wegen der Gadrith mich so lange behalten hat. Mehr muss im Augenblick zu dem Thema nicht gesagt werden.

Gadrith musterte mich einen Moment, dann gab er Thurvishar ein Zeichen. »Tu es.«

Darzin kam zu mir zurück und zerrte mich mit einem Ruck auf die Beine. »Versuch jetzt nichts Dummes«, sagte er, während Thurvishars Marmorfesseln von mir abfielen.

Ich riss meinen Arm von Darzin los und nestelte widerstrebend am Verschluss meiner Kette herum. Ich musste trödeln. Ich musste die Sache nur lange genug verzögern …

Gadrith krümmte erneut die Finger über Miya. »Ich zähle bis drei.«

Ich nahm den Schellenstein ab.

Diesmal ging es ganz leicht. Ich hielt ihn Gadrith hin. »Er gehört Euch.«

Thurvishar drehte sich kopfschüttelnd weg, als könnte er es nicht ertragen zuzusehen.

Gadriths Finger zitterten. Er trat von meiner Mutter weg, um den Stein entgegenzunehmen. »Du bist tapfer«, erklärte er so tonlos, dass ich nicht sagen konnte, ob er es ernst meinte oder ironisch.

Er hängte sich die Kette mit dem Schellenstein um.

Es war vollkommen still im Saal. Ich hörte keine Schluchzer, obwohl ich genau wusste, dass die Toten betrauert wurden. Alle schienen den Atem anzuhalten, als wollten sie sehen, ob Gadrith Wort hielt.

»Nun?«, fragte Darzin.

Gadrith fasste sich an den Hals und lächelte. »Das ist alles, was ich wollte.«

Dann winkte er. »Bringt Kihrin her. Die anderen lasst am Leben.« Er wandte sich um und verließ den Saal, seine Untoten reihten sich hinter ihm ein.

Und das ist das Ende meiner Geschichte. Ich habe verloren. Ihr habt gewonnen.

Und wir alle wissen, was jetzt als Nächstes passiert.

78

DER LEUCHTTURM VON SHADRAG GOR

(Klaues Geschichte)

Das war's? Hier willst du aufhören?

Ach Kihrin, ich habe nie etwas gesagt wegen all der Lücken, die du in der Erzählung über deine Zeit als Sklave an Bord der Kummer *gelassen hast, aber du kannst nicht einfach an dieser Stelle abbrechen.*

Wie du meinst. Ich schätze, ich habe angefangen, also ist es nur gerecht, wenn ich es auch zu Ende bringe.

Kihrin protestierte kaum und nur der Form halber, als Thurvishar D'Lorus ihn am Arm nahm. Er bewegte sich so langsam wie jemand unter Drogeneinfluss oder mit einer Verletzung, doch schließlich schaute er den Zauberer an.

»Es wäre besser gewesen, wenn ich Euch den Stein vor all den Jahren gegeben hätte, oder – vor meiner Entführung?« Seine Stimme klang stumpf und düster.

»Wahrscheinlich«, erwiderte Thurvishar. »Ich kann es nicht mit Sicherheit sagen.«

»Wohin gehen wir? In die Beschwörungskammer des alten Pedron, unten in der Gruft?« Kihrin hatte eine gewisse Unterhaltung nicht vergessen, die er vor vielen Jahren einmal belauscht hatte.

»Noch nicht«, antwortete Thurvishar. Der Zauberer blieb stehen und fixierte ein Stück Wand mit spiralförmigen Runen, die in allen Farben des Regenbogens leuchteten. Die Wand verblasste, dann löste sie sich auf, und Kihrin konnte in eine riesige, aus unbehauenem Naturstein gemauerte Kammer mit großen Klappfenstern blicken. Der neue Raum wurde von magischen Lichtern erhellt. Er hätte überall sein können.

»Moment«, sagte Klaue. Sie sah aus wie Talea (genauer gesagt: wie Morea). »Ich komme mit.«

Thurvishar warf der Mimikerin einen finsteren Blick zu. »Würde es dir etwas ausmachen, wie jemand anderes auszusehen?«

Sie zuckte mit den Schultern und verwandelte sich in Lyrilyn. »Wo ist Talea eigentlich?«

»In Sicherheit und weit weg von dir«, antwortete Thurvishar. »Ich bin nicht geneigt, dir die ganze Sammlung zu überlassen. Wo warst du?«

»Ich habe mich als der Hohe Lord ausgegeben, für den Fall, dass jemand auftaucht und Fragen stellt. Keine Sorge, sobald wir hier fertig sind, gehe ich wieder auf Wachdienst.« Sie zwinkerte Kihrin zu, dann wandte sie sich erneut an Thurvishar. »Wollen wir?«

Er versperrte ihr den Weg. »Deine Fähigkeiten werden hier nicht gebraucht.«

Sie lächelte. »Ach, Entlein, sei nicht so. Außerdem muss doch jemand das Gefängnis des lieben Jungen bewachen, während du und Gadrith eure Zauber vorbereitet. Willst du das Darzin überlassen? Ich glaube nicht, dass das funktionieren würde.«

Thurvishar musterte sie. »Schön. Komm mit.«

Er hielt das magische Portal offen, bis die anderen hindurch waren.

Sie betraten einen Turm mit dicken, nach innen geneigten Wänden. Von draußen drang ein seltsames Geräusch herein, ein tiefes, trommelndes Rauschen. Thurvishar schloss das Portal, stutzte und sah sich stirnrunzelnd um. Er hatte magische Wächter aufgestellt, die ihm Bescheid gaben, wenn der Leuchtturm unbefugt betreten wurde. Die Wächter hatten angeschlagen. Jemand war hier gewesen und dann wieder verschwunden.

Er würde es Gadrith später erzählen, aber nur wenn er danach fragte.

»Stimmt was nicht?«, fragte Klaue.

Thurvishar schüttelte den Kopf. »Nichts, was dich kümmern müsste. Bring ihn nach oben«, sagte er. »Und sei vorsichtig. Er trägt sich mit dem Gedanken zu fliehen.«

Kihrin schaute Thurvishar erschrocken an. »Woher …?«

Klaue hob eine Augenbraue. »Ja, woher?«

»Egal«, erwiderte Thurvishar. »Bring ihn rauf.«

Klaue griff nach Kihrin, doch er schüttelte sie ab. »Fass mich nicht an«, fauchte er.

»Aber Entlein, du verletzt meine Gefühle«, ließ sie ihn wissen.

»Gut so.« Kihrin wandte sich wieder an Thurvishar. »Das wird nicht klappen, wisst Ihr? Ich habe Freunde mitgebracht. Sie werden uns finden.«

Thurvishar bedeutete Kihrin, die an den Wänden entlang nach oben führende Wendeltreppe hinaufzugehen. »Ja, das weiß ich. Teraeth und Tyentso. Eigentlich Teraeth und Raverí D'Lorus, was ein interessantes Wiedersehen ergeben wird, sobald Gadrith es herausfindet.« Er zuckte mit den Schultern. »Ich bedaure, aber sie werden nicht rechtzeitig hier sein können.«

»Ihr klingt erstaunlich sicher«, entgegnete Kihrin.

»Das bin ich.« Thurvishar entriegelte eine zwischen zwei Treppenabsätzen eingebettete Eisentür und öffnete sie für Kihrin. »Du bleibst hier, bis wir dich brauchen. Es ändert zwar nichts, aber ich bedaure, dass es so gekommen ist.«

Kihrin warf einen Blick nach drinnen. Es war eine Kerkerzelle, und keine besonders große, wenn auch sauberer als die meisten ihrer Art. »Woher stammt Eure Gewissheit?«

»Wir sind in Shadrag Gor«, erklärte Klaue mit ehrfürchtigem Erstaunen in der Stimme. »Das hier ist der Leuchtturm. Ich habe diesen Ort immer für einen Mythos gehalten. Befindet er sich wirklich außerhalb der Zeit?«

Thurvishar ignorierte ihre Frage. »Töte ihn nicht. Verletze ihn nicht. *Verspeise* ihn nicht. Ich muss dir die Konsequenzen nicht erklären, die es hätte, wenn du einen Aussetzer haben solltest, oder?«

Klaue zuckte mit den Schultern. »Ich weiß, wozu ihr ihn braucht. Gadrith hat nicht Darzins *gesamte* Familie getötet. Ihr könntet jemand anderes nehmen …«

Sie stieß einen gurgelnden Laut aus – ein grünes Energiefeld war aus Thurvishars Händen geschossen und drückte sie mit solcher Kraft gegen die Wand, dass ihr Körper sich pulsierend verformte. Klaue versuchte, sich zu bewegen, doch das Energiefeld passte sich ihrem Körper so nahtlos an, dass ihr nicht ein Millimeter Spielraum blieb.

»Ich hatte Zeit, mich über Methoden zu informieren, wie man mit dir zurechtkommt«, erläuterte Thurvishar. »Ich habe sie genutzt. Tu, was ich dir sage, sonst bringe ich dich um. Haben wir uns verstanden?«

»Ich hätte dich töten sollen, als ich in der Schenke die Gelegenheit dazu hatte«, murmelte Klaue. »Aber verdammt, du bist attraktiv.«*

Kihrin setzte sich auf einen kleinen Schemel – es war das einzige Möbelstück im Raum – und lehnte sich kippelnd mit dem Rücken gegen die Wand. »Kümmert Euch nicht um Klaues Anmachsprüche. Warum sollten wir versagen? Der Kaiser wartet bereits,

* Ich bitte gnädigst um Verzeihung, aber das hat sie wirklich gesagt. Glaubt mir, mein Ego ist nicht so klein, als dass ich derlei Komplimente erfinden müsste.

Thurvishar. Er weiß Bescheid. Selbst wenn Ihr mich als Geisel benutzen wollt, er wird Gadrith trotzdem aufhalten.«

»Ihr werdet aus dem gleichen Grund versagen, aus dem wir so schnell reagieren konnten. Weil die Zeit hier in Shadrag Gor *anders* vergeht«, erklärte Thurvishar. »Es mag nicht lange dauern, bis deine Freunde schlussfolgern, dass etwas nicht stimmt. Aber bis sie merken, dass der Plan fehlgeschlagen ist, sind hier mehrere Wochen vergangen. Und du bist bereits tot.«

Damit ging Thurvishar, womit der Kreis geschlossen wäre. Mehrere Wochen sind vergangen, wir hatten eine wunderbare Zeit zusammen und … o ja … ich höre Schritte auf der Treppe.

Es ist vorbei.

Danke für den Stein, Entlein. Ich werde ihn gut aufheben.

TEIL 2

Die Entzweiung

(Thurvishar – eine Bemerkung am Rande)

Zwischen den meisten Lebewesen besteht der Konsens, dass sie, vor die Wahl zwischen Leben und Tod gestellt, sich für das Leben entscheiden würden. Das Leben und seine Bettgespielin, die Hoffnung, bieten unendlich mehr Möglichkeiten als deren Schwester Thaena, der Tod. Die Menschen bezeichnen sie als Königin des Landes des Friedens, doch zucken sie zusammen, wenn ihr Name einmal außer der Reihe erwähnt wird. Stets besteht der bohrende Verdacht, der Tod könnte ein Betrüger sein und das Land des Friedens seinem Namen nicht gerecht werden. Der Tod birgt keinen Trost. Schlimmer noch: Der Tod könnte in Wahrheit genau das sein, als was die Priester ihn anpreisen – ein Ort der Gerechtigkeit, wo jeder bekommt, was er verdient.

Und fürwahr, nur wenige von uns sind willens, in jenen grellen Spiegel zu blicken und sich selbst zu erkennen. Denn wir alle tragen eine geheime Schuld in uns, wir alle würden für fehlerhaft, für unwürdig befunden. Der Tod ist die letzte und endgültige Prüfung – und ich habe den Verdacht, die meisten von uns wünschen sich noch ein paar Jahre mehr zur Vorbereitung darauf.

Noch nicht. Gnädige Göttin, noch nicht.

An all das dachte ich, als ich Zeuge wurde, wie ein Junge von zwanzig Jahren sein Leben anbot, um seine Familie vor dem sicheren Tod und der Vergessenheit zu bewahren. Nur wenige im Raum hätten aus freien Stücken mit ihm getauscht. Darzin hielt ihn zweifellos für einen Narren. Und Gadrith bewunderte ihn, wie jemand ein merkwürdiges, fremdartiges Geschöpf bewundert, das er studieren, aber niemals verstehen kann. Ich weiß nicht, was ich tun würde, wenn ich vor derselben Wahl stünde wie Kihrin.

Aber dies ist nicht meine Geschichte.

79

DIE ANFÄNGE DER DÄMONENFORSCHUNG

Kihrin hielt inne, nachdem er der Mimikerin seine Geschichte bis zum Ende erzählt hatte. Er schüttelte den Kopf. »Juval beschrieb meinen Verkäufer als jemanden, der aussah wie Faris«, sagte Kihrin. »Ich habe nie daran gezweifelt, dass er es war. Seine letzte Rache. Er hat im STEHENDEN FASS ständig Leute betäubt. Aber du warst es, nicht wahr? Du wolltest mich auf keinen Fall entkommen lassen.«

»Dich nicht entkommen lassen? Hast du die letzten vier Jahre etwa unter Darzins Fuchtel verbracht? Ich habe deine Flucht so makellos eingefädelt, dass nicht einmal du es gemerkt hast.« Klaue schüttelte den Kopf. »Es ist wohl zu viel verlangt, vom eigenen Sohn wenigstens ein bisschen Dankbarkeit zu erwarten.«

»Ich bin nicht dein Sohn!«

»Du warst Surdyehs und Olas Sohn. Und sie sind ich. Das kommt nahe genug hin.«

Kihrin stürzte sich auf sie, doch die Gitterstäbe versperrten ihm den Weg. »Wegen dir wurde ich gegaescht …«

»Psst«, machte Klaue. »Sei still. Das heben wir uns als Überraschung für die anderen auf, in Ordnung?«

Beide verstummten, als sie Schritte die Treppe herunterkommen hörten. Jemand pfiff eine fröhliche Melodie. Kihrins Bauch verkrampfte sich, als er merkte, wer es war.

»Hallo, Darzin«, sagte er.

Der Erblord des Hauses D'Mon grinste. »Hallo, kleiner Bruder. Bereit zu sterben?«

Kihrin schüttelte den Kopf. »Ich weiß es noch nicht genau. Wie lange bin ich schon hier?«

»Drei Wochen, mehr oder weniger.« Darzin warf Klaue ein Lächeln zu. Er nahm ihre Hand und hauchte ihr einen Kuss auf die Fingerknöchel. »Hattest du irgendwelchen Ärger mit ihm?«

»Er war ein *sehr* braver Junge«, antwortete Klaue.

»Nein«, verkündete Kihrin. »Ich habe mich entschieden. Der Zeitpunkt passt mir nicht. Komm besser nie zurück.«

»Bring ihn her«, sagte Darzin, dann rümpfte er die Nase. »Hm, er riecht, oder?«

»Siehst du hier irgendwo in meiner Zelle eine Wanne?«, schnauzte Kihrin.

»Ich habe angeboten, ihn abzulecken, aber er hat abgelehnt«, beklagte sich Klaue. Sie öffnete die Zellentür, bildete einen langen violetten Tentakel und wickelte ihn um Kihrins Arm.

Darzin grinste. »Tja, ich kann mir gar nicht vorstellen, weshalb.« Darzin nahm Kihrins anderen Arm und fesselte seine Hände, während Klaue ihn nach wie vor festhielt. »Gehen wir. Wir haben eine Verabredung mit einem alten Freund.«

Kihrin warf ihm einen verwirrten Blick zu, Darzin kicherte. »Du erinnerst dich doch noch an Xaltorath, oder?« Er lachte. »Bei den Göttern, was für ein Gesicht du machst, Bursche. Allein dafür hat sich alles gelohnt.«

Klaue streckte den Arm aus und riss Kihrin die Sternentränen-Kette vom Hals.

»Ich bin überrascht, dass du das nicht schon vor Wochen getan hast«, sagte Darzin zu ihr.

»Ich hatte gehofft, du würdest mich ihn fressen lassen«, gestand sie, dann zuckte sie mit den Schultern. »Aber da das nicht passieren wird, gebe ich mich mit dem Schmuck zufrieden.« Sie zwinkerte Kihrin zu und steckte die Kette ein, dann folgte sie Darzin. Zu dritt gingen sie hinunter zu Thurvishar, der sie neben einem geöffneten Portal erwartete.

»Thurvishar …«, sagte Klaue.

Der Zauberer schaute die Mimikerin an und hob eine Augenbraue. »Ja?«

»Fang.« Klaue warf ihm einen glatten, unscheinbaren Stein zu.

Kihrins Augen wurden groß. Er schaute Klaue mit zornig-verbittertem Blick an, sagte jedoch nichts.

Thurvishar fing den Stein auf und betrachtete ihn. »Was ist das?«

»Nur ein Andenken, damit du ihn nicht vergisst.« Klaue zwinkerte Thurvishar zu. »Ich bin sicher, du wirst eine gute Verwendung dafür finden.«

»Klaue, du Miststück«, sagte Kihrin.

»Du hattest recht«, erwiderte sie. »Es *war* eine faule Wette.«

Sie lachte immer noch, als alle durch das Tor gegangen waren und Thurvishar das magische Portal hinter ihnen schloss.

Kihrin hatte die andere Seite von Galens Versteck nie gesehen, die unterirdischen Grabkammern, die für einen Hohen Lord des Hauses D'Mon erbaut worden waren. Pedron hatte sie benutzt, sein Sohn Therin und später auch Darzin. Trotzdem erkannte er den Ort wieder. Er wusste es tief in seinem Innern. Wegen der Kälte, die sich dort eingenistet hatte. Der Gestank nach altem Tod und frischem Gift verriet es. Das Tenyé des Raums vibrierte, hässlich und böse. Alle steinernen Oberflächen waren mit winzigen Schriftzeichen versehen, die aussahen wie mit blutroter Farbe gemalte Strudel und Wirbel. Nur dass es keine Farbe war, sondern natürlich echtes Blut.

Thurvishar folgte ihnen und riegelte das Portal nach Shadrag

Gor ab. Gadrith erwartete sie vor einem schwarzen, von Kerzen beleuchteten Steinaltar. An allen Ecken des Altars waren Metallfesseln angebracht. Gadrith selbst hielt ein übel aussehendes Messer in der Hand, ein mit Stacheln und Widerhaken versehenes, gemeines Etwas, das wirkte, als wäre es dazu gedacht, in lebendiges Fleisch zu schneiden und ganze Brocken herauszureißen.

Darzin stieß einen Pfiff aus, als er Kihrin in den vorbereiteten Ritualbereich zerrte. »Das sieht ja noch ausgefeilter aus als beim letzten Mal.«

Gadrith schien Darzins Kompliment zu amüsieren. »Es ist auch wichtiger als beim letzten Mal.«

Thurvishar sah Kihrin an. »Wir haben die Schriftzeichen in Shadrag Gor gemalt, in einem Raum, der genauso groß war wie dieser, und sie dann mit Magie hierher übertragen. Dadurch konnten wir uns so viel Zeit lassen, wie wir brauchten.«

Darzin hob eine Augenbraue. »Er hat nicht gefragt.«

Thurvishar ignorierte ihn, ging an die Rückseite des Raums und stellte sich hinter den Altar. »Vergesst Euren Text nicht, Darzin. Er gehört zu Eurer Familie, also seid Ihr es, der das Ritual durchführen muss.«

»Ah, das ist also der Grund, warum sie dich noch nicht umgebracht haben. Ich habe mich schon gewundert.« Kihrin schaute Darzin an. »Gute Nachrichten, Darzin: Du bist gerade dabei, das Ende deiner Nützlichkeit zu erleben.«

»Halt den Mund«, bellte Darzin. Er zerrte Kihrin zum Altar und drückte ihn auf die Platte. »Helft mir«, sagte er zu Thurvishar.

Gemeinsam brachten sie Kihrin in die richtige Position und schlossen die Fesseln um seine Hand- und Fußgelenke. Darauf folgte ein Zauber, der ihn zum Verstummen brachte, da Kihrin sich weigerte, mit dem Fluchen aufzuhören.

»Den mit dem Morgag und der Ziege muss ich mir merken«, sagte Darzin. »Sehr fantasievoll.«

»Muss ich dich daran erinnern, dass die Zeit hier mit normaler

Geschwindigkeit verstreicht?«, fragte Gadrith. »Dies ist nicht der Ort, an dem Sandus mich finden soll.«

»Nein, Meister. Es tut mir leid.« Darzin machte eine Verbeugung und sah ziemlich betreten aus. Er ging hinter dem Altar in Position und begann zu singen.*

Zunächst geschah gar nichts. Nur einer der zu den verschiedenen Grabkammern, Zellen und Vorräumen führenden Durchgänge wurde dunkler, als es angesichts all der magischen Lichter zu erwarten gewesen wäre. Es war keine durch die Abwesenheit von Licht verursachte Dunkelheit, sondern eher ein greifbarer Abgrund, eine Leere, so tief, dass sie zu einem eigenen Wesen wurde.

Aus dieser Dunkelheit trat Xaltorath.

Er war kleiner als bei Kihrins letzter Begegnung mit ihm vor vier Jahren. Außerdem trug er einen mit schnörkeligen Verzierungen versehenen Harnisch, der allerdings nicht besonders viel Schutz zu bieten schien. Tatsächlich unterstrich der Harnisch eher, wie wenig Xaltorath am Leib trug und wie fremdartig er war.

»Xaltorath, ich habe dich gerufen, wie die Tradition es gebietet«, sagte Darzin.

~ DAS SEHE ICH. UND DU BIST HIER, GEWILLT, DEINEN JÜNGEREN BRUDER ZU OPFERN, DESSEN TOD KEIN ALLZU GROSSES OPFER BEDEUTET. ~

Thurvishar und Gadrith tauschten einen unbehaglichen Blick aus.

»In den Beschwörungsformeln steht nirgendwo, dass es jemand sein muss, den ich vermissen würde«, protestierte Darzin. »In unseren Adern fließt das gleiche Blut. Genügt das nicht?«

* Da ich nicht die Absicht habe, der Öffentlichkeit ein so gefährliches Verfahren wie Xaltoraths Beschwörung zugänglich zu machen, werde ich das Ritual an dieser Stelle nicht ausführlicher beschreiben. Manches Wissen geht besser in den Weiten der Zeit verloren.

~ VIELLEICHT. WIR WERDEN SEHEN. ~

Xaltoraths Gestalt veränderte sich, sie floss wie Wasser, und als das Fließen aufhörte, sah er aus wie eine Karikatur von Tya, der Göttin der Magie. Er ähnelte einer wunderschönen Frau mit roter Haut, die hart wie Bronze und glatt wie Glas war. Ihre Augen leuchteten rot, ihre Arme und Beine wirkten allerdings nicht wie in Blut getaucht, sondern wie mit schwarzer Tinte gefärbt. Ihr Haar loderte wie Flammen. Der goldene Harnisch bedeckte jetzt sogar noch weniger von ihrem Körper und war mehr Schlafzimmerschmuck als Rüstung.

Kihrin strampelte. Er hätte etwas gesagt, aber der Zauber knebelte ihn.

Xaltorath riss den magischen Knebel mit einer Handbewegung fort, schlich an den Altar und lehnte sich mit der Hüfte dagegen. ~ NA, HÜBSCHER. HAST DU MICH VERMISST? ~

Kihrin zerrte an seinen Fesseln. »Lass mich in Ruhe!«

Xaltorath ließ die Finger über seinen Bauch krabbeln. ~ MMHMM. ARMER KLEINER VOGEL. DEINE LAGE WAR SCHON MAL BESSER. ~ Sie zwinkerte Kihrin verführerisch zu, ohne den anderen Männern im Raum Beachtung zu schenken. ~ LUST, DICH EIN WENIG ZU VERGNÜGEN? ~

»Ich glaube nicht, dass es ein Vergnügen wäre«, fauchte Kihrin.

Xaltorath schüttelte den Kopf. ~ OH, UND OB. DU UND ICH KÖNNTEN EINANDER BIS IN ALLE EWIGKEIT GENIESSEN. WIR HÄTTEN SOLCHEN SPASS MITEINANDER. ICH WÜRDE DIR ALLES GEBEN, WAS DU BEGEHRST. ~

Kihrin schüttelte den Kopf. »Das glaube ich kaum.«

Xaltorath verwandelte sich erneut, aber nur ein bisschen. Die Hautfarbe veränderte sich von Blutrot zu Zimtbraun, und der Körper wurde etwas weniger kurvig. Am Gesicht wandelte sich kaum etwas, doch das Flammenhaar wurde dunkler – ein Rot, so tief, dass es beinahe Schwarz war, verlief in einem Streifen von der Stirn bis zum Nacken.

~WIRKLICH?~, fragte Xaltorath noch einmal in einem kehligen Schnurren.

Kihrin stieß einen Laut aus, der ein Wimmern sein mochte. »Nein«, sagte er. »Nicht einmal für sie.«

~EIN HELD. SO VOLLER SELBSTAUFOPFERUNG.~ Xaltorath richtete sich auf und sah Darzin an. ~DU HATTEST RECHT: ER IST IDEAL. ÜBERLASS IHN MIR, SEINEN LEIB UND SEINE SEELE, DANN TUE ICH ALLES, WORUM DU MICH BITTEST.~

Darzin lächelte. »Mit Vergnügen.«

Er nahm das Messer und ließ es ohne Vorankündigung mit aller Kraft auf Kihrins Brust niederfahren.

Kame hasste Neujahr. Das Geld war gut – sie hatte nie Mangel an Kunden, die gewillt waren, mit ihr in einer Gasse zu verschwinden oder sie in ihren Alkoven im Freudenhaus zu begleiten. Doch irgendwie fühlte sich die Stadt jedes Mal an, als wäre sie in schmale Bänder verdorbener Energie geschnürt, die kurz vorm Zerreißen standen. Kames Einnahmen waren zwar höher als sonst, aber sie trug auch mehr Verletzungen davon. In manchen Jahren kam es ihr vor, als ließe sie in den Blauen Häusern mehr Geld, als sie überhaupt verdiente.

Sie lungerte an der Ecke einer Lagerhalle bei den Anlegestellen herum und beobachtete die Matrosen, die ihre Schiffe beluden, solange das gute Wetter noch anhielt, um dann in Richtung fremder Häfen in See zu stechen. Kame hielt Ausschau nach Nachzüglern, nach Verlorenen, nach Männern, die ein paar Stunden Freizeit hatten. Ein paar Minuten taten es auch, ehrlich gesagt. Die meisten Matrosen waren entweder bereits auf See, tranken in den Schenken oder vögelten im Alkoven einer anderen. Sie hörte Wasser plätschern und drehte sich um.

Das gigantische Zerrbild eines Menschen watete an Land. Es war dreimal so groß wie ein ausgewachsener Mann und hatte eine vollkommen unnatürliche Hautfarbe: weiß, lila und grün, und die

Hände sahen aus, als wären sie in Blut getaucht worden. Das Ungeheuer besaß einen langen, zuckenden Schwanz, den es hinter sich herzog wie ein Krokodil. Der Dämon grinste, als die wenigen Menschen an den Kais ihn bemerkten und vor Entsetzen aufschrien.

Kame war wie gelähmt. Das Ding war riesig groß und schrecklich. Es war … Mit groteskem Lächeln beugte sich der Dämon vor und griff nach ihr. Sie schrie und schrie.

Blut spritzte über die Pflastersteine und die Wand des Lagerhauses, doch Xaltorath nahm sich nicht die Zeit, es zu genießen.

Er hatte einen Zeitplan einzuhalten.

80

DER BLAUE PALAST

Teraeth folgte Darzin auf dem Fuß, als der sich in den Blauen Palast zurückzog.

Eines musste er dem Erblord lassen: Der Mann benahm sich wie jemand, der wusste, was er tat. Sobald er außer Sichtweite des Ersten Hofes war, lief Darzin in vollem Tempo los, als wäre jemand hinter ihm her. Was ja auch stimmte, doch Teraeth war sicher, dass Darzin das nicht wusste.

Auf jeden Fall zeigte die Rennerei eindrucksvoll, wie groß die Paläste der Adligen waren. Darzin schien nicht zu den Palastteilen unterwegs zu sein, die hauptsächlich vom Adel benutzt wurden, sondern zu einem der kleineren Flügel gleich neben den Bedienstetenunterkünften, wo die Lebensmittel gelagert wurden.

Teraeth bog eine Sekunde nach Darzin um eine Ecke und blieb stehen. Der Flur war leer. Er überlegte. Schritte waren keine mehr zu hören und auch kein zitterndes Nach-Luft-Schnappen von jemandem, der nach einem Sprint begierig seine Lungen vollsog. Er hörte gar nichts. Sicherheitshalber blickte er hinter den Ersten Schleier, falls Darzin eine Illusion oder eine magische Tarnung verwendete. Nichts.

Teraeth konzentrierte sich auf seinen Intaglio-Rubinring. »Euer Majestät, wir haben ein Problem. Ich könnte Eure« – er hörte ein Klatschen und einen Lufthauch – »Hilfe gebrauchen.«

Kaiser Sandus stand neben ihm. »Was ist das Problem?«

Teraeth hielt sich nicht lange mit Förmlichkeiten auf. »Darzin hat möglicherweise ein magisches Transportmittel benutzt. Ich war direkt hinter ihm, und jetzt ist er verschwunden.«

Sandus sah nachdenklich aus. »In Ordnung, sehen wir nach, ob er irgendwelche Spuren hinterlassen hat.«

Der Kaiser bewegte die Hände in eigentümlichen Kreisbahnen. Ein feines Energiegeflecht tastete über den Boden, die Wände und jede Kante, um schließlich als verworrener Knoten aus leuchtenden Runen und Siegeln auf einem Mauerstück zum Stillstand zu kommen.

»Ein Portal«, sagte Teraeth, als er die Schriftzeichen erkannte. »Ein verborgenes Portal.«

»Ein verborgenes und *verschlossenes* Portal«, korrigierte Kaiser Sandus. »Das sehr wahrscheinlich dorthin führt, wo Gadrith sich die ganze Zeit versteckt hat.«

»Könnt Ihr es öffnen?«

Der Kaiser lächelte grimmig. »Es wäre mir ein Vergnügen.«

Tyentso saß an ihrem Tisch im KEULFELD, behielt ihre Gläser im Auge und wünschte, jemand – irgendjemand anders als sie – hätte entdeckt, wie man eine Dämoneninvasion erkennt. Viel lieber wäre sie jetzt bei Teraeth und Kihrin, um den Hurensohn Gadrith endlich der Gerechtigkeit zuzuführen.

Andererseits glich der Kitzel, in aller Öffentlichkeit einen so mächtigen Hellsehzauber auszuführen, das Ganze fast wieder aus.

Die Nachweismethode war recht einfach: Dämonen waren Energiewesen, als solche wurden sie von Energiequellen angezogen und ernährten sich von ihnen. Sie legten Feuer nicht nur, um sich an der Zerstörung zu weiden, sondern verleibten sich auch die dabei entstehende Hitze ein. Deshalb wechselten in einem Gebiet, in dem befreite Dämonen wüteten, Hitze und Kälte einander auf ganz charakteristische Weise ab, die jeder sofort erkannte, der mit dem Phänomen vertraut war.

Die Gläser vor ihr auf dem Tisch stellten nichts anderes dar als eine Temperaturkarte der gesamten Stadt. Mit einem kurzen Blick konnte Tyentso erkennen, in welchen Straßen Khilins in Betrieb waren, und welche Haushalte reich genug waren, um sich einen Besuch von den Eismännern zu leisten.

Jemand stellte eine heiße Tasse grünen Tee neben ihr ab. Tyentso blickte auf und sah eine Khorvescherin, die sie anlächelte.

»Du hast gesagt, du möchtest kein Bier«, erklärte Tauna, »also dachte ich mir, ich bringe dir was anderes.«

»Danke«, murmelte Tyentso. Sie wollte sich der jungen Frau gerade zuwenden, als ein blauer Lichtblitz ihre Aufmerksamkeit erregte. »Moment, was war das …?«

Sie konzentrierte sich. Im Oberen Zirkel hatte sich eine Kältewelle manifestiert, aber ohne die entsprechenden Temperaturspitzen, die auf losgelassene Dämonen hindeuten würden. Sie musterte die Karte, dann weiteten sich ihre Augen, als ihr wieder einfiel, welche andere Art von Magie Wärme absaugte, ohne etwas zurückzugeben.

»Geisterbeschwörung«, flüsterte sie.

Im Zentrum der Abweichung lag der Blaue Palast.

Tyentso konzentrierte sich auf den Ring an ihrem Finger, um die Verbindung zu aktivieren, die es ihr ermöglichte, direkt mit dem Kaiser zu sprechen.

Nichts geschah. »O verflucht.«

Weder standen Wachen am Eingang zum Anwesen der D'Mons, noch protestierte jemand, als Tyentso das Tor mithilfe von Magie entriegelte und öffnete.

Etwas stimmte nicht. Sie sah sich im Ersten Hof um. Die Anzeichen von Gewalt waren offensichtlich, besonders die Leichenstapel in der Nähe des Stalleingangs. Ein riesiges, grau-weißes Pferd ragte über den Leichen auf, als hätte es sich selbst zum Wächter über die Toten ernannt.

Das Pferd warf wiehernd den Kopf in den Nacken, wie um Tyentso zu drohen, bloß nicht näher und damit in die Reichweite seiner scharfen Hufe zu kommen.

»Wer immer Ihr seid, kehrt um und verschwindet«, sagte eine Stimme.

Der Hohe Lord Therin stand am Haupttor, das den Ersten Hof vom eigentlichen Palast trennte. Er sah aus, als käme er direkt aus der Schlacht, in der einen Hand hielt er ein gezogenes Schwert.

»Therin?«, fragte Tyentso. »Was ist hier passiert? Wo sind die Wachen?«

»Die meisten sind tot.« Er reckte ihr drohend das Schwert entgegen. »Wir wurden angegriffen, aber jetzt ist der Kaiser hier. Ich schlage vor, Ihr bringt Euch irgendwo anders in Sicherheit, bis alles vorbei ist.« Er lächelte grimmig. »Eigentlich war das mehr als nur ein Vorschlag.«

Tyentso musterte ihn einen Moment lang. »Ja, selbstverständlich, Hoher Lord. Ihr habt sicherlich recht.«

Keiner von beiden rührte sich.

»Mir fällt auf, dass Ihr Euch nicht von der Stelle bewegt«, sagte Therin.

»Komisch. Denn mir fällt auf, dass Ihr nicht Therin seid«, erwiderte Tyentso.

Klaues Augen verengten sich. »Was hat mich verraten?«

»Um ehrlich zu sein: Es war ein Glückstreffer. Aber danke für die Bestätigung.« Grinsend neigte Tyentso den Kopf und blickte an Klaue vorbei. »Wo warst du?«

Teraeth trat auf den Hof. Auch er sah aus, als hätte er sich den Weg an die Front freigekämpft. »Am anderen Ende des Kontinents, wie es scheint. Ich übernehme hier. Sieh du inzwischen nach, ob es irgendwelche Überlebenden gibt.«

Klaue seufzte. »Für Überlebende ist es zu spät, meine Entlein.

Ihr beide solltet lieber verschwinden, solange ihr noch die Gelegenheit habt.«

Tyentso begann, Klaue zu umkreisen (die immer noch wie eine sehr gute Nachbildung von Therin aussah). »Wo ist der Kaiser?«, fragte sie Teraeth, ohne die Mimikerin aus den Augen zu lassen.

»Beim Hafen. Dort gibt es Schwierigkeiten.«

»Das dürfte Xaltorath sein«, warf Klaue ein. »Geht nicht. Es gibt so vieles, worüber ich mich gerne mit euch beiden unterhalten würde.«

Tyentso hob eine Hand, ein Teil des Bodens schoss empor und bildete eine Wand zwischen ihr und Klaue. Die Mimikerin knurrte und preschte vor, doch die Mauer hinderte sie daran, der Hexe zu folgen.

»Vergiss nicht, dass ich auch noch da bin.« Teraeth zog mehrere Dolche aus seinem Gürtel.

Klaue drehte sich zu ihm um. »O wie schön. Kihrins hübscher kleiner Mörder. Zu schade, dass du nicht mehr Zeit mit ihm verbringen konntest. Vielleicht hättest du ihn doch noch herumgekriegt.«

Teraeths Miene wurde finster. »Kihrin ist nicht tot.«

»Oh, sehr sogar, fürchte ich. Aber es gibt eine gute Nachricht: Ich glaube, Darzin wird mich seine Leiche essen lassen.« Klaue grinste. »He, vielleicht bekommst du ja doch noch Gelegenheit, Kihrin in die Hose zu fassen.«

Teraeth preschte vor.

Als er sie angriff, schlug Klaue mit einem Arm aus, schneller als das Auge folgen konnte. Der Arm wurde länger und verwandelte sich, bis er nichts Menschliches mehr an sich hatte. Er war jetzt ein dünner, sich windender Tentakel mit höllisch scharfen Krallen an den Stellen, wo bei einem Tintenfisch die Saugnäpfe waren.* Der

* Man fragt sich, ob möglicherweise eine Verbindung zwischen den Mimikern und den Töchtern Laakas besteht.

tödliche Schlag fuhr genau dort durch die Luft, wo sich einen Wimpernschlag zuvor noch die Illusion von Teraeth befunden hatte.

Klaue lachte. »Aha! Eine echte Herausforderung!« Als sie zu Ende gesprochen hatte, spürte sie, wie eine scharfe Klinge über ihren Rücken fuhr. Sie bildete einen weiteren Tentakel aus Muskeln und schlug aus. Diesmal wurde sie mit einem Schmerzensschrei und Blut belohnt, das sich übers Pflaster ergoss.

Klaue drehte sich um, Augen bildeten sich auf ihren Schultern, an ihrem Rücken und ihren Oberschenkeln, während sie nach ihrem Attentäter Ausschau hielt. »Du solltest fliehen, kleiner Vané.«

»Und die Chance verpassen, eine Mimikerin zu töten?«, fragte Teraeth. »Ich würde es mir nie verzeihen, wenn ich eine solche Gelegenheit ungenutzt verstreichen ließe.«

»Du wirst sie so oder so verstreichen lassen müssen«, höhnte Klaue. »Dass ich deinen Geist nicht spüren kann, ist irritierend, aber nicht so schlimm. Am Ende werde ich dein Hirn trotzdem verspeisen.«

»Versuch's doch.«

Teraeth tauchte wieder auf und stieß mit zwei vorgestreckten Dolchen auf sie hinab. Als sie ihre Fangarme nach ihm schleuderte, schlug er nach ihren Beinen, aber auch dort bildeten sich Krallen, die den Angriff parierten.

»Was willst du tun?«, überlegte sie laut. In diesem Moment sah sie allerdings nicht mehr aus wie eine Sie – oder auch nur wie ein Mensch oder irgendeine andere Kreatur, die nicht den schlimmsten Albträumen eines Verrückten entsprungen wäre. »Du kannst meine Arme nicht durchtrennen. Du kannst mir nicht den Kopf abschlagen. Ich habe keine Organe, die du verletzen kannst, keine Adern, die du zum Bluten bringen kannst. Aber, o Entlein, was ich dir alles antun kann …« Sie wirbelte herum und schlug lachend und aufs Geratewohl auf die Luft ein. »Ach, Liebes, nicht verstecken. Ich würde dich so gerne besser kennenlernen. Es würde solchen Spaß machen.« Teraeth erwiderte nichts.

Klaue wartete einen Moment, doch als er nicht angriff und auch sonst nichts unternahm, worauf sie hätte reagieren können, hielt sie es zumindest für möglich, dass er sich davongestohlen hatte. Sie bildete einen Tentakel nach dem anderen und ließ sie wild durch die Luft wirbeln, als wollte sie seinen Aufenthaltsort durch einen bloßen Zufallstreffer ermitteln. Einer ihrer Arme schlug gegen etwas, es folgte ein Keuchen, Blut, und da ließ Teraeth eine Sekunde lang seine Tarnung fallen – lange genug, um ihr zu verraten, wo er war.

Klaue zögerte nicht. Wie ein hässliches Seeungeheuer schleuderte sie ihm all ihre Arme entgegen und schlang die Tentakel um ihren Attentäter. Sie verlor sich in der Freude am Gemetzel und riss den Vané in Stücke, genoss jede Wunde wie die zärtliche Berührung eines Liebhabers.

Dann spürte sie ein Stechen an der Stelle, die man als ihren Rücken bezeichnen könnte (und sei es nur, weil sie der Seite gegenüberlag, auf die sie gerade ihre Aufmerksamkeit gerichtet hatte). Das Trugbild, das Klaue in den Armen hielt, zerfiel und löste sich in Wölkchen aus magischem Dampf auf. Sie stürzte zu Boden, zu keiner Bewegung oder Zuckung mehr in der Lage, unfähig, auch nur einen einzigen Muskel zu verwandeln. Die Spitze eines langen Silberspießes steckte in ihrem Körper.

Teraeth wurde sichtbar. Er war unverletzt.

Der Vané ging um den Berg aus Tentakeln und Fleisch herum, der reglos und stumm auf dem Boden lag. »Kihrin wusste, dass du hier bist«, teilte er Klaue mit. »Er wusste es schon seit Jahren. Damit hatte er viel Zeit, sich zu überlegen, wie wir mit dir fertigwerden.«* Er griff in den Glibberhaufen und zog eine Halskette mit Sternen-

* Ich vermute, dass es sich bei dem Spieß um das Gegenstück zu der Waffe handelt, mit der Kihrin Klaue in seinen ehemaligen Gemächern überraschen wollte. Sie muss verzaubert gewesen sein, um etwas gegen sie ausrichten zu können. Eine großartige Arbeit.

tränendiamanten daraus hervor. Mit furchtsamem Blick starrte er die Juwelen an.

Dann drehte er sich um und eilte Tyentso hinterher.*

Tyentso fand die verbliebenen Mitglieder der Familie D'Mon – ein Haufen Adliger, die stumm die Leichen ihrer Angehörigen beweinten. Eine junge Frau mit rotem Haar versuchte gerade, den Hohen Lord aufzuwecken.

Als Tyentso den Ballsaal betrat, zuckten die reglosen Wachsoldaten und erwachten zu so etwas wie Leben. Mit steifen Bewegungen schlurften sie auf die Hexe zu.

Tyentso verdrehte die Augen. »Das vergesst mal schnell wieder.« In Gedanken wiederholte sie die Merksprüche und bündelte ihre Energie. Dann spreizte sie die Arme und riss eine Welle violetten Lichts aus den Soldaten heraus. Sie brachen zusammen wie Marionetten, deren Fäden durchgeschnitten wurden.

Tyentso ging zu dem Mädchen, neben dem ein junger Mann stand, ebenfalls in den Farben des Hauses D'Mon. Alle Augen im Saal waren auf die Hexe gerichtet, doch noch immer sprach niemand ein Wort.

»Ihr seid leiser, als ich es von D'Mons erwartet hätte«, sagte sie. »Ah, ich verstehe.« Sie hob den Stillezauber auf, den Thurvishar zuvor gewirkt hatte.

Alle plapperten gleichzeitig drauflos, da bemerkte Tyentso die Leichen, die auf einer Seite des Saals gesammelt lagen, und schlug

* Es wurde viel spekuliert, was aus der Mimikerin namens Klaue geworden ist. Meines Wissens war dies das letzte Mal, dass jemand die Kreatur gesehen hat. Teraeth sagte später, er habe sich zu große Sorgen um Kihrin gemacht, um sich die nötige Zeit zu nehmen, sie zu vernichten. Und der magische Spieß, der sie lähmte, habe sicher nicht ausgereicht, um sie zu töten. Da ihre Leiche später nie gefunden wurde, müssen wir davon ausgehen, dass sie nach wie vor auf freiem Fuß ist.

mit zorniger Geste auf die Luft ein. Wieder kehrte Stille ein. »Wenn das nicht Gadriths Handschrift ist.«

»Wer seid Ihr?«, fragte das junge Mädchen, das versuchte, den Hohen Lord Therin aufzuwecken.

»Eine Freundin«, erwiderte Tyentso. »Tritt zur Seite. Ich wecke ihn.«

»Könnt Ihr ihn wecken, ohne ihm wehzutun?«, fragte der junge Mann. »Und: Wer *seid* Ihr?«Tyentso schaute ihn an und hob eine Augenbraue, dann konzentrierte sie sich auf den Hohen Lord. »Niemand beabsichtigt, Therin D'Mon auch nur ein Haar zu krümmen.«

»Ich bin Galen D'Mon. Obgleich ich es sehr zu schätzen weiß, dass Ihr diese Ungeheuer unschädlich gemacht habt, muss ich jetzt wissen …«

Ohne ihn zu beachten, legte sie Therin eine Hand auf die Stirn. »Es ist ein komplizierter Zauber. Ein äußerst tiefer Schlaf.« Ihre Finger krümmten sich, bis sie beinahe aussahen wie Krallen.

Im nächsten Moment schnappte Therin nach Luft und riss die Augen auf, dann blickte er sich panisch um, als ihm klar wurde, wo er war. Er sah Tyentso über sich gebeugt stehen und rief: »Geh weg von mir, Frau … Was hast du hier zu suchen?«

»Sie weigert sich, mir ihren Namen zu nennen«, warf Galen ein.

Tyentso kauerte sich hin und lächelte. »Lasst es mich erklären.«

Sie hüllte ihren Körper in eine Illusion, die die Umstehenden wahrscheinlich erkennen würden.

Therin blinzelte. »Raverí? Raverí D'Lorus?«

»Ich dachte …«, begann Galen, dann trat Verwirrung auf sein Gesicht. »Moment, ich habe im Dunklen Saal ein Porträt von Euch gesehen.«

»Weshalb seid Ihr hier?«, wiederholte Therin.

»Um meinen Gemahl zu töten – zum zweiten Mal«, erläuterte die Zauberin. »Nun, Lord Therin, wenn Ihr so freundlich wärt,

Euch hierhin zu stellen, während ich Eure Seneschallin wecke. Ich möchte, dass Euer Gesicht das Erste ist, was sie sieht.«

»Weshalb?«, fragte Therin und stand mit etwas Mühe auf.

Tyentso lachte. »Weil ich dann länger lebe. In ihrer momentanen Stimmung würde sie wahrscheinlich jeden D'Lorus, den sie zu Gesicht bekommt, sofort töten.« Sie überlegte kurz. »Ahnt Ihr überhaupt, was für eine mächtige Zauberin sie ist?« Sie schüttelte den Kopf. »Macht Euch nichts draus. Stellt Euch einfach dorthin und seht gut aus. Das dürfte Euch ja nicht allzu schwerfallen.«

Therin stellte sich vor Miya.

Galen gesellte sich zu ihm. »Was geht hier vor?«

»Das wollte ich dich gerade fragen«, erwiderte Therin. »Wohin ist Kihrin eigentlich verschwunden?«

Das Geräusch, mit dem Miya erwachte, lenkte ihn ab, weshalb er die Scham auf dem Gesicht seines Enkels nicht bemerkte.

»Therin?« Miya breitete die Arme aus. »Was ist passiert? Hat Gadrith das angerichtet?«

»Anscheinend«, antwortete Tyentso.

Miya schaute sie an und zog die Augenbrauen zusammen. »Woher kenne ich …? Raverí? Bist du das?«

»Schön, dass sich jemand an mich erinnert«, sagte die Magierin. Sie wandte sich an Galen. »Was ist mit Kihrin passiert? Ich habe dein Gesicht gesehen, als Therin nach ihm fragte.«

Galen schluckte einen Kloß in seinem Hals hinunter. »Sie wollten eine Halskette, die er trug. Es war ein Vané-Stein. Als er sie nicht hergeben wollte, hat Gadrith angefangen, Leute umzubringen. Er hat ihnen die Seele herausgerissen.« Sein Blick wanderte zu dem Leichenhaufen.

Therin hatte die Leichname offenbar noch gar nicht bemerkt. Sein Gesicht wurde aschfahl. »Bavrin, mein Sohn …«, stammelte er. »Und Lorgrin und Tishar. Wo ist Devyeh?«

Galens Antlitz lief grün an. »Die Knochen dort sind seine.«

Therin wandte sich seinem Enkel zu. »Du sagst, er hat ihnen die

Seele herausgerissen. Hat er Tsali-Steine daraus gemacht? Wo sind sie?«

»Er hat sie mitgenommen«, antwortete Galen.

»Er will sich von ihnen nähren«, erläuterte Tyentso. »Aber wenn wir ihn erwischen und die Steine zerstören, bevor er dazu kommt, sind ihre Seelen wieder frei. Dann können sie wiederkehren oder zumindest ins Land des Friedens eingehen.«

»Im Augenblick gibt es Wichtigeres«, bellte Miya. »Kihrin. Was ist mit ihm passiert? Was ist aus seinem Stein geworden?«

Galen straffte sich. »Ich verstehe nicht, warum Gadrith den Edelstein so unbedingt haben wollte, wenn er jederzeit selber welche machen kann.«

Miya fixierte Galen, als wäre sie kurz davor, die Antwort auf ihre Frage aus ihm herauszuprügeln. »Hat Kihrin Gadrith den Stein gegeben? Sagt es mir, sofort!«

Als Galen nicht sofort etwas erwiderte, tat es seine Frau Sheloran für ihn. »Ja«, sagte sie. »Hat er. Gadrith wollte Euch töten, Lady Miya. Kihrin hätte es nicht ertragen, also gab er ihnen, was sie wollten.«

Die Vané zuckte zusammen.

Therin runzelte die Stirn. »Ich verstehe nicht ganz. Warum ist dieser Tsali-Stein so wichtig?« Er schüttelte den Kopf. »Früher habe ich immer mal wieder welche gekauft, um sie zu zerstören und die darin gefangenen Seelen freizulassen. Aber das kann wohl kaum der Grund sein, warum Gadrith ihn haben wollte.«

Tyentso lächelte Miya kalt an. »Willst du es ihm erklären, oder soll ich?«

Die Vané sackte niedergeschlagen in sich zusammen. Ein Ausdruck stummen Entsetzens trat auf ihr Gesicht, dann schien sie zu merken, dass Therin auf ihre Antwort wartete. »Kihrin besaß den Schellenstein aus Kirpis.« Sie schüttelte den Kopf. »Der Stein ist sehr mächtig. Ich weiß das besser als jede andere. Aber all das hier anzurichten …«

»Sie haben Kihrin mitgenommen«, sagte Galen. »Sie meinten, sie bräuchten ihn, um einen Dämon zu beschwören.«

Bis auf die unterdrückten Schluchzer der Überlebenden war es vollkommen still im Saal. Galens Blick wanderte vom Hohen Lord zu Lady Miya und schließlich zu Tyentso. Die Gesichter der drei sprachen Bände.

»Wie ich sehe, habe ich den Tanz verpasst«, sagte Teraeth, als er den Saal betrat. Er hatte alle Illusionen abgelegt und sah nun wieder wie ein manolischer Vané aus. Lady Miya drehte sich zu ihm herum und hob eine Hand, als wollte sie einen Zauber wirken.

»Aber, aber«, sagte Tyentso. »Er gehört zu uns.«

Miya ließ die Hand sinken. »Verzeihung. Der bisherige Abend war etwas …« Sie sprach den Satz nicht zu Ende, ihr Blick wanderte zu Therin. »Wir müssen Kihrin finden.«

»Leichter gesagt als getan«, sagte Teraeth und hielt die Sternentränen-Kette hoch. »Die Mimikerin, die das Eingangstor bewachte, hatte das hier bei sich. Ich nehme es als schlechtes Zeichen.« Er nickte Tyentso zu. »Der Spieß hat wunderbar funktioniert.«

»Wenigstens das hat geklappt«, kommentierte sie und fügte wütend hinzu: »Wir haben nicht den geringsten Schimmer, wo sie ihn hingebracht haben könnten.«

Galen hob die Hand wie ein Kind, das eine Frage seines Lehrers beantworten möchte. »Ich glaube, ich weiß es.«

Therin führte sie durch eine Geheimtür auf dem Palastgelände, die aussah, als wäre sie seit über einem Jahrzehnt nicht mehr benutzt worden, in die unterirdische Kammer. Er bemerkte seinen Irrtum, als er die mit Blut gemalten Runen an den Wänden und die magischen Lichter sah, die in Form von wirbelnden Glyphen an der Decke schwebten. Der Anblick von Kihrins Leiche auf dem Altar ließ Miya laut nach Luft schnappen. Ihre Gegner hatten den Leichnam einfach liegen gelassen, ihm nicht einmal die Fesseln abgenommen. Das klaffende Loch auf seiner Brust und das hervorsickernde Blut genügten als Beweis, welches Schicksal ihn ereilt hatte.

Er war tot.

»O verflucht«, murmelte Tyentso. »Warum hat er sich nicht der Bruderschaft angeschlossen, als er Gelegenheit dazu hatte?«

Teraeth zog ein gequältes Gesicht. »Das macht keinen Unterschied, wenn man einem Dämon geopfert wird.«

Er und Tyentso eilten zu Kihrin hin und betrachteten die Leiche. Therin, Miya, Galen und Sheloran blieben zurück. Therin stand mit versteinertem Blick da. Er hatte die Hände zu Fäusten geballt und die Kiefer so fest aufeinandergepresst, dass seine Wangen weiß wurden. Miyas Atem ging schnell und flach wie bei einem verwundeten Reh. Sie war unfähig, den Blick vom Altar abzuwenden.

Sie drehte den Kopf in Therins Richtung und flüsterte: »Das ist *Eure* Schuld.«

Die Sehnen an Therins Hals traten hervor, doch er erwiderte nichts.

Tyentso nahm Teraeth die Sternentränen-Kette aus der Hand und musterte die Steine mit kritischem Blick. »Wir könnten es versuchen.«

»Es ist riskant«, erwiderte Teraeth tonlos.

»Eine geringe Chance auf Erfolg ist mir lieber, als es gar nicht erst zu versuchen.«

Tyentso wandte sich an Therin und Miya. »Helft uns. Wir müssen seine Leiche in den Tempeldistrikt bringen.«

Therin erwachte aus seiner Starre und schüttelte den Kopf. »Er wurde einem Dämon geopfert. Einen Menschen, der keine Seele mehr hat, kann man nicht zurückholen.«

Teraeth sah aus, als wäre er drauf und dran, irgendwem den Hals umzudrehen. »Er wurde gegaescht, als er ein Sklave war.« Er deutete auf die Kette in Tyentsos Hand. »Sein Gaesch ist da drin.«

»Er wurde was …?« Miya erstarrte.

»Gegaescht. Du müsstest eigentlich wissen, was das bedeutet«, blaffte Teraeth.

»Einfühlsam wie immer«, murmelte Tyentso. Sie hielt die glitzernde Juwelenkette hoch. »Hier drin befindet sich ein Splitter seiner Seele. Nicht viel, aber immerhin ein kleines Stück. Der Rest davon genießt gerade die Gesellschaft eines Dämonenfürsten, aber wenn es uns gelingt, diesen Teil hier ins Land des Friedens zu schicken, besteht die Chance, dass Thaena den Schaden beheben kann.«

Miya eilte zu dem Leichnam. »Ich helfe dir.« Sie brach die Fesseln mithilfe von Magie auf und ließ Kihrins Leiche hochschweben. Therin nickte und folgte ihr.

»Es gibt etwas, das ich nicht verstehe«, warf Galen ein.

»Jetzt nicht«, bellte Teraeth.

»Doch.« Galen schüttelte den Kopf. »Ich glaube, es ist wichtig: Wenn der Dämon seine Seele nicht bekommen hat – ich meine: nicht seine ganze, vollständige Seele –, kann das Ritual doch nicht funktioniert haben, oder?* Der Dämon ist nicht gebändigt.«

Alle hielten inne.

Therin schaute Tyentso an. »Weiß jemand von euch, wen sie beschworen haben?«

Tyentso inspizierte die Runen und Glyphen an den Wänden. »Xaltorath.« Dann blinzelte sie. »Diese Mimikerin hat die Wahrheit gesagt. Dass Xaltorath sich mit einer unvollständigen Seele zufriedengibt, ist vollkommen ausgeschlossen. Und das bedeutet …«

»Dass sie ihn nicht unter Kontrolle haben«, sagten Miya und Therin gleichzeitig.

* Es hätte so oder so nicht funktioniert, das ist ja das Lustige: Weder Gadrith noch Darzin hat je begriffen, wer Kihrin eigentlich ist. Andernfalls hätten sie das Ganze gar nicht erst versucht, denn Xaltorath hatte einen Preis gefordert, den sie *niemals* bezahlen konnten. Ich vermute, Kihrins Seele war schon seit Jahrhunderten nicht mehr vollständig.

»Ist das gut oder schlecht?«, fragte Galen.

Tyentso schüttelte verwirrt den Kopf. »Keine Ahnung. Ich schätze, der Einzige, der das weiß, ist Xaltorath selbst.«

Die Gruppe bot einen seltsamen Anblick, als sie durch die Straßen des Oberen Zirkels rannte. Wären da nicht die Rauchwolken gewesen, die sich im Westen in der Nähe des Hafens in den Nachthimmel erhoben, wären wahrscheinlich mehr Stadtwachen auf sie aufmerksam geworden (wenn auch nur, um sie zu eskortieren). Ein paar machten zwar Anstalten, sie aufzuhalten oder ihnen zumindest ein paar Fragen zu stellen, doch da einer aus der Gruppe ein Hoher Lord war, gaben sie die Versuche schnell wieder auf.

Die Kathedrale der Thaena gehörte zu den größten Tempeln im Elfenbeindistrikt, einzig die Khored-Kirche war noch größer. Die wiederum war als Wiedergutmachung für die Taten des auf Abwege geratenen Erblords des Hauses D'Lorus von diesem finanziert worden. Je näher sie kamen, desto schwerer wurden Therins Beine, bis er kaum noch imstande war, einen Fuß vor den anderen zu setzen.

Andere schienen die gleiche Idee gehabt zu haben wie sie, denn als sie die Kirche erreichten, war diese bereits mit Leichen überfüllt. Priester in weißen Roben gingen auf den schmalen Wegen zwischen den Leichnamen umher und erteilten die letzte Ölung. Einer von ihnen, ein großgewachsener Mann mit schütterem schwarzem Haar, zuckte sichtlich zusammen, als er die Gruppe hereinkommen sah. Er eilte ihnen entgegen. »Bist du das, Therin?«

»Kerris«, sagte der Hohe Lord und ergriff die Hand des Mannes. »Es ist lange her.«

»Zu lange«, erwiderte der Priester. »Was ist …« Sein Blick fiel auf den Leichnam.

»Das ist mein Sohn«, erklärte Therin. Nach einer kurzen Pause fügte er hinzu: »Mein einziger Sohn. Devyeh und Bavrin sind tot.«

Galen warf Therin einen entsetzten Blick zu, weil er Darzin nicht genannt hatte. Damit blieb er allerdings der Einzige.

»Verstehe. Ich werde sehen, was ich tun …« Der Priester geriet ins Stocken, als er das entsetzliche Loch in der Brust der Leiche sah. »So etwas kann man nicht …«

Teraeth reichte ihm die Kette. »Er wurde gegaescht. Hier drin ist alles, was wir von seiner Seele noch haben. Reicht das?«

Der Priester inspizierte die Kette und schüttelte den Kopf. »Dazu würden wir ein Wunder brauchen.«

Tyentso lächelte. »Dann ist heute wohl ein Glückstag.«

81

DIE GRENZLANDE

Der junge Mann rannte. An etwas anderes konnte er sich nicht erinnern. Er wusste nicht, was zuvor gewesen war, hatte keinerlei Erinnerung daran, wie er an diesen Ort gekommen war. Er wusste weder, wer er war, noch was hinter ihm lag.

Er war ein Bruchstück seiner selbst.

Seine Existenz bestand lediglich aus aneinandergereihten Abschnitten von »Jetzt«, aus seinem wie ein Hase dahinjagenden Herzschlag und seinem röchelnden Atem. Aus seinen abgehackten Schritten, die ihn stolpernd durch das Nachtschattendickicht trugen, und dem Schweiß, der ihm über die feuchte Stirn rann. Wenigstens wusste er, warum er rannte, was allerdings auch kein Trost war.

Er rannte wegen der Hunde.

Der grimmige, dunkle Wald bot weder Zuflucht noch Wärme. Zwischen den Bäumen war es bitterkalt und düster. Der Boden war von ewigem Eis und dem Matsch des ohne Unterlass fallenden Schneeregens überzogen. Das Eis brach unter seinen Schritten, der Schlamm saugte ihn ein und hielt ihn fest. Die Spuren, die er hinterließ, waren unübersehbar. Ein heulender Wind zerrte an den Weiden und Eiben, die in mörderischer Absicht nach seinen Kleidern und seinem Haar griffen. Baumwurzeln, Schwarzer Giftlotus und tödliche Kräuter versuchten, ihn zu Fall zu bringen, während Dornen und Dickicht sich ihm wie eine unüberwindbare Mauer entgegenstellten.

Obgleich er nicht wusste, wer er war, musste niemand ihm erklären, dass er tot war. Die Verletzung war nicht zu übersehen: An der Stelle, wo sein Herz hätte sein sollen, klaffte ein hässliches Loch. Er verspürte ein tiefes Gefühl von Verlust und Abgeschnittenheit. Eine eisige, lähmende Erkenntnis überkam ihn – obwohl er sich im Land der Toten befand, hatte er nicht die geringste Ahnung, in welche Richtung er sich wenden sollte. Nichts in diesem Wald schien freundlich gesinnt.

Der Wald selbst war nicht tot: Es gab Schnecken, Würmer, Schlangen und allerlei rattenähnliches Getier, außerdem Hyänen, Wölfe und Schlimmeres. Raben und Eulen schrien ihm von den Bäumen ihren Hohn entgegen. Am Rand seines Gesichtsfelds krochen und krabbelten noch andere Wesen, die er nicht identifizieren konnte, und er betete, sie mögen auch weiterhin unidentifizierbar bleiben. Sobald er nahe genug heran war, um etwas zu erkennen, ließen die Wesen sich in einen Bach gleiten oder verschwanden in den undurchdringlichen Schatten. Alles hier sah aus, als wäre es kurz vor dem Hungertod, als hätten die Tiere in diesem entsetzlichen Wald sich noch kein einziges Mal in ihrem Leben wirklich sattgefressen. Und sie alle beäugten ihn, als wäre er das natürliche Heilmittel gegen dieses Übel.

Die größten Sorgen allerdings bereiteten ihm die Hunde.

Er hörte, wie sie in seinem Rücken einander zubellten. Er wusste nicht, warum er so sicher war, dass sie Jagd auf ihn machten, aber der kalte Schweiß auf seinem Rücken verbot jedes Zaudern. Falls sie ihn einholten, würden sie ihn mit ihren fauligen Zähnen zerreißen, dessen war er sich sicher. *Sobald* sie ihn einholten, nicht *falls*.

Er wurde müde, seine Schritte langsamer und verzweifelter. Der Wald vor ihm lichtete sich, da stieß er ein verzagtes Stöhnen aus: Ein Stück voraus endete der Sumpf und wurde zu einem dunklen, brackigen See, das Wasser so tief und schwarz, als wäre es dünnflüssiger Teer.

Kränklich gelber Nebel waberte über die Oberfläche wie ein fühlendes, bösartiges Wesen. Vor seinen Augen begann sich das Wasser zu kräuseln und ein riesiges schlangenartiges Geschöpf rollte sich in den Tiefen des Sees herum. Entsetzt blickte er sich um, sah aber nur die winzigen Augen der wilden Kreaturen, die ihn aus den Schatten beobachteten. Es gab keine Fluchtmöglichkeit.

Er saß in der Falle.

Wie ein Blitz sengenden Feuers brachen die Hunde voll blutrünstiger Freude auf die Lichtung.

Es waren keine echten Hunde. Sie sahen aus, als wären sie einmal Menschen gewesen, bis eine grausame Macht ihre Glieder verdreht, ihre Körper verbogen und sie wie feuchten Ton geformt hatte. Trotz der scharfen Zähne und schnappenden Kiefer wirkten ihre Gesichter menschlich. Der Anblick war grässlich. Sie bellten, knurrten und schnupperten in der Luft nach ihrer Beute, rannten am Rand des Wassers entlang und liefen schließlich enttäuscht im Kreis.

Einer von ihnen, äußerst begierig darauf, die Jagd fortzusetzen, watete bellend und schnüffelnd in den schwarzen See hinein, als wollte er die Fährte weiterverfolgen. Das Kräuseln auf dem See wurde stärker, ein erschrockenes Jaulen ertönte, dann wurde der Hund unter Wasser gezogen.

Danach wagte sich keiner seiner Artgenossen mehr in das trübe Schwarz hinein, sie blieben am Ufer und bellten.

Die Jagdgesellschaft holte das Rudel mit donnernden Hufen ein. Ein Dutzend Reiter, keiner davon war ein Mensch. Einige schlugen ihre Kapuzen zurück, darunter kamen Totenschädel zum Vorschein, Köpfe von Tieren und Ungeheuern. Manche Jäger hatten Hörner auf dem Kopf, der offensichtliche Anführer der

Gruppe war ein schwarzer Schatten mit dem Geweih eines riesigen Hirschbocks. In seinen Augen stand das gleiche bösartige Leuchten wie in denen seiner Hunde.

Auch die Pferde waren entsetzlich. Einige sahen aus wie lebende Kadaver, Blut tropfte von ihrem verwesenden Fleisch. Andere waren lebendige Skelette mit gespenstischen Augen, aus deren Hufen kaltes Feuer züngelte. Einige besaßen eine Schlangenhaut, andere bestanden nur aus Schatten und Dunkelheit. Ihre übernatürliche Herkunft war allzu klar. Frost überzog den Boden, wenn sie darüber hinwegtrabten, an den Ästen der Bäume bildeten sich Eiszapfen.

Der Anführer fuchtelte verärgert mit dem Schwert, als er sah, dass die Spuren sich im Wasser verloren. Er brüllte in einer fremdartigen Sprache, die Worte brannten und zischten in der Luft, dann wandte er sein Schattenpferd um und galoppierte zurück in den Wald. Die anderen folgten ihm, und die Hunde versuchten kläffend, sie einzuholen.

Als sie fort waren, holte der Entflohene, der sich an den dünnen Zweigen in der Krone eines kränklichen Mangrovenbaums ganz in der Nähe festhielt, zum ersten Mal wieder Luft. Er wusste nicht, wie lange es dauern würde, bis der Anführer merkte, dass er getäuscht worden war, und zurückkehrte. Wie um seiner Sorge Nachdruck zu verleihen, ertönte Hufgetrappel, kaum dass er sich ans Hinunterklettern machte.

Um wieder hinaufzusteigen, blieb keine Zeit. Er kauerte auf einem der unteren Äste und konnte lediglich hoffen, dass die Schatten ihn verbargen. Ein Nachzügler-Dämon in einer reich verzierten Rüstung und mit wehendem schwarzem Umhang ritt auf die Lichtung. Unter der Kapuze trug er einen Helm, der sein Gesicht komplett verbarg. In der rechten Hand hielt der Jäger einen langen Speer, mit der linken die Zügel seines Pferdes. Sein Hengst war atemberaubend, ein riesiges Schlachtross mit kohlschwarzen Augen und Hufen aus purem Feuer. Das Pferd war ein Elementarwesen voll brennender Energie und infernalischer Hitze, die den Boden unter ihm augenblicklich zum Schmelzen brachte.

Der Geflohene konnte gar nicht anders, als zu bemerken, wie überlegen dieses Reittier den anderen Geisterpferden war. Trost spendete ihm diese Erkenntnis allerdings keinen. Im Gegensatz zu den anderen bewegte sich der Jäger ohne jede Eile über die Lichtung. Er stieg ab und untersuchte die Spuren, die zum Wasser führten. Dann hob er, noch während der junge Mann ihn starr vor Angst beobachtete, den Kopf und sah ihn. Der Geflohene stürzte sich auf den Jäger. Der Aufprall war hart, er riss den verhüllten Dämon von den Beinen und schlug ihm den Speer aus der Hand. Das riesige Pferd stieß ein wütendes Wiehern aus.

Doch die Attacke des jungen Mannes war zu ungestüm: Die beiden rollten über den Boden und mit einem Platschen hinein in das tödliche schwarze Wasser. Verängstigt schlug der junge Mann um sich, traf den Jäger in den Bauch und am Kiefer. Ebenso gut hätte er auf einen Baum einschlagen können. Der Dämon taumelte zwar zurück, doch der Geflohene war sicher, dass seine Treffer keinen Schaden angerichtet hatten. Er sprang auf und griff nach dem Speer, da spürte er, wie ihn eine Hand mit eisernem Griff an der Kehle packte und unter Wasser drückte. Stöhnend rang er mit seinem Häscher, versuchte, seinen Hals aus dem Griff des Dämons zu befreien, konnte aber, in den stinkenden See getaucht, nicht den nötigen Hebel aufbringen. Er drehte und wand sich im Vertrauen darauf, dass das ölige Wasser den Griff seines Angreifers schwächen würde. Schließlich schlug er mit dem Ellbogen aus. Wieder landete er einen Treffer, und die Hand ließ von ihm ab. Keuchend durchbrach er die Oberfläche und schnappte nach Luft.

Er spürte eine Bewegung hinter sich und trat mit aller Kraft aus, doch der Jäger hielt sein Bein fest. Sein Gegner war stärker als er – stärker, als vier von seinem Schlag gewesen wären. Der Dämon versetzte ihm einen Stoß, und der Gejagte stürzte der Länge nach ins seichte Wasser am Ufer. Da sah er den Speer, krabbelte darauf zu, duckte sich unter den wirbelnden Hufen des Pferdes hindurch und packte die Waffe.

Als er die Finger um den Speerschaft schloss, spürte er, wie Energie seinen Arm hinaufjagte. Er hatte das Gefühl, als hielte er ein Schmiedefeuer in der Hand, ein Inferno wie die Sonne selbst. Es war das erste Mal, dass er so etwas wie echte Wärme spürte, und dennoch kam ihm das Gefühl vertraut vor.

Mit der Waffe in der Hand wandte er sich wieder dem Dämon im Wasser zu. Die dunkle Oberfläche des Sees begann sich zu teilen, und etwas Lebendiges erhob sich aus seinen Tiefen. Er schnappte nach Luft und machte einen Schritt nach hinten.

Ein Drache stieg aus dem See auf.

Die Bestie war lang und sehnig, ihr schlangenartiger Körper drehte und wand sich aus dem Wasser heraus. Die Farbe des Drachen schien Schwarz zu sein oder zumindest Mitternachtsblau. Seine Silhouette, die Schuppen, seine Zähne und die tiefen Augen, alles war von einem blassen Leuchten umgeben, das ihn wie ein gespensterhaftes Wesen aus dem Jenseits erscheinen ließ – den Geist eines Drachen. Einen Geist im Land der Geister.

»Lauf!«, rief der Dämon ihm zu.

Seine Stimme war weiblich.

Die Dämonin hatte gerade noch Zeit, sich zu dem Drachen umzudrehen, da biss das Ungeheuer auch schon zu. Es packte die Dämonen-Ritterin mit einem grässlichen Knirschen. Messerscharfe Zähne durchschlugen die schwarze Rüstung, dann riss es sie hoch. Der Drache schüttelte die Dämonin und schleuderte sie zur Seite. Sie schrie entsetzlich schrill und verstummte.

Genau so lange hatte der Geflohene Zeit gehabt, den Drachen anzusehen, dann wurde er selbst angegriffen. Der lange Hals schnellte nach vorn, um ihn in einem Stück zu verschlingen. Der Mann konnte gerade noch seinen Speer hochreißen. Noch während er das tat, wusste er, dass es nicht mehr war als eine Geste des

Widerstands, keine ernstzunehmende Verteidigung. Er spürte zwei Dinge gleichzeitig: den Energiefluss, der über ihn hereinbrach, als der Speer sich in den Gaumen des Drachen bohrte, und den Schmerz, als die Zähne der Kreatur sich in Haut, Muskeln und Knochen seines rechten Beins gruben. Die Empfindung gesellte sich zu dem permanenten Schmerz, der von dem Loch in seiner Brust ausging. Und mit ihr kam ein weiterer Schock: die Rückkehr seiner Erinnerung.

Jeder Erinnerung.

Jeder Erinnerung aus *jedem* seiner Leben.

Er brüllte – ein Schrei, so urtümlich und brutal wie der der Dämonin –, dann spürte er, wie der Drache ihn in die Luft hob und den Kopf in den Nacken warf, um ihn zu verschlucken.

Der Drache merkte, dass etwas nicht stimmte, und hielt einen Moment inne.

Er hob die mit Krallen bewehrten Vorderbeine, um den Fremdkörper aus seinem Maul zu entfernen, doch es war zu spät. Licht, so grell und gelb wie die Sonne, die in der Welt der Lebenden seit Jahrtausenden nicht mehr zu sehen gewesen war – und an diesem Ort überhaupt noch nie –, erstrahlte heiß und glänzend zwischen seinen Zähnen. Flüssiges Sternenfeuer schmolz sein Fleisch und brach zwischen den sich auflösenden Schuppen hervor.

Dieses unglaubliche Licht und der Todesschrei des Drachen trugen meilenweit in jede Richtung. Der Drache brach tot zusammen und versank, die Wucht des Aufschlags jagte das dunkle Seewasser dick und zäh das Ufer hinauf, bis die Wellen kleiner wurden und schließlich verebbten.

Im Wald herrschte eine grauenhafte Stille. Schließlich schleppte der Mann sich ans Ufer. In der einen Hand hielt er den Speer, mit der anderen zog er die tote Dämonin hinter sich her und ließ sie fallen, sobald er an Land war.

Das Gehen war ein purer Willensakt, nur ermöglicht durch die Magie des Speers. Wäre er noch am Leben gewesen, hätte sein zermalmtes Bein ihn sicherlich getötet. Das Höllenpferd versuchte immer wieder, an ihn heranzukommen. Der Mann musste es sich mit dem Speer vom Leib halten. Er nahm der toten Dämonin den Helm ab und betrachtete ihr Gesicht.

Ihre Haut war rot, das Haar verlief in einem schmalen schwarzen Streifen über ihren Kopf. Er wusste, wären ihre Augen offen gewesen, hätten sie in allen Farben des Schmiedefeuers geleuchtet. Hier im Nachleben konnte er ihre Seele sehen und den klebrig schwarzen Fleck, den die zersetzende Dämonenberührung darauf hinterlassen hatte. Doch das Schlimmste war, dass er ihr schon einmal begegnet war. Er *kannte* sie, obwohl ihr Äußeres sich mit ihrer Wiedergeburt verändert hatte und sie nicht mehr der Frau ähnelte, die ihn einst vor einem weit schlimmeren Schicksal als dem Tod bewahrt hatte.

In diesem Moment wusste er, welch grausamen Scherz Xaltorath sich mit ihm erlaubt hatte.

»Elana …«

Er vergrub das Gesicht in den Händen und weinte.

82

MAGIERTREFFEN

Xaltorath kam voll auf seine Kosten.

Er tötete alles, was ihm über den Weg lief, oft auf spektakuläre Weise. Er riss Glieder aus, verschlang Kinder in einem Stück und schlug Frauen mit den Schädeln ihrer Männer die Köpfe ein. Er hinterließ eine breite, flammende Schneise der Zerstörung und genoss das Massaker, während er seine Brüder aus der Hölle herbeirief, auf dass auch sie etwas zum Spielen hatten. Sie schändeten und zerstörten und verschlangen die Seelen der Getöteten.

Er liebte Menschen. Sie waren so köstlich warm. Sie spürten die Schmerzen so stark. Er konnte ihnen gar nicht genug wehtun, um seinen Appetit zu befriedigen.

Vor ihm auf der Straße stand ein harmlos aussehender Mann in einem ausgefransten Flicken-Sallí. Wären da nicht das schlichte Kupferband auf seinem Kopf und der ebenfalls kupferne, längliche Stab in seiner Hand gewesen, hätte man ihn glatt übersehen können.

Wer nicht Bescheid wusste, hätte ihn niemals als Kaiser Sandus erkannt, den Besitzer von zwei der mächtigsten Artefakte der Welt.

Xaltorath grinste. ~ ICH HABE AUF DICH GEWARTET! ~

Kaiser Sandus war nicht erfreut. »Geh heim. Schick deine Kumpanen nach Hause.«

Xaltorath blieb stehen und pulte Teile eines Beins aus seinem Gebiss. ~ DIESMAL NICHT. ~

Sandus nickte, als akzeptierte er die Antwort, und hob einen Arm. Ein roter Energiestrom ergoss sich daraus, kein Feuer, sondern eher glühendes Gas. Im letzten Moment wurde der Strahl jedoch abgelenkt und traf die Häuser am Straßenrand, die sogleich in Flammen aufgingen.

»Er hat recht«, erklärte Gadrith, als Sandus sich nach dem Ursprung der magischen Unterstützung umsah. »Der Dämon und ich haben eine Abmachung. Er hilft mir, und im Gegenzug darf er die Stadt niederbrennen. Du kannst nicht behaupten, dass ihre Bewohner nicht selbst schuld wären. Diese Stadt hat es verdient zu brennen.«

Sandus atmete einmal tief durch. »Der Junge hat sich also nicht geirrt. Du bist noch am Leben.«

»Nicht direkt, eigentlich.« Gadrith hob die Hände und ließ die Ärmel seiner langen schwarzen Robe bis hinunter zu den Ellbogen gleiten. »Sollen wir es zu Ende bringen? Ein für alle Mal?«

Sandus starrte den Dämon an, dann Gadrith. »Unseren letzten Kampf hast du verloren. Hast du vergessen, dass ich jetzt Kaiser bin?«

»Oh, nicht einen Tag habe ich das vergessen. Du bist, zu was ich dich gemacht habe.«

Xaltorath wandte sich von den beiden ab und stapfte in Richtung Stadtzentrum davon. Unterwegs streckte er beiläufig den Arm aus und stieß einen Ladenbesitzer so heftig gegen eine Hauswand, dass dessen Hinterkopf an den Ziegeln zerplatzte.

»Um wen möchtet Ihr Euch als Erstes kümmern, Euer Majestät?«, fragte Gadrith. »Um den Dämonenfürsten oder den Mann, der Eure Familie zerstört hat? Wollt Ihr wissen, was ich mit der Seele Eurer Frau gemacht habe? Ich wäre bereit, es bis ins letzte Detail zu schildern.«

Sandus' Nasenflügel bebten. Er stimmte einen Gesang in einer fremden Sprache an. Kugeln aus tödlicher Energie bildeten sich um seine Hände. Als Antwort auf die Frage schleuderte er Gadrith dem Krummen die Kugeln entgegen.

Er hatte gedacht, sein Angriff wäre der Auftakt zu einem epischen Magierduell, lediglich die erste Runde eines Kampfes, den nur er ausfechten konnte, weil Gadrith so überaus gefährlich war.

Stattdessen nahm Gadrith den Treffer auf seiner Brust einfach hin und biss die Zähne in einem hässlichen Grinsen zusammen. Dann sank er auf die Knie, während die Energie seine Haut verbrannte und seinen Körper verzehrte.

Gadrith lachte, als er starb.

Zu spät erkannte Kaiser Sandus seinen schrecklichen Fehler.

»Wir können nicht hierbleiben, während um uns die Stadt niederbrennt«, sagte Tyentso zu Teraeth.

Der Vané kaute auf seinem Daumennagel herum. Derweil füllte sich die Kirche seiner Göttin* immer mehr – mit Lebenden wie Toten. Flüchtlinge strömten herein, in der Hoffnung, Zuflucht vor den Dämonen zu finden, die ihre Stadt verwüsteten.

Doch die Kathedrale der Thaena bot keine Sicherheit. Auch hier würden die Dämonen schließlich auftauchen.

»Ich kann es nicht mit einem Dämonenfürsten aufnehmen«, gestand Teraeth. »Selbst meine Arroganz hat Grenzen.«

»Aus dem Weg«, bellte eine tiefe Stimme. Die beiden, die über Kihrins Leiche gebeugt standen, blickten auf. Qoran Milligreest betrat die Kirche, begleitet von mehreren Soldaten, die eine in einen Umhang gewickelte Gestalt hereintrugen.

Tyentsos Augen wurden groß. »Ich dachte, er wäre in Khorvesch.«

»Er ist der Oberste General«, flüsterte Teraeth. »Jemand muss ihn durch ein Portal hergeholt haben.«

* Und Mutter.

Therin hörte Milligreests Stimme und riss den Blick von seinem toten Sohn los. Sein Atem blieb einen Moment lang stehen. »Ist das … Ist das Jarith?«

Die Soldaten legten Jariths Leichnam auf eine der wenigen freien Stellen. Er hatte keine sichtbaren Verletzungen, doch das änderte nichts an der Tatsache, dass er tot war. Sein Gesicht war mitten in einem Schrei erstarrt.

»Kann er zurückgeholt werden?«, fragte Milligreest an Therin gewandt. Seine Stimme klang ruhig und gefasst, fest wie Eisenstäbe.

»Ich bin nicht sicher …« Therin beugte sich hinab und inspizierte Jarith. Es war, als hätte er das Priesteramt nie aufgegeben, alles kehrte wie von selbst zurück.

»Wenn ein Dämon ihm die Seele herausgerissen hat, kann man nichts mehr für ihn tun«, erklärte Tyentso. »Es tut mir leid, Qoran.«

Der Oberste General riss den Kopf herum, als er die Worte hörte. Er musterte die Frau mit zusammengezogenen Augenbrauen und versuchte, die Stimme einzuordnen, die er seit zwanzig Jahren nicht mehr gehört hatte. Schließlich dämmerte es ihm. Er schüttelte den Kopf. »Du hättest nicht zurückkehren sollen, Raverí.«

»Ich wusste noch nie, was gut für mich ist«, erwiderte Tyentso. Sie wandte sich an Teraeth. »Dürften wir einen Moment unter vier Augen haben?«

Teraeth schaute sie und den General mit gerunzelter Stirn an, dann nickte er und gesellte sich wieder zu Lady Miya. Therin folgte ihm, entweder um Tyentso und dem Obersten General ihre Privatsphäre zu lassen, oder weil er ein Auge auf Miya haben wollte, während sie sich in Gesellschaft eines männlichen Mitglieds ihres eigenen Volkes befand.

»Wie schlimm ist es?«, fragte Tyentso.

Qorans Miene verfinsterte sich. »So schlimm wie noch nie. Warum bist du …?«

Sie legte ihm eine Hand auf den Arm. »Das kann warten. Zuerst muss ich mich um Gadrith kümmern.«

»Das ist nicht mehr nötig«, entgegnete Qoran. »Die Sache mit Gadrith ist die einzige, die gut gelaufen ist.«

Tyentsos Gesichtszüge verkrampften sich. »Wie bitte?«

Qoran zuckte mit den Schultern. »Sandus hat ihn getötet. Jetzt müssen wir uns wenigstens nur noch wegen Xaltorath Sorgen machen.«

»Sandus hat ihn ge…« Tyentso blies die Luft aus. »Dieses Schwein. Dieser miese kleine Morgag-leckende, Ziegen-fickende Dreckskerl!«*

Der Oberste General blinzelte sie an, erschrocken über die ungezügelte Wut in ihren Worten.

Tyentso stellte sich auf die Zehenspitzen und küsste ihn auf die Wange. »Ich habe dich vermisst, Qoran. Aber Sandus ist tot, Gadrith lebt. Du und die anderen, ihr müsst Xaltorath aufhalten. Ich kümmere mich inzwischen um meinen … Gatten.«

Sie drehte sich weg und rannte hinaus in die brennende Nacht.

* Ich bitte um Verzeihung, doch ich habe den Fluch gekürzt, auch wenn er in voller Länge sehr, ähm, fantasievoll war.

83

XALTORATHS TOCHTER

Die Dämonen-Jagdgesellschaft kehrte zurück, beinahe lautlos diesmal bis auf das gelegentliche leise Knurren der Hunde. Sich am Rand des Drachensees herumzutreiben war das eine. Dann aber zurückzukehren, wenn der Drache möglicherweise verletzt war, wütend und hungrig, war etwas ganz anderes …

Die Dämonen betrachteten das Ufer, bis sie sicher waren, dass kein Drache sich auf sie stürzen würde, dann setzten sie ihre Suche fort. Sie stießen Triumphschreie aus, als sie eine bewusstlose Frau fanden.

Der Anführer stieg ab und bedeutete zwei seiner Untergebenen, die Frau an Armen und Beinen hochzuheben. Er packte sie am Kinn und drehte ihren Kopf hin und her. Sie war groß und schlank. Ihr Haar verlief in einem Streifen von der Stirn bis zum Nacken. Je nachdem, wie das Licht darauf fiel, schimmerte es schwarz oder rot. Ihre Gesichtshaut hatte einen bräunlichen Rotton, doch ihre Hände waren schwarz. Lachend sagte der Dämon etwas, dann zog er ein Messer aus dem Gürtel und machte sich daran, der Frau die Kehle durchzuschneiden.

In diesem Moment trat Kihrin aus seinem Versteck und machte die Gruppe mit einem Pfiff auf sich aufmerksam. In der rechten Hand ließ er den goldenen Speer gekonnt herumwirbeln. »Was tust du da, Hirschkopf? Sie gehört doch zu dir, oder nicht?«

Der gehörnte Dämon fuhr herum, überrascht und erfreut zugleich. ~ Wie drollig. Du glaubst, wir wären alle Freunde? Die Starken nähren sich von den Schwachen. Das ist das einzige Gesetz. ~

»Im Ernst?« Kihrin kicherte. »Das ist … dumm. Beeindruckend dumm. Dass ihr Dämonen nicht die Schlausten seid, wusste ich schon. Kein Wunder, dass ihr den Krieg verloren habt. Lass sie in Ruhe. Ich habe sie nicht dort liegen gelassen, damit du sie umbringst.«

Der Dämon leckte sein Messer ab, dann setzte er es der Bewusstlosen an die Kehle. ~ Lass deine Waffe fallen und ergib dich, sonst verschlinge ich ihre Seele. ~

»Und schon wieder führst du dich auf wie ein Idiot«, erwiderte Kihrin. »Du kannst einfach nicht anders, oder? Ich rette sie nicht vor euch. Sondern ich gebe euch Gelegenheit, von hier zu verschwinden und zu euren Herren zurückzukehren, bevor es zu spät ist. Nutzt sie.«

Der Dämon lachte. ~ Du willst es mit uns allen aufnehmen? Ganz allein? ~

Kihrin lächelte mit der Überzeugung eines Mannes, der sich keineswegs unterlegen fühlte. »Du musst noch sehr jung sein. Sag mir, haben deine Herren sich eigentlich die Mühe gemacht, dir zu erklären, wen du da jagst?«

Das Gesicht des Dämons war in Schatten gehüllt, doch sein Knurren war nicht zu überhören. ~ Einen Jungen. Einen Jungen, der noch nicht mal fünfundzwanzig ist, auch wenn Vané-Blut in seinen toten Adern fließt. Einen Jungen namens Kihrin. ~

»In diesem Leben, ja. Hat Xaltorath dir nicht verraten, wer ich früher war? Ich bin sicher, er weiß es. Ich gebe dir jetzt noch eine letzte Chance …«

Der Dämon ging weg von der Frau. ~ Reißt ihm die untere Seele heraus. Bringt den Speer und den Rest zu mir. ~ Hunde, Dämonen und Höllenpferde rückten vor.

Kihrin schnippte mit den Fingern. Nichts passierte. Ein paar

Dämonen lachten, dann ließen sie ihre Pferde in Galopp fallen, um ihn niederzureiten.

Den Dämonen, die die Gefangene an Armen und Beinen gepackt hielten, blieb weniger als eine Sekunde, um zu merken, dass ihr Opfer aufgewacht war. Die Frau trat einen ihrer Häscher von sich weg, den anderen ergriff sie an den Tentakeln über seinen Ohren und drehte seinen Kopf einmal im Kreis herum, bis das Knacken brechender Knochen ertönte. Sein Kumpan stürzte sich mit einem leuchtenden Schwert auf sie, das ein hitzeaufsaugendes, kaltes Feuer verströmte. Sie duckte sich unter der Waffe hindurch, ballte ihre Hand zur Faust und schlug zu.

Ihre Faust durchstieß die Rüstung des Dämons, dann die Brust, und kam in einer Fontäne aus Blut am Rücken wieder heraus. Die Frau brach seine Wirbelsäule entzwei, dann ließ sie den Leichnam fallen. Sie bewegte sich mit anmutiger Eleganz, als wäre Töten ein Tanz, in dem sie sich seit frühester Kindheit übte.

Ihre Augen leuchteten in allen Farben des Schmiedefeuers.

Sie nahm das Schwert aus der Hand des toten Eigentümers, bevor es sich auflösen konnte. Die Farbe der Waffe veränderte sich von Blau zu Rot.*

Dann machte sie sich daran, ihre Gegner niederzumetzeln.

Kihrin stützte inzwischen den Speer auf dem Boden ab und machte sich bereit für den Angriff der Dämonen. Das Höllenpferd pfählte sich nicht direkt selbst, es löste sich vielmehr auf und zerfiel in Energie und Chaos. Die Energie strömte den Speer entlang und fügte sich Kihrins Kraft hinzu, die er wiederum benutzte, um die vordere Reihe seiner Angreifer gegen die hintere zu schieben. Nur zum Spaß löschte er jedes noch so kleine kalte Feuer in einem Umkreis von zweihundert Fuß. Fackeln gingen aus, brennende

* Dämonen sind mit Kälte assoziiert, sie verschlingen Feuer und Hitze. Dass diese Frau das exakte Gegenteil ist, erscheint seltsam und sollte genauer erforscht werden.

Hufe verloschen. Dann spießte er die Hunde auf, was so ziemlich zu dem gleichen Ergebnis führte wie bei den Pferden. Ein paar von ihnen traten ihrem Ende mit flehenden, leuchtenden Augen entgegen – auf absurde Weise dankbar für ihre Auslöschung.

Der Anführer der Jagdgesellschaft beschloss, dass es besser war, sich aus dem Staub zu machen, und das schnell. Als er davongaloppierte, verließ die anderen der Kampfgeist. Nach wenigen Sekunden befanden sich nur noch der Mann, die Frau und die sich auflösenden Seelen der ausgelöschten Dämonen auf der Lichtung. Der Mann zauberte eine schimmernde Kugel aus magischem Licht herbei.

Die beiden schauten einander an.

Die Frau griff nach ihrem Umhang, der an den zerfetzten Ästen eines Baums hing. Sie legte ihn sich um die Schultern und wandte sich dem Mann zu.

»Der«, erklärte sie und deutete auf den Speer, »gehört mir.«

Kihrin lächelte. »Ich fürchte, es ist nicht in meinem Interesse, dir Khoreval zurückzugeben, bevor du mir nicht versprochen hast, dass ich nicht sein nächstes Opfer werde.«

Die Frau hielt verwirrt inne. »Du kennst seinen Namen?«

»Selbstverständlich. Wer, glaubst du, hat ihm den Namen gegeben?«

Die Frau blinzelte ihn mit ihren feurigen roten Augen an. »Vollkommen unmöglich.«

»Ah, eine Skeptikerin. Trotzdem ist es die Wahrheit.«

Die Frau blickte auf den See hinaus und rieb sich durch das Wams hindurch den Solarplexus. »Ich dachte, der Drache hätte mir den Rest gegeben …«

»Xalome.« Er lachte. »Das war Xalome. Sie ist tot. Eine Zeit lang zumindest.«

»Und warum ich nicht?«

Er zögerte mit der Antwort. »Weil ich dich geheilt habe. Ich habe uns beide geheilt.«

»Du hast mich angegriffen«, fuhr sie mit gerunzelter Stirn fort. »Dann hast du mich geheilt und mich diesem Dämonenpack überlassen, um mich schließlich erneut zu retten. Bist du immer so wankelmütig?«

Kihrin seufzte. »Das kommt vermutlich darauf an, wen du fragst. Ich hatte nicht geglaubt, dass sie dir etwas tun würden.«

»Sie sind Dämonen«, merkte sie an.

»So wie du.« Sein Blick wirkte gequält. Die Frau schluckte und schaute weg, widersprach aber nicht. Kihrin deutete auf den Wald. »Hier können wir nicht bleiben. Der Dämon, der entkommen ist, wird Bericht erstatten. Früher oder später – wahrscheinlich eher früher – werden sie einen Trupp nach uns ausschicken, der sich besser aufs Kämpfen versteht.«

»Ich habe keine Angst vor ihnen«, verteidigte sich die Frau.

»Das sehe ich, trotzdem sollten wir besser nicht hierbleiben. Weißt du, wie wir zur Kluft kommen?«

Sie neigte den Kopf, ein trauriges Lächeln huschte über ihren Mund. »Was für ein eigenartiger Mann du bist. Gerade noch hast du mich als Dämon beschimpft, und trotzdem erwartest du von mir, dass ich dir helfe? Wäre das nicht ein reichlich seltsames Verhalten für einen Dämon?«

»Normalerweise ja«, stimmte Kihrin zu, »aber du hast vorhin schon versucht, mir zu helfen. Ich habe es nur nicht gemerkt und gedacht, du wärst eine von denen, aber du warst gar nicht auf der Jagd nach mir, sondern nach *ihnen*.«

»Dass ich ihr Feind bin, macht mich nicht zu deiner Verbündeten«, entgegnete sie.

Er beugte ein Bein und ging vor ihr auf die Knie. »Was würde dich also erfreuen? Wenn es in meiner Macht steht, es zu erfüllen, werde ich es tun. Verrate mir deinen Herzenswunsch, dann mache ich ihn wahr.«

Sie trat einen Schritt zurück, als könnte seine Nähe sie verbrennen. »Du solltest keine solchen Angebote machen. Du klingst zu sehr wie ein Dämon, wenn du so hübsche Worte sprichst.« Sie steckte zwei Finger in den Mund und pfiff. Kurz darauf trabte das Feuerschlachtross auf die Lichtung und begrüßte sie mit einem Wiehern.

Sie sammelte ein paar Teile ihrer Rüstung auf, verzog das Gesicht ob des bedauerlichen Zustands und befestigte sie an ihrem Sattel. Dann schwang sie sich auf den Rücken des riesigen Pferdes.

Als in der Ferne Jagdhörner ertönten, streckte sie Kihrin die Hand entgegen und half ihm in den Sattel. »Na schön. Ich warte immer noch auf eine plausible Erklärung, warum ich dir helfen sollte, aber ich bin bereit, uns zuerst in Sicherheit zu bringen.«

84

DAS DUELL DER D'LORUS

Die Stadt stand in Flammen, daher nahm niemand Notiz, als der Energiewall um die Arena verschwand.

»Und das soll funktionieren?«, fragte Darzin zum dritten Mal und verfluchte sich. Er wusste durchaus, dass er sich seine Angst anmerken ließ, doch er konnte nichts dagegen tun. Er war schon oft in der Arena gewesen, aber immer als Duellant.

Das hier war etwas anderes.

Das Trio betrat die Arena. Niemand versuchte, sie aufzuhalten, oder bemerkte überhaupt nur ihr Kommen. Sie brauchten keine Ratsstimme, um sie einzulassen. Der Mann mit Krone und Zepter verfügte selbst über genügend Macht, um in der Barriere aus magischer Energie eine Tür zu öffnen.

»Halt die Augen offen«, sagte Gadrith, denn es war Gadrith, auch wenn er aussah wie ein unscheinbarer Marakorer in einem Flicken-Sallí. An seinem Hals glitzerte der Schellenstein. Er hatte sich die Zeit genommen, ihn seinem alten Körper abzunehmen, genauso wie Thurvishars Gaesch. »Du und Thurvishar, ihr beiden haltet Ausschau, während ich die Ruinen durchsuche. Ihr dürft mir nicht folgen, es wäre euer Tod.« Er lächelte. »Anscheinend kann nur der Kaiser sie betreten, ohne dass ihn ein schreckliches Ende ereilt.«

»Bist du das, Gatte? Ohne die Tracht der D'Lorus hätte ich dich fast nicht erkannt«, rief Tyentso, die gerade von hinten herankam.

Das Agolé, in das sie sich gehüllt hatte, sah aus wie eine dunkle, vom Wind gepeitschte Wolke.

Gadrith drehte sich um und musterte die Frau mit geneigtem Haupt. Es dauerte eine Weile, bis er sie erkannte, doch dann weiteten sich seine Augen. »Raverí, was für eine Überraschung. Aber ›Gatte‹ ist in Anbetracht unseres Verhältnisses wohl kaum die richtige Anrede für mich.«

»Oh, willst du mir endlich offenbaren, dass du mein Vater bist?« Sie neigte den Kopf. »Ich weiß es schon seit Jahren.« Sie legte sich eine Hand auf die Brust. »Phaellen hat es mir gesagt, noch bevor wir einander überhaupt begegnet sind.«

»Wer ist Phaellen?«

Tyentso verdrehte die Augen. »Ist das dein Ernst, Gadrith? Du hast ihn umgebracht.«

Gadrith bedeutete ihr, ihm noch mehr zu erzählen. »Und …?«

»Vom Haus D'Erinwa? Dein Zimmergenosse? Du hast ihn in den Wald gelockt und dann gepfuscht, als du einen Tsali-Stein aus ihm machen wolltest. Seitdem spukt seine obere Seele als auf alle Zeiten verdammter Schatten durch den Wald. Kommt dir die Geschichte irgendwie bekannt vor?«

»Nicht doch!« Gadrith schaute sie beleidigt an. »Ich habe kein bisschen gepfuscht. Sondern einen wichtigen Durchbruch dabei erzielt, die obere von der unteren Seele zu trennen.«

»Dann erinnerst du dich also an ihn?«

»Ja«, antwortete Gadrith. »Er hat geschnarcht.«*

Tyentso musterte ihn kalt. »Wie sehr ich dich hasse.«

»Wohingegen ich nie sonderlich viele Gedanken an dich verschwendet habe«, gestand Gadrith. »Ich war lediglich enttäuscht, als du vor deinem Aufschub geflohen bist. Das war unangenehm.

* Ich bezweifle, dass das der einzige Grund war. Phaellen D'Erinwa war außerdem der Beste seines Jahrgangs. Nach seinem Verschwinden wurde diese Ehre Gadrith zuteil.

Glücklicherweise hat Sandus mir einen Ersatz für dich verschafft.« Er blickte an seinem geliehenen Körper hinab, dann schaute er Thurvishar an. »Ich merke gerade, dass du nun tatsächlich mein Sohn bist. Ist das nicht faszinierend?«

Ein Blitz fuhr in Gadriths Körper. Die Elektrizität ließ seine Muskeln zucken, dann leitete er die Entladung einfach in den Boden weiter.

»Bleib bei der Sache«, fauchte Tyentso. »Wir sprechen hier von mir.« Sie hob die Hände in die Luft, als Auftakt zu einem Duell, bei dem mit Worten und Zaubern gekämpft wurde, nicht mit Schwert und Schild. »Falls ich es noch nicht gesagt haben sollte, alter Mann: Wir kämpfen bis zum Tod.«

»Lasst mich das übernehmen«, warf Thurvishar ein.

Gadrith wollte davon nichts wissen. »Nein. Das Vergnügen lasse ich mir nicht nehmen. Halte Ausschau nach Milligreest und seiner Schar.«

Thurvishar mahlte verärgert mit den Zähnen, doch er tat, wie ihm geheißen, und drehte sich weg. Er bedeutete Darzin, ihm zu folgen, dann gingen sie an den Rand der Arena und warteten.

Gadrith wandte sich seiner Tochter zu. Er begann zu singen und griff an. Er bündelte einen Strahl violetter Energie, stark genug, um ihr das Fleisch von den Knochen zu brennen.

Tyentso wurde getroffen und blinzelte ungläubig.

Gadrith lächelte. »Hast du geglaubt, ich könnte nicht zaubern? Dass ich erst monatelang üben müsste, um Sandus' Körper zu benutzen? Ich bedaure, dich enttäuschen zu müssen, Tochter, aber ich habe mich jahrzehntelang auf diesen Moment vorbereitet. Ich weiß besser, wie Sandus zaubert, als er selbst es je wusste.«*

* Das stimmt. Er hat Sandus bei jeder sich bietenden Gelegenheit studiert. Ich durfte ihm nie helfen, obwohl ich ihm die Aufgabe hätte erleichtern können. Ich vermute, er wollte verhindern, dass ich irgendein Schlupfloch finde und ihn verrate. Um ehrlich zu sein: Ich hätte es getan.

Tyentso straffte sich. »Spielt keine Rolle. Ich habe dreißig Jahre lang hierauf gewartet. Zeig mir, was du drauf hast.«

Dunkle Wolken jagten über ihre Köpfe hinweg wie Hunde, die dem Ruf eines Jagdhorns folgten. Die Bäume ragten vor dem roten Leuchten der brennenden Stadt auf und warfen Schatten. Es war schwer zu sagen, ob es sich bei den dunklen Wolken um Regen handelte oder um Asche.

»Ist das dein Ernst?« Gadrith hob eine Augenbraue. »Sturmzauber?«

»Du warst schon immer ein arroganter Geck«, erwiderte Tyentso, da fuhr ein leuchtender Zacken aus einer der schwarzen Wolken direkt in ihren Feind.

Der Blitz wurde abgelenkt und schlug in einen verrosteten Eisenspeer, den Gadrith hatte aufschweben lassen. Die Elektrizität jagte über das Metall und fuhr von dort in einer Explosion in den Boden.

»Das ist keine Schande«, erwiderte Gadrith, »aber ich schlage lieber präzise zu.« Er begann zu singen und deutete mit dem Finger auf sie.

Das Herz in ihrer Brust zuckte, und Tyentso taumelte zurück. Sie spürte den Angriff durch all ihre Talismane und Schutzschichten, schmerzhaft wie den Tritt eines Streitrosses. Sie hatte den Treffer eingesteckt wie eine blutige Anfängerin. Tränen traten ihr in die Augen.

Gadrith lächelte. Sein Ton war voll herablassender Verachtung. »Du hast geglaubt, du könntest es mit mir aufnehmen. Vergiss nicht, ich trage den Schellenstein. Hast du dir dafür etwas überlegt?«

Tyentso ballte ihre linke Hand zur Faust, damit Gadrith nicht merkte, dass sie das Gefühl darin verloren hatte. Er hatte einen Volltreffer gelandet. »Dieser Kampf ist noch nicht vorbei.«

Gadrith wollte gerade etwas sagen, da traf ihn ein riesiger Eisbrocken an der Schulter und riss ihn vornüber von den Beinen.

Weitere Brocken regneten herab, es waren keine Hagelkörner, sondern eher gezackte Eissplitter. Gadrith musste einen Energieschirm über sich aufspannen, um den Angriff abzuwehren. Er hatte es kaum getan, da fuhr eine gewaltige Böe in seine ungeschützte Flanke und wirbelte ihn durch die Luft. Er landete außerhalb seines Schutzschirms und wurde von neuerlichem Hagel gebeutelt, während ringsum die Blitze einschlugen.

Rauch und der Dampf von geschmolzenem Eis nahmen Tyentso die Sicht. In Erwartung eines Gegenangriffs stand sie da und versuchte zu verhindern, dass ihr Herz explodierte.

Sie war nicht so naiv zu glauben, sie hätte gewonnen.

»War das alles, Tochter?« Unverletzt trat Gadrith aus dem Rauch. Nein, der erste Eindruck täuschte: Er war ein wenig angesengt, eine Seite seines Flicken-Sallís brannte, doch er selbst hatte kaum nennenswerte Blessuren davongetragen.

Tyentso hob das Kinn. »Alles, wovon ich mir eine Wirkung gegen dich verspreche …« Sie hielt inne und musterte ihren Vater. »Wie mächtig du bist«, murmelte sie.

»Zeit, es zu Ende zu bringen«, erklärte Gadrith.

Tyentsos Augen weiteten sich. Sie richtete einen gekrümmten Finger auf Gadrith. »Du hast keinerlei Schutz, keine Talismane. Deine alten wirken bei deinem neuen Körper nicht mehr!« Sie kniff die Augen zusammen und legte ihren gesamten Willen in ihren letzten Angriff.

Gadrith stieß ein Zischen aus, als seine Hand sich verflüssigte und als Wasser ins weiche Gras tropfte. »Nein«, sagte er. »Warum kann ich die Hand immer noch spüren …?«* Er deutete mit seiner

* Meine – nicht notwendigerweise zutreffende – Vermutung ist, dass der Zauber Gadrith in Wasser verwandeln sollte, ohne die Verbindung zwischen Körper und Seele zu zerstören. So wäre er als lebendiges, jedoch zu keinerlei Gedanken oder Handlung fähiges Wasser »am Leben« geblieben, und der Schellenstein wäre nicht aktiviert worden. Schlau.

anderen, unversehrten Hand auf Tyentso und schloss sie. »Genug herumgespielt. Jetzt stirb!« Er klang verzweifelt, da immer mehr von seinem Arm ins Gras tropfte. Der Zauber griff auch auf den Rest seines Körpers über.

Tyentso biss die Zähne zusammen. Ihr Gesicht war blass vor Schmerz und ihr Rücken bog sich nach hinten durch. Wieder fühlte sich ihr Brustkorb an, als wäre ihr Herz kurz vorm Platzen. Obwohl der Puls in ihren Ohren hämmerte, floss das Blut immer langsamer durch ihre Adern. Sie war wie ein Fluss, der gegen eine Staumauer strömte, eine zerstörte Straße, ein unter Schutt begrabener Weg.

Der Wasserzauber ließ nach und hörte schließlich ganz auf. Tyentso konnte sich nicht mehr konzentrieren. Ihre Augen rollten nach oben, und ein letzter, pastellfarbener Blitz schlug in den Boden ein.

Dann wurde es still. Der Sturm löste sich auf. Tyentso starb.

Sie war nahe dran gewesen. Nur ein paar Momente länger, dann hätte sie gewonnen gehabt. Gadrith konzentrierte sich auf seinen Armstumpf und zwang ihn mit purer Willenskraft, nachzuwachsen. Der Arm gehorchte, doch er wuchs krumm und ungleichmäßig, die Haut darauf glänzte wie Narbengewebe. Er verbarg den Arm unter seinem Sallí.

Gadrith hielt inne und musterte Tyentsos Leiche. Ihr Gesicht sah erstaunlich friedlich aus für einen so schmerzhaften Tod, als mache sie lediglich ein Nickerchen nach einem langen, anstrengenden Tag. »Dein letzter Zauber war beeindruckend, Tochter.«

Er bedauerte, dass er keine Zeit hatte, einen Tsali-Stein aus ihrer Seele zu machen. Dann kehrte er zurück zu den anderen.

85

TODESFRONT

Kihrin sah die Kluft in der Ferne und verzweifelte.

»Ist die Grenze so breit geworden?«, fragte er. »Wir werden mehrere Tage brauchen, um sie zu überqueren.«

Die junge Frau drehte den Kopf. »So breit geworden? Nicht viele wissen, dass sie sich überhaupt verändert hat …« Sie überlegte. »Du warst schon einmal hier?«

»Jeder war schon einmal hier«, erwiderte Kihrin. »Die meisten können sich nach ihrer Wiedergeburt nur nicht mehr erinnern. Ich muss eine Abkürzung zur Kluft finden.«

»Das werde ich auch müssen. Mehrere Tage ist zu lang. Ich werde bald aufwachen.«

Die Bäume ringsum wichen zurück, als sie sich einem Hügel näherten, auf dem ein kleiner Wehrturm stand. Er wirkte etwas baufällig, die Zinnen waren nicht bemannt, kein Licht fiel durch die Fensterschlitze. Kihrin wusste überhaupt nur, dass der Turm da war, weil er sich als dunkler Umriss vor den bunten Blitzen abzeichnete, die über den grauen Himmel zuckten.

»Was meinst du damit, dass du bald aufwachen wirst?«, fragte Kihrin.

Ihr Reittier riss den Kopf hoch und gab einen kichernden Laut von sich, während die Frau es den Hügel hinauftrieb. Sie entriss Kihrin den Speer. »Ich meine damit, dass ich schlafe. Wenn der

Morgen anbricht, trete ich durch den Zweiten Schleier und erwache wieder in der Welt der Lebenden.«

Sie berührte die Turmtür mit der Spitze ihres Speers, doch anstatt sich aufzulösen, schwang die große mit Eisen beschlagene Holzpforte auf. »Hier sind wir so sicher, wie wir nur sein können, bevor wir die Kluft erreichen«, sagte sie zu ihm. »Und jetzt erklär mir, was Sache ist.«

»Elana …«, begann er.

Sie runzelte die Stirn und ließ ihr Pferd ins Innere der Festung traben.

Der Wehrturm lag seit Langem verlassen, Spinnen, Ratten und allerlei anderes Getier der Grenzlande hatte sich darin niedergelassen und verkroch sich hinter seinen Mauern. Überall lag Staub, aber es gab keine Anzeichen größerer Zerstörungen – keine Dämonen hatten die Mauern überwunden und den Turm geplündert.

»Wo sind wir hier?«, fragte Kihrin und ließ sich von dem riesigen Pferd gleiten.

»Das weißt du nicht? Du hast behauptet, du wärst alt.«

»Älter als diese Festung«, erwiderte er.

Sie starrte ihn an. »Das ist in der Tat alt.« Sie deutete mit einer schwarzen Hand. »Es war einmal ein Grenzfort, um die Brücken über die Kluft zu schützen, doch jetzt, da die Kluft wandert, ist es verlassen.« Sie schwang ein Bein über ihr Pferd, ließ sich aus dem Sattel gleiten und führte das Tier weg. Kihrin wurde das Gefühl nicht los, dass das Pferd ihn im Auge behielt, ob er nicht irgendwelchen Unsinn im Schilde führte.

»Wenn die Kluft sich bewegt, bedeutet das …« Er schüttelte den Kopf. »Das ist nicht gut.«

»Und ich heiße *nicht* Elana«, erklärte die Frau und wirbelte zu ihm herum. »Außerdem gefällt mir nicht, wie du mich ansiehst. Ich möchte wissen, welchen Preis du für meine Heilung verlangst und wie du das überhaupt gemacht hast.« Sie rieb die Hände aneinander, rote Krümel rieselten zu Boden – das getrocknete Blut der Dämonen, die sie in Stücke gehauen hatte.

»Tut mir leid«, sagte Kihrin. »Elana war der Name, unter dem ich dich vor langer Zeit einmal kannte.«

»Ich habe nie so geheißen«, beharrte sie.

Er beschloss, nicht mit ihr zu streiten. »In Ordnung. Wie lautet also dein richtiger Name?«

»Beantworte zuerst meine Frage«, entgegnete sie. Ihr Griff um den Speer wurde fester, doch dann stellte sie ihn zur Seite.

Kihrin atmete einmal tief durch und zupfte an seinem Hemd. Beim Anblick des riesigen Lochs im Stoff zuckte er zusammen. »Ich verlange nichts für deine Heilung. Deine Heilung war deine *Bezahlung*. Es war meine Schuld, dass du überhaupt verletzt wurdest. Es wäre nie so weit gekommen, wenn ich begriffen hätte, dass du mir nichts Böses willst.«

»Aber wie hast du das gemacht? Eine so schwere Verletzung – es war ein Drache! Ich müsste tot sein. Du bist kein Gott, denn wärst du einer, wärst du nicht gegaescht und hättest auch nicht dein Herz eingebüßt.« Sie hielt einen Moment inne. »Nur dass du es jetzt wiederhast. Ich weiß, was ich gesehen habe, als wir miteinander gekämpft haben. Da war eine klaffende Wunde in deiner Brust. Wie ist es möglich, dass sie ebenfalls verheilt ist?«

Kihrin zog sein Hemd aus, knüllte es zusammen und warf es auf einen Stuhl. Wie um zu unterstreichen, wie substanzlos seine momentane Existenz war, löste es sich sofort auf. »Ich hatte kein Herz mehr und brauchte Ersatz. Also habe ich Xalomes genommen.« Er räusperte sich. »Ich, ähm, habe es für uns beide verwendet.«

»Du hast *was?*«*

* Ich bin exakt derselben Meinung. Kihrin, du Wahnsinniger, du Tor. Frag mich nicht, was das mit dir anstellen wird, denn ich habe nicht die geringste Ahnung.

Auf ihren fassungslosen Blick hin holte Kihrin weiter aus. »Im Reich der Lebenden hätte es niemals funktioniert, aber hier ist die Realität formbar. Und, richtig, ich weiß nicht, welche Auswirkungen es haben wird. Meines Wissens wurde so etwas noch nie gemacht. Vielleicht ist es auch nur geglückt, weil es der Drache der Seelen war und ich ihn im Reich des Todes getötet habe.« Er zuckte mit den Schultern. »Ich wusste nicht, was ich sonst tun sollte.«

»Du hast das Herz eines Drachen zwischen uns aufgeteilt«, wiederholte sie. »Ein Drache. Ein Monster aus Chaos und Unheil.«

Kihrin verschränkte die Arme vor der Brust und nickte. »Immerhin scheint es funktioniert zu haben.«

Sie blinzelte mehrmals, als könnte sie es nicht fassen. Mit den Fingern fuhr sie sich durch den Haarstreifen auf ihrem Kopf, während sie im Raum auf und ab ging. »Ein Drachenherz?« Ihre Stimme war jetzt ganz leise.

»Richtig, aber so weit waren wir schon. Außerdem lässt es sich nicht mehr rückgängig machen.« Er grinste. »Gern geschehen.«

»Gern geschehen?«, wiederholte sie mit bebender Stimme. »Du eingebildeter Esel.« Ihre Nasenflügel bebten vor Zorn. »Ich bin nur deshalb gegenüber meinen Feinden im Vorteil, weil sie nicht wissen, dass meine Seele von meinem Körper losgelöst ist und hier umherstreift, während ich schlafe. Aber du …« Sie geriet ins Stottern. »Du hast alles kaputt gemacht. Das Drachenherz wird sich in meiner Aura abzeichnen, und sobald sie es bemerken, werden sie Fragen stellen, die ich nicht beantworten möchte!«

Kihrin hob die Hände. »Ganz ruhig. Vergiss nicht, dass du gestorben und entleibt worden wärst, oder was auch immer mit Dämonen passiert, wenn sie das Zeitliche segnen. Wie hat Xaltorath das bei dir überhaupt angestellt?«

Im nächsten Moment spürte Kihrin ihre Hand an seiner Kehle. Sie hob ihn hoch und drückte ihn gegen einen der staubigen Gobelins, die an den Wänden hingen. ~WOHER WEISST DU VON XALTORATH?~

Kihrin verschwand, und ihre Finger griffen ins Leere. Knurrend wirbelte sie herum, doch es war niemand mehr da.

»Zeige dich!«, brüllte sie.

Sie sah sich um, da fiel ihr Blick auf den Speer, und sie rannte darauf zu. Kurz bevor sie die Finger um Khoreval schließen konnte, schwebte er davon, zur anderen Seite des Raums. Kihrin wurde wieder sichtbar, fing ihn auf und richtete die Spitze auf sie. Sie musste mit aller Macht bremsen, um sich nicht selbst aufzuspießen.

»Beruhige dich«, befahl er, diesmal ohne zu lächeln. »Denn der Speer würde auch bei dir funktionieren, und das würde ich mir nie verzeihen.«

Sie biss die Zähne zusammen und beherrschte sich. Dennoch beäugte sie Kihrin wie ein wild gewordener Stier kurz vorm Angriff.

»Als ich in meinem letzten Leben, dem, das ich gerade erst beendet habe, fünfzehn war«, erläuterte Kihrin, »hat Xaltorath mich in den Straßen der Hauptstadt überfallen und meinen Geist vergewaltigt.«

Die Frau schnappte nach Luft. Als sie ausatmete, ließ ihr Zorn etwas nach.

»Er hat mir unangenehme Dinge gezeigt. Ehrlich gesagt weiß ich immer noch nicht, was das sollte. Vielleicht wollte er mich auch nur quälen, jedenfalls zeigte er mir eine Frau. Eine, der ich niemals wehtun könnte.« Er deutete mit der freien Hand auf sie. »Er hat mir dich gezeigt.«

Verwirrung erstickte den Rest ihrer Wut. »Mich? Er hat dir *mich* gezeigt? Warum?«

Kihrin biss sich auf die Unterlippe. »Ich weiß es nicht. Damit ich dir vertraue? Oder das Gegenteil? Ich glaube, er versucht, eine Prophezeiung zu erfüllen. Aber ich weiß nicht, ob er beabsichtigt, uns zusammenzubringen oder uns zu entzweien.«

Sie verdrehte die Augen. »Ich habe Prophezeiungen so was von satt.«

»Oh, damit sind wir schon zwei.« Er richtete den Speer wieder auf und ging zu einem der Schlitzfenster. »Wir sollten uns dieses Gespräch für ein andermal aufheben. Mein momentanes Problem ist, dass ich bei unserer Begegnung kein Herz mehr hatte, weil es mir aus der Brust gerissen wurde, um Xaltorath zu beschwören. Jetzt wütet er durch die Straßen der Hauptstadt. Wenn ich es nicht schaffe, ins Land der Lebenden zurückzukehren …«

Die Frau schaute ihn an. »Und was, wenn du es schaffst? Du stirbst sicher wieder. Du hast zwar einen Drachen getötet, was für deine Fähigkeiten spricht, aber sie ist eine Dämonenkönigin und Kriegsherrin. Hier hast du Khoreval. Auf der anderen Seite nicht.«

»Moment. Ist Xaltorath ein Mann oder eine Frau?«

»Xaltorath ist ein Dämon. Sie hat das Geschlecht, das ihr gerade gefällt.« Sie hob das Kinn. »Als ich ihr begegnete, war sie eine Frau.«

»Verstehe.«

»Was ich sagen möchte, ist Folgendes: Was willst du tun, um Xaltorath aufzuhalten, was der Kaiser nicht besser könnte als du?«

»Gadrith sagte, er möchte, dass der Kaiser sich einmischt, und das beunruhigt mich. Ich glaube, Xaltoraths einzige Funktion bei all dem war, den Kaiser von etwas anderem abzulenken. Sie führen etwas im Schilde, etwas Furchtbares.«

»Gadrith?« Ihre Augen verengten sich. »Relos Vars Handlanger?«

»Sag das bloß nicht zu Gadrith. Er hält sich bestimmt nicht für Relos Vars Handlanger.«

Sie lachte verächtlich. »Relos Var ist ein begnadeter Strippenzieher. So begnadet, dass er sogar die manipuliert, die ihn hassen.«

Kihrin lachte ebenfalls, hauptsächlich aber betrachtete er die Kluft draußen vor dem Fenster. Seine Augen waren gerötet, und das Herz wurde ihm schwer. »Ich muss Gadrith aufhalten. Das alles ist meine Schuld.«

»Das bezweifle ich«, widersprach sie. »Nimm nicht die Schuld für etwas auf dich, das du nie und nimmer verursacht haben kannst.«

»Tue ich nicht«, entgegnete Kihrin und starrte weiter in die Ferne. Dann wandte er sich wieder an die Frau. »Hilfst du mir? Bitte.«

»Wer ist Elana?«, fragte sie unbeirrt. »Deine Frau? Deine Geliebte?«

»Nein, nichts dergleichen«, antwortete er. »Zumindest nicht meine. Wir müssen uns beeilen.«

»Erzähl mir ihre Geschichte«, sagte sie. »Dann verrate ich dir meinen Namen.«

Er zögerte einen Moment, bevor er antwortete. »Ich war ... ein Gefangener. Das ist jetzt buchstäblich eine Ewigkeit her. Ich war ... tot, aber trotzdem gefangen. Und Elana hat mich befreit.« Er lachte. »Mir scheint, ich laufe dir immer unter den denkbar ungünstigsten Umständen über den Weg, was?«

»Unsere Wege haben sich noch nie ge...«, begann sie und verstummte. »Glaub, was du willst. Diese Elana oder wofür auch immer du mich hältst, du musst das alles loslassen. Diese Frau existiert nicht. Ich bin niemand, der dir hinterherläuft, nur weil du mit den Fingern schnippst oder mich so hübsch anlächelst.« Sie überlegte. »Hast du überhaupt eine Ahnung, wie beleidigend diese Vorstellung ist? Dass Xaltorath versucht, die Prophezeiungen zu manipulieren, indem er dir mein Abbild zeigt? Deines wurde mir nämlich nie gezeigt. Als wäre deine Zustimmung alles, was es braucht, damit diese Romanze zustande kommt. Wenn *du* es willst, habe ich mich deinem Wunsch selbstverständlich zu beugen, egal wie meine Meinung dazu lautet.«

»He, niemand hat etwas von einer Romanze gesagt.«

Sie sah ihn entnervt an. »Tu nicht so. Ich sehe genau, wie du mich anschaust.«

»Und wer hat gerade behauptet, ich hätte ein hübsches Lächeln?« Als sie noch röter wurde, fügte er hinzu: »Vielleicht wollte er – Verzeihung: *sie* – auch nur dafür sorgen, dass die Prophezeiung eben nicht eintrifft. Vielleicht wusste sie, dass du so reagieren würdest, und wollte es vermasseln.« Kihrin räusperte sich. »Doch so sehr ich diese Unterhaltung auch genieße, wir müssen jetzt los.«

Sie ging hinüber zu dem verstaubten, unbenutzten Kamin. Er war groß, passend zur Größe des Turms, hoch und breit genug, dass ein Trupp Soldaten hätte hindurchmarschieren können. Sie starrte ihn an.

»Was tust du da?«

»Ich mache Feuer.«

»Brauchst du dazu nicht etwas Brennbares?« Noch während er die Frage stellte, züngelten im Kamin die ersten Flammen hoch. Sie waren blau und lila gefärbt, mit kleinen grünen Sprenkeln, und hatten nichts von einem gewöhnlichen Feuer an sich. »Vergiss den Kommentar. Mein Fehler. Und was jetzt?«

Die Frau kletterte auf den Rücken ihres Pferdes und streckte Kihrin eine Hand hin. »Jetzt reiten wir los.«

Als er ihre Hand nahm, sagte sie: »Mein Name ist Janel Theranon.«

Er setzte sich hinter sie und gab ihr den Speer zurück. »Danke. Ich wünschte nur, ich könnte es behalten.«

»Behalten?«

»Wenn ich aufwache, werde ich mich an nichts mehr erinnern. Genau wie du.«*

Sie wollte etwas sagen, vielleicht widersprechen, doch sie schüttelte nur den Kopf.

»Schön. Wozu ist das Feuer noch mal gut?«

Sie lächelte und umklammerte die Zügel in ihrer Hand fester. »Ich zeig's dir.«

* Ich weiß: Wenn Kihrin sich an nichts erinnert, was geschah, während er tot war, wie kann ich dann darüber schreiben? Woher will ich auch nur im Entferntesten wissen, was ihm im Nachleben widerfahren ist? Das liegt, wie ich bereits erwähnte, an meiner Hexengabe. Selbst wenn ihm das Wissen und die Erinnerungen nicht bewusst zugänglich sind, ein tief verborgener Teil von Kihrin erinnert sich durchaus.

Das Pferd warf in freudiger Erwartung den Kopf hoch, als seine Reiterin es vorpreschen ließ, dann lenkte sie es mit einem wilden Schrei in die Flammen.

Das Pferd landete auf einer von Knochen übersäten Hügelflanke, der Kamin und die Flammen lagen in sicherem Abstand hinter ihnen. Sie befanden sich an einem vollkommen anderen Ort.

Sie waren, wie Kihrin bemerkte, am Rand der Kluft.

Er hörte nichts außer dem Brüllen einer Fels- und Schuttlawine, die sich in umgekehrter Richtung aus der tiefen Spalte im Boden ergoss und so hoch auftürmte, dass der Himmel nicht mehr zu sehen war. Die entstehende Mauer schien endlos, Kihrin wusste weder, wie weit sie reichte, noch wie sie überhaupt entstehen konnte. Sie bewirkte lediglich, dass ihm einen Moment lang schwindlig wurde, als stünde alles auf dem Kopf.

»Duck dich!« Janel presste sich in den Sattel und zog Kihrin mit sich, als gleich darauf ein großer Kugelblitz über ihre Köpfe hinwegjagte. Der Schlachtenlärm kam von drei Seiten, galoppierende Dämonen stampften und schlugen auf Menschen ein, die sich mit Speeren, Schwertern, Keulen und Pfeilen zur Wehr setzten.

Kihrins Instinkte schrien danach, aus dem Sattel zu springen und sich in die Schlacht zu stürzen wie in eine warme Badewanne, aber Janel hielt ihn am Arm fest. »Nein!«, brüllte sie über das Kampfgetöse hinweg. »Du musst die Kluft überqueren!«

Sein Blick wanderte von ihr zu dem breiten, hässlichen Riss in der Erde. Er sah, wie der Riss sich bewegte und auf der anderen Seite Bäume in den breiter werdenden Abgrund stürzten.

Nein, nicht breiter. Die Kluft bewegte sich. Sie wanderte tiefer in das Land des Friedens hinein.

»Ich schaffe es niemals auf die andere Seite!«, schrie er zurück.

Janel durchbohrte einen Dämon mit ihrem Speer, dann schaute sie Kihrin über die Schulter hinweg an. »Es gibt eine Brücke. Kannst du sie nicht sehen?«

»Was? Von welcher Brücke sprichst du?« Er kniff die Augen zusammen und blickte in Richtung der Kluft. Da war tatsächlich eine Brücke, ein klappriges, schmales Ding, das in dem starken Wind schaukelte wie ein Spielzeug in einem Wirbelsturm. »Das da? Du machst Witze, oder?«

»Nein!« Janel drehte sich um und schob Kihrin von ihrem Pferd hinunter. »Wenn du sie sehen kannst, kannst du sie auch überqueren. Aber hier trennen sich unsere Wege, denn ich kann es nicht.«

Das Pferd stieß ein warnendes Wiehern aus. Sie blickten auf und sahen eine große Gruppe berittener Dämonen herangaloppieren. Ihre Stoßrichtung machte deutlich, dass sie nicht vorhatten, die Soldaten anzugreifen, die die Kluft bewachten.

»Lauf!«, wiederholte sie.

»Komm mit mir«, sagte Kihrin.

»Ich kann nicht ...«, protestierte Janel. »Ich kann die Brücke nicht *sehen*. Kein Dämon kann das!«

Er legte eine Hand um ihren Fuß im Steigbügel. »Du bist infiziert, aber die Verwandlung ist noch nicht abgeschlossen. Etwas hält sie in Schach. Du bist keine Dämonin.«

Sie neigte den Kopf und schaute ihn traurig an. »Doch, bin ich.« Dann trieb sie ihr Pferd vorwärts. Brüllend warfen sie sich ihren Angreifern entgegen.

Während Kihrin versuchte, die Kluft zu erreichen, trug der Wind Janels Lachen zu ihm. Sie hielt ihren Speer nach vorne gereckt wie ein Ritter seine Lanze und spießte einen Dämon auf, dann riss sie einem anderen beiläufig den Arm aus und benutzte ihn als Keule. Etwas an der Art, wie sie das grausame Schlachten genoss, erinnerte ihn an Xaltorath. Die Ähnlichkeit war unverkennbar.

Trotzdem, es waren so viele Gegner. Zu viele, selbst für die Tochter einer Dämonenkönigin.

Kihrin blickte zwischen ihr und der Brücke hin und her.

»Was soll's, ich bin schon tot«, murmelte er und stürzte sich in den Kampf.

»Du solltest doch die Brücke überqueren!«, schrie Janel, als sie ihn kurz darauf wiedersah.

»Nicht ohne dich!«, schrie er zurück.

»Ich kann die Brücke nicht sehen. Welchen Teil davon hast du nicht verstanden?« Sie zog ihren Speer aus einem toten Dämon und sah nicht einmal hin, als er sich auflöste.

»Aber ich kann es! Ich kann dich führen.«

»Was will ich im Land des Friedens?«, brüllte sie sichtlich entnervt. »Ich bin nicht tot!« Der Kampflärm wurde leiser, denn die Dämonen zogen sich zurück, um ihren nächsten Angriff vorzubereiten.

»Bist du sicher?« Durch die Kampfpause war es nun so leise, dass sie sich in normaler Lautstärke unterhalten konnten. »Hättest du nicht längst aufwachen müssen?«

Janel überlegte, da traf sie die schreckliche Erkenntnis. Sie fasste sich an die Brust, dort, wo sich die Zähne des Drachen tief hineingebohrt hatten.

»Wenn du hier stirbst, stirbst du auch in der realen Welt, da bin ich ziemlich sicher«, sprach Kihrin weiter. »Ich konnte dich zwar heilen, aber was ich hier getan habe, muss sich nicht zwangsläufig auch auf deinen lebenden Körper ausgewirkt haben.« Ein Schrei ertönte, so gewaltig, dass selbst der Boden unter ihren Füßen zu erzittern schien. Kihrin hielt ihr die Hand hin. »Komm. Ich führe dich auf die andere Seite.«

»Das wäre mein Ende …«, protestierte sie.

»Nein, ist es nicht«, rief Kihrin. »Ich bin sicher!«

Sie nahm seine Hand und ließ sich aus dem Sattel gleiten. »Es wäre nett, wenn du mich nicht noch toter machst, als ich es wahrscheinlich ohnehin schon bin.«

»Versprochen, meine Dame.«

Während ein Gigant von einem Dämon die Hügelkuppe erklomm, rannten die beiden auf die schmale Seilbrücke zu.

86

WIEDERKEHR

Kihrin fuhr hoch und schnappte nach Luft.

Teraeth beugte sich zu ihm hinunter. »Das hat ja lange genug gedauert. Was hast du die ganze Zeit gemacht, Blumen gepflückt?«

Kihrin funkelte ihn an. »Manche von uns waren noch nie tot, vielen Dank auch.« Er schüttelte den Kopf. »Ich weiß nicht, was passiert ist, während ich weg war. Aber ich kann mich noch erinnern, dass ich gestorben bin.«

»Niemand erinnert sich an das, was ihm im Nachleben widerfahren ist«, stimmte Teraeth zu.

»Tatsächlich? Du weißt gar nichts mehr?«

»Na ja«, räumte Teraeth ein. »Die *meisten* erinnern sich nicht. Gib nicht mir die Schuld. Du wolltest der Bruderschaft ja nicht beitreten.« Er streckte Kihrin die Hand entgegen. »Komm, wir haben viel zu tun.«

»Warte!« Kihrin sah sich in der Kirche um. Er sah die hoch aufragende Statue der Thaena und die Gänge voller Toter und Trauernder. »Wie bin ich hierhergekommen? Was ist überhaupt los? Wo sind die anderen?«

Teraeth zählte an seinen Fingern ab. »Du wurdest Xaltorath geopfert, aber da er nicht deine vollständige Seele bekommen hat, ist er jetzt außer Kontrolle. Deshalb hat er einen Höllenmarsch in Gang gesetzt und so viele Dämonen herbeigerufen, wie er konnte.* Der Hohe Lord Therin, Lady Miya und General Milligreest sind losgezogen, um ihn in die Hölle zurückzuschicken. Galen ist zum Blauen Palast gegangen, um die Evakuierung deiner noch lebenden Angehörigen zu beaufsichtigen. Gadrith hatte den Schellenstein, als Sandus ihn tötete – der Kaiser ist also tot, und Gadrith läuft jetzt mit seinem Körper herum wie mit einem schicken neuen Mantel. Tyentso versucht, ihn aufzuhalten.«

Kihrin blinzelte. »Verflucht, wir hatten doch einen Plan.«

»Der auch wunderbar funktioniert hat – bis zu dem Zeitpunkt, als er es nicht mehr tat.« Teraeth seufzte. »So ist das nun mal mit Plänen. Niemand konnte ahnen, dass Gadrith so schnell reagieren würde.«

Kihrin runzelte die Stirn. »Ist Tyentso stark genug, um ihn zu töten?«

Ein schmerzverzerrter Ausdruck huschte über Teraeths Gesicht. »Sie baut darauf, dass er nicht zaubern kann, solange er sich noch an seinen neuen Körper gewöhnen muss.«

»Hast du vergessen, was Tyentso berichtet hat, nachdem sie von meinem Körper Besitz ergriffen hatte? Er hat das alles seit Jahren geplant, Teraeth. Er weiß, wie er in Sandus' Körper zaubern kann.«

Teraeth schnitt eine Grimasse. »Spielt ohnehin keine Rolle. Er dürfte nicht allein sein.«

»Thurvishar«, murmelte Kihrin. Ihm wurde eng um die Brust. Wie gut standen die Chancen, dass es Jarith gelungen war, ihn einzusperren? So schlecht, dass nicht einmal Kihrin die Wette angenommen hätte.

»Außerdem haben wir keine Ahnung, wie viel zusätzliche Macht ihm die Krone und das Zepter verleihen.«

Kihrin nickte. »Also gut. Helfen wir ihr.« Er machte einen Schritt, stolperte und sank zu Boden.

* Der letzte Höllenmarsch war vor zwölf Jahren, er begann in Marakor und kostete unzählige Leben. Jorat ist noch heute unterbevölkert.

Teraeth schaute ihn überrascht an und fluchte. »Du musst dich erholen. Du kannst ja kaum gehen.«

Kihrin schüttelte den Kopf. »Tot zu sein war Erholung genug. Moment, ich brauche ein Schwert.« Er blickte sich um.

Als sein Blick auf Jariths Leiche fiel, hielt er inne. Er sah aus, als wäre ihm schlecht.

»Der Oberste General hat ihn hergebracht«, erläuterte Teraeth, als er Kihrins Gesichtsausdruck bemerkte. »Seelentod. Wahrscheinlich hat ein Dämon ihn umgebracht.«

»Verflucht.« Kihrin ging zu der Leiche, beugte sich hinunter und zog den Säbel aus der Scheide an Jariths Gürtel. Die Waffe stammte aus Khorvesch, die Klinge war nur auf einer Seite scharf und bösartig gekrümmt. Sie hatte nichts mit einem quurischen Duellschwert gemein. Noch vor vier Jahren hätte Kihrin nicht das Geringste damit anzufangen gewusst. Jetzt schon.

Sein alter Schwertausbilder, der Eidechsenmann Szzarus, wäre unendlich stolz auf ihn gewesen.

Kihrin legte sich den Säbel mit der stumpfen Seite über die Schulter. »Gut, gehen wir.«

Teraeth breitete die Hände aus. »Wohin? Ich weiß nicht, wo Tyentso jetzt ist.«

»Uns wird schon was einfallen.« Kihrin schleppte sich humpelnd durch die Gänge und schaffte es, nicht zu fluchen, wenn er über eine Leiche stolperte.

Teraeth hakte sich bei ihm unter und stützte ihn. »In deinem Zustand könntest du es nicht einmal mit einem leprakranken Kaninchen aufnehmen.«

»Gib mir nur eine Minute, bis ich meinen toten Punkt überwunden habe«, erwiderte Kihrin.

Auf der Treppe der Kathedrale blieben die beiden Männer stehen. Es sah aus, als stünde die ganze Stadt in Flammen. Ein Wind wie in einem Kamin blies Asche und Rauch über den Himmel. Der Lärm war ohrenbetäubend, Leute schrien, kämpften und starben.

In der Ferne zuckte ein lilafarbener Blitz.

Kihrin deutete. »Hast du das gesehen? Magie … Das kam vom KEULFELD.«

»Bist du sicher …?« Noch während Teraeth fragte, zuckte es rot, dann violett und blau.

Die beiden tauschten einen Blick aus.

»Beachtliche Leistung, Bursche«, sagte Darzin und stieß sich von dem verkümmerten Baum ab, an den er sich gelehnt hatte. In seinem Rücken erhellten bunte Blitze den Himmel. »Ich dachte, jemand, der einem Dämon geopfert wurde, könnte nicht zurückkehren.«

Kihrin schob Teraeth von sich weg, sodass er ohne seine Hilfe stand, und musterte Darzin. »Ja, das ist schon seltsam. Vielleicht solltest du Xaltorath fragen, ob er mit deinem Opfer wirklich zufrieden war. Ich habe da so eine Ahnung, dass er gelogen haben könnte und gar nicht tun muss, was du ihm befiehlst.«

Darzin zog sein Schwert. »Das spielt keine Rolle. Wir haben bereits, was wir wollten. Wer ist dein Freund?«

»Das spielt keine Rolle«, sagte nun auch Kihrin. »Wollen wir es zu Ende bringen?« Er ließ Jariths Säbel von seiner Schulter gleiten.

Thurvishar blickte an Darzin vorbei zur Mitte der Arena. Ohne irgendein Interesse an Kihrin oder Teraeth zu zeigen, starrte er in die kleinen Lichtblitze dort. Furcht überkam Kihrin. Wenn Thurvishar noch hier war, hatte Tyentso sich getäuscht, was Gadriths Zauberkunst betraf. Er war im Vollbesitz seiner Kräfte.

Kein gutes Omen.

»Es zu Ende bringen?« Darzin lachte. »Ach, Bursche, du kannst ja kaum stehen. Glaubst du wirklich, du hättest auch nur die geringste Chance gegen mich?« Er fuchtelte mit dem Schwert herum.

»Angst, es herauszufinden?«

Darzins Nasenflügel bebten. Er trat vor, tänzelte auf flinken Füßen um die herabgefallenen Äste und ausgebleichten Knochen herum, die auf dem KEULFELD verteilt lagen. Schließlich griff er mit einem schnell ausgeführten Hieb an.

Kihrin wehrte ihn mit Leichtigkeit ab und machte einen Schritt zur Seite. »Du musst an deiner Beinstellung arbeiten.«

Darzin riss überrascht die Augen auf, verschwendete aber keinen Atem auf eine Erwiderung. Er griff erneut an und schlug nach der Kihrins Schwerthand gegenüberliegenden Seite, fintierte und glitt nach rechts, um nach Kihrins Oberschenkel zu stoßen.

Kihrin reagierte und versuchte, die Finte abzuwehren, dann beugte er sich gerade so weit zurück, dass Darzins Schwert den Stoff seines Kef aufschlitzte, aber nicht seinen Oberschenkel. Die beiden umkreisten einander, bis Kihrin mit dem Rücken zur Mitte des Parks stand. Darzin sprang vor. Kihrin fing den Schlag ab, ihre Klingen verkeilten sich ineinander, da holte Darzin aus und schlug Kihrin die Faust ins Gesicht.

Kihrin taumelte zurück und wischte sich das Blut von der Nase.

Darzin schüttelte den Kopf. »Ach komm schon, das ist ja nicht mal eine Herausforderung. Du könntest dich wenigstens ein bisschen anstrengen.«

Kihrin hob seinen Säbel. In diesem Moment hörten die Blitze in der Arena auf, und Thurvishar seufzte. »Was für eine Tragödie. Sie war großartig.«

»Was?« Entsetzt schaute Kihrin zu Thurvishar hinüber, da sah Darzin seine Chance. Und damit war er nicht der Einzige. Im selben Moment, als Darzin sich auf Kihrin stürzte, breitete sich um Thurvishar ein tödliches Netz aus blauen Leuchtfäden aus. Teraeth verschwand und tauchte genau hinter Thurvishar wieder auf, beinahe in perfekter Position, um ihm seine vergifteten Klingen in den Rücken zu stoßen. Beinahe, aber nicht ganz.

Teraeth wurde zurückgeschleudert, als wäre er gegen eine unsichtbare Wand gelaufen.

Kihrin hatte sich jedoch nicht ablenken lassen. Darzin versuchte noch, seinen Angriff abzubrechen, aber es war zu spät, er war bereits mitten im Schlag. Kihrin sprang ihm entgegen. Mit der einen Hand am Schwertgriff und der anderen an der Spitze der Klinge ritzte er Darzins Handgelenk, dann riss er die Waffe hoch und zog sie Darzin über die Kehle. Mit entsetzt aufgerissenen Augen legte sich Darzin eine Hand auf den Hals, während sein Blut daraus hervorsprudelte. Kihrin musste nicht hinter den Ersten Schleier blicken, um zu wissen, was Darzin jetzt tat.

Er heilte seine Wunde.

»Diesmal nicht.« Mit aller verbliebenen Kraft holte Kihrin zu einem letzten Schlag aus.

Darzins Kopf und mehrere seiner Finger fielen ins Gras.

»Es tut mir leid«, flüsterte Thurvishar. »Mir bleibt keine andere Wahl.« Als Kihrin sich umdrehte, sah er gerade noch, wie die Bäume ihre Wurzeln und Äste nach Teraeth ausstreckten und ihn umschlangen – den echten Teraeth. Er wehrte sich, aber ohne Erfolg.

Kihrin hob sein Schwert und trat vor Thurvishar. »Ihr seid gegaescht.«

Der Magier lächelte. »Wenn ich nur etwas darauf antworten könnte.«

»Ich habe ja auch nicht gefragt.«

»Richtig. Es ist wahrscheinlich das Beste so.«

Kihrin schluckte und blickte an ihm vorbei zur Mitte des Parks. Die Dunkelheit, die sich dort ausbreitete, war weit bedrohlicher als das bunte Lichterschauspiel zuvor. »Könntet Ihr bitte so freundlich sein, mich über etwas aufzuklären? Ich verstehe, dass Ihr Sandus nicht ähnlich seht, weil Ihr zur Hälfte ein Vordreth seid. Nur die Frage nach Eurem Alter beschäftigt mich. Ich glaube allerdings, die Lösung gefunden zu haben: Es hat damit zu tun, dass Ihr so viel Zeit im Leuchtturm von Shadrag Gor verbracht habt, nicht wahr? Die Zeit vergeht dort langsamer, deshalb glauben alle, Ihr wärt zu alt, um Sandus' Sohn zu sein. In Wahrheit aber seid Ihr nicht älter als ich.«

»O doch, bin ich«, korrigierte Thurvishar. Er wirkte aufrichtig beeindruckt, während er den Sachverhalt erklärte, soweit es sein Gaesch zuließ. »Ich lebe schon viele Jahre, nur eben nicht hier.«

»Kihrin!«, schrie Teraeth. »Lauf weg! Lauf! Du kannst es nicht mit ihnen beiden aufnehmen.«

»Aber schnell genug laufen kann ich auch nicht«, entgegnete Kihrin und blickte an Thurvishar vorbei. »Er ist bereits hier.«

Wie auf ein Kommando hin trat Gadrith aus der Dunkelheit.

87

EIDBRUCH

Gadrith kam lächelnd heran – ein Gesichtsausdruck, der dem Antlitz des Toten Mannes gänzlich fremd gewesen war. Das Lächeln passte zu Sandus' freundlicher Ausstrahlung, in Anbetracht der Situation sah es allerdings eher makaber aus.

Es war ein schlechter Witz, dachte Kihrin, als er ihn auf die Gruppe zukommen sah: Gadrith, der sich als Thurvishars Vater ausgegeben hatte, steckte nun zum Hohn auf dessen Vermächtnis im Körper von Thurvishars echtem Vater. Kihrin sah den unversöhnlichen Hass in Thurvishars Augen und wusste, hätte dieser die Möglichkeit dazu gehabt, er hätte Gadrith längst getötet.

»Ich bin neugierig, wie du es geschafft hast zurückzukehren«, sagte Gadrith zu Kihrin. »Darzins Tod nehme ich dir übrigens nicht übel. Du hattest recht mit dem, was du in der Gruft gesagt hast: Sobald er dich Xaltorath geopfert hatte, war er für mich nicht mehr von Nutzen.«

»Ich nehme an, Ihr habt Tyentso getötet«, erwiderte Kihrin grimmig.

Gadrith hob eine Augenbraue. »Du wirst dich etwas genauer ausdrücken müssen, junger Mann.«

»Raverí«, erläuterte Kihrin. »Eure Frau.«

»Ah!« Gadrith lächelte wieder. »Ja. Sie hat sich wacker geschlagen. Ich bedaure beinahe, dass ich sie töten musste.«

»Wirklich?«, hakte Thurvishar mit einem Anflug von Überraschung in der Stimme nach.

»Nein. Das war nur eine Höflichkeitsfloskel.«

»Was passiert jetzt als Nächstes?«, fragte Thurvishar. »Soll ich mich um diese beiden hier kümmern, während Ihr in den Ruinen nach Urthaenriel sucht?«

Gadrith neigte den Kopf und bedachte Thurvishar mit einem unzufriedenen Blick. »Ja.«

Kihrin trat vor und musste dabei aufpassen, nicht zu stolpern. Er konzentrierte sich darauf, so viel Kraft wie möglich aus dem Boden, den Bäumen und dem Gras zu beziehen. »Darum ging es die ganze Zeit? Um Kandors Schwert, den Gottesschlächter?« Er blieb stehen und verengte die Augen. »Ich lag falsch, nicht wahr? Wir alle lagen falsch. Ihr wolltet gar nicht Kaiser werden. Ihr hättet Euch die Krone schon vor Jahren holen können. Aber die Krone interessierte Euch erst, als Ihr gemerkt habt, dass sie die einzige Möglichkeit ist, die Ruinen zu betreten, ohne dass die Magie des Reichs Euch in Stücke reißt. Das hier ist gar kein Staatsstreich … es ist …« Kihrin lachte. »Es ist ein *Einbruch*.«

»Ja«, stimmte Gadrith tonlos zu. Sein Blick wanderte zu seinem »Sohn«. »Er ist schlauer als sein Bruder.«

Thurvishar nickte.

Gadrith machte sich auf den Weg zu den Ruinen. »Töte ihn. Ich muss ein Schwert suchen und dann einen ganzen Haufen Götter erschlagen. Ich glaube, mit Thaena fange ich an.«

Thurvishars Schultern sackten herab. Sich um die beiden zu »kümmern«, wie er es zuvor ausgedrückt hatte, hätte es ihm erlaubt, sie lediglich gefangen zu nehmen. Gadriths neuer Befehl gestattete ihm dies nicht.

Kihrin sah die Verzweiflung in Thurvishars Augen, als er die Hände hob. »Es tut mir leid«, flüsterte Thurvishar.

»Ihr habt die Wahl«, wandte Kihrin ein.

»Ganz und gar nicht«, entgegnete Thurvishar.

»Ich war auch einmal in Eurer Lage. Es gibt immer eine Wahl.«

Thurvishar antwortete nicht, sondern vollführte eine Geste, woraufhin der khorveschische Säbel in Kihrins Hand rot aufglühte und sich in einen geschmolzenen Metallklumpen verwandelte.

Das Schwert hätte Kihrin verbrennen können, doch er war geübt darin, sich gegen Feuer zu schützen. Er spürte lediglich ein leichtes Stechen in den Fingern, als das geschmolzene Metall ihm über die Hand lief.

»Ich möchte dich nicht töten«, erklärte Thurvishar, »aber ich sehe nicht, wie *mein* Tod es dir ermöglichen sollte, Gadrith umzubringen. Wärst du ein ausgebildeter Zauberer, wäre das etwas anderes. Ich glaube sogar, du hast Talent, aber du hast nicht das jahrelange Training, das du bräuchtest, um einen Magier von seinem Kaliber zu besiegen. Selbst wenn, er hat die Krone, das Zepter *und* den Schellenstein – er wird dich vernichten. Selbst wenn du ihn tötest, verlierst du.«

»Gebt mir wenigstens eine Chance …«

Thurvishar schüttelte den Kopf. »Du weißt, wie das läuft. Ich kann nicht.« Er hob eine Hand.

Kihrin machte einen Schritt nach hinten und stolperte über ein altes verrostetes Schwert mit schmaler, gerader Klinge. Ein beinahe antikes Ding, das ihm nicht viel helfen würde. Die Schneide war stumpf und schartig. Sie sah aus, als würde sie schon beim ersten Schlag brechen. Aber Kihrin war ein Schwertkämpfer. Er hatte den irrationalen Wunsch, mit einer Klinge in der Hand zu sterben, falls es ihm bestimmt sein sollte, zum zweiten Mal am selben Tag ins Gras zu beißen.

Er schlang die Finger um den Griff und zog das Schwert aus dem dunklen, von Würmern zerfressenen Boden.

Thurvishar schleuderte einen Blitz auf ihn, doch Kihrin nahm kaum Notiz davon. Er wehrte ab, und der Blitz fuhr in den Wald, der die Arena umgab. Ein rotes Feuer flackerte auf und verlosch –

gelöscht von den eigenartigen magischen Verzerrungen, die die mutierten Bäume verursachten. Er war voll und ganz auf das Schwert konzentriert, das sich in ein elegant schimmerndes Stück silberweißen Metalls verwandelt hatte.

Die Klinge sang in seinen Gedanken.

Der Gesang des Schwerts war so ergreifend, dass er Tränen in den Augenwinkeln spürte. Eine süße, schwelgerische Stimme, die von Freude kündete und einen Blick ins Paradies versprach. Es war gefährlich, dieses Schwert zu halten, denn es könnte ihn verzehren. Bis er nichts anderes mehr wahrnahm, auf ewig verloren in den Harmonien dieses vollkommenen Gesangs. Und etwas an dem Schwert kam ihm sehr vertraut vor. Er fühlte sich an die Kette mit seinem Gaesch erinnert: Auch jetzt hielt er etwas in Händen, zu dem er eine Verbindung spürte – das einmal zu ihm gehört und ein Ganzes mit ihm gebildet hatte, nun aber von ihm getrennt war.

»Was für ein unfassbarer Glückspilz du bist«, sagte Thurvishar beinahe ehrfürchtig.

Kihrin schaffte es, sich so weit von dem Gesang freizumachen, dass er etwas antworten konnte. »Ja«, sagte er zu dem Zauberer. »Das bin ich. Ruft Gadrith her, bitte.«

Thurvishar zauberte eine Feuerkugel herbei und warf sie auf Kihrin – hauptsächlich um sich mehr Zeit zu verschaffen, bevor der Gaesch-Befehl ihn umbrachte. Kihrin schlug die Kugel beiseite, ohne irgendwelchen Schaden davonzutragen.

»Gadrith!«, brüllte Thurvishar. »Ich brauche Euch! Ich brauche Euch hier, *jetzt sofort!*«

Kihrins Kräfte kehrten zurück. Er fühlte sich, als könnte er an einem Wettlauf teilnehmen, den Senlay durchschwimmen, jede nur erdenkliche Höchstleistung erbringen. Er ging hinüber zu dem bewusstlosen Teraeth. Die Baumwurzeln, die den Assassinen festhielten, waren vermutlich nicht mehr verzaubert, andererseits war an diesem Ort alles von Magie durchdrungen. Um es herauszufinden, versuchte er, hinter den Schleier zu blicken, doch es ging nicht: Der Gesang des Schwerts machte es ihm unmöglich, sich ausreichend zu konzentrieren.

»Was ist?«, bellte Gadrith und trat aus einem der Türme. Als er sah, dass Kihrin noch am Leben war, blieb er stehen. »Ich habe dir befohlen, ihn zu töten.«

»Ich *kann* nicht«, sagte Thurvishar durch zusammengebissene Zähne und krümmte sich vor Schmerz.

Kihrin kannte die Anzeichen nur zu gut: Das Gaesch würde Thurvishar töten, wenn er jetzt nicht handelte.

»Du kannst nicht? Warum …?« Gadrith verstummte mitten im Satz, als er Kihrin auf sich zukommen sah – und das Schwert, das Kihrin in der Hand hielt.

»Es war gar nicht in den Ruinen?« Gadrith staunte. »Die ganze Zeit lag es einfach so hier draußen?« Er sah aus, als wäre seine Welt gerade auf den Kopf gestellt worden. Vielleicht war sie das ja auch.

»Ja, ist ein ganz schöner Tritt in die Eier, oder? Ihr habt dreißig Jahre mit der Jagd auf etwas verbracht, das jeder einfach so hätte aufsammeln können«, stimmte Kihrin zu. »Bei jedem x-beliebigen Duell in der Arena. Es lag zwischen ein paar Wurzeln, hier im Freien, für jedermann sichtbar.« Kihrin lächelte hämisch. »Ihr habt schon genug Spielzeuge. Dieses hier bekommt Ihr nicht.«

»Das ist unmöglich«, sagte Gadrith. »Ich bin der Seelendieb. Der Dämonenkönig. *Ich* habe den Kaiser getötet. *Ich* werde die Dämonen befreien. Es ist *meine* Bestimmung, das Kaiserreich zu vernichten und die Welt neu zu erschaffen. ICH. NICHT KAEN. NICHT RELOS VAR. ICH!« Knurrend streckte er die Hände nach Kihrin aus, doch was auch immer er vorgehabt haben mochte, Kihrin wehrte den Zauber mit seinem Schwert ab, und dieser verpuffte.

Was sollte er jetzt mit Gadrith anfangen? Er konnte ihn nicht einfach töten. Wenn er das tat, würden sie die Körper tauschen, und dann hätte der Geisterbeschwörer genau das, was er in Wirklichkeit von Anfang an gewollt hatte: Urthaenriel. Im Moment war Gadrith abgelenkt und beunruhigt, aber wenn Kihrin ihm zu viel

Zeit ließ, würde er vielleicht auf die gleiche Idee kommen, die Tyentso schon vor Jahren gehabt hatte: Selbst jemand, der immun gegen Magie war, brauchte Luft zum Atmen und festen Boden unter den Füßen.

Da fiel Kihrin etwas ein: Das Schwert in seinen Händen war mächtiger als selbst von Göttern gewirkte Magie.

Gadrith war nicht sein Ziel.

Der Schellenstein wippte auf Gadriths Brust, schimmernd, bösartig und verlockend. Kihrin zielte auf das Juwel und stach mit dem Schwert zu. Gadrith versuchte, den Angriff abzuwehren. Wahrscheinlich benutzte er einen Zauber, doch Urthaenriel ließ sich davon nicht beirren. Die Zeit dehnte sich in die Länge, als das Schwert zuerst den Schellenstein in winzig kleine blaue Splitter zerschlug, um dann in Gadriths Brust einzudringen und sein Herz zu durchbohren.

Der dunkle Magier schaute Kihrin staunend an. Der Kupferreif verschwand von seinem Kopf und das Zepter aus seiner Hand. Doch den drei Männern blieb keine Zeit zum Nachdenken, denn in diesem Moment wurden sie von einer enormen Kraft hochgehoben. Die Wurzeln, die Teraeth festhielten, zerrissen, dann wurden sie alle aus der Arena geschleudert und landeten ein Stück von Docs Schenke entfernt im weichen, feuchten Gras.

Der Körper, den Gadrith gestohlen und den Kihrins Schwert durchbohrt hatte, war ebenfalls mit hinausgeflogen.

Das regenbogenfarbige Kraftfeld, das die Arena nach außen abschirmte, baute sich mit einem Flackern wieder auf und wartete auf das nächste Duell.

Gadrith der Krumme, kurzzeitig Kaiser von Quur, war tot.

88

MIYAS GESCHENK

Die Stadt brannte.

Kleine Dämonen, große und fette, Dämonen von jeder nur erdenklichen Farbe und Gestalt zerstörten und zerfetzten alles und jeden, den sie fanden. Sie sonnten sich in der Wärme der in der Stadt um sich greifenden Brände. Sie töteten genüsslich Tausende von Menschen, genauso wahllos, wie sie andere überleben ließen, damit sie ihre Gräueltaten bezeugen und nie wieder vergessen würden. Sie labten sich an der Angst und speisten gut.

Obwohl Xaltorath bereits gebannt war, würde es Monate dauern, wenn nicht Jahre, um die Verwüstungen zu beseitigen, die sie hinterließen.

»Sind alle hier?« fragte Therin an Galen gewandt, als er mit Lady Miya an seiner Seite herankam. Der Hohe Lord und seine Seneschallin waren verdreckt und von Brandspuren gezeichnet, die Schnitte und Verbrennungen auf ihrer Kleidung zeugten von den Verletzungen, die sie im Kampf erlitten hatten.

»Ich habe alle hergebracht, die ich finden konnte«, antwortete Galen, »aber einige sind noch in der Stadt und bewachen die Blauen Häuser.« Die Zahl der im großen Saal versammelten Angehörigen war klein im Vergleich dazu, wie viele Mitglieder das Haus D'Mon noch am Vortag gehabt hatte. Die Erinnerung an einige derer, die fehlten, schmerzte entsetzlich …

Galen biss die Zähne zusammen und weigerte sich, an seinen Vater zu denken.

»Gut«, sagte Therin. »Ich schicke dich, deine Frau und ein kleines Heilerkontingent zu unserem Sommerpalast in Kirpis. Du hast die Aufgabe, dich in Sicherheit zu bringen. Hast du das verstanden?«

»Was ist mit …« Galen verkniff sich die Frage.

Therin verzog keine Miene. Jemand, der die D'Mons nicht kannte, mochte das als Gleichgültigkeit interpretieren. Galen wusste es besser.

»Stell deine Frage«, befahl Therin.

Galen wollte nach Kihrin fragen, tat es aber nicht. Er war verwirrt und verärgert. Es war noch nicht lange her, dass er zahlreiche Familienmitglieder hatte sterben sehen. Er erinnerte sich noch sehr gut daran, dass Kihrin nicht bereit gewesen war, für ihn zu sterben. Aber für Lady Miya. Für Miya hatte Kihrin sich geopfert, nicht für Galen.

Also fragte Galen: »Was ist mit meinem Vater?«

»Dein Vater ist tot oder wird es bald sein«, verkündete Therin. »Wir werden ihn vergessen und seinen Namen nie wieder erwähnen. Ich habe ihn enterbt. Ich kann nur beten, dass die Götter damit besänftigt sind.«

Vielleicht lebt er auch noch, dachte Galen, war aber nicht so dumm, es laut auszusprechen.

Lady Miya, die hinter Lord Therin stand, gab einen überraschten Laut von sich.

»Hast du mich verstanden, Erblord?«

Galen registrierte den Titel nicht sofort und hätte sich beinahe nach seinem Vater umgesehen. Selbst als Therin ihn weiter mit gerunzelter Stirn anschaute, wollte Galen es nicht glauben. »Mein Lord?«

»Du bist sein Erstgeborener. Damit bist du jetzt der Erblord. Das ist der Grund, warum du mit Sheloran von hier weg musst. Unserem Haus stehen schwierige Zeiten bevor. Ich muss dafür sorgen, dass dir nichts passiert.«

Galen blinzelte. Er hatte sich also nicht verhört, als Therin im Tempel behauptete, Kihrin sei *sein* Sohn, nicht Darzins. Kihrin war weder Darzins Sohn noch Galens Bruder.

Sondern sein Onkel.

»Ja, mein Lord. Ich habe verstanden.«

»Gut. Und jetzt …«

»Therin!« Lady Miyas Stimme klang genauso entsetzt wie erfreut. »Therin, das Gaesch ist *weg*.«

»Wie bitte?« Der Hohe Lord blinzelte sie an, als hätte er sie weder akustisch noch inhaltlich verstanden. Therin hob den Arm und inspizierte die dünne, angelaufene Silberkette, die mehrere Male um sein Handgelenk geschlungen war und an deren Ende ein kleiner Anhänger in Form eines Baums hing.

Der Anhänger zerbröselte zu Asche und schwebte mit einem Luftzug davon.

Lady Miya fasste sich an den Hals. »Ich kann atmen«, sagte sie. »Nach all dieser Zeit bekomme ich endlich wieder Luft.«

»Wie ist das möglich?«, fragte Therin.

»Ich weiß es nicht«, antwortete Lady Miya. »Ich habe nicht die geringste Ahnung, und doch, Therin, spüre ich, dass es weg ist.«

Alle Gespräche im Saal erstarben.

»Lady Miya …« Galen trat auf sie zu in der Absicht, ihr jede Unterstützung zukommen zu lassen, die sie im Moment vielleicht brauchte.

Die Bewegung schien ihre Aufmerksamkeit zu erregen, denn Miyas starrer Blick wanderte zu Galen. Dieser Blick ließ ihn mitten in der Bewegung innehalten, denn es lag nichts Freundliches darin. Miya schaute ihn nicht mit Gleichgültigkeit an, wie er es von der Seneschallin des Hauses erwartet hätte. Nein, ihr Blick war voller Bosheit.

»So heiße ich nicht«, widersprach sie.

Galen spürte, wie er hochgehoben wurde. Eine Stange, unsichtbar wie Luft und hart wie Stahl, wickelte sich um seinen Hals. Sein Gesichtsfeld verdunkelte sich, er würgte und keuchte in dem Versuch, Luft zu bekommen, aber es ging nicht.

Etwas in seinem Genick brach mit lautem, hartem Knacken. Galen D'Mon fiel tot zu Boden.

Ein paar unendlich lange Sekunden bewegte sich niemand. Viele im Saal kannten Lady Miya nur als treue Dienerin des Hauses und Beschützerin seiner Mitglieder. Selbst jetzt, nachdem sie mit eigenen Augen gesehen hatten, wie sie den neuen Erblord tötete, überlegten einige der Zeugen, ob sie nicht von einer Mimikerin ersetzt worden war oder jemand die Kontrolle über ihren Geist übernommen hatte.

Dann schrien sie auf und flohen, doch die große Eingangstür schlug krachend zu, sobald sie sich nur in die Richtung wandten. Zum zweiten Mal an diesem Tag waren sie Gefangene in ihrem eigenen Heim.

»Du bist nicht Lady Miya«, sagte Therin mit geweiteten Augen. »Unmöglich.«

Sie lächelte nicht. Es standen auch kein Hass und keine Empörung in ihren Augen. Sie neigte lediglich den Kopf, als wollte sie allen Anwesenden eine Wahrheit kundtun. »Um ehrlich zu sein, ich war *nie* Miya. Die echte Miya ist gestorben, bevor du und ich einander überhaupt begegnet sind.« Ein winziges, bittersüßes Lächeln umspielte ihre Mundwinkel, als sie über Galens Leiche hinwegstieg. »Ich konnte dir nie sagen, wer ich in Wirklichkeit bin. Das Gaesch ließ es nicht zu.«

»Wer bist du dann?« Therins Blick zuckte zu Galens Leiche, dann zurück zu Miya. Aufgrund seiner Erfahrung als ehemaliger Priester der Thaena wusste er, dass Galens Zustand nicht notwendigerweise von Dauer war. Somit bestand kein unmittelbarer Grund, in Panik zu verfallen.

»Khaeriel.« Therins Augen weiteten sich. »Khaeriel, Königin

aller Vané, Tochter von Khaevatz, Königin der manolischen Vané, Tochter von Khaemezra von den Acht Wächtern.«*

Therin schloss die Augen. »Lass sie gehen. Ich bin es, den du haben willst. Lass die anderen gehen.«

»Das stimmt nur zur Hälfte. Es geht um dich, aber nicht wegen etwas so Kleinlichem wie Rache. Dennoch kann ich deine Verwandten nicht gehen lassen. Sie sind die Fesseln, die dich genauso an dieses Haus und deinen Titel binden, wie das Gaesch mich gebunden hat.« Sie deutete ein weiteres Mal. Galens frisch verwitwete Frau, die am anderen Ende des Saals gegen die Tür hämmerte, zuckte und sackte mit gebrochenem Genick zu einem unansehnlichen Haufen in sich zusammen.

Therin schüttelte seine Schockstarre ab und attackierte Khaeriel.

Diese jedoch fegte den Angriff – wahrscheinlich irgendein Betäubungs- oder Lähmungszauber – einfach beiseite. Sie kniff die Augen zusammen.

Therin wurde rücklings gegen eine Wand geschleudert, Arme und Beine seitlich weggestreckt, wie ein Schmetterling in einem Schaukasten. Mit zusammengebissenen Zähnen gelang es ihm, sich loszureißen. Er fiel zu Boden und konnte seinen Sturz gerade noch abfangen. Daraufhin machte er eine Geste und flüsterte etwas.

* Dies erklärt, warum König Terindel von den kirpischen Vané glaubte, Königin Khaevatz sei »nicht tauglich«, über die Vané zu herrschen: weil ihre Mutter eine Voramerin war. Seither scheint sich die Herrscherfamilie allerdings mit dieser Verunreinigung ihres Stammbaums abgefunden zu haben. Vermutlich vor allem deshalb, weil ihnen bewusst ist, dass Khaemezra und die Göttin Thaena ein und dieselbe Person sind. Außerdem sind Kihrin und Teraeth streng genommen nicht miteinander verwandt, denn Kihrins *biologische* Mutter ist nun mal Miya (obgleich ihr Körper inzwischen von Khaemezras Enkelin Khaeriel bewohnt wird). Wäre dies nicht der Fall, wäre Teraeth, der wiederum Khaevatz' Halbbruder ist, Kihrins Großonkel. Ja, es ist kompliziert.

Die Luft um Khaeriel herum wurde erstickend dick. Doch schon im nächsten Moment zerriss die Wolke und löste sich in dünne Fetzen auf.

»Ein kluges Vorgehen«, kommentierte Khaeriel. »Kein Talisman der Welt würde mich davor schützen, giftige Dämpfe einzuatmen. Aber du hast das Medium schlecht gewählt, denn ich beherrsche die Luft. Du hättest versuchen sollen, meine Kleider in Flammen aufgehen zu lassen, den Boden unter meinen Füßen in Säure zu verwandeln oder das Dach über mir zum Einsturz zu bringen. Vielleicht hättest du damit mehr Glück gehabt.«

»Ich werde dich aufhalten«, zischte Therin.

»Nein«, sagte Khaeriel. »Und um ehrlich zu sein: Dein Herz wünscht sich etwas anderes. Weißt du denn nicht, dass du der Enkel des gestürzten Königs Terindel von den kirpischen Vané bist? Es stimmt. Dein Vater Pedron …«

»Er war nicht mein Vater …«

Sie tat seinen Einspruch mit einer Handbewegung ab. »O doch, das war er. Wir wissen es beide. Dein Vané-Blut verrät deine Abstammung. Pedrons Mutter war Prinzessin Valrashar, die Tochter von König Terindel. Sie wurde gegaescht und von *meinem* Vater, König Kelindel, an die D'Mons verkauft. Mein Vater hat die Krone der kirpischen Vané an sich gerissen. Somit waren dein Vater Pedron und deine Tante die rechtmäßigen Herrscher über Kirpis. Da beide mittlerweile tot sind … bleibst nur noch du. Du bist der Erbe eines Throns, der so weit weg schien, dass niemand sich vorstellen konnte, dass du ihn je einfordern würdest. Lass deine menschlichen Fesseln hinter dir, Therin. Schüttle sie ab und komm mit mir.«

Er antwortete nicht, sondern sammelte stattdessen seine Konzentration.

Khaeriel schrie, als das Blut aus ihren Augenwinkeln strömte. Sie sank auf die Knie.

»Es tut mir leid«, sagte Therin. »Deine Augen werden wieder heilen, aber ich kann das nicht zulassen.« Er ging zu ihr, seine Schritte unsicher von den Verletzungen, die er bei dem Aufprall davongetragen hatte. »Wir werden dich verstecken, bis alles verheilt ist, dir irgendwie helfen. Ich lasse nicht zu, dass der Rat …«

In diesem Moment stürzte Therin zuckend und mit schreckengeweiteten Augen zu Boden.

Khaeriel hingegen stand auf und wischte sich das Blut aus dem Gesicht.

»Ich habe mich auf ein paar ganz bestimmte Nervenbündel beschränkt. Es tut nicht weh, aber du kannst dich weder bewegen noch ausreichend konzentrieren, um einen Zauber zu wirken. Das hat mir Lorgrin beigebracht«, erläuterte sie. »Oh, wie ich ihn vermissen werde. Er kannte sich so überaus gut mit Medizin und Anatomie aus.« Sie beugte sich zu dem zitternd daliegenden Hohen Lord hinab. »Du musst mich nicht beschützen, Therin. Die Ratsmitglieder werden sich vor *mir* verstecken, bis ich mit ihnen fertig bin.«

Sie streichelte ihm übers Haar. »Ich werde dir jetzt ein Geschenk machen: etwas, das du schon immer wolltest, aber nie den Mut hattest, dir einzugestehen, dass es dein eigentlicher Herzenswunsch ist.« Sie richtete sich auf. »Ich werde dich von den D'Mons befreien.«

Sie wandte sich der Menge im Saal zu.

Einige wehrten sich, andere bettelten. Viele taten beides, rannten oder versuchten, sich zu verstecken, doch das Ergebnis blieb immer das gleiche.

Schließlich waren nur noch zwei Leute im Saal am Leben.

Als Khaeriel fertig war, stieg sie über die Leiche von Bavrin D'Mons jüngstem Sohn, Thallis, hinweg und kehrte zu Therin zurück. Seine Augen schauten starr geradeaus, offen und doch blind.

»Du glaubst wahrscheinlich, du wirst mir niemals verzeihen, aber beizeiten wirst du es dennoch tun.« Khaeriel hob eine Hand und ließ Therin aufschweben. »Du wirst mir nie auch nur ein Viertel der Schuld geben, die du dir selbst gibst. Ein gar nicht mal so kleiner Teil von dir ist der Meinung, du hättest für all deine Verbrechen eine Strafe verdient.« Khaeriel lächelte. »Und wann hätte ich Euch je einen Wunsch abgeschlagen, mein Lord?«

Therin konnte sich nicht wehren. Er konnte weder schreien noch weinen oder flüstern. Er war in seinem eigenen Körper gefesselt wie ein Gefangener. Alles, was er tun konnte, war, ohnmächtig zuzusehen, wie die ehemalige Königin der Vané ein Portal öffnete und sie beide hindurchführte.

89

ABSCHIED

Kihrin hätte gelacht, geschrien und ein bisschen auf Gadriths Leiche herumgetanzt, wäre da nicht das Problem gewesen, dass Thurvishar gerade in einer Gaesch-Schlinge ertrank. Kihrin zog Urthaenriel aus Gadriths Leiche und wandte sich Thurvishar zu, unsicher, wie er ihm helfen konnte.

Aber Thurvishar war wohlauf.

Der Zauberer erhob sich. Er war außer Atem und massierte sich den Hals, ansonsten schien mit ihm aber alles in Ordnung zu sein. Er kämpfte ganz eindeutig nicht mit dem Tod.

Thurvishar musterte Gadriths Leiche – eigentlich Sandus' Leichnam – mit undurchdringlicher Miene.

»Ich …« Kihrin atmete einmal tief durch. »Es tut mir leid. Ich habe Euren Vater getötet. Nun ja, eigentlich tut es mir nicht leid …«

»Du hast meinen Vater nicht getötet«, korrigierte Thurvishar, »sondern den Mörder meines Vaters. Dafür stehe ich in deiner Schuld.« Er wandte sich in Teraeths Richtung, der immer noch bewusstlos und von den Überresten der Wurzeln umschlungen dalag, die abgerissen waren, als sie alle aus der Arena geschleudert wurden.

Kihrin musterte den bewusstlosen Vané voller Zuneigung. »Eigentlich sollte ich nicht darauf herumreiten«, sagte er, »aber ein bisschen Spaß muss sein.« Er ging zu ihm, runzelte dann jedoch die Stirn.

»Magie kann dir nichts anhaben«, erklärte Thurvishar, »allerdings kannst du sie auch nicht mehr wahrnehmen oder selbst welche wirken.« Er richtete den Blick auf den bewusstlosen Assassinen und konzentrierte sich. Im selben Moment öffnete Teraeth die Augen und sprang mit gezückten Dolchen auf.

»Du hast alles verpasst«, sagte Kihrin. »Wir haben gewonnen.«

Teraeth sah sich um. Sein Blick blieb an dem toten Geisterbeschwörer hängen. »Wir haben gewonnen?«

Kihrin klopfte Thurvishar auf die Schulter. »Ihr wart gegaescht. Nach quurischem Gesetz ist der Besitzer Eures Gaesch für Verbrechen verantwortlich, die Ihr begangen habt. Dieser Mann ist jetzt tot. Ich bin sicher, wenn ich dem Obersten General die Situation erkläre …«

Thurvishar machte sich von ihm los. »Nein. Ich werde es ihm selbst erklären. Ich werde mich seinem Richterspruch unterwerfen. Er wird Magie einsetzen und die Wahrheit ans Licht holen. Man wird mich nicht für Gadriths Verbrechen verantwortlich machen, genau wie du sagtest. Du aber musst von hier verschwinden. Verlasse die Stadt, und zwar sofort.«

Kihrin blinzelte. »Wie bitte? Warum?«

Thurvishars Miene verfinsterte sich. »Du begreifst nicht, was du getan hast, oder?«

Kihrin deutete auf die Leiche. »Und ob. Ich habe alle gerettet, das ist ja wohl offensichtlich.«

Thurvishar warf Teraeth einen verzweifelten Blick zu.

»Was hat er denn getan?«, fragte Teraeth vorsichtig.

Thurvishar machte eine ausladende Geste. »Er hat den Kaiser getötet …«

»Er war nicht der echte Kaiser!«, protestierte Kihrin.

Thurvishar funkelte ihn an. »Gadrith hat Krone und Zepter getragen. Er steckte im Körper meines Vaters. Er *war* der Kaiser.« Er wandte sich wieder an Teraeth. »Kihrin hat den Kaiser umgebracht. Er hat Urthaenriel gefunden. Und dann … hat er den Schellenstein vernichtet, ihn in tausend Stücke zerschlagen.«

Teraeth erstarrte vor Entsetzen.

»Moment. Warum …?« Kihrin verstummte. »Ich gebe zu, die Lösung war nicht perfekt, aber es war die einzige Möglichkeit, ihn zu töten, ohne dass unsere Seelen die Körper tauschen …«

»Damit hast du das Problem klug gelöst«, räumte Thurvishar ein. »Hättest du es nicht getan, würde er jetzt in deinem Körper stecken und Urthaenriel in der Hand halten. Aber …« Er leckte sich über die Lippen und zuckte zusammen. »Alle acht Ecksteine sind direkt mit dem Element verbunden, mit dem sie assoziiert sind. Beim Schellenstein waren es die Gaesche.«

Kihrin wurde schwindlig. »Deshalb seid Ihr nicht gestorben, und das, obwohl Ihr Gadriths letzten Befehl nicht ausgeführt habt. Ihr seid nicht mehr gegaescht.«

»Niemand ist mehr gegaescht«, fasste Thurvishar zusammen. »Nicht eine Seele auf der ganzen Welt. Du hast sie alle befreit.«

Kihrin blickte Richtung Stadt. »Miya …«

»Nein.« Teraeth legte Kihrin eine Hand auf die Schulter. »Das darfst du nicht. Es geht ihr gut. Deine Mutter ist eine mächtige Zauberin. Sie wird keine Schwierigkeiten haben, glaub mir. Aber was Thurvishar sagt, stimmt: Du wirst welche bekommen, wenn du hierbleibst. Dieses Schwert schützt dich vor Magie, aber nicht vor anderen Schwertern und Pfeilen.«

»Es kommt noch schlimmer«, warf Thurvishar ein.

»Im Ernst?«, fragte Kihrin. »Ich könnte mich jetzt schon übergeben.«

»Heb es dir für später auf«, erwiderte Thurvishar. »Die Pakte, die es ermöglichen, Dämonen zu beschwören, basieren darauf, dass diese sich die Kraft des Schellensteins zunutze machen dürfen, um Seelen zu gaeschen. Können die Dämonen das nicht mehr, sind die Vereinbarungen hinfällig. Sie wurden also befreit, genau wie es in den Prophezeiungen heißt, nur nicht von Gadrith oder Kaen.«

Kihrin starrte ihn an. »Ihr wollt damit sagen …« Er schüttelte den Kopf. »Nein …«

»Gib Teraeth das Schwert«, sagte Thurvishar. »Oder mir. Wir geben es an Milligreest weiter, damit er es sicher verwahrt, bis der nächste Kaiser erwählt wird. Niemand außer uns hat bezeugt, wie Gadrith gestorben ist. Wir können uns jede beliebige Geschichte ausdenken, niemand braucht zu wissen, dass du es warst, der den Untergang der Könige geführt hat.«

»Mir gefällt, wie du denkst«, sagte Teraeth mit anerkennendem Unterton in der Stimme. Er streckte die Hand nach Kihrins Schwertarm aus. »Ja, gib mir …«

Und erstarrte, als er eine gerade, silberne Klinge an seinem Hals spürte, so präzise angesetzt, als wäre es ein Rasiermesser.

»Ich kann nicht«, sagte Kihrin mit feucht glänzenden Augen. Er schluckte. »Bitte tritt zurück, Teraeth. Du bist mein Freund.« Seine Bitte klang wie ein Flehen.

Ihre Blicke begegneten sich. »Ich erinnere mich«, erwiderte Teraeth. »Das Schwert hat eine wunderschöne Stimme, nicht wahr? Man hört praktisch nur noch sie.« Er trat zurück und ließ die Hände sinken.

Kihrin senkte das Schwert und stand zitternd da.

»Mir scheint, das Schwert lässt nicht zu, dass du es hergibst«, sagte Thurvishar. »Trotzdem musst du jetzt gehen. Der Oberste General hat verschiedene Eide geschworen, darunter einen, der ihn dazu verpflichtet, das Reich gegen alle Bedrohungen zu verteidigen. Und du bist gerade zu einer Bedrohung für das Reich geworden.«

»Milligreest glaubt nicht an die Prophezeiungen«, entgegnete Kihrin. Seine Stimme klang dünn und angespannt.

Teraeth schüttelte den Kopf. Er war wieder kampfbereit, mit den Händen an den Dolchgriffen hielt er Ausschau, ob jemand in der Nähe war. »Ich denke, nach den heutigen Ereignissen könnte er seine Meinung ändern. Komm. Wir schleichen uns an Bord eines Schiffs und stechen mit der Flut in See.«

»Nein«, sagte Kihrin. Er nahm einen tiefen Atemzug und schien sich wieder zu fassen. »Nein, geh allein. Besteige ein Schiff. Je mehr wir sie an der Nase herumführen, desto besser. Ich nehme den Landweg.« Er ging zu Gadriths Leiche, beugte sich hinunter und zog dem Toten einen Ring vom Finger – einen roten Intaglio-Rubin. Er zeigte ihn Thurvishar. »Hat der Gadrith gehört oder Sandus?«

Thurvishar inspizierte den Ring. »Er muss Sandus gehört haben.«

Kihrin gab ihm das Schmuckstück. »Ihr solltet etwas von Eurem echten Vater haben.« Er blickte zur Mitte der Arena, seine Nasenflügel bebten. »Was ist mit Tyentso?«

»Lass sie liegen«, platzte Teraeth heraus.

»Sie wird doch wiederkehren, oder?« Kihrin schaute Teraeth an. »Thaena wird sie zurückholen?«

Teraeths Miene verfinsterte sich. »Ich weiß es nicht. In der Arena gelten andere Regeln.«

»Ich habe noch nie von jemandem gehört, der in der Arena gestorben ist und dem Thaena die Rückkehr erlaubt hätte«, warf Thurvishar ein.

Als Kihrin sich auf den Weg machte, um Tyentsos Leiche zu bergen, stellte Teraeth sich ihm in den Weg. »Geh jetzt, Kihrin. Falls sie nicht wiederkehren sollte, kann Thurvishar die Leiche immer noch holen und in der Krypta des Hauses D'Lorus beisetzen lassen.«

»Ich bin ziemlich sicher, dass sie es gehasst hätte, in dieser Krypta beigesetzt zu werden«, stieß Kihrin hervor, gab aber den Versuch auf, sich an dem Vané vorbeizuschieben.

»Genau genommen«, begann Thurvishar, »wurde das Haus D'Lorus heute ausgelöscht. Der einzige noch verbliebene echte

D'Lorus ist der Hohe Lord Cedric, ein trauernder, gebrochener alter Mann.« Die Worte klangen, als wüsste er nicht genau, wie er sich deswegen fühlte.

»Ich werde es niemandem verraten, wenn ihr es nicht tut«, sagte Kihrin und sah sich um, als er merkte, dass er keine Scheide für das Schwert hatte. »Viel Glück euch beiden.«

»Wohin gehst du?«, fragte Teraeth.

»Nach Jorat«, antwortete er. »Wie ich gehört habe, macht ein gewisser Ritter dort einigen Ärger. Ich werde ihm einen Besuch abstatten.«

In der Arena war es still. Die Kämpfe mit den Dämonen, die gerade erst geendet hatten, waren nicht bis zu den friedlichen grünen Feldern vorgedrungen. Kein Wind durchbrach das Kraftfeld, um an den Ästen der verkrüppelten Bäume zu zerren, kein Vogel hielt sich innerhalb seiner Grenzen auf, kein Eichhörnchen hatte je von den Nüssen und Beeren dort gefressen. Und falls irgendein Lebewesen in der kurzen Zeit, in der das Kraftfeld nicht aktiv gewesen war, seinen Weg hinein gefunden hatte, war es genauso herauskatapultiert worden wie Gadrith, als er seinen letzten Atem aushauchte.

Kein Lebewesen konnte bis zum nächsten Kampf innerhalb der Arena bleiben – bis zur nächsten Schlacht, die erst enden würde, wenn einer alle Herausforderer niedergerungen hatte und die Arena als Sieger mit Krone und Zepter verließ. Das Ritual würde vollzogen werden wie eh und je, jeder, der teilnehmen wollte, würde herkommen. Die Ratsstimmen würden die Barriere öffnen, und der Kampf würde beginnen.

Normalerweise.

Tyentso, einst Raverí genannt, atmete tief ein und drückte den Rücken durch, um noch mehr süße Luft einzusaugen. Sie kehrte wieder. Sie wusste nicht genau, wo sie sich befand und was mit ihr geschehen war. Sie wusste nur, dass sie verloren und den Preis dafür bezahlt hatte – einen nicht ganz so endgültigen Preis allerdings, wie ein anderer ihn möglicherweise hätte entrichten müssen. Sie lag auf der Wiese in der Mitte der Arena und schaute hinauf zu einem seifenblasenähnlichen magischen Energiefeld. Ein sanfter Regen nieselte ihr ins Gesicht.

Direkt über ihrem Kopf schwebte ein Ring aus Licht, halbiert von einem weißen Strich. Sie starrte beides einen Moment lang verwirrt an, dann begriff sie, was sie da sah.

Tyentso begann zu lachen.

Kein Lebewesen konnte nach dem Tod des Kaisers in der Arena verweilen, doch Tyentso war – genau im richtigen Moment – gestorben, weshalb ihr Körper an Ort und Stelle geblieben war. Mit beiden Händen griff sie nach der Krone und dem Zepter von Quur.

90

SCHLUSSBEMERKUNG

Kaiserin Tyentso,

hier ein paar Anmerkungen, um meinen Bericht abzuschließen.

Die Zahl der Todesopfer in der Hauptstadt war gigantisch. Schätzungen zufolge forderten die Dämonenattacken in jener Nacht mindestens fünftausend Todesopfer. Etwa dreißigtausend kamen bei Bränden, die in dem Chaos ausbrachen, ums Leben. Noch mehr werden in den kommenden Monaten an Hunger oder Krankheit sterben, wenn Gegenmaßnahmen ausbleiben.

Kaiser Sandus' Leichnam wurde vom Keulfeld geborgen. Er wurde in der Heldenhalle des kaiserlichen Palastes mit allen Würden neben den einbalsamierten sterblichen Überresten seiner Frau beigesetzt. Die offizielle Version lautet, dass er von einem unbekannten Angreifer, wahrscheinlich einem Dämon, getötet wurde, nachdem er Gadrith D'Lorus der Gerechtigkeit zugeführt hatte.

Xaltorath wurde von Qoran Milligreest, Therin D'Mon und Therins »Sklavin« Miya »gebannt«. Die zeitliche Abfolge der Ereignisse legt allerdings nahe, dass die meisten der von Xaltorath herbeigerufenen Dämonen kurz nach der Zerstörung des Schellensteins freiwillig in die Hölle zurückkehrten. Dies gewährt uns allerdings nur eine Schonfrist: Jetzt, da ihre Ketten gesprengt sind, steht es den Dämonen frei, ihren Krieg gegen die physische Welt jederzeit und ohne Einschränkung wiederaufzunehmen.

Qoran kehrte in die Zitadelle zurück, Therin D'Mon und Lady Miya, dem Vernehmen nach, in den Blauen Palast.

Der Hohe Lord Therin D'Mon und Lady Miya sind seither jedoch nicht mehr gesehen worden. Kurz nach dem Ende der Hauptkampfhandlungen entdeckte ein Heiler das Massaker an den D'Mons, bei dem fast alle verbliebenen Mitglieder der Familie umgekommen waren. Wir müssen annehmen, dass dies Miyas Werk war, die nach der Befreiung von ihrem Gaesch wieder zu der exilierten Königin Khaeriel wurde. Offensichtlich nahm sie Rache an der Familie, die sie so lange gefangen gehalten hatte.

Über das Schicksal des Hohen Lords Therin ist nichts bekannt.

Das Haus D'Mon wurde so gut wie ausgelöscht und besteht nur noch aus einer Handvoll Mitgliedern. Keiner dieser Überlebenden steht zur Verfügung, um bei Thaena um die Rückkehr der anderen zu ersuchen. Therin ist vermisst und Darzin nicht mehr am Leben, somit ist die Zukunft des Hauses höchst ungewiss. Kihrin D'Mons momentaner Aufenthaltsort ist ebenso unklar: Er wurde zuletzt gesehen, als er die Hauptstadt mit mehreren Reitpferden der D'Mons durch das Nordtor verließ, in Begleitung eines joratischen Knechts sowie eines grauen joratischen Feuerbluts.

Urthaenriel wurde erneut auf die Welt losgelassen. Kein Dämon kann mehr beschworen werden, ohne dass er möglicherweise Amok läuft, und das wiederum bedeutet, dass keine Sklaven mehr gegaescht werden können.

Die Menschen behaupten, es sei das Ende der Welt. Doch wir, meine Kaiserin, wissen, es ist erst der Anfang.

ANHANG I

Glossar

A

Agolé: Ein von Männern und Frauen im westlichen Teil von Quur über Schultern und Hüften getragenes Tuch.

Alavel: Sitz der als »Akademie« bekannten Zaubererschule.

Alter Mann: Siehe Sharanakal.

Arena, die: Park im Zentrum der Hauptstadt, in dem die Kämpfe um die Kaiserkrone ausgetragen werden.

Ariala: Ein in Kirpis abgebautes Metall, das in einer Vielzahl von Farben vorkommt.

Aufschub, der: Die kaiserliche Praxis, die Hinrichtung einer schwangeren Adligen so lange zu vertagen, bis sie ihr Kind zur Welt gebracht hat. Wird hauptsächlich dann angewendet, wenn das Haus noch keinen männlichen Erben hat.

Attuleema, Landril: Ein Händler aus dem Kupferviertel.

B

Baelosh: Ein vor allem für die Größe seines Schatzes bekannter Drache.

Bertok: Kriegsgott.

Butterbauch: Pfandhausbesitzer und Hehler der Schattentänzer.

C

Calay: Hafen der Hauptstadt.

Caless: Göttin der körperlichen Liebe.
Camarnith: In Zherias verehrter Gott der Heilung.
Chertog: Gott des Winters und des Eises, wird vor allem in Yor angebetet.
Cimillion: Sohn von Kaiser Sandus, vermutlich im Kindesalter von Gadrith dem Krummen ermordet.

D

Daakis: Gott von Sport, Schwertkunst und Spiel.
Dämonen: Wesen aus einer anderen Dimension, die sich durch entsprechende Anstrengung Zugang zur physischen Welt verschaffen können; berüchtigt für ihre enorme Macht und Grausamkeit; siehe auch Höllenmarsch.
D'Aramarin,
Dorman: Angehöriger des Hauses D'Aramarin, Vetter und Freund von Galen D'Mon.
Dana: Gottkönigin von Eamithon, nach wie vor als Göttin der Tugend und Weisheit verehrt.
Delon: Erster Maat des Sklavenschiffs *Kummer.*
D'Erinwa,
Morvos: Angehöriger des Hauses D'Erinwa, liebt das Kartenspiel.
Phaellen: Angehöriger des Hauses D'Erinwa, von Gadrith D'Lorus ermordet.
Dethic: Eunuch und Sklavenhändler aus Kishna-Farriga.
Devor: Inselkette südlich der Hauptstadt, vor allem bekannt als Heimat der devoranischen Priester und deren Prophezeiungen.
Devoranische Prophezeiungen: Eine viele Bände umfassende Weissagung, in der angeblich das Ende der Welt vorhergesagt wird.
D'Lorus,
Cedric: Hoher Lord des Hauses D'Lorus; Gadriths Vater.

Gadrith: Erblord des Hauses D'Lorus, im Zuge der Stimmen-Affäre des Hochverrats für schuldig befunden und hingerichtet; auch bekannt als Gadrith der Krumme.
Raverí: Ehefrau von Gadrith D'Lorus und offiziell die Mutter von Thurvishar D'Lorus; nach Thurvishars Geburt angeblich wegen Hexerei und Hochverrats hingerichtet.
Thurvishar: Sohn von Gadrith und Raverí D'Lorus; seit Gadriths Hinrichtung Erblord des Hauses D'Lorus.

D'Mon,
Alshena: Darzin D'Mons Frau; ursprünglich aus dem Haus D'Aramarin stammend.
Bavrin: Zweiter noch lebender Sohn des Hohen Lords Therin D'Mon.
Darzin: Erblord und ältester Sohn des Hohen Lords Therin D'Mon.
Devyeh: Dritter noch lebender Sohn des Hohen Lords Therin D'Mon.
Galen: Zweiter Sohn des Erblords Darzin D'Mon.
Kihrin: Ältester Sohn des Erblords Darzin D'Mon und der Sklavin Lyrilyn; siehe Krähe.
Saerá: Älteste Tochter von Darzin D'Mon.
Therin: Hoher Lord des Hauses D'Mon.
Tishar: Jüngere Schwester von Pedron D'Mon; Halb-Vané.

Doc: Besitzer und Schankwirt des Wirtshauses KEULFELD.

Doltar: Weit von Quur entfernt gelegenes Land.

Drachenspitzen, die: Ein von Nord nach Süd verlaufender Gebirgszug, der die Provinzen Kirpis, Kazivar, Eamithon und Khorvesch von Raenena, Jorat, Marakor und Yor trennt.

Dreth: Siehe Vordreth.

Drussian: Seltenes Metall, härter als Eisen, das sich nur mithilfe von extrem heißem magischem Feuer herstellen lässt.

Dyana: Vordreth und Frau von Kaiser Sandus; von Gadrith dem Krummen ermordet.

E

Eamithon: Gleich nördlich der Hauptstadt gelegene und älteste Provinz Quurs; ihre Bewohner gelten als besonders gleichmütig.

Ecksteine, die: Acht magische Artefakte; der Schellenstein und der Kettensprenger sind zwei davon.

Elfenbeindistrikt, der: Tempeldistrikt im Oberen Zirkel der Hauptstadt.

Esiné: Klan der manolischen Vané, der mittels Handzeichen kommunizierte.

F

Faris: Mitglied der Verbrecherorganisation der Schattentänzer, Spitzname: Fäulnis.

Feuerblüter: Ehemals eine Pferderasse, vom Gottkönig Korshal allerdings so verändert, dass sie über außergewöhnliche Körpergröße, Kraft, Widerstandsfähigkeit, Loyalität und Intelligenz verfügen. Feuerblüter sind Allesfresser. Obwohl sie keinen opponierbaren Daumen haben, sind einige Exemplare der Tenyé-Manipulation mächtig. Ihre durchschnittliche Lebenserwartung beträgt achtzig Jahre und mehr.

G

Gaesch, Plur. Gaesche: Ein Zauber, der die Seele des Opfers zwingt, jeden Befehl zu befolgen, den das Individuum, das im Besitz des Gaesch-Totems ist, ihm erteilt (auch den Befehl zum Selbstmord). Kann der Befehl nicht ausgeführt werden oder wird er verweigert, folgt unweigerlich der Tod.

Galava: Eine der Acht Unsterblichen; Göttin des Lebens und der Natur.

Galla-Meer: Das Meer zwischen den Devor-Inseln und der Wellenwüste.

Gallthis: Illegale Müllhalde außerhalb der Hauptstadt; von allen genutzt, die keine Gebühr an die Ramschjungs entrichten wollen.

Gendal: Ehemaliger Kaiser Quurs; von Gadrith D'Lorus ermordet.

Grizzst: Wird fälschlicherweise oft zu den Acht Unsterblichen gezählt; berühmter Zauberer, manchmal als Gott der Magie bezeichnet, vor allem der Dämonologie; angeblicher Entdecker des Dämonenbanns.

Guarem: Hauptsprache von Quur.

H

Hauptstadt, die: Meist nur »die Stadt« genannt; ursprünglich ein Stadtstaat unter der Herrschaft des Gottkönigs Qhuaras. Der ursprüngliche Name der Stadt, Quur, bezieht sich mittlerweile auf das gesamte Kaiserreich.

Hexe: Jeder und jede, die ohne offizielle Ausbildung und Lizenz Magie ausüben; obwohl eigentlich geschlechtsneutral, wird der Begriff hauptsächlich für Frauen verwendet.

Hölle: Vom Land des Friedens getrennter Ort, von dem die Dämonen stammen.

Höllenmarsch: Das Ergebnis, wenn ein mächtiger Dämon Zugang zur physischen Welt erhält, weitere Dämonen beschwört und von den Verstorbenen Besitz ergreift, was in der Regel zu weitreichenden Verwüstungen und zahllosen Toten führt.

I

Intaglio: Ein Schmuckstein, in den eine bildliche Darstellung graviert ist.

J

Jorat: Provinz im Herzen Quurs mit verschiedenen Klimazonen und weiten, grasbewachsenen Ebenen; berühmt für seine Pferde.

Juval, Kapitän: Zheriasischer Kapitän des Sklavenschiffs *Kummer*.

Juwelenhof, der: Umgangssprachlich für die Adelsfamilien des Oberen Zirkels; wird von zwölf verschiedenen Edelsteinen symbolisiert.

K

Kaiserreich Quur: siehe Quur.

Kalindra: Mitglied der Schwarzen Bruderschaft mit khorveschischen und zheriasischen Wurzeln.

Kame: Eine Prostituierte, die in der Hafengegend der Hauptstadt arbeitet.

Kandor,

Atrin: Quurischer Kaiser, der die Grenzen des Reiches beträchtlich ausdehnte; vor allem bekannt für die Invasion Manols, bei der das quurische Heer buchstäblich vernichtet wurde, sodass Quur dem darauf folgenden Überfall der Morgags wehrlos ausgeliefert war; außerdem der letzte bekannte Träger des Schwerts Urthaenriel.

Elana: Atrin Kandors Frau; nach dem Tod ihres Mannes nahm sie wieder ihren Mädchennamen Milligreest an.

Kazivar: Eine der vier Provinzen Quurs, nördlich von Eamithon gelegen.

Kelanis: Sohn von Khaevatz und Kelindel, jetzt König der Vané.

Kelindel: König der kirpischen Vané, nahm die Königin der manolischen Vané, Khaevatz, zur Frau und einte damit die beiden Völker.

Kettensprenger: Magisches Artefakt der manolischen Vané; kann Illusionen erzeugen.

KEULFELD, das: Schenke und Wirtshaus direkt neben der Kaiserlichen Arena. Wird auch als Bezeichnung für den Arenapark verwendet.

Khaemezra, auch »Mutter« genannt: Hohepriesterin der Thaena und Oberhaupt der Schwarzen Bruderschaft; Teraeths Mutter.

Khaeriel: Königin der Vané, verstorben.

Khaevatz: Königin der manolischen Vané, berühmt für die Zurückschlagung von Atrin Kandors Invasion; später heiratete sie Kelindel, König der kirpischen Vané.

Kharas Gulgoth: Ruinenstadt im Herzen der Korthaenischen Öde; gilt den Morgags als heilig (und verflucht).

Kharolaen: Früherer Name von Kharas Gulgoth.

Khored: Einer der Acht Unsterblichen, Gott der Zerstörung.

Khoreval: Magischer Speer von Janel Theranon, besonders wirkungsvoll gegen Dämonen.

Khorsal: Gottkönig und Pferdenarr, der einst über Jorat herrschte. Veränderte die Gestalt vieler seiner Untertanen, auch der Tiere. Erschaffer der Feuerblut-Pferde und Zentauren.

Khorvesch: Eine Provinz südlich der Hauptstadt und nördlich des manolischen Dschungels.

Kirpis: Eine Provinz nördlich von Kazivar, bewaldet. Vor allem bekannt als ursprüngliche Heimat aller Vané sowie der Akademie. Außerdem Heimat vieler berühmter Weingüter.

Kirpische Vané: Hellhäutiges, unsterbliches Volk, das einst in den kirpischen Wäldern lebte, bis es nach Süden in den manolischen Dschungel vertrieben wurde.

Kishna-Farriga: Einer der unabhängigen Stadtstaaten südlich von Quur, jenseits des manolischen Dschungels, die als Freie Staaten bezeichnet werden; wichtige Handelsdrehscheibe für viele angrenzende Staaten.

Klaue: Mimikerin und Spionin in den Diensten von Darzin D'Mon.

Korthaenische Öde, die: Auch die Ödnis genannt; verfluchte und eigentlich unbewohnbare Heimat der Morgags.

Krähe: Siehe D'Mon, Kihrin.

Krone und Zepter: Berühmte Machtinsignien des Kaisers von Quur.

Kummer, die: Sklavenschiff.

Kupferviertel, das: Handelsdistrikt des Unteren Zirkels in der Hauptstadt.

L

Laaka: Göttin der Stürme, Schiffswracks und Seeschlangen.

Land des Friedens, das: Paradies, in das die von Thaena für würdig befundenen Seelen nach dem Tod eingehen.

LEICHENTUCH, das: Extrem teures, auf tödliche Sexspiele spezialisiertes Samthaus.

Lorgrin: Oberster Heiler des Hauses D'Mon.

Lyrilyn: Sklavin von Pedron D'Mon.

M

Maevanos: 1. ein erotischer Tanz; 2. heiliger Ritus des Schwarzen Tors, der Kirche Thaenas.

Magoq: Rudermeister an Bord der *Kummer*.

Manol: In der Äquatorgegend der bekannten Welt gelegenes, von dichtem Dschungel bewachsenes Gebiet; Heimat der manolischen Vané.

Mataris, Baron: Adliger aus Eamithon, der lieber in der Hauptstadt lebte.

Maus: Schlüssel der Schattentänzer, verstorben.

Merit: Dieb und Mitglied von Faris' Bande innerhalb der Schattentänzer.

Milligreest,

Elana: Frau von Atrin Kandor; hat die Morgag-Invasion in Khorvesch beendet.

Jarith: Einziger Sohn von Qoran Milligreest; dient wie die meisten Milligreests im Heer.

Nikali: Vetter von Qoran Milligreest, berühmt für seine Schwertkunst; siehe Terindel.

Qoran: Oberster General des quurischen Heers, gilt als einer der mächtigsten Männer im Kaiserreich.

Mimiker: Geheimnisvolles Gestaltwandlervolk, das sich unter den Menschen versteckt. Verdingen sich zumeist als Spione und Attentäter, berüchtigt für ihren Heißhunger auf Gehirne.

Mischa: Langärmeliges Hemd, von den Männern in Quur getragen.

Miyathreall, auch Miya genannt: Zofe von Königin Khaeriel; gegaeschte Sklavin von Therin D'Mon.

Morea: Sklavin von Ola Nathera; Taleas Schwester.

Morgags: Ein wildes, unzivilisiertes Volk, das in der Korthaenischen Öde lebt und ständig Krieg gegen seine Nachbarn führt, hauptsächlich gegen Khorvesch.

Mysterien der Vishai, die: In Teilen Eamithons, Jorats und Marakors verbreitete, eher pazifistische Untergrundreligion, über deren Glaubenssätze nur wenig bekannt ist; vermutlich wird eine Sonnengottheit angebetet.

N

Nachleben, das: Ein dunkler Spiegel der belebten Welt; nach dem Tod gehen die Seelen in das Nachleben ein und von dort aus hoffentlich in das Land des Friedens.

Nathera, Ola, auch Rabe genannt: Ehemalige Sklavin, jetzt Besitzerin des ZERRISSENEN SCHLEIER in der Samtstadt.

O

Oberer Zirkel: Hochplateau im Zentrum der Hauptstadt, Sitz der Adelshäuser, Tempel, Regierungsgebäude und der Arena.

Ogenra: Unentdeckter Bastard eines Adelshauses. Ogenras sind heiß begehrt und gelten als wichtiges politisches Werkzeug, da sie vom Fluch der von den Göttern Berührten ausgenommen sind.

Oktagon, das: Größtes Sklavenauktionshaus in der Hauptstadt.

Ord: Hauptwährung in Kishna-Farriga.

Q

Quur, Großes und Heiliges Reich von: Ein ausgedehntes Kaiserreich, das sich einst aus dem gleichnamigen Stadtstaat entwickelte, der nun als Hauptstadt fungiert.

R

Rabe: Siehe Nathera, Ola.

Raenena: Eine in den nördlichen Drachenspitzen gelegene quurische Provinz.

Raisigi: Von Frauen getragenes, eng anliegendes Mieder.

Rava: Raverís Mutter; wegen Hexerei hingerichtet.

Roarin: Rausschmeißer morgagischer Abstammung im ZERRISSENEN SCHLEIER.

S

Sallí: Mantelähnliches Kleidungsstück mit Kapuze, das die enorme Hitze in der Hauptstadt abhält.

Sandus: Ursprünglich ein Bauer aus Marakor, später Kaiser von Quur.

S'arric: Einer der Acht Unsterblichen; weitgehend unbekannt (und verstorben); Gott der Sonne, der Sterne und des Himmels.

Samtstadt: Rotlichtviertel des Unteren Zirkels. Berufe in diesem Milieu bekommen für gewöhnlich die Vorsilbe »Samt« vorangestellt, beispielsweise Samtjunge oder Samtmädchen.

Schattentänzer, die: Verbotene Verbrecherorganisation, die im Unteren Zirkel der Hauptstadt operiert.

Schellenstein, der: Einer der acht Ecksteine, deren Herkunft nach wie vor unbekannt ist.

Schleier, der: 1. bei manchen Gelegenheiten am Nachthimmel zu sehende Leuchterscheinung; 2. Wahrnehmungszustand, in dem nicht die »normale« Welt gesehen wird, sondern die wahre Essenz bzw. das Tenyé der Welt; unerlässlich zur Ausübung von Magie.

Schlund, der: Südlich der Wellenwüste in der Nähe von Zherias gelegener mörderischer Ozeanstrudel.
Schlüssel, der: Einbrecher der Schattentänzer, speziell dazu ausgebildet, Schließzauber und magische Wächter außer Gefecht zu setzen; genau genommen ein Hexer (siehe Hexe).
Schwarze Bruderschaft, die: Eine Vereinigung von Auftragsmördern.
Schwarzer Lotus: Eine aus dem manolischen Dschungel stammende Pflanze, aus der das gleichnamige tödliche Gift gewonnen wird.
Sharanakal: Drache, mit Feuer assoziiert; auch »der Alte Mann« genannt.
Simillion: Erster Kaiser von Quur.
Skandal: Joratische Feuerblut-Stute.
STEHENDES FASS, das: Schenke im Unteren Zirkel.
Stern: Joratischer Pferdetrainer, wegen Diebstahls versklavt.
Sternentränen: Äußerst seltene blaue Diamanten.
Suless: Gottkönigin von Yor, Göttin der Hexerei, Täuschung und des Verrats.
Surdyeh: Blinder Musiker aus dem im Unteren Zirkel der Hauptstadt gelegenen Kupferviertel.

T

Taja: Eine der Acht Unsterblichen, Göttin des Glücks.
Talea: Moreas Schwester; Sklavin, die einst Baron Mataris gehörte.
Talisman: Gegenstand, dessen Tenyé so verändert wurde, dass es mit den Schwingungen seines Trägers übereinstimmt und sie verstärkt, sodass ein feindlich gesinnter Magier das Tenyé des Trägers nicht verändern kann (was es umso gefährlicher macht, wenn der Talisman in die falschen Hände gerät). Talismane müssen vom Träger mit Magie aufgeladen werden und schwächen dessen Zauberkraft entsprechend.

Tenyé: Wahre Essenz eines Gegenstands, Grundlage jeglicher Magie.

Teraeth: Jäger der Thaena, manolischer Vané und Mitglied der Schwarzen Bruderschaft; Sohn von Khaemezra.

Terindel: Berüchtigter kirpischer Vané, der einst versuchte, Königin Khaevatz zu töten und den Thron seines Bruders an sich zu reißen.

Thaena: Eine der Acht Unsterblichen, Göttin des Todes.

Theranon, Janel: Von einem Dämon korrumpierte Kriegerin, die im Nachleben schläft.

Tochter der Laaka, auch Krake genannt: Großes, unsterbliches Meeresungeheuer.

Tsali-Stein: Aus der Seele einer Person kondensierter Kristall.

Tya: Eine der Acht Unsterblichen, Göttin der Magie.

Tyas Schleier: Leuchterscheinung am Nachthimmel.

Tyentso: Seehexe, die an Bord des Sklavenschiffs *Kummer* Dienst tut.

U

Unterer Zirkel: Unterhalb des Oberen Zirkels der Hauptstadt gelegenes Stadtgebiet, daher besonders anfällig für Überschwemmungen.

Urthaenriel: Gottesschlächter, Untergang der Könige, Schwert des Kaisers. Mächtiges Artefakt, das seinen Träger angeblich immun gegen jegliche Magie macht und ihn somit in die Lage versetzt, Götter zu töten.

Usigi: Unterwäsche, vor allem Unterhose; Lendenschurz.

V

Valathea: Innerhalb der Familie Milligreest weitervererbte Harfe; außerdem der Name einer verstorbenen Königin der kirpischen Vané.

Valrashar: Prinzessin der Vané, Tochter des kirpischen Königs Terindel und der Königin Valathea.
Valrazi: Hauptmann der Palastwache des Hauses D'Mon.
Vané, auch Vorfelané: Unsterbliches, magiebegabtes Volk; berühmt für seine außergewöhnliche Schönheit.
Vier Völker, die: Einst gab es vier mächtige Völker, nur die Vané existieren noch in ihrer ursprünglichen Form und sind nach wie vor unsterblich. Aus den anderen gingen die Morgags, die Dreth und die Menschen hervor.
Vol Karoth, auch Kriegskind: Als Feind der Acht Wächter künstlich geschaffener Dämon.
Von den Göttern berührt: Vermächtnis der Acht Unsterblichen an die acht Adelshäuser Quurs (je nach Sichtweise als Segen oder Fluch bezeichnet) – die Adelshäuser dürfen unter Androhung der Todesstrafe keine Gesetze erlassen. Als Nebeneffekt dieses Vermächtnisses erhielt jedes Haus seine eigene, charakteristische Augenfarbe.
Voramer, auch Vormer: Ausgestorbenes maritimes Volk, das als Vorläufer der Morgags und Ithlakor gilt; die Ithlakor leben nach wie vor im Wasser.
Voras, auch Vorarras: Ausgestorbenes Volk, das als Vorläufer der Menschheit gilt und bei der Zerstörung von Kharolaen seine Unsterblichkeit verlor.
Vordreth, auch Vordredd, Dreth, Dredd oder Zwerge: Ein unterirdisch lebendes Volk, bekannt für seine Körperkraft und Intelligenz; trotz des Spitznamens nicht kleingewachsen. Gilt seit der Eroberung Raenenas durch Atrin Kandor als ausgelöscht.

W

Wächter, die: Soldatische Hauptstadtwache.
Wellenwüste, die: Inselkette zwischen Zherias und Khorvesch; wegen des Schlunds und der permanenten Windstille sehr schwierig zu durchschiffen.

X

Xalome: Drache, mit Seelen assoziiert.

Xaltorath: Dämonenfürst, der nur durch das Opfern eines Familienmitglieds beschworen werden kann; assoziiert sich selbst mit Lust und Krieg.

Y

Ynis: Gottkönig und einstiger Herrscher von Khorvesch; mit Tod und Schlangen assoziiert.

Ynisthana: In der Wellenwüste gelegene, der Schwarzen Bruderschaft als Ausbildungszentrum dienende Insel.

Yor: Quurische Provinz; als letzte dem Kaiserreich hinzugefügt.

Z

ZERRISSENER SCHLEIER, der: Samthaus und Verkündigungstempel; Besitzerin: Ola Nathera.

Zherias: Große Insel südwestlich von Quur. Unabhängig vom Kaiserreich und darauf bedacht, diesen Status zu erhalten; berüchtigter Piraten- und Handelsstützpunkt.

Zitadelle, die: Hauptquartier des Kaiserlichen Heers von Quur.

ANHANG II

Die Adelshäuser

Haus D'Aramarin

Juwel: Smaragd
Wappensymbol: Krake
Augenfarbe: grün
Monopol: Torwächtergilde. Transport und Teleportation.

Haus D'Evelin

Juwel: Amethyst
Wappensymbol: Wirbelsturm
Augenfarbe: violett
Monopol: Die Ramschjungs. Abwässer, Müll, Wasseraufbereitung, Brauereiwesen.

Haus D'Erinwa

Juwel: Zirkon
Wappensymbol: Elefant
Augenfarbe: bernsteinfarben
Monopol: Das Oktagon. Sklaverei, Söldner.

Haus D'Jorax

Juwel: Opal
Wappensymbol: Blitz
Augenfarbe: gemischt grün/lila oder rot/blau (künstlich erzeugt)
Monopol: Spaßmachergilde. Sänger und Unterhalter, Kurtisanen, Samt.

Haus D'Kaje

Juwel: Topas
Wappensymbol: Krokodil
Augenfarbe: gelb
Monopol: Laternenanzünder, Kerzenmacher, Kochkunst.

Haus D'Kard

Juwel: Jade
Wappensymbol: Spinne
Augenfarbe: dunkelgrün (künstlich erzeugt)
Monopol: Steinmetze, Maurer, Tischler, Kunsthandwerk.

Haus D'Laakar

Juwel: Aquamarin
Wappensymbol: Zwei Fische
Augenfarbe: türkis
Monopol: Eismännergilde. Kühlung, Lebensmittelkonservierung, Luftkühlung.

Haus D'Lorus

Juwel: Onyx
Wappensymbol: Blume
Augenfarbe: schwarz
Monopol: Bindergilde. Magie, Bildung, Wissenschaft, Landkarten.

Haus D'Moló

Juwel: Chrysoberyll
Wappensymbol: Jaguar
Augenfarbe: Katzenaugen (künstlich erzeugt)
Monopol: Tierzucht, Lederverarbeitung, Weben, Schneiderhandwerk.

Haus D'Mon

Juwel: Blauer Saphir
Wappensymbol: Falke
Augenfarbe: blau
Monopol: Die Blauen Häuser. Heil- und Medizinkunst.

Haus D'Nofra

Juwel: Karneol
Wappensymbol: Turm
Augenfarbe: wolfsähnlich (künstlich erzeugt)
Monopol: Feldfrüchte, Kräuter, Gewürze, Tee, Kaffee.

Haus D'Talus

Juwel: Rubin
Wappensymbol: Löwe
Augenfarbe: rot
Monopol: Die Roten Männer. Verhüttung, Bergbau und jegliches Metallhandwerk.

ANHANG III

Hinweise zur Aussprache

Wie die Namen ausgesprochen werden, ist zwar nicht festgeschrieben, doch gibt es ein paar allgemeine Regeln. Hierbei ist zu beachten, dass diese Richtlinien vor allem für quurische Namen gelten. In eroberten Gebieten oder Regionen, die nicht zu Quur gehören, können andere Regeln gelten.

1. Steht am Ende eines Namens ein einzelner Vokal, wird er diphthongiert, das heißt, in einen Doppellaut überführt. Alshena wird somit al-schen-ÄI gesprochen.
2. Hat der am Namensende stehende Vokal einen Akzent, gilt diese Regel nicht. So wird Sallí sal-LIE ausgesprochen, nicht sal-LI. Norá wird mit weichem a gesprochen.
3. Bei zwei aufeinanderfolgenden Vokalen in der Wortmitte wird der erste Vokal diphthongiert, der zweite verstummt. Beispiel: Khaemezra wird kei-mez-RÄI gesprochen.
4. Stehen am Wortende zwei aufeinanderfolgende Vokale, wird nur der Vokal direkt nach dem Konsonanten betont, der zweite bleibt unbetont, verstummt aber nicht. Beispiel: Morea wird mor-E-a ausgesprochen.
5. »C« wird wie »K« gesprochen.

ANHANG IV

Die Herrscherhäuser der Vané

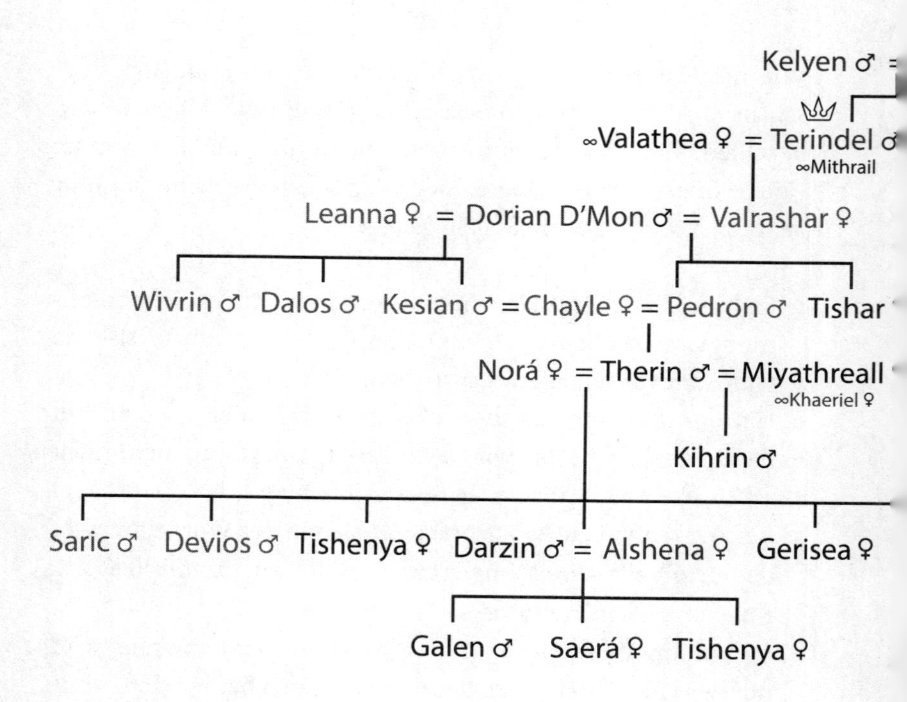

In Fällen, wo durch den Schellenstein die Seelen zweier Körper vertauscht wurden, ist zur Bestimmung der Verwandtschaftsverhältnisse der Name des überlebenden Körpers angeführt.

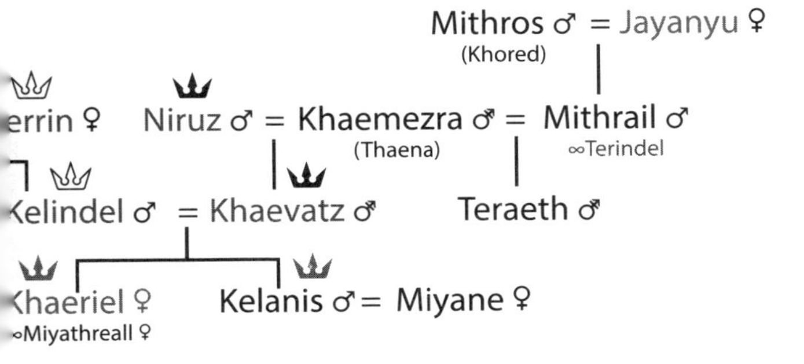

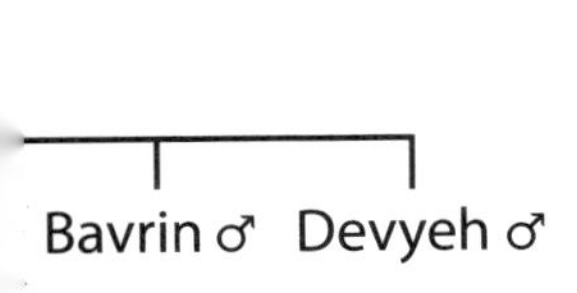

= Manolischer Thron
= Kirpischer Thron
= vereint
♂ = männlich
♀ = weiblich
⚦ = zweigeschlechtlich*
∞ = Seelen vertauscht
grau = verstorben

* Voramer werden männlichen Geschlechts geboren und wechseln im Lauf ihres Lebenszyklus zum weiblichen Geschlecht. Sie sind während beider Phasen zur Reproduktion fähig.